HEYNE BÜCHER

Das Buch

Lisa Sheehan, Musikerin in einer Underground-Band, ist auf dem Sprung zur großen Karriere. Bisher muß sie sich das Geld für ihre Wohnung und den gelegentlichen Luxus allerdings mit Barmusik verdienen. Ihre Freundin Karin hat sich gerade für ein ganz anderes Leben entschieden, sie heiratet ihren Freund David – in Lisas Augen ein für Karin viel zu alter Langweiler – und wird schwanger.

Da wird während eines Konzertabends von Lisas Band *747* in einem nahen Waldstück ein Fan bestialisch ermordet. Lisa geht sein grausamer Tod sehr nah, sie träumt seitdem einen immer wiederkehrenden Albtraum, in dem sie in einem blutverschmierten Kleid die Leiche eines Mannes auf einer Schubkarre transportiert. Mit psychologischer Traumdeutung, Wahrsagerei und schließlich über eine Anzeige im Internet versucht Lisa herauszufinden, was dieser Traum bedeutet. Mit Hilfe einer ›Weißen Hexe‹, die sie über das Internet kennengelernt hat, taucht sie schließlich ein in ihr früheres Leben im Jahr 1607, wo sie als lernbegierige Witwe Elizabeth von ihrem Geliebten Gilbert in die Geheimnisse der Magie eingeweiht wurde und einen Pakt mit dem Teufel einging. Als ein weiterer Fan der Band ermordet wird und die schwangere Karin spurlos verschwindet, ahnt Lisa, daß ihr damaliges Leben mit der heutigen Welt eng verwoben ist. Sie versucht, ihre magischen Kräfte wiederzugewinnen, doch damit übernimmt sie auch ein böses, tödliches Erbe …

Die Autorin

Kim Wilkins ist in London geboren und in Australien aufgewachsen. Sie lebt als Literaturstudentin und Rockband-Gitarristin in Brisbane. *Das Teufelsmal* ist ihr erster Roman, er erhielt 1997 den *Aurealis Award* als bester Horror-/Fantasy-Roman.

KIM WILKINS

DAS TEUFELSMAL

Roman

Aus dem Englischen
von Thomas Hag

WILHELM HEYNE VERLAG
MÜNCHEN

HEYNE ALLGEMEINE REIHE
Nr. 01/10978

Titel der Originalausgabe
THE INFERNAL

Umwelthinweis:
Das Buch wurde auf
chlor- und säurefreiem Papier gedruckt.

Deutsche Erstausgabe 9/99

Printed in Germany 1999
Umschlagillustration: The Image Bank/Chris M. Rogers
Umschlaggestaltung: Nele Schütz Design, München
Satz: Pinkuin Satz und Datentechnik, Berlin
Druck und Bindung: Pressedruck, Augsburg

ISBN 3-453-15247-6

http://www.heyne.de

Dem Andenken an Lyall Wilkins gewidmet,
der sicher sehr stolz gewesen wäre.

Danksagung

Zu allererst gilt meine ewige Dankbarkeit Graeme Hague, ohne den … et cetera, et cetera. Dank an Elaine, Ian, Spinner und den Rest meiner Familie – zu denen ich auch die Ruckelses zähle. Dank auch an Cousin Em und Co. – Kate Morton, Tiffany Patterson, Jo und Heidi; an Selwa und Linda, die an mich geglaubt haben; an die Freunde und Cyber-Buddies, die meine Launen großmütig ertrugen; an Staff und die Studenten des English Department der UQ, die mich sehr unterstützten – besonders Lloyd Davis, Elizabeth Moores und die Medieval Snorries; ein großes Lob an Stella in den Sternen, der ich so viel verdanke. Laute Schluchzer unendlicher Dankbarkeit an Janine, die mehr von meiner Schriftstellerei gelesen hat, als ein menschliches Wesen jemals sollte. Zu guter Letzt danke ich dem Mann, dem ich so viel schulde, dem, der mich stets vorbehaltlos ermutigt hat, der mich auch dann noch ›Sweetie‹ genannt hat, wenn ich mich wie ein grummeliger Elch aufführte, und der den Soundtrack zu meinem Leben spielt – meinem Partner Mirko, dem nettesten Kerl im ganzen Universum.

Vipern und Schlangen, laßt mich atmen!
Grausige Hölle, verschlinge mich nicht!
Bleib fort, Luzifer!
Ich verbrenne meine Bücher …
CHRISTOPHER MARLOWE, *Doctor Faustus*

Prolog

Vielleicht ist man erst dann wirklich erwachsen, wenn man erkennt, daß man nicht der einzige Mensch ist, dessen Existenz zählt, wenn man sich bewußt wird, daß auch außerhalb der eigenen Wahrnehmung andere leben und atmen. Ich machte diese Erfahrung an dem Tag, als ich von dem ersten Mord hörte.

Während ich am Abend zuvor auf der Bühne gestanden hatte, war jemand in dem Kiefernwäldchen vor der Stadt getötet worden. Meine Phantasie arbeitet, ohne mich um Erlaubnis zu fragen, und die Nachricht löste eine endlose Kette morbider Gedanken bei mir aus. Ich formte mir ein genaues Bild davon, wie es gewesen sein mußte, so zu sterben, und verband es mit dem, was ich zur gleichen Zeit getan hatte, als habe meine Band den Soundtrack zu dem realen Alptraum des Opfers gespielt.

Mehr noch; mein Job war mir so wichtig und bedeutsam vorgekommen, aber angesichts dessen, was er durchlitten hatte, waren wir nichts weiter als Möchtegern-Rockstars, die ihre nichtigen bürgerlichen Ängste als echten Weltschmerz verkauften. Ich trat meinen Mikrofonständer um; er wußte, daß er sterben würde: den Kopf hin und her werfend, bettelnd, flehend, entsetzt, nach Furcht stinkend. Ich ließ mich von der Menge tragen, schreiend, ließ mir von den Leuten unter mir an den Haaren und den Kleidern ziehen. Er war an einen Baum gefesselt, und vielleicht schrie er auch. Ich artikulierte jedoch einen vermarktbaren Schmerz, während seiner echt und rein war und aus der Quelle der Seele stammte, aus der wir nur in unseren schwärzesten Träumen trinken. Während sich die Menge in Bierlachen und unsterblichem Teenager-Frust suhlte, wurde ihm die Brust aufgeschlitzt … Überall Blut und Knochensplitter, und bevor seine Augen sich für immer verdunkelten, schaute er in sein Innerstes – und das meine ich nicht im spirituellen Sinn. Wann gab er die Hoffnung auf, vielleicht doch noch davonzukommen – daß jemand helfen und einen Krankenwagen rufen und daß alles wieder gut würde? Daß alles so bleiben würde wie bisher – obwohl dieser Irre ihm eine Handvoll lebenswichtiger Organe aus dem Körper gerissen hatte?

Während ich meinen Job machte, erlebte er den Alptraum einer ganzen Welt.

Es ist seltsam, wenn ich heute an diesen Tag denke. Es war der Tag, an dem sich alles änderte. Damals wußte ich es noch nicht.

1. Kapitel

Ich haßte den Freitag. An diesem Tag absolvierte ich eine Doppelschicht und fühlte mich deshalb bereits, wenn ich Freitagmorgen aufwachte, so erschöpft, daß ich fast wieder einnickte, noch bevor ich die Augen ganz offen hatte.

In einer Underground Band zu spielen war cool, aber man verdiente nicht viel. In einer Kellerbar im Treasury Casino im Abendkleid und mit Perücke billige Celin-Dijon-Songs zu trällern, war nicht cool, aber man kann sich leicht vorstellen, warum ich es tat. Ich wohnte gerne in der Stadt, ich aß gerne gut, und ich kaufte mir gerne dann und wann eine CD. Ich beugte mich den wirtschaftlichen Notwendigkeiten wie jeder in unserer materialistischen Gesellschaft, und deshalb verkaufte ich mich Freitagabend, wenn ich mit Brad als Duo auftrat. Damals hoffte ich, bald reich und berühmt zu sein und glaubte daran, daß die kommenden BMW- und Kaviartage die Jahre mit öffentlichen Verkehrsmitteln und Bohnensuppe irgendwie aufwiegen würden.

An diesem Morgen jedoch fand ich, daß es wieder nur ein beschissener Freitag war, den ich wie üblich erdulden mußte. Er sollte jedoch weitaus schlimmer werden als sonst. Ich drehte mich auf die andere Seite, schaltete das Radio ein und bekam gerade noch das Ende eines Regurgitator-Songs mit, bevor die Nachrichten kamen. Was ich hörte, war folgendes:

Heute morgen entdeckten Jogger in einem Kiefernwäldchen bei Brisbane die verstümmelte Leiche eines Mannes, der an einen Baum gefesselt war. Die Polizei geht davon aus, daß der Tod gegen ein Uhr morgens eingetreten ist und sucht nach eventuellen Tatzeugen. Bis jetzt gab es noch keine offizielle Bestätigung dafür, daß dem Opfer Herz und Augen fehlten. Der Name des Toten wurde noch nicht bekanntgegeben.

Das war alles, gefolgt von einer Geschichte über einen Hund in Deutschland, der seinem Frauchen das Leben gerettet hatte, und den Ausflugstips fürs Wochenende.

Um ein Uhr hatte ich auf der Bühne des Fire Fire gestanden, wo meine Band, 747, jeden Donnerstagabend spielte, weil der Veranstalter und unser Drummer eine Vorliebe für die gleichen Drogen teilten. Wir waren für eine Lokalband ziemlich bekannt und standen davor, in die Oberliga aufzusteigen. Mit siebenundzwanzig war Brad der älteste von uns. Er und ich spielten schon seit neun Jahren in verschiedenen Bands zusammen; eben seit damals, als ich von zu Hause weggelaufen war, um Rockstar zu werden und wir mit einer zweitklassigen Coverband eine Tour durch den Norden gemacht hatten. Aber wir haben nie miteinander geschlafen, obwohl er nur zu gerne gewollt hätte. (Okay, einmal haben wir's gemacht, aber ich war erst sechzehn und hatte keine Ahnung. Seither wartete Brad auf eine Wiederholung – mit einer Engelsgeduld.) Wir beide spielten Gitarre und sangen. Ailsa war unsere extrem fette, neurotische, lesbische Bassistin, und Jeff, ein Wesen der Nacht mit strähnigen Haaren, gab unseren durchgeknallten Drummer. Wir kamen ganz gut miteinander aus, aber eigentlich war es eine Geschäftsbeziehung.

Wir vier hatten also gespielt, während dieser Typ ermordet wurde, und ich begann darüber nachzugrübeln, wie diese Welt eigentlich funktioniert, etwas, über das ich mir sowieso mehr Gedanken mache, als gut für mich ist. Ich hatte immer die Vorstellung, daß das Universum so was ähnliches wie ein großes Spinnennetz ist, in dem wir alle hängen. Jedesmal, wenn ein Unglück naht, spüren wir vorher das Zittern in den glitzernden Fäden, eine Warnung, aus dem Weg zu gehen. Aber so funktioniert es nicht. Das Problem bei einem Spinnennetz ist seine Zartheit. Manchmal reißt es ohne Vorwarnung. Manchmal begegnet dir ein Perverser, der dir die Augen aus dem Kopf schneidet.

Ich stellte mir vor, wie das Verbrechen geschehen sein mochte ... als das Telefon klingelte. Natürlich konnte das nur Karin sein, weil sonst niemand wagte, mich vor zwölf

Uhr mittags anzurufen. Sie wußte, daß ich endlose Geduld mit ihr hatte, besonders jetzt: Schließlich wollte sie am nächsten Tag heiraten und schwankte zwischen Aufregung und Angst hin und her.

»Lisa? Ich bin's.«

»Hi Karin. Ich wußte, daß du es bist. Das Klingeln klang nach dir.«

»Hmmh.« Das war eines der Dinge, die ich an Karin liebte, wie sie ›hmmh‹ sagte, wenn sie der Meinung war, daß ich etwas sehr Unwitziges geäußert oder einen völlig blöden Vorschlag gemacht hatte, was recht oft vorkam. Ich hatte viele Bekannte, aber nur eine gute Freundin, und diese Freundin war Karin. Was darauf hindeutet, daß ich nicht immer die Rebellin gespielt hatte. Karin und ich waren zusammen aufgewachsen und hatten mit Puppen gespielt. Brad mochte Karin zwar, aber er hatte nie verstanden, warum wir uns so eng verbunden fühlten. Jeder Fremde merkte sofort, daß wir vollkommen verschieden waren. Vielleicht ergänzten wir, was der anderen jeweils fehlte – Karin blühte auf, wenn sie von meinen Eskapaden hörte, während ich mich an ihrer Verläßlichkeit aufrichten konnte. Sie war ein echtes Goldstück, man mußte sie einfach liebhaben. Und deshalb war ich höllisch eifersüchtig, weil sie heiratete. Ich wollte sie für den Rest meines Lebens ganz für mich allein, aber wenn eine vierundzwanzigjährige Jungfrau sich Hals über Kopf in einen zweiundvierzigjährigen Buchhalter verliebt, ist auch die besitzergreifendste beste Freundin machtlos.

»Was ist los?« fragte ich, denn irgend etwas mußte los sein – sie würde mich nicht anrufen, nur um ein bißchen zu plaudern. Schon deswegen nicht, weil sie sich vollkommen unwohl fühlte, wenn sie durch ein Gespräch ohne festes Thema steuern mußte.

»Dreimal darfst du raten. Jemand macht mir die Hölle heiß.«

»Wer könnte das denn sein?«

Sie bemerkte meinen sarkastischen Ton nicht einmal. »Lisa, du weißt, wen ich meine.«

Natürlich wußte ich das – Karins Mutter war berüchtigt für so etwas –, aber ich schwieg, weil ich nicht schon wieder diejenige sein wollte, die Dana Anders ein Biest nannte.

»Na schön«, sagte Karin schließlich. »Es ist meine Mutter. Dieses Mal hat sie sich selbst übertroffen.«

Kurz – nur ganz kurz und mit schlechtem Gewissen – dachte ich: ›Also gut, jetzt geht es los, Karin jammert über ihre psychotische Mutter, und letzte Nacht ist so ein armer Kerl im Wald aufgeschlitzt worden‹, aber dann verdrängte ich den Gedanken. Karin konnte nichts dafür, daß sie bis zu ihrer Begegnung mit David ein Leben wie in einer Puppenstube geführt hatte, und diese Liebesgeschichte würde sicherlich das Aufregendste bleiben, was ihr je zustoßen konnte. Ihre Mutter, Dana, war eine Tyrannin der übelsten Sorte, die ihre Tochter während der Teenagerjahre buchstäblich zu Hause eingesperrt hatte, damit sie nicht wegen eines Jungen ›in Schwierigkeiten‹ kam. Man muß wohl kaum erwähnen, daß ich nicht gerade Danas Liebling war, aber ich hatte mich nie abschrecken lassen, weil ich wußte, daß Karin eines Tages erwachsen werden und von zu Hause fortgehen würde. Nur hatte ich nicht damit gerechnet, daß sie es zusammen mit einem langweiligen alten Kerl tun würde.

»Was hat sie denn jetzt gemacht?«

Kaum hatte ich gefragt, als Karin schluchzend und stammelnd einige Worte hervorbrachte. Ich verstand ›Deutschland‹, ›Flugkosten‹, ›Verwandte‹, und ich nahm an, daß Dana ihr altes Blatt ausgespielt hatte, mit der Trumpfkarte ›Ich habe dich von Deutschland hierher gebracht, damit du es besser haben sollst. All meine Freunde und Verwandten habe ich zurückgelassen‹; und weiter dann mit ›David hat genug Geld, um ihnen die Flugreise zu bezahlen, aber er hat es nicht einmal angeboten‹. Wahrscheinlich hatte sie noch ein paarmal ›selbstsüchtig‹ und ›undankbar‹ untergemischt. Ich an Karins Stelle hätte die alte Fregatte ignoriert, aber ich war nicht an ihrer Stelle, und vierundzwanzig Jahre Gehirnwäsche lassen sich nicht durch eine sechswöchige Verlobung auslöschen.

Also sagte ich ein paar tröstende Worte, und Karin entschuldigte sich ungefähr ein dutzendmal. Ich ließ sie gewähren, weil ich sie zu sehr mochte, um mich über ihre Hypersensibilität zu ärgern. Was ich betonen möchte. Manchmal denke ich, daß ich sie inzwischen gar nicht mehr richtig kenne, und wir stehen uns auch sicherlich nicht mehr so nah. Zu viel ist geschehen.

Aber ich greife vor.

Als ich eine Viertelstunde später den Hörer auflegte, hatte sich ihre Stimmung deutlich gebessert. Ich hatte ihr nichts von der Leiche im Wald erzählt – und ärgerte mich fast, daß ich selbst nicht mehr daran gedacht hatte. Vielleicht beschäftigen wir uns mit trivialen Problemen, damit wir nicht schreiend vor dem Horror in der Welt davonlaufen.

Am Abend fragte ich Brad, was er über den Mord dachte. Er hatte stets interessante, wenn auch etwas oberflächliche Ansichten zu diesen Dingen. Wir stiegen an der Laderampe des Treasury in den Wagen, um zu unserem Auftritt im Universal Theatre zu fahren, einem alten Kino aus den Zwanzigern, das in eine halbseidene Neunziger-Bar umgebaut worden war. Es schien mir absurd, daß ein Mord, der in der Nähe geschieht, so bedeutsam wird, während überall auf der Welt Mord und Totschlag herrschen, und ich haßte mich dafür, daß ich es so aufregend fand, über den Tod zu sprechen. Trotzdem fing ich davon an. Alte Gewohnheiten kann man nicht einfach abschütteln.

»Hast du von diesem Typen gehört, der im Wald getötet wurde?«

»Ja, grauenhaft.«

»Macht es dich nicht auch ganz nervös?«

»Wieso – weil es ganz in der Nähe passiert ist?« Wir fuhren los.

»Ja, deswegen und ... weil es jedem von uns passieren könnte, ohne Vorwarnung.«

Brad zuckte mit den Schultern. »Wir wissen ja gar nichts darüber. Vielleicht hatte dieser Typ mit einer dieser verrückten Sekten zu tun; vielleicht war er ein Drogendealer; vielleicht hätte er das gleiche mit einem zwölfjährigen Mädchen gemacht, wenn es nicht vorher jemand mit ihm gemacht hätte.«

Aus diesem Blickwinkel hatte ich es noch nicht betrachtet. Ich beobachtete die Leute, die vor uns die Straße überquerten. Eine große Frau in einem eleganten Abendkleid ging an uns vorbei, begleitet von einem offensichtlich betrunkenen Mann. Als sie auf der anderen Seite standen, beugte sich der Mann plötzlich vor und kotzte ihr vor die Füße. Brad lachte.

»Und?« fragte ich, das Thema wechselnd. »Haben Numb Records schon zurückgerufen?«

»Wenn, dann hätte ich es dir doch erzählt«, sagte er ungehalten. Mit dieser Frage eröffnete ich seit zwei Monaten fast jedes Gespräch.

»Es wird nicht klappen, ich weiß es«, sagte ich und ließ mich in den Sitz fallen.

»Mach keinen Aufstand, Lisa. Wir sind so nahe dran wie noch nie.«

Nun, ich war es langsam leid. Numb Records hatten uns angeschrieben und um ein paar Demos gebeten, nachdem sie mitbekommen hatten, daß es uns gelungen war, tausend CDs in Eigeninitiative zu verkaufen. Das war vor sieben Wochen gewesen, und wir warteten noch immer auf eine Antwort.

Wir parkten auf einem Schotterplatz einen Block vom Universal entfernt und gingen den Rest zu Fuß. Es war Februar, der dahinscheidende subtropische Sommer gab sich warm und nah, und die kühlen Wolkenkratzer ragten um uns herum in den Himmel. Brad zog seine Jacke aus und band sie sich um die Hüften. Zwei Typen kamen uns entgegen und riefen »He, 747!« bevor sie rauchend und lachend weitergingen.

Der Schwall der Klimaanlage im Universal traf mich mitten ins Gesicht, kurz bevor der dichte Zigarettenrauch in meine Lungen, mein Haar, meine Augen und Kleider kroch. Für einen Augenblick blieb mir die Luft weg. Ein paar Mädchen, die an der Bar standen, winkten mir zu, und ich winkte zurück, obwohl ich sie nicht kannte. Brad schlenderte zu ihnen und sagte einer etwas ins Ohr. Ich ging zur Bühne, wo mir Angie, unser Tontechniker, die Hand reichte und hinaufhalf.

»Wo ist Brad?« fragte er.

»Flirtet mit einer charmanten jungen Dame an der Bar. Warum?«

»Es gibt ein Problem mit seinem Lautsprecher. Was hat er gestern abend damit gemacht?«

»Nichts besonderes. Hat ihn nur beim letzten Song umgetreten, aber bei der Zugabe hat er noch funktioniert.«

»Ich rede lieber mal mit ihm.« Angie sprang von der Bühne und humpelte durch die Menge. Eines seiner Beine war kürzer als das andere, so daß er stets leicht schief ging.

Ich sah ihm nach, als mir eine Gruppe auffiel, die neben der Bühne stand. Sie trugen alle Schwarz und hielten Kerzen in den Händen. Wenn wir eine Goth-Band gewesen wären, hätte ich mich nicht weiter darüber gewundert, aber das waren wir nicht. Außerdem kannte ich sie, sie kamen oft, sozusagen als Stammkunden.

»Lisa, komm schnell nach hinten.«

»Was ist los? Warum sehen die da vorne alle aus wie Goths?« fragte ich, aber Ailsa zog mich sanft hinter die schweren, verrauchten Vorhänge in den Backstage-Raum, wo grelles gelbes Licht jede schmierige Ecke erleuchtete. Überall lagen Zigarettenkippen, und es stank nach schalem Bier und Pisse.

Jeff hüpfte von einem Fuß auf den anderen. »O Scheiße, Lisa, das errätst du nie, niemals.«

Ich hatte mich an Jeffs Anfälle von Euphorie gewöhnt, aber heute abend war er besonders aufgedreht. Seine Augen glänzten wie Knöpfe, und er lächelte glücklich, wenn auch auf eine leicht perverse Art.

Ailsa stieß ihn in die Rippen. »Das ist nichts, was einen freuen sollte, du Schwachkopf.«

»Was denn? Kann mich mal jemand aufklären?« fragte ich ungeduldig. Brad betrat den Raum.

»Dieser Typ – der Typ, der im Wald aufgeschlitzt worden ist«, sagte Jeff und deutete in Richtung Bühne. Seine Hände waren extrem groß, und seine Finger sahen aus wie dünne Würstchen. »Er war einer von ihnen. Er war ihr Freund, von denen in Schwarz. Er war einer unserer Fans.«

Ich wollte etwas sagen, brachte aber keinen Ton hervor.

»Ist das dein Ernst?« fragte Brad.

»Ja, es stimmt«, bestätigte Ailsa. »Er hieß Simon. Wißt ihr, so ein rothaariger Typ, der immer dieses Sonic Youth T-Shirt trug.«

»Der mit den Dreadlocks?« fragte Brad.

»Ja, genau der.«

Mit einem Mal schien sich die Wirklichkeit zu verändern, zusammen mit meinem Körper. Mein Magen hing irgendwo zwischen den Knien. Ich glaube, ich sagte ein paarmal ›Scheiße‹. Dann versuchte ich mich zu erinnern, wie er ausgesehen hatte, aber über Ailsas Beschreibung kam ich nicht hinaus; ich kümmerte mich nicht mehr so viel um die Leute, die uns zuhörten. Damals, als die Band angefangen hatte, war es mir noch gelungen, mir die Namen der Fans zu merken, die jedesmal kamen, aber bald wurden es zu viele.

»Ich rede mit ihnen«, sagte Brad. Ich sah ihn an, und mir fielen die Falten um seinen Mund auf. In dem grausam hellen Licht wurde mir klar, daß er mittlerweile neun Jahre älter war als jenes Bild von ihm, das ich in mir herumtrug, seit ich mich bei seiner Band beworben hatte. Jetzt sah er aus wie ein Erwachsener. Besonders jetzt.

»Ich komme mit«, bot ich an. Wir gingen zusammen hinaus, aber dann wurde Brad von Angie abgelenkt, der noch immer seinen Lautsprecher reparierte. Ich näherte mich der Gruppe in Schwarz allein, setzte mich auf den Bühnenrand und versuchte ein Lächeln; aber dann fand ich, daß es nicht angebracht sei und sagte einfach nur »Hi«.

Eine von ihnen, ein etwa neunzehnjähriges Mädchen, war offenbar völlig fertig. Sie legte ihre Hand auf mein Knie und schluchzte, einmal nur, aber sehr laut. Das Geräusch kam so unerwartet, daß ich das Echo bis heute höre.

»Es tut mir leid wegen Simon«, sagte ich.

»Wir wollten uns im Fire Fire treffen«, warf ein Typ ein, der Robert oder Rodney hieß.

»Ja«, sagte das Mädchen, »er rief mich um halb zehn an und sagte, ›wir sehen uns bei 747‹, und das war das letzte, was ich von ihm gehört habe. Er muß unterwegs ... erwischt worden sein.«

O Gott, er war auf dem Weg zu uns gewesen.

»Weiß die Polizei, wer es getan hat?« fragte ich.

»Nein«, sagte Robert oder Rodney. »Wir waren gestern alle auf der Wache und haben unsere Aussagen gemacht. Jemand hat ihm die Augen herausgeschnitten, Lisa, und das Herz. Aber sie lagen nicht bei der Leiche. Wer immer es getan hat, hat sie mitgenommen.«

Ich hätte schreien können oder weinen. Mir wurde flau. »Ich weiß nicht, was ich sagen soll ... Es tut mir so furchtbar leid.« Dabei dachte ich: ›Warum sind sie heute abend hierhergekommen? Warum sitzen sie nicht trauernd zu Hause?‹ Wahrscheinlich gibt es nichts Schickeres als einen ermordeten Freund.

»Sein Lieblingsstück war ›Treehouse‹. Könntet ihr das heute abend ihm widmen?« fragte das Mädchen.

Zu diesem Zeitpunkt glaubte ich nicht, daß ich überhaupt auf die Bühne gehen und singen und spielen könnte, aber ich sagte, ich würde es machen, und ging wieder nach hinten, um die anderen zu informieren. *Er war auf dem Weg zu uns.*

Ich wollte die Band überreden, unseren Auftritt abzusagen, aber sie sahen mich nur an, als sei ich verrückt geworden; wahrscheinlich hatten sie recht. Es gelang mir während des ganzen Auftritts nicht, mich zu konzentrieren. Jedesmal, wenn ich mich vergaß und in meinem Spiel aufging, fiel mein Blick auf die Trauergruppe, und ich landete wieder in der Realität. Sie standen den ganzen Abend reglos da, bedrängt von der schwitzenden, rauchenden Menge, und schauten zu uns herauf, während die helle Schminke ihre Gesichter herablief. Ich widmete Simon sein Lieblingsstück, ohne zu wissen, wer Simon eigentlich gewesen war.

In jener Nacht hatte ich *Den Traum.* Ich weiß nicht genau, wie lange es dauerte, bis er so dominant wurde. Wahrscheinlich nachdem er sich drei- oder viermal wiederholt hatte.

Ich konnte lange Zeit nicht einschlafen, weil sich mein Hirn einfach nicht abschalten ließ. Seltsamerweise dachte ich nicht an Simon. Ich dachte an alles mögliche andere, wahrscheinlich bewußt. Immer wieder sah ich Brads Gesicht vor mir. Die tiefen Falten um seine Mundwinkel, die Erkenntnis, daß er alt wurde, daß wir alle älter wurden. Meine beste Freundin war erwachsen geworden und heiratete, und ich spielte noch immer den Rockstar wie ein kleines Mädchen. Ein Teil von mir gab sich wie früher rebellisch, während ein anderer mir sagte, daß mich der Rest der Welt auslachte und daß ich mir schleunigst einen Beruf und einen Ehemann suchen sollte. Schließlich nickte ich in den frühen Morgenstunden ein, zu jenem Zeitpunkt, an dem die Welt am dunkelsten und kältesten ist.

Irgendwie im dunklen Frieden meines Schlafes begann sich ein Bild zu formen. Ich war ein Teil dieses Bildes, aber als eine andere Person. Ich war größer und dünner, mit dunklem Haar, das über meine Schultern und das Vorderteil meines Kleides fiel. Ein solches Kleid hatte ich weder jemals besessen noch getragen. Es war steif, schnürte mich in der Taille ein und fiel bis ganz nach unten, wo es der Tau befeuchtete. Plötzlich wurde mir klar, daß es voller Blut war. Es war kein purpurrotes Kleid, wie ich zuerst gedacht hatte, sondern blau und blutgetränkt. Je näher ich hinsah, desto mehr Details fielen mir auf. Das Kleid war so naß, daß es an meinen Brüsten klebte. Ich betrachtete meine Hände. Sie waren mit Streifen eines blutigen Breis bedeckt. Dann spürte ich einen metallischen Geruch, sogar im Mund, denn er ging von meinen Haaren aus, die mir der Wind ins Gesicht schlug. Um mich herum roch es feucht und faulig, wie ein Komposthaufen nach dem Regen. Ich stand irgendwo in einem Wald oder einem verwilderten Garten. Neben mir weinte eine Frau, so laut, daß es fast wie ein Schreien klang. Meine Arme schmerzten, weil ich eine Art Karren schob, dessen Rad knarrte. Immer wieder knarrte. Mein Atem ging keuchend und mühsam.

Ich wünschte, sie würde aufhören zu weinen, ich wünschte, sie würde einfach damit aufhören, denn es war zu spät, viel zu spät. Er war bereits tot. Er lag in der Karre, ein roter Fleck breitete sich auf seiner Brust aus. Ich hatte das schreckliche Gefühl nahender Verdammnis und versuchte mir vorzustellen, wie der Tod roch und wie er klang. Ich wußte, daß ich ihn nur ein einziges Mal riechen und hören würde. Das Rad hörte nicht auf zu knarren, und ich paßte meinen Schritt dem Geräusch an. Mein Atem, ihr Schluchzen, ihr Weinen. In mir wuchs ein ungeheurer Druck, als wolle jede Sekunde etwas in mir explodieren. Ich wollte meinen Mund zu einem Schrei öffnen, aber meine Kiefer klebten zusammen und meine Zähne knirschten. Mühsam formte ich ein Wort, das mit einem gutturalen Laut begann.

Der Traum wiederholte sich, doch an dieser Stelle wachte ich jedesmal auf, noch mit dem Knarren des Rades im Ohr.

Ein sich wiederholender Traum ist immer beängstigend, um so mehr, als er aufgetreten war, nachdem ich erfahren hatte, daß einer unserer Fans auf dem Weg zu unserem Auftritt von einem Perversen ermordet worden war. Ich wurde mir meiner eigenen Sterblichkeit schmerzhaft bewußt. Zitternd knipste ich das Licht an. Ich mußte mich vergewissern, daß die reale Welt existierte, mit mir darin, zumindest jetzt noch.

Ich stand auf und sah mich in meiner Wohnung um, auf der Suche nach etwas, das mir Halt geben würde. Welche Unordnung. Auf dem verstaubten Schreibtisch türmten sich neben dem Computer Bücher und Magazine. Das Sofa ächzte unter der Last der schmutzigen Wäsche von zwei Wochen. Ich ging in die winzige Küche und schaltete fast automatisch den Wasserkocher ein. Verdammt, der Traum sollte aufhören.

Ich machte mir eine Tasse Kamillentee, schob die Tür zu meinem kleinen Balkon auf und setzte mich in den Liegestuhl. Ober den Dächern der Nachbarhäuser sah ich die Lichter der Stadt. Der Fluß strömte dahin, und die Welt atmete. Ich versuchte, mit ihr zu atmen.

2. Kapitel

Es war zwei Monate später, und ich stieg vor einem zweistöckigen Haus aus dem Taxi. Rosa Kletterpflanzen wanden sich die Mauern hinauf, hinter dem prächtigen Garten bot sich eine atemberaubende Sicht auf den Fluß, und in der Doppelgarage stand ein brandneuer japanischer Sportwagen. Und alles dafür, daß man fremden Leuten die Bücher führte. Offensichtlich hatte ich den falschen Beruf gewählt.

Es war Viertel nach zwei. Ich stand vor Davids Haus. Irgendwo da oben legte Karin ein pompöses weißes Kleid an und bereitete sich darauf vor, sich an einen langweiligen Buchhalter zu binden – bis sie sich irgendwann scheiden lassen würde. Sicher, sie hatte das Haus, das Auto und Geld, aber für mich war Langeweile schlimmer als der Tod. Für David und Karin vielleicht nicht.

Meine Stiefel knirschten auf der Kiesauffahrt, als ich auf die Haustür zuging. Ich trug Doc Martens und ein langes, geblümtes Kleid. Bestimmt würde es Karin nichts ausmachen, daß ich nicht entsprechend gekleidet war; aber ihrer Mutter schon. Es war eine meiner Hauptfreuden im Leben, Dana Anders zu verärgern. Ich hatte es sogar fertiggebracht, demonstrativ die Tätowierung auf meinem linken Arm zu präsentieren, obgleich ich das verdammte Ding fast genauso sehr haßte wie Dana. Genau deswegen sollten Mädchen nicht mit fünfzehn von zu Hause weglaufen, um in einer Rockgruppe zu spielen. Sie enden gezeichnet, ihr Leben lang. Buchstäblich.

Ich drückte auf die Klingel und wartete. David öffnete die Tür und bat mich herein.

»Lisa, wie geht es dir?« Er machte einen Schritt nach vorne, als wolle er mich umarmen, aber dann hielt er im letzten Moment inne und schuf eine unbehagliche Distanz zwischen uns.

»Gut. Alles bereit für den großen Augenblick?« Ich spürte, wie mir die banale Frage von den Lippen glitt, aber in Gegenwart dieses Mannes hätte ich nichts Originelles hervorbringen können, und wenn mein Leben daran gehangen hätte. Es war, als sei seine Langweiligkeit ansteckend.

»Ja, ja. Wir sind alle bereit. Karin ist ganz aufgeregt.« Er hatte eine sehr deutliche Aussprache, die ihn insgesamt etwas arrogant rüberkommen ließ.

»Ich weiß, sie war schon aufgeregt, als ich gestern mit ihr gesprochen habe.« Dann herrschte erst einmal Schweigen. Die Distanz zwischen uns war nicht zu überwinden.

»Also«, sagte er schließlich. »Dann geh mal rauf. Es ist die erste Tür links neben der Treppe. Ich komme nicht mit. Du weißt schon – bringt Unglück, die Braut vorher zu sehen und so.«

»Sicher. Danke. Bis nachher …«

»Ja, draußen. Bei der ähm … Zeremonie. Bis nachher.«

Ich ließ ihn stehen und ging nach oben. Der Boden war mit cremefarbener Auslegeware bedeckt. Es roch nach Farbe, und mir fiel ein, daß Karin erzählt hatte, David habe vor seinem Einzug das ganze Haus renovieren lassen, was ganze sechs Wochen her war, kurz nachdem sie sich kennengelernt, ineinander verliebt und in Windeseile beschlossen hatten, zu heiraten.

Ich klopfte sachte an die Tür ihres Zimmers. »Wer ist da?« rief sie.

»Ich bin's.«

»Lisa?«

»Nein. Hermann Göring.«

»Gar nicht witzig. Komm rein.«

Sie sah so blaß aus. Sie war immer blaß, aber die Kombination von weißem Kleid und einer starken Dosis Angst verliehen ihr ein aschfahles Aussehen.

»Geht es dir gut?« fragte ich, ging zu ihr und ergriff ihre Hand.

»Ja, ich bin einfach nur nervös. Wie ich sehe, hast du den alten Blacky zur Schau gestellt.«

So nannte sie meine Tätowierung. Zu meinem ewigen Bedauern hatte ich mich damals nicht für einen zarten, mädchenhaften Schmetterling entschieden, sondern für ein schwarzes, keltisches Ringmuster um meinen Oberarm. Brad trug das Gegenstück an seinem rechten Arm. Ich war immer noch sauer auf ihn, weil er mich dazu überredet hatte, denn er war älter und hätte es besser wissen müssen.

»Ja, ich dachte, ich versetze Dana noch einen letzten Schock, bevor ich sie nie mehr wiedersehe.«

»Ich werde sie weiterhin sehen müssen«, sagte Karin, trat ans Fenster und schaute auf den Garten hinaus. »Sie ist noch nicht hier, Gott sei Dank.«

»War es wirklich so schlimm?«

»Du machst dir keine Vorstellung. Sie hat mich die ganze Woche gequält. Ich wollte schon früher bei David einziehen, aber er ist sehr traditionell in diesen Dingen. Außerdem wäre das der letzte Schlag für meine Mutter gewesen, wenn ich an meiner Hochzeit ein weißes Kleid getragen hätte, ohne das Recht dazu zu haben. Sie findet es schon schlimm genug, daß wir uns nicht kirchlich trauen lassen.«

»Sie geht doch gar nicht in die Kirche«, sagte ich und stellte mich neben sie.

»Frag mich nicht. Ich weiß nicht, was in ihrem Kopf vorgeht.« Sie sah mich an. »Danke, daß du gekommen bist.«

»War doch klar. Bist du sicher, daß du all dies willst?«

»Hör auf.«

»Ich wollte es nur wissen.«

»Natürlich bin ich mir sicher. Mein Gott, was habe ich je sonst gehabt oder gemacht?« Sie ließ sich auf das Bett fallen, und das Kleid bauschte sich um sie herum auf.

»Tut mir leid, war nur eine Frage. Ich wollte damit nichts andeuten.«

»Du hast Glück gehabt, Lisa. Du hast immer ein interessantes Leben geführt. Du bist von zu Hause weggelaufen, du spielst in einer Band, du kommst herum, und eines Tages wirst du sicher berühmt sein. Ich habe die Schule beendet und poliere den Leuten seitdem die Fingernägel. Ich poliere den Leuten jetzt seit sieben Jahren die Fingernägel. Bevor mir David über den Weg gelaufen ist, habe ich nie etwas Spontanes oder Romantisches getan.«

»Deshalb mache ich mir ja Sorgen. Ich hoffe, du tust es nicht nur aus Trotz.«

Sie schüttelte den Kopf. »Nimm meine Gefühle ruhig ernst, Lisa, ich habe mich wirklich verliebt.«

»Nun, dann hast du mir eines voraus.« Ich schämte mich, daß sie das zu mir gesagt hatte, denn vielleicht hatte ich ihre Gefühle wirklich nicht ernst genommen.

»Ich bin so nervös«, sagte sie und griff mit kalten Fingern nach meiner Hand.

»Keine Panik, ich bin bei dir.«

»Du wirst nicht dabei sein, wenn das geschieht, wovor ich am meisten Angst habe.«

»Ich hab dir gesagt, du sollst die Katze nicht im Sack kaufen.«

»Mein Gott, ich bin so lange Jungfrau, da kam es auf die sechs Wochen auch nicht an.« Sie blickte nach unten, und ihr blasses Gesicht überzog sich mit einer leichten Röte. »Kannst du mir irgendwelche Tips geben?«

»Sicher. Männer mögen es, wenn man sich nicht wäscht.«

»Komm, ernsthaft.«

Ich fuhr mir mit der Hand durchs Haar. Mir war bei der Sache so unwohl wie ihr. »Ich weiß nicht … Er ist älter und wahrscheinlich viel konservativer als die Typen, mit denen ich geschlafen habe.«

»So alt ist er gar nicht.«

»Für mich ist er uralt, Karin.«

»Er hat eine tolle Figur.«

»Wann hast du denn das gesehen?«

»Ich hab ihn mal ohne Hemd gesehen. Kein Gramm zuviel. Nicht so wie dein Brad mit seinem Bierbauch.«

»Brad hat keinen Bierbauch.«

»Dann sieh mal genauer hin. Als wir am Dienstag beide

bei dir waren, ist mir aufgefallen, daß er ein bißchen füllig um die Hüften wird.«

Großartig. Brad hatte also nicht nur Falten, sondern auch einen Bierbauch. Vielleicht war David wirklich nicht zu alt, und vielleicht sollte ich nicht mehr zu lange warten, wenn ich doch noch mit Brad zusammenkommen wollte.

»Na schön«, sagte ich. »Sei nur nicht schüchtern und habe keine Angst zu sagen, was du magst.«

Sie kicherte. »Ich weiß nicht recht.«

»Du brauchst ja nicht ins Detail zu gehen. Schneller, fester oder langsamer reicht ja schon.«

»Schneller, fester, langsamer«, wiederholte sie und prustete vor Lachen.

Ein scharfes Klopfen ertönte an der Tür, begleitet von einer schneidenden Stimme mit den Resten eines Akzents.

»Kommst du jetzt raus und heiratest oder was?« fragte Dana.

Karin verzog das Gesicht. »O Gott, ich wünschte, sie würde mich in Ruhe lassen.«

»Ich kümmere mich um sie. Du nimmst dir noch fünf Minuten, atmest tief durch und denkst an etwas Schönes. Ich bringe sie in den Garten. Denk daran – wenn du das nächstemal mit mir sprichst, bist du verheiratet.«

»Ich glaube, mir wird schlecht.«

Ich drückte sie kurz an mich. »Keine Bange. Morgen wachst du in einem Haus ohne Dana auf. Nach vierundzwanzig Jahren endlich frei. Jubiliere!«

Ich ließ sie mit nachdenklichem Gesicht auf dem Bett sitzen und ging zu Dana hinaus.

»Guten Tag, Mrs. Anders. Wie geht es Ihnen?«

»Gut. Kommt sie jetzt oder was?«

»Oh, sie besinnt sich nur noch mal kurz. Gehen wir schon in den Garten.« Ich ging mit Dana die Treppe hinunter.

»Ich nehme an, du freust dich«, sagte sie. »Jetzt brauchst du mich nicht mehr zu sehen, wenn du Karin besuchst. Ich werde sie wahrscheinlich auch nicht mehr sehen. Nach allem, was ich für sie getan habe, läßt sie mich im Stich.«

»Mrs. Anders, ich bitte Sie, heute ist Karins Hochzeit. Freuen Sie sich nicht für Ihre Tochter?«

Sie wandte sich mir zu und hielt mir den Zeigefinger vors Gesicht. »Mich für sie freuen? Ich habe sie aus Deutschland hierhergebracht, als sie vier Jahre alt war, weil sie es einmal besser haben sollte. Ihr Vater war ein Säufer und Spieler, und ich wollte sie seinem Einfluß entziehen. Dafür habe ich meine Familie und meine Freunde zurückgelassen. Aber ich habe es für sie getan. Und das ist der Dank. Eine sechswöchige Kündigungsfrist, und dann verläßt sie mich, ohne sich um meine Gefühle zu kümmern oder daran zu denken, was jetzt aus mir wird.«

An dieser Stelle hätte ich sagen sollen: »Bei allem Respekt, Mrs. Anders ...«, aber ich würde den alten Drachen mit seiner spitzen Zunge schließlich nie mehr wiedersehen und brauchte keine Rücksicht zu nehmen. »Sie sind ja verrückt. Haben Sie mal daran gedacht, daß Sie es sind, vor der Karin davonläuft, und zwar nicht weil sie egoistisch ist, sondern weil *Sie* es sind? Wahrscheinlich haben Sie Karins armen Vater in den Suff getrieben. Wahrscheinlich war er ein verdammter Jesuitenpater, bevor Sie ihn in die Finger kriegten.«

»Du kleine Schlampe«, zischte sie. »Du und deine ekelhafte Tätowierung, wie ein Hure, und deine schmutzigen Musiker, mit denen du deinen Körper auf der Bühne zeigst. Ich weiß, was du treibst!« Sie stürmte davon, und ich lief ihr nicht hinterher, denn ich hatte meinen Spaß gehabt, auch wenn ich gerne noch gehört hätte, was ich auf der Bühne so alles trieb.

Dana und ich waren nicht immer Erzfeinde gewesen. Ich kann mich noch gut daran erinnern, wie sie Karin und mir Saft und Kekse brachte, wenn wir spielten, und es gab eine Zeit, in der ich sie lieber mochte als meine eigene Mutter, weil sie so blond und hübsch war wie die Frauen im Fernsehen. Aber als Karin auf die High School kam und eine eigene Persönlichkeit entwickelte, gab es einen Knacks. Dana verwandelte sich in einen besitzergreifenden Vampir. Vielleicht hatte sie Angst vor dem Alleinsein, ich weiß es nicht. Wahrscheinlich war es komplexer, aber ich haßte sie viel zu sehr, um mich mit dem psychologischen Aspekt zu befassen.

Ich folgte Dana in den Garten und beobachtete, wie sie in der ersten Reihe Platz nahm und ein Taschentuch aus ihrer Handtasche holte, um sich die Augen trocken zu tupfen. Offensichtlich hatte ich ziemlich genau getroffen. Vielleicht war Karins Vater tatsächlich ein Jesuitenpater. Nicht daß Karin etwas davon gewußt hätte; Dana hatte sich stets geweigert, ihr etwas von ihm zu erzählen.

Ich setzte mich nach hinten, allein schon, um eine Distanz zwischen mir und Dana zu schaffen. Vor mir sah ich ihren Hinterkopf, und das Sonnenlicht verwandelte ihr helles Haar in einen Heiligenschein. Welche Ironie.

Kurz darauf drückte jemand die Play-Taste eines Kassettenrecorders, der auf einem Tisch unter dem Zeltdach stand, und eine Art kirchliche Hochzeitsmusik erklang. Karin kam aus dem Haus hinter mir und ging nach vorne, wo David sie erwartete. Niemand führte sie. Ihre Mutter hatte Karin nicht fragen wollen, und wenn sie jemand anderen gebeten hätte, wäre Dana wahrscheinlich ins Wasser gesprungen, um sich als Märtyrerin darzustellen.

Die Zeremonie begann, unter der Leitung einer dicken Frau in einem glänzenden, grünen Kleid. Ich schaute ins Leere, während mir die Idee für einen neuen Song kam. Er war ziemlich gut, und ich probierte im Geiste aus, welche Instrumente und welche Tonarten sich am besten eigneten. Eine Fliege summte um mich herum. Die Hochzeit schien sehr weit entfernt, so als schaute ich durch das falsche Ende eines Fernglases. Der Himmel war an diesem Tag wolkenlos blau, wie geschaffen für eine Hochzeit, wenn man auf so was steht.

Ich glaube, es war kurz vor dem Jawort, als sich in den ersten Reihen etwas regte. Jemand gab würgende, heisere Laute von sich, und als ich aufblickte, konnte ich Danas blondes Haupt nicht mehr entdecken. Die Leute standen auf und gingen nach vorne, und Karin und David hatten sich umgedreht. Karin schrie »Mum!«, und mir wurde klar, was geschehen war. Dana hatte doch noch ihren großen Auftritt als Mutter der Braut. Ich sprang auf und schob mich durch die Menge nach vorne. Sie lag zuckend auf dem Boden, griff sich an die Brust und stieß diese besorgniserregenden, würgenden Laute aus.

Karins Chef aus Becky's Beauty Bar kniete über Dana. »Einen Krankenwagen, einen Krankenwagen!« rief er, aber ich wußte, daß hier keiner nötig war. Sie schauspielerte ganz offensichtlich.

»Ich brauche keinen Krankenwagen!« kreischte Dana nun, richtete sich auf und trommelte mit den Fäusten auf ihren Schoß. »Ich brauche ein neues Herz, weil sie mir das alte aus der Brust gerissen hat.« Ihr Gesicht war rot und geschwollen, sie weinte und weinte und preßte die Fäuste gegen die Augen wie ein Kind, das einen Wutanfall hat.

Nun brach auch Karin in Tränen aus. »Mutter, wie kannst du nur?« schluchzte sie. »Wie kannst du nur?« David legte seinen Arm um sie und versuchte, sie zu trösten.

Becky half Dana auf und führte sie ins Haus, eine traurige, schwankende Gestalt. Karin hatte sich zu David gewandt und sagte immer wieder zu ihm: »Wie konnte sie nur?« Sie tat mir leid. Es sollte ihr Tag werden, und ihre Mutter hatte ihn ihr ruiniert. Ich dachte einen Augenblick mit schlechtem Gewissen darüber nach, ob mein Streit mit Dana der Auslöser für den Anfall gewesen war, kam aber zu dem Schluß, daß sie wahrscheinlich alles schon seit sechs Wochen geplant hatte.

Die Leute setzten sich wieder. Ich wollte Karin noch einen beruhigenden Blick zuwerfen, aber David hatte sich mit ihr bereits wieder zu der Frau in Grün umgedreht und wies sie an, weiterzumachen. Ich setzte mich. Der Song in meinem Kopf hatte sich in Luft aufgelöst.

Es war mir peinlich, vor der eigentlichen Feier zu verschwinden, aber ich mußte zum Soundcheck. Nachdem der Fotograf seine Arbeit getan hatte, ging ich zu Karin, umarmte sie und drückte sie an mich. Sie legte das Gesicht an meine Schulter, zart wie ein kleiner Vogel.

»Wo ist deine Mutter?«

»Becky hat sie nach Hause gebracht. Sie hat alles kaputtgemacht, Lisa.«

»Du bist verheiratet, oder? Das konnte sie nicht verhindern.«

»Ich bin an sie gekettet, bis sie stirbt. Falls sie stirbt. Sie würde wahrscheinlich aus reinem Trotz damit warten, bis ich tot bin.«

»Unsinn. Du bist zu nichts verpflichtet. Du kannst sie vergessen, wenn du willst.«

»Lisa, sie hat sonst niemanden.«

Offenbar hatten vierundzwanzig Jahre Gehirnwäsche Wirkung gezeigt. Ich klopfte ihr auf die Schulter. »Tut mir leid, daß ich nicht bleiben kann.«

»Ach, schon gut. Ich weiß, es ist nicht deine Szene, aber mir macht's Spaß, mal im Mittelpunkt zu stehen.«

»Du kannst ja nach dem Dinner mit deinen Gästen ins Black Flag kommen, die Band anhören.«

»Hmm. Eher nicht.«

Ich küßte sie zum Abschied, suchte David und gab ihm die Hand. Eigentlich wollte ich mehr zu ihm sagen als nur ›Alles Gute‹, wollte ihm sagen, wie wichtig es war, daß er Karin die Chance gab, das nachzuholen, was ihre Mutter ihr genommen hatte, aber ich konnte es nicht. Er war zu normal; es wäre uns beiden peinlich gewesen.

Den Montagmorgen verbrachte ich damit, die Wiederwahltaste meines Telefons zu drücken – achtunddreißig Mal. An jedem Wochentag gab es eine Radiosendung mit einer Traumdeuterin, und ich wollte unbedingt zu ihr durchkommen. Endlich antwortete jemand, fragte mich nach meinem Namen und bat mich, in der Leitung zu bleiben. Übers Telefon konnte ich die Sendung verfolgen. Ein Typ erging sich in detaillierten Schilderungen seines Traums, die nicht enden wollten. Alles wurde durch Sätze wie »und dann war ich plötzlich in ...« zusammengehalten; die Szenen jagten einander wie bei einer australischen Seifenoper. Ich wünschte nur, er würde bald aufhören, damit ich drankam. Mein Herz pochte heftig.

Ich hatte bestimmt eine halbe Stunde gewartet, als ich schließlich an der Reihe war. »Lisa, sind Sie da?« fragte der Moderator.

»Ja, hi. »

»Erzählen Sie uns Ihren Traum, Lisa«, sagte die Traumdeuterin.

»Okay. Also, ich trage ein altmodisches Kleid, und ich weiß, daß ich es bin, auch wenn ich anders aussehe. Ich bin ganz mit Blut bedeckt, und ich schiebe dieses Ding, eine Art Schubkarre, in der ein toter Mann liegt. Ich gehe durch einen Wald, und neben mir geht ein anderes Mädchen, das dauernd weint und gar nicht damit aufhört. Ich bin total angespannt, als würde mir gleich der Kopf platzen, und das Rad der Schubkarre knarrt und knarrt. Es macht mir wirklich Angst, denn ich hatte diesen Traum schon neunmal, und er ist so realistisch, daß ich nie das Gefühl habe, zu träumen.« Der leise Ton der Verzweiflung, den ich aus meiner Stimme heraushörte, beunruhigte mich. Vielleicht hatte ich diesen dummen Traum zu lange verdrängt.

»Mein Gott, Lisa, das ist wirklich ein starker Traum. Neunmal, sagten Sie?«

»Ja, seit Anfang des Jahres.«

»Neunmal in acht Wochen? Ich glaube, das Universum will Ihnen wirklich etwas sagen.«

»Und was?«

»Ich würde sagen, daß es eine Erinnerung aus einem früheren Leben ist. Ich glaube, daß Ihnen in einem früheren Leben etwas zugestoßen ist und daß dies jetzt aus irgendeinem Grund wichtig für Sie wird.«

»Sie meinen damit, daß ich diese Dinge in einem früheren Leben wirklich getan habe?«

»Vielleicht, es muß aber nicht so sein. Es könnte auch ein Symbol für etwas anderes sein. Das ganze Blut – es könnte die Lebensenergie des toten Mannes symbolisieren, wissen Sie. Ich denke, Sie sollten sich in Ihrem Leben umschauen, ob Sie vielleicht jemanden die Energie rauben, ihn aussaugen. Wahrscheinlich ist es jemand aus diesem früheren Leben.«

Das schien mir wenig Sinn zu ergeben, aber ich wollte nicht vor Tausenden von Hörern mit ihr streiten. »Okay«, sagte ich. »Danke.«

»Keine Ursache, Lisa. Wie ich schon sagte, es hat definitiv etwas mit einem früheren Leben zu tun. Vielleicht sollten Sie dieser Idee nachgehen. Es gibt eine Menge Angebote an Therapien.«

Sie schalteten mich ab und gingen zum nächsten Anrufer über. Als ich auflegte, fiel mir ein, daß ich vergessen hatte, die Band zu erwähnen. Brad würde mich umbringen, wenn er das erfuhr.

Die Idee mit der Reinkarnationstherapie war mir auch schon gekommen. Im allgemeinen glaubte ich an nichts – das kalte, harte Licht des Zynismus kam mir wesentlich wünschenswerter vor als das Risiko, mich durch einen peinlichen Anfall von Glauben lächerlich zu machen. Andererseits schien Reinkarnation eine sehr attraktive Lösung für ein ansonsten unlösbares Problem zu sein. Was geschieht, wenn wir uns von dieser Existenz verabschieden? Bleibt etwas von uns übrig? Ist der Tod das Ende oder nur ein Haltepunkt in einem Kontinuum? Ich erinnerte mich daran, wie oft mir in meiner Kindheit kurz vor dem Einschlafen ein Gedanke gekommen war, der furchtbar wichtig erschien; aber kaum hatte ich mich darauf konzentriert, trieb er auch schon davon, hinein in den dunklen Flur, aus dem die Gedanken nie mehr wiederkommen. Alles, woran ich mich erinnern konnte, war, daß ich in dieser Gedankenvorstellung irgendwie nicht ich selbst gewesen war, sondern jemand anderer, in einer anderen Zeit, an einem anderen Ort. Vielleicht sollte ich diese Idee von der Wiedergeburt akzeptieren, vielleicht. Aber ich fragte mich immer noch, was am besten als nächstes zu tun wäre.

Mir fiel ein Café in der Stadt ein, an dessen Außenfront ich ein Schild gesehen hatte, das für Tarot und Rückführungen warb, und da der 485er Bus stadteinwärts in knapp zehn Minuten fuhr, schnappte ich mir meinen Rucksack und verließ die Wohnung. Ich wußte, wenn ich noch lange darüber nachdachte, würde ich zu dem Ergebnis kommen, daß es vollkommen blödsinnig war, und ich würde nicht gehen.

Das Café lag an einer großen Kreuzung; nicht gerade förderlich für das Geschäft. Das Geräusch der vorbeibrausenden Busse und die Abgase, die jedesmal hereinströmten, wenn die Tür aufging, schreckten die schicken, kosmopolitischen Kaffeehausbesucher garantiert ab. Als ich ankam, saßen nur zwei Leute in einer Ecke, tranken Kaffee und unterhielten sich, zweifellos über einen französischen Film, den sie beide nicht ganz verstanden hatten. Ich ging zur Theke, wo sich ein gutaussehender junger Mann, wahrscheinlich ein Student oder ein Schauspieler, der etwas dazuverdienen mußte, die Hände an der Schürze abwischte und mich mit einem sexy Lächeln begrüßte.

»Hi, was möchtest du?« fragte er beinahe suggestiv. Vielleicht bildete ich mir das Suggestive nur ein.

»Hi. Ich komme wegen einer Rückführung.«

»Oh. Sekunde, ich sage Laura Bescheid.« Er drehte sich um und griff zum Telefon. Ich wartete und sah zu, wie draußen der Verkehr vorbeifloß.

»Sie kommt gleich«, sagte der junge Mann und wandte sich wieder mir zu. »Möchtest du in der Zwischenzeit einen Kaffee?«

Ich trinke lieber Rattengift als Kaffee, daher lehnte ich ab und setzte mich. Bald darauf rauschte Laura durch eine mit Perlenschnüren verhangene Hintertür, und als erstes fiel mir auf, wie normal sie aussah. Ich hatte angenommen, daß sich eine psychische Wegbereiterin so stylen würde, daß es meinen sechsten Sinn ansprach. Sie war hausbakken, mittelalt, füllig, ihr Haar wurde langsam grau, und sie trug ein wirklich häßliches blaues Kostüm und einen lila Schal. Wenn ich an diesem Punkt davongelaufen wäre, hätte ich fünfzehn Dollar gespart.

Die Frau führte mich durch die Perlentür und durch die Küche in einen winzigen, weiß gestrichenen Raum, an dessen Wänden Dutzende Bilder von Delphinen oder Pyramiden hingen. Auf manchen waren sogar Delphine *und* Pyramiden. Ich beschloß sofort, ihr nichts von meinem Traum zu erzählen, um ihr keinen Einstieg zu ermöglichen. Wenn sie keine Hochstaplerin war, würde sie es auch so wissen.

»Also«, sagte sie, »ich bin Laura.«

»Ich bin Lisa«, entgegnete ich, während sie mich an einen Kartentisch bat. »Ich möchte eine Rückführung.«

»Das sagte mir Adrian bereits. Irgendein bestimmter Grund?«

Ha. Sie versuchte, mir Informationen zu entlocken. »Nein.«

Sie wartete ein paar Sekunden, als könne mich die Stille bewegen, mehr preiszugeben, als ich beabsichtigte. Im Hintergrund dudelte irgendeine beschissene New-Age-Musik, die ein Ignorant mit zu vielen technischen Apparaten und zu wenig Talent zusammengeschustert hatte. Ich machte schon jetzt eine schlechte Erfahrung durch.

»Nun, ich sehe dich in einem langen Kleid, Lisa,« begann die Frau unvermittelt.

Ich fuhr zusammen. Konnte sie mir wirklich etwas sagen?

»Umgeben von Büchern. Es ist das neunzehnte Jahrhundert, und du lebst in einem alten Pfarrhaus in England.«

Es wurde interessant, auch wenn ich mir sicher war, daß ich in meinem Traum kein viktorianisches Kleid trug. Ich war nicht besonders bewandert in Geschichte, aber sie lag bestimmt zwei Jahrhunderte daneben.

»Ich sehe dich schreiben. Du bist sehr geduldig …«

Sie malte das Bild immer weiter aus, und ich hörte ihr zu, spürte aber keinen Kontakt zu ihr oder dem, was sie sagte. Schließlich kniff sie die Augen zusammen. »Ein Name, ich spüre, wie sich ein Name formt …«

Die Spannung brachte mich fast um. Nein, doch nicht.

»Jane Eyre«, stieß sie triumphierend hervor und sah mir in die Augen.

»Sind Sie sicher, daß Sie nicht Charlotte Brontë meinen?« fragte ich.

Sie lächelte mich an, als sei ich ein verwöhntes Kind. »Lisa, wir können uns nicht aussuchen, wer wir sind. Ich bin sicher, daß sich viele Leute sehr freuen würden, wenn sie herausfänden, daß sie eine so berühmte Schriftstellerin wie Jane Eyre waren.«

Sollte ich es ihr sagen?

»Ich wette, daß du Bücher liebst, hab ich recht?«

Vielleicht sah ich aus wie eine Studentin, und sie hatte es deshalb gesagt. Ich war ungewaschen, schlecht angezogen, und mein zerzaustes langes Haar hatte diese kupferfarbene Tönung, die man nur hinkriegt, wenn man mehrere Sorten billiger Färbung nacheinander benutzt.

»Ja, stimmt, ich liebe Bücher. Ich habe alle ihre Bücher gelesen«, sagte ich und fügte hinzu. »Wir lesen sie an der Uni.«

Sie schnippte mit den Fingern. »Ich wußte, daß du Studentin bist.« Offenbar war sie jetzt hoch zufrieden mit sich selbst, weil sie ein solch gutes Urteilsvermögen besaß. »Vielleicht solltest du wieder mit dem Schreiben anfangen.«

»Danke für den Ratschlag. Wieviel macht das?«

»Fünfzehn Dollar.«

In Gedanken wand ich mich, als ich zahlte. Das Geld hätte ich auch aus dem Fenster werfen können, aber es geschah mir recht, denn ich hatte etwas völlig Sinnloses getan – mir Rat bei jemand gesucht, der keine Ahnung hatte.

»Bye, Jane«, sagte sie, als ich ging. Sie schien auf einem anderen Stern.

»Wie ist es gelaufen?« fragte mich Adrian, der süße Schauspieler/Student/Kellner.

»Sie hat keinen Schimmer«, sagte ich. Er lachte. Wahrscheinlich wußte er das schon.

Am nächsten Morgen machte ich mir gegen drei Uhr eine Tasse Zitronentee, setzte mich an den Schreibtisch und startete den Computer. Es war die beste Zeit, um im Net zu surfen; keine Freaks, die meinen Server blockierten, weil sie *Dungeons and Dragons* spielten. Ich durchsuchte das Net nach New Age oder Naturtherapie-Seiten. Schließlich fand ich einen Psycho-Chat Room, in dem endlos über Todeserfahrungen berichtet wurde. Ich schickte eine Bitte nach Hilfe bei der Erforschung eines früheren Lebens ab, das in meinen Träumen auftauchte, hinterließ meine E-mail-Adresse und unterschrieb ›mit verzweifelten Grüßen, Lisa‹.

Brad hatte einen Schlüssel zu meiner Wohnung und ich einen zu seiner. Es war bequemer so – wir gingen dauernd bei dem anderen ein und aus, holten CDs oder Instrumente ab. Deshalb war ich nicht überrascht, daß er mich am nächsten Morgen mit einem Sprung in mein Bett aufweckte.

»Wie spät ist es?« murmelte ich und versuchte, die Augen zu öffnen.

»Zehn.«

»Laß mich weiterschlafen. Ich bin erst um vier ins Bett gegangen.«

»Aber ich habe aufregende Neuigkeiten. Ich kann jetzt nicht nach Hause gehen.«

»Dann mach mir eine Tasse Tee. Pfefferminze. In der grünen Schachtel auf dem Regal neben der Mikrowelle.«

Er ging in die Küche. »Ich weiß echt nicht, warum du dieses Zeug trinkst.«

»Es ist gut für meine Nerven«, entgegnete ich, gähnte und quälte mich aus dem Bett. Ich zog ein T-Shirt und Shorts über, ging in die Küche und setzte mich. Brad hatte die Zeitung mitgebracht und auf den Tisch geworfen. Ich schob sie beiseite und legte den Kopf auf die Arme.

Brad stellte eine Tasse mit Tee vor mir ab. »Möchtest du die Nachricht hören?«

Ich schaute auf und betrachtete seine Hüften. »Komm her«, sagte ich, zog ihn zu mir und schob sein T-Shirt hoch; Karin hatte nicht unrecht gehabt. Er entwickelte langsam richtige Rettungsringe. »Machst du eigentlich jemals Sport, Brad?« fragte ich und stieß ihm den Finger in seinen weichen Bauch.

»In der Zeit trinke ich lieber was«, sagte er, machte sich los und setzte sich mir gegenüber an den Tisch.

»Du könntest mit mir ins Fitneß-Studio kommen.«

»Numb Records haben heute morgen angerufen.«

»Was?« Jetzt war ich wach.

»Selena Soundso, ich hab' den Namen vergessen. Nicht der Typ, der uns ursprünglich um unser Band gebeten hatte. Der ist vor zwei Wochen gegangen.«

»Und? Und?«

»Sie sagte, daß sie uns nicht vergessen haben. Es hängt aber noch von ihrem Budget ab, ob sie eine EP finanzieren. Im Augenblick ist es nur im Gespräch, aber wenn sie es machen, übernehmen sie den Vertrieb und alles. Die Scheibe wird dann überall zu haben sein.«

»Mann, das ist ja fantastisch. Glaubst du, es klappt?«

»Sie klang wirklich positiv. Aber bleiben wir ruhig, ich meine, sonst wird es ein echter Absturz, wenn sie doch nein sagen.«

Einmal, dieses eine Mal, erlaubte ich mir trotzdem zu hoffen.

»Es gibt aber noch mehr Neuigkeiten«, sagte er. »Wir sind berühmt geworden.«

»Wie das?«

Er schob mir die Zeitung hin. »Seite sieben.«

Mein schlaftrunkenes Ich wußte nicht genau, was hier ablief, aber gehorsam schlug ich die Seite auf. Ich sah ein großes Foto, auf dem ein junger Mann abgebildet war, der mir irgendwie bekannt vorkam, aber noch bevor ich ihn einordnen konnte, entdeckte ich ein einmontiertes Bild von uns, 747, eine schlechte Live-Aufnahme von einem Amateur.

»O Gott, was soll das?« murmelte ich. Dann las ich die Überschrift. TOTER LIEBTE MUSIK, SAGT SEINE MUTTER. Die Zeile unter dem Foto lautete: Das Opfer Simon Trussworth auf der Party zu seinem neunzehnten Geburtstag, eine Woche vor dem grausamen Mord.

»O nein«, stöhnte ich. Unter unserem Bild stand: *747 – die Lieblingsband des Opfers*. »Großartig, wirklich großartig, ›Lieblingsband des Opfers‹. Warum können wir nicht die Lieblingsband des Dalai Lama oder so sein?«

»Es ist Publicity, umsonst.«

»Es ist grauenvoll.« Ich überflog den Artikel, sentimentales Gewäsch über Simons verzweifelte alleinerziehende Mutter. Zwischen Zeilen wie ›Simon war ein wilder Junge, aber ein guter‹ und ›Ich glaube, daß er mit Drogen experimentiert hat, aber er war klug und wußte, wann es Zeit war aufzuhören‹ spürte man die Absicht des Autors, subtil anzudeuten, daß Simons Lebensstil den Mord herausgefordert hatte. Jeder Normalo, der die Story las, konnte sich sicher fühlen, daß ihm so etwas nicht passieren würde. Das Leben ging weiter.

»Komm, wir gehen zu McDonald's, frühstücken«, schlug Brad vor. »Als kleine Feier.«

»Feier?« Ich war entsetzt.

»Also wirklich«, sagte er. »Wegen der Plattenfirma.«

»Oh … Nein«, entgegnete ich. »Ich schleich mich wieder ins Bett, glaube ich. Kann ich die behalten?«

»Sicher. Ich klau bei McDonald's eine neue. Geht's dir gut?«

Ich schüttelte den Kopf. »Ich weiß gar nicht, wie es mir geht. Komm heute nachmittag wieder und frag mich noch mal.«

Nachdem Brad gegangen war, schnitt ich den Artikel aus und befestigte ihn an meiner Pinnwand, neben den anderen Presseartikeln über die Band. Ich betrachtete Simons Gesicht genauer und meinte, mich vage an ihn erinnern zu können, was einen gewissen Trost darstellte. Ich schwor mir, daß ich ihn nie vergessen würde, aber kaum war ich wieder im Bett und schloß die Augen, hatte ich es schon.

3. Kapitel

Mittwoch spürte ich weit weniger Verlangen, meinen Traum zu deuten. Ich blätterte die Gelben Seiten unter dem Stichwort ›Hypnose‹ eher halbherzig durch. Immerhin hatte ich bereits fünfzehn Dollar verschwendet, jetzt noch mal neunzig, und ich war pleite. Mir war klar, wenn ich so etwas machen würde, hieß es bestimmt, daß ich mindestens zwei Sitzungen bräuchte, um annähernd erfolgreich zu sein. Außerdem war ich so sehr damit beschäftigt, mich selbst als Rockstar vorzustellen, daß der Traum in den Hintergrund trat. Jede Sekunde konnte das Telefon klingeln, und Brad würde mir mitteilen, daß Numb Records uns unter Vertrag genommen hatten. Natürlich bedeutete ein Vertrag noch nicht, daß man Rockstar wurde, aber ohne wurde man es schon gar nicht. Und schließlich konnte mir niemand meine Tagträume verbieten.

747 hatten eine Seite im Internet, auf der die Leute uns mailen konnten, daß sie uns liebten oder Scheiße fanden oder wo sie nur ihre Adresse hinterließen, um unseren billig aufgemachten Newsletter oder Freikarten zu bekommen. Ich legte das Telefonbuch beiseite und sichtete die E-Mails, die während der Woche eingegangen waren.

747, gebt auf.

Ihr versucht verzweifelt, wie die Pixies zu klingen, aber ihr schafft es nicht. Verzieht euch, solange ihr noch könnt.

Die supergeile Sängerin kann mich auch mal.

Könntet ihr eine signierte CD an meine Freundin in Amerika schicken? Sie kennt jemanden, der …

Ich ging die Liste durch, kaum einen Blick auf die vorhersagbar öden Botschaften werfend. Dann stieß ich auf eine lange Nachricht von jemandem, der sich Whitewitch nannte. Sie antwortete auf meine Bitte um Hilfe bei der Erforschung eines früheren Lebens. Es gäbe Meditationen und Zauberformeln, schrieb sie, und wenn ich wollte, könnte sie mit mir daran arbeiten. Das Ganze klang ziemlich abgedreht, aber zumindest schien sie kein Geld zu erwarten. Ich antwortete ihr, daß ich alles ausprobieren würde, was keine bewußtseinsverändernden Drogen oder einen Pakt mit Satan verlangte.

Es klopfte leise an der Tür, sie wurde aufgeschlossen, und Brad kam herein. Ich schickte die Botschaft ab und löschte den Bildschirm. Brad brauchte nicht zu wissen, was ich hier tat; er würde sich nur kaputtlachen.

»Hier«, sagte er und gab mir eine Postkarte. »Sie lag im Briefkasten. Ist von Karin.«

»Du sollst meine Post nicht lesen«, sagte ich. »Hol dir was zu trinken.« Mit einer Handbewegung schickte ich ihn in die Küche.

Ich las die Karte:

Es ist prima hier, aber ich freue mich auch schon auf zu Hause. Ich bin am Achtzehnten wieder da, also halte dir den Termin frei, damit wir zusammen Kaffee trinken können oder von mir aus auch einen deiner ekelhaften gesunden Säfte. Ich hab' dir soviel zu erzählen. Neuseeland ist toll, Skifahren war ich allerdings nicht. Hab' Schiß gekriegt. Kann es kaum erwarten, dich zu sehen. Karin.

Brad war zurückgekommen und stand mit einem Glas Orangensaft neben mir. »Amüsiert sie sich?« fragte er.

Ich reichte ihm die Postkarte. »Was meinst du? Klingt es nicht so, als zähle sie die Tage, bis ihre Flitterwochen vorbei sind?«

Brad überflog Karins Karte. »Das bildest du dir vielleicht nur ein, Lisa.«

»Ich mache mir Sorgen, daß sie einen Fehler gemacht hat.«

»Was hast du damit zu tun?«

Ich wandte mich ihm zu. »Immerhin ist sie meine beste Freundin.«

»He, du warst diejenige, die zu mir gesagt hat, daß es dich nichts angeht«, entgegnete er. »In der Woche vor der Hochzeit hast du gebeten, ich solle dich immer daran erinnern.«

»O ja«, sagte ich. »Tut mir leid. Aber du bist sicher nicht gekommen, um mir die Post zu bringen.«

»Nein, ich will dich abholen. Die Agentur will Fotos von uns machen.«

»Ich hasse Foto-Sessions.«

»Es ist für Numb Records. Ich nehme an, sie wollen sich davon überzeugen, daß wir nicht drei Köpfe haben oder so was.«

»Du meinst, sie wollen sichergehen, daß wir vermarktbar sind?«

Brad rieb sich das stoppelige Kinn. »Na ja, Ailsa müssen wir nach hinten stellen. Sonst fragen sie uns, ob wir The Mamas and Papas imitieren.«

»Das ist gemein.«

»Sie ist fett. Ich sage nur, wie es ist.«

»Und wie steht's mit dir?« Ich kniff ihn in den Bauch.

»Bei Kerlen ist es egal. Also mach schon, Lisa. Mußt du dir nicht die Haare waschen und so was?« Er ließ sich zwischen den Wäschebergen aufs Sofa plumpsen und schaltete den Fernseher ein.

Etwa eine Stunde später trafen wir bei unserer Agentur ein. Wir waren schon spät dran, weil Brad noch unbedingt die Kinderserie zu Ende sehen wollte, die er verfolgt hatte, während ich duschte. IKM, oder *Internationales Künstler-Management*, wie sich unsere Agentur nannte, agierte nicht international, hatte nur sehr wenige echte Künstler zu betreuen und konnte kaum eine Gummiente in der Badewanne managen. Aber als Buchungsagentur war sie großartig, und Clark, der sich um 747 kümmerte, hatte uns immer regelmäßig Arbeit besorgt. Leider war Clark, wie die meisten Agenten im Showgeschäft, ein gescheiterter Musiker mit dem Charakter eines Gebrauchtwagenverkäufers. In seiner Gegenwart konnte ich nur eine Zeitlang nicken und lächeln. Dann mußte ich entweder davonlaufen oder ihm sagen, was für ein Idiot er war.

Wir fanden Jeff, Ailsa und Clark in einem der kleineren Büros. Sie saßen auf einem Sofa, dessen Füllung an den Lehnen herausquoll, rauchten und sahen sich Amateurvideos anderer Bands an.

»He, Brad!« Jeff merkte nie, wie laut er sprach. »Schau dir die Titten von dieser Tussi an.« Er nahm die Fernbedienung und spulte das Band zurück, bis er Aufnahmen von einem blonden Mädchen gefunden hatte, mit riesigen Brüsten, die von einem glänzenden Plastikoberteil kaum bedeckt wurden. Sie war eine lausige Sängerin mit einer ebenso lausigen Band.

»Scheiß-Gruppe, aber die Leute lieben das Mädchen«, steuerte Clark seine Meinung als Experte bei.

»Ich sehe, warum«, sagte Brad, nahm Jeff die Fernbedienung weg und hielt das Video bei einer besonders vorteilhaften Stelle an.

Ich merkte, daß ich der einzige Mensch im Raum war, der sich nicht für den Busen des Mädchens interessierte. »Können wir langsam anfangen?«

Nichts ist mir unangenehmer, als fotografiert zu werden. Wie ich mich auch bemühe, immer ziehe ich den Mund irgendwie schief, und was ich mit meinen Händen soll, weiß ich auch nicht. Um alles noch schlimmer zu machen, hinkte der Fotograf der Agentur seiner Zeit etwa zehn Jahre hinterher. Er bemühte sich erfolglos, uns davon zu überzeugen, daß es ganz toll wäre, wenn wir verführerisch über die Schultern blicken würden, während alle anderen Bands der Welt doch mürrisch auf ihre Schuhe starrten. Als er schließlich alle seine Filme verknipst hatte, eilte er davon, um die Bilder zu entwickeln, damit Brad sie noch am gleichen Tag per Eilboten an Numb schicken konnte.

Und dieses Mal bekamen wir postwendend Antwort. Um zwei Uhr am nächsten Nachmittag lag ich lesend auf dem Sofa – ich hatte mir Platz geschaffen –, als Brad anrief. »Sie fliegen morgen ein, um uns live zu sehen.«

»Du machst Witze!«

»Nein. Sie haben mich sofort angerufen, nachdem sie die Fotos bekommen hatten.«

»Sehen wir denn so gut aus?«

»Ich weiß nicht, ob es das war, vielleicht war es auch der Zeitungsausschnitt.«

»Welcher Zeitungsausschnitt?«

»Der über den Toten.«

Mir wurde übel. »Das ist nicht dein Ernst.«

»Es ist mein Ernst. Sieh's nüchtern, Lisa. Wir können nichts dafür, daß er tot ist.«

»Ich kann einfach nicht glauben, daß du ihnen den Ausschnitt geschickt hast. Und ich kann nicht glauben, daß sie sich deshalb für uns interessieren.«

»Immer mit der Ruhe. Vielleicht haben sie sich deshalb noch mehr für uns interessiert. Sie waren sowieso schon kurz davor.«

Ich schwieg.

»Komm schon, Lisa«, sagte Brad. »Wo siehst du ein Problem? Wir haben nichts Unrechtes getan.«

»Warum kommt es mir dann so vor, als würden wir von dem grauenhaften Mord an irgendeinem armen Kerl profitieren?«

»Lisa, er war ein Fan der Band. Auf diese Weise hat sein Tod noch etwas Gutes. Er hätte es so gewollt.«

»Ich bitte dich! Du sprichst nicht mit Jeff oder Ailsa. Ich bin die Intelligente, schon vergessen?«

»Sorry. Aber was geschehen ist, ist geschehen, Lisa. Wenn es dich beruhigt, werde ich jedem erzählen, daß du, die Frau mit Prinzipien, nichts damit zu tun haben willst.« Ein leiser Hauch von Sarkasmus färbte seine Stimme.

»Ja, ja, danke. Bis Freitag abend dann.« Ich legte auf, halb aufgeregt, halb angewidert.

Am Freitag sah ich wieder meine E-mail durch, und zwischen all dem pseudo-amerikanischen Szenegewäsch und den aufgesetzten Kritiken der vermeintlichen Gegenkultur fand sich eine neue Botschaft von Whitewitch.

Liebe Lisa,
Wir fangen langsam an und sehen, wie weit wir kommen. Es ist eine Art Selbsthypnose, was bedeutet, daß Du die ganze Zeit die Kontrolle über die Sache hast.

Such Dir einen ruhigen Ort, an dem Du nicht gestört werden kannst – zieh den Telefonstecker raus und sorge dafür, daß Dich niemand besuchen kommt. Du beginnst, indem Du tief atmest: schließe deine Augen und entspanne Dich. Dann stell Dir eine Uhr vor, ganz genau, mit jeder Einzelheit. Wenn Du sie deutlich vor Dir siehst, stell Dir vor, daß die Zeiger rückwärts laufen. Du siehst, wie der Minutenzeiger entgegen der Richtung läuft und der Stundenzeiger folgt.

Dann, wenn das Bild vollkommen klar ist, sagst Du bei jedem Atemzug laut: »Die Zeit fließt rückwärts.« Wiederhole den Satz immer wieder. Vielleicht brauchst Du vier oder fünf Versuche für das Ganze, bis Du irgendwo hinkommst, und selbst dann könnte deine Erinnerung lückenhaft sein. Aber wenn Du dabeibleibst, wirst Du nach und nach ein Bild zusammensetzen können.

Laß mich wissen, wie Du zurechtkommst.

Whitewitch.

Ich mußte kichern, aber vielleicht nur, um den kühlen Schauer zu vertreiben, der mir beim Lesen den Rücken hinuntergelaufen war. Darauf achten, daß man dabei allein war – nun, das verstand sich von selbst. Ich wollte bestimmt niemanden dabeihaben, wenn ich auf dem Sofa lag und Beschwörungen murmelte wie eine verwirrte Stadtstreicherin. Ich druckte die Nachricht aus, faltete sie zusammen und legte sie an den Schreibtischrand. Vielleicht war dieser Unsinn nichts für mich.

Seit neun Jahren hatte ich kein Lampenfieber mehr gehabt, hatte mich völlig daran gewöhnt, auf einer Bühne zu stehen und zu der *LisaSheehan* zu werden, die aus einem Wort bestand und irgendwie nicht ich selbst war. Aber daß Selena von Numb Records an diesem Freitagabend im Universal im Publikum saß, versetzte mich in helle Panik. Ich hockte auf einem wackeligen alten Stuhl, knabberte an meinen Fingernägeln und stellte im Geiste ein Liste mit allem auf, was schiefgehen konnte. Ailsa war stoned, und Jeff lief um uns herum und rief dauernd: »Wir werden berühmt!« mit einer besonders komischen Kinderstimme.

Brad stand an der Tür und sah ins Publikum.

»Wie sind die Leute?« fragte ich.

»So wie immer. Mach dir keine Sorgen.«

»Sind diese Typen in Schwarz da? Ich weiß nicht, ob ich gut draufkomme, wenn die wieder hier sind.«

»Ich hab' einen von ihnen gesehen, aber er trug ganz normale Klamotten. Keine schwarzen Kerzen.«

»Das ist Scheiße. Ich finde es furchtbar, nervös zu sein.«

»Dann hör auf damit.« Brad kam zu mir, stellte sich hinter mich und massierte mir mit seinen kräftigen, warmen Händen die Schultern. Ich lehnte mich an ihn. Er strahlte einen richtigen Zauber aus, ganz Mann: warm, rauh und sexy.

»Gott, Brad, ich wünschte, du würdest das nicht tun.«

»Mach ich dich an?«

»Nur ein bißchen.«

Er beugte sich vor und küßte mich sanft aufs Ohr. Ich schubste ihn weg. Ailsa und Jeff lachten über uns.

»Warum schlaft ihr eigentlich nicht miteinander? Ist doch offensichtlich, daß ihr es gern tun würdet«, sagte Ailsa.

»Haben wir schon«, sagte Brad.

»Nein, haben wir nicht«, sagte ich.

»Wer lügt denn hier, wer lügt denn hier?« intonierte Jeff in seinem kindischen Singsang. Er fuchtelte mit seinen langen Würstchenfingern vor meinem Gesicht herum, und ich sagte zu ihm, er solle sich verpissen.

Natürlich hatte ich mir umsonst Sorgen gemacht. Das zusätzliche Adrenalin trug sogar dazu bei, daß wir besser spielten, an Präsenz gewannen. Die ersten Reihen standen dicht gedrängt, also warf ich meine Gitarre zur Seite und stürzte mich in die Menge, um auf ihr zu surfen. Ein Typ faßte mir zwischen die Beine, aber ich revanchierte mich mit einem Tritt gegen seinen Kopf, während ich vorübersegelte. Schließlich warfen sie mich wieder auf die Bühne, wo ich mir das Knie an der Kante aufschlug. Ich spürte es gar nicht. Nichts ist mit dem Gefühl vergleichbar, high auf einer Welle der Bewunderung zu reiten.

Nach dem Konzert trafen wir Selena. Sie war ein hippes junges Ding: Ende zwanzig, MBA, eine Menge Goldschmuck und ein Diamantstecker in der Nase. Sie wollte sich auf nichts festnageln lassen, sagte aber immer wieder, daß Numb Records ›sehr beeindruckt‹ von uns seien. Wir versuchten so sehr, uns bei ihr beliebt zu machen, daß es mir schließlich albern vorkam. Ich verabschiedete mich, als sie vom Bourbon zu kleinen Päckchen mit weißem Pulver übergingen. Brad rief mir nach, er würde mich morgen anrufen. Als ich verschwand, hörte ich noch, wie Brad zu Selena sagte, ich stünde nicht auf Drogen.

»Ist sie sicher, daß sie im richtigen Geschäft ist?« meinte sie und stürzte ihren letzten Schluck Bourbon hinunter.

Tja, vielleicht war ich's nicht.

Numb Records ließen uns zappeln. Sie schwänzelten um uns herum, sagten sehr oft ›Vielleicht‹, wiesen immer wieder auf ihre Budgetschätzung hin und kamen schließlich damit heraus, daß sie noch zwei andere Bands in Betracht zogen. Meine Hoffnung verwandelte sich in Zynismus. Leider paßte Zynismus sehr viel besser zu mir.

Ich war so in der Bandgeschichte aufgegangen, daß ich Whitewitches Nachricht fast vergessen hatte. Aber dann träumte ich wieder *Den Traum*.

Es war ein Donnerstagabend nach einem Gig im Fire Fire. Ich war vor dem Fernseher eingenickt, während einer Dauerwerbesendung. Zuerst träumte ich von einem Mixer, der auch pürieren und hacken konnte, wobei ich immer noch wußte, daß ich in meinem Wohnzimmer vor dem Fernseher saß. Aber dann veränderte sich etwas, und ich fand mich in dem steifen, blutgetränkten Kleid wieder, mühte mich mit dem ächzenden Karren ab, der mir ständig aus den verschmierten Händen rutschen wollte, und hörte das Weinen der Frau. Nasse Blätter und Zweige streiften mich. Wenn sie nicht bald aufhörte, würde ich sie umbringen, sie trieb mich in den Wahnsinn. »Wir haben keine Wahl!« schrie ich sie an. »Wir haben keine Wahl!«

Mit einem Ruck erwachte ich, und die beruhigenden Stimmen der Werbung umspülten mich. »Wenn Sie jetzt anrufen, geben wir Ihnen noch diese wunderbaren Rezeptbücher dazu.«

Wobei hatten wir keine Wahl? Abgesehen davon, wer waren ›wir‹?

Ich las Whitewitches Nachricht noch einmal durch. Jetzt war ich nahe dran, es zu tun.

Am Samstag abend klopfte es um neun Uhr an die Tür. Es mußte Brad sein, der mich abholen wollte, also rief ich, er solle reinkommen.

Zehn Sekunden später klopfte es erneut. Ich fragte mich, warum er nicht aufgeschlossen hatte, so wie er es sonst machte, öffnete die Tür und wollte gerade sagen, »hast du den Schlüssel vergessen«, als ich sah, daß nicht Brad, sondern Jeff vor mir stand.

»Jeff?«

»Hi, Lisa. He, ziemlich unordentlich, deine Bude.« Er sagte das mit seinem üblichen komischen Grinsen, so als sei er erfreut darüber, mich als Schlampe enttarnt zu haben.

»Danke für den Hinweis. Was verschafft mir das Vergnügen deines Besuchs?«

»Ich hol dich heute ab. Kann ich reinkommen?«

Ich ließ ihn rein und deutete auf das Sofa. Er setzte sich, nahm einen meiner BHs vom Wäschestapel und lachte. »Oh, deine *Dessous.*«

»Möchtest du was trinken?«

»Gerne, gerne, irgendwas Süßes.«

»Orangensaft?«

»Ja, prima.«

Ich ging in die Küche, um ihm den Saft einzuschenken. »Wieso holst du mich ab?« fragte ich.

»Brad hat eine *Verabredung.*«

»Eine Verabredung? Mit einer Frau?« Es sollte lässig klingen, aber ich spürte einen kleinen Stich und haßte mich dafür.

»Ja, und zwar was echt Ernstes. Er sagt, sie ist schön und sehr klug. Sie geht zur Uni, studiert Computerwissenschaft oder so was.«

Ich brachte ihm seinen Orangensaft.

»Hat sie einen Namen?«

»Mmmh ... Marian? Mary? Vielleicht auch Marie. Auf alle Fälle fängt es mit einem M an. Bist du eifersüchtig?«

Ich schüttelte den Kopf und setzte mich vor ihm auf den Couchtisch. »Nein, ich schätze aber, daß er das gerne hätte.«

»Wahrscheinlich. Ich sollte auf jeden Fall erwähnen, daß sie studiert. Er sagte, es wurmt dich noch immer, daß du die High School nie beendet hast.«

»Diese Arschgeige.«

Jeff trank einen Schluck Orangensaft und zog die Nase hoch. »Wie wärs mit Wodka?«

»Du weißt, daß ich keinen habe.«

»Hm, stimmt. Fräulein Tugendhaft hat keinen Wodka. Was für eine beschissene Tragödie.« Er stürzte den Saft hinunter und reichte mir das leere Glas.

»Wieso gehst du eigentlich nicht mit Brad?« fragte er. »Ailsa und ich haben eine Wette laufen.«

»Eine Wette? Worauf?«

»Ailsa setzt fünfzig Dollar darauf, daß du ihn niemals ranläßt, weil du ... weil du ...« Er kniff die Augen zu und dachte nach. Als ihm die Worte einfielen, öffnete er sie wieder. »Einen süßen Arsch hast, aber ein Biest bist.«

»Großartig. Und du hältst dagegen?«

»Ja, aber nur, weil Brad alle Weiber rumkriegt. Selbst dich, Lisa.« Er beugte sich vor, legte die Hand auf mein Knie und sah mich mit seinem Hundeblick an. »Lisa, schöne Lisa, vielleicht willst du ja lieber mich als Brad.«

Ich schubste seine Hand weg. »Ich will keinen von euch. Ihr beiden habt die ekligsten Schwänze im ganzen Universum.« Ich brachte sein Glas in die Küche. Ailsas Bemerkung nagte an mir. Wir hatten nicht viel gemeinsam, aber ich hatte immer angenommen, daß sie mich respektierte. Brad hatte eine neue Flamme, Jeff war durchgeknallt, und meine beste Freundin war in den Flitterwochen. Ich fühlte mich sehr allein.

»Gehen wir«, sagte ich und zog Jeff vom Sofa hoch. »Ich möchte Brads neues Sex-Spielzeug kennenlernen.«

Sie hieß Marnie und studierte keineswegs Computertechnik, sondern belegte einen Weiterbildungskurs in Textverarbeitung. Als Brad mal fort war, brachte ich sie zum Plaudern. Sie hatte blondes Haar und große Titten, die klassische ›Brad-bitte-fick-mich-Tussi‹, ganz so, wie er es liebte. Sie gefiel mir nicht, aber noch weniger gefiel mir, wie gut es mir tat, daß sie in Wahrheit nicht hübscher und klüger war als ich. Jeden Satz beendete sie mit ›'ne?‹, und je mehr sie plapperte, desto schriller wurde ihre Stimme. Während sie mir absurde Geschichten über die Leute in ihrer Klasse erzählte, stand Brad ungeduldig daneben. Ich sah, wie er auf die Zähne biß, wenn ihr Organ eine Oktave anschwoll. Schließlich gab er ihr zehn Dollar und sagte, sie solle ein paar Drinks holen.

»Lach nicht«, sagte er, als sie weg war.

»Ich lache nicht.«

»Mit irgendwem muß ich ausgehen – du willst mich ja nicht.«

»Das stimmt. Ich will dich nicht.«

»Glaubst du, daß du mich jemals willst?«

Ich seufzte genervt. »Ich weiß nicht, Brad, ich glaube, ich suche etwas anderes.«

»Wenn du deine Meinung änderst …«

»Sag ich dir Bescheid.«

Je länger der Abend dauerte, desto mieser fühlte ich mich, ohne Freunde und völlig daneben, so als stünde ich abseits, während sich alle anderen in einen Freudentaumel stürzten. Ich verabscheute ihre nihilistischen Triebe. Meine Gedanken kehrten wieder zu *Dem Traum* zurück und zu Whitewitches Nachricht. Vielleicht mußte ich wirklich zuerst mit mir selbst ins reine kommen, um mich in der wirklichen Welt wieder wohlzufühlen. Ich beschloß, Whitewitches Meditation auszuprobieren, egal wie bescheuert mir das vorkam. Nur einmal, und dann würde ich sehen, ob es mich irgendwohin brachte. Im Grunde wußte ich, daß es sinnlos war.

Das Problem war nur: Ich wußte gar nichts.

Ich wollte es am Tag machen. Ich glaube nicht, daß man jemals die kindliche Furcht vor dem Dunkeln überwindet;

wenn man also etwas tut, das ein bißchen gruselig ist, dann macht man das besser im hellen Licht des Tages. Ich schloß mich in meiner Wohnung ein und legte die Kette vor, damit Brad nicht herein konnte, falls er mich besuchen wollte. Dann las ich die Anweisungen, immer und immer wieder. Ich spürte ein leichtes Flattern im Bauch; offenbar war ich doch nervös und aufgeregt, und mit meiner zynischen Haltung in bezug auf das ganze Projekt war es nicht sehr weit her.

Schließlich verlagerte ich die Wäsche auf den Fußboden und legte mich aufs Sofa. Dann schloß ich die Augen und atmete mehrere Male tief, sehr tief ein und aus. Bald war ich ziemlich entspannt. Ich stellte mir die Uhr vor, so wie Whitewitch gesagt hatte, aber ständig wurde ich abgelenkt – durch das Geräusch des Verkehrs oder den Kühlschrank, der summend zum Leben erwachte. Mir fiel ein, daß ich den Hörer nicht von der Gabel genommen hatte, und ich wartete angespannt, wann es klingeln würde. Eigentlich wollte ich aufstehen und es nachholen, aber die Bilder in meinem Kopf wurden langsam klarer, und jetzt durfte ich sie nicht mehr verlieren. Die Zeiger drehten sich rückwärts, zunächst langsam, dann immer schneller. Ich versuchte, die Welt auszuschalten, versuchte, nicht zu denken …

»Die Zeit fließt rückwärts«, sagte ich. Beim nächsten Ausatmen wiederholte ich den Satz. Ich hörte die heulende Sirene eines Krankenwagens, verlor die Konzentration und wollte aufstehen, den Hörer von der Gabel nehmen und alle Fenster schließen, trotz der Hitze. Besser, noch mal von vorne anzufangen.

Mühsam versuchte ich, mich aufzurichten.

In diesem Augenblick schien etwas Großes, Dunkles und Festes gegen meinen Kopf zu prallen. Ich war ans Sofa genagelt und konnte meine Augen nicht öffnen. Eine schreckliche Dunkelheit umhüllte mich. Ich geriet in Panik. Ich hörte, wie meine Arme gegen das Sofa schlugen, als ich versuchte, mich hochzuziehen, und ich hörte eine Stimme – es war meine Stimme, aber sie klang guttural und seltsam –, etwas Unzusammenhängendes sagen.

Dann fing ich an, mich aufzulösen, eine Leere auszufüllen. Es war, als sei ich nicht mehr ich, sondern etwas Riesiges, Formloses, das sich immer weiter ausdehnte. Ich hörte ein Geräusch, das wie das Rauschen von Luft klang, wie verstimmte Geigen, wie der Aufprall eines Flugzeugs. Dann rief mich von irgendwoher eine Stimme, eine junge, weibliche Stimme. Ich verstand nicht, was sie sagte.

Ich hörte auf, mich auszudehnen, zog mich zusammen. Nach hinten und mit dem Kopf voran wurde ich in einen schwarzen Schacht gezogen, immer kleiner werdend.

Die Stimme wurde lauter, kam näher. *Elizabeth, Elizabeth.*«

Ich nahm ein goldenes Muster wahr, Diamanten neben Diamanten und …

4. Kapitel

»Elizabeth.«

Ihre törichte Stimme zerrte an meinen Nerven. Ich drehte mich um und sah sie auf mich zulaufen, mit Spitzenstoff wedelnd.

»Mirabel«, sagte ich ruhig und wandte mich wieder den Seidenstoffen zu, die ich betrachtet hatte.

»Schau nur, italienische Spitze.« Sie hielt sie mir unter die Nase.

»Sehr hübsch. Wirst du sie kaufen?«

»Ja, für neue Handschuhe.«

»Nancy wird den Stoff ruinieren, wenn sie versucht, dir daraus Handschuhe zu machen.«

»Oh, aber du könntest es. Du bist doch so geschickt, vielleicht kannst du mir helfen.« Sie ließ ihre Wimpern flattern, ihr üblicher Versuch, einnehmend zu wirken.

»Ich habe keine Zeit, dir Handschuhe zu machen.«

»Böse alte Schachtel. Vater wird mir die Spitze kaufen, und er wird schon dafür sorgen.«

Ich wußte, daß Onkel Tom nichts dergleichen tun würde, nickte aber und winkte sie fort. »Also, dann geh und laß mich in Ruhe.«

Sie rümpfte ihre kleine Nase und ging davon. Viele Leute fanden ihren kindlichen Überschwang und ihre kokette Art charmant. Ich nicht.

Ich ließ die Seide durch die Hände gleiten, und der glatte Stoff schien meine Nerven zu kitzeln. Es war heiß und der Markt voller Menschen. Die Sonne strahlte von den Ständen und legte sich auf jedes Blatt und jede Blüte. Ein Mann in einem Büßerhemd stand neben der Wechselstube und warnte mit lauter Stimme vor der ewigen Verdammnis. Ich schloß die Augen und stellte mir vor, wie es auf den ostindischen Inseln sein mochte, wo die Seide herkam. Warm und feucht. Dorthin wollte ich segeln, allein, wollte den würzigen Duft des Seetangs einatmen, die Welt sollte sich vor mir öffnen, immer weiter, und meine Seele sollte sich ausdehnen, bis sie jede Distanz überwand.

Diese Sehnsucht, ich trug sie stets in mir. Mein Magen zog sich furchtsam zusammen, wenn ich daran dachte, daß ich mit jedem Jahr dem Tod näher kam, nicht jedoch der Erfüllung. Ich wollte diese Welt beiseite schleudern und mit den Sternen tanzen. Aber weil ich eine Frau war, schien ich dazu verdammt, langsam in diesem Körper dahinzuwelken, nichts weiter zu sein als eine leere Hülle, die durch ein sinnloses Leben schleicht.

»Wo sind Sie?« hörte ich eine Stimme neben mir. Ich öffnete die Augen, drehte mich um und sah einen Mann, aufs Eleganteste gekleidet in ein blaues Wams mit schwarzen Ärmeln. Er hatte einen schmalen dunklen Bart und faszinierende graue Augen. Es schien, als stünde er viel zu dicht neben mir.

»Auf einem Boot zu den ostindischen Inseln«, antwortete ich.

»Warum die ostindischen Inseln?«

»Die Seide.« Ich hielt ein rotes Tuch hoch. »Ich habe mir vorgestellt, wo sie herkommt.«

Er nahm mir den Stoff aus der Hand und schloß die Augen. »Mhm, heiße, feuchte Luft, das Summen unzähliger

Stimmen, der weite blaue Himmel, die riesige strahlende Sonne, der Duft exotischer Blüten und Gewürze.«

»Sie waren dort?«

»Ja, im vorigen Jahr.«

Ich senkte den Kopf und versuchte den Neid zu verbergen, der mich überkam.

»Wie heißen Sie?« fragte er.

»Elizabeth.«

»Würden Sie einen Spaziergang mit mir machen, Elizabeth?«

Ich sah mich nach Mirabel und Onkel Tom um. Sie waren nirgends zu sehen, also wandte ich mich wieder meinem Begleiter zu. Er war nicht schön. Seine Nase war zu groß, seine Brauen zu gerade und schwer. Aber etwas an ihm zog mich mehr an als gutes Aussehen. Etwas Tieferes und Gefährlicheres. Ich gestattete ihm, daß er meinen Arm nahm.

Wir verließen den Marktplatz und gingen langsam die Hauptstraße des Dorfes entlang. Mit weicher Stimme erzählte er mir von seiner Seereise: von der winzigen Kajüte, in der er geschlafen hatte, von den Geräuschen und Gerüchen des Ozeans, den schrecklichen Stürmen, die er überstanden hatte, von seiner ganzen Reise nach Osten, in das Herz einer fruchtbaren Welt.

Bald hatten wir das Dorf hinter uns gelassen und waren am Wald angelangt. Je weiter wir gingen, desto betörender klang seine Stimme. Mir war, als schliefe ich mit offenen Augen, als träumte ich, während ich ging. Im Schatten war es erheblich frischer, und plötzlich fanden wir uns unter einer dunklen Eiche wieder, deren kühlende Zweige sich über uns ausbreiteten.

Ich wußte, daß er mich hier lieben würde. Er zog mich auf den Boden, und seine Hände glitten unter meine Unterröcke und streichelten mich. Die Erde roch feucht, aber ich schloß die Augen und stellte mir vor, daß ich unter einer üppigen tropischen Palme lag. Es war seltsam, aber als mir dieser Gedanke kam, hörte ich den Ozean, der meine Füße umspülte. Mein Liebhaber war hart und fordernd und zärtlich. Seine Lippen bedeckten mein Gesicht, und immer wieder flüsterte er meinen Namen wie einen Zauberspruch.

Was es, wie sich zeigen sollte, auch einer war.

An diesem Abend kamen Mirabel, Onkel Tom und ich sehr spät mit unserer Kutsche in Prestonvale an. Diener huschten wie die Ameisen um uns herum, entluden unsere Einkäufe und trugen sie ins Haus: Seide, Teppiche, Gewürze, Bronzestatuen und prunkvoll verzierte Uhren aus der Schweiz. Wir gingen einmal im Jahr auf diesen Markt, und jedesmal erstanden wir außergewöhnliche Dinge.

Mirabel ging zum Haus, während Onkel Tom mir herunterhalf. Er drückte meine Hand. »Hattest du einen schönen Tag?«

»Ja, danke.«

»Hat Mirabel dir sehr viel Ärger gemacht?«

»Um ehrlich zu sein, Onkel Tom, ich habe mich gar nicht so viel mit ihr abgegeben.«

»Ich weiß, sie kann ein Plagegeist sein.« Er lächelte mir zu, und in den Winkeln seiner warmen, sanften Augen zeigten sich Fältchen. Er wurde mit jedem Jahr älter, grauer und warmherziger.

Ich legte die Arme um seinen Hals. »Du bist so lieb.«

Er strich mir durchs Haar. »Ach, Elizabeth, manchmal wünschte ich mir, du wärst meine Tochter.«

»Und du bist für mich wie ein Vater.«

»Du scheinst meine ganze Freude und mein Trost zu sein«, sagte er leise und drückte mich an sich.

»Und nicht zuletzt bin ich die Verwalterin deiner Finanzen.«

»Ja, ja, das auch.« Er trat zurück und lächelte mich noch einmal an. In diesem Lächeln erkannte ich meine Mutter, seine Schwester, die starb, als ich noch ein Kind war. Mein Vater war auf See verschollen, noch vor meiner Geburt. Onkel Tom war der einzige Vater, den ich je gehabt hatte.

Eine dunkle Gestalt kam auf uns zu. Es war eine der Frauen aus dem Dorf, in einen grauen Umhang gehüllt. Sie zog mich am Ärmel. »Lady Elizabeth, dürfte ich Sie allein sprechen?«

Ich sah Onkel Tom an, als wüßte ich nicht, worum es ging; aber ich ahnte es. Er zog die Brauen zusammen und wollte die Frau fortschicken, aber ich hob die Hand.

»Es ist schon gut, Onkel Tom. Geh nur ins Haus. Ich komme bald nach.«

Als er sich umwandte, zog mich die Frau näher zu sich. »Es ist meine Schwester«, sagte sie. »Es geht ihr sehr schlecht. Sie kann kein Essen bei sich behalten, sie zittert und ist leichenblaß. Wir fürchten, daß sie uns dieses Mal verläßt.«

Ich sah mich um. Onkel Tom war im Haus verschwunden. Ein Page nahm die letzten Pakete aus der Kutsche. Ich bat ihn, mir aus meinem Zimmer den Schreibkoffer zu holen, was er gehorsam und umgehend tat. Den Koffer nehmend sagte ich mit einem Blick auf das Haus: »Sag Sir Thomas, daß ich ins Dorf gegangen bin, um einen Brief zu übersetzen. In spätestens einer Stunde bin ich zurück.«

Er verbeugte sich und eilte davon.

Ich wandte mich der Frau zu. »Wie heißt du?«

»Maryanne Roberts, Ma'am. Und meine Schwester heißt Elizabeth, genau wie Sie. Aber wir nennen sie Bessie.«

Wir gingen auf das Dorf zu, durch das große Steinportal von Prestonvale. »Nach der Königin benannt, wie ich auch?«

»Ja, Ma'am, nach unserer geliebten Königin. Der Neue, dieser Schotte, kann sie nicht ersetzen.«

Ich spürte kein großes Verlangen, mit einer Dörflerin über Politik zu sprechen, und schwieg, während wir den staubigen Pfad zu ihrem Haus entlanggingen. Schließlich führte sie mich in eine Seitenstraße. »Dort drüben ist es, Ma'am.«

Wir kamen an ein kleines Haus, hinter dessen Fenster eine Laterne brannte. Der Fettgeruch von gekochtem Fleisch hing in der Luft. Eine ältere Frau saß in einem Stuhl am Kamin und sah auf, als ich eintrat. Das Haus hatte nur ein einziges Zimmer. In einem schmuddeligen Bett in der

Ecke lag eine zweite Frau, blaß und schweißüberströmt. Die Laken stanken nach Erbrochenem. Ich setzte mich mit meinem Koffer auf die Bettkante. Sie suchte nach meiner Hand und fand sie.

»Lady Elizabeth, wie gütig von Ihnen, zu kommen.« Ihre Hand war heiß wie Feuer, und ich massierte ihre Finger. Maryanne und die ältere Frau sahen mir über die Schulter.

»Schon gut, Bessie. Hast du Husten?«

»Nein, nein. Aber mir ist so kalt.«

Ich beugte mich vor, zog die Decken zurück und legte mein Ohr auf ihre Brust. »Hol tief Atem.«

Sie tat es, und ich hörte keinerlei Rasseln in ihrer Brust, was ermutigend war.

Sorgsam deckte ich sie wieder zu. »Bis morgen früh darfst du nichts essen.« Der Schlüssel zu dem Lederkoffer hing an einer Kette um meinen Hals. Ich nahm ihn ab und schloß meinen Schreibkoffer auf. Onkel Tom glaubte, er sei voll mit Büchern, Papier, Stiften und Tinte. Was mir mehr in seinem Interesse als in meinem recht war. Als örtlicher Friedensrichter war er dafür verantwortlich, Hexen vor Gericht zu verhören. Ich war es ihm schuldig, nie dort zu erscheinen, angeklagt, weil ich mich auf Gebiete gewagt hatte, die mich nichts angingen. Nicht, daß ich mein Tun für Hexerei hielt, auch wenn abergläubische Seelen es vielleicht getan hätten. Ich wußte viel über Kräuterheilkunde und kannte Heilsprüche, war also eine Kräuterhexe, wie man mich im Dorf wohl nannte, aber in privilegierter Stellung und gebildeter als die anderen. In gewisser Weise hatte mich Onkel Tom dazu ermutigt. Von ihm stammte das Buch über Kräuter und Pflanzen, das mein Interesse geweckt hatte. Mittlerweile pflegte ich einen umfangreichen Garten in diversen Blumenkästen und warf in regelmäßigen Abständen Rosemary, die Köchin, aus der Küche, wenn ich meine Arzneien braute.

Ich hielt Bessie eine kleine Flasche mit einer streng riechenden Flüssigkeit an die Lippen. »Hier, trink das.«

Sie nahm einen kleinen Schluck, dann wandte sie den Kopf ab und rümpfte die Nase.

»Versuch es, bitte«, sagte ich.

Sie holte tief Atem und trank etwas mehr. Ich stellte die Flasche beiseite und beugte mich über sie. Meine Lippen berührten fast ihre Stirn. Ich strich ihr übers Haar. Sie roch entsetzlich, aber ich wich nicht zurück, und ganz dicht an ihrer Haut flüsterte ich die Worte, wiederholte sie langsam, so daß sie von meinen Lippen direkt in ihren Kopf dringen konnten, dort, wo die eigentliche Heilung stattfand. Die Frauen standen erstaunt dabei; das ihnen unbekannte Latein klang geheimnisvoll und fremd in ihren Ohren – für mich war es die vollkommenste aller Sprachen. Ich schloß die Augen und ließ die Worte von meinen Lippen fließen. Ihre Wohlgeformtheit spendete auch mir Trost, und fast wäre ich selbst in eine Dunkelheit geglitten, mit dem Wunsch, nicht mehr zurückzukehren. Schließlich hörte ich, wie ihr Atem tief und regelmäßig wurde, und ich richtete mich auf.

Maryanne half mir hoch. »Habt vielen Dank, Ma'am.«

»Wenn es ihr am Morgen nicht bessergeht, muß sie zur Ader gelassen werden. Gebt ihr nichts zu essen, bevor sie nicht selbst darum bittet.« Ich schloß den Koffer.

»Wie können wir Euch das nur vergelten«, murmelte die ältere Frau, wahrscheinlich Bessies Mutter.

»Indem ihr schweigt, mit sonst nichts.« Dann tat ich etwas, das ich jedesmal tat. Ich berührte beide an der Schulter und sagte laut ›Tace‹, das lateinische Wort für ›Schweigt‹. Nicht mehr als ein Taschenspielertrick, aber natürlich glaubten sie, ich hätte sie mit einem Zauberspruch belegt. Wenn sie Angst vor mir hatten, konnte ich mir ihres Schweigens sicher sein. Außerdem machte es mir Spaß, mit etwas Ehrfurcht behandelt zu werden.

Durch die schattigen Gassen ging ich nach Hause, genoß die Einsamkeit und die Geräusche der sanften Dunkelheit. Die Nachtstunden schienen meinem Naturell zu entsprechen, und auch wenn das Mondlicht meinen Mißmut nicht auflöste, so hatte ich doch das Gefühl, Teil eines großen Ganzen zu sein. Meine unzüchtigen Gedanken wanderten zu dem nachmittäglichen Spiel unter der Eiche, lebendig und in allen Farben. Ich fühlte weder Schuld noch Angst.

Schuld deshalb nicht, weil ich so etwas schon oft getan hatte – es war für mich ein Ausweg aus dem Profanen meiner Existenz. Und keine Angst, weil das, was andere Frauen als Fluch empfunden hätten, mein Segen war. Glücklicherweise war ich unfruchtbar. Während meiner kurzen, unter einem schlechten Stern stehenden Ehe hatte mein geliebter Gatte Christopher in unserem Dorf vier Bankerte gezeugt, während mein Bauch stets verdächtig flach geblieben war. Er starb ohne legitimen Nachfolger. Mir war es recht, denn ich hatte keine Geduld mit kleinlichen, selbstsüchtigen Menschen. Deshalb ärgerte mich Mirabel so sehr.

Onkel Tom wartete im Salon auf mich.

»An deiner Stelle würde ich die Dörfler davonjagen, Elizabeth.«

»Schon gut, Onkel Tom, ich helfe gerne, wenn ich kann.«

»Was wollten sie von dir?«

»Sie hatten einen Brief von einem Verwandten aus Frankreich. Ich habe ihn für sie übersetzt und eine Antwort geschrieben.« Ich setzte mich neben ihn auf den Boden und legte den Kopf in seinen Schoß. Er trug einen seidenen Hausmantel. Der Stoff kühlte meine Haut.

»Mein kluges Mädchen.« Er streichelte mein Haar.

»Ich würde verrückt werden, wenn ich mich nicht irgendwie nützlich machen könnte. Ich habe nie genug zu tun.«

»Du solltest dir ein Steckenpferd zulegen. Mirabel hat mit der Stickerei angefangen, allerdings ist sie nicht besonders geschickt. Vielleicht gefällt dir das auch.«

Ich stöhnte auf. »Ich kann mir nichts Schlimmeres vorstellen. Sinnlose Tätigkeit und dazu sinnloses Geplapper.«

»Was würdest du denn gerne tun?«

Ich schloß die Augen, und als ich einatmete, roch ich die Ozeanluft, so wie heute nachmittag. »Ich würde gerne in den Orient reisen. Ich würde gerne neue Länder erkunden und neue Dinge entdecken und dir Gold und Silber mitbringen. Ich würde gerne Gedichte schreiben und sie veröffentlichen. Ich würde gerne auf die Universität gehen und mit Gleichgesinnten die Klassiker diskutieren.«

Er streichelte noch immer mein Haar. Was hätte er auch antworten können? Ich wußte genauso gut wie er, daß all diese Dinge für mich unerreichbar waren.

»Wäre ich doch nur als Mann auf die Welt gekommen«, sagte ich.

»Vielleicht wäre das wirklich gut gewesen. Aber das läßt sich nun mal nicht ändern.«

Schweigend saßen wir da. Schließlich sagte er: »Würdest du gerne wieder heiraten? Ich könnte jemanden für dich finden.«

»Jemanden, der eine unfruchtbare Frau will? Wohl kaum.«

»Nun, mein Freund Joseph zum Beispiel. Er hat vor kurzem seine Frau verloren und hat bereits fünf Söhne. Ich bin sicher, daß er nicht noch mehr haben will.«

»Onkel Tom, er ist älter als du. Ich bin siebenundzwanzig. Mir stünde doch wohl ein junger, gutaussehender Mann zu, nicht wahr?«

»Da hast du recht.«

»Außerdem will ich gar nicht wieder heiraten. Ich bin glücklich damit, dein Anwesen zu verwalten.« Den armen Onkel Tom verwirrten Zahlen, Steuern und Wechselkurse völlig. Seine zweite Frau war ungefähr zur gleichen Zeit gestorben wie mein Mann, und so war ich zu ihm zurückgekehrt und hatte seine Buchhaltung übernommen.

»Trotzdem, das kann nicht ewig so weitergehen. Irgendwann werde ich einen geeigneten Mann für Mirabel finden müssen, jemanden, der das Anwesen verwalten kann, wenn ich einmal nicht mehr bin. Jemand, der sich um euch beide kümmert. Dann wird es auch seine Aufgabe sein, über die Finanzen zu wachen.«

»Und ich habe dann gar nichts mehr zu tun. Mein Hirn wird schrumpfen und absterben, und dann werde ich auf dem Dachboden hocken und warten, bis Rosemary mir Brot und Suppe bringt, mit der ich mich dann wie eine Schwachsinnige bekleckere.« Ich war selbst erstaunt, wie verbittert ich klang.

»Soll ich dir neue Lektüre kommen lassen?«

Das war Onkel Toms Lösung für meine regelmäßigen Anfälle von Mißmut, und wenn dadurch auch nichts besser wurde, so war es doch stets eine willkommene Geste.

»Ja, bitte. Ich würde gerne Italienisch lernen. Kannst du mir ein paar Romane und ein Lehrbuch besorgen?«

»Betrachte es als erledigt.«

»Warum arrangierst du nicht, daß Mirabel deinen Freund Joseph heiratet?« fragte ich boshaft.

»Das ist nicht sehr fair. Du hast mich gerade daran erinnert, wie alt er ist, und Mirabel ist erst neunzehn.«

»Aber bei ihr ist es anders. Sie ist noch ein Kind, sie braucht einen reifen, verläßlichen Mann.«

Er lachte. »Ich werde Mirabel sicher nicht deinetwegen mit einem unangenehmen Ehemann bestrafen. Aber ich glaube, ich sollte wirklich über ihre Heirat nachdenken.«

»Jetzt schon? Sie ist doch noch so jung.«

»Elizabeth, ich weiß nicht, wie lange ich noch dasein werde.«

»Sag so etwas nicht.« Ich sah zu ihm auf. »Sag es nicht.«

Er berührte meine Wange. »Du bist so klug, und doch hast du die Hauptlektion des Lebens noch nicht gelernt: Akzeptiere, was du nicht ändern kann.«

Es schien mir, als sollte das mein Los sein.

Am nächsten Nachmittag hielt ich mich im Arbeitszimmer auf. Vor mir lag das aufgeschlagene Bilanzbuch, aber meine Gedanken wanderten hinaus durch die geteilten Fenster, deren Scheiben das Licht der Sonne vergoldeten, als es leise an der Tür klopfte. Rosemary trat ein und machte einen Knicks.

»Ja, Rosemary?«

»Ma'am, ich habe heute morgen im Dorf gehört, daß Bessie Roberts putzmunter ist und schon herumläuft, wo man sie doch gestern abend bereits aufgegeben hatte.«

Ich lächelte. »Danke für die Nachricht, Rosemary.«

»Sie sind so klug, Ma'am. Gestern noch habe ich zu Nancy gesagt, wie klug Sie doch sind, und was für ein Glück wir doch haben, für Sie zu arbeiten. Wenn eine von uns krank wird, brauchen wir nur Sie holen zu lassen ...«

»Das reicht, Rosemary. Du weißt, daß du nicht darüber reden sollst.«

»Es tut mir leid, Ma'am. Darf ich Sie trotzdem um Rat bitten?«

»Sprich.«

»Der älteste Sohn meines Bruders heiratet in zwei Wochen, und das Mädchen ist ... nun, man munkelt, sie sei unzüchtig.«

Ich runzelte die Stirn. Sie sah ernsthaft entsetzt aus, und ich fühlte kurz den perversen Drang, ihr in allen Einzelheiten von dem Fremden zu berichten, den ich gestern geliebt hatte. Dann besann ich mich aber. »Und?«

»Gibt es nicht eine Mixtur, damit sie ... treu bleibt?«

Ich unterdrückte ein Lachen. »Ja, so etwas gibt es. Du mußt eine Salbe für ihn machen, aus Eisenkraut, Angelika und Knoblauch. Damit muß er seine Geschlechtsteile einreiben, bevor es zum Vollzug der Ehe kommt.«

Sie errötete. »Ich verstehe.«

»Und koche Nesselblätter aus und besprenkle ihn mit dem Wasser.«

Das würde seine Eifersucht heilen.

»Ich verstehe. Danke, Ma'am.« Sie ging rückwärts aus dem Zimmer, zufrieden, aber auch ängstlich. Und ich spürte das elektrisierende Gefühl von Macht. Ihre Furcht hatte mich auf beunruhigende Weise erfreut.

Ich weiß nicht, ob Rosemary ihren Aberglauben überwand und mein Rezept auszuprobierte. Jedenfalls vergaß ich alles, was mit Hochzeit zu tun hatte, bis einige Wochen später Mirabel nachts vor meiner Zimmertür stand.

»Elizabeth!« rief sie. Ich hörte sie heftig schluchzen.

»Ja, komm herein.«

Die Tür ging auf, und sie tapste auf mein Bett zu. Dann wurde der Vorhang zurückgezogen, und sie schlüpfte zu mir unter die Decke, in ein weißes Nachthemd gekleidet, die langen blonden Haare offen. Als kleines Kind war sie öfter zu mir ins Bett gekrochen, vor meiner Heirat, als ich noch viel Geduld mit ihr hatte. Mürrisch rutschte ich zur Seite, und sie schmiegte sich an mich.

»Was ist denn?« fragte ich.

»Sei nicht böse. Es ist etwas Schreckliches geschehen.«

Ich schwieg, während sie neben mir schniefte und schluchzte. Sie suchte mit ihrer feuchten kleinen Hand nach meiner, und ich tat ihr den Gefallen. Mit dem Daumen streichelte ich ihre Finger.

»Ich soll heiraten, Elizabeth.«

»Das ist keine Tragödie, das ist ein Grund zum Feiern.«

»Aber ich weiß nicht, wer es ist. Vater hat ihn ausgesucht, der Sohn eines seiner Geschäftspartner. Er hat eine Menge Geld, aber keinen Titel.«

»Mach dir keine Sorgen. Christopher hatte einen Titel, aber kein Geld. Vertrau mir, es ist gut, daß dein Mann betucht ist. Onkel Tom denkt an deine Zukunft. Unsere Zukunft.«

»Ich weiß, daß es gut ist, aber ... ich dachte immer, daß ich mich erst verliebe und dann heirate.«

»So geht es uns, Mirabel«, sagte ich. »Unsere schönsten Träume werden von der Realität zerstört.« Seltsamerweise fühlte ich mich zum erstenmal mit Mirabel verbunden. Auch sie wollte gegen ihr Schicksal aufbegehren. Ich gestattete ihr, sich noch enger an mich zu kuscheln.

»Hast du deinen Mann geliebt?«

»Ja, ich habe Kit verehrt, aber er hat mich nicht geliebt.«

»Das muß furchtbar gewesen sein.«

»Mit jemandem verheiratet zu sein, der sein Vergnügen mit jeder Dorfhure sucht, ist schlimmer als mit jemandem verheiratet zu sein, den man nicht liebt.«

»O nein! Hat er das wirklich getan?«

Ich seufzte. Ich wußte nicht, warum ich ihr all das erzählte. »Ja, aber sag es niemandem. Er hatte vier Bankerte. Manchmal sah ich sie, sie hatten seine Augen und seinen Mund.«

»Aber du hattest keine Kinder?«

»Nein.«

»Das ist sehr traurig.«

Ich streichelte ihr über den Kopf. »Ich glaube, es wäre ein Desaster, wenn ich welche hätte.«

»Was heißt Desaster?«

»Ein Verhängnis.«

»Oh ...« Nach einer Weile fügte sie hinzu. »Du bist seltsam, Elizabeth.«

»Ich hätte ein Mann werden sollen.«

»Dann hätte ich dich heiraten können. Das wäre mir recht gewesen. Du bist so klug.«

»Hat Nancy dir schon die Handschuhe gemacht?«

»Nein, soll sie auch nicht. Sie ruiniert die Spitze.«

»Dann bring sie mir morgen. Ich mache dir Spitzenhandschuhe für die Hochzeit.«

Sie strahlte. »Würdest du? Das wäre herrlich.«

»Fällt es dir dann leichter, zu heiraten?«

Sie seufzte leise und nickte. »Wenn ich schon heiraten muß, dann wenigstens mit neuen Spitzenhandschuhen. Ich hoffe, er ist nett, Elizabeth.«

Das hoffte ich auch, aber nicht um ihretwillen. Oder vielleicht auch ein kleines bißchen um ihretwillen.

Gilbert Lewis traf spät an einem Donnerstagnachmittag ein, um seine Braut kennenzulernen. Der gesamte Haushalt befand sich in einem Zustand des Chaos. Man bereitete sich auf die Ankunft des Gastes vor, Fußböden wurden geschrubbt, frische Binsen gelegt und die Decken gelüftet. Um dem Aufruhr zu entgehen, verkroch ich mich im Arbeitszimmer. Onkel Toms Finanzbücher lagen aufgeschlagen vor mir, aber ich schrieb in ein anderes kleines Buch. Ich schrieb Gedichte, ernsthafte Gedichte, von denen einige zweifellos sehr schlecht waren. Aber es machte mir Spaß. Während ich schrieb, stellte ich mir vor, dies sei mein Haus, von meinen Einkünften als Dichter und Dramatiker und erfolgreicher Schauspieler bezahlt, und ich säße in meinem eigenen Arbeitszimmer, wo ich gerade mein neuestes Meisterwerk verfaßte. Staubkörner wirbelten in den

Strahlen der Nachmittagssonne. Ich fühlte mich warm und schläfrig und träumte in meiner Ecke.

Plötzlich klopfte es laut an der Tür, und Onkel Tom trat ein, während ich hastig meinen Gedichtband unter das Hauptbuch schob.

»Noch immer bei der Arbeit?«

»Ich prüfe nur noch meine Additionen.«

»Gilbert ist im Salon. Komm und schau ihn dir an. Ich glaube, er wird dir gefallen.«

Ich überzeugte mich davon, daß niemand mein Buch sehen konnte, und erhob mich. Onkel Tom nahm meine Hand und führte mich in die Halle hinaus und in den Salon.

»Gilbert Lewis«, sagte er, als er mich in den Raum schob. »Ich möchte Ihnen meine Nichte vorstellen, Lady Elizabeth Moreton.«

Er drehte sich um ... O Gott, es war der Mann vom Markt. Die Überraschung, ihn hier wiederzusehen, machte mich fast stumm. Er streckte die Hand aus, als habe er mich noch nie gesehen. »Erfreut, Sie kennenzulernen, Mylady. Sir Thomas, Sie haben mir nichts davon erzählt, daß Sie in diesem riesigen Haus noch eine zweite schöne junge Dame verstecken.«

»Bitte, nennen Sie mich doch Tom. Elizabeth ist die Witwe von Sir Christopher Moreton.«

Ich sah, daß er einen Blick auf meine Kleidung warf und nach meinem Trauerflor suchte. Hastig sagte ich: »Es ist sechs Jahre her, Sir. Das Leben geht weiter.«

»Das tut es in der Tat.«

»Elizabeth ist unersetzlich für mich, Gilbert«, erläuterte Onkel Tom. »Sie kümmert sich um meine Finanzen und führt den Haushalt. Die Dorfbewohner lieben sie.«

»Ah, eine Frau mit eigenen Gedanken. Wie selten.«

Mir war das alles ungeheuer peinlich, aber er zeigte kein Anzeichen von Nervosität. Ich jedoch blieb unruhig.

»Hatten Sie eine angenehme Reise, Sir?« fragte ich steif. Irgend etwas mußte ich sagen, wenn ich nicht wie eine Schwachsinnige dastehen wollte.

»Ja. Aber bitte, nennen Sie mich Gilbert. Darf ich Elizabeth sagen?«

Ich nickte. Glücklicherweise ließ er sich nicht anmerken, daß er mich kannte.

»Elizabeth, lesen Sie gern?«

»Oh, nur in vier Sprachen«, unterbrach Onkel Tom. »Englisch natürlich, Latein, Französisch und Griechisch.«

»Nur ein klein wenig Griechisch«, sagte ich. »Bitte, Onkel Tom, bring mich nicht in Verlegenheit.«

Gilbert fuhr fort. »Haben Sie je von Christine de Pisan gehört?«

»Nein, ich glaube nicht.«

»Sie müssen ihre Schriften lesen. Auch sie war für ihre Zeit eine selbständige Frau, vor etwa zweihundert Jahren, wenn ich mich nicht irre. Ihre Werke werden Ihnen gefallen. Französisch ist ja kein Problem für Sie.«

Ich sah Onkel Tom erwartungsvoll an. »Soll ich dir ihre Bücher besorgen?« fragte er.

Ich nickte eifrig. Wie froh war ich in diesem Augenblick, jemanden im Haus zu haben, mit dem ich über Bücher und Ideen reden konnte, selbst wenn es der Mann war, mit dem ich es getrieben hatte, ohne auch nur seinen Namen zu wissen. Erinnerte er sich am Ende wirklich nicht? Mit keiner Regung ließ er erkennen, daß wir uns schon begegnet waren, nicht einmal mit einem verstohlenen Blick seiner schmalen grauen Augen.

»Ah, da kommt Mirabel«, sagte Onkel Tom, als seine Tochter schließlich den Raum betrat, blaß, vor Furcht zitternd und mit verweinten roten Augen. »Mirabel, ich möchte dir Gilbert Lewis vorstellen.«

»Wie geht es Ihnen, Sir?«

»Danke, gut«, sagte er, und ich sah, wie er sie mit einem schnellen Blick abschätzte. Er schien erfreut, und mit gutem Grund. Auf ihre kindliche Art war Mirabel sehr hübsch. »Und Sie, lesen Sie auch, Mirabel?«

»Nein, Sir«, antwortete sie.

»Hat sich Ihre Cousine nicht die Mühe gemacht, Ihnen Lesen nahezubringen?«

»Nein, Sir, ich mag keine Bücher.«

»Ah.« Er nickte ernst, dann lächelte er. Zögernd erwiderte sie sein Lächeln. Dann wandte er seine Aufmerksamkeit wieder mir zu – und da war es, ein kaum verhülltes, zweideutiges Flackern in seinen Augen. Ich wußte, daß er mich jetzt vor sich liegen sah, mit bis über die Hüften hoch gerutschten Röcken.

»Ich muß wieder an meine Arbeit«, sagte ich beklommen.

»Leisten Sie uns beim Abendessen Gesellschaft?« fragte er.

»Natürlich.« Ich lächelte Onkel Tom zu. »Entschuldigt mich bitte.«

Schnell ging ich an ihm vorbei, zurück ins Arbeitszimmer, wo ich die Tür verschloß und eine Stunde lang auf die Einlegearbeiten der Tischplatte starrte.

Ich hätte wissen müssen, daß ich eines Tages einem meiner anonymen Liebhaber wieder begegnen würde. Nach Kits Tod hatte es angefangen. Der erste war ein Stallbursche gewesen, am Tag von Kits Begräbnis. Und jedesmal, wenn ich mit Onkel Tom nach London fuhr, kam einer dazu, mindestens. Aber es waren stets Männer, von denen ich sicher sein konnte, sie nie wieder zu sehen. Das hatte ich zumindest gedacht.

Wie konnte es sein, daß dieser Fremde als zukünftiger Ehemann meiner Cousine in unserem Haus auftauchte? Ich wußte, daß sich Onkel Tom auf dem Markt mit vielen seiner Geschäftsfreunde getroffen hatte. War Gilbert mit seinem Vater dort gewesen? Hatte Onkel Tom ihn getroffen, als er aus dem Wald zurückgekehrt war, von unserem Liebesspiel etwas staubig und leicht erschöpft? Ich war aufs Tiefste beunruhigt. Was, wenn seine Zunge so locker war wie meine Moral?

Irgendwie überstand ich das Essen, und dann sah ich Gilbert zwei Tage lang nicht mehr. Entweder vertiefte er sich in Gespräche mit Onkel Tom, oder er nahm an Jagdgesellschaften teil. Auch Mirabel traf ihn nicht und sagte nur immer wieder zu mir, sie wäre froh, daß er nicht zu alt sei, obwohl er meiner Meinung nach mindestens doppelt so alt war wie sie.

Als er bei mir auftauchte – ich wußte, daß das früher oder später der Fall sein würde –, war es früher Morgen, noch vor dem Sonnenaufgang. Es klopfte an meiner Tür, und ich hörte, wie sie aufging und sachte wieder geschlossen wurde. Ich wußte, daß er es war, noch bevor er den Vorhang meines Bettes zurückgezogen hatte. Die Silhouette seines Profils hob sich gegen das fahle Mondlicht ab.

»Gilbert?«

»Ja, ich bin es. Hast du mich erwartet?«

»Ja, ich glaube schon. Aber wir dürfen nicht ...«

»Ich bin nicht wegen deines hübschen Körpers hier«, sagte er und setzte sich auf die Bettkante.

»Bitte, sag nichts zu Onkel Tom, bitte.«

»Natürlich nicht. Glaubst du, er würde zulassen, daß ich seine Tochter heirate, wenn er wüßte, daß ich bereits mit seiner Nichte das Vergnügen hatte?«

Ich schwieg und wartete.

»Ich habe ein steifes Knie«, sagte er schließlich.

»Wie bitte?«

»Ein steifes Knie. Wenn es draußen feucht ist, spüre ich es. Ich habe eurer Köchin mein Leid geklagt – wie heißt sie noch?«

»Rosemary«, sagte ich mit wachsendem Unbehagen.

»Ja, genau. Rosemary sagte, daß ich mich an dich wenden müßte, du wüßtest schon ein Heilmittel. Obwohl sie das Wort ›Heilmittel‹ nicht benutzt hat. Ich glaube, sie nannte es einen ›Zauberspruch‹.«

Demnächst würde ich Rosemary verprügeln müssen. »Ich weiß nicht, was sie damit meint.«

»Wirklich nicht? Sie sagte, du seist im Dorf recht berühmt dafür. Ist Sir Thomas bekannt, weswegen du so beliebt bist?« Ich hörte gutmütigen Humor in seiner Stimme, und obwohl ich sein Gesicht im Dunkeln nicht erkennen konnte, spürte ich, daß er lächelte. Erleichtert atmete ich auf.

»Gilbert, du weißt bei weitem zu viel von mir. Ich kann nur hoffen, daß du meinem Onkel nichts erzählst.«

»Nein, keinesfalls. Also, was empfiehlst du für mein Knie?«

»Öl mit schwarzem Pfeffer für das Gelenk.«

»Und der Spruch?«

»Ach, nur ein traditioneller Heilspruch. Ich könnte dir mein Buch zeigen.«

Er atmete heftig und beugte sich über mich. »Elizabeth, warum verschwendest du deine Zeit?«

Ich war mir bewußt, wie nahe er mir gekommen war, und spürte die Hitze, die von ihm ausging und mich in ihren Bann zog. Mühsam beherrschte ich mich, nicht meine Hand nach ihm auszustrecken. »Was meinst du?«

»Deine Zeit mit dummen Arzneien und Weibergeschwätz zu vergeuden. Willst du nicht mehr?« Noch bevor ich antworten konnte, tat er es für mich. »Natürlich willst du. Ich spürte es, als ich dich zum erstenmal sah, auf dem Markt, als du die Seide in den Händen hieltest und dir vorstelltest, du seist in Asien.«

»Was für ein ›Mehr‹ gibt es denn?« fragte ich. »Zumindest für mich?«

Er drehte sich herum, bis er halb auf mir lag. Sein Atem streifte meine Wange. Ich spürte seine Hände auf meinen Brüsten. Selbst durch mein Nachtgewand fühlte ich seine Wärme und Stärke. Ich ließ es zu, daß er mich küßte, ließ zu, daß seine Zunge in meinem Mund kreiste, ließ zu, daß er mich überall berührte.

»Man sucht nach Göttlichkeit, Elizabeth«, murmelte er. »Man strebt nach Göttlichkeit.«

5. Kapitel

Mir wurde schlecht. Immerhin ein Gefühl, auf das ich mich verlassen konnte – aufsteigende Übelkeit. Und wenn ich nicht aufstand, dann würde ich an meinem eigenen Erbrochenen ersticken wie Bon Scott und John Bonham und Jimi Hendrix. Ich faßte etwas Hoffnung bei dem Gedanken, daß Bonham 1980 gestorben war, ja sogar ein Glücksgefühl überkam mich, denn 1980 war lange vorbei. Mir gefielen diese Zahlen, der große Kreis der Neun, und irgendwie paßte die Acht mir auch, aber das ergab keinen Sinn.

Wenn ich nicht aufstand, würde ich kotzend auf meinem Sofa sterben.

Ich stützte mich an der Rückenlehne ab und versuchte mich hochzurappeln.

Schnell.

Irgendwie schaffte ich es, die Augen zu öffnen, indem ich jeden Muskel in meinem Kopf aktivierte. Aufmachen, verdammt, öffnen.

Da war sie, meine Wohnung. Schwankend brachte ich mich in eine Sitzlage und kotzte mir auf die Füße.

Mit einem Schlag nahmen die Dinge wieder Konturen an. Ich starrte auf das Erbrochene auf meinen Zehen. Einiges war auf den Teppich gespritzt. Es kam noch mehr.

Ich sprang auf und lief ins Badezimmer, wo ich meinen armen, übersäuerten Magen entleerte. Dann setzte ich mich neben die Kloschüssel, die Wange an das kühle Porzellan gepreßt. Mein Kiefer schlackerte, als lallte ich stumm vor mich hin.

Was, zum Teufel, war mit mir passiert?

Ich wußte, wer ich war. Ich war Lisa Sheehan. Ich war immer Lisa Sheehan gewesen, und ich würde auch weiterhin Lisa Sheehan bleiben. Ich wiederholte meinen Namen so lange, bis er keinen Sinn mehr ergab. LisaSheehanLisaSheehanLisaSheehan …

Langsam erhob ich mich und trat auf wackeligen Beinen vor den Spiegel. Ja, ich war es, wenn auch bleich und verschwitzt. Ich sah auf meine Uhr. Es war vier. Zwölf Stunden lang war ich abgetaucht – wohin …

Ohne mich auszuziehen, trat ich unter die Dusche und drehte das kalte Wasser an. Der Kälteschock ließ mein Herz rasen und nahm mir den Atem. Ich senkte den Kopf und ließ das Wasser über meine Haare laufen, mein T-Shirt hinunter und über meine Shorts. Ich wußte, wer ich war, aber ich wußte auch, wer sie war. Elizabeth.

Es war nicht wie ein Traum gewesen, auch nicht wie im Kino. Ich hatte dieses andere Leben wirklich durchlebt, ohne Wissen von meiner jetzigen Existenz. Plötzlich kamen mir die Tränen – aus Verwirrung, Verunsicherung und Angst, o ja, großer, großer Angst. Tief durchatmen, Lisa. Du brauchst vor nichts Angst zu haben. Ich betrachtete die Fliesen, die Linien, die schwarzen Flecken auf den Linien. Daraus bestand die Wirklichkeit, nicht aus Spitzenhandschuhen, Männern mit komischen Hüten und diesem Zimmer, in dem ich Bücher führte …

Ein Hauch modrigen Traumgeruchs kehrte zurück. Ich fürchtete, wieder in die Zeit gesogen zu werden und schrie auf. Das Geräusch ernüchterte mich etwas. Ich drehte die Dusche ab und trat heraus, legte meine nassen Kleider ab und schaltete den Fernseher ein. Das Telekolleg. Politikwissenschaft. Das politische System Australiens. Ökonomischer Rationalismus. Die Hawke-Jahre. Ich sah es mir zwanzig Minuten an, ohne etwas zu verstehen. Schließlich zog ich ein paar Sachen aus dem Wäscheberg, streifte sie über und wischte die Kotze auf, wobei das Profane der Tätigkeit mir einige Tröstung vermittelte. Danach mußte ich mich setzen. Ich fühlte mich so erschöpft, als hätte ich seit Tagen kein Auge zugetan. Aber wieder einschlafen wollte ich auf keinen Fall. Ich hatte Angst, daß ich es dann nicht mehr in die wahre Welt zurückschaffen würde. Also saß ich mit aufgerissenen Augen da, obwohl mir vor Müdigkeit alles weh tat. Ich sah mir Anthropologie an, ich sah Astronomie, ich sah Marketing II. Als die erste Ausgabe der Nachrichten kam, schlief ich tief und fest.

Ich tauchte auf, als jemand an die Tür klopfte. Es war ein Uhr mittags, und erleichtert stellte ich fest, daß ich in meiner eigenen Welt erwacht war und keine Visionen mehr gehabt hatte. Fast fühlte ich mich wieder normal. Es klopfte erneut. »Moment!« rief ich, schaltete den Fernseher ab und spülte mir im Bad den pelzigen Geschmack des Tagesschlafes von der Zunge. Dann eilte ich zur Tür. Es war Karin.

»Gott, du siehst furchtbar aus«, lautete ihre Begrüßung.

»Ich hab' nicht gut geschlafen.« Ich brachte es nicht über mich, ihr alles zu erzählen, denn damit hätte ich etwas akzeptiert, das ich nicht akzeptieren wollte. Der Tag tat mir gut. Das Licht ließ die Abenteuer der Nacht weniger gespenstisch aussehen. Ich nahm sie in meine Arme und drückte fest ihre Hand. »Ich hab' dich vermißt.«

»Ich dich auch.«

»Komm rein. Willst du eine Tasse Kaffee oder so?«

»Okay.«

Ich führte sie in die Küche und setzte den Kessel auf, während sie sich auf der Eckbank niederließ. Auf den Stühlen lagen stapelweise alte Zeitungen und Magazine.

»Also«, sagte ich und wandte mich ihr zu. »Wie war's?«

Sie nickte bedächtig. »Schön. Schön. Neuseeland war toll. Sehr schöne Strände, und wir haben eine Kreuzfahrt zu den Inseln gemacht.«

Ich sah sie an. »Ist das alles? Du klingst nicht gerade enthusiastisch. Müßtest du nicht geradezu glühen vor Flitterwochenfieber?«

Sie seufzte und senkte schweigend den Blick.

»Komm schon, was ist los? Und sag nicht, du hättest einen Fehler gemacht.«

»Nein!« Sie riß den Kopf hoch. »Nein, überhaupt nicht. Es ist nur ... nicht das, was ich erwartet habe, das ist alles.«

»Warum? Ist David komisch oder so? Du weißt schon ... im Bett?«

»Nein ... ich meine, ich glaube nicht, ich habe ja kaum Erfahrungen. Deshalb ist es mir ein bißchen peinlich, wenn ich mit dir darüber spreche.«

»Verstanden. Ende des Verhörs«, entgegnete ich und hielt die Hände hoch. »Honig?«

Sie nickte.

Der Kessel pfiff. Ich schaltete ihn ab und brühte zwei Tassen Zimttee auf, in den ich Honig tropfen ließ. Dann gab ich Karin ihre Tasse, und wir gingen ins Wohnzimmer. Vorsichtig ging sie um meine Unterwäsche auf dem Boden herum. Ich kickte sie nur zur Seite.

Schweigend trank sie ihren Tee. Ich sah sie von der Seite an. Sie hatte etwas Engelhaftes an sich, auf das ich immer eifersüchtig gewesen war. In ihrer Nähe kam ich mir vor wie eine tapsige Elchkuh: Sie war alles, was ich nicht war: empfindsam, zerbrechlich, zart. Und heute sah sie schwermütig aus.

»Du wirst dich daran gewöhnen, verheiratet zu sein«, sagte ich.

Sie beugte sich zu mir. »Ich finde es komisch, mit ihm in einem Bett zu schlafen.«

»Ich finde es eigentlich ganz schön, neben jemandem aufzuwachen. Auch wenn es bei mir schon ziemlich lange her ist.«

»Du hast recht. Ich werde mich dran gewöhnen. Und wenn das Baby kommt ...«

»Moment«, unterbrach ich sie. »Welches Baby?«

»Wir wollten nicht warten. Wir haben's schon in der Hochzeitsnacht versucht. Mit ein bißchen Glück ist hier schon eins drin.« Sie strich sich über ihren flachen, kleinen Bauch.

»Verflixt, Karin. Du hast gerade erst deine Freiheit gewonnen, was, zum Teufel, willst du jetzt mit einem kleinen Wicht, der dich wieder ankettet?«

Bestürzt sah sie mich an, und ich merkte, daß meine Stimme ein wenig harsch geklungen hatte. Mist, wahrscheinlich hatte ich mich angehört wie ihre Mutter. »Tut mir leid«, sagte ich. »Aber ich finde, du bist noch zu jung, um ein Kind zu haben; ich meine, ich denke über so was nie nach, und ich bin in deinem Alter.«

»Aber du bist anders. Erwarte nicht, daß ich so bin wie du. Ich möchte ein Kind, und David auch. Ich glaube, er will es sogar noch mehr als ich.«

»Ist es vielleicht möglich, daß er eins will und daß du dich ihm nur anpaßt?«

»Mein Gott, du kannst wirklich aus allem die niederen

Motive herausholen.« Zumindest lachte sie dabei. Ich war paranoid. Oder besitzergreifend. Oder beides.

Ich wechselte das Thema. »Hast du in der High School Geschichte belegt?«

»Ja, warum?«

»Weißt du irgendwas über die englischen Könige und Königinnen?«

»Führen diese Fragen irgendwohin?«

Ich zuckte mit den Schultern. »Mhm, ja. Gab es nach Elizabeth I. einen schottischen König?«

»Ich glaube schon. James I. war Schotte, meine ich. War er nicht ein Stuart? Das klingt doch schottisch.«

»Und weißt du auch, wann das war?«

Sie betrachtete mich amüsiert. »Warum in aller Welt willst du das wissen?«

Jetzt hatte ich die Chance, ihr alles zu erzählen: Den Traum, die Rückführung, alles. Aber ich konnte es nicht. Ich kam selbst noch nicht klar damit. Darüber zu reden hätte mich womöglich in ein kreischendes, hysterisches Wrack verwandelt. »Ach, nur ein Film, den ich gesehen habe. Hat mich neugierig gemacht. Du weißt, daß ich nicht wie du die Vorteile einer guten Schulbildung genossen habe.«

»Ich glaube, es war Ende des sechzehnten Jahrhunderts oder Anfang des siebzehnten«, fügte sie hinzu. »Hast du nicht diese Enzyklopädie auf CD? Da könntest du nachsehen.«

»Vielleicht … aber es ist nicht so wichtig«, sagte ich.

Das Telefon klingelte und bewahrte mich davor, weitere Erklärungen abgeben zu müssen. Es war Brad.

»Wo bist du gewesen?« fragte er.

»Ich war hier.«

»Ich hab versucht, dich anzurufen, gestern nachmittag und abends. Du warst nicht zu Hause.«

Ich mußte so weit abgetaucht gewesen sein, daß ich das Läuten des Telefons nicht gehört hatte. Unheimlich. »Ich war hier. Mit dem Telefon muß was nicht in Ordnung sein.«

»Sicher. Ich meine, wenn du einen Typen bei dir hattest,

kannst du es mir ruhig sagen. Ich kann damit umgehen, glaub mir.«

»Hast du mich angerufen, um mich zu beleidigen?«

Nach einem kurzen Schweigen fuhr er fort: »Nein. Tut mir leid. Eigentlich habe ich gute Nachrichten. Ich war so wild drauf, es dir mitzuteilen, daß ich ein bißchen frustriert war, als ich dich nicht erreichen konnte. Jeff und Ailsa wissen's schon.«

Mein Herz schlug schneller. Ich wußte, was er sagen würde. Es gab nur eine Möglichkeit. »Und?«

»Numb nehmen uns für eine EP unter Vertrag. Bundesweiter Vertrieb. Wir fangen in vier Wochen mit den Aufnahmen an.«

»O Gott, o Gott o Gott!« schrie ich ins Telefon.

»He, nicht so laut.«

»Das ist fantastisch. Das ist es, Brad, das ist der Anfang!«

»Werde nicht übermütig. Es ist nur eine EP – sie wollen sehen, wie wir uns machen, bevor sie uns richtig unter Vertrag nehmen und haufenweise Dollars für uns ausgeben.«

»Wieso soll ich nicht übermütig sein? O Gott, Brad, das ist es! Wir haben es geschafft!«

Karin beobachtete mich vom Sofa aus; wahrscheinlich hatte sie mitbekommen, worum es ging, denn sie lächelte mir aufmunternd zu.

»Also, feiern wir heute? Gehen wir essen? Bei diesem Mexikaner bei Ailsa um die Ecke ...«

»Ja, ja, tausendmal ja. Moment.« Ich hielt die Sprechmuschel zu und sagte zu Karin: »Lust auf ein Essen und eine Feier heute abend?«

Sie nickte. »Wenn du nichts dagegen hast, daß ich David mitbringe.«

Richtig. Ihr Ehemann. Für mich allein konnte ich sie jetzt nicht mehr haben. Aber in diesem Augenblick war ich so glücklich und voller Liebe, daß ich auch Ted Bundy an unserem Tisch herzlich begrüßt hätte.

»Brad? Karin und Dave kommen auch. Lädst du Marnie ein?«

»Vielleicht. Wenn sie sich vorher knebeln läßt.«

»Dann kann sie aber nichts essen.«

»Um so besser – sie hat sowieso einen zu fetten Arsch.«

Es gefiel mir gar nicht, wie er über andere Frauen sprach. Auf der anderen Seite gefiel es mir. Schwer zu verstehen, ich weiß.

»Wie dem auch sei. Gegen sieben?« fragte ich.

»Cool. Bis dann.«

Ich legte auf und umarmte Karin noch einmal. »Jetzt fängt mein Leben an«, sagte ich. Das siebzehnte Jahrhundert kam mir sehr weit entfernt vor.

Wir waren bestimmt eine äußerst seltsame Gesellschaft: Brad, Jeff, Ailsa – und ich wie immer leicht verwahrlost und in Second-hand-Klamotten. Karin in einem makellosen Kleid mit Blumenmuster, das Haar akkurat hinten zusammengesteckt; David sah mit dem runden Brillengestell auf der Nase, dem ordentlich gekämmten Haar und den Hosen mit Bügelfalte ganz wie der zweiundvierzigjährige Buchhalter aus, der er war. Trotzdem wurde es eine schöne Feier. Jeff fand irgendwie Gefallen an David, saß den ganzen Abend neben ihm und stellte ihm Fragen über Sydney, von wo er hierher gezogen war, und über London, seinen Geburtsort. Ich war mir nicht sicher, ob David das Interesse freute oder ob er eine soziale Hölle durchlitt; wenn, ließ er es sich nicht anmerken. Der Abend wurde ein Erfolg, und damals dachte ich, daß David wahrscheinlich noch nie etwas Hipperes getan hatte: Abendessen mit 747, den zukünftigen berühmten Rockstars. Aber vielleicht war das etwas anmaßend. Als sie gingen, schüttelte er allen ernsthaft die Hand, während Karin mich umarmte.

»Hat es dir gefallen?« fragte ich.

»Ja. Es hat uns beiden gefallen. Es war gut, daß wir mal rausgekommen sind. Während der Flitterwochen ist uns irgendwann der Gesprächsstoff ausgegangen.«

»Wie kann einem so bald der Gesprächsstoff ausgehen?«

»Wir sind beide sehr still. Na ja, manchmal ist es schwer.« Mit einem müden Lächeln sah sie zu David hinüber. Langsam machte ich mir Sorgen. »Vielleicht sollten wir Jeff mit nach Hause nehmen. Er scheint gerne zu plaudern.« Sie lachte nervös.

»Das kommt daher, daß er völlig stoned ist. Vielleicht solltet ihr *das* mal versuchen.« Ich drückte ihre Hand. Dann stand David neben ihr, nahm ihre andere Hand und zog sie sanft fort. Sie gingen hinaus und verschwanden in der Dunkelheit des Parkplatzes.

»Wer kommt mit zu mir? Große Mengen Alkohol erwarten euch«, sagte Ailsa.

Ich ging allein nach Hause.

Ohne Brad hätte ich mich wohl von der Band ziemlich distanziert gefühlt. Zum einen rauchte und trank ich nicht, zum anderen gab ich mich auch nicht mit Drogen ab; und während sie ihre Gifte konsumierten, saß ich stumm dabei, ganz wie die Unschuld vom Lande, für die Jeff mich hielt. Aber ich konnte nichts dafür. Mein Vater hatte auch nicht geraucht und nur bei besonderen Anlässen etwas getrunken. Er hatte sich ziemlich gut ernährt und hatte sogar immer wieder mal gejoggt. Dennoch fiel er zwei Tage vor seinem dreiundvierzigsten Geburtstag tot um; Herzinfarkt. Eben noch hatte er da gesessen, sagte Mom, und eine Sekunde später lag er tot auf dem Boden. Es war die schrecklichste Zeit meines Lebens, und daß ich kurz zuvor von zu Hause weggelaufen und irgendwo mit Brads Band unterwegs war, machte es nur noch schlimmer. Mum konnte mich nicht erreichen. Als ich an Dads Geburtstag anrief, erfuhr ich, daß sie ihn gerade beerdigt hatten.

Sechs Jahre später brach ich dann auf der Bühne zusammen und durfte eine Woche im Krankenhaus verbringen, aufgrund einer Überdosis von irgendwas, das Jeff aus seiner Sockenschublade gefischt hatte. Von da an schwor ich allem ab. Ich wollte nicht eines Tages von einem Stuhl kippen und tot auf dem Boden liegen.

Während der nächsten vier Wochen war es nur Brad zu verdanken, daß ich mich bei den Proben nicht völlig von der Band abkapselte. Er und die beiden anderen teilten sich Tabak, Bourbon, Joints und Pillen. Aber weil Brad sich dauernd danach sehnte, mir an die Wäsche zu gehen, nahm er meine Existenz zumindest immer wahr, und manchmal hatte er sogar Mitleid mit mir und nahm eine Auszeit, in der er sich mit mir in die Ecke unseres stickigen kleinen Proberaums setzte, wenn ich stumm die Songs auf der Gitarre übte.

Trotzdem deprimierte mich meine Isolation nicht allzu sehr. Die wundervollen Nachrichten hatten aus mir eine Heilige gemacht, die allen und jedem auf ewig Verzeihung gewährte. Jeff, Ailsa, Brad, Clark, Angie, der Frau mit dem spitzen Gesicht im Postamt, die mürrisch mein Telefongeld kassierte, selbst dem Typen, der mich um acht Uhr morgens anrief und fragte, ob ich Dachziegel kaufen wolle. Im Laufe der Wochen wurde aus meinem Abenteuer im Land der komischen Klamotten und arrangierten Heiraten langsam ein Traum, wenn auch ein sehr lebendiger. Auf jeden Fall normalisierten sich meine nächtlichen Gewohnheiten, und ich träumte eher davon, wieder in der Schule zu sein oder keine Toilette finden zu können als vom 17. Jahrhundert. Irgendwie kam ich zu der Ansicht, daß diese eine kurze Reise vielleicht gereicht hatte.

Aber so funktioniert das Universum natürlich nicht. Das Universum ist nicht geordnet, es ist nicht rational, und es läßt auch nicht mit sich feilschen. Das Universum ist Chaos, es ist Wahnsinn, und es macht einem eine Scheiß-Angst.

Bevor ich am Samstag nachmittag zur Probe ging, rief ich Karin an. Es war der Tag vor dem Beginn unserer Aufnahmen, und ich wollte ihr die Nummer des Studios geben.

»Was glaubst du, wie lange die Aufnahmen dauern?« fragte sie.

»Wir haben zwei Wochen gebucht und müssen sechs Songs fertigkriegen.«

»Dann könnt ihr nicht sehr gut sein.«

»Was meinst du damit?«

»Nun, sechs Lieder, die vielleicht je vier Minuten dauern, das ergibt insgesamt vierundzwanzig Minuten. Was macht ihr den Rest der Zeit, Fehler?«

Ich lachte. »Nun, ich will dich nicht mit den Feinheiten von Mehrspuraufnahmen langweilen, Karin. Vertrau mir, ich bin schlauer als du.«

»Das weiß ich schon seit Jahren. Deshalb wirst du berühmt, und ich werde Mutter.«

»Im Ernst? Du bist schwanger?«

»Ich bin acht Tage überfällig und fühle mich so zappelig. Vielleicht lasse ich nächste Woche einen Bluttest machen.«

Ich zögerte. »Jetzt sollte ich dir wohl gratulieren.«

»Ich denke schon. Aber warten wir, bis ich sicher bin.«

»Na ja, also herzlichen Glückwunsch im voraus. Soll ich Patentante werden?«

»So weit habe ich noch gar nicht gedacht.« Sie seufzte. »Es macht mir alles angst.«

»Ach was. Frauen kriegen dauernd Babys. Mein Gott, wenn deine Mum es konnte, dann kannst du es auch.«

»Es ist ja nicht nur wegen Schwangerschaft und Geburt. Es ist diese Verantwortung.«

»Ich bin sicher, du wirst eine großartige Mutter«, sagte ich. »Weiß Dana davon?«

»Mutter? Um Himmels willen, nein. Ich glaube, ich werde es ihr erst an dem Tag erzählen, an dem es herausflutscht. Sie ruft mich jeden Tag an und erkundigt sich, ob unsere Ehe schon in die Brüche gegangen ist. Gleichzeitig versichert sie mir, daß sie mich keineswegs wieder aufnehmen würde, wenn es so wäre. Nein, außer dir weiß es niemand. Ich glaube, ich warte, bis der Arzt es bestätigt.« Sie gähnte laut. »Ich bin so müde, hab' seit einer Woche nicht mehr richtig geschlafen. Meine Hormone müssen verrückt spielen, denn ich habe furchtbare Alpträume.«

Ja, dachte ich, aber bestimmt nicht so gräßliche wie ich. »Vielleicht solltest du ein Nachmittagsschläfchen halten.«

»Ich kann nicht – ich habe einen Rostbraten im Ofen. Weißt du«, sie senkte ihre Stimme zu einem Flüstern, »ich glaube, David hält nicht viel von meinen Kochkünsten.«

»Wieso?«

»Er sagt nie was dazu. Er ißt und macht danach den

Abwasch. Nie sagt er ›Das war gut‹ oder ›Das schmeckt nicht‹ oder irgendwas. Es ist frustrierend.«

»Warum sprichst du ihn nicht darauf an?«

»Ich weiß nicht. Das wirkt so anbiedernd. Ich meine, er sagt auch so kaum was. Bis zur Hochzeit hatten wir eine Menge zu besprechen. Die Zeremonie, die Flitterwochen, all das. Jetzt scheint uns nichts mehr einzufallen.«

Ich wußte nicht, was ich dazu sagen sollte. Wenn es schon nach sieben Wochen so war, wie sollte es dann in sieben Jahren sein? Und ›ich hab's ja gesagt‹ war kaum ein guter Rat für die beste Freundin.

»Du bedauerst aber nicht, daß du geheiratet hast, oder?« fragte ich.

»Nein«, antwortete sie, fast ein bißchen zu schnell. »Nein, ich bin sehr glücklich. Ich muß mich nur ein bißchen anpassen, das ist alles. Er ist wirklich eine gute Seele, Lisa. Er ist romantisch und rücksichtsvoll, er bringt mir jeden Freitag Blumen mit, wenn er von der Arbeit kommt. Ich glaube, er hat einfach so lange allein gelebt, daß er nicht mehr weiß, wie man sich unterhält.«

»Nun, wenn das Baby da ist, habt ihr genug zu reden.«

»Das hoffe ich, hoffe ich wirklich.« Das Gespräch wurde ihr offenbar langsam unangenehm, denn sie wechselte das Thema. »Ach, ich habe übrigens für dich nachgesehen.«

»Was denn?«

»Na, du weißt schon – Königin Elizabeth.«

»Oh, danke.« Ich hatte es verdrängt.

»Sie starb 1603. Ihr Nachfolger war James I., der James VI. von Schottland war. Hilft dir das weiter?«

»Es ist nicht so wichtig. Trotzdem danke.«

»David hat diese grandiose Enzyklopädie, viel besser als deine, die du auf CD hast.«

»Die gab's zum Computer dazu.«

»Warum kommst du nicht mal nachmittags vorbei und schaust dir seine Bücher an? Vielleicht, wenn du mit den Aufnahmen fertig bist? Ich fände es schön, wenn du und David euch besser kennenlernen würdet.«

Wahrscheinlich kam ich um dieses Opfer nicht herum –

offensichtlich war es wichtig für sie, daß ich ihren Mann mochte. »Sicher, warum nicht. Ruf mich noch mal deswegen an.«

»Mach ich. Ich lege besser auf, ich glaube, es riecht verbrannt. Ich hab' dich lieb, Lisa.«

»Ich dich auch, Karin.«

Es klickte in der Leitung, und ich fragte mich, ob es sie wirklich glücklich machte, für David einen Braten zu produzieren. Vielleicht brauchen manche Leute eben sehr wenig, um glücklich zu sein.

Das Badezimmerfenster in meiner Wohnung ließ sich nicht richtig schließen, und in windigen Nächten wie der am Sonntag, als ich von meiner Arbeit im Black Flag nach Hause kam, erzeugte der Wind einen unheimlichen, hohlen Klang, der von den glatten Fliesen widerhallte. In solchen Nächten haßte ich es, allein zu leben. Die Bäume vor meinem Schlafzimmerfenster warfen im Mondlicht seltsame, wechselnde Schatten, und da Karin mich freundlicherweise daran erinnert hatte, mußte ich unentwegt über meine Rückführung nachdenken. Ich hatte sie unter der Aufregung der vergangenen Wochen begraben, aber nun gingen mir dauernd die Ereignisse im Kopf herum, deren Zeugin ich gewesen war. Ich fragte mich, was sie für mich bedeuteten und warum ich mit diesem Traum gestraft wurde.

Da ich nicht schlafen konnte und mich nach einem hübschen, verläßlichen elektrischen Licht sehnte, ging ich an meinen Schreibtisch und schickte Whitewitch eine E-mail. Die Rückführung habe mich krank gemacht, schrieb ich ihr, habe mich für zwölf Stunden eingesogen und aus der Welt verbannt und eine böse Motte aus Furcht in meinem Magen zurückgelassen, die wie verrückt mit ihren Flügeln schlug, wenn ich zuviel darüber nachdachte. Nachdem ich die Nachricht abgeschickt hatte, ging ich wieder ins Bett. Ich schlief bei eingeschaltetem Licht.

Mir schien, als gäbe es nur eine Möglichkeit, die verhindern könnte, daß sich diese unheimliche, schleichende

Angst wie ein Wurm in mich fraß – ich mußte die esoterische und mysteriöse Welt vergessen und mich mit aller Macht auf die materielle, auf das Jetzt konzentrieren. Und genau das tat ich. Von der ersten Minute im Studio nahm ich die Aufnahmen sehr, sehr ernst. Ich ging nicht mehr nach Hause. Ich war da, wenn der Tontechniker – er nannte sich Dick, aber ich glaube kaum, daß seine Mutter ihn auf diesen Namen hatte taufen lassen – das Drum Kit verkabelte, Leitungen über den Boden legte, die wie dünne Schlangen aussahen, den Baß soundcheckte, die Bänder zurückspulte und ungehorsame Kopfhörer zusammenflickte. Bei jedem Drehen eines Schalters, jedem Drücken eines Knopfes und jedem Schieben eines Reglers – ich war dabei. Dick hatte mich bald über, genau wie Brad, Jeff und Ailsa. Ich schlief auf dem Sofa in dem dunklen, klimatisierten Aufnahmeraum. Alle anderen gingen nach Hause, wenn sie nicht gebraucht wurden. Ich blieb einfach dort und entwickelte ein manisches Interesse am Ablauf der Dinge, das langsam alle fertigmachte.

Wir nahmen seit drei Tagen auf. Ich hatte Kopfschmerzen und versuchte, ein wenig dringend benötigten Schlaf nachzuholen, als das Telefon klingelte. Weil Dick und Brad rauchten, hatte ich mir das T-Shirt über die Nase gezogen. Sie saßen am Mischpult, und als Dick den Hörer abnahm, blies Brad mir aus reiner Perversion Rauchkringel zu. Meine Kopfschmerzen nahmen zu, und ich schien mich langsam aufzulösen. Gerade wollte ich Brad mitteilen, wohin er sich seine Zigarette stecken könne, als mir Dick den Hörer hinhielt. »Es ist für dich. Ein Typ namens David.«

Einen Augenblick lang fiel mir niemand ein, der so hieß. Erst als ich seine Stimme hörte, wußte ich, daß es Karins Mann war.

»David. Was gibt's?«

Seine Stimme hatte einen leicht zittrigen Klang. »Ich hab' bei dir zu Hause angerufen, aber du warst nicht da. Deine Nummer war in unser Telefon einprogrammiert, sonst hätte ich dich gar nicht erreichen können, denn ... ähm, als ich dich anrufen wollte, merkte ich erst, daß ich gar nicht deinen Nachnamen kenne, und wenn du auf deinem Anrufbeantworter nicht diese Nummer hinterlassen hättest, dann wäre es mir wohl schwergefallen, dich zu finden ...«

»David?« Ich versuchte, ruhig zu bleiben. Er babbelte wie ein Schwachsinniger. »Karin hätte gewußt, wo ich bin. Ich hab' ihr die Nummer Sonntag abend gegeben.«

»Sonntag abend? Du hast Sonntag abend mit ihr gesprochen? Und seitdem? Hast du seit Sonntag abend mit ihr gesprochen?«

»Nein, David, hab' ich nicht.« Ich fing an, mir Sorgen zu machen. Laut Karin war aus diesem Mann kaum ein Wort herauszukriegen, und jetzt schwafelte er so nervös auf mich ein wie Jeff während eines schlechten Trips. »Was ist überhaupt los?«

Plötzlich begann er zu schluchzen. »Du hast nicht mit ihr gesprochen? Du hast nichts von ihr gehört, sie nicht getroffen?« Er hustete die Worte förmlich heraus. Brad stand neben mir und sah mich besorgt an. Wahrscheinlich schwitzte ich vor Angst. Mein Hirn fühlte sich an, als würde es von großen, heißen Händen zerdrückt.

»David, was ist passiert? Was ist mit Karin?« Ich spürte das Pochen der Adern in meinem Hals; fast hätte ich ihn angeschrien.

Er schluchzte erneut, versuchte zu sprechen und weinte laut ins Telefon. Ich verlor die Nerven. »Verdammte Scheiße, was ist los?« schrie ich. »Was ist passiert, um Himmels willen? Erzähl mir endlich, was passiert ist!«

Ich hörte, wie er tief Atem holte. Seine Lungen rasselten vor Anstrengung. Schließlich sagte er leise: »Sie ist verschwunden.«

6. Kapitel

Die beiden Polizisten schienen sich nicht wohl zu fühlen. Der eine hockte auf der Sofakante, während der andere mit einem kaputten Drehstuhl vorliebnehmen mußte, der jedesmal, wenn er sich bewegte, gefährlich eierte. Sie waren ins Studio gekommen, um mit mir zu reden, einen Tag nach Davids Anruf. Ich war noch immer nicht zu Hause gewesen. Die neue Krise trieb mich nur noch tiefer in meine Arbeit, und ich tat so, als könne ich alles ignorieren, als würde alles wieder gut werden, wenn ich nur nicht daran dachte.

Brad und Dick schauten vom Mischpult auf. Sie hatten die ganze Zeit Hasch geraucht, und ich hatte ihnen genau zehn Minuten vor dem Eintreffen der Polizei Bescheid gesagt. Sofort wurden alle Fenster aufgerissen, um den Räumen die dringend benötigte Lüftung zukommen zu lassen, und Brad war zum nächsten Supermarkt gerannt, um eine Dose Raumspray zu kaufen. Jetzt roch das Studio nach Marihuana und schwerem Blumenduft. Die Polizisten schienen es nicht zu bemerken; wenn doch, hatten sie keine Lust, sich damit zu befassen.

»Miss Sheehan, Sie haben am Sonntag das letztemal mit Mrs. French gesprochen?« fragte der jüngere Beamte.

Mrs. French. Der Name schien nicht zu Karin zu gehören. »Ja, das stimmt. Etwa gegen sechs oder sieben Uhr.«

»Können Sie uns, möglichst genau, Auskunft geben, worüber Sie gesprochen haben?«

»Ich rief Karin an, um ihr die Nummer des Studios zu geben, damit sie mich hier anrufen könne, falls nötig. Sie sagte, sie habe letzte Nacht schlecht geschlafen und dachte, das käme daher, daß sie vielleicht schwanger sei ...«

Die Beamten sahen einander an. Ich war wie vor den Kopf gestoßen. Sie hatten es nicht gewußt, was bedeutete, daß David es auch nicht gewußt hatte. Plötzlich tat er mir unendlich leid.

»Sie sagten, sie sei schwanger?« wiederholte der ältere Polizist, ein faßförmiger Mann mit einer rot glänzenden kahlen Stelle auf dem Schädel.

»Sie nahm es an. Sie wollte in dieser Woche einen Bluttest machen. Ihre Periode war acht Tage überfällig.« Ich sah, wie der jüngere Beamte errötete, der dicke nahm es gelassener auf.

»War es eine geplante Schwangerschaft?«

»Ja. Karin hat mir erzählt, daß sie es seit der Hochzeitsnacht versucht hätten.«

»Was hat sie am Sonntag abend noch gesagt? Jede noch so kleine Information kann helfen.«

Ich schob die Unterlippe zwischen die Zähne und versuchte mich daran zu erinnern, worüber wir gesprochen hatten, bevor wir auf das 17. Jahrhundert gekommen waren. »Sie sagte, sie habe Angst davor – oder besser, sie mache sich Sorgen –, ob sie eine gute Mutter sein würde. Dann klagte sie über ihre Mutter.« Ich schaute auf. »Haben Sie mit ihrer Mutter gesprochen?«

Sie bedachten mich mit dem ›Halten Sie uns für Idioten?‹-Blick. Ich lächelte dümmlich. »Natürlich haben Sie«, fuhr ich fort. »Jedenfalls beklagte sie sich, daß Dana wieder ihre Psycho-Nummer abzog. Dann sprach sie über ihre Beziehung mit David, darüber, daß er nie was hinsichtlich ihrer Kochkünste sagte. Ja, und dann sagte sie noch, daß sie nichts miteinander zu bereden hätten – was ich nach sieben Wochen Ehe ziemlich besorgniserregend fand.«

Erneut tauschten sie Blicke aus. »Worum ging es bei der Klage über Mrs. Frenchs Mutter?«

»Dana hatte sie angerufen, um sie zu fragen, ob ihr nicht endlich klar geworden wäre, welchen Fehler sie mit ihrer Ehe gemacht hätte, und wenn, ja, Pech gehabt, Dana würde sie jedenfalls nicht wieder aufnehmen. So ist die Frau – ein Herz aus Gold. Dann haben wir noch so allgemein geplaudert, und am Schluß lud sie mich ein, sie innerhalb der nächsten zwei Wochen zu besuchen.«

Die Beamten sagten nichts, sondern schrieben eifrig mit. Schließlich beugte sich der Faßförmige zu mir. »Sie erzählen uns also, Miss Sheehan, daß Karin Ihnen gesagt hat, daß sie trotz ihrer Schwangerschaft unglücklich war, daß sie zugab, daß ihre Beziehung bereits auf wackeligen Beinen stand und daß ihre Mutter ihr unmißverständlich mitgeteilt hatte, daß sie nicht zu ihr zurückkehren dürfe?«

Ich war entsetzt, denn obwohl sie das alles gesagt hatte, war es mir nicht so eindeutig vorgekommen. »Sie sagte nicht, daß sie unglücklich sei. Ich habe sie sogar gefragt, ob sie ihre Ehe bedauere, und sie versicherte mir, daß dem nicht so sei.«

»Aber Sie selbst hatten bereits Vermutungen in dieser Richtung, sonst hätten Sie die Frage nicht gestellt. Mr. und Mrs. French lernten sich sechs Wochen vor der Hochzeit kennen, ist das korrekt?«

»Ja. Aber Karin würde niemals davonlaufen. Wer es vierundzwanzig Jahre mit seiner neurotischen Mutter aushält, der hält alles aus. Ein schweigsamer Ehemann ist im Vergleich dazu ein laues Lüftchen.« Noch während ich redete, kam es mir allerdings gar nicht mehr so abwegig vor. Ihre einzige Hoffnung auf Freiheit hatte sich als Enttäuschung entpuppt, ein Baby war unterwegs ... Nein, ich weigerte mich, den Gedanken zu akzeptieren. »Ich bin ihre beste Freundin, Officer, wenn sie vorgehabt hätte, zu verschwinden, hätte sie mir Bescheid gesagt.«

»Nicht, wenn sie nicht wollte, daß jemand sie findet. Wußten Sie, daß Mrs. French am Morgen ihres Verschwindens zweitausend Dollar aus vier verschiedenen Geldautomaten gezogen hat?«

»Nein.« Erneut krochen Zweifel in mir hoch. Und wenn sie doch die große Flatter gemacht hatte? Nach all dieser Zeit – steckte so was noch in ihr?

Der Dicke reichte mir eine Karte. »Wenn Sie ihre beste Freundin sind, Miss Sheehan, versucht sie vielleicht, Kontakt mit Ihnen aufzunehmen. Rufen Sie uns bitte unter dieser Nummer an, wenn Sie von ihr hören. Ihr Mann ist mit den Nerven am Ende.«

Ich warf einen Blick auf die Karte. »Und ihre Mutter? Wie hat sie die Nachricht aufgenommen?«

»Sie scheint anzunehmen, daß Karin davongelaufen ist. Sie war eher wütend als besorgt.«

Ich dachte kurz darüber nach. Der ältere Mann steckte sein Notizbuch ein und erhob sich.

»Also ...«, sagte er, »hätten Sie was dagegen, wenn ich mir mal das Studio ansehe?«

Brad erstarrte fast vor Schrecken.

»Warum?« fragte ich.

Er lächelte mir schüchtern zu. »Ich spiele ein wenig Blues-Gitarre und wollte immer in einer Band spielen, aber … na ja, mein Job ist sehr anstrengend.«

»Aber sicher«, sagte ich. »Dick wird Ihnen alles zeigen.«

Dick erklärte ihm das Mischpult und nahm ihn und seinen jüngeren Begleiter mit hinunter zu den Aufnahmekabinen. Wir sahen ihnen durch die Glasscheibe zu. Dick gab sich alle Mühe, ganz straight zu wirken, er zeigte auf einzelne Teile und erklärte, wie sie funktionierten. Der faßförmige Polizist schielte zu Brads Gitarre hinüber. Dick ging zum Mikrofon, und seine Stimme dröhnte durch die Lautsprecher im Aufnahmeraum: »Brad, darf er ein bißchen auf deiner Gitarre spielen?«

Brad nickte. Sekunden später hörten wir ein paar unbeholfene Blues-Akkorde. Der Polizist spielte mit dem Ausdruck äußerster Verzückung. Auf dem Gesicht des jüngeren Beamten spiegelte sich ein Ausdruck äußersten Unbehagens. Brad lachte. Ich wollte auch lachen, aber mein Gesicht war wie versteinert. Brad kam zu mir, setzte sich neben mich auf die Couch und streichelte mein Haar. »Du mußt nach Hause und dich ausschlafen, Lisa. Du siehst absolut fertig aus.«

Ich hielt die Tränen zurück. »Brad, in meinem Leben geht eine Menge bizarrer Scheiße ab, und ich habe wirklich Angst.«

»Ich kann verstehen, wie du dich fühlst. Du mußt dich ausruhen.«

»Es ist ja nicht nur das Offensichtliche. Es gibt noch anderen seltsamen Mist, von dem ich dir nichts erzählt habe.«

»Das Hirn spielt einem merkwürdige Streiche, wenn man zu wenig schläft.«

Ich verfiel in Schweigen und schloß die Augen. Der Körperkontakt tröstete mich. Dann hörte ich, wie die Beamten den Aufnahmeraum betraten.

»Vielen Dank«, sagte der ältere. »Und, Miss Sheehan, bitte rufen Sie uns an, wenn Ihnen irgendwas einfällt oder wenn Mrs. French versucht, sich mit Ihnen in Verbindung zu setzen.«

Ich blieb mit geschlossenen Augen liegen und hob nur kurz die Hand. Sie gingen, und der Raum wurde wieder dunkler, als Dick die Tür schloß. In meinem Kopf wurde es auch dunkel. Ich war sehr müde.

»Dick«, sagte Brad, »ich bringe Lisa jetzt nach Hause. Wenn du eine Pause machen willst oder so, ich bin in etwa einer halben Stunde wieder hier.«

»Alles klar, Mann. Bis um sieben dann.«

»Okay.«

Brad half mir von der Couch und brachte mich hinaus zu seinem Wagen. Das letzte Licht des Tages leuchtete noch hell genug, um mir nach den Tagen der Dunkelheit des Studios in den Augen zu brennen. In Brads Auto war es heiß und klebrig. Schweigend fuhren wir zu meiner Wohnung. Brad brachte mich die Treppe hinauf und schloß die Tür auf.

»Du solltest duschen«, sagte er.

»Ich bin zu müde.«

»Mach schon. Danach fühlst du dich besser.«

Ich schleppte mich ins Badezimmer, aber als ich unter der Dusche stand, war ich zu erschöpft, um wieder rauszukommen. Ich blieb einfach stehen und sah zu, wie das Wasser im Zwielicht glitzerte, das durch das Fenster fiel. Ich weiß nicht, wie lange ich so stehengeblieben wäre, hätte Brad nicht an die Tür geklopft.

»Bist du ertrunken?« fragte er.

Ich hatte ihn völlig vergessen. Hastig drehte ich die Hähne zu, wickelte mich in ein Handtuch und ging ins Wohnzimmer.

»Du kannst gehen«, sagte ich.

»Ich möchte sicher sein, daß du im Bett liegst und schläfst, bevor ich irgendwohin gehe.«

»Okay, okay, sofort. Aber dann verschwinde.« Ich ging ins Schlafzimmer, streifte das Handtuch ab und kuschelte mich unter die Bettdecke. Sie war kühl und beruhigend und streichelte meinen feuchten Körper. »Okay, ich bin jetzt im Bett!« rief ich. »Geh wieder ins Studio und arbeite.«

Er tauchte in der Tür zum Schlafzimmer auf. »Kannst du schlafen?«

»Ich habe eher das Gefühl, daß ich nie wieder aufwachen werde.«

Er kam zu mir. Halb setzte, halb legte er sich neben mich und streichelte mein Haar, so wie er es im Studio getan hatte. »Glaubst du, Karin ist wirklich weggelaufen?«

»Ich weiß nicht«, antwortete ich. Ich dachte eigentlich weniger an Karin, sondern wie nah er bei mir lag. »Ich kann mir einfach nicht vorstellen, daß sie mir nichts sagen würde.«

»Welche andere Erklärung könnte es geben?«

»Nun – wenn ein Wahnsinniger sie entführt hat? Der gleiche, der Steven getötet hat?«

»Du meinst Simon?«

Ich seufzte. »Ja, Simon.« Namen konnte ich mir nie merken.

»Das ist nicht sehr wahrscheinlich, Lisa.«

Ich wandte mich ihm zu und betrachtete sein Gesicht. Er hatte schmale grüne Augen, lange Wimpern wie ein Mädchen, dunkle Augenbrauen. Außerdem brauchte er eine Rasur. Ich strich ihm übers Kinn.

»Läßt du dir einen Bart wachsen?« fragte ich.

»Wenn du es willst, tu ich es. Glaubst du, das sähe sexy aus?«

»Ich finde dich immer sexy.«

Er küßte mich sanft auf die Stirn, und ich fühlte, wie etwas in mir nachgab und schmolz. Seine Lippen glitten meine Nase hinab, und schließlich küßte er mich auf den Mund. Die Bartstoppeln kratzten, aber seine Lippen waren weich, warm und feucht. Sein langes, lohfarbenes Haar fiel mir über die Wange. Er küßte mich lange und innig. Ich spürte seine warme rauhe Hand in meinem Haar, aber als er das Laken wegziehen wollte, stoppte ich ihn.

»Was machst du mit mir, Lisa?« Sein Gesicht war dicht an meinem. »Mein Schwanz ist steif wie ein Stock.«

»Tut mir leid. Es würde unsere Beziehung zu kompliziert machen.«

»Unsere Beziehung ist schon kompliziert, falls dir das nicht aufgefallen ist. Die ganze Welt kriegt mit, daß wir scharf aufeinander sind, es aber nicht tun. Also gehe ich mit diesen Tussis aus, und du hattest keinen Sex mehr seit … wie lange?«

»Ein Weilchen.«

»Muß über ein Jahr her sein. Hast du ein Gelübde der Keuschheit abgelegt?«

»Ich habe ja noch meine rechte Hand.«

»Wir sind beide mit unserem Leben nicht zufrieden, wir wollen einander, wir kommen prima miteinander klar, wir haben die gleichen Interessen … Ich verstehe nicht, wo das Problem liegt. Wir sind füreinander geschaffen.«

»Ich will etwas anderes.«

»Was? Einen Typ, dem ein dritter Arm aus der Stirn wächst, oder was?«

»Nein.« Ich wand mich förmlich unter der Bettdecke. Das Gespräch war mir sehr unangenehm. »Ich bin so extrem, so unstabil, genau wie du. Ich möchte jemanden, der sanft und ruhig ist. Jemanden wie meinen Dad.«

»Ah, jemanden der unter der Erde liegt und an dem die Würmer nagen.«

Ich mußte lachen, ob ich wollte oder nicht. »Vielleicht nur jemanden, der keine Witze über die Toten macht.«

»Schön, wenn du mit so einem Weichei zusammen sein willst, bitte. Trotzdem wirst du nicht aufhören, mich zu wollen.«

Was für ein schrecklicher Gedanke. Aber ich war so müde, zu müde, um über so etwas nachzudenken. Auch zu müde, um über Karin oder Mord oder Alpträume oder Reisen in die Vergangenheit nachzudenken. Und vielleicht hatte ich mich bewußt bis zur Erschöpfung getrieben, damit ich mich richtig ausruhen konnte. Damit ich schlafen konnte wie die Toten.

»Brad, ich bin müde.«

»Ich bleibe hier, bis du eingeschlafen bist.«

»Wenn du neben mir liegst, kann ich nicht schlafen.«
»Dreh dich um.«
Ich drehte mich auf die andere Seite, und er kuschelte sich an mich. So schlief ich ein, seinen Arm um meine Schulter. Ich schlief so tief, daß ich nicht hörte, wie er ging.

Vierzehn Stunden später bezahlte ich vor dem Studio einen Taxifahrer. Es kam mir vor, als hätte ich Jahre geschlafen, aber als ich aufwachte, hatte ich keine Gesellschaft außer meinen Gedanken, und die waren nicht freundlich, sondern damit beschäftigt, sich ein besonders grausiges Schicksal für Karin auszudenken. Also fuhr ich sofort hierher. Hier passierte etwas. Dick schlief normalerweise von drei bis acht, also mußte irgend jemand da sein.
Es stellte sich heraus, daß alle da waren. Der Aufnahmeraum roch nach Kaffee und Frühstückstüten von McDonald's, voll mit fettigen Hash Browns und Bacon. Jeff jagte in einem seiner manischen Anfälle Brad durch die große Aufnahmekabine. Ailsa hatte es sich auf meinem Platz auf der Couch bequem gemacht und stopfte sich voll. Dick hatte die Tageszeitung über dem Mischpult ausgebreitet. Der Soundtrack, der dazu lief, war die Drum und Baß-Spur eines unserer Songs, viel zu laut für diese Tageszeit.
»Hallo, Leute!« rief ich. Brad und Jeff konnten mich nicht hören. Ich zog mir einen Stuhl zu Dick heran und fragte ihn, was hier abginge.
Sein Blick sagte alles: *O nein, sie ist wieder da.* »Wir frühstücken gerade mal, und dann steigen wir wieder voll ein«, sagte er fast entschuldigend.
»Okay«, entgegnete ich und stützte mich mit den Ellbogen auf dem Pult ab.
»He, sieh dir das an«, sagte er und blätterte die Zeitung zur Titelseite zurück. »Sie haben wieder eine Leiche im Wald gefunden.«
»Was? Wie, auf die gleiche Weise getötet?«
»Ja. An einen Baum gefesselt. Hier steht, daß sie seit dem frühen Montag morgen dort war. Kannst du dir vorstellen,

wie so was nach vier Tagen aussieht? Junge, ich bin froh, daß ich sie nicht gefunden habe.«

Ich konnte es mir gut vorstellen: das graue Fleisch, das getrocknete Blut, die gähnenden Löcher, dort wo die Organe sein sollten, das blinde Gesicht von Ameisen bedeckt. Ich konnte es mir nur zu gut vorstellen. Mir schauderte.

»Es war auch ein ganz junger Typ«, meinte Dick. »Hier, sie haben ein Foto von ihm.«

Zuerst nahm ich an, er meinte ein Foto der Leiche und schreckte zurück, aber es handelte sich um einen Schnappschuß aus dem Familienalbum, den die trauernde Mutter zur Verfügung gestellt hatte; das Bild eines jungen Mannes mit einem blonden Pferdeschwanz, einer breiten Stirn und lächelnden Augen. Ich starrte das Foto an, bis es zu einem Flimmern schwarzweißer Flecken wurde und ich mir die Augen reiben mußte. Als ich sie wieder öffnete, peitschten heiße Funken der Angst durch mein Blut, und ich konnte die Flut der Emotionen, die in mir hochstieg, nicht mehr aufhalten. In dem gleichen Augenblick, in dem die Musik aufhörte, entrang sich mir ein lauter, hysterischer Schluchzer, und ich brach über dem Pult zusammen. Dick wich entsetzt zurück, Ailsa sprang auf, und selbst Brad und Jeff bekamen unten mit, daß etwas geschehen war. Brad eilte aus der Kabine. Er stieß Dick und Ailsa beiseite und packte mich fast brutal an den Schultern.

»Was ist los?« fragten sie alle durcheinander.

»Seht ihn euch an, seht ihn euch an«, sagte ich immer wieder, hielt mit einer zitternden Hand die Zeitung und deutete wie ein Idiot mit der anderen darauf.

Brad nahm sie mir ab. Er betrachtete das Foto und ließ die Zeitung auf das Pult sinken. »O Gott«, sagte er. »Schon wieder einer.«

Zwei unserer Fans waren von einem Wahnsinnigen auf grausame Weise ermordet worden. Karin war verschwunden. Ich wußte, daß ich in einem früheren Leben eine verrückte, nymphomanische Hexe gewesen war. Irgendwie hatte ich das Gefühl, daß mein Leben nie mehr so sein würde wie früher. Und das machte mich unvorstellbar zornig. Ich hatte keine Kontrolle mehr über die Dinge, jetzt, wo ich mich so wohl wie noch nie zuvor in meinem Leben hätte fühlen sollen, kurz vor der letzten Hürde vor dem großen Triumph. Ich kam mir vor wie beraubt. Ich kam mir gefangen vor, so als sei dieses Schicksal für mich geplant gewesen, als könne ich es nicht ändern oder ihm entkommen, egal, was ich tat. Es machte mich hilflos.

Unvermittelt spürte ich den verzweifelten Drang, irgend etwas zu tun, nur damit ich das Gefühl hatte, von Nutzen zu sein. Ich verließ sofort das Studio und fuhr nach Hause, wo ich die Karte suchte, die der dicke Polizist mir gegeben hatte. Es handelte sich um einen Sergeant Pyle, und ich rief ihn an, aber es war besetzt. Nach zehn Minuten versuchte ich es wieder – noch immer besetzt. Ich hielt es nicht mehr aus, tatenlos in meinem Wohnzimmer herumzusitzen und darauf zu warten, daß die Leitung frei wurde. Statt dessen nahm ich den Bus stadteinwärts und ging die fünf Blocks zur Polizeiwache zu Fuß.

Die Klimaanlage in der Wache war viel zu kalt eingestellt. Nervös stand ich vor der Empfangstheke und wartete darauf, daß die beiden Damen dahinter ihr Gespräch beendeten. Ich sah offenbar nicht aus wie das Opfer einer Vergewaltigung, denn sie schienen keinerlei Eile zu haben. Schließlich kam die Blonde zu mir und fragte, ob sie mir helfen könne.

»Ich möchte mit Sergeant Pyle sprechen, in Verbindung mit einem Fall, an dem er arbeitet.«

»Ich schau mal nach, ob er verfügbar ist. Sie heißen, bitte?«

»Lisa Sheehan. Es geht um das Verschwinden von Karin French.«

Sie wählte eine Nummer und deutete mit der freien Hand auf eine Sitzreihe. Ich ließ mich auf einen Stuhl fallen. Direkt gegenüber von mir konnte ich in ein enges Büro hineinsehen, in dem ein junger Mann arbeitete. Er sah zu mir hin, wandte sich aber schnell wieder den Papieren auf seinem Schreibtisch zu, als ich aufblickte. Sein dichtes schwarzes Haar fiel ihm ins Gesicht, und er strich es sich mit einer Hand zur Seite.

Sergeant Pyle tauchte hinter dem Empfang auf und setzte sich neben mich.

»Guten Morgen, Miss Sheehan.«

»Hi. Ganz schön kalt hier.«

»Ja, wir klagen alle darüber. Angeblich soll die Anlage irgendwann in dieser Woche repariert werden. Bis dahin ziehen wir uns was Warmes an.« Er deutete auf seine Wollweste, die sich viel zu eng um seinen Bauch spannte.

»Haben Sie von Karin gehört?« fragte er.

»Nein, aber es ist etwas passiert, und ich muß mit jemandem sprechen. Sie wissen sicher von der Leiche, die man im Wald gefunden hat?«

»Ja, aber das wird nicht von meiner ...«

»Nein, hören Sie mir nur zu. Er war einer unserer Fans, jemand, der zu all unseren Konzerten kam. Wie der erste.«

»Wirklich?«

»Ja. Und jetzt glaube ich eben, daß vielleicht ...« Meine Stimme versagte. Ich mußte aussprechen, was ich bisher kaum gedacht hatte. »Ich glaube, daß wer immer es auch getan hat – vielleicht auch Karin entführt hat.« Ich konnte es nicht zurückhalten, platzte damit heraus wie ein Teenager, und es war mir peinlich, weil der junge Mann in dem kleinen Büro wieder zu mir her sah.

Sergeant Pyle rief über die Schulter zu seiner Kollegin: »Alice, mach mal die Maschine an!« Er wandte sich mir wieder zu. »Möchten Sie einen Kaffee?«

»Nein, danke, ich trinke keinen Kaffee. Sie haben nicht vielleicht Kräutertee?«

»Alice, haben wir noch diese Hippie-Scheiße, die Constable Forster immer getrunken hat?«

»Ja, Sarge.«

»Dann mach uns doch eine Tasse davon, und für mich einen Kaffee, mit Muh.«

»Kommt sofort.«

Sergeant Pyle seufzte und sah mich eindringlich an. »Bleiben wir mal ganz sachlich.«

Ich nickte unter Tränen.

»Ihre Freundin Karin war unglücklich, vor allem weil sie als Frischvermählte sicherlich etwas anderes erwartet hatte. Sie wußte, zu ihrer Mutter konnte sie nicht zurück, und vielleicht war ihr die Sache so peinlich, daß sie sich nicht einmal zu Ihnen traute. Und was noch wichtiger ist – Leute, die entführt werden, heben nicht vorher Geld von ihrem Konto ab.«

»Jemand könnte sie gezwungen haben.«

»Wir haben eine Aufnahme, die von ihr gemacht wurde, als sie vor einem Geldautomaten stand. Sie war allein.«

Ich nickte wieder.

»Also gibt es für uns an Karins Verschwinden zunächst nichts Verdächtiges, und so behandeln wir den Fall auch. Verstehen Sie das?«

»Ich denke schon. Aber was ist mit dem anderen …«

»Nun, das klingt in der Tat verdächtig. Sind Sie sicher, daß beide Mordopfer Fans Ihrer Band waren?«

»Absolut. Der erste, Simon, war auf dem Weg zu unserem Konzert, das war das letzte, was seine Freunde von ihm gehört haben. Der andere wurde am frühen Montag morgen getötet. Unser letztes Konzert fand Samstag abend statt.«

Alice kam mit zwei Tassen zu uns. Mein Tee war zu schwach. Sie hatte ihn nicht lang genug ziehen lassen. Ich trank einen winzigen Schluck und stellte die Tasse auf dem Boden ab.

Sergeant Pyle preßte die Lippen zusammen und schwieg eine Weile. »Auch hier«, sagte er schließlich, »wollen wir sachlich bleiben. Es könnte sich trotzdem um einen unglücklichen Zufall handeln. Betrunkene Kids, die bis spät in die Nacht in Clubs rumhängen, sind leichte Ziele für Spinner jeder Art. Und daß diese Morde in irgendeiner Weise mit Karin zu tun haben, dafür gibt es nun wirklich keinen Grund. Wenn ich das nächste Mal mit den CIB-Leuten spreche, werde ich es erwähnen und ihnen sagen, sie sollen sich mit Ihnen in Verbindung setzen. Aber bleiben

Sie ganz ruhig und ziehen Sie keine falschen Schlüsse, okay?«

Ich schniefte und wischte mir die Nase am Ärmel ab. »Okay.«

Er pustete über seinen Kaffee und nippte dann vorsichtig daran. »Also, Lisa, ich habe noch ungefähr anderthalb Millionen Sachen zu erledigen. Darf ich Sie hier allein lassen, damit Sie Ihren Tee austrinken können?«

Ich reichte ihm die Tasse. »Ich mag sowieso nicht mehr. Trotzdem danke.«

»Okay. Danke, daß Sie gekommen sind.«

»Kein Problem.«

Er stand auf und ging zum Empfangsbereich zurück. Ich schaute, ob der dunkelhaarige Mann zu mir herübersah, aber er hatte sich in seine Arbeit vertieft. Ich rappelte mich hoch und ging.

Als ich die Hälfte des Blocks zurückgelegt hatte, hörte ich eine Stimme hinter mir: »Entschuldigung!« Irgendwie kam ich nicht auf den Gedanken, ich könnte gemeint sein, und erst nach dem dritten Ruf drehte ich mich um und sah überrascht, daß es der junge Mann aus dem Büro war. Er holte mich ein und blieb neben mir stehen, schüchtern von einem Fuß auf den anderen tretend.

»Ich heiße Liam«, sagte er schließlich und streckte die Hand aus. Ich nahm sie und schüttelte sie leicht. Seine Hand war warm und kräftig, seine Nägel sauber und geschnitten.

»Ich heiße Lisa«, sagte ich. »Sind Sie Polizist?«

Er warf einen Blick über die Schulter zur Wache und schüttelte den Kopf. »Ich arbeite nur zeitweise dort, an einem Projekt über Jugendkriminalität. Vorhin habe ich dein Gespräch mit Sergeant Pyle mitgehört. Wegen deiner Freundin.«

»Oh.« Es war mir peinlich. Ich lasse mich nicht gern beobachten, wenn ich wie ein Kind plappere.

»Ja. Ich dachte ... ich meine, du schienst ziemlich durcheinander, und ich dachte...« Er verlor den Faden und biß sich auf die Lippe. Offenbar fiel es ihm schwer, mit mir zu sprechen. Ich versuchte, ganz harmlos auszusehen. Er war richtig süß, mit großen, sanften, braunen Augen und vollen Lippen.

»Nur weiter«, sagte ich.

»Ich dachte nur, ich könnte die Ohren für dich offenhalten, auf der Wache. Ich ... manchmal kriege ich so einiges mit. Sie erzählen den Leuten nicht alles.«

»Oh. Ja, das wäre gut. Meine Freundin heißt Karin Anders ... nein, jetzt heißt sie ja French. Wenn du irgendwas hörst...«

»Dann lasse ich es dich wissen.«

Ich sah ihn genauer an. »Warum machst du das für mich? Könntest du keinen Ärger kriegen?«

Er zuckte mit den Schultern. »Ich weiß nicht ... du sahst so ... Ich meine, du warst so durcheinander.«

Ich war mir sicher, daß das nicht der einzige Grund war, aber es fiel mir schwer zu glauben, daß so ein gutaussehender Typ mich attraktiv finden könnte. Um ehrlich zu sein, sah ich in meinem zerknitterten Satinrock und dem alten T-Shirt aus wie etwas, das die Katze ins Haus geschleppt hat.

»Danke.«

Er zog eine Visitenkarte heraus und schrieb etwas auf die Rückseite. »Das ist meine Privatadresse und meine Nummer, wenn du mit mir reden willst oder ... na ja, wenn du mich was fragen möchtest.«

Ich nahm die Karte. Liam Baker.

»Seid ihr sehr gute Freundinnen?« fragte er.

»Wer, ich und Karin? Ja, sehr gute.« Wieder spürte ich dieses mulmige Gefühl im Magen, und ich merkte, wie mir die Tränen kamen.

»Sie sagen, sie sei an vier verschiedene Geldautomaten gegangen und habe an jedem fünfhundert Dollar abgehoben. Deshalb vermuten sie, daß sie abgehauen ist. Aber du glaubst das nicht?«

Ich preßte die Lippen zusammen, als könne ich so die Tränen zurückhalten. »Ich weiß nicht mehr, was ich glauben soll«, sagte ich leise. »Ich will nur wissen, ob es ihr gut geht.«

Dann schluchzte ich leise auf, und heiße Tränen standen mir in den Augen. Liam suchte in seiner Tasche und reichte mir ein sauberes weißes Stofftaschentuch. Ich war verblüfft. Ich kannte keinen einzigen Mann, der überhaupt Taschentücher besaß, geschweige denn einen, der mir seines angeboten hätte. Ich nahm es vorsichtig, wischte mir die Augen ab und schneuzte mich.

»Ich wasche es und schick's dir zurück«, sagte ich, wobei ich mir ziemlich dämlich vorkam.

»Nicht nötig. Ich hab' noch genug andere.« Er kratzte sich am Hinterkopf. »Ich muß wieder zurück.«

»Vielen Dank. Warte, vielleicht möchtest du auch meine Telefonnummer haben, falls du was hörst.«

Er reichte mir einen Stift und eine zweite Visitenkarte, auf deren Rückseite ich meine Nummer kritzelte.

»Danke«, sagte ich und gab sie ihm zurück. »Könntest du vielleicht auch wegen der beiden Morde die Ohren offenhalten?«

Er sah mich aufmerksam an. »Die Leichen im Wäldchen?«

Ich nickte.

»Sicher. Die Mordkommission ist allerdings im fünften Stock, da kriege ich nicht so viel mit.«

»Egal. Also, ich finde das sehr nett von dir.«

Er sah mich schweigend an. Dann nickte er kurz und sagte ›Auf Wiedersehen‹, bevor er sich umdrehte und zur Wache zurückging.

Zu viele unangenehme Dinge ereigneten sich gleichzeitig, und ich kam nicht umhin, darüber nachzudenken, ob sie in einem Zusammenhang standen. Ich erinnerte mich daran, was der psychologische Berater im Radio geäußert hatte: »Das Universum will dir wirklich etwas sagen.« Steckte in meinem Traum eine Warnung, etwas, das mit einem Leben verbunden war, das vor vierhundert Jahren stattgefunden hatte?

Tief in mir wußte ich, daß es nur einen Weg gab, das herauszufinden, aber ich fürchtete mich davor, wieder in die Vergangenheit zu reisen. Whitewitch hatte gesagt, ich würde alles unter Kontrolle haben, aber sie hatte sich geirrt.

Als ich nach Hause kam, checkte ich meine E-mail. Whitewitch hatte mich nicht im Stich gelassen. In die Betreff-Zeile hatte sie ›Keine Panik‹ geschrieben.

... du bist aufgewacht, nicht wahr? Ich gebe zu, deine Reaktion war extrem, aber das überzeugt mich nur noch mehr davon, daß du zurückgehen mußt.

Du kannst dich schützen, indem du eine Suppe aus kleingeschnittener Sellerie und Petersilie aufkochst. Beide sind für ihre reinigenden und bindenden Qualitäten bekannt. Laß sie abkühlen und trinke sie unmittelbar, bevor du zurückgehst. Das sollte dir helfen, in der wahren Welt verankert zu bleiben.

Bitte, Lisa, gib jetzt nicht auf. Es hört sich an, als sei es viel zu wichtig, um ignoriert zu werden.

Das war lächerlich. Sellerie- und Petersiliensuppe?

Aber sie hatte recht. Es war viel zu wichtig, um ignoriert zu werden. Ich saß zwanzig Minuten da und überlegte. Okay, irgendwo in den Tiefen meines Kühlschranks lag noch eine uralte, gummiartige Sellerieknolle, und Petersilie hatte ich in einem Beet auf meinem Fensterbrett angepflanzt, wenn sie auch nicht besonders üppig aussah.

Außerdem konnte ich mich an den Küchentisch setzen, den Kopf auf den Armen abgestützt, damit ich nicht wie ein Rockstar der Siebziger an meinem eigenen Erbrochenen erstickte.

Ich rief im Studio an und sagte zu Dick, er solle Brad ausrichten, daß ich den Nachmittag freinehmen würde. Die Erleichterung in seiner Stimme war unüberhörbar. Dann hängte ich die Kette vor die Tür und zog den Telefonstekker aus der Dose.

Anschließend kochte ich mir eine Suppe.

7. Kapitel

Es dauerte fast zwei Monate, bevor ich wieder Gelegenheit hatte, mit Gilbert zu sprechen. Jeden Abend, wenn ich zu Bett ging, starb ich vor Verdruß, um jeden Morgen mit neuer Hoffnung wiedergeboren zu werden. Aber er war immer mit Onkel Tom oder Mirabel zusammen oder auf der Jagd oder auf Geschäftsreisen. Die Hochzeit hatte man ebenso schnell arrangiert, wie sie vollzogen wurde. Am Vorabend kroch eine tränenselige Mirabel zu mir ins Bett und schwor mir, daß sie versuchen werde, ihn zu lieben, bevor sie an meiner Seite in jungfräulichen Schlaf versank. Die Hochzeit fand in unserer eigenen Kapelle statt, und Master Gale, unser Kaplan, traute das Paar. Am nächsten Tag nahm Gilbert Mirabel mit nach London, wo er einen Wohnsitz besaß. Er hatte beim Handel mit Wolle ein kleines Vermögen gemacht und engagierte sich auch in Fernost; daher seine Reisen nach Asien. Er stammte aus einer guten, wenn auch nicht adeligen Familie, und da der gesamte Landbesitz der Familie an einen älteren Bruder übergegangen war, bestand Onkel Tom darauf, daß er bei uns in Prestonvale wohnte und sich in die Geschäfte unserer Familie einweisen ließ; alles im Interesse der Erben, die Mirabel bekommen würde. In London wollte er einiges aus seinen Besitztümern auswählen, das er hierherzuschaffen gedachte. Man kann sich kaum vorstellen, wie eifersüchtig ich war, als ich sah, wie dieser begehrenswerte Mann Mirabel mit in die Stadt nahm. Sie würde ihn niemals so schätzen können, wie ich es tat. Mein ruheloser Geist ließ mein Herz schneller schlagen.

Als ich Gilbert schließlich allein traf, kam es höchst überraschend. Ich hatte es mir zur Gewohnheit gemacht, jeden Nachmittag bei gutem Wetter am Fluß spazieren zu gehen. Ich schlenderte durch den Wald, betrachtete die Maserung der Adlerfarne und strich mit den Händen über die rauhe Rinde der Bäume. Auf dem Grund des Flusses, der sich träge durch unseren Besitz wand, lagen moosbedeckte Steine, und an den seichten Stellen wuchsen Beifuß und Sumpfkraut. Die Bäume standen bis dicht an den Fluß; Onkel Tom hatte einige fällen lassen, saß manchmal auf einem Stumpf und angelte. Und hier saß Gilbert, als ich aus dem Wald auftauchte. Er sah mich an, als habe er mich erwartet.

»Elizabeth«, sagte er, ohne einen Hauch von Überraschung zu zeigen.

Ich hatte mich so in meinen Mißmut hineingesteigert, daß mir die Worte fast aus dem Mund stürzten. Völlig außer mir lief ich auf ihn zu und kniete mich neben ihn. Meine Röcke schleiften über den sumpfigen Boden. »Gilbert. Endlich, endlich.«

Er lächelte mich auf sanfte, fast väterliche Weise an. »Ach, du suchst doch gar nicht mich. Du suchst nur das, was ich dich lehren kann.«

Ich fühlte mich unwiderstehlich von ihm angezogen und nahm seine Hand. »Ach, ich könnte dich nie haben, selbst wenn ich wollte. Du bist mit meiner Cousine verheiratet.«

Er stand auf und zog mich hoch. »Gehen wir ein Stück. Was willst du wissen?«

Wir spazierten am Fluß entlang. »Ich möchte wissen, was du gemeint hast, als du an jenem Morgen zu mir gekommen bist. Du sprachst von dem Streben nach Göttlichkeit. Was hast du gemeint – und wie weit bist du selbst gekommen?«

Er holte Atem, ohne daß ich hätte sagen können, ob es sich um einen gelangweilten Seufzer oder das Atemholen des Geschichtenerzählers handelte. »Du verstehst mich sicher, wenn ich dir sage, daß ich mein ganzes Leben dem Erwerb von Wissen gewidmet habe. Es gibt nichts, was in dieser Welt einen Wert hat außer dem Wissen.«

Ich sah ihn nickend an und hatte Mühe, auf dem unebenen Boden nicht zu stolpern, so sehr faszinierte mich sein beeindruckendes Profil.

»Und ich begann früh, Wissen zu sammeln. Mein Vater war Lehrer. Ich lernte Latein, während ich auf seinem Schoß saß. Noch bevor ich acht wurde, hatte ich die großen Klassiker gelesen. An einer Universität auf dem Kontinent studierte ich Medizin, Philosophie und Juristerei. Und doch dürstete ich nach mehr. Ich fand Freunde an der Universität, Freunde, die wiederum Bekannte hatten, die von Dingen wußten, die mich zu anderen Sphären hinführten.«

»Was für Sphären?«

»Alchimie und Astrologie. Ich versenkte mich in die Geheimwissenschaft, die Kabbalistik, die Schriften des Agrippa und des Paracelsus. Langsam erkannte ich, daß ich das Wesen und das System des Universums nur aus einem Grund verstehen wollte – ich wollte es beherrschen. Damals begann ich mit meinen eigenen Experimenten.«

Er schwieg einen Augenblick.

»Ich studierte alte Manuskripte, die ich seltsamen, scheuen Menschen abgekauft hatte, die nach Weihrauch und feuchter Erde rochen. Bald ließ ich das System des Universums, das ich bereits kannte, hinter mir und betrat eine andere Ebene, wo nicht mehr nur der Mensch das einzige denkende Wesen war, wo sich formlose Wesen um mich drängten und mir ihre verbotenen Geheimnisse ins Ohr flüsterten. Ich blieb bis in die schwärzesten Stunden der Nacht wach und arbeitete im Schein eines schwachen Lichts, weil sie nur zu mir kamen, wenn es dunkel war. Ich hörte ihnen zu, ich schrieb ihre Geheimnisse auf, ihre Zaubersprüche und Bannformeln. Doch während ich die Informationen zusammenfügte, wurde ich die schattenhaften Kobolde leid. Meine Absicht war es, viel weiter zu gehen, den Weg hinein in das lodernde Feuer reinen, wahren Wissens zu finden. Reine, wahre Macht. Ich wollte selbst ein Gott werden. Ich wollte unsterblich sein. Deshalb rief ich ihren Herrn.«

Wir waren stehengeblieben. Er nahm meine Hand und führte mich zu einem Felsvorsprung, der über den Fluß hinausragte. Dort ließ er sich auf einem großen, flachen Stein nieder, und ich hockte mich neben ihn und breitete meine Röcke aus. Ein schwacher Sonnenstrahl fiel auf uns. Der Wald war sehr still.

»Wer war ihr Herr?« fragte ich, mehr um das Schweigen auszufüllen; denn die Antwort glaubte ich bereits zu kennen.

Er wandte sich mir zu und lächelte. »Das wirst du noch früh genug herausfinden. Aber jetzt will ich dir etwas zeigen. Schließ die Augen.«

Ich lehnte mich an ihn und tat wie geheißen. Er legte den Arm um meine Schulter und berührte mit zwei Fingern meine Schläfe. Ich atmete seinen warmen, erdigen Duft ein.

»Entspann dich einfach«, sagte er.

Irgendwie schien die Wärme seiner Hände in meinen Kopf zu fließen. Ich glaubte, in der Ferne ein leises Rauschen zu hören. Der Geruch tropischer Pflanzen hüllte mich ein. Ein warmes Blau wusch über mich hinweg, und die Bewegung ließ mich erzittern. Ich hatte eine Vision, so klar und deutlich, daß ich eine Sekunde glaubte, ich sei im Himmel. Wärme. Sonnenlicht. Tropische Blütenpracht. Bäume, von denen reifes Obst schwer herabhing. Der Ozean, der gegen einen Strand schlug, dessen weißer Sand mich blendete. Das Wasser war von einem durchsichtigen Blau, und ich konnte bis auf den Grund sehen, dort, wo es von Leben nur so wimmelte. Farben – rosa, grün, gelb. Selbst die Luft, die ich atmete, roch nach Seetang und Salz, heiß und feucht wie der Kuß der See in den Tropen, obwohl sie doch aus dem sumpfigen, modrigen Waldboden aufstieg. Ich seufzte, und der Klang kam von weit her. Die Ozeanbrandung schlug gegen den Strand. Die Ruhe der Waldes war ausgelöscht, und ich konnte mir kaum noch vorstellen, welche Geräusche man hier um mich herum hörte. Mein Körper wurde warm und feucht wie der Ozean und fühlte sich an, als werde er gleich auseinanderfließen und vergehen.

Dann verblaßte die Vision, verschwand vor meinem geistigen Auge, als Gilbert sanft seine Finger von meiner Schläfe nahm. Ich wollte noch einmal die warme Ozeanluft einatmen, roch aber nur die feuchte Erde. Verwundert öffnete ich die Augen. Gilbert sah mich an. Noch nie hatte mich jemand so intensiv angesehen wie er, so als erblicke er in mir eine Wahrheit, die echt und unbeugsam war und von der ich selbst nichts wußte. Ich hob meinen Kopf, um ihn zu küssen, aber er wandte sich ab.

»Nein. Es gibt noch mehr.« Erneut berührte er meine Schläfen, und erneut ergab ich mich ihm und schloß die Augen in Erwartung neuer göttlicher tropischer Bilder.

Doch dieses Mal schossen eisige Pfeile aus seinen Fingern in mein Hirn. Zuerst wollte ich mich ihm entwinden, doch er hielt mich fest. Die Vision war bleich, düster und kalt. Der Himmel war weit, weit weg, die Sonne glühte verschwommen in der Ferne. Dunkle Formen kreisten über mir.

Die Visionen nahmen Gestalt an, wurden deutlicher. Es roch wie auf einem Begräbnis, muffig, erdig. Ich spürte Sandkörner zwischen den Zähnen. Es war ein Feld, gepflügt, aber ansonsten bar jeden Lebens. Der Boden war gefroren, nichts konnte hier wachsen. Der Pflug hatte die Erde aufgerissen und Knochen freigelegt. Kalt und weiß ragten sie aus der Scholle.

Ich hörte, wie eine kalte, leidenschaftslose Stimme ›Hinter dir‹ sagte, aber nicht ich drehte mich um, sondern die Vision drehte sich um. Auf dem Boden lagen Leichen. Ein Mann, dessen Haar die Farbe von schmutzigem Stroh hatte, starrte mit blinden grünen Augen in den Himmel. Kleine, schwarze Käfer krabbelten in seine Ohren hinein, nibbelten an seinen Nasenlöchern und seinen Lippen und huschten über seine Augäpfel. Ich spürte, wie ich mit Gilbert rang, aber unter seinem Einfluß hatte ich keine Kraft.

Das Gefühl von Hoffnungslosigkeit und Verzweiflung überkam mich mit einer solchen Klarheit, daß ich auf die Knie fiel und meine Hände in die unfruchtbare Krume grub. Meine Finger strichen über einen Schädel, der mich aus der Erde angrinste, doch mein entsetzter Schrei hallte aus der Ferne eines anderen Körpers.

Plötzlich löste sich die Vision auf, und ich öffnete die Augen. Nach Luft schnappend atmete ich die Wirklichkeit in langen Zügen ein. Tatsächlich kniete ich am Ufer und umklammerte einen hervorstehenden Stein. Gilbert streckte die Hand nach mir aus, und ich wich entsetzt zurück, voller Angst, daß er mich wieder an diesen Ort führen würde.

Er lächelte sanft, zog mich an seine Seite und strich mir die Haare aus der Stirn. »Leider«, sagte er, »wird deine Reise in das Land des Wissens nicht immer angenehm sein.«

Ich starrte ihn wortlos an und versuchte, dieses schreckliche Todesgefühl abzuschütteln, das sich über mich gelegt hatte. Vielleicht ließ ich mich zu tief mit diesem Mann ein? Heilsprüche und Liebestränke waren eine Art der Hexerei, aber ich hatte noch nie erlebt, daß solche lebendige Visionen von einem Geist an einen anderen weitergereicht wurden. Die Macht, über die er verfügte, mußte immens sein, und meine Angst wurde schnell von einem anderen Gefühl überlagert. Hoffnung. Die Hoffnung, daß ich so werden könnte wie er und daß es mir gelänge, für immer diesem langweiligen Leben zu entrinnen, das ich leben mußte, ohne es gewählt zu haben. Nicht angenehm? Was konnte unangenehmer sein, als für immer an eine graue Existenz gefesselt zu bleiben, ohne Hoffnung auf Rettung!

»Es ist mir egal«, sagte ich. »Ich möchte mein eigenes Leben führen – eines, mit dem ich machen kann, was ich will.«

»Wir brauchen einen Platz zum Arbeiten. Weißt du einen?«

»Ich werde sehen, was sich machen läßt. Onkel Tom wird mir sicher jeden Raum im Haus zur Verfügung stellen.«

Er stand auf und zog mich hoch. Wir kletterten über die Felsen zurück, bis wir wieder am sumpfigen Flußufer standen. »Ich will kein Zimmer im Haus. Wir brauchen etwas, das ein gutes Stück vom Haus entfernt ist. Ich dachte an die Gärtnerkate.«

»Aber dort wohnen Hugh und Nancy. Sie wären bestimmt sehr traurig, wenn sie umziehen müßten.«

»Ihr kurzes, sinnloses Leben berührt uns kaum. Verstehst du das?«

Ich blickte zu Boden. »Ich werde sehen, was ich tun kann.«

Er blieb stehen, hielt mich fest, sah mich eindringlich an und lächelte. »Du scheinst deiner selbst nicht sicher zu sein,

Elizabeth.« Manchmal verzog sich seine Oberlippe einen Hauch zu kräftig, wenn er lächelte, so daß er fast einem Tier ähnelte, das seine Fänge bleckte.

»Ich bin etwas unsicher. Etwas ...«

»Verängstigt?«

»Verstört. Diese Vision ...«

Ohne Vorwarnung riß er mich brutal in seine Arme und preßte seinen kräftigen Körper gegen mich. »Ah, du fühlst dich an wie eine Frau. Nicht wie Mirabel. Sie ist noch ein Kind.« Ich hörte das Verlangen in seiner Stimme und schmiegte mich an ihn, hob mein Gesicht in Erwartung seines heißen, feuchten Kusses. »Leg dich hin«, sagte er mit belegter Stimme. »Ich zeige dir die Freuden der Hexerei.«

»Ich soll mich in den Schlamm legen?«

»Ja, leg dich hin.« Sanft drückte er mich nach unten, bis ich mit dem Rücken auf dem Boden lag. Ich versuchte, den Nacken zu heben, damit mein Haar nicht schmutzig wurde, aber er küßte mich und zwang mich mit der Kraft seiner Lippen auf den Boden. Ich spürte, wie er mir die Röcke über die Hüften schob und hob mein Becken an, damit er mir die Unterröcke ausziehen konnte. Er drückte meine Beine auseinander und vergrub sein Gesicht dazwischen, bis ich mich auf dem schlüpfrigen, kalten Untergrund stöhnend wand.

»Schließ die Augen«, sagte er. Kaum hatte ich es getan, war ich wieder auf der tropischen Insel, und wir lagen nicht im Schlamm, sondern auf feinem weißen Sand, den ich unter meinen Händen spürte. Die Sonne brannte auf uns herab, und ich fühlte, wie ihre Hitze mich durch die Kleider hindurch streichelte. Ich gab mich ganz der Vision hin. Als ich mit der Hand durch Gilberts Haare strich, fühlten sie sich warm an, als habe die Sonne auf sie geschienen. Ich spürte, wie sich ein Druck in meinen Lenden ausbreitete, und dann durchfuhren mich die heißen Blitze des kleinen Todes, bis ich ruhig dalag. Aber er hörte nicht auf, und auf wundersame Weise spürte ich erneut, wie die Wärme anschwoll. Und erneut, und noch einmal. Immer wieder durchzuckten die unnatürlichen Orgasmen meinen Unterleib, bis ich schrie, er solle aufhören, voller Angst, ich würde den Verstand verlieren, wenn er weitermachte.

Er rutschte mit seinem Körper höher, wobei er mich über und über mit Schlamm beschmutzte. Als er mich küßte, spürte ich meinen eigenen Geschmack auf seiner rauhen Zunge. Zärtlich leckte ich daran. »Hexerei?« flüsterte ich.

»Ja, Hexerei. Aber etwas Erfahrung gehört auch dazu.«

Ich lachte leise, und seine Lippen schlossen sich über meinem Mund, als wolle er mein Lachen einfangen und hinunterschlucken.

Wir wateten angezogen in den Fluß, um uns den Schlamm abzuwaschen, dann machten wir uns auf den Heimweg, triefend vor Nässe und vor Kälte zitternd. Onkel Tom, der im Garten saß, glaubte Gilbert die Geschichte, daß ich in den Fluß gefallen sei, und dankte ihm mit peinlichem Überschwang dafür, daß er mich herausgezogen hatte.

»Wenn du wieder am Fluß spazierengehst, Elizabeth«, sagte er, »sollte Gilbert dich ab jetzt begleiten. Ich habe es schon immer für gefährlich gehalten, daß du ganz allein dort entlangwanderst.«

Teils war ich erfreut, teils erzürnt. Das bekannte Gefühl, eingeengt zu werden, legte sich wie ein enges Band um meine Brust, und ich nickte lediglich und starrte auf den Boden.

»Jetzt zieht euch schnell etwas Trockenes an«, fuhr Onkel Tom fort. »Wir sehen uns beim Essen.«

»Elizabeth möchte dich noch etwas fragen«, sagte Gilbert, und mein Kopf fuhr hoch. Onkel Tom wandte sich zu mir und schenkte mir sein väterliches Lächeln. Ich hatte nicht die geringste Ahnung, was Gilbert meinte.

»Nur voran«, sagte Gilbert. »Du kannst deinem Onkel sicherlich erzählen, was du mir berichtet hast.«

Einen Augenblick lang stand ich völlig verwirrt da, doch dann dachte ich daran, daß es ihm wohl um die Gärtnerkate ging. Ich blickte ihn an und fragte mich, ob ich es war, die sich erinnert hatte oder ob er mir den Vorschlag in den Kopf gesetzt hatte. Sein Gesicht blieb unbeweglich. Ich mußte mir schnell etwas einfallen lassen.

Ich sah Onkel Tom an. »Du sagtest, ich bräuchte ein Hobby ...«

»Ja?«

»Ich weiß, es klingt hochtrabend, aber ich wollte schon immer malen.«

»Ah, die Malerei. Soll ich dir Kunstutensilien besorgen?«

Gilbert unterbrach. »Ich habe einiges davon in London, das ich mir schicken lassen kann. Ich bin begeisterter Maler. Elizabeth hat mich gefragt, ob ich sie unterrichten kann, und natürlich habe ich ja gesagt.«

Onkel Tom lächelte breit und nickte. »Ausgezeichnet, Gilbert, ich danke dir. In den vergangenen sechs Jahren ist unsere Elizabeth nicht immer die glücklichste Frau gewesen. Es wird ihr guttun, von den Büchern wegzukommen.«

»Allerdings brauchen wir einen Platz«, sagte ich. »Einen großen Raum, eine Art Atelier.«

»Du weißt, daß du jedes Zimmer im Haus haben kannst.«

»Größer. Ich habe auf die Gärtnerkate gehofft.«

»Hughs Kate?«

»Hugh und Nancy werden alt. Die Kate ist im Winter sehr kalt, und ich bin sicher, daß sie lieber im Haus wohnen würden. Hugh steht morgens nicht sehr früh auf und würde uns kaum stören. Je älter er wird, desto bequemer ist er.«

»Ich weiß nicht, Elizabeth. Ich möchte sie nicht aufschrecken. Ich glaube, sie sind glücklich dort.«

»Aber ich wäre noch viel glücklicher«, schmollte ich. »Bitte, Onkel Tom. Du weißt, daß ich sonst nur selten etwas verlange.«

»Das stimmt in der Tat. Und du hast mir immer viel geholfen.« Er strich sich nachdenklich über den Bart. »Was meinst du, Gilbert? Eines Tages wirst du mit Mirabel hier das Sagen haben.«

»Sir Thomas, ich maße mir nicht an, Eure Entscheidung zu beeinflussen, aber Elizabeth ist eine sehr intelligente und zugleich sehr gelangweilte Frau. Wenn ich die finanziellen Angelegenheiten in die Hand nehme, hat sie gar nichts mehr zu tun, falls sie sich also ernsthaft mit der Malerei beschäftigen will, dann rate ich Euch, ihr den Raum und die private Atmosphäre zu verschaffen, die man dazu braucht. Wenn sich nach ein paar Monaten zeigt, daß sie nicht das Talent dafür besitzt, räumen wir das Atelier, und Hugh und Nancy können wieder einziehen.«

»Auf der Seite des Hauses, wo sich die Kapelle befindet, gibt es einen großen Raum, in dem sie wohnen könnten«, sagte ich. Meine Stimme nahm fast den flehenden Ton an, den Mirabel stets anschlug, wenn sie Onkel Toms Zustimmung suchte. »Und wenn es dir unangenehm ist, sage ich es ihnen selbst.«

Er sah mich erleichtert an, und ich dachte daran, daß Onkel Tom immer gern als großherziger und großmütiger Herr gesehen werden wollte. »Also schön, Elizabeth, du kannst es Hugh und Nancy sagen. Gilbert, laß dir deine Kunstutensilien schicken.«

Ich schlang meine Arme um Onkel Tom und küßte ihn auf die Wange. Als er die Hände auf meinen Rücken legte, spürte er, wie kalt und klamm ich war und schickte mich sofort ins Haus, um trockene Sachen anzuziehen.

So wurde die erste Täuschung eingeleitet. So belog ich meinen geliebten Onkel.

Als ich am nächsten Morgen Hughs und Nancys Kate betrat, nahm ich mir im stillen vor, das Haus erst einmal gründlich durchzulüften. Wie bei alten Leuten üblich, hatten sie sich an ihren eigenen muffigen Geruch gewöhnt. Da ringsherum dichte Bäume standen, drang kaum ein Sonnenstrahl in die Kate, und der feuchte Mief mischte sich mit dem Gestank von Pfeifentabak, altem Essen, Krankheit und Schimmel.

Nancy blickte von ihrer Stickerei hoch, sprang rasch auf und machte einen kleinen Knicks. Hugh war alt und steif und rappelte sich so mühsam hoch, daß ich sagte: »Schon gut, Hugh, bleib, wo du bist. Ich möchte nur kurz mit euch sprechen.«

Nancy setzte sich wieder und sah mich mißtrauisch an.

Rosemary hatte ihr zweifellos einiges über mich anvertraut. Nancy war alt und abergläubisch, und sie betrachtete meine Dienste für die Dörfler mit einigem Unbehagen. Ich bemühte mich um ein Lächeln, das zu erwidern ihr sichtlich schwer fiel.

»Onkel Tom macht sich Sorgen, weil ihr euch hier mitten im Garten versteckt. Im Winter wird es zu kalt für euch.«

»Aber nein, Ma'am«, antwortete Nancy höflich. »Wenn wir ein Feuer machen, ist es mollig warm hier drin. Wir beklagen uns nicht.«

Ich fuhr fort, als hätte ich sie nicht gehört: »Onkel Tom hat einen Raum auf der Kapellenseite des Hauses für euch räumen lassen. Es ist einer der größten des Hauses. Eure Mahlzeiten könnt ihr zusammen mit den anderen Dienern in der Küche einnehmen. Rosemary wird für euch kochen. Dann habt ihr beide es weitaus bequemer.«

Hugh schüttelte traurig den Kopf. »Aber wir mögen es hier sehr, Mylady. Wir lieben unsere kleine, abgeschiedene Kate.«

»Wir versuchen nur, das Leben ein wenig angenehmer für euch zu machen. Im Haus habt ihr Gesellschaft.«

»Wir sind einander genug Gesellschaft«, murmelte Hugh.

»Steckt mich nicht mit dieser Rosemary zusammen«, flehte Nancy. »Ich kann sie nicht ertragen – sie hält nicht eine Sekunde den Mund.«

»Bitte, bitte«, sagte ich. »Vertraut mir. Es ist zu eurem Besten. Ihr werdet euch schnell umgewöhnen. Im Haus ist es viel gemütlicher. Ich möchte, daß ihr bis Ende der Woche ausgezogen seid.«

»Und daran ist nichts mehr zu ändern?« fragte Nancy. Argwohn verdunkelte ihr Gesicht.

»Nein, nichts«, entgegnete ich.

»Und was wird aus der Kate?« fragte sie.

»Ich werde sie in ein Atelier umwandeln. Mr. Lewis wird mir Malunterricht geben.«

»Das ist also der wahre Grund, weshalb wir aus unserem Heim vertrieben werden, Hugh«, jammerte sie.

»Nancy, schweig«, sagte Hugh streng.

»Du machst dich nicht gerade beliebt bei mir, Nancy. Ich möchte diesen Umzug im Guten vonstatten gehen lassen«, sagte ich.

Sie konnte ihr Temperament nicht zügeln. »Ach ja? Was immer das heißen mag! Ihr und eure großen Worte. Ihr wißt schon viel zu viel für eine Frau. Malerei! Ha! Ich sollte Eurem Onkel erzählen, was Ihr so im Dorfe treibt.«

Hugh streckte den Arm aus und gab ihr einen Klaps auf den Kopf. »Nancy«, sagte er zornig. »Das geht zu weit. Entschuldige dich bei Lady Elizabeth.«

Nancy sah mich mit zusammengekniffenen Augen an. Dann senkte sie den Blick. »Verzeiht mir, Lady Elizabeth.«

»Es tut uns beiden leid, Mylady«, sagte Hugh ernst. »Ich hoffe, dies ändert nichts an Eurer guten Meinung von uns.«

»Ich verzeihe euch«, sagte ich und bemühte mich, meiner Stimme einen liebenswürdigen Klang zu geben. Nancy hatte mir einen Schrecken eingejagt, aber ich war ziemlich sicher, daß sie Onkel Tom nichts erzählen würde – meine Schweigebefehle waren hinsichtlich ihres Aberglaubens sicherlich wirksam. Dennoch würde ich Gilbert als erstes darum bitten, mir beizubringen, wie man die Leute noch effektiver zum Schweigen brachte.

»Ich schicke euch jemanden, der beim Packen und Umziehen hilft. Einen schönen Tag euch beiden.«

Ich drehte mich um, ging hinaus und schloß die Tür hinter mir. Für einen Augenblick quälte mich das Bild Hughs, der traurig gesagt hatte, wie sehr sie ihr kleines Heim liebten. Dann stampfte ich mit dem Fuß auf. »Es sind nur Diener«, sagte ich laut. »Sollen sie es etwa besser haben als ich?«

Aber ich wußte, daß die Schuld nicht darin besteht, sich zu nehmen, was man will, sondern im Vortäuschen falscher Tatsachen begründet ist. Nun, wenn ich schon auf der Straße des Betrugs und des Bösen wandelte, so war ich wenigstens froh, daß ich Gilbert als Weggefährten hatte.

Ich beaufsichtigte die Reinigung der Kate, nachdem die letzten Sachen von Hugh und Nancy hinausgeschafft worden waren. Obwohl wir ein loderndes Kaminfeuer entfachten, die Wände abgeschrubbt und neue Teppiche ausgelegt wurden, ließ sich ein leicht muffiger Geruch nicht vertreiben.

Mirabel kam mich am späten Nachmittag besuchen. Sie klopfte sachte an die Tür und wartete, bis ich sie hereinbat, bevor sie eintrat. Widerwillig ließ ich zu, daß sie sich umschaute.

»Nancy ist nicht sehr glücklich darüber, im Haus wohnen zu müssen«, sagte sie, nachdem sie sich auf einen Teppich vor dem Feuer gekauert hatte. Ich ließ mich neben ihr nieder.

»Nancy ist eine sauertöpfische alte Henne. Sie ist eine Dienerin und sollte dankbar dafür sein, daß sie überhaupt eine Unterkunft hat.«

Sie starrte eine Weile in die Flammen und sah mich an. »Gilbert ist nach London gefahren.«

Ich hatte es nicht gewußt. »So? Wie lange?«

»Er holt diese Kunstutensilien. Für dich.« Die Eifersucht in ihrer Stimme war schmerzhaft deutlich. Ich fragte mich, ob sie wußte, wie gut man sie durchschauen konnte.

»Ich bin sicher, daß er dort auch andere Geschäfte zu erledigen hat.« Natürlich würde er auch seine Bücher und Tinkturen mitbringen. Er wollte sie sicherlich bei sich haben.

Sie versuchte, ein strenges Gesicht zu machen, aber ihre puppenhaften Züge ließen so etwas einfach nicht zu. »Es stimmt, was man über dich sagt, nicht wahr? Daß du Zaubersprüche kennst.«

»Das ist Unsinn.«

»Daß du die Dörfler heilst. Deswegen lieben sie dich.«

»Ich wußte nicht, daß sie mich lieben.«

»Weißt du, wie man einen Liebestrank mischt? Hast du Gilbert etwas davon gegeben? Er redet die ganze Zeit von dir.« Sie sackte zusammen und starrte wieder ins Feuer.

Ich nahm ihre Hand. »Ich schwöre dir, ich habe Gilbert

nicht mit einem Liebesbann belegt.« Allerdings befürchtete ich, daß er das bei mir getan hatte.

»Gilbert ist dein Mann. Er liebt dich, nicht mich.«

»Als er mir erzählte, daß er dir das Malen beibringen will, sagte ich, daß ich es auch lernen wolle. Aber er meinte, ich sei nicht reif genug.« Sie klang wieder wie ein verdrießliches Gör. »Glaubst du, ich bin nicht reif? Schließlich bin ich eine verheiratete Dame.«

»Manchmal benimmst du dich noch immer wie ein kleines Mädchen«, sagte ich. »Willst du wirklich malen lernen?«

Sie seufzte. »Nein, ich wollte es nur, weil ich eifersüchtig auf dich war. Du bist klug und schön und reif. Ich bin sicher, daß du die Art von Frau bist, die er lieber geheiratet hätte. Aber du hast keinerlei Besitz. Niemand würde mich heiraten, wenn ich nicht Erbin wäre.« Ich wußte nicht, ob es sich hier um falsche Bescheidenheit oder echte Unsicherheit handelte. Auf jeden Fall verspürte ich nicht den Wunsch, ihr zu widersprechen. So saß sie nun da wie ein trauriges Püppchen, und in ihren Augen glänzten Tränen. Ich streichelte ihr über die Hand und erhob mich.

Sie ergriff meine Hand. »Versprich mir etwas, Elizabeth.«

Ich verlor langsam die Geduld. »Was?«

»Versprich mir, daß du keinen Zauber auf ihn legst, so daß er sich in dich verliebt.«

»Ich sagte dir doch, das ist alles Unsinn.«

»Versprich es.«

»Also gut, ich verspreche es dir. Bist du jetzt glücklich?«

Sie nickte halbherzig, und ich widmete mich wieder meinen Pflichten. Als ich nach einiger Zeit ins Wohnzimmer kam, war sie fort.

Die Gefühle, die Gilberts Abwesenheit in mir auslösten, waren seltsam. Für gewöhnlich schlug mein Herz stets einen Takt schneller, wenn ich ihn mit Mirabel im Garten spazierengehen sah. Oft hatte ich beim Essen heimliche Blicke auf sein markantes Profil geworfen. Aber ihn tagelang nicht zu sehen, nach allem, was er mir versprochen hatte, war fast unerträglich. Doch mein Leben war schon so lange unerträglich, daß ich an so etwas gewöhnt war. Ich hatte einen großen Eichenschreibtisch in Hughs und Nancys Kate schaffen lassen und verbrachte immer mehr Zeit dort. Ich las, schrieb Gedichte, träumte am Kaminfeuer vor mich hin, und diese Träume führten mich fast immer zu Gilbert. Schließlich begann ich, Christine de Pisans *Die Stadt der Frauen* zu lesen, und trotz des primitiven Beharrens auf katholischer Moral beeindruckte es mich so sehr, daß ich mich daran machte, selbst einen Essay über Frauen zu schreiben. Leider klang alles, was ich zu Papier brachte, sehr bitter und keineswegs abgeklärt. Aber als Autorin war ich noch eine Anfängerin, und zweifellos würde ich mich verbessern.

Die Zeit verging so, wie sie es immer tut, ob man will oder nicht, bis eines Nachmittags schließlich die Nachricht eintraf, daß Gilbert bald heimkehren würde. Kurz darauf hielt ein langes Fuhrwerk mit alten Holzkisten vor der Kate, und Pagen und Diener eilten herbei, um alles ins Wohnzimmer zu bringen. Ich gab strikte Anweisungen, daß nichts ausgepackt werden durfte, bevor Gilbert eingetroffen war.

Nachdem alle Kisten hereingebracht worden waren und ich wieder allein war, setzte ich mich mit Feder, Tinte und Papier vors Feuer und machte mich wieder ans Schreiben. Die Stunden vergingen schnell. Am späten Nachmittag hörte ich plötzlich draußen Geräusche und trat an das kleine Fenster, um durch die Bäume zu spähen. Eine Kutsche war angekommen, und Gilbert stieg gerade aus; beeindrukkend wie immer in einem tiefroten Satinwams und Reithosen. Ich hätte erwartet, daß er zuerst ins Haus gehen würde, um seine Frau und Onkel Tom zu begrüßen, doch statt dessen ging er direkt auf die Kate zu. Ich öffnete die Tür und erwartete ihn.

Er kam herein, stieß die Tür mit dem Fuß zu und nahm mich in seine Arme. »Elizabeth«, flüsterte er und drückte seine Lippen auf mein Haar. Ich zerfloß beinahe. Er küßte mich sanft. Dann sagte er: »Ich muß gehen und den Schein wahren. Können wir uns heute nacht hier treffen?«

»Um wieviel Uhr?«

Er lächelte. »Wenn man Unlauteres im Schilde führt, ist Mitternacht stets die beste Stunde.«

»Dann werde ich um Mitternacht hier sein.«

Noch einmal küßte er mich, heftiger, länger. Meine Hände glitten über seinen Rücken, seine Schultern. Plötzlich gab er mich frei. »Wir sehen uns beim Abendessen.« Dann ging er zum Haus.

Ich wußte, ich hatte mich in ihn verliebt, aber ich wußte noch nicht, welche Gefahren das mit sich bringen würde.

8. Kapitel

Das Gras war feucht vom Tau, und die Luft erfüllt vom Duft der Mitternacht, als ich durch den Garten zur Kate schlich. Gilbert empfing mich an der Tür, und ich sah, daß er bereits begonnen hatte, die Kisten auszupacken. Leinwände, Staffeleien und unvollendete Ölgemälde füllten das Wohnzimmer und warfen im Licht der Lampe weiche Schatten.

»Ein richtiges Atelier«, sagte ich, eine angefangene Landschaft bewundernd.

»Ja, dein Onkel wird sich sicherlich davon überzeugen wollen, daß hier gearbeitet wird. Wir werden uns in dem kleineren Zimmer einrichten. Komm, hilf mir.«

Nacheinander trugen wir vier Kisten in das Hinterzimmer. Über diesem Teil des Hauses war das Blattwerk der Bäume besonders dicht, so daß kein Sonnenstrahl hereindringen konnte.

»Es wird dunkel hier drin sein, Gilbert«, sagte ich, nachdem wir die letzte Kiste abgestellt und aufgehebelt hatten. »Die Bäume nehmen das Licht.«

»Um so besser. *Sie* kommen nicht gerne an offene Plätze.«

Ich nickte stumm. Wenn er von *ihnen* sprach, erwachte meine Furcht, aber ich kämpfte sie nieder. Ich war keine feigherzige Närrin wie Mirabel, die Angst vor ihrem eigenen Schatten hatte. Was immer mich erwartete, mit Gilbert als Führer würde ich mich *ihnen* stellen.

Wir packten die Kisten aus. Sie enthielten in Leder gebundene Bücher, einige offenbar neu, andere sehr alt, in einem Englisch geschrieben, das vor Hunderten von Jahren gesprochen wurde. Die meisten waren jedoch in Latein oder Griechisch. Auf dem Umschlag eines besonders schweren Bandes mit ausgebleichten, pergamentartigen Seiten stand in vergoldeten Lettern *Liber Omnis Scientiae*. Ich strich mit den Fingern über die Buchstaben. Das Buch allen Wissens. Gilbert nahm es mir weg.

»Dies ist das wichtigste Werk, das ich besitze«, sagte er.

»Wieso?«

»Weil ich daran schreibe.« Er öffnete es und blätterte rasch die Seiten durch; ich sah seine ausladende Handschrift und seltsame Symbole, die das Pergament bedeckten.

»Du schreibst ein Buch?« Ich wollte es wieder an mich nehmen, doch er entzog es mir.

»Nein, Elizabeth. Dies ist nicht für fremde Augen bestimmt. Während ich lerne, schreibe ich alles nieder. Du solltest es auch tun, deine dunkelsten Geheimnisse den Seiten anvertrauen.« Er strich sanft, fast liebevoll über das Buch. Die Bewegung seiner Hände reichte aus, um mich zu entzücken. Ich beugte mich vor und küßte ihn auf den Mund.

»Zurück an die Arbeit«, sagte er und legte das Buch auf einen Stapel anderer, die auf einem Tisch lagen, den wir an die Mauer geschoben hatten. »Dafür ist später noch viel Zeit.«

Unter den Dingen, die Gilbert aus London mitgebracht hatte, befanden sich Gefäße aus dickem grünem Glas, die mit einer trüben Flüssigkeit gefüllt waren, Flaschen mit Kräutern und Samen, Kupfergeschirr und ein Brenner. Alles wurde vorsichtig auf dem Tisch abgestellt.

Als wir die letzten Gegenstände auspackten, zog ich zwei große Gläser hervor. Ich konnte nicht erkennen, womit sie gefüllt waren, aber bei näherem Hinsehen erkannte ich, daß es sich um winzige Organe handelte.

»Um Himmels willen, Gilbert, was willst du damit?«

Mit einem geduldigen Lächeln nahm er mir die Gläser aus der Hand und stellte sie auf den Tisch. »Beruhige dich, Elizabeth, es sind tierische Organe, keine menschlichen.«

»Aber wofür sind sie?«

Er seufzte, setzte sich auf die Kiste, die neben mir stand, und nahm meine Hand. »Mußt du es jetzt sofort wissen?«

»Ja.«

»Im Augenblick des Todes kann eine gewaltige Kraft eingefangen werden.«

»Du hast diese Tiere geopfert?«

Er verzog das Gesicht, als habe ihn das Wort beleidigt. »Opfern ist ein solch grober Ausdruck. Ich habe sie getötet, ja, um die Kraft zu bewahren. Ihre Herzen und Augen haben sich schon als nützlich erwiesen.«

»Ich verstehe nicht.«

»Wir reden über die Funktion des Universums, und ich möchte dieses Wissen erst mit dir teilen, wenn du dich als mein Lehrling verpflichtet hast.«

»Du weißt, daß ich das will.«

»Aber du mußt dich verpflichten.«

»Nun, dann verpflichte ich mich eben«, sagte ich leichthin.

»Aber nicht mir.«

Er zögerte. Ich sah ihn fragend an. Was meinte er?

»Wem dann?« fragte ich schließlich.

»Dem dunklen Engel. Dem Herrn der Geister.«

»Satan?«

»Schon wieder solch ein grobes Wort. Ein biblischer Name, aber er ist älter als die Bibel. Er ist älter als die griechischen Mythen, also kann man ihn auch nicht Herrn des Hades nennen. Er ist älter als die ägyptischen Legenden, und deshalb heißt er auch nicht Seth. Er ist ewig alt.«

Seine Stimme hatte diesen weichen, in ihren Bann ziehenden Klang angenommen. Ich mußte mich zu meiner nächsten Frage zwingen. »Ist er böse?«

»Gut und Böse sind schwierige Begriffe, Elizabeth. Glaubst du nicht, daß es ein bißchen zu einfach wäre, wenn es Gut und Böse getrennt gäbe? Im Hinblick auf ein Universum, in dem so viele Fehler geschehen? Er ist sehr mächtig, und er hat nichts dagegen, diese Macht zu teilen. Stell ihn dir als eine Art Kanal zwischen der Energie des Universums und denen vor, die ihm dienen, nicht als Medium des Bösen.«

»Aber du hast ihn den dunklen Engel genannt.«

»Dunkel deshalb, weil er geheimnisvoll ist, verborgen vor den Augen der Welt.«

Ich bekam es mit der Angst zu tun. Meine stümperhaften Versuche in Magie hatten mit Heilen und Weissagen zu tun. Sie verlangten nicht nach Tod, und sie verlangten nicht nach einem Pakt mit dem Teufel.

»Ich weiß nicht, ob ich diese Verpflichtung eingehen kann«, sagte ich leise und wich seinem bohrenden Blick aus.

Sofort spürte ich, wie der Zorn in ihm glühte. Er war fast greifbar und von solcher Gewalt, daß ich mich plötzlich in großer Gefahr wähnte. Aber er faßte mich nicht an, sagte nichts. Schließlich sah ich ihn an. Er knirschte mit den Zähnen, als könne er so seine Wut einsperren.

»Ich kann in deinen Kopf schauen«, sagte er. »Ich kann sehen, was dort vorgeht.« Er nahm eine weibliche, spöttische Stimme an: *»Ich will meine Kräfte nur für das Gute einsetzen, Gilbert. Heilzauber hilft den Menschen. Ich tue es nur, weil ich helfen will.* Du belügst dich selbst, Elizabeth. Es ist dir völlig egal, ob diese dümmlichen Dörfler leben oder sterben, es ist der Rausch der Macht, den du liebst. Du hast es gern, daß sie dich bewundern und fürchten.«

»Ich will nicht verdammt sein«, sagte ich. Tränen stiegen mir in die Augen.

»Wer sagt, daß du verdammt sein wirst?«

»Aber wenn ich einen Pakt mit Satan schließe ...«

»Wovon redest du? Vergiß, was du von diesem frommen Narren Master Gale gelernt hast. Hier werden keine Seelen gekauft. Es gibt keine Hölle, in der du auf ewig schmoren wirst. Wenn du stirbst, dann schläft deine Seele, bis ein Mensch auf die Welt kommt, der zu ihr paßt. Ah, nun habe ich dir schon zuviel erzählt. Bevor du dich nicht verpflichtet hast, darfst du auch nicht lernen.«

»Hör auf, so verschwommen daherzureden. Eine Verpflichtung eingehen, was heißt das? Welche Verpflichtung will er?«

»Du sorgst dich wie ein altes Weib. Ich habe es hinter mir, und ich lebe noch, und es geht mir gut, oder? Und die Kräfte, über die ich verfüge ... Elizabeth, wünschst du sie dir nicht auch?« Er streckte den Arm aus und berührte meine Schläfe, so wie er es an jenem Tag am Fluß gemacht hatte, aber ich schob seine Hand weg. Ich wußte es noch sehr gut, er brauchte mich nicht zu erinnern.

»Ich fürchte, ich bin mir nicht mehr sicher. Ich wollte nur ein wenig weitergehen, als ich bisher gegangen bin«, sagte ich. »Kann ich keine kleinen Schritte machen?«

»Du hast Angst. Deine Sicherheit ist dir wichtiger als deine Träume.« Er zögerte kurz. »Ich habe gelesen, was du geschrieben hast, deinen Essay.«

Es war mir peinlich, daß ein solch brillanter Geist wie Gilbert einen Blick auf mein ungeschicktes Geschreibsel geworfen hatte.

»Bring es her«, befahl er.

»Nein.«

»Nun gut, dann hole ich es selbst.« Er ging in das andere Zimmer und kam mit einem Stapel Blätter mit meiner Handschrift zurück. »Soll ich es dir vorlesen?«

»Ich weiß, was da steht.«

»Aber ich glaube, du erinnerst dich nicht mehr daran. Zumindest verhältst du dich so. Schauen wir mal: *Eine Abhandlung über die Unterdrückung der Frau in Form eines Dialogs.* Ah, ein lohnendes Thema, Elizabeth. Laß uns sehen, ob du deine eigenen Ratschläge nutzen kannst.

Cornelius: Sag mir, lieber Freund, warum bekleiden deiner Meinung nach Frauen keine Machtpositionen in diesem Land?

Timothy: Nun, Sir, das stimmt so nicht, denn bis zu ihrem Tod vor vier Jahren wurde die größte Machtposition in diesem Land von einer Frau eingenommen, nämlich von Königin Elizabeth, der Tochter Heinrich des VIII.

Cornelius: Ja, die Tochter eines Königs. So kam sie durch das Geburtsrecht zu ihrem Amt, nicht auf Grund von Intelligenz oder Ehrgeiz.

Timothy: Ich muß dir recht geben. Dann ist es wohl so, daß Frauen keine Macht haben, weil sie nicht nach ihr streben, sondern ihre Aufgabe als Hüterinnen des Heims und Mütter der Söhne der Nation sehen.

Geht es darum, Elizabeth? Begehrst du nur das, was Onkel Tom dir anbietet? Handschuhe für Mirabel zu nähen, für die Gäste deines Onkels die Gastgeberin zu spielen?«

»Er hat mir die Verwaltung seiner Finanzen übertragen«, hielt ich ihm entgegen.

»Und ich kann morgen zu ihm sagen, daß ich es lieber selbst tun würde, und das war es dann. Aber hör mir zu, ich fahre fort.

Cornelius: Ich frage mich, warum irgend jemand nach diesem Leben streben sollte, da seine einzigen Belohnungen Langeweile, Frustration und der gelegentliche dahingemurmelte Dank von Männern sind, die das öffentliche Leben kennen und die Mittel und die Freiheit haben, stets das zu tun, was ihnen gefällt. Glaubst du nicht, daß das Wissen um die Gegensätzlichkeit dieser beiden Lebensweisen jedwedes Streben nach den Freuden eines Heimchens am Herd ersticken könnte?

Timothy: Aber Sir, Frauen sind anders. Sie denken anders als wir, und sie sind dazu erschaffen worden, sich nach Sicherheit zu sehnen.

Ah, jetzt sehen wir, wo deine Motive liegen, Elizabeth. Master Timothy hat recht, nicht wahr? Auch du bist, wie alle Frauen, dazu erschaffen, dich nach Sicherheit zu sehnen.«

»Gilbert, das ist etwas anderes als ...«

»Psst. Laß mich fortfahren.

Cornelius: Ich behaupte, daß Frauen nur deshalb die Sicher-

heit suchen, weil es ihnen auferlegt worden ist, und daß sie im Grunde etwas anderes wollen. Sag mir, in welcher Hinsicht unterscheiden sich die Frauen von den Männern, mein lieber Freund?

Timothy: Offensichtlich unterscheiden sie sich äußerlich. Sie sind schwächer und empfänglicher für emotionale Schwankungen.

Cornelius: Eine Frage, kennst du Männer, die schwächer sind als du selbst?

Timothy: Ja, Sir.

Cornelius: Männer, die eher zu Schwermut oder Jähzorn neigen als du?

Timothy: So ist es, Sir.

Nette sokratische Methode, Elizabeth. Ich weiß nicht, warum du so verlegen schaust.

Cornelius: Und doch bist du bereit, ihnen wegen dieser kleinen Unterschiede den Zutritt zur Welt der Männer zu verweigern. Du bist bereit, sie zu einem Leben der erstickten Träume zu verdammen, die zum ewigen Geklapper der Stricknadeln geträumt werden.«

Gilbert warf die Blätter auf den Boden und beugte sich zu mir herab, bis sein Gesicht fast mein Ohr berührte. »Wer verdammt dich zu diesem Leben der erstickten Träume, Elizabeth? Ich? Sir Thomas? Der König? Das Parlament?«

»Hör auf, Gilbert.«

»Wer ist es, Elizabeth? Wer hält dich in diesem Augenblick davon ab, mehr Macht zu erlangen als irgendeine Frau vor dir, die Grenzen des Wissens zu sprengen, die Geister nach deinen Vorstellungen zu befehligen, gottgleich zu werden, dich mit den dunklen Kräften zu vereinigen, inniger, als du es erahnst? Wer ist es, Elizabeth?«

Ich widerstand dem Wunsch, ein kurzes Gebet zu murmeln, obwohl ich seit meiner Kindheit nicht mehr an Gott oder den Himmel oder die Sünde gedacht hatte. Meine wöchentlichen Besuche in der Kirche geschahen aus Gewohnheit, nicht weil ich glaubte. Ich schüttelte stumm den Kopf.

»Beantworte die Frage«, sagte er und packte mich an den Armen.

»Ich«, sagte ich. »Ich bin es. Ich halte mich selbst ab.«

Er ließ mich los und strich mir übers Gesicht. »Mitschuldig an der eigenen Unterdrückung. Was für ein braves Mädchen.«

Es war, als stünden die Jahre meines Unbehagens mit uns im Zimmer, als bedrängten sie mich. Ich hatte das sichere Gefühl, daß ich ohne Gilbert nur noch auf den Tod zu warten hatte, viele leere Jahre, die sich vor mir erstreckten.

»Also gut«, sagte ich. »Ich tue es.«

Als ich in der nächsten Nacht zur Kate ging, fühlte ich mich darin erinnert, wie ich in der Hochzeitsnacht in das Schlafzimmer meines Mannes gegangen war. Die gleiche Mischung aus Furcht, Aufregung und unbezähmbarem Verlangen. Mein Mann war von ausnehmend schöner Gestalt gewesen, fast feminin mit seinen schlanken Gliedern und den feinen Gesichtszügen. Verglichen mit ihm war Gilbert ausgesprochen häßlich, aber er besaß etwas, das Christopher niemals gehabt hatte: einen brillanten Geist, eine Eigenschaft, die meine Sehnsucht über alle Maßen erweckte.

Ich betrat die Kate und hörte, wie sich Gilbert im Hinterzimmer zu schaffen machte. Er hatte eine dünne Matratze vor den Kamin gelegt. Ich lächelte bei dem Gedanken, ihn dort zu lieben.

»Ich bin hier, Gilbert!« rief ich und kniete mich auf die Decke vor dem Feuer.

»Gut, ich komme gleich«, antwortete er.

Ich hockte mich hin und blickte in die Flammen. Erneut kamen mir Skrupel, doch ich unterdrückte sie. Gilbert ging es gut, und er hatte es getan. Er würde die ganze Zeit bei mir sein, so daß ich mir keine Sorgen zu machen brauchte. Ich hatte nur Angst vor irgendwelchen Schmerzen.

Gilbert kam in den Raum, setzte sich neben mich und stellte ein kleines Porzellangefäß vor uns auf den Boden. Er war vollkommen nackt. Sein Körper fühlte sich warm und fest an. Ich mußte mich zwingen, ihn nicht anzustarren.

»Was glaubt deine Frau, wo du heute nacht bist?« fragte ich.

»Neben ihr im Bett. Sie wird nicht aufwachen.«

»Kannst du dessen sicher sein?«

»Natürlich kann ich das. Das wirst du auch lernen. Dann kannst du schöne junge Männer betäuben, nachdem ihr Sex hattet und sie ausrauben.« Er lachte leise. Die Vorstellung besaß einen gewissen Reiz.

»Zieh deine Kleider aus«, sagte er. »Am Feuer ist es warm genug.«

Ich gehorchte ihm und faltete meine Sachen neben dem Bett zusammen. Er zog mich sanft nach hinten und legte sich neben mich, ließ die Finger spielerisch über meine Brüste und meinen Bauch gleiten. »Elizabeth, du bist so schön«, sagte er. »Warum hast du nicht wieder geheiratet?«

»Ich habe nicht das Verlangen danach.«

Er fuhr mit der Hand über meinen Bauch und drückte ihn leicht. »Ah, jetzt verstehe ich. Dort drinnen wächst nichts.«

»Das kannst du erkennen?«

»Sicherlich. Gib mir deine Hand.« Er nahm meine Hand, drückte sie auf meinen Bauch und legte seine darauf. »Spürst du das?«

Ich spürte es. Ich fühlte ein ödes Schweigen, eine Art stummer Leere, die regungslos unter meinen Fingern lag. Er führte meine Hand zur Brust hinauf, und dort fühlte ich Leben, Wärme, fleißig arbeitende Organe. Als er seine Hand wegnahm, fühlte ich nur noch meine Haut und den leisen Schlag meines Herzens.

»Das gehört zu all den Geheimnissen, die ich dich lehren werde«, sagte er. »Ich freue mich darauf. Du nicht auch, Elizabeth?«

»Ich habe ein bißchen Angst. Wirst du bei mir sein?«

»Ich werde immer bei dir sein, Elizabeth. Ich liebe dich.«

Er küßte mich. »Ich liebe dich auch«, sagte ich.

»Ich weiß. Deshalb ist es vollkommen.«

Er beugte sich vor und öffnete das Gefäß. Ich sah, daß es einen Balsam enthielt, ähnlich denen, die ich im Laufe der

Jahre zubereitet hatte. Er nahm eine Handvoll und strich den Balsam großzügig über seinen steifen Penis.

»Das ist doch nicht etwa ein Treuezauber, oder?«

Er lachte laut. »Nein. Was sollte mir deine Treue nützen? Im Gegenteil, ich werde dich stets zu unzüchtigem Benehmen ermutigen.«

»Was ist es dann?«

»Du wirst sehen.« Er stellte das Gefäß beiseite und kniete sich über mich.

»Ich habe Angst.«

»Das brauchst du nicht. Spreize die Beine.«

Wie in der Hochzeitsnacht öffnete ich meine Schenkel. Er drückte meine Knie so weit auseinander, wie er konnte, und drang in mich ein. Doch anstatt sich zu bewegen, verharrte er.

»Was tust du?«

Er preßte seinen Körper auf meinen Bauch, drückte mich fest gegen das Bett, schob sich so tief wie möglich in mich hinein und verharrte noch immer. Dann spürte ich ein sanftes Brennen im Unterleib. Es begann als warme Welle, breitete sich jedoch rasch aus und brannte heißer.

»Gilbert, was ist das? Es tut weh. Hör auf.«

»Rühr dich nicht«, sagte er.

Das Brennen wurde stärker, breitete sich weiter aus, wurde unerträglich. »O Gott, Gilbert, hör auf.« Ich wehrte mich, aber er legte seine Hand auf meine Stirn und nagelte mich auf dem Boden fest. Ich lag da, und mein Körper stand von der Hüfte aufwärts in Flammen. Es schien, als würden meine inneren Organe vor Hitze knistern und knacken. Ich heulte vor Schmerzen auf. Dunkelheit senkte sich über mich nieder. Ich wand mich unter Gilberts Griff und versuchte, dem Feuer zu entkommen, das er in mir entzündet hatte. Gleichzeitig hörte ich, wie er mit leiser Stimme sagte: »Nehmt sie mit euch.« Dann umschloß mich die Dunkelheit.

Ich weiß nicht, ob das, was als nächstes geschah, Illusion oder Wirklichkeit war oder ein Gemisch aus beiden. Das Brennen verschwand, doch meine Kehle war ausgetrocknet, und ich konnte kaum schlucken. Mein Haut prikkelte, als liefen unzählige kleine Ameisen darüber. Ich versuchte, meine Glieder zu bewegen, aber mehr als die Finger schaffte ich nicht. Unter meinen Händen fühlte ich feuchte, kühle Erde. Ich wußte nicht, wo ich war; es war sehr dunkel. Dann bemerkte ich, daß ich meine Glieder deshalb nicht bewegen konnte, weil sie festgebunden waren, die Hände an den Seiten, die Beine auseinander. Meine Augen gewöhnten sich an die Dunkelheit, und ich sah, daß an meinen Knöcheln Fackeln brannten. Doch als ich blinzelte, wurde kurze Pflöcke daraus, an denen ich angebunden war. Das Trugbild wechselte – Fackeln, Pflöcke ... Ich rief nach Gilbert, bekam jedoch keine Antwort. Mein Haut prikkelte noch immer, und als ich an mir herabblickte, glaubte ich Federn aus meiner Haut sprießen zu sehen, doch als ich näher hinsah, waren sie verschwunden; meine nackte Haut war glatt. Dann wieder der Wechsel, Federn, Haut, einander ablösend. Ich warf stöhnend den Kopf zurück und schloß die Augen. Wenn ich nicht hinsah, konnte es mir nicht weh tun.

Durch die geschlossenen Augen spürte ich einen Lichtblitz über mir, und ich öffnete sie wieder, um zu sehen, was es war. Hoch am Himmel über mir hing ein Feuerball. In seinem Licht konnte ich erkennen, daß ich auf einer Lichtung zwischen hohen Kiefern lag, die plötzlich zu steilen Felsen wurden, dann wieder zu Bäumen und wieder zu Felsen. Der Feuerball veränderte sich nicht.

Während ich hinaufsah, lösten sich kleine Brocken von dem Feuerball und stürzten auf die Erde um mich herum. Einige landeten auf meiner Haut, wo sie kurz aufzischten, bevor sie in meinem Fleisch verschwanden und in meinen Körper schossen. Ihre winzigen, glühendheißen Spitzen ließen mich aufschreien. Dann sprangen größere Flammen aus dem Feuer am Himmel und jagten heulend auf die Erde hinunter. Dieses Mal trafen sie mich nicht, sondern bildeten einen Kreis um mich herum. Als ich hinschaute, schienen sich in den Flammen Gesichter zu bilden, um sofort wieder zu verschwinden. Sie zogen den Kreis enger. Ich schrie und warf mich hin und her, kam aber nicht los. Jetzt war ich sicher, bei lebendigem Leibe verbrannt zu werden, so, wie es eine Hexe verdiente.

Ich wollte schreien, daß es mir leid täte, daß ich bereute, aber seltsamerweise hatte ich die Worte vergessen, und aus meinem Mund kamen nur primitive, grunzende Geräusche. Das ganze Universum schien seine Bedeutung verloren zu haben, schien keinen Gesetzen und Prinzipien mehr zu folgen und war zu etwas Obskurem und furchtbar, furchtbar Chaotischem geworden. Die Flammen kamen noch immer näher, und die Gesichter schienen mich zu verhöhnen, schreckliche, verzerrte Fratzen mit winzigen, spitzen Zähnen. Sie flüsterten etwas und verschwanden, tauchten wieder auf, groteske Züge, verschieden große Augen, verschiedene Formen, dann nichts, nichts, außer dem gelborange leuchtenden Feuer, das immer näher kam.

Das erste Wesen berührte meine Finger, und ich zuckte zurück. Dann waren sie auf meinen nackten Füßen, auf meinen Knöcheln, tänzelten über meine Arme auf meine Brust, heiße, helle Blitze, die über meinen Körper zuckten. Ein Dutzend von ihnen beugte sich mit ihren schrecklichen Mündern über meine Brüste; bissen und leckten gierig. Viele anderen flossen zwischen meine Beine und schickten heiße Blitze in mich hinein. Einige schwollen für Sekunden an, groß und hart, bevor sie wieder in sich zusammenfielen. Aber obwohl ich den Schmerz spürte und erwartete, überall schwarz verbranntes Fleisch zu sehen, glitten sie über mich hinweg und ließen die Haut glatt und unversehrt zurück. Ich schaute zum Himmel hinauf, konzentrierte mich auf das Feuer über mir und versuchte zu vergessen, daß seine flammenden Häscher meinen Körper malträtierten. Ich flehte das Licht am Himmel an, ohne die Hilfe der Sprache, nur mit dem Willen. Augenblicklich verschwanden die Flammen, und eine Stille legte sich über die Wälder, die in ihrer Vollkommenheit beängstigend war.

Langsam senkte sich der Feuerball herab; dabei begann er die Form eines Mannes anzunehmen. Er kam näher und näher, bis er dicht über mir hing. Irgendwo in meinem

Mund versuchte ich ein Wort wie ›Bitte‹ zu formen. Eine Hand streckte sich aus dem Feuer und streichelte meine Wange, wie um mich zu beruhigen. Es brannte nicht, ich spürte nichts. Immer mehr Details bildeten sich in dem gleißenden Licht aus: zwei starke männliche Arme, ein muskulöser Oberkörper. Das Gesicht blieb verschwommen. Die Wärme des Lichts strömte über mich hinweg. Das Wesen landete auf dem Boden und kniete sich vor mich, zwischen meine Beine. Es legte seine Gestalt annehmenden Hände auf meine Hüften, preßte den Gestalt annehmenden Kopf auf meinen Bauch und küßte ihn mit einer solchen Leidenschaft und Zärtlichkeit, daß ich vor Lust aufstöhnte. Das Gesicht bildete sich heraus. Ich sah zwei Hörner, die sich in die Ohren eines Tieres verwandelten und dann zu den Blättern eines Kranzes wurden. Die Nase war lang und gekrümmt, dann wieder eine Schnauze und schließlich eine edle Linie im Gesicht eines gutaussehenden Mannes. Immer deutlicher ... Satan. Seth. Hades. Die drei Inkarnationen des dunklen Meisters, die Gilbert genannt hatte. Es mußte noch mehr Namen für ihn geben, aber die Bilder lähmten meinen Geist. Ich konzentrierte mich auf das schöne griechische Gesicht von Hades und auf seine sanften braunen Augen. Je mehr ich mich konzentrierte, desto seltener tauchten die beiden anderen Wesen auf.

Der schöne Grieche küßte meinen Bauch und bewegte sein Gesicht tiefer nach unten. Ich spürte, wie ich mich ihm für einen innigen Kuß öffnete, doch seine Lippen wanderten meine Hüfte hinunter zum Oberschenkel. Sein Bart kratzte auf der weichen Haut. Er hielt mich fest und preßte seinen Mund auf die Innenseite meines Schenkels. Ich seufzte und entspannte mich. Seine heißen, feuchten Lippen saugten an meiner Haut. Sekunden später durchzuckte mich ein rasender Schmerz; er hatte seine Zähne in mein Fleisch gegraben. Einmal nur, doch der Schmerz war unerträglich, als wäre jeder Nerv meines Körpers mit der Stelle verbunden, die er gebissen hatte. Er erhob sich und zauberte eine Klinge aus der Luft, ein langes, geschwungenes Schwert, vielleicht war es auch ein kleiner, teuflischer

Dolch – aber was immer es war, die scharfe Klinge funkelte in der Finsternis. Er holte aus, und wieder schrie ich. Doch er stach nicht auf mich ein, sondern durchtrennte die Seile, die mich an den Boden gefesselt hatten. Eines nach dem anderen schnitt er durch, dann warf er das Messer über die Schulter und verschwand im gleichen Augenblick im Nichts.

Ich zitterte noch immer vor Schmerz und merkte kaum, daß ich über dem Boden schwebte. Als es mir bewußt wurde, ruderte ich mit Armen und Beinen, um irgendwie Halt zu finden. Aber ich trieb von der Erde fort, immer höher. Ich legte meine Hand auf die Stelle, wo der Mann mich gebissen hatte, und die Fähigkeit zu sprechen kam wieder zu mir zurück. »Nimm den Schmerz, nimm den Schmerz«, schluchzte ich. Der Schmerz zog sich in meinen Körper zurück, zuckte taumelnd durch meine Adern und Nerven, um sich schließlich meinem Unterleib zu nähern, wo er verschwand.

Danach hatte ich das schreckliche Gefühl, als sei der Schmerz das einzige gewesen, das mich zusammengehalten hatte. Ich spürte, wie sich mein linker Fuß vom Gelenk löste und davontrieb. Dann mein rechter. Ich konnte nicht sehen, was geschah, aber alle Gelenke fühlten sich an, als lösten sie sich. Teile meines Körpers trieben davon. Ich versuchte, die Kontrolle über die Arme zu behalten, aber auch sie lockerten sich. Zuerst an den Händen, dann an den Ellbogen, dann an den Schultern. Ganze Stücke fielen von mir ab und schwebten ins Nichts. Schließlich lockerte sich auch mein Kopf am Genick, und mein Torso trieb davon. Meine Augen fühlten sich an, als rollten sie haltlos in den Höhlen, kurz vor dem Herausfallen. Ich zerfiel langsam in Stücke, und aus meinem sich auflösenden Mund kam kein Laut mehr. Nur ein winziges Stück war noch übrig von mir, ein kleines, schwarzes Teil. Trennen, Auflösen ... das Universum zehrte mich auf. Ich zerbröckelte. Dunkelheit.

»Elizabeth.«

Gilbert beugte sich über mich. Ich roch etwas Bitteres und erkannte, daß es mein Angstschweiß war. Ich lag wieder auf der Matratze in der Kate, und das behagliche Feuer brannte neben uns.

»Habe ich …?«

»Geträumt? Das kommt darauf an, was man unter einem Traum versteht. Irgend etwas ist geschehen, nicht wahr? Es gibt einen Beweis. Sieh dir dein Bein an.«

Ich richtete mich auf. Die Wirklichkeit beruhigte mich, machte mich aber gleichzeitig benommen. Gilbert drehte mein Bein herum, um es mir zu zeigen. Dort, wo ich gebissen worden war, sah man ein kleines braunes Mal, leicht gewölbt, etwa einen Zentimeter lang.

»Das ist vor etwa zwanzig Minuten an deinem Oberschenkel erschienen«, sagte er.

»Ich war hier?«

»Dein Körper war hier. Ich weiß nicht, wo der Rest von dir weilte. Paß auf.« Er kniff mit den Fingernägeln in das Mal. Ich spürte nichts. Taub.

»Völlig unempfindlich gegen Schmerzen«, fuhr er fort.

»Was ist das?«

Er zuckte mit den Schultern. »Ich weiß nicht, wie man es nennen soll. Manche würden sagen, es ist ein Hexenmal. Der dunkle Meister hat dich gezeichnet.«

Mein Herz schlug einige Takte schneller. »Bin ich verdammt?«

Er schüttelte unwirsch den Kopf. »Ich habe dir doch schon gesagt, daß du nicht verdammt werden kannst. Es gibt keinen Ort für schuldige Seelen. Oder für unschuldige, was das betrifft. Sie ziehen weiterhin auf der Erde umher.«

Ich betastete das Mal, kratzte mit dem Fingernagel daran. Nichts. »Wozu dient es?« fragte ich.

»Die Geister, die du befiehlst, brauchen eine Art Futterstelle. Sie saugen daran, es ist wie eine Brustwarze für sie.«

»Wovon ernähren sie sich? Blut?«

»Nein. Sie nehmen sich etwas von der Kraft, die du erwirbst. Es tut nicht weh. Du mußt mir vertrauen, Elizabeth.«

Er küßte meine Stirn, dann erhob er sich und ging wieder in das andere Zimmer. Ich betrachtete das Mal an meinem Bein und bemühte mich, wieder gleichmäßig zu atmen. Er kam mit einer Schüssel Wasser, einem Tuch und einer Tasse zurück. Sorgsam wischte er mir den Schweiß von der Haut und küßte mein Gesicht, während er mein Haar mit Wasser benetzte und zu einem adretten Knoten hochband.

»Du mußt schlafen«, sagte er.

Ich nickte benommen. Mein Kopf summte von halbgeformten Worten und Bildern. Der Schrecken verzog sich, die Verblüffung wuchs, die Erregung war noch ein kaum faßbarer Eindruck.

»Trink das«, sagte er und reichte mir die Tasse. »Wildsellerie und Petersilie. Reinigt das Blut und läßt dich nach dem Pakt besser schlafen.«

Ich nahm die Tasse und trank langsam. Er zog mich zu sich herab und schmiegte sich an meine Schulter.

»Schlaf jetzt, Elizabeth. Auf dich warten noch aufregende Dinge.«

Ich legte mich hin und schloß die Augen. »Ich liebe dich, Gilbert«, sagte ich.

»Ich weiß. Und nun schlafe.«

Die Mattigkeit des nahenden Schlafes senkte sich über mich. Ich spürte etwas an meinem Oberschenkel, ein Ziehen an dem Mal, vielleicht ein kleiner, feuchter und warmer Mund, der sich an mir gütlich tat. Zitternd vor Ekel flüsterte ich »O Gott«.

Gilbert berührte meine Wange. »Er kann dir jetzt nicht mehr helfen, Elizabeth.«

9. Kapitel

Dieses Mal wachte ich in einer Lache meiner eigenen Pisse auf. Ich hatte den letzten vorsorglichen Gang zur Toilette vergessen. Während mein Geist sich vierhundert Jahre in der Vergangenheit herumtrieb, hatte meine Blase ihre eigene Entscheidung getroffen und beschlossen, sich zu entleeren, bevor sie explodierte. Danke, Blase. Gut zu wissen, daß jemand in der Gegenwart auf mich aufpaßte.

Ich warf einen Blick auf die Uhr über dem Tisch. Dieses Mal hatte es fünfzehn Stunden gedauert. Ich wunderte mich, daß nicht zwei Monate vergangen waren. Es kam mir vor, als sei es mindestens so lange her, daß ich diese Wohnung gesehen hatte. Was hatte Gilbert gesagt? »Dein Körper war hier. Ich weiß nicht, wo der Rest von dir weilte.«

War er nun der tote Mann in meinem Traum? Schwer zu sagen. Es hätte auch der andere Mann sein können, Onkel Tom. Der Körper war dermaßen blutüberströmt gewesen, daß kaum irgendwelche Züge kenntlich waren. Aber bei der Frau neben mir handelte es sich eindeutig um Mirabel. Blond, kindlich und hilflos weinend. Was wir drei blutbesudelt im Wald gesucht hatten, war die nächste Frage. Und das letzte Geheimnis lautete: Was hatte das alles mit mir hier und jetzt zu tun?

Ich setzte den Teekessel auf und wischte den Boden um den Küchentisch herum auf. Als ich den Mop auswrang, begann der Kessel zu pfeifen. Ich langte hinüber, um ihn auszuschalten.

Und erstarrte.

In dem Dampf, der aus dem Kessel aufstieg, bildete sich ein Gesicht – so wie die Gesichter im Feuer, die Elizabeth gesehen hatte. Zwei schmale Augen schienen mir zuzublinzeln, ein Mund dehnte und verzog sich, als wolle er etwas sagen. Das Gesicht waberte einige Zeit im Dampf, bevor es sich auflöste und verschwand. Ich schloß die Augen und rieb sie mir. Wieder sah ich hin. Nichts. Der Kessel kreischte, daß ich ihn abschalten solle, und das tat ich auch. Ich hatte halluziniert. Sicher nicht ungewöhnlich nach allem, was ich erlebt hatte.

Ich machte mir eine Tasse Tee, dann setzte ich mich hin und schrieb Whitewitch eine E-mail, in der ich sie fragte, ob Halluzinationen zum Deal dazugehörten. Und da ich schon dabei war, erwähnte ich die beiden Morde, Karins Verschwinden und meine ständig wachsende Furcht, daß dies alles miteinander zu tun hatte.

Das Ganze war furchtbar verwirrend, aber nicht annähernd so schrecklich wie beim erstenmal gewesen, und zumindest war mir nicht übel geworden. Auch dieses Mal hatte ich das Gefühl, eine Menge Schlaf nachholen zu müssen, bevor ich wieder einigermaßen klar denken konnte. Ich ging ins Bett, schloß die Augen und versuchte, mich an Schönes zu erinnern. Der Plattenvertrag – ich würde berühmt werden, na klar. Denk daran, wie es ist, berühmt zu sein, von den Massen geliebt zu werden, reich zu sein und ein großes Haus am Ozean zu besitzen – reale Dinge, Dinge, die in der Gegenwart geschehen konnten. Vergiß die Vergangenheit.

Aber ich wußte bereits, daß ich wieder zurückgehen würde. Es gab keine Umkehr mehr, ich mußte die ganze Geschichte erfahren.

»Mein Gott, Lisa, wir haben uns Sorgen um dich gemacht.« Ailsa öffnete mir die Studiotür.

»Ich hatte ein bißchen Schlaf nachzuholen.«

»Wir haben seit zwei Tagen nichts von dir gesehen. Brad ist sauer. Wir hätten dich gestern gebraucht.«

Wir standen im Aufnahmeraum. Brad saß in einer der großen Mikrofonkabinen und schrammelte den Gitarrenpart für einen unserer vier Songs. Er hatte mich noch nicht gesehen.

»Ich hab' Dick gesagt, daß ich nicht komme. Habt ihr versucht anzurufen?«

»Brad, glaube ich. Und er ist bei dir gewesen, aber du hattest die Kette eingehängt.«

Die Musik hörte auf, und Dick rief Brad zu, daß ich gekommen sei. Grummelnd betrat er den Aufnahmeraum. »Toll«, sagte er, »erst werden wir dich gar nicht mehr los, und dann kriegen wir dich nicht mehr her.«

»Sorry, ich mußte mich ausruhen.«

»Du hast mich ausgeschlossen.«

»Nun, es ist meine Wohnung. Ich kann machen, was ich will.«

Er sah mich eindringlich an, dann zuckte er mit den Schultern. »Gut, du hast eine Pause gebraucht. Ich hab' deinen Gitarrenpart für ›Morose‹ gespielt. Macht es dir was aus?«

»Nein, überhaupt nicht. Kann ich es hören?«

»Sicher. Dick, kannst du noch mal ›Morose‹ spielen, für Lisa?«

Dick murmelte etwas davon, daß er jetzt extra das Band zurückspulen müsse, tat es aber trotzdem. Ich setzte mich in den kaputten Drehstuhl vor das Mischpult und hörte zu. Dabei empfand ich es als etwas Magisches, wie der Song, den ich geschrieben hatte, verwandelt worden war. Im Studio klang alles sauberer, mehr auf den Punkt gebracht als live. Dick hatte einen hervorragenden Drumsound produziert. Kaum zu fassen, daß sich etwas, das in meinem Kopf entstanden war, etwas Abstraktes, zu etwas so großem und kraftvollem entwickelt hatte. Ich lächelte, und ich konnte mich nicht erinnern, wann ich das letztemal so ehrlich zufrieden gelächelt hatte. Ich sah zu Brad hinüber und nickte. »Klingt toll«, sagte ich.

»Übermorgen fangen wir mit dem Gesang an. Bis Freitag sollten wir fertig sein. Gerade rechtzeitig, um wieder im Treasury zu spielen. Was für ein Spaß!« Brad haßte es noch mehr als ich, Barmusik zu spielen.

»Ich schätze, wir müssen. Meine Miete ist fällig. Also, richten wir die Mikrofone für den nächsten Song ein.«

Im Studio Gitarre zu spielen machte mir in den ersten zwanzig Minuten viel Spaß. Danach nervte es ziemlich, weil ich dauernd bestimmte Stellen wiederholen mußte und von Dick kritisiert wurde, weil ich zu schnell spielte oder hinterher hinkte oder nicht durchgängig Druck machte. Aber ich genoß die Arbeit, genoß es, ein Ziel zu haben, etwas zu schaffen. Plötzlich hatte ich das Gefühl, als könne ich mein Leben, das vollkommen aus dem Ruder zu laufen schien, wieder kontrollieren.

Brad brachte mich nach Hause, und ich lud ihn zum

Essen ein. Er nahm solche Einladungen selten an, weil ich mich weigerte, Fleisch zu servieren und er ein überzeugter Steak-und-Kartoffeln-Mann war. Aber heute war er genauso aufgedreht wie ich – voll mit der Energie, die Gesellschaft braucht. Wir gingen die Stufen hinauf, und er redete in einem fort davon, daß Numb ganz verrückt nach uns sein würde, daß wir alle bald große Stars wären, während ich versuchte, ihn zu übertönen. Ich war seiner Meinung.

Ich machte Pasta, während Brad den Schrott vom Tisch räumte und zu einem großen Stapel neben dem Sofa auftürmte. Dann hörte ich das Telefon klingeln und rief Brad zu, er solle rangehen. Sekunden später stand Brad in der Tür und sah mich an.

»Was ist?«

»Da ist ein Typ für dich am Telefon. Liam Soundso.«

»Liam? Oh ... Kannst du mal eben auf den Topf aufpassen, damit nichts überkocht?« Ich strich meine Haare glatt, eine spontane, unwillkürliche Geste. Aber Brad hatte sie mitbekommen und sah mich düster an.

Ich ging zum Telefon. »Hallo?«

»Hi, Lisa. Hier ist Liam Baker, von der Polizeiwache. Wir haben uns vorgestern getroffen.«

»Klar, hi, Liam.«

»Du sagtest, ich solle anrufen, wenn ich irgendwas hore.«

»Ja, natürlich. Ist was passiert?«

»Oh, nichts besonderes. Ich habe nur ... ähm, also gestern ist eine Frau namens Dana Anders zur Wache gekommen, um mit Sergeant Pyle wegen deiner Freundin zu sprechen.«

»Das ist Karins Mutter. Weißt du, aus welchem Grund?«

»Soweit ich mitbekam, hat die Polizei sie angerufen und herbestellt. Sergeant Pyle ist mit ihr in sein Privatbüro gegangen, also muß es etwas Wichtiges gewesen sein. Als sie rauskam, sah sie ziemlich bestürzt aus.«

Ich erstarrte. »Bestürzt?«

»Oh, tut mir leid, ich wollte dir keinen Schrecken einjagen. Eigentlich meine ich eher zornig als bestürzt. Sie verzog das Gesicht, und ihre Augen glänzten, als habe sie geweint.«

Das klang nicht allzu ernst. Dana war eine solche Königin des Dramas, daß die ganze Welt betroffen gewesen wäre, wenn sie wirklich schlechte Nachrichten erhalten hätte. »Ich frage mich, worum es wohl ging. Ich werde sie anrufen müssen. Danke, Liam.«

»Na ja, ich hoffe, es nützt dir was«, sagte er. Es schien ihm peinlich zu sein, und ich wollte ihn etwas aufmuntern.

»Oh, ich weiß das wirklich zu schätzen. Ruf mich jederzeit wieder an.« Fast hätte ich hinzugefügt »wenn du etwas Neues weißt«, aber das meinte ich gar nicht.

»Okay. Also gut, okay … dann bis dann.«

»Alles klar. Bye.«

Ich legte den Hörer auf. Brad beobachtete mich.

»Du solltest nicht auf mich aufpassen, sondern auf die Nudeln«, sagte ich und eilte an ihm vorbei in die Küche.

»Und wer ist Liam?«

»Ich hab' ihn auf der Polizeiwache kennengelernt.«

»Oh, toll, jetzt turtelst du auch noch mit einem Bullen.«

Ich nahm den Topf vom Herd und goß das Wasser ab. »Erstens ist er kein Bulle, sondern Sozialarbeiter oder so was. Zweitens turtele ich nicht mit ihm.«

Er schob die Hände unter sein T-Shirt, formte zwei weibliche Brüste und ahmte eine schmachtende Frauenstimme nach. »Oh, ich weiß das wirklich zu schätzen. Bitte, ruf mich bald wieder an.«

Ich schlug mit einem Handtuch nach ihm. »Das habe ich nicht gesagt. Und meine Stimme klingt auch nicht so.«

»Und deine Titten sind nicht so groß.«

»O Bradley, du machst es mir wirklich sehr leicht, mich nicht nach dir zu sehnen. Ich wette, Liam würde sich nicht über mich lustig machen.«

Das saß. »Wie hast du ihn kennengelernt?«

»Er bekam mit, wie ich mit Sergeant Pyle sprach. Ich

tat ihm leid, und er bot mir an, mich zu informieren, wenn er etwas hören sollte.«

»Mann, manche Typen tun wirklich alles, wenn sie einem Mädchen an die Wäsche wollen.«

Ich tat Pesto an die Nudeln und stellte den Topf wieder auf den Herd. »Ja, wie zum Beispiel sich zu ihr ins Bett zu legen, wenn sie zu müde ist, um sich zu wehren.«

»Du hast dich gewehrt. Wie weit ist es denn zwischen euch beiden?«

»Zwischen ›uns beiden‹ ist gar nichts. Ich habe ihn einmal getroffen. Und habe einmal mit ihm telefoniert. Das Intimste, was ich getan habe, war, mir sein Taschentuch auszuleihen und es vollzuheulen.«

»Er hat dir ein Taschentuch geliehen? Was für ein Weichei.«

»Verpiß dich, Brad, es kann nicht jeder ein solcher Renaissance-Mensch sein wie du.«

»Aber du stehst auf ihn, das merke ich.«

Er ignorierte meinen gezielten Hinweis auf seinen Hüftumfang. »Der Junge mit dem Taschentuch macht dich an. Ich kann es nicht glauben. Wenn ich gewußt hätte, daß ich nur ein Taschentuch bei mir tragen müßte ...«

»Ach, halt doch den Mund. Scheißkerl. Du weißt, daß ich dich nicht will.« Der neckende Ton meiner Stimme schlug in echte Wut um.

Er sah mich an, als wolle er zurückschlagen, aber dann besann er sich und nickte. »Sicher, du willst mich nicht. Wenn es das ist, was du wirklich glaubst. Vergessen wir diesen Mist und essen wir.«

Kaum war Brad gegangen, rief ich Dana an. Ich ließ es etwa zwölfmal klingeln und wollte gerade aufgeben, als sie sich meldete. Als ich den scharfen Klang ihrer Stimme hörte, fiel mir ein, daß es bereits nach zehn war und daß ich sie wahrscheinlich aus dem Bett geholt hatte.

»Hallo, Mrs. Anders, hier ist Lisa.«

»Weißt du eigentlich, wie spät es ist?«

Sofort brachte mich alles an ihr auf die Palme – ihre

Stimme, ihre Art, auch wenn ich wußte, daß es ungerecht war. »Es tut mir leid. Ich hatte nicht auf die Uhr geachtet. Habe ich Sie geweckt?«

»Ja. Ich hoffe, es geht um etwas Wichtiges.«

»Ich wollte wissen, ob sie irgend etwas gehört haben?«

»Von Karin? Nein, du?«

»Nein, es ist nur ... jemand sagte, Sie seien auf der Polizeiwache gewesen und ...«

»Diese Idioten. Sie haben mich dorthin geschleppt und mir dumme Fragen gestellt, um mir dann zu erzählen, was ich längst weiß – sie ist weggelaufen. Ich wußte, daß ihre Ehe nicht funktionieren würde, aber ich glaubte, sie hätte den Anstand, alles mit Würde zu Ende zu bringen.« Ich konnte mir nicht vorstellen, daß sie sich keine Sorgen um ihre Tochter machte, aber so paßte es wahrscheinlich zu ihrer paranoiden Sicht der Welt. Sie spielte die Verlassene, und sie kostete die Rolle aus.

»Sie glauben also nicht, daß ihr etwas zugestoßen sein könnte?«

Sie gab ein schnaubendes Geräusch von sich, das offenbar ein verächtliches Lachen sein sollte. »Denk nach, Mädchen. Sie ist von Sinnen. Sie kannte diesen Mann sechs Wochen, bevor sie geheiratet haben. Klingt das nach gesundem Menschenverstand? In ein oder zwei Wochen kreuzt sie hier auf, mit eingekniffenem Schwanz, und bettelt darum, wieder einziehen zu dürfen.«

»Das würde Ihnen gefallen, nicht wahr?« Meine Stimme bebte vor Zorn. »Sie hätten gerne wieder Macht über sie. Sie sind so damit beschäftigt, die Hauptrolle in Ihrer blöden Seifenoper zu spielen, daß Ihnen nicht mal der Gedanke kommt, sie könne Probleme haben oder ...«

Ich hörte ein Klicken, dann war die Leitung tot. Sie hatte aufgelegt, die Hexe.

Mittwoch sang ich den ganzen Tag im Studio. Gegen halb acht ging ich nach Hause, weil ich duschen und mir die Haare waschen wollte. Brad, Jeff, Ailsa und Dick hatten den Tag wie die Irren geraucht, und ich stank danach.

Als ich aus der Dusche kam, drückte ich die Playtaste des Anrufbeantworters, in Erwartung der üblichen Geräusche, wenn jemand auflegte, ohne etwas zu sagen. Statt dessen hörte ich eine Nachricht von Liam.

»Hi, Lisa, hier ist Liam Baker. Ähm, ich wollte nur wissen, ob du Karins Mutter angerufen hast und ob alles in Ordnung ist.« Ein kurzes Zögern. »Also, ruf mich an, wenn du willst. Bye.«

Ich stand neben dem Telefon, trocknete mir die Haare mit dem Handtuch und dachte über Liam nach. Sicher, ich konnte ihn anrufen, aber plötzlich hatte ich Lust, ihn zu sehen. Nach dem Lärm und der Hektik des Studios fühlte ich mich hier zu Hause einsam. Außerdem sah er gut aus, und ich wollte ihn mir noch mal genauer anschauen. Ich erinnerte mich an sein glattes schwarzes Haar, seine dunklen Augen und den sinnlichen Mund, aber es fehlten mir ein paar Details, so daß er fast wie jemand wirkte, den ich mir ausgedacht hatte.

Anstatt Liam anzurufen, bestellte ich ein Taxi.

Der Fahrer setzte mich in einer dunklen, leeren Vorortstraße ab. Identische Bäume säumten den Bürgersteig, alle wohl zur gleichen Zeit gepflanzt und gestutzt. Während die Straße kalt war und ein leichter Abendregen niederging, leuchteten die Fenster der Häuser hell und warm, und der Geruch nach Essen zog durch die Luft. Liam wohnte in einem kleinen Holzhaus mit einem hüfthohen Zaun aus Maschendraht und einem großen Briefkasten. Ich blieb eine Weile vor dem Tor stehen. Könnte es sein, daß Liam verheiratet war? Würde mir eine sehr erstaunte Mrs. Baker die Tür öffnen? Nun ja, geschähe ihm recht, dafür, sich an mich ranzumachen; falls er das überhaupt getan hatte.

Ich öffnete das Tor und ging auf die Tür zu. Von innen hörte ich Musik, ein Klavier, irgendwas Klassisches. Ich klopfte und wartete.

Ein paar Augenblicke später öffnete er. »Lisa?« sagte er überrascht.

»Hi, tut mir leid, daß ich nicht vorher angerufen habe ...«

»Nein, nein, das macht nichts. Komm rein. Bist du naß geworden? Es regnet.«

Er berührte sacht meine Schulter und führte mich hinein. Die behagliche, ruhige Atmosphäre der Einrichtung sprach mich unvermittelt in meinem tiefsten Inneren an. Fast hätte ich geweint, so sehr spürte ich die Sehnsucht nach einem solch normalen Leben.

»Soll ich dir ein Handtuch holen?« fragte er, während ich alles in mich aufsog – die weichen Formen, die leise Musik, das warme, sanfte Licht.

»Nein, es geht schon. Es nieselt nur ein bißchen. Eine schöne Wohnung. Gehört das Haus dir?«

»Eigentlich gehört es meinen Eltern. Sie wohnen nicht mehr hier und vermieten es mir für einen lächerlich geringen Betrag.«

Ich nickte. »Es ist … hübsch.« Ich sah ihn an – er war auch hübsch. »Ich hoffe, ich störe dich nicht.«

»Nein, ich mache mir gerade was zu essen. Hast du schon gegessen?«

Mir fiel ein, daß ich seit dem Frühstück nichts mehr zu mir genommen hatte, und plötzlich spürte ich einen Bärenhunger. Heftig schüttelte ich den Kopf.

»Ich wollte mir Spaghetti und Toast machen, aber wenn du zum Essen bleibst, kann ich auch was Richtiges kochen.«

»Spaghetti und Toast klingt prima.«

Ich folgte ihm in die Küche und setzte mich auf die Eckbank, während er tätig war. »Was ist das für Musik?« fragte ich.

»Chopin. Mein Lieblingskomponist.«

Ich hörte der Musik zu und beobachtete ihn, ohne etwas zu sagen. Er war groß und schlank, trug Blue Jeans und ein zu großes, gestreiftes T-Shirt. Außerdem war er barfuß. Ich betrachtete sogar seine Füße. Auf seinen Zehen wuchsen feine schwarze Haare. Sein Gesicht war sanft wie das eines Engels, fast feminin, wären da nicht die dunklen Augen und Augenbrauen gewesen. Unter dem Neonlicht wirkte sein Haar braun, nicht schwarz. Ich hätte ihn gerne berührt, aber ich blieb, wo ich war.

»Was hast du heute gemacht?« fragte er mich. »Hast du einen Job?«

»Irgendwie schon. Ich bin Musikerin. Allerdings nicht diese Art Musik.«

»Echt? Spielst du ein Instrument?«

»Ich singe und spiele Gitarre. Unsere Band heißt 747.«

»Eine Rockband?«

»Ja, ich denke, so könnte man uns nennen ... ganz allgemein. Wir spielen in Underground-Clubs und so. Heute war ich im Aufnahmestudio. Eine Plattenfirma hat uns für eine EP unter Vertrag genommen.« He, das klang beeindruckend.

»Das ist ja aufregend. Und kann man davon leben?«

»Nein. Davon kann man höchstens sterben. Ich verdiene meine Miete, indem ich jeden Freitag abend in einem Bar-Duo singe. Die Welt ist ungerecht.«

Er lachte. »Hast du Lust, den Tisch zu decken? Wenn ich die Spaghetti jetzt im Stich lasse, kochen sie über. Das passiert mir dauernd.«

»Klar. Wo sind die Sachen?«

»Messer und Gabeln in der obersten Schublade, Platzdecken und Servietten in der dritten. Wenn du was trinken willst – die Gläser sind in dem Schrank über der Spüle. Nimm dir einfach was aus dem Kühlschrank.«

Wie heimelig. Er kochte, während ich den Tisch deckte. Irgendwie anders als ein Essen mit Brad. Ich fühlte mich zu Hause, fand es gemütlich. Was bescheuert war, denn ich kannte Brad seit neun Jahren und Liam erst seit weniger als einer Woche. Aber Brad hatte diesen destruktiven Charakterzug, einen skrupellosen Zynismus, der es ihm nicht erlaubte, sich jemals zu entspannen oder Dinge einfach zu akzeptieren. Und es war diese Seite, die ich auch in mir spürte, die ich manchmal abstreifen wollte; die Pflicht, alles kritisieren und schlechtmachen zu müssen, immer bemüht, cool zu sein. Erneut überkam mich diese Sehnsucht nach Normalität. Es könnte so einfach sein: die Band aufgeben, meine Ausbildung beenden, eine Arbeit suchen, heiraten, Kinder kriegen, und Liam würde jeden Abend kochen, während ich den Tisch deckte, so wie die Eltern im Fernsehen. Zugleich verführerisch und beängstigend.

Liam kam mit zwei Tellern mit Buttertoast und heißen Spaghetti an den Tisch. »Ich komme mir ziemlich schäbig vor, dir das hier als Abendessen anzubieten«, sagte er und setzte sich mir gegenüber.

»Brauchst du nicht. Genau danach ist mir. Ich hab' seit dem Frühstück nichts mehr gegessen.«

Wir aßen, und irgendwie kam es mir absurd vor, daß wir hier vor Spaghetti und Toast saßen, bei all unseren romantischen Absichten. Spaghetti sind nicht gerade Liebesnahrung, und elegant essen kann man sie auch nicht.

»Wie ist es denn so, für die Polizei zu arbeiten?« fragte ich.

»Gar nicht schlecht. Aber ich arbeite nicht für sie, ich arbeite selbständig, als Berater.«

»Ja? Und wie bist du da dran gekommen?«

»Ich habe einen Abschluß in Soziologie. Wenn Projekte dieser Art in der Zeitung annonciert werden, bewerbe ich mich, liefere einen Plan und biete meine Dienste an. Das ist das zweite Projekt, bei dem ich einsteigen konnte.«

»Und es macht dir Spaß?«

Er zuckte mit den Schultern. »Ja, ich schätze schon. Es wird gut bezahlt, und es ist toll, wenn man unabhängig arbeitet. Ich bin auch viel flexibler und ... na ja, das weißt du ja alles. Du arbeitest ja auch für dich.«

Ich nickte. »So habe ich es noch nie gesehen, aber ich schätze, das tue ich.«

»Vielleicht komme ich mal zu einem Auftritt von euch. Wo spielt ihr denn so?«

»Ich weiß nicht, ob du von den Clubs gehört hast: Fire Fire, Black Flag, Universal ...«

»Ich kenne das Universal.«

»Aber ich weiß nicht, ob dir unser Stil gefällt«, sagte ich und dachte an die elegante, geschliffene Musik, die er hörte.

Er lächelte. »Jetzt zierst du dich. Du mauerst.« Er lehnte

sich in seinem Stuhl zurück, während ich die letzten Reste aufaß. »Ich spiele selbst ein bißchen«, sagte er.

»Ja? Welches Instrument?«

»Klavier. Aber nicht besonders gut.«

»Hast du hier ein Klavier?«

»Ja, im Gästezimmer.«

»Spielst du mir was vor?«

Er blickte unbehaglich drein und zerknüllte seine Serviette. »Ich weiß nicht ...«

»Wer ziert sich jetzt?«

»Das ist es nicht, aber ich bin kein professioneller Musiker...«

»Bitte. Ich kann nicht mal Noten lesen. Komm, spiel mir was vor.«

Er überlegte. »Na schön.« Er sprang auf, räumte eilig den Tisch ab und schaltete dann den CD Player aus. Anschließend führte er mich in einen Nebenraum, in dem ein Klavier stand, außerdem ein paar nicht ausgepackte Kartons. Er schaltete die Lampe auf dem Klavier ein. Der Lampenschirm war aprikosenfarben, und das Zimmer wurde von einem warmen, rötlichen Schimmer erhellt.

»Irgendwelche Wünsche?«

»Was du am besten kannst.«

Er klappte den Klavierstuhl auseinander und suchte in einigen Notenblättern herum, bis er gefunden hatte, wonach er suchte. Dann nahm er vom Deckel des Klaviers ein Brillenetui und setzte sich die uncoolste Brille auf, die ich je gesehen hatte. Sie hatte ein dickes schwarzes Gestell in der denkbar unvorteilhaftesten Form. Irgendwie machte ihn das noch charmanter.

Mit einem Seitenblick legte er seine Hände auf die Tasten und begann, eines der Stücke zu spielen, die wir gerade gehört hatten. Am Anfang schien er nervös und machte ein paar Fehler mit der linken Hand, aber nachdem er drin war, spielte er sehr gut. Man merkte, wie sehr er das Stück liebte, traurig und getragen wie es war. Ich stand neben dem Klavier und sah ihm zu, sah, wie seine schönen Hände über die Tasten glitten. Ich wünschte, ich hätte Notenlesen gelernt, damit ich die Blätter für ihn umdrehen könnte, so daß er nicht am Ende jeder Seite den Fluß des Stückes kurz unterbrechen mußte. Allmählich gab ich mich ganz der Musik hin, dem trägen, sinnlichen Gefühl, das sie in mir erweckte. Als er aufhörte, lag ein Lächeln auf meinem Gesicht. Er blickte durch seine Clownsbrille zu mir auf; in der Ecke eines der Gläser sah ich einen großen, fettigen Fingerabdruck.

»Das war wunderschön«, sagte ich.

»Danke. Unglaublich, daß ich für dich gespielt habe. Normalerweise bin ich zu schüchtern.«

»Dann danke ich dir um so mehr.«

Er nahm die Brille ab. »Möchtest du eine Tasse Kaffee?«

»Nein danke, ich trinke weder Kaffee noch Tee. Kräutertee, wenn du hast.«

Er schüttelte den Kopf. »Leider nein.«

»Dann setze ich mich so zu dir, während du Kaffee trinkst. Du kannst mir etwas Wasser in eine Kaffeetasse gießen, dann tun wir so, als ob.«

Er lächelte. »Okay.«

Wir saßen im Wohnzimmer, Liam in einem großen Sessel, ich auf dem Boden vor dem Bücherregal. Ich sah mir seine Bücher an, holte ein paar heraus. Ich glaube, man kann eine ganze Menge über jemanden erfahren, wenn man sich seine Bücher ansieht. Er hatte ziemlich wenig Romane; ein paar Bücher übers Segeln und die Geschichte des Schiffsbaus, eine Reihe von Werken über die großen Komponisten, die aussahen, als habe er sie bei einem Buchversand gekauft, und einige Biographien über erfolgreiche Geschäftsleute. Wir plauderten eine Weile, hauptsächlich über seine Interessen, seine Bücher. Dann sagte er nichts mehr und sah mir nur noch zu, wie ich systematisch die Regale durchging.

»Kann ich dich etwas fragen?« sagte er, während ich ein Buch über Bill Gates inspizierte.

Ich blickte auf. »Klar.«

»Warum interessierst du dich für die Morde im Wald?«

Ich legte das Buch auf den Boden. Meine behagliche

Stimmung verflog. Das furchterregende Universum hatte Einlaß gefunden. »Sie waren beide Fans der Band.«

»Machst du Witze? Beide Ermordete?«

Ich nickte. »Und weil Karin zur gleichen Zeit verschwunden ist ...«

»Tu dir das nicht an, Lisa. Du mußt einfach akzeptieren, daß sich schlechte Nachrichten manchmal häufen.«

Ich dachte darüber nach und fühlte mich ein kleines bißchen besser.

»Hast du mit Karins Mutter gesprochen, nachdem ich angerufen hatte?«

»Ja. Sie ist eine kaltherzige Hexe und überzeugt davon, daß Karin weggelaufen ist. Ihr kommt nicht mal der Gedanke, daß ihr etwas Schlimmes zugestoßen sein könnte.«

»Vielleicht ist sie nur rational und nicht kaltherzig.«

»Glaub mir, Liam, sie spinnt. Ich kenne sie schon lange. Sie ist vollkommen Ich-bezogen.« Ich stellte das Buch wieder ins Regal. Und ein Déjà vu-Gefühl schwappte über mich hinweg, als hätte ich dieses Buch schon unzählige Male in dieses Regal zurückgestellt, seit ewigen Zeiten. Das war seltsamerweise der Augenblick, in dem ich begann, Dana zu verdächtigen. Ich merkte, daß Liam mich etwas gefragt hatte und eine Antwort erwartete, aber ich hatte nicht die geringste Ahnung, worum es ging.

»Kann ich mal telefonieren?« fragte ich. »Ich möchte ein Taxi rufen.«

Er sah mich verwirrt an. »Wenn du willst, fahre ich dich nach Hause.«

»Nein, ich nehme ein Taxi. Ich muß über etwas nachdenken.«

Er deutete auf das Telefon. »Bitte, nur zu.«

Ich rief ein Taxi, Liam wartete mit mir an der Haustür, bis es kam. Er war sehr still.

»Tut mir leid, daß ich so schnell verschwinde«, sagte ich.

Er zuckte mit den Schultern. »Ich hab' dich doch nicht irgendwie beleidigt, oder?«

»Nein, überhaupt nicht.«

»Ich meine, als wir über Karin gesprochen haben, wollte ich dir wirklich nicht unterstellen, daß du irrational ...«

Ich strich ihm sanft über die Wange. »Ich schwöre dir, du hast mich nicht beleidigt. Mir ist nur gerade eingefallen, daß ich etwas Wichtiges erledigen muß.«

Das Taxi fuhr vor und hupte. Ich sagte ›Auf Wiedersehen‹ und ließ ihn an der Tür stehen. Zweifellos fragte er sich, ob er es mit einer Irren zu tun hatte.

Während mich das Taxi durch die regennassen Vorortstraßen in die City nach Hause brachte, dachte ich an Dana. Wer hatte denn der ganzen Welt deutlich gemacht, daß sie Karin ganz für sich behalten wollte? Wer sonst hätte sie dazu bringen können, Geld von ihrem Konto abzuheben, wahrscheinlich indem sie ihr schwerste Schuldgefühle eingeredet hatte? Dana war schon immer überdreht gewesen, aber die Nummer, die sie auf der Hochzeit abgezogen hatte, bewies, daß sie völlig außer sich war.

Das Taxi hielt vor meiner Wohnung. Ich bezahlte den Fahrer und ging hinein. Hoffentlich war es noch nicht zu spät, um David anzurufen.

10. Kapitel

Manchmal setzen sich unangenehme Gedanken in meinem Kopf fest und werden immer wieder abgespielt, wie eine kaputte Schallplatte. Am Dienstag war es der Klang von Davids Stimme gewesen, als ich ihn am Abend zuvor angerufen hatte. Es war halb elf, und wahrscheinlich hatte ihn schon das Klingeln des Telefons zu so später Stunde nervös gemacht. Als er dann meine Stimme hörte, mußte er gedacht haben, ich hätte Neuigkeiten, welcher Art auch immer. In seinem Tonfall schwangen Hoffnung und Schrecken mit. Ich spürte fast, wie ihm flau wurde.

Er sagte: »Lisa, hast du etwas gehört?« und der Satz klang fast wie ein einziges Wort, als versuche er, die Frage so schnell wie möglich loszuwerden, um die Nachricht, sei sie nun gut oder schlecht, so schnell wie möglich zu erhalten. Mir wurde klar, daß die Sorgen, die ich mir wegen Karins Verschwinden machte, im Vergleich zu dem, was er durchlitt, eher gering waren. Wenn ein Verbrechen geschehen war, dann mußte er um ihr Wohlergehen bangen. Wenn nicht, dann hatte ihn Karin auf eine Weise gedemütigt, wie man sie sich schlimmer kaum vorstellen konnte. Wie auch immer, er war der Verlierer. Das machte mich sehr traurig, und diese Traurigkeit nagte den ganzen Tag an mir.

Ich hatte ihm nichts davon erzählt, daß ich Dana verdächtigte; es kam mir fast kindisch vor, es auszusprechen. Ich wußte, daß ich den Mut dazu aufbringen mußte, aber im Augenblick tat es der Vorschlag, daß wir uns treffen sollten, um alle Spuren, die wir hatten, zu sichten. Vielleicht kamen wir dort weiter, wo die Polizei versagt hatte.

Nach einem erfolgreichen Aufnahmetag, an dem jeder mit meinem Gesangspart zufrieden und erleichtert darüber war, daß ich mich nicht mehr wie eine Verrückte in alles einmischte, machte ich mir schnell etwas zu essen und fuhr mit dem Taxi zu Davids Haus.

Ich saß vorne neben dem Fahrer. Es handelte sich um einen jener Männer, die sich beharrlich weigern, ihr Alter zu akzeptieren. Trotz seiner Halbglatze trug er die Haare lang. Seine dicke, großporige Nase und sein Schädel waren mit einem glänzenden Schweißfilm bedeckt, obwohl mich die Klimaanlage des Taxis unter meinem dünnen Baumwollrock zum Zittern brachte. Er hielt sich außerdem für einen Komiker und unterhielt mich, kaum daß ich eingestiegen war, mit einem endlosen Reigen von Witzen, von denen die meisten äußerst geschmacklos waren. Ich lächelte an den richtigen Stellen, starrte aber die ganze Zeit aus dem Fenster und überlegte, wie ich David beibringen sollte, daß ich Dana verdächtigte. Entweder würde er mir vorwerfen, ich sei paranoid, oder er würde sich auf die Idee stürzen und zu sehr hoffen. Ich wollte ihn nicht noch mehr verletzen.

»He, Schätzchen«, sagte der Taxifahrer. »Wieso heißt der Wonder-Bra Wonder-Bra?«

Ich richtete meinen Blick auf die Straße. »Keine Ahnung. Warum?«

»Weil alles wonderbar ist, bis du ihn ausziehst und dein Freund zum erstenmal deine Möpse sieht!« Er brach in verrücktes Gelächter aus.

Ich wollte ihm gerade einen angewiderten Blick zuwerfen, aber in diesem Augenblick geschah etwas in meinem Kopf, ein schleifendes Geräusch ertönte, als schmirgelte jemand die Innenseite meines Schädels mit Sandpapier. Als ich den Fahrer ansah, mußte ich einen Schrei unterdrükken. Er hatte keine Haut mehr, so wie eines der Modelle in einem Anatomiebuch. Venenstränge pulsierten und Muskeln schwollen auf ekelhafte Weise an, während er das Lenkrad bewegte. Das Bild zuckte für den Bruchteil einer Sekunde durch meinen Kopf und verschwand, und die Geräusche und Gerüche der Wirklichkeit kehrten zurück.

Er merkte, daß ich ihn anstarrte. »He, was ist los? Hab' ich was im Gesicht?«

Erneut zuckte ein Blitz, und seine Augen traten wie weiße Murmeln zwischen den roten und rosa Kanälen und Strängen seines Gesichts hervor. Ich schloß die Augen und spürte, wie Übelkeit in mir aufstieg.

»He, sind Sie okay? Was ist los?« Ich spürte, wie er an die Seite fuhr und seinen Sicherheitsgurt löste. Er beugte sich zu mir.

»Geht es Ihnen gut?«

Ich öffnete die Augen und sah nichts als einen verschwitzten Taxifahrer mit einer Halbglatze, mit Haut bedeckt und beruhigend normal. Die Halluzination war verschwunden. Ich konzentrierte mich auf seine Nase, die großen Poren in der Haut, atmete tief durch und sah ihn deutlich. Das andere Bild tauchte nicht mehr auf.

»Es tut mir leid«, sagte ich. »Bitte, fahren Sie weiter.«

»Sie flippen hoffentlich nicht wieder aus?«

»Ich glaube nicht. Ich weiß nicht, was mit mir los war.«

Er streckte die Hand nach mir aus. »Sind Sie sicher ...«

Ich schrie auf und schreckte zurück; eine unwillkürliche

Reaktion. Ich wollte nicht wieder die schmalen Bänder sehen, die diese Finger bewegten, nicht hier in der reinen Luft der Wirklichkeit.

»Okay, okay, beruhigen Sie sich, du meine Güte.« Er ließ sich wieder hinters Lenkrad fallen und reihte sich in den Verkehr ein. »Ich wüßte gerne, was Sie eingeworfen haben.« Diesen Verdacht hatte ich schon öfter gehört. Mußte mit meinem Aussehen zu tun haben. Zumindest erzählte er jetzt keine Witze mehr. Ich hielt die Augen geschlossen, bis wir vor Davids Haus hielten. Hoffentlich wurde das nicht zur Gewohnheit.

David machte die Tür auf, noch bevor ich anklopfen konnte. Er hatte mich wohl erwartet.

»Hallo, Lisa«, sagte er mit einem Hauch Verzweiflung in der Stimme.

»Hi.« Ich ging auf ihn zu, um ihn zu umarmen, schaffte es jedoch nur, ihn sanft an der Schulter zu berühren. Tatsächlich spürte ich ein solches Mitleid mit ihm, daß mir fast die Tränen gekommen wären, aber ich beherrschte mich. Trotzdem brach es mir fast das Herz.

»Komm rein. Wir setzen uns ins Wohnzimmer.«

Ich folgte ihm in den großen Raum mit dem Kamin, in dem kein Feuer brannte. Ich entdeckte ein paar Zeichen von Karin: einige Pflanzen, eine Seelandschaft in Öl an der Wand, die in ihrem Zimmer bei Dana gehangen hatte. Mein Herz zog sich zusammen, so sehr strengte ich mich an, ruhig zu bleiben. David deutete auf ein großes, weiches Ledersofa, und ich ließ mich dankbar hineinfallen. Die Halluzination verfolgte mich noch immer, aber um seinetwillen riß ich mich zusammen.

David setzte sich mir gegenüber und faltete die Hände, fast als wolle er beten. Die Lampe neben mir spiegelte sich in seinen runden Brillengläsern wider. Seine Haut war ganz blaß und gut rasiert, seine Augen wie immer von einem unbestimmten Braun.

»Wie gut kennst du Dana?« fragte ich.

Er schüttelte den Kopf. »Ich weiß nur, was Karin mir erzählt hat. Ich habe sie ein-, zweimal vor der Hochzeit getroffen, aber ansonsten schien es, als wolle Karin sie von mir fernhalten.«

»Aber du weißt, was für ein Biest sie ist?«

»O ja, Karin hat mir einiges berichtet. Und mit ihrer Vorstellung auf der Hochzeit hat sie ja alles bestätigt.«

Ich schwieg eine Weile. David beugte sich vor. »Du sagtest, daß wir vielleicht selbst herausfinden können, was mit Karin geschehen ist?«

»Dana«, sagte ich. »Ich halte es für möglich, daß sie bei Dana ist.«

»Du glaubst, sie ist zurück zu ihrer Mutter gegangen?«

Ich atmete aus, preßte die Lippen zusammen und schüttelte den Kopf. »Nicht freiwillig.«

Er dachte darüber nach und nickte. »Du meinst, Dana hat sie entführt?«

Das Wort schien etwas in mir auszulösen. *Entführung, Lisa? Wirklich?* Möglicherweise war ich nicht ganz richtig im Kopf – vielleicht konnte sich Dana vorstellen, ihre Tochter zu entführen, aber diesen Plan tatsächlich zu realisieren, das war wieder etwas ganz anderes.

»Nun, nicht direkt entführt ... vielleicht ... ich meine ...«

»Natürlich!« Er ballte die Hände zu Fäusten. »Natürlich, das macht Sinn.« Er steigerte sich in die Vorstellung hinein. »Karin war glücklich mit mir, Lisa. Das weiß ich.«

Ich war ein wenig erschrocken darüber, mit welcher Vehemenz er sich auf diese Idee gestürzt hatte. »Ja, sie hat mir erzählt, wie glücklich sie war«, sagte ich.

»Sie hat dir auch erzählt, daß sie schwanger ist«, sagte er fast anklagend.

»Sie meinte, vielleicht. Wahrscheinlich.«

»Mir hat sie das nicht erzählt.« Er blickte auf seinen Schoß, und ich hatte Angst, er würde anfangen zu weinen. Ich wußte nicht, was ich dann tun sollte.

Er schaute wieder auf. »Natürlich, Dana steckt dahinter. Wir müssen zu ihr gehen und ihr sagen, was wir wissen, ihr sagen, daß sie ...«

»David, das geht nicht. Wir können nicht einfach zu ihr

gehen und sie beschuldigen, ihre Tochter entführt zu haben.«

»Was dann? Woran hast du gedacht?«

Woran ich gedacht hatte, kam mir allerdings immer unüberlegter vor. »Heute ist Donnerstag. Die mobile Blutbank ist bis Mitternacht unterwegs. Dana arbeitet dort mit.«

»Bis Mitternacht?«

»Ja ... jeden Donnerstag.«

Er strich sich übers Kinn. »Du willst zu ihrem Haus gehen, wenn sie nicht da ist?«

»Nun, ich hatte wirklich vor, dort einzubrechen. Aber jetzt bin ich mir nicht mehr so sicher ...«

»Wir brauchen nicht einzubrechen. Ich habe Karins Schlüssel.«

Einen Augenblick lang war ich sprachlos, aber schließlich war es meine Schuld, daß David es tun wollte – ich konnte kaum nein sagen.

»Na schön«, sagte ich. »Wenn du darauf bestehst, dann tun wir es.«

Er nahm eine Taschenlampe aus der Schublade unter der Küchenspüle und führte mich zu seinem Wagen.

Während wir durch dunkle Straßen zu Danas Haus fuhren, fühlte ich mich fast schuldig, als ich sah, wie aufgeregt und hoffnungsvoll David war. Wenn wir keine Spur von Karin fanden, stand ich da wie eine paranoide Spinnerin, und David mußte die Ängste um Karin und ihr Verschwinden erneut erdulden. Aber er schien nicht in der Lage, rational zu denken. Wie aufgedreht plapperte er die ganze Zeit davon, daß er immer gewußt habe, daß Karin ihn nicht verlassen würde, daß er schon immer Zweifel wegen der seltsamen Ruhe gehabt, mit der Dana auf das Verschwinden ihrer Tochter reagiert hatte. Er dankte mir, daß ich den Mut aufbrachte, ihm zu helfen, dankte mir, daß ich ihn begleitete, dankte mir ständig für alles mögliche. Ich versuchte ihn zu beruhigen, ihm zu sagen, daß wir nichts Eindeutiges wüßten, aber er war über den Punkt hinaus, an dem er mit sich hätte reden lassen. Er war jetzt ein Mann mit einer Mission.

Nachdem wir vor Danas Haus angehalten hatten, blieben wir einige Minuten im Wagen sitzen. Wahrscheinlich dachten wir beide das gleiche. *Sollen wir es wirklich tun?*

»Du parkst besser etwas weiter weg«, sagte ich schließlich. »Für den Fall, daß sie früher nach Hause kommt.«

Er nickte stumm und fuhr etwa vier Häuser zurück. Dann schloß er den Wagen ab, und wir gingen zusammen die Straße entlang. Ich spürte einen Knoten der Furcht im Bauch. Schweigend und mit leisen Schritten gingen wir auf das Haus zu. Ich kam mir vor wie ein Verbrecher, was ich in gewisser Weise ja auch war. Unbefugtes Betreten eines privaten Grundstücks. Ich sah David an. Im fahlen Licht der Straßenlaternen sah er älter aus, die grauen Strähnen in seinem Haar traten deutlicher hervor, und die Falten in seinem Gesicht wirkten tiefer.

Das einzige Licht, das in Danas Haus brannte, kam irgendwo aus einem der hinteren Zimmer. Wahrscheinlich hatte sie vergessen, es auszuschalten. David fummelte mit den Schlüsseln herum, bis er schließlich den richtigen gefunden hatte, und öffnete. Leise schloß er die Tür hinter uns. Wir standen in einem Lichtstrahl, der durch das Belüftungsfenster von der Straße hereinfiel. Unsere Schatten waren lang und scharf. Ich zitterte etwas und trat einen Schritt an David heran. Es beruhigte mich, einen Mann neben mir zu wissen.

»Wo fangen wir an?« fragte er leise.

»Ich schätze, wir durchsuchen einfach die Zimmer. Komm.«

Ich ging voraus in die Küche. »Sollen wir das Licht anmachen?«

»Lieber nicht. Jemand könnte es bemerken, und vielleicht wissen die Anwohner, daß sie heute abend arbeitet – Nachbarschaftshilfe oder so was.«

»David, wenn die Nachbarn das gleiche von ihr halten wie alle anderen, dann ...«

»Egal. Sicher ist sicher.« Er schaltete die Taschenlampe an, und der Strahl schwankte in der Küche umher. Nichts, eine ganz gewöhnliche Küche, in der noch der Geruch von gebratenen Zwiebeln hing. Eine Kakerlake huschte über die Spüle und verschwand unter der Sitzbank. Der Kühlschrank summte, ohne die Gegenwart der beiden Eindringlinge wahrzunehmen.

»Hier ist nichts.«

»Natürlich nicht«, sagte David. »Würdest du jemanden in der Küche verstecken? Schauen wir uns die oberen Zimmer an.«

Ich folgte ihm zurück durchs Wohnzimmer die Treppe hinauf. Zuerst gingen wir in Karins Zimmer. Das Licht der Taschenlampe fiel auf ein paar alte Teddybären, die auf der Bettdecke nebeneinander saßen. Ich hörte, wie David leise schluchzte und strich ihm über den Arm.

»Es wird alles gut«, sagte ich. »Es geht ihr gut.«

Er nickte. Ich sah, wie er mit Daumen und Zeigefinger die Nase zusammendrückte. Dann schaute er auf und holte tief Luft. »Karin?« rief er leise.

Keine Antwort. Wir sahen kurz im Kleiderschrank nach. Dann schlichen wir in Danas Zimmer. Es roch nach dem erstickenden blumigen Parfüm, das sie immer benutzte. Wir sahen überall nach; auch hier nichts. Langsam kam ich mir etwas albern vor.

Wir schauten uns im Gästezimmer und im Badezimmer um. Auch hier fanden wir keine Spur. Ich saß auf dem Badewannenrand und sah zu David hoch, der vor mir stand, vor Trauer wie gelähmt. Dana hatte hier das Licht angelassen, und es kam mir seltsam vor, ihn in der Helligkeit zu sehen, wenn man die Art unseres Besuches bedachte.

»Sie ist nicht hier, Lisa«, sagte er.

»Ich weiß.«

»Was zweierlei bedeuten kann.«

»Sag es nicht, David. Quäl dich nicht.«

»Entweder konnte ich sie nicht beschützen, oder ich konnte sie nicht halten. Ich weiß nicht, was schlimmer ist.« Er senkte den Kopf, weinte jedoch nicht, sondern starrte nur im Licht der Neonröhre auf den Fliesenboden, als stünde die Antwort dort geschrieben.

Plötzlich kam mir ein Gedanke. »Warte mal. Es gibt noch ein Zimmer.«

Er schaute auf.

»Als wir Kinder waren, erlaubte uns Dana, auf dem Dachboden zu spielen. Eigentlich ist es kein richtiger Dachboden. Es gibt einen Verschlag im Dach, etwa ein Meter zwanzig hoch. Wir mußten immer mit einer Leiter hinauf- und hinuntersteigen, und nachdem Karin einmal gefallen war und sich das Handgelenk verstaucht hatte, durften wir nicht mehr hinauf.« Während ich ihm das erzählte, führte ich ihn durch den Flur zu der Ecke, wo sich die Einstiegsluke zum Dach befand. Ich deutete nach oben. »Da. Wir brauchen nur die Luke zu öffnen und raufzuklettern.«

Er streckte die Hand aus und versuchte, den Griff zu packen, aber es fehlten etliche Zentimeter. »Ich brauche etwas zum Draufstellen. Gibt es hier irgendwo eine Leiter?«

»Ich weiß nicht. Vielleicht in der Garage.«

Er nickte. »Sehen wir nach.« Ich sah, wie er einen verzweifelten Blick auf die Luke warf, bevor er sich abwandte und mit mir nach unten ging, aus dem Haus. Ich leuchtete mit der Taschenlampe auf das Schloß, während er verschiedene Schlüssel an der Garagentür ausprobierte. Aber keiner paßte.

»Verdammt«, sagte er. »Der Garagenschlüssel ist nicht dabei. Wir kommen nicht rein.«

»Vielleicht könnten wir es mit einem Stuhl probieren?«

Er schüttelte den Kopf. »Reicht nicht. Und was, wenn Karin in der Garage ist? Ich muß es wissen.«

Mein Gott, wie verzweifelt er aussah. Was für eine dumme, dumme Idee von mir.

»Okay, ganz ruhig. Vielleicht kriegen wir das Schloß auch so auf.«

»Weißt du, wie man so was macht?«

»Nein. Verdammt, ich habe mich nicht extra geschult.«

Ein Wagen fuhr vorbei. Mir wurde klar, wie verdächtig David und ich aussehen mußten, wie wir da vor einer Garage standen und mit einer Taschenlampe herumfuchtelten. Wir duckten uns in den Schatten.

Er sah auf seine Uhr. »Wir haben noch Zeit, bevor sie nach Hause kommt. Warte hier.« Er verschwand um die Ecke der Garage und über die hüfthohe Hecke, die den Hof abgrenzte. Kurz darauf schaute er um die Ecke. »Komm. Hinten ist ein Fenster.«

Er half mir über die Hecke zur Rückseite der Garage. In Kopfhöhe befand sich ein kleines, schmutziges Fenster. David versuchte hineinzusehen und leuchtete mit der Taschenlampe.

»Da steht eine Trittleiter.«

»Ist das Fenster verschlossen?«

Er drückte dagegen. »Ich glaube nicht, aber es hat sich verklemmt. Halt das mal.« Er gab mir die Taschenlampe und drückte erneut gegen das Fenster. Ein leises Ächzen.

»Hast du es aufgekriegt?«

»Nur ein paar Zentimeter. Ich versuche es noch mal.«

Er stemmt sich dagegen, und ich sah, wie seine Nackenmuskeln anschwollen. Das Fenster öffnete sich mit einem Knirschen, begleitet von einem langgezogenen Quietschen. Ich trat ein paar Schritte zurück, um besser sehen zu können. Das Fenster stand nun etwa in einem Winkel von achtzig Grad auf.

»Nicht gerade eine riesige Öffnung«, sagte ich.

»Ich weiß. Aber du paßt durch. Du kannst rein und die Garagentür von innen aufmachen.«

»Ich weiß nicht, David …«

»Bitte, Lisa, bitte.« Er ergriff meine Hand.

Ich sah zum Fenster hinauf. Mein Herz schlug schneller. Was wir jetzt taten, war wirklich illegal.

»Okay, aber du mußt mir helfen.«

Er faltete die Hände zu einem Tritt für mich zusammen. Ich zog meine Schuhe aus und ließ mich von ihm hochheben. Die ungewohnte Nähe unserer Körper war mir auf seltsame Weise unangenehm. Ich wand mich durch das Fenster. Mit dem Oberkörper war ich bereits drin, während David noch immer meine Beine hielt. Ich wünschte, ich hätte Shorts und keinen Rock angezogen.

»Ich weiß nicht, wie ich landen soll«, sagte ich.

»Ich halte dich an den Füßen. Du greifst mit den Händen nach unten, und wenn du genügend Halt hast, lasse ich dich los.«

Ich bugsierte mich weiter hinein und kratzte mir den Bauch auf dem Fensterbrett auf. Dann hörte ich, wie etwas zerriß. Mein Rock war irgendwo hängengeblieben. Ich schob ihn mir zwischen die Beine, bewegte den Oberkörper langsam an der Wand nach unten und tastete nach dem Boden. Die Garage roch muffig und kalt. Schließlich spürte ich staubigen, kühlen Beton. Ich stützte mich so gut es ging mit den Händen ab und sagte zu David, er könne meine Füße jetzt loslassen. Ganz langsam ließ er los, und ich hoffte, meine Beine irgendwie hinter mich zu bringen, aber es war zu eng, und ich plumpste nach vorne, wobei ich mir den Unterarm auf dem Beton aufschürfte.

»Au«, sagte ich, wahrscheinlich zu laut.

»Lisa, alles okay?«

Ich rappelte mich auf und versuchte, im Dunkeln meine Wunden zu begutachten. Eine dunkle Blutspur lief meinen Ellbogen hinab.

»Ja, ich hab' mir nur den Arm aufgeschürft. Das sollte ich bald auswaschen. Es ist ziemlich schmutzig hier drin. Reich mir die Taschenlampe.« Ich streckte die Hand aus, und David gab mir die Lampe, mit der ich in der Garage herumleuchtete.

»Kannst du irgendwas sehen?« fragte David. »Könnte Karin da irgendwo versteckt sein?«

Auf dem Boden sah man einen dunklen Ölfleck, dort, wo Danas Wagen parkte. In den Ecken der Garage standen alte Kisten, ein verrostetes Fahrrad und leere Blumentöpfe; daneben lag ein schmutziger alter Gartenschlauch. Die Trittleiter lehnte an einem Regal auf der linken Seite; ich erkannte die Überreste alter Aufkleber, mit denen Karin und ich sie als Kinder verziert hatten. Ich kickte eine vergilbte Zeitung über den Boden. »Nein. Keine geheimen Falltüren, keine versteckten Kammern.« Kaum hatte ich meinen nonchalanten Ton bemerkt, fügte ich hinzu: »Sorry, David. Komm nach vorne, ich mach dir die Tür auf.«

Ich ging zur Garagentür und drehte den Metallgriff herum. Ächzend hob sich die Tür. David stand vor mir.

»Kannst du das Fenster schließen? Ich nehme die Leiter«, sagte er.

Ich drückte das Fenster zu, das protestierend ächzte, aber schließlich nachgab. Dann folgte ich David wieder ins Haus.

Nachdem wir die Tür hinter uns geschlossen hatten, fühlte ich mich sicherer. Wir gingen mit der Leiter zur Dachluke.

»Ich geh zuerst rauf«, sagte David. Er klang sehr aufgeregt. Ich hatte das schreckliche Gefühl, daß er eine böse Enttäuschung erleben würde. Er stieg die Leiter hinauf und zog an dem Haken. Die Luke ließ sich leicht öffnen.

»Siehst du?« sagte er. »Muß noch vor kurzem benutzt worden sein.« Er verschwand in der Luke, und ich kletterte hinterher.

»Karin?« sagte er und leuchtete mit der Lampe durch den Raum. Ich sah ihn tief gebückt umhergehen. Auf allen vieren kroch ich ihm nach.

»Karin?«, wiederholte er, schärfer, flehentlicher.

Keine Antwort. Meine Hoffnung sank. Er ließ den Strahl der Taschenlampe in jede Ecke wandern. Neben der Luke waren etwa ein halbes Dutzend Pappkartons aufgestapelt, aber ansonsten sahen wir nichts außer Spinnweben und ein mit Kreide aufgemaltes Fenster und eine Tür an der hinteren Wand – ein Relikt von Karin und mir, als wir vor fünfzehn Jahren hier gespielt hatten. Die kindlichen, unsicheren Linien wirkten einsam hier oben.

David kam zurück und setzte sich neben mich. »Lisa, sie ist nicht hier.« Es kam mir vor, als säße er furchtbar dicht neben mir, und ich versuchte so unauffällig wie möglich, etwas Distanz zu schaffen.

»Das tut mir leid«, sagte ich. »Gib mir mal die Lampe«, fügte ich hinzu.

Er reichte sie mir und versank in trübsinnigem Schweigen, während ich den obersten Karton vom Stapel nahm und ihn aufklappte. Er steckte voller Papiere, Briefe, Karten und Fotos. Ich sah alles durch. Meistens handelte es sich um Weihnachtskarten, Kopien von Rechnungen, ein paar Fotos von Dana und Karin. Eines sah ich mir genauer an. Dana lächelte den Fotografen stolz an, den Arm um Karins Schultern gelegt.

»Was hier drin ist, hilft uns auch nicht weiter«, sagte ich und warf das Bild wieder in den Karton.

David schwieg noch immer. Ich sah den Rest durch und stieß auf einen Brief, der an ›Miss Karin Anders‹ unter Danas Postfach adressiert war. Er trug eine Luftpostmarke und war bereits geöffnet, also zog ich den Brief heraus. Laut Datum war er nur drei Monate alt.

Liebe Karin,
Deine Mutter teilt mir mit, daß Du heiraten wirst. Ich kann kaum glauben, daß mein kleines Mädchen so erwachsen geworden ist. Ich hoffe, Du schickst mir ein Foto von Dir und Deinem Ehemann, und ich hoffe, daß er gut zu Dir ist. Ich habe eine Geldanweisung beigelegt, um etwas zur Hochzeit beizutragen. Sehr gern würde ich etwas von Dir hören, aber ich weiß, daß Du mit Deinem eigenen Leben beschäftigt bist und sicher keine Zeit hast, einem dummen alten Mann wie mir zu schreiben. Wenn Du je den Wunsch hast, mich zu besuchen, laß es mich wissen. Nur zu gerne werde ich die Flugtickets für Dich und Deinen Mann bezahlen.
Alles Liebe, Papa.

»David, sieh dir das an.«

Meine Stimme schreckte ihn auf, und er nahm den Brief aus meiner Hand und las ihn ihm Taschenlampenlicht.

»Das verstehe ich nicht. Sie hat gesagt, sie wüßte nichts über ihren Vater«, sagte er.

Ich drehte den Umschlag um. Der Absender war ein Mr. Will Anders in Bonn, Deutschland. Ich zitterte vor Wut. »Ihre Mutter hat ihr diesen Brief verheimlicht. Gott, sie hat wahrscheinlich sogar die Anweisung kassiert.«

Er ging die anderen Kartons durch. Wir fanden eine Geburtstagskarte vom vergangenen Jahr und einen weiteren kurzen Brief. Zwei Fotos in einem Umschlag, die einen gutaussehenden bärtigen Mann zeigten, der lächelnd ein Baby in den Armen hielt. Auf der Rückseite stand: ›*Hier bin ich mit Deiner neuen kleinen Schwester Claudine.*‹

»Ich kann es einfach nicht glauben«, sagte ich. »Sie wußte nichts von all dem, nichts.«

Wir gingen weiter durch die Jahre zurück, fanden Briefe, die aus Karins Kindheit stammten, einige in Deutsch, die neuesten jedoch in immer besserem Englisch. Als ich eine Karte zu Karins siebtem Geburtstag öffnete und die einfache Botschaft ›*Für mein kleines Mädchen. Hoffentlich sehe ich Dich bald*‹ las, hätte ich fast geweint. Wie lange hatte Dana diese Briefe vor ihrer Tochter verborgen? Wie lange mußte Karins armer Vater glauben, daß seine Tochter nichts von ihm wissen wollte?

»Mein Gott, David, das ist so schrecklich. Sie ist schrecklich. Wie kann man nur so etwa tun?« Ich schaute auf und sah, daß er sich einige Karten und Briefe in die Jackentasche steckte.

»Was machst du da?« fragte ich.

»Ich gehe zur Polizei, und ich zeige ihnen diese Briefe. Lisa, dies sind eindeutige Beweise dafür, daß sie nicht ganz richtig ist. Die Polizei wird sie näher unter die Lupe nehmen müssen. Sie werden Karin finden, ganz bestimmt.« Seine Stimme klang sehr ruhig und sicher.

Ich war verblüfft. »Sie werden sich fragen, wie du an diese Sachen gekommen bist. Ich weiß nicht, ob das klug ist.«

»Ich erfinde irgendwas. Es ist mir egal, ich will nur meine Frau wiederhaben. Hier ...« Er beugte sich vor und stopfte Briefe in die Taschen meiner Bluse. Ich konnte nicht einmal protestieren, sondern saß nur wie betäubt da und ließ ihn gewähren. Ich hoffte nur, daß er das mit der Absicht tat, zusätzliche Beweise zu sammeln und nicht aus dem Wunsch heraus, mich zu berühren. Als er fertig war, brachte er die Kartons wieder in die alte Ordnung, so daß man ihnen nicht ansah, daß sie durchwühlt worden waren.

»Wo ist sie, Lisa?« fragte er plötzlich, nachdem er die

Taschenlampe wieder an sich genommen hatte. Er sprach so leise, daß ich ihn kaum verstand.

»Ich weiß es nicht«, antwortete ich.

Er wandte sich mir zu und ergriff meine Hand. »Mach dir keine Vorwürfe, weil du mich hierher gebracht hast. Ich bin froh darüber.«

»Es tut mir leid, ich wollte keine falschen Hoffnungen wecken.«

Er drückte meine Hand. »Wirklich, es ist okay. Trotzdem, Lisa, du bist ihre beste Freundin. Du mußt doch irgendeine Ahnung haben, wohin sie gegangen sein könnte.«

»Ich wünschte, ich hätte.« Ich spürte ein schnelles, warmes Kitzeln hinter den Augen, wie im Taxi, und fürchtete, daß ich erneut halluzinieren würde. Ich schloß die Augen. Als ich sie wieder öffnete und auf die Rückwand des Dachbodenverschlags starrte, hatte ich plötzlich eine Vision von Karin, die in der Dunkelheit stand und lautlos schrie. Sie starrte entsetzt auf ihre Hände, die in Blut gebadet waren. Entsetzt kniff ich die Augen wieder zusammen. David beugte sich besorgt zu mir.

»Was ist los?«

»Ich … ich bekomme Kopfschmerzen.«

»Dann sollten wir jetzt besser gehen.«

Ich öffnete die Augen, und wir befanden uns wieder allein auf dem Dachboden. David leuchtete mit der Taschenlampe auf die Luke, und wir kletterten die Leiter hinunter und schlichen uns mit ihr durch den Flur. Die Vision von Karin schien sich hinter meinen Augen festgebrannt zu haben, und die Dunkelheit ängstigte mich maßlos.

Als wir am Badezimmer vorbeikamen, fiel der Schein des Neonlichts auf meine Arme, und ich sah das getrocknete Blut. Sobald ich zu Hause war, mußte ich die Schürfwunde auswaschen.

David und ich trugen die Trittleiter hinaus und schlossen die Haustür hinter uns. Als wir sie in der Garage wieder an ihren Platz gestellt hatten, beleuchtete David die Kisten in der Ecke. »Vielleicht finden wir da drin noch mehr.«

Ich blickte nervös umher. »Okay, einen kurzen Blick, aber du mußt die Garagentür schließen, sonst sieht uns jeder, der vorbeifährt.«

Er zog die Tür zu, und wir bückten uns, um die Kisten zu inspizieren. Ich wollte gerade sagen, daß es aussähe, als ob sie alle leer seien, als ich das Geräusch eines sich nähernden Wagens hörte. Ich zuckte zusammen. David sah mich fast amüsiert an. »Nur die Ruhe«, sagte er. »Wir sind gleich fertig, und du hast gesagt, daß Dana erst in einer Stunde zurückkommt.«

Er bückte sich, um die obersten Kisten wegzunehmen. Das Motorengeräusch schien sehr nahe zu sein, als wäre der Wagen stehengeblieben.

»David, das ist vor dem Haus.«

»Okay, hier ist sowieso nichts.«

»Aber wir können nicht durch die Garagentür, das Auto steht vor dem Haus.«

In diesem Augenblick wurde der Motor wieder lauter, und es bestand kein Zweifel daran, daß der Wagen in die Einfahrt fuhr.

»Mist, das ist sie«, zischte ich. »Was zum Teufel machen wir jetzt?«

»Durch das Fenster«, sagte er mit schreckerfüllter Stimme. »Beeil dich.«

Er riß das Fenster auf und half mir hoch. Dieses Mal blieb erst gar keine Zeit für eine sanfte Landung. Ich fiel wieder auf meine aufgeschürften Unterarme und mußte mir alle Mühe geben, nicht vor Schmerzen aufzuschreien. David warf mir die Taschenlampe zu, und ich fing sie auf. Dann sah ich seine Hände am Rand des Fensters auftauchen. Er zog sich hoch, aber ich konnte mir nicht vorstellen, daß er durch das Fenster paßte. Danas Wagentür wurde zugeschlagen, und ich hörte das Klappern ihrer Schlüssel, als sie auf die Garagentür zuging. Ängstlich beobachtete ich, ob David es schaffen würde. Ein lautes Klirren ertönte. Dana hatte die Schlüssel fallenlassen und verschaffte David so wertvolle Sekunden. Er wand sich durch das Fenster, ich packte ihn an den Armen und zog. Einen schrecklichen Augenblick lang glaubte ich, er stecke fest, doch mit einem Ruck rutschte er hindurch, und wir fielen beide zu Boden. Ich landete auf dem Rücken im Gras, David auf mir. Ich hörte, wie Dana die Garagentür aufschloß.

»Das Fenster«, flüsterte ich eindringlich. Er sprang auf und zog es in dem Augenblick zu, in dem die Garagentür aufging. Dana schien nichts gehört zu haben.

David schlich sich rückwärts davon. Ich konnte mich kaum bewegen. Immerhin war ich hart aufgeschlagen und das Gewicht seines Körper hatte mir den Atem genommen. Wir hörten, wie sie in den Wagen stieg und in die Garage fuhr. Es schien eine Ewigkeit zu dauern, bis sie die Garagentür wieder geschlossen hatte und ihre Schritte auf der Einfahrt klackten. Dann schloß sie die Haustür auf, die mit einem Ächzen schließlich ins Schloß fiel.

»Lauf«, sagte David. Er führte mich um die Ecke und half mir über die Hecke, bevor er selbst rüberkletterte. Wir rannten die Straße hinauf zu seinem Auto. Mir tat alles weh, und die Schürfwunde an meinem Arm blutete wieder. David schloß mir die Beifahrertür auf, und ich sah, daß seine Hose hinten aufgerissen war und daß er eine blutende Wunde auf der linken Pobacke hatte. Ich knipste die Taschenlampe an und richtete den Strahl auf die Wunde.

»Du hast dich verletzt.«

»Ich hab' einen Kratzer gespürt. Ist es schlimm?«

Die Taschenlampe beleuchtete jedes Detail, und ich stellte fest, daß ich einen erstklassigen Hintern vor mir sah. Die Haut war blaß und glatt, abgesehen von einem dunklen Muttermal unter der wohlgeformten Wölbung einer Hinterbacke. Aus einer recht großen violetten Schramme lief das Blut auf seine Hose. Peinlich berührt stellte ich fest, daß ich den Hintern des Mannes meiner besten Freundin betrachtete und schaltete die Taschenlampe wieder aus.

»Ja, sieht ziemlich tief aus.«

Er zog ein Taschentuch hervor und drückte es auf die Wunde, während ich mich in den Wagen warf.

Er stieg ebenfalls ein, ließ den Motor an und betrachtete mich besorgt. »Und du? Hast du dich verletzt?«

»Nur eine Schürfwunde, glaube ich.« Ich holte tief Atem. Die Schmerzen waren nicht so schlimm.

Ich sah, wie die Lichter in Danas Haus angingen. »Ich krieg gleich Panik! Können wir jetzt abhauen?«

»Sicher«, sagte er. »Ich bringe dich nach Hause.«

Wir wendeten, damit wir nicht wieder an Danas Haus vorbeifahren mußten, und rasten in die Nacht hinein wie ein Verbrecherpärchen.

11. Kapitel

Wir saßen an meinem Küchentisch, die Briefe und Karten vor uns ausgebreitet. Ich hatte meine Arme gesäubert und mit gelbem Desinfektionsmittel bestrichen. Zum Glück war jeder von uns in der Lage gewesen, sich um seine eigenen Wunden zu kümmern. David hatte den Kratzer auf seinem Hintern ebenfalls desinfiziert und den Riß in seiner Hose zusammengenäht. Es wäre mir äußerst unangenehm gewesen, wenn ich ihn hätte versorgen müssen. Ich hielt das Foto von Will Anders und Karins kleiner Halbschwester Claudine in den Händen und bemühte mich, die Gedanken, die sich mir aufdrängten, beiseitezuschieben. Was, wenn Karin sterben würde, ohne ihren Vater je kennengelernt zu haben? Aber ich durfte nicht an Tod und Gefahren denken und an die schreckliche Vision, die ich in der Dachkammer gehabt hatte. Ich mußte darüber nachdenken, wo sie sein konnte. Im vertrauten Schein der Küchenlampe kam mir die Vorstellung, daß Dana ihre Tochter entführt hatte, schon sehr weit hergeholt vor, aber hinterher ist man stets klüger. David hoffte darauf, daß die Polizei Dana näher unter die Lupe nehmen würde, wenn wir die Briefe auf der Wache vorlegten. Nun, er brauchte schließlich Hoffnung. Ich konnte den Gedanken akzeptieren, daß Karin davongelaufen war, er nicht.

»Diese Tür und das Fenster an der Wand im Dachzimmer«, sagte er. »Habt ihr das als Kinder gemalt?«

»Ja, das war Karin. Ich konnte nicht gut zeichnen, aber sie hatte schon immer ein Gefühl für Formen und Größen. Wir haben dort oben Vater, Mutter und Kind gespielt. Karin war immer die Mama, ich der Papa. Sie hatte diese Puppe ohne Haare; eines ihrer Augen rollte lose in der Höhle, aber sie liebte sie. Sie war unser Baby.« Ich erinnerte mich daran, daß ich unser Baby immer unten lassen wollte, aber Karin bestand darauf, daß wir es überall hin mitnahmen. Das behielt ich jedoch für mich, denn bei dem Wort Baby war David in trübsinniges Schweigen verfallen und blickte teilnahmslos auf die Tischplatte. Ein gebrochener Mann. Ich warf das Foto auf den Tisch, stand auf, hockte mich neben ihn und legte den Arm um ihn.

»David, es tut mir so leid. Ich bin schuld, ich hätte dich nie zu dieser Jagd nach Phantomen verleiten sollen.«

Er lächelte schwach. »Nein, ich bin froh darüber, ich bin froh, daß wir das hier gefunden haben.« Er deutete mit einer fahrigen Handbewegung auf die Briefe.

Ich zog ihn zu mir heran. Zuerst hielt er die Arme steif an der Seite, doch dann entspannte er sich und umschlang meine Hüften. Ich strich ihm mit der linken Hand übers Haar, und er legte den Kopf auf meine Schulter wie ein kleiner Junge. Ich spürte, wie Schluchzer seinen Körper zittern ließen.

»Lisa, was soll ich machen? Wie soll ich damit leben – zu wissen, daß sie in Gefahr ist, oder zu wissen, daß ich sie nicht glücklich machen konnte?«

Ich wiegte ihn sanft, ließ ihn sich ausweinen.

»Sie war alles für mich, Lisa ... die ganze Welt. Und das Baby ... wir haben uns das Baby so sehr gewünscht.« Seine Worte kamen stoßweise zwischen Schluchzern heraus. Ich zerfloß vor Mitleid.

»Wir müssen uns zusammenreißen«, sagte ich und machte mich von ihm los. »Wir müssen vernünftig sein und logisch denken. Wir dürfen die Hoffnung nicht verlieren, und wir werden herausfinden, was mit Karin geschehen ist, was immer es sein mag.«

»Ich werde diese Briefe trotzdem Sergeant Pyle zeigen.«

Ich nickte. »Wenn du meinst. Aber erzähl ihm nicht, wie wir drangekommen sind.«

Der Gedanke daran, etwas tun zu können, half ihm offenbar, sein Gleichgewicht wiederzufinden. Er sammelte die Papiere ein und stapelte sie aufeinander. »Gleich morgen früh gehe ich hin. Aber jetzt lasse ich dich in Ruhe, damit du noch ein bißchen schlafen kannst.«

Er schob den Stuhl zurück, und ich brachte ihn zur Tür. Er dankte mir noch einmal und berührte sanft meine Wange. Plötzlich wanderte seine Hand meinen Hals entlang, unter mein Haar. Ich spürte eine sexuelle Spannung, die mir unerträglich war, und trat einen Schritt zurück.

»Gute Nacht«, sagte ich. »Ruf mich an, wenn du mich brauchst.«

Er starrte auf seine Füße. Wahrscheinlich war ihm ebenfalls unbehaglich zumute.

Ich schloß die Tür hinter ihm und dachte beschämt, wie froh ich war, ihn los zu sein.

Das Universal war knallvoll. Eines der Stadtmagazine hatte eine Titelstory über 747 gebracht, über unseren Deal mit Numb, und offenbar war jeder, der jemals eines unserer Konzerte besucht hatte, gekommen, um mit uns zu feiern. Wir waren mit den Aufnahmen fertig; Brad und ich würden für den Mix nächste Woche noch ein paarmal ins Studio gehen, aber die Hauptarbeit war geschafft, und wir waren völlig in uns selbst verliebt und hielten uns für die beste Band, die je gelebt und geatmet hatte.

Brad und ich hatten schon vorher unseren Auftritt im Casino absolviert und kamen ziemlich spät. Ich trug noch immer mein Cocktailkleid mit den langen Ärmeln; die Perücke hatte ich allerdings auf den Rücksitz des Autos geschmissen. Mühsam bahnten wir uns einen Weg durch die Menge. Backstage unterhielt sich Jeff mit ein paar weiblichen Fans. Ailsa stimmte ihren Baß.

»He, hübscher Fummel«, sagte sie.

»Ja, danke. Ich muß mich umziehen. Jeff, würdest du deine Freundinnen rausschmeißen? Ich hab' keine große

Lust, mich vor ihnen auszuziehen.« Ich zog ein paar abgeschnittene Jeans aus meinem Rucksack und stieg unter dem Kleid hinein. Jeff komplimentierte die Mädchen hinaus und redete vor der Tür mit ihnen weiter. Ich streifte mir das Kleid über den Kopf und zwängte mich in einen trägerlosen Top. Brad faßte mich sanft an den Handgelenken und betrachtete die Schürfwunden, die ich mir in Danas Garage zugezogen hatte.

»Um Himmels willen, was hast du gemacht?«

»Ich bin gefallen.«

»Wie?«

»Ich bin ausgerutscht, vor dem Haus, als ich die Post holen wollte.«

Jeff kam zurück und stellte sich zu uns. »He, Lisa, du bist wohl mit den Ellbogen auf dem Teppich herumgerutscht? Hat es dir jemand ein bißchen zu heftig von hinten besorgt?«

Ich warf ihm einen vernichtenden Blick zu. »Du bist ein Schwein, Jeffrey.«

»Ich gebe mir Mühe«, sagte er und stimmte einen Song an, dessen Text hauptsächlich aus ›Lisa hat's auf dem Teppich getan‹ bestand.

»Er ist so kreativ«, sagte Ailsa auf dem Weg zur Bühne. Dabei wäre sie fast in Angie gerannt, der aus der anderen Richtung kam.

»He, Lisa, da ist ein Typ, der dich sprechen möchte. Er steht am Mischpult«, sagte er.

»Ja? Wer?«

»Er sagte, sein Name sei Ian oder so. Dunkle Haare, sieht ziemlich gut aus.« Dabei sah er Brad an, der genau zuhörte.

»Er heißt Liam, nicht Ian. Mein Gott, was macht der denn hier?« Ich wollte meine Stiefel anziehen, als Brad mich erneut an den Handgelenken packte, dieses Mal allerdings wesentlich unsanfter.

»Was ist?« fragte ich.

»Schläft dieser Typ mit dir?«

»Was für eine Art Frage soll das denn sein?«

»Macht er's?«

»Schläfst du mit Marnie?«, gab ich zurück.

»Das kannst du mit mir nicht machen, Lisa«, sagte er mit gepreßter Stimme. »Du kannst mich nicht dauernd anmachen und um mich rumtänzeln und die ganze Zeit mit mir zusammensein und mir so nah sein und dann so tun, als dürfte ich nicht eifersüchtig sein, wenn ein anderer Typ auftaucht.«

Jeff hatte aufgehört zu singen und hörte aufmerksam zu. Brad klang sehr ernst.

»Brad, ich mag diesen Jungen, aber momentan sind wir nur Freunde.«

»Momentan?«

»Nun ja, ich weiß nicht, was passieren wird«, sagte ich.

»Was soll denn passieren?«

Ich machte mich von ihm los. »Das ist lächerlich. Ich brauche diese Fragen nicht zu beantworten. Ich werde jetzt zu ihm gehen, und vielleicht können wir diese Dinge später diskutieren, wenn sie relevanter sind.«

Vehement zog ich die Stiefel an und band sie zu, dann stürzte ich mich in die Menschenmenge, die sich in den Club gequetscht hatte, wobei ich mich der Umarmungen und des Schulterklopfens betrunkener Fans kaum erwehren konnte. Endlich entdeckte ich Liam, der neben dem Mischpult stand. Die Lampe, die Angie vorne befestigt hatte, beleuchtete seine Züge von unten. Er hatte mich noch nicht gesehen, stand ganz gerade da und schien irgendwie fehl am Platz zu sein, obwohl er einigermaßen lässig angezogen war; er trug schwarze Jeans und ein weites Hemd mit hochgeschlagenem Kragen. Aber irgend etwas an ihm gab zu erkennen, daß er eigentlich zu seriös war, um hier zu sein, und irgendwie war mir das peinlich.

Ich stellte mich neben ihn. »Hi!« Ich mußte ziemlich laut sprechen, um die Tonbandmusik zu übertönen, die aus der Clubanlage kam.

»Hi, Lisa«, sagte er lächelnd. »Ich dachte, ich schau mir mal die Band an. Ziemlich viele Leute.«

»Ja, sieht aus, als könnte es ein ganz guter Abend werden.«

Er schien sich dafür zu interessieren, was ich anhatte, und als sein Blick auf meine Tätowierung fiel, schaute er noch genauer hin. Ich wand mich innerlich und wünschte, ich hätte sie verdeckt. Er sah mich verblüfft an.

»Ist die echt?« fragte er.

Warum machte ich mir solche Gedanken darum, was er von mir dachte? »Ähm ... ja. Ein Relikt meiner wilden Jugend.«

»Wow.«

»Was ist los, gefällt es dir nicht?«

Er schüttelte den Kopf. »Nein, das nicht, ich kenne nur kein Mädchen mit einer Tätowierung.«

Ich lachte. »Und ich keinen Jungen, der richtige Taschentücher bei sich trägt. Also sind wir quitt.«

Zuerst sah er mich verlegen an, aber dann lächelte er. »Ich habe ein paar Informationen für dich«, sagte er.

»Über Karin?«

»Nein, über die Morde. Können wir irgendwo hingehen, wo es nicht so laut ist, nur ganz kurz?«

Ich sah zur Bühne. Ailsa baute noch auf, also blieb mir etwas Zeit. Sie war langsam.

»Sicher, gehen wir raus.« Backstage wollte ich ihn nicht bringen, weil dort Jeff an unseren Lippen gehangen und Brad ihn mit dem bösen Blick bedacht hätte, also führte ich ihn zur Eingangstür des Universal auf die Straße hinaus. Auf der anderen Seite stand ein Straßensänger und gab schief gesungene Rod-Stewart-Songs zum besten. Zwanzig Meter weiter fanden wir eine Bank und setzten uns.

Liam wandte sich mir zu. »Auf der Polizeiwache herrscht ziemliches Chaos. Sie haben Experten aus allen Teilen des Landes zusammengezogen, um diese Morde aufzuklären. Eine Reihe Leute mußten schon ihre Büros räumen. Es ist nur eine Frage der Zeit, bevor ich ins Rathaus umziehen muß, ich weiß also nicht, wie lange ich dir noch helfen kann. Aber solange alles in Aufruhr ist, sind sie nicht so wachsam, und ich kriege einiges an interessanten Informationen mit.«

»Was zum Beispiel?«

»Daß sie nicht die geringsten Spuren haben.«

»Wie meinst du das?«

»Sie haben an den Tatorten außer den Leichen nichts gefunden. Absolut nichts, keine Fingerabdrücke, keine Kampfspuren, nicht einmal einen zerbrochenen Zweig oder ein zerdrücktes Blatt, keinen Tropfen Blut weiter als einen Meter von der Leiche entfernt. Der Täter muß vor Blut nur so getrieft haben, aber sie konnten nichts finden. Der leitende Kommissar ist völlig fertig – er hat nichts, worauf er sich stützen kann. Es ist, als seien die Leichen aus dem Nichts im Wald gelandet.«

»Aus dem Nichts«, wiederholte ich leise. Mir wurde angst und bange.

»Und ich habe das hier.« Er stand auf, zog ein gefaltetes Blatt Papier aus der Hosentasche und setzte sich wieder. »Jemand hatte das auf dem Fotokopierer liegengelassen, und ich habe schnell selbst eine Kopie gemacht.« Er faltete das Papier auseinander und strich es auf seinem Schoß glatt. Ich beugte mich darüber.

»Ist das eine Karte?«

»Ja, eine Karte des Buchenwäldchens.«

»Hättest du nicht Ärger gekriegt, wenn jemand gesehen hätte, daß du sie kopierst?«

»Ja, aber es hat ja keiner zugeschaut.«

Ich war gerührt. »Danke.«

Er zuckte mit den Schultern. »Schon okay. Schließlich sind sie selbst schuld, wenn sie solche Sachen rumliegen lassen. Siehst du diese Punkte? Das sind die Stellen, an denen die Leichen gefunden wurden. Diese Gevierte stellen die einzelnen Waldparzellen dar – jede ist etwa einen halben Quadratkilometer groß. Dazwischen laufen öffentliche Durchgangsstraßen. Die Leichen wurden in nebeneinander liegenden Parzellen gefunden.« Er zeigte auf die beiden Gevierte.

Ich lehnte mich zurück und schloß die Augen.

»Was ist los?« fragte er.

»Ich habe Phantasie.«

»Oh, ich verstehe. Ich habe noch etwas anderes erfahren: In beiden Fällen wurden die Opfer etwa vier Stunden vor dem eigentlichen Mord entführt. Ich dachte, das beruhigt dich etwas in bezug auf Karin.«

»Wie meinst du das?« Ich konnte mir nicht vorstellen, daß irgend etwas von dem, was er sagte, mich beruhigen würde.

»Es ist keine dritte Leiche gefunden worden, und Karin ist vor drei Wochen verschwunden. Was immer mit ihr geschehen ist, es ist wahrscheinlich nicht das gleiche, was mit den anderen geschah.«

»Wahrscheinlich?«

»Wie kann ich es eindeutig wissen? Aber an deiner Stelle wäre ich jetzt beruhigter.«

Ich dachte darüber nach. »Also gut, der Mörder entführt seine Opfer, tötet sie vier Stunden später nach weiß Gott was für Vorbereitungen und läßt die Leichen dann im Wald zurück. Aber daß nur zwei Leichen gefunden wurden, heißt nicht, daß nur zwei Menschen ermordet worden sind. Wie viele Kilometer Wald säumen den Highway? Sechzehn? Zwanzig?«

»Wahrscheinlich eher an die sechzig.«

»Also könnte sie ...« Ich konnte den Satz nicht beenden.

»Lisa, er läßt die Leichen an auffälligen Orten zurück. Dort zelten jeden Tag Dutzende von Leuten, es gibt viele Wanderer, Schulklassen machen Ausflüge. Wir sprechen hier nicht von den Urwäldern des Amazonas.« Er sah, daß ich nicht überzeugt wirkte. »Es tut mir leid. Ich hab' dir das alles erzählt, damit es dir besser geht, nicht schlechter.«

Ich versuchte ein tapferes Lächeln. »Schon gut. Zeig mir noch mal die Karte.«

Er reichte sie mir, und ich starrte darauf, als könne ich dort die Antwort auf Fragen finden, die ich noch nicht einmal zu stellen gewagt hatte. Es war die Ungewißheit, die mich quälte. Vielleicht verbarg sich Karin weit weg von hier in einem gemieteten Apartment und grübelte über den Sinn des Lebens nach. Aber vielleicht hing ihr zierlicher, blasser Körper auch gefesselt an einem Baum, mit ausgestochenen Augen wie die anderen, und nur die Nachtvögel leisteten ihr Gesellschaft. Mein Herz klopfte mir bis zum Hals.

»Bist du je dort gewesen?« fragte ich Liam.

»Einmal als Kind. Wir waren zelten.«

»Wie ist es da?«

Er überlegte. »Dunkel. Es roch komisch. Ich kann mich nicht an viel entsinnen. Ich glaube, ich bin die meiste Zeit im Zelt geblieben und habe Comics gelesen.«

Ich faltete die Karte zusammen und reichte sie ihm. »Ich würde gerne mal dorthin.«

»Zum Camping?«

»Nein, nein, heute noch. Ich möchte mir die Stellen ansehen, die Parzellen, wo sie die Leichen gefunden haben.«

Er sah mich verblüfft an. »Wozu?«

»Ich muß es wissen, Liam. Und wenn die Leichen in nebeneinander liegenden Parzellen gefunden wurden, dann ...«

Er sah mich zweifelnd an. »Ich bin sicher, daß die Polizei das überprüft hat.«

»Hör zu, ich weiß, es klingt verrückt, aber ich meine, es kann nicht schaden, oder?« Ich hatte das Gefühl, als stecke hinter all dem und all der seltsamen Scheiße, die mir in letzter Zeit passiert war, noch mehr, mehr als ich begreifen konnte. Die Vision aus Danas Haus verfolgte mich noch immer. War es möglich, daß ich Karin irgendwo aufspüren konnte? »Ich ... wir standen uns so nahe«, versuchte ich zu erklären. »Man weiß ja nie ...«

»Nun, so verrückt klingt es nicht«, räumte er ein. »Soll ich dich hinbringen?«

»Ja, wenn es dir nicht zu unangenehm ist.«

»Nein, überhaupt nicht.«

»Hast du eine Taschenlampe oder so was im Auto?«

»Ja, in meinem Handschuhfach. Aber bist du wirklich sicher, daß du das tun willst?«

Eine gute Frage. Wie würde ich damit fertig werden, wenn wir einen negativen Beweis entdeckten? Aber ich mußte wissen, was mit Karin geschehen war. Ich mußte etwas tun. »Ich weiß nicht. Vielleicht finde ich dort irgendeine Gewißheit. Dann hätte sich die Fahrt gelohnt.«

In diesem Augenblick unterbrach uns Brad, der in der Tür des Clubs stand. »Lisa, was, zum Teufel, treibst du?« schrie er. »Wir müssen raus!«

Ich blickte auf. Er kam auf uns zu.

»Beruhige dich. Ich habe die Zeit vergessen. Was nicht das Ende dieser Scheiß-Welt bedeutet.« Ich hatte keine Lust, mich von seiner Machotour einschüchtern zu lassen, die er wahrscheinlich nur wegen Liam abzog. »Liam, das ist Bradley Harper. Brad, Liam Baker.«

»Nett, dich kennenzulernen, Bradley«, sagte Liam. Er konnte nicht wissen, wie sehr Brad es haßte, mit seinem vollen Namen angesprochen zu werden.

Brad nickte und wandte sich mir zu. »Komm jetzt, Lisa, an die Arbeit. Ich hab' schon alles für dich aufgebaut.«

Ich ging mit ihm in den Club. Liam folgte uns.

»Wo steht man am besten?« fragte Liam, als wir am Mischpult vorbeikamen. »Soll ich nach vorne kommen?«

»O nein.« Ich stellte mir vor, wie bei verschärftem Stage-Diving die Stahlkappe eines Stiefels sein göttliches Gesicht verunstaltete. »Wenn du hier bei Angie bleibst, dann kannst du alles gut hören. Da vorne wird es ein bißchen rauh.«

Er nickte und versteckte sich wieder hinter dem Mischpult. Angie war ein total freundlicher Typ, und als ich Liam einen letzten Blick zuwarf, sah ich, wie er ihn in die Details seines neuen EQ-Racks einweihte.

Es war unser erster Auftritt seit über einem Monat, und ich hatte Mühe, mich durch die Menge bis zur Bühne vorzukämpfen. Als Brad einen Akkord anschlug, um seinen Sound zu testen, schwappte die Menge mit einem Jubelschrei nach vorne. Ich erinnere mich, daß ich dachte, ›Scheiße, vielleicht werden wir wirklich Stars‹, dann zählte Jeff uns ein, und ich tastete nach den ersten Riffs. Die Arbeit im Studio hatte uns noch enger zusammenwachsen lassen, und unsere Musik ging ab wie ein Serie gezielter Explosionen. Eine Zeitlang vergaß ich all meine Ängste und Sorgen. Hier oben zu stehen war das beste Gefühl der Welt; zu wissen, daß all diese Leute gekommen waren, um die Songs zu hören, die Brad und ich geschrieben hatten. Es war eines unserer besten Konzerte, das sich für immer in meine Erinnerung eingeritzt hat. Ganz einfach 747 auf ihrem Höhepunkt.

Als alles vorbei war und ich auf dem Boden hockte, um meine Kabel aus dem Tape abzuziehen, stemmte sich ein junger Typ mit langen schwarzen Haaren die Bühne hoch und setzte sich neben mich auf den Rand.

»Was für ein System benutzt ihr?« fragte er. Offensichtlich ein Technik-Freak. Ich hatte keine Lust, mit ihm zu reden, ich wollte nach unten zu Liam und ihn fragen, wie ihm die Musik gefallen hatte.

»Einen Marshal JMP-1 Pre-Amp und einen Mossvalve Power Amp in einem Laney Cab«, antwortete ich, ohne ihn anzusehen. Bei Rumhängern wie ihm war Augenkontakt ein großer Fehler, weil sie sich dann fühlten, als seien sie willkommen.

Jetzt ging er auch noch zu meiner Gitarre, die neben dem Lautsprecher stand. »Ist die echt oder eine Kopie?« fragte er.

»Echt.«

»Wow. Eine Les Paul Junior. Wie lange hast du die?«

»Ungefähr vier Jahre.«

»Darf ich mal?«

Ich stöhnte innerlich auf, fluchte stumm, ging zu ihm und zeigte ihm, wie man das Signal auf meinem Pre-Amp einstellte. Sofort fing er an, eine Reihe sinnloser Powerriffs herunterzudreschen, so daß ich schon fürchtete, er würde meiner Gitarre den Hals brechen. Ich blickte zum Mischpult hinüber um zu sehen, was Liam machte, und zu meiner Überraschung stand Brad bei ihm und unterhielt sich mit ihm. Noch mehr überraschte mich, daß sie miteinander lachten, als hätte einer einen guten Witz erzählt. Ich wollte nur noch weg von diesem Typen.

»Hör mal«, sagte ich. »Ich möchte nicht unhöflich sein, aber da unten wartet jemand auf mich ...«

»Sind das die richtigen Akkorde für ›Treehouse‹?« fragte er, als habe er gar nicht zugehört.

Ich schüttelte den Kopf und bewegte seine Finger zwei Griffe tiefer. »G7, das ist er. Und laß den kleinen Finger weg, der ist nur im Weg.«

Erneut drosch er drauflos und spielte etwas, das eine entfernte Ähnlichkeit mit unserem Song hatte. Ich sollte mich wohl geschmeichelt fühlen. Wieder sah ich zu Liam und Brad hinüber. Brad stand dicht bei Liam und redete auf ihn ein, während Liam andächtig zuhörte und ab und zu ernst nickte. Brad hatte sich in letzter Zeit so beschissen benommen, daß ich gerne gewußt hätte, welche Flausen er Liam gerade in den Kopf setzte. Ich drehte mich zu meinem neuen Freund um und legte die Hand auf den Gitarrenhals, um ihn zum Schweigen zu bringen.

»Ich muß jetzt gehen. Das nächstemal zeige ich dir die Griffe für einen anderen Song, okay?«

Er nickte ernst. »Ich nehm dich beim Wort.«

Er machte sich davon, und ich stöpselte eilig all meine Sachen aus und rollte die Kabel zusammen. Dann ging ich hinunter zum Mischpult.

»Alles aufgeräumt, Angie«, sagte ich.

»Gutes Mädchen. Morgen abend im Black Flag?«

»Ja, wir fangen um elf an, aber die Vorgruppe möchte Jeffs Drums benutzen, also mußt du so gegen halb zehn da sein.« Aus den Augenwinkeln beobachtete ich Brad und Liam, die die Köpfe zusammensteckten wie die besten Freunde. Ich ließ Angie an seinem Mischpult zurück und stellte mich nervös neben die beiden, die sich in ihrem Gespräch nicht stören ließen.

Endlich erwischte ich eine Pause und sagte: »Liam, wann willst du gehen?«

Brad drehte sich um und sah mich eindringlich an. »Fährt Liam dich nach Hause?«

Ich wollte Brad nicht verraten, wohin wir wirklich wollten, also nickte ich nur und zog Liam am Arm.

»Du hast nichts dagegen?« fragte Liam.

Brad wedelte großmütig mit der Hand. »Nein, kein Problem.«

»Er hat gar nichts zu sagen«, meinte ich zu Liam, der

etwas unsicher dreinschaute. »Bis dann, Brad.« Damit zog ich Liam in Richtung Tür.

»Ja, bye, Lisa, bye, Liam. Sehen wir dich morgen abend wieder?«

»Ähm ... ich weiß nicht. Vielleicht«, antwortete Liam und ließ sich von mir davonführen.

Wir traten in die frische Nachtluft hinaus und gingen zum Parkplatz.

»Und«, sagte ich. »Wie fandest du die Band?«

»Großartig. Aber es war ganz schön laut.«

»Vielleicht hättest du Ohrstöpsel tragen sollen.«

»Vielleicht. Es ist nicht ganz die Art Musik, die ich sonst höre, aber die Show hat mir wirklich gut gefallen. Aber wie kommt es, daß du dir nicht weh tust, so wie du rumtobst?«

Ich verzog das Gesicht. Beim Surfen in der Menge war der Kratzer an meinem Unterarm wieder aufgebrochen. Ich hatte bestimmt ein paar Leute mit Blut beschmiert, bevor sie mich wieder auf die Bühne hoben. Sicherlich hatte ich dabei ein Dutzend Gesundheitsbestimmungen verletzt.

»Heute abend habe ich mir tatsächlich weh getan, aber normalerweise nicht. Zumindest bemerke ich es nicht. Es macht mir zuviel Spaß«, sagte ich.

»Es sah ziemlich gewalttätig aus da vorne. Ist noch nie jemand verletzt worden?«

»Oh, zwei wurden ermordet, schon vergessen?« entgegnete ich und bedauerte sofort meinen bissigen Ton. »Sorry, ich wollte nicht zickig rüberkommen.«

Er schüttelte den Kopf. »Du kommst nicht zickig rüber. Du kommst rüber wie jemand unter Streß, was ja stimmt. Brad hat mir erzählt, daß du in letzter Zeit nicht mehr du selbst bist.«

Wir waren an seinem Wagen angekommen, einem ziemlich neuen Toyota. Ich wartete, bis wir drin saßen und Liam vom Parkplatz fuhr, bevor ich etwas erwiderte. »Was hat Brad dir sonst noch berichtet? Ihr scheint euch ja prächtig verstanden zu haben.«

Liam bog auf die Straße ein. »Er hat mir nur ein paar

Sachen über die Band erzählt und über euren Drummer – Jeff, nicht wahr?«

»Ja, Jeff.«

»Nur Bandgeschichten.«

»Nichts Schlechtes über mich?«

»Nein, wirklich nicht.«

»Ich meine nur ... glaube Brad nicht alles, was er so von sich gibt. Er hat finstere Absichten.«

Seine Aufmerksamkeit wurde kurz beansprucht, als er an der Auffahrt abbog und auf den Highway fuhr. Dann pendelte er sich bei gemütlichen 120 Stundenkilometern ein, und wir fuhren in Richtung Wald. Der Wagen roch nach neuen Sitzpolstern, und der Motor brummte leise vor sich hin. Die farbigen Anzeigen auf dem Armaturenbrett warfen einen schwachen Lichtschein auf unsere Gesichter.

»Wie lange kennst du Brad?« fragte er.

Ich drückte mich in die Rückenlehne und streckte die Beine aus. Die Fahrt von der Stadt zum Wald dauerte ungefähr eine halbe Stunde. »Seit neun Jahren. Seit ich fünfzehn bin. Ich bin als Teenager von zu Hause abgehauen, hat er dir das erzählt?«

»Nein.«

»Ich haßte die Schule, und ich haßte meine Mutter. Auch heute noch. Aber ich liebte Musik, und ich hatte bei diesem Typen, der damals neben uns wohnte, Gitarrespielen gelernt. Er war mit Brad befreundet und machte uns miteinander bekannt. Brad suchte eine Sängerin für eine dumpfe Cover-Band, die er gerade zusammenstellte. Ich sagte ihm, ich sei achtzehn, aber er hat es bestimmt nicht geglaubt. Zwischen fünfzehn und achtzehn liegen Welten.«

»Du bist also von zu Hause weggelaufen, um in der Band zu singen?«

Ich nickte. »Ja, ich wurde Mitglied der Band, und wir spielten ein paarmal in der Stadt; dann wurde uns eine Tournee die Küste rauf bis nach Cairns und wieder zurück angeboten. Natürlich hätten mich meine Eltern niemals gehen lassen, also bin ich einfach abgehauen. Erst neun Monate später bin ich wiedergekommen. Da war mein Vater gestorben, und meine Mutter hatte die Versicherungspolice eingesackt, hatte das Haus verkauft und sich nach Europa abgesetzt, um das Geld zu verjubeln.«

»Hast du sie seither gesehen?«

»O ja. Sie hat eine Wohnung am Strand, die sie manchmal nutzt. Aber sie ist mit einem Typen zusammen, und gegenwärtig machen sie eine Caravan-Tour durchs Land. Ich sehe sie Weihnachten und an meinem Geburtstag und ab und zu zwischendurch, wenn ich Geld brauche.«

Wir ließen die Vororte hinter uns und kamen an Neubaugebieten vorbei, an Raststätten und Gartenmärkten. »Kennst du eigentlich den Weg?« fragte ich.

»So ungefähr. Man darf nur die richtige Zufahrtstraße nicht verfehlen. Die Parzellen sollen numeriert sein, so daß es nicht allzu schwer sein dürfte.«

Er schwieg, und ich starrte aus dem Fenster. Langsam begann unsere Fahrt in den Wald mir Angst zu machen, aber ich wollte ein tapferes Mädchen sein und verdrängte sie.

»Neun Jahre sind eine ganz schön lange Zeit für eine Beziehung«, sagte Liam unvermittelt.

Ich wandte mich ihm zu und fragte mich eine Sekunde, wovon er da redete, bis ich merkte, daß er Brad und mich meinte. »Nun ja, Beziehung ... Wir sind einander gewohnt, schätze ich.«

»Ihr müßt euch wirklich lieben.«

»Lieben? Um Himmels willen, nein, es ist nicht so eine Beziehung, ich meine, wir sind nicht zusammen in dem Sinne. Wir sind Geschäftspartner. Und enge Freunde, denke ich, aber er ist nicht mein Geliebter.«

Ich beobachtete ihn. Er sah überrascht aus, und ich wurde argwöhnisch. »Was hat Brad dir erzählt?«

»Na ja, ich meine ... wenn ich so drüber nachdenke, hat er mir eigentlich gar nichts erzählt. Er hat es nur irgendwie anklingen lassen.«

Ich lachte, wahrscheinlich sogar etwas geschmeichelt. »Brad ist ein guter Freund, aber ich weise ihn praktisch ab, so lange ich ihn kenne. Vielleicht hat er versucht, dich zu verjagen.«

Zu spät erkannte ich, daß dieser Kommentar uns zu einem Thema führte, das momentan wohl keiner von uns beiden haben wollte. Liam verjagen? Von was? Warum sollte Brad eifersüchtig sein? Entwickelte sich hier eine Beziehung? Schweigen schien jetzt angesagt. Das Brummen des Wagens machte mich schläfrig, und Liams Nähe entspannte mich. Ich spürte noch immer diesen Knoten im Magen, aber ich konzentrierte mich auf Liam und vertrieb alle bösen Gedanken. Ab und zu betrachtete ich sein Profil, sah, wie konzentriert er nach vorne schaute; sein dunkles Haar, seine Handgelenke, seine Hände, die fest das Lenkrad umschlossen. Ich spürte, wie mich ein warmer Hauch durchlief, und der Wunsch, ihn zu berühren, war so stark, daß ich fast verrückt wurde. Aber bevor ich die Hand ausstrecken konnte, unterbrach er meine Gedanken.

»Jetzt kommt die Abfahrt«, sagte er. »Du bist noch immer sicher, daß du es tun willst? Du hast es dir gut überlegt?«

»Ja. Hast du Angst?«

Er lachte kurz auf. »Sagen wir mal, ich weiß nicht, warum ich eigentlich hier bin.«

»Ich will Bescheid wissen.«

»Dann komme ich mit dir.«

12. Kapitel

Keine gute Idee. Dieser Gedanke kam mir, als wir auf einer unebenen Zufahrtsstraße parkten und Liam die Scheinwerfer ausschaltete. Wir wurden in pechschwarze Finsternis geworfen. Liam öffnete das Handschuhfach, und ich hätte mir gewünscht, daß dies kleine, sanfte Licht, das dort brannte, größer und heller gewesen wäre.

»Scheiße, ist das dunkel.«

Liam sah mich an, während er nach der Taschenlampe griff. »Hast du Angst im Dunkeln?«

»Ich dachte nein, aber wahrscheinlich habe ich gar nicht gewußt, was Dunkelheit wirklich bedeutet. Weißt du, ich bin im behaglichen Schein der Straßenlaternen aufgewachsen.«

»Warst du nie zelten?«

»Ich habe immer gerne fließendes Wasser in der Nähe. Kalt und heiß.«

Er schaltete die Taschenlampe ein und klappte das Handschuhfach zu. »Komm.«

Wir stiegen aus dem Wagen. Ich knotete die Bluse auf, die ich mir um die Hüften gehängt hatte, und zog sie an. Gerne hätte ich Liams Hand genommen, aber den ersten Schritt zu machen ist immer schwer. Selbst unter diesen Umständen. Also hielt ich mich neben ihm, den Blick fest auf den Strahl der Taschenlampe gerichtet, während wir in den Wald gingen.

Wälder sind nicht der beste Ort, wenn man Halluzinationen hat. Die endlosen Reihen der Bäume, die scheinbar in einer geordneten Ewigkeit verschwanden, glänzten beunruhigend in der grauen Finsternis. Jedesmal wenn Liams Lampe einen Baum beleuchtete, vertieften sich die Schatten dahinter und erweckten den Eindruck, als würde sich dort etwas bewegen. Es dauerte eine Weile, bis ich mich daran gewöhnt hatte.

»Ohne die Lichter der Stadt kann man viel mehr Sterne sehen«, sagte Liam.

Ich sah zum Himmel hinauf. Er hatte recht. »O nein, jetzt reden wir gleich über den Sinn des Lebens, wie alle Leute, wenn sie Sterne zählen«, entgegnete ich.

»Wir müssen nicht, wenn du nicht willst. Aber ist es nicht wirklich seltsam? Denkt man nicht ganz unwillkürlich daran, wie klein und unbedeutend wir sind?«

»Ich brauche keine Sterne, um mich daran zu erinnern. Ich denke zum Beispiel darüber nach, wenn ich die Toilette putze.« Ich sah ihn an und lachte. »Besonders wenn ich die Toilette putze.«

Er blieb stehen und zog die Karte aus seiner Tasche. Im Licht der Taschenlampe betrachtete er sie. »Mist, ich glaube, wir sind auf der falschen Parzelle. Ich hab' die Karte verkehrt herum gehalten. Auf dieser Parzelle wurde die erste Leiche gefunden.«

»Wir sollten uns den Ort trotzdem ansehen.« Ich hatte das Gefühl, als müsse ich Simon eine letzte Ehre erweisen. Immer mehr kam ich zu der Überzeugung, daß ich mit schuld an seinem Tod war; wenn er nicht auf dem Weg zu uns gewesen wäre, hätte er vielleicht noch so manches Sechserpack leeren können.

»Wenn du willst. Der Fundort ist etwa dreihundert Meter entfernt.«

»Woher wissen wir, wo genau es ist? Steht da ein großes Kreuz?«

»Nein, aber es werden überall Polizeiabsperrungen sein. Willst du vorgehen?«

»Eher gehe ich mit dir zelten. Du gehst vor.«

Wir machten uns auf den Weg. Das Schweigen des Waldes stand in krassem Gegensatz zu dem Aufruhr in meinem Kopf. Was, zum Teufel, tat ich hier? Je weiter wir in die Tiefen der Dunkelheit vordrangen, desto unüberlegter kam es mir vor. Ich blieb so dicht bei Liam wie möglich.

Dann zweifelte ich daran, ob ich überhaupt sicher bei ihm war. Konnte er mich beschützen ...? Wovor, fragte ich mich gar nicht erst. Eine halbe Minute lang überlegte ich, ob Liam womöglich der Killer war; schließlich hatte er die Karte und die Informationen, und er hatte den Mut gehabt, mich hierher zu bringen. Mein Herz raste und beruhigte sich erst, als ich erkannte, wie lachhaft paranoid ich war. Liam begleitete mich, weil er sich Chancen bei mir ausrechnete, die er so erhöhen konnte. Derart überzeugt, ergriff ich seine Hand und hielt sie fest.

In der Ferne traf der Schein der Taschenlampe auf einen funkelnden, silbernen Streifen. »Das ist die Polizeiabsperrung«, sagte er. »Gleich sind wir an Tatort Nummer eins.«

»Wir müssen verrückt sein«, flüsterte ich.

Er drückte meine Hand. »Ganz ruhig. Die Dunkelheit

macht dir angst. Es gibt nichts, wovor du dich fürchten müßtest.«

»Auch nicht vor einem wahnsinnigen Serienmörder?«

»Er sucht sich seine Opfer nicht im Wald aus. Er bringt sie nur her, um sie … denken wir jetzt nicht mehr daran.« Er beschleunigte seine Schritte, und kurz darauf standen wir vor einer Polizeiabsperrung, die ein Geviert von etwa zehn Quadratmetern umsäumte. Die Bäume, die dort so unbeteiligt in dem markierten Gebiet standen, sahen genau so aus wie alle anderen Bäume im Wald. Meine Blicke folgten dem hin und her wandernden Strahl von Liams Lampe.

»Nichts«, sagte er. »Überhaupt nichts.«

»Überhaupt nichts«, wiederholte ich und starrte auf den Baum in der Mitte des Vierecks. Dann geschah irgend etwas in meinem Kopf. Plötzlich erfüllte ein Summen den stummen Wald, als hätte ich mich in den Klang des Lebens eingeschaltet. Ich war mir kaum bewußt, was bei mir ablief, aber es kam mir völlig natürlich vor, daß ich es sehen konnte …

Das Blut. Überall. Überall Blutspritzer, Blutpfützen und ein Mann, Simon … ah ja, jetzt erinnerte ich mich an ihn. Er hatte mal versucht, mir an die Brust zu grabschen, als ich mit Brad an der Bar stand. Ich hatte ihm auf die Hand geschlagen, und er hatte gegrinst und sie geküßt. Die Szene wiederholte sich in meinem Kopf. Hatte seine eigenen mit Sommersprossen bedeckten Hände geküßt. Dünnes rotblondes Haar auf den Fingern. Ich sah es so deutlich, als würde ich durch ein Mikroskop schauen: die Poren, aus denen die Haare wuchsen, und sein breiter, trockener Mund, der die Hand küßte, die ich geschlagen hatte. Jetzt hingen diese Hände schlaff herab, leblos, und Blut lief zwischen den rotblonden Haaren hindurch, zwischen den Fingern, über die hellen Sommersprossen. Das Blut floß aus einer riesigen, schrecklichen Wunde in seiner Brust, die so schwarz war, als schaue man in das Maul der Hölle. Auch seine Augen waren schwarze Löcher, diese Augen, die mit mir geflirtet hatten, noch nachdem ich ihm auf die Hände geschlagen und ihm gesagt hatte, er solle sich verpissen.

Mittlerweile erkannte ich eine Halluzination, wenn ich eine hatte. Ich drückte die Augen zusammen und öffnete sie wieder, und natürlich war die Leiche verschwunden, aber auch jetzt, da die Realität mich begrüßte, sah ich Blut. So viel Blut.

Wie hatten sie es nicht entdecken können? Es war überall, dunkles Kastanienbraun, es färbte das Gras, die Sträucher, die Rinde, verlor sich im Wald. Ich nahm Liam die Taschenlampe ab und richtete sie auf die Baumstämme, auf das Unterholz. Gott, das Zeug war überall. Und das Unterholz war zertrampelt, aufgewühlt bis auf die fruchtbare Erde darunter.

»Was ist, Lisa, was hast du?« fragte Liam.

»Das Blut«, sagte ich. »Dieses Chaos, wie konnten sie es übersehen?«

»Welches Blut?«

»Es ist überall.« Mein Blick fiel auf einen kleinen weißen Splitter, der im Unterholz leuchtete. »Knochen.« Aber nein, es war keiner, es war nichts als ... und der Boden war unberührt. Es gab kein Blut.

»O Gott!« entfuhr es mir. Meine Verzweiflung erschreckte mich selbst.

Liam legte den Arm um mich. »Wirst du ohnmächtig?«

Zornig machte ich mich von ihm los und reichte ihm die Taschenlampe. »Nein. Ich habe Scheißhalluzinationen. Ich halluziniere, verdammt noch mal.« Mühsam hielt ich die Tränen zurück. »Tut mir leid, daß ich so rumschreie. Ich hatte ein paar schlechte Tage.«

»Macht deine Phantasie Überstunden?«

»Vielleicht.« Vielleicht war es auch etwas Schlimmeres. »Können wir ...?«

»Hier verschwinden?«

»Ja. Gehen wir zu der anderen Parzelle, wo wir anfangen wollten. Wenn ich ausflippe, verpaß mir eine Ohrfeige oder sonst was. Ich verspreche dir, daß ich dir nicht böse bin.«

Wir wechselten auf die andere Parzelle, trampelten durch das Unterholz und wehrten Insekten ab, die das Licht der Taschenlampe anlockte. Natürlich fanden wir nichts. Keine Karin, kein Blut und keine Knochen. Ich umklammerte Liams Hand noch immer krampfhaft, während wir zur Zufahrtsstraße zurückgingen. Mir war klar, daß diese unplanmäßige Wanderung nur dazu gedient hatte, mich vor ihm zur absoluten Idiotin zu machen. Ich konnte kaum noch nachvollziehen, wieso ich mich in diese Lage gebracht hatte, wie weit mich mein Wahn getrieben hatte.

»Ich komme mir so dumm vor«, sagte ich. »Von dieser Idee bin ich, glaube ich, geheilt. Ich will nach Hause.«

»Wenn du meinst.«

Ich zuckte mit den Schultern. »Ich raste aus. Nichts wie weg von hier.«

Er faltete die Karte auseinander und beleuchtete sie. »Wenn wir noch zweihundert Meter in die nächste Parzelle gehen, kommen wir zur alten Sägemühle.«

»Sägemühle?«

»Ja, ich erinnere mich, daß ich dort mit meinem älteren Bruder gespielt habe, als wir zelten waren. Wir haben ein paar benutzte Kondome gefunden. Ich wußte nicht, was es war, und Mark hat sich über mich lustig gemacht. Die Mühle ist schon jahrelang außer Betrieb, haben meine Eltern erzählt. Außer einem großen, verfallenen Schuppen steht dort nichts mehr.«

Wieder spürte ich dieses Rauschen im Kopf. Ich kämpfte es nieder und stellte fest, daß ich es vertreiben konnte, wenn ich mich konzentrierte.

»Willst du dir das ansehen?« fragte er.

»Ich weiß nicht, warum, aber ich will.« Plötzlich hatte ich das überwältigende Gefühl, als sei es wichtig. Dann fiel mir ein, wie sehr ich mich getäuscht hatte, Karin in Danas Haus zu vermuten. »Wahrscheinlich drehe ich langsam durch ... ich bin nicht ... In den letzten Tagen ... Wochen konnte ich kaum einen vernünftigen Gedanken fassen. Ich kann verstehen, wenn du genug hast.«

»O nein, mir macht es Spaß. Es ist eine wunderbare, klare Nacht. Ich finde wieder zur Natur zurück.« Er ging weiter. »Außerdem kann ich nur zu gut verstehen, wie dir zumute ist, schließlich ist eine Menge passiert.«

»Ja, und du kennst nicht mal die Hälfte davon.«

Einen Augenblick lang dachte ich, ich würde es tun. Ich dachte wirklich, daß es das Vernünftigste wäre, ihm von meinen Wanderungen in die Vergangenheit zu erzählen. Aber dann sagte ich mir, daß ich nicht wollte, daß er mich für völlig übergeschnappt hielt, daß ich meine Chancen wahrscheinlich sowieso schon völlig ruiniert hatte. Was ich herausbrachte, war nur: »Momentan will ich nicht darüber reden. Aber glaub mir, mein Leben verläuft ziemlich seltsam.«

Erneut betraten wir den Wald. Egal, wie weit wir gingen, die Umgebung blieb stets die gleiche, und es kam mir vor, als würden wir eigentlich nirgendwohin gehen. Es war, als liefen wir auf einem fremden Planeten herum, auf dem die Naturgesetze der Erde nicht galten. Schweigend tappten wir weiter, bis wir die ersten Anzeichen der alten Sägemühle erblickten. Erst jetzt wußte ich, daß wir vorangekommen waren.

Was von der Sägemühle übrig geblieben war, stand auf einem unbewaldeten Grundstück, von dem aber bereits die heimischen Sträucher wieder Besitz ergriffen hatten. Ein riesiger Betonklotz, aus dessen rissigem Mauerwerk Unkraut und rostige Drähte sprossen, bröckelte vor sich hin. Hier und dort ragten noch die Fundamente längst abgerissener Gebäude auf. In der Mitte dieses Chaos' aus Wildwuchs und Industrieschrott erhob sich teilnahmslos ein großer Schuppen. Wir bahnten uns unseren Weg vorbei an Gehölz und stacheligen Sträuchern. Die Schuppentür hing in den Angeln; wir gingen hinein.

Das erste, was mir auffiel, war die enorme Anzahl von Spinnennetzen. Ich wäre fast in eines hineingelaufen, aber Liam zog mich rechtzeitig zurück. Die Spinne glitzerte silbern, völlig unberührt von unserem Eindringen. Ein schmaler Streifen des Bodens bestand aus Beton, und auf beiden Längsseiten führten Treppen zu hölzernen Balustraden hoch. Wir stiegen die Stufen hinauf, und oben ächzten die Bodenbretter unter unseren Füßen, als wir den Schuppen der Länge nach abschritten.

»Und hier hast du gebrauchte Kondome gefunden?« fragte ich.

»Ja, mein Bruder Mark hat eine regelrechte Sammlung angelegt, bis meine Mutter sie fand und völlig ausflippte.«

»Ich kann mir nicht vorstellen, wieso jemand hier Sex machen möchte. Würdest du es gerne an einem Ort wie diesem tun?«

Die Antwort schien ihm im Hals steckenzubleiben; er stammelte lediglich etwas Unverständliches vor sich hin.

Ich mußte lachen. »Keine Sorge«, sagte ich. »Das war kein Angebot. Rein hypothetisch.«

»Du bist so direkt«, sagte er schließlich, und ich wußte nicht, ob dieser Kommentar als Kritik oder als Kompliment gemeint war. Immerhin konnte ich es mir aussuchen, ob es mir peinlich war oder ob ich mich geschmeichelt fühlen sollte.

Meine Beine waren müde; die engen Stiefel, die ich trug, taugten nicht für längere Fußmärsche. Ich setzte mich auf den Boden. Liam setzte sich neben mich. Als ich die Hände auf das Holz legte, fühlte es sich warm an.

»Seltsam«, sagte ich.

»Was?«

»Der Boden ist warm.«

»Ich finde nicht.«

Ich spürte eine leise Vibration und bereitete mich darauf vor, daß meine Sinne wieder in einen Schockzustand verfielen. Die Augen schließend, atmete ich tief durch. Ein überwältigendes Gefühl von Karins Präsenz erfüllte mich. Ich hielt die Augen geschlossen und atmete tief und langsam aus und ein. Es kam mir vor, als sei jede Faser meines Körpers mit einem Sender verbunden, der Karins Schwingungen aussandte. Erschrocken griff ich nach Liams Hand. »Sie ist nicht hier, nicht wahr?«

»Nein, warum?«

»Ich bin ausgelaugt. Ich will keine Visionen von ihr haben. Es wäre zu ... schmerzhaft.« Ich erinnerte mich an die verstörende Halluzination vom Dachboden.

»Was ist denn?«

»Ich will nach Hause«, entgegnete ich und öffnete die Augen. »Zurück zur Zivilisation. Dieser Ort macht mich kaputt.«

»Du mußt deiner Intuition vertrauen, Lisa. Handle aus dem Bauch heraus. Wenn du bleiben willst ...«

»Hier ist nichts. Das können wir beide sehen. Ich bin nur überdreht.« Ich sah ihn an. »Warst du jemals auf einem schlechten Trip?«

Er schüttelte den Kopf.

»Man sieht alle mögliche Scheiße. So fühle ich mich jetzt.« Ich stand auf und streckte mich. »Gehen wir irgendwo hin, wo helle Lichter scheinen.«

Wir fanden uns in einer Raststätte wieder, zwanzig Minuten den Highway hinunter, wo wir blinzelnd unter dem grellen Neonlicht saßen und um drei Uhr nachts zu Abend aßen. Liam kaufte sich einen Kaffee und ein Hot Dog, ich Apfelsaft und Salatsandwiches. Wir setzten uns auf orangene Plastiksessel, die miteinander verschraubt waren, durch einen weißen Resopaltisch getrennt. Ich klappte meine Sandwiches auf und versuchte, das Übermaß an Butter mit Liams Kaffeelöffel abzukratzen. Er lächelte mir zu, und ich schmolz dahin.

»Fühlst du dich besser?« fragte er.

»Ich bin froh, aus den Wäldern raus zu sein, wenn du das meinst, aber ich weiß nicht, ob es eine gute Idee war, dorthin zu fahren.« Während ich einen Schluck Apfelsaft trank, der so eiskalt war, daß meine Zähne schmerzten, beschlich mich ein tiefes Gefühl der Unsicherheit. Ich sah Liam an und wollte irgend etwas sagen, die Stille mit brillanter Konversation überbrücken.

»Also ...«, begann ich.

»Also?« Er lächelte mich wieder an, und in seinen Augenwinkeln bildeten sich kleine Fältchen. Ich wollte ihn fragen, wie alt er war, aber das schien mir unhöflich. Ich fühlte mich unbehaglich und gleichzeitig aufgeregt. Plötzlich kam ich mir wieder wie fünfzehn vor, verknallt in den Gitarristen meiner Band. Aber irgendwie war es doch ganz anders.

Mir fiel immer noch kein Thema ein, mit dem ich unseren Aufenthalt in dieser romantischsten aller Raststätten hätte verlängern können. Ich nickte nur, und wir standen auf. Ganz klar, ich verliebte mich in ihn.

Die Glastür glitt vor uns auf, und wieder standen wir in der frischen Nachtluft, die Lichter des Restaurants hinter uns.

»Ich muß mal eben einen Boxenstop machen«, sagte ich und deutete auf den flachen Ziegelbau, der die Damentoiletten beherbergte.

»Ich warte hier.«

Während ich mir die Hände wusch, betrachtete ich mich in dem schwach erhellten Spiegel. Ich sah blaß aus, also wie immer. Ich wölbte die Hände vor dem Mund und hauchte hinein, um festzustellen, ob ich schlechten Atem hatte, roch aber natürlich nur die Seife, mit der ich mich gerade gewaschen hatte. Mich an den Rändern des Edelstahlbeckens abstützend, sah ich mich an. »Du bist eine erwachsene Frau«, sagte ich zu mir. »Also benimm dich auch so.«

Er saß an einem der Picknicktische, die draußen standen, die Füße hochgelegt. Seine Knie standen etwas auseinander. Ich spürte den überwältigenden Wunsch, ihn zu küssen. Ich ging auf ihn zu und stellte mich vor ihn. Er bewegte sich nicht, und wir sahen einander etwa eine Minute lang an. Die Spannung war fast greifbar. Das war keine Halluzination. Ich schob seine Beine auseinander und kniete mich dazwischen, preßte mich an ihn und küßte ihn auf den Hals. Ich spürte, wie sich sein Puls beschleunigte. Seine Haut war ganz zart. Er streichelte mein Haar. »Lisa«, sagte er leise.

Ich schob mein Gesicht ganz nah an seines, bis sich unsere Lippen fast berührten, unser Atem sich fast vermischte. Einer der vielversprechendsten Augenblicke. Er küßte mich, langsam und intensiv, und er überraschte mich, weil ich gedacht hätte, daß er zögerlicher sein würde.

Als er aufhörte, seufzte ich leise. »Ich glaube, mein Hirn hat sich gerade verflüssigt«, sagte ich.

Er lachte und küßte mich noch einmal. Ich verwandelte mich in warmen Lehm. Plötzlich hüllten uns Scheinwerfer ein, als ein paar Nachtschwärmer auf den Parkplatz fuhren. Sie hupten uns an, und Liam hörte auf mich zu küssen und stand auf.

»Zeit nach Hause zu gehen«, sagte er.

Der Kuß hatte das Schweigen gebrochen, und wir unterhielten uns auf der ganzen Heimfahrt. Wir redeten über Karin, über die Band, über seine Kindheit, Campingausflüge, seinen Job, meine Eltern, seine Eltern, lebende und tote Haustiere; es folgten die philosophischen Ergüsse von Leuten, die zu lange wach bleiben. Nach den Fragen zu Gott, dem Sinn des Lebens und den ewigen Wahrheiten kamen wir auf den Tod.

»Glaubst du an Reinkarnation?« tastete ich mich vor.

»Ich weiß nicht«, sagte er. »Eine Menge Religionen kennen das Konzept.«

»Hattest du je das Gefühl – du weißt schon –, daß du dich an etwas aus einem früheren Leben erinnerst?«

Er überlegte kurz. »Ich hatte mal diesen echt intensiven Traum, in dem ich eine Frau war. Es war im zweiten Weltkrieg, und ich suchte zwischen den Trümmern eines zerbombten Hauses nach meinen Kindern ...« Er lachte nervös. »Jetzt hältst du mich sicher für einen Spinner«, sagte er.

»Nein, keineswegs.«

»Jedenfalls war es nur ein Traum. Vielleicht hatte ich vorher was im Fernsehen gesehen.«

Ich beließ es dabei. Wir hatten die Stadt erreicht und fuhren zu meiner Wohnung. Ich stellte mir vor, wie es wäre, ihn noch mal zu küssen. Ich stellte mir auch noch andere Sachen vor, die ich gerne mit ihm gemacht hätte, wußte aber nicht recht, wie ich es anstellen sollte.

Wir fuhren am Fluß entlang, und ich beschrieb den Weg zu meiner Wohnung. Bald hielten wir vor dem Haus. Ich holte tief Luft und wandte mich ihm zu. »Willst du noch mit raufkommen?«

»Oh ... es ist ziemlich spät. Ich muß ein bißchen schlafen.«

»Du kannst bei mir schlafen.«

Er betrachtete seine Hände, die noch immer das Lenkrad umklammerten. Ich sah, wie er die Unterlippe zwischen die Zähne schob. »Heute nicht. Vielleicht nächstesmal.«

Ich nahm mir vor, es nicht persönlich zu nehmen und beugte mich zu ihm, um ihm einen Kuß zu geben. Wieder war es, als würde er vor Leidenschaft in meinem Mund explodieren. Ich preßte meinen Körper an ihn, so fest ich konnte. Seine Hände strichen kurz über meine Brüste, bevor er sie zurückzog.

»Bist du sicher, daß du nicht mit raufkommen willst?« fragte ich.

»Ich weiß nicht, was ich sagen soll, Lisa. Mir ist jetzt einfach nicht danach, okay?«

Ich zuckte mit den Schultern. »Okay. Ruf mich demnächst mal an.«

»Hast du Lust, Sonntag irgendwas zu machen? Wir könnten vormittags auf die Trödelmärkte gehen.«

»Ruf mich Sonntag morgen an.« Ich sah ihm ins Gesicht. »Gute Nacht.«

Er küßte mich auf die Wange. »Gute Nacht, Lisa.«

Meine Wohnung kam mir sehr leer vor. Der Kühlschrank summte in der Dunkelheit, und die Digitaluhr auf der Mikrowelle blinkte kalt – es war nach vier. Ich schnürte meine Stiefel auf und kickte sie in eine Ecke, dann schaltete ich meinen Anrufbeantworter ein. Jemand, der aufgelegt hatte. Dann Brad: »Lisa, ich habe Gerard vom Black Flag getroffen. Er hat uns für heute abend abgesagt. Und nebenbei – wo steckst du?« Noch jemand, der aufgelegt hatte, wahrscheinlich wieder Brad. Und noch einer. Dann wieder seine Stimme: »Lisa, ich mache mir Sorgen um dich.

Ruf mich an und sag, daß es dir gut geht. Es ist halb vier. Ich bin noch wach, schau mir *Rage* an. Ist der Junge mit dem Taschentuch bei dir? Ruf mich an.«

Ich nahm das Telefon und wählte seine Nummer. Beim dritten Klingeln meldete er sich.

»Ich bin zu Hause«, sagte ich.

»Wo warst du? Ich habe mir Sorgen gemacht.«

»Ich war mit Liam zusammen.«

Schweigen. Nein – wütendes Schweigen.

»Hast du deshalb angerufen? Um mich zu kontrollieren?« fragte ich.

»Nein, nein, ich wollte dir nur das mit dem Auftritt sagen, daß er morgen abend – oder besser heute abend – nicht stattfindet.«

»Das hättest du mir auch morgen sagen können.«

»Okay, dann wollte ich eben wissen, ob du gut nach Hause gekommen bist. Ich meine, ich weiß ja gar nichts über diesen Typ.«

»Er heißt Liam und nicht ›dieser Typ‹. Auch nicht ›der Junge mit dem Taschentuch‹. Komm schon, Brad, warum machst du es uns so schwer?«

»Es tut mir leid, Lisa. Ich packe es einfach nicht, wenn du mit jemand anderem zusammen bist. Es tut mir wirklich leid.«

Es war untypisch für Brad, daß er sich so reuevoll und sensibel zeigte, deshalb vergab ich ihm. »Ist schon okay. Ich werde manchmal auch ein bißchen eifersüchtig.«

»Es ist nur … verlieb dich nicht in ihn, bitte. Das könnte ich nicht ertragen.«

Ich dachte, daß es dafür wohl schon zu spät war. »Eins nach dem anderen, Brad. Ich schätze, wir sehen uns am Montagmorgen im Studio?«

»Okay.« Dann fügte er hinzu: »Hast du mit ihm geschlafen?«

»Nein, auch wenn es dich nichts angeht. Wir sind Auto gefahren.«

»Erzählst du mir, wenn du mit ihm schläfst?«

»Nein.«

»Verrätst du mir, ob er einen größeren Schwanz hat als ich?«

Ich lachte. »Nein.«

»Gut. Denn das möchte ich wirklich nicht wissen.«

Ich konnte nicht schlafen, mein Kopf war zu voll. Im Wohnzimmer schaltete ich den Computer ein, in der Hoffnung auf eine Antwort von Whitewitch. Sie hatte mich nicht im Stich gelassen.

... Du verzettelst dich. Du hast mit den Rückführungen begonnen, um einen Traum aufzuklären, nicht Morde und Vermißtenfälle. Wenn diese Dinge damit verbunden sind, wirst Du es noch früh genug herausfinden. Vertraue dem Universum; es wird Dir alle Informationen geben, die Du brauchst, um diese Lektion zu lernen.

Halluzinationen sind manchmal die Nebeneffekte von veränderten Bewußtseinszuständen. Du hast ein Fenster deiner Seele geöffnet, das sich nach Deiner Rückkehr aus den Rückführungen offenbar nicht mehr richtig schließen läßt. Denk daran: wenn Du alles unter Kontrolle hast, kannst du die Visionen verdrängen.

Laß dich durch das, was in Deinem vorherigen Leben passiert, nicht beunruhigen; es ist aus und vorbei, und die Geschichte kannst du nicht ändern. Versuche Dich zu entspannen und genieße die Reise. Vergiß die Morde, dafür ist die Polizei da. Mach Dir keine Sorgen um Deine Freundin und bringe dich auf eine Wellenlänge mit dem Universum. Bitte, laß mich wissen, wie es mit dir weitergeht.

Mich auf eine Wellenlänge mit dem Universum bringen. Bei ihr klang es so einfach. Das Komische war, daß ich mittlerweile in die Vergangenheit zurückgehen wollte, um herauszufinden, was mit Elizabeth und Gilbert geschehen würde.

Ich schaltete den Computer aus und ging in meinem Wohnzimmer auf und ab. Ich grübelte. Whitewitch schlug vor, daß ich all die seltsamen Dinge, die geschahen, voneinander trennen und separat verarbeiten solle. Auf ihre

New-Age-Weise hatte sie vielleicht recht. Wenn ich an Reinkarnation glaubte, konnte ich auch an eine Botschaft des Universums glauben – oder Gottes, wie immer man es nennen wollte. Möglich, daß ich zuerst ruhig werden mußte. Wenn ich dann der ungelösten Situation, dem Vermächtnis Elizabeths, auf den Grund ging, ergab sich der Rest vielleicht von selbst.

Immer noch besser als nichts zu tun und sich hilflos zu fühlen.

Ich schloß die Wohnungstür ab, legte den Kopf auf die Arme und sprach Whitewitches Mantra. Innerhalb von Sekunden umhüllte mich der kühle, samtene Hauch der Jahrhunderte. Ich glitt durch einen weichen Tunnel, und alle Geräusche des Universums dröhnten mir in den Ohren.

13. Kapitel

Wir befanden uns auf dem Weg nach London, Gilbert, Mirabel und ich. Zu dritt saßen wir in einer geschlossenen Kutsche, und kurz nachdem wir das Haupttor Prestonvales hinter uns gelassen hatten, war Mirabel von dem Schaukeln des Wagens schlecht geworden. Mittlerweile waren sechs Stunden vergangen, und wir hatten achtmal anhalten müssen, damit sie sich draußen übergeben konnte. Ich wußte, daß sie ein Kind in sich trug, war aber nicht sicher, ob mir das der gesunde Menschenverstand oder meine Intuition sagte. Daß es Gilberts Kind war, das sie in ihrem Bauch trug, machte mich ein wenig eifersüchtig, aber dann sagte ich mir, daß ich mir nie ein Kind gewünscht hatte.

Mirabel brachte mich mit ihren andauernden Klagen zur Verzweiflung. »Ich weiß nicht, warum ich mit euch in dieses dumme London fahren muß, Gilbert«, sagte sie. »Ich weiß nicht, warum ich nicht zu Hause bei Vater bleiben konnte. Mir ist so schlecht.« Mir warf sie düstere Blikke zu. Ohne Zweifel fragte sie sich, was ich hier überhaupt zu suchen hatte. Aber Gilbert hatte bei Onkel Tom darauf gedrängt, daß Mirabel eine Begleiterin bräuchte, nicht zuletzt wegen ihres Zustandes, den die kleine, unschuldige Mirabel selbst noch gar nicht erkannt hatte. Sie hatte sich heute morgen in ein Fischbeinkorsett und eine Krinoline gezwängt und laut darüber gejammert, daß alles so viel enger saß als sonst. Ich, die für gewöhnlich wattierte Unterröcke statt der lächerlichen wagenradgroßen Krinoline trug, schlug ihr vor, es mir nachzutun. Sie sagte nein, nannte mich unmodisch und sagte, sie habe keine Lust, von den feinen Damen Londons ausgelacht zu werden.

Gegen Mittag hielten wir an einem Gasthof an der Straße, in dem ein reges Treiben herrschte. Zwei Diener kamen, halfen uns mit dem Gepäck und zeigten uns unsere elegant eingerichteten Zimmer im zweiten Stock. Es war herrlich, die Beine ausstrecken zu können, nachdem man den ganzen Tag in der Kutsche eingezwängt gewesen war, und es war herrlich, endlich Ruhe vor Mirabel zu haben. Aber es währte nicht lange. Ich sah, wie Gilbert mit einem der Diener sprach. Dann kam er zu uns.

»Du wirst dir mit Elizabeth ein Zimmer teilen«, sagte er zu Mirabel und strich ihr über die Wange. »Ich werde erst spät zu Bett gehen und möchte dich nicht stören.«

Mirabel nickte nur erschöpft und setze sich auf die Bettkante. »Hilfst du mir aus dem Kleid, Elizabeth?«

Ich blickte verzweifelt von Mirabel zu Gilbert. Er lächelte verhalten. »Was gibts, Elizabeth?«

»Wohin gehst du?« fragte ich.

»Dort draußen wartet die Welt der Männer auf mich. Ich lasse euch das Essen aufs Zimmer schicken.«

Ich beugte mich zu ihm. »Das ist nicht fair«, zischte ich.

»Was gibt es da zu flüstern?« jammerte Mirabel vom Bett. »Habt ihr Geheimnisse vor mir?«

Gilbert streifte sie mit einem kurzen Blick, bevor er mich wieder ansah. »Ich glaube, du solltest ihr sagen, warum es ihr so schlecht geht. Von allein ist sie noch nicht draufgekommen.«

Ich nickte und wandte mich Mirabel zu. »Komm, Cousine, setzen wir uns und halten einen kleinen Plausch. Gilbert hat Geschäfte zu erledigen.«

Ich hörte, wie er die Zimmertür schloß, während ich Mirabel von ihrem Kleid und der steifen Unterkleidung befreite.

»Es geht mir gar nicht gut, Elizabeth«, sagte sie, wobei ihre Stimme wieder den leicht beleidigten Kleinmädchenton annahm, den ich so sehr haßte. Ich knirschte mit den Zähnen. Sie legte sich in ihrem Leinenhemd aufs Bett. »Ich glaube nicht, daß ich etwas essen möchte.«

Ich setzte mich neben sie und sah sie an. »Weißt du, warum dir schlecht ist?««

»Wohl wegen der Reise.«

»Ist dir sonst etwas aufgefallen, das zu dieser Übelkeit beigetragen haben könnte?«

Sie sah mich verwirrt an. »Das ist doch nicht etwa einer deiner Heilsprüche? Wenn, dann laß dir sagen, daß ich mit so etwas nichts zu tun ...«

»Psst«, sagte ich. »Das ist Unsinn. Laß mich deinen Bauch berühren.« Ich legte die flache Hand auf ihren Bauch.

»Was machst du, Elizabeth?«

Ich spürte das Leben dort drinnen. Wie ein leises Summen, eine Ahnung von einem unbegrenzten Potential, von all den Versprechungen, die die Welt bereit hielt. Das rührte mich so, daß mir fast die Tränen kamen.

»Was ist?« fragte Mirabel mit ängstlicher Stimme.

»Es ist alles gut, Mirabel«, sagte ich. »Lieg still.«

Ich drückte etwas fester, schloß die Augen und holte tief Atem. Meine Ruhe schien auf Mirabel auszustrahlen. Ich spürte, wie sich ihre Muskeln unter meinen Händen entspannten. »Ah, wie herrlich«, sagte ich, als ich erneut diese gewaltige Hoffnung fühlte. Ohne zu wissen, warum, wußte ich, daß es ein Mädchen war. Ich öffnete die Augen, beugte mich zu Mirabel herab und küßte sie.

»Du bist schwanger, Cousine. Du wirst eine kleine Tochter bekommen.«

Sie formte ein kleines ›o‹ mit dem Mund und gab einen leisen Laut von sich.

»Was ist denn?«
»Wie kann das sein?«
»Du wirst schon wissen, weshalb.«
»Ja. Nein, ich meine, ich weiß, wie Babys entstehen, aber ich weiß nicht, wie ich eins bekommen konnte. Gilbert ... wir haben nicht ...« Sie errötete heftig. Mir wurde unbehaglich zumute, ohne daß ich hätte sagen können, warum.
»Willst du sagen, daß ihr die Ehe noch nicht vollzogen habt?« fragte ich.
Sie sah mich stumm an, dicke Tränen rollten aus ihren Augen.
»Es ist schon gut, Mirabel, mir kannst du es sagen.«
»O bitte, verrate Gilbert nicht, was ich dir erzählt habe. Ich fände es furchtbar, wenn er wütend wäre.«
»Ich werde ihm nichts davon sagen. Wart ihr nie zärtlich miteinander?«
»Nein«, antwortete sie mit schüchterner Stimme. »Nicht so, wie Mann und Frau es eigentlich tun. Und ich weiß, wie sie es tun ... Ich habe einmal einen der Pagen mit einem Mädchen aus dem Dorf ertappt. Sie haben es im Garten getan – früh am Morgen –, und ich stand hinter einem Baum und habe sie beobachtet. Aber Gilbert macht so etwas nicht mit mir. Er macht ... etwas anderes.«
»Etwas anderes?«
Sie drehte sich auf die Seite und wandte mir den Rücken zu. »Es ist mir zu peinlich, darüber zu sprechen. Bitte, zwing mich nicht.«
Ich zog sie sanft zu mir, damit sie mir ins Gesicht sehen mußte. »Mirabel, was tut er?«
Sie wich meinem Blick aus. »Er ... befriedigt sich selbst. Dann ... hebt er meinen Rock und schiebt die Hand zwischen meine Beine. Er steckt nur seine Finger hinein, nicht seinen ... Ich dachte, er täte das, damit ich kein Kind bekomme. Ich dachte, er wolle kein Kind.«
Ich legte erneut die Hand auf ihren Bauch, weil ich diesem Gefühl nicht widerstehen konnte, diesem großen Versprechen. Gleichzeitig fragte ich mich, was Gilbert im Schilde führte, sie auf solche Weise zu schwängern. Denn sie zu

schwängern war seine Absicht gewesen, dessen war ich mir sicher. Aber warum, ohne ihr die Jungfräulichkeit zu nehmen?

»Versprichst du mir, ihm nichts zu verraten?« fragte sie.

Ich schüttelte unwirsch den Kopf. »Wie käme ich dazu, mit Gilbert über seine Schlafzimmergeheimnisse zu sprechen.« Aber natürlich würde ich ihn danach fragen. Die Neugier und ich, wir wollten befriedigt werden.

Am nächsten Morgen lag wieder die lange Straße vor uns. Gilbert weckte uns früh mit den Worten, daß wir sofort aufbrechen müßten, wenn wir London zur Mittagszeit erreichen wollten. Mirabel war unruhig und fühlte sich immer noch schlecht, und ihre dauernde Klage darüber, die Reise so früh beginnen zu müssen, regte mich auf. Auch als wir schon in der kühlen, dunklen Kutsche saßen, hörte sie nicht auf, mit ihrer Mädchenstimme zu murren und zu quengeln. Ich merkte, daß ich Kopfschmerzen bekam, ein greller Schmerzensblitz über meinem linken Auge.

»Bitte, sei still, Mirabel«, sagte ich leise und ergriff ihr Handgelenk. »Sei ein liebes Mädchen, sei einfach eine Weile ganz still.«

Sofort schwieg sie, und ihr Körper entspannte sich völlig. Ich sah Gilbert überrascht an, der nur lachte. »Was ist, Elizabeth? Kennst du deine eigenen Kräfte nicht?«

Ich drückte ihre Hand. »Mirabel?« flüsterte ich. Keine Antwort. Wieder sah ich Gilbert an. »Habe ich das getan?«

Schnell setzte er sich auf meine Seite der Kutsche und umfaßte meine Hüften. »Eine kluge kleine Hexe bist du.«

Ich wehrte ihn ab und sah zu Mirabel. Sie blickte geradeaus, mit einem wunderschönen, ernsten Ausdruck. Ihre Augen sahen ins Leere, und ein verhaltenes Lächeln umspielte ihre Lippen. Gilbert küßte mich auf den Hals.

»Das ist unglaublich«, sagte ich. »Ich hatte nicht einmal vor …«

»Doch, das hattest du. Deshalb hat es funktioniert, weil du es wirklich wolltest. Du wolltest, daß sie eine Weile den

Mund hält. Das hast du sehr gut gemacht. Und jetzt küß mich.«

Ich küßte ihn. Er langte an mir vorbei und zog die Jalousie vor das kleine viereckige Fenster. Die Kutsche schaukelte vor sich hin, nur das Geklapper der Pferdehufe auf dem Boden drang zu uns. Gilberts Hände glitten über meinen Körper, er zog meine Röcke hoch. Ich sah immer wieder zu Mirabel und überzeugte mich davon, daß sie nicht merkte, was hier vorging. Sie bekam offenbar nicht das geringste mit.

»Es kann doch dem Baby nicht schaden, oder?« fragte ich.

»Nein, dem Kind kann nichts geschehen.«

Ich wollte ihn unbedingt fragen, auf welche Weise er Mirabel geschwängert hatte, aber er hatte die Handschuhe ausgezogen und die Hand zwischen meine Beine geschoben. Seine Finger fuhren durch mein Schamhaar und glitten zwischen die weichen Falten meines feuchten Fleischs. Ich stöhnte laut auf. Er zog mich auf seinen Schoß und schob meine Unterröcke hoch. Meine Knie rutschten über das weiche Leder der Sitzbank. Mit kräftigen Händen umschloß er meine Hüften und knetete meinen Hintern. Hastig löste ich die Knöpfe, die sein Wams mit der Hose verbanden. Er stemmte sich kurz hoch, als ich ihm die Hose abstreifte und sein steifes Glied hervorholte. Wieder blickte ich über die Schulter zu Mirabel. Einen beängstigenden Augenblick schien es mir, als würde sie uns direkt ansehen, als lächelten ihre kornblumenblauen Augen gütig, während ich mich auf das Glied ihres Mannes setzte. Gilbert knöpfte meinen Kragen auf und warf ihn auf den Boden der Kutsche. Er löste das Vorderteil meines Mieders, befreite meine Brüste und preßte sein Gesicht gegen sie. Wir vereinigten uns schnell und leidenschaftlich. Der Geruch von Sex vermischte sich mit dem nach Leder und Pferden. Ich kam in heftigen, wiederkehrenden Wellen, stieg von Gilbert und ließ mich japsend auf den Sitz fallen. Meine Kopfschmerzen waren verschwunden. Gilbert zog sich wieder an, während ich bewegungslos dalag und Mirabel anschaute. Sie sah unheimlich aus.

Gilbert warf mir den Kragen zu. »Schnell, Elizabeth. Wir wecken sie besser, sonst fällt ihr auf, wieviel Zeit mit einemmal verstrichen ist.«

Ich schloß meine Knöpfe und strich mir die Kleider und das Haar glatt. Gilbert setzte sich neben Mirabel, und ich faßte wieder ihr Handgelenk, aber dieses Mal zitterte meine Hand vor Leidenschaft und Erschöpfung. »Mirabel, wach auf. Mirabel!«

Gilbert zog die Jalousie hoch, und ein Sonnenstrahl fiel auf ihren Schoß.

»Mirabel?« sagte ich.

»Ja, Elizabeth?«

»Geht es dir gut?«

»Ich fühle mich sehr schläfrig.«

Gilbert legte den Arm um sie und zog sie an sich. »Komm, mein liebes Mädchen. Schlaf ein wenig, und bevor du dich versiehst, sind wir in London.« Er strich ihr übers Haar, während er mich mit seinen intensiven grauen Augen ansah. »Und dort amüsieren wir uns richtig«, fügte er hinzu.

Unser Dinner nahmen wir in dem noblen Speisesaal des Royal River Inn ein, wo wir auch wohnten. Wir aßen saftigen gerösteten Schwan, gebackenen Fisch mit Gewürzen, Olivenpastete und frische Pfirsiche mit Rahm. Mirabel stocherte nur in ihrem Essen herum und klagte, sie sei müde und ihr sei unwohl. Ich war ihrer auch langsam müde, sagte aber nichts, sondern lächelte gütig und fragte sie, ob ich etwas für sie tun könne. Sie schüttelte schwächlich den Kopf und starrte auf ihren Teller.

»Nun, meine Damen«, sagte Gilbert schließlich. »Vor uns liegt ein ganzer herrlicher Nachmittag. Hättet ihr Lust, einen Spaziergang nach Cheapside zu machen und euch ein paar schöne Sachen zu kaufen?«

Ich machte vor Freude fast einen Satz, aber Mirabel protestierte laut. »Nein, ich fühle mich zu schlecht, um irgendwo hinzugehen, und wenn ich bleibe, muß Elizabeth auch bleiben.«

Ich drehte mich zu ihr, meinen Ärger kaum verbergend. »Aber wieso, Mirabel? Ich könnte mit Gilbert ein wenig spazieren gehen und dir Samt für ein neues Kleid kaufen.«

»Wieso? Weil es sich nicht gehört, daß mein Mann mit einer anderen Frau weggeht.«

Diese Reaktion brachte mich für kurze Zeit aus der Fassung. Ich wußte nicht, wie sie auf diese Idee gekommen war. »Aber Mirabel, ich bin deine Cousine ...«

»Es gehört sich nicht. Du gehst nicht mit ihm, Elizabeth. Du mußt hierbleiben und dich um mich kümmern. Ich habe keine Lust, allein in diesem schrecklichen alten Haus zu sitzen.«

Ich kochte vor Wut. Ich liebte London und hätte nichts lieber getan, als soviel wie möglich von seiner Atmosphäre einzufangen.

»Also gut, Mirabel«, sagte Gilbert. »Dann kümmere ich mich jetzt lieber um meine Geschäfte. Um so früher bin ich zurück. Wenn die Damen sich den Nachmittag über beschäftigen können ... Ich bin zum Abendessen wieder hier.« Er verneigte sich kurz vor mir. Fast hätte ich die Hände zu Fäusten geballt. Schon wieder ließ er mich mit ihr zurück. Ich war gut genug, wenn er Sex wollte, aber wenn ich ihn brauchte, sollte ich mich mit besänftigenden Gesten zufrieden geben.

»Gut«, sagte ich. »Dann erledige deine Geschäfte. Komm, Mirabel, wir gehen nach oben.«

»Oh, du bist böse mit mir, nicht wahr?« sagte sie mit unschuldiger Stimme.

Ich erhob mich und ging auf die Treppe zu, während sie hinter mir her lief und demütige Entschuldigungen murmelte.

»Ich wollte wirklich nicht so böse klingen, aber es ziemt sich einfach nicht, verstehst du? Ich bin schließlich seine Frau, und durch deine Malstunden schenkt er dir bereits sehr viel von seiner Aufmerksamkeit ...« Sie hörte gar nicht mehr auf damit, und so ging es den ganzen Nachmittag, sogar, als ich versuchte zu lesen und auch als ich aus dem Fenster unseres Zimmers auf den Garten hinter dem Gasthof schaute und mir ausmalte, wie ich Gilbert meinen Zorn spüren lassen würde, wenn ich ihn erst für mich allein hatte.

Als er nach dem Abendessen noch immer nicht zurückgekehrt war, fügte ich mich langsam in mein Schicksal. Trotzdem fiel es mir schwerer als früher, die bekannten Gefühle der Enttäuschung und des Zorns niederzukämpfen, hatte ich doch geglaubt, alles würde anders werden, nachdem ich den Pakt geschlossen hatte. Aber Gilbert hatte mir die Waffen in die Hand gegeben, ohne mir zu zeigen, wie man sie benutzte. Seit jenem Abend hatten wir uns kaum allein gesehen, und obwohl ich mich anders fühlte und Dinge hören und sehen konnte, die für andere unsichtbar und unhörbar waren, kannte ich weder den Umfang meiner Talente noch den Weg, sie einzusetzen. Es schien mir, als habe Gilbert mich im Stich gelassen. Ich fühlte mich jämmerlich, nicht zuletzt, weil der Mann, den ich liebte, mich in Mirabels Zimmer gesperrt hatte, wo sie mich um Mitleid anbettelte.

Endlich ging sie zu Bett, nicht ohne über Übelkeit und Erschöpfung zu klagen. Ich setzte mich in die Ecke und schrieb beim Lampenlicht in mein Tagebuch, dem ich all meine bitteren Gedanken anvertraute. Gerade hatten meine Gefühle und die Worte zusammengefunden und mein Stift flog nur so über das Papier, als ihre piepsige, schwache Stimme ertönte: »Elizabeth, mach das Licht aus und hör auf, mit der Feder zu kratzen. Ich kann nicht schlafen, bei dem Licht und dem Geräusch.«

»Ich bin gleich fertig«, entgegnete ich und gab mir keine Mühe, meine Ungeduld zu verbergen.

»Warum kannst du nicht jetzt aufhören? Ich bin schwanger. Ich brauche meinen Schlaf. Du solltest dich um mich kümmern, nicht mich vom Schlafen abhalten.«

Ich schlug das Buch zu und löschte die Lampe. Dann ging ich zum Fenster gegenüber und schaute in den Hof des Gasthauses. Männer kamen und gingen, stumm und in weiter Ferne.

»Bist du böse, Elizabeth?«

»Ja.«

»Kommst du ins Bett?«

»Schlaf jetzt.«

»Aber du bist böse.«

Ich sagte nichts. Kurz darauf hörte ich, wie sie sich umdrehte und es sich unter den Decken bequem machte. Ich lehnte mein Gesicht an das kalte Fensterglas, während mir die Tränen aus den Augen schossen und die Wange hinabliefen. Immer wieder sagte ich mir: *Nichts hat sich geändert, nichts hat sich geändert.* Meine Seele wollte sich von meinem Körper lösen, wollte sich erheben und durch die Straßen Londons streifen, unter den Bögen von Pauls Walk hindurch und nach Cheapside. Ich wollte den seltsamen, bitteren Geruch einatmen, der dort in der Luft hing, wollte sehen, wie im trüben Licht der Straßenlaternen die Schatten schwankten und zitterten, ich wollte ihn gerade schmecken, den aufregenden, verrückten Taumel der Nacht. Doch ich saß hier, wie eine Gefangene. Und dieses Kitzeln an meinem Oberschenkel, das Hexenmal, erinnerte mich daran, daß ich alles verloren, aber nichts gewonnen hatte.

Ich weiß nicht, wie lange ich dort stand und auf die entfernten, hell schimmernden Lichter des Nachtlebens starrte. Gerade wollte ich ins Bett kriechen und versuchen zu schlafen, als leise die Tür aufging und Gilbert hereintrat. Ich schaute auf, und unsere Blicke trafen sich in der Dunkelheit. Trotzig wandte ich mich ab. Er kam zu mir und legte mir die Hand auf die Schulter.

»Böse?« fragte er.

»Wütend.«

Er nickte zu Mirabel hinüber. »Schläft sie?«

»Ja.«

»Gut.« Er ging auf Zehenspitzen zum Bett und beugte sich über sie. Sachte legte er die Hand auf ihre Stirn und flüsterte ihr etwas ins Ohr. Dann kam er zu mir zurück und bot mir seine Hand an.

»Wirst du mir verzeihen?«

Ich schob seine Hand beiseite und zischte: »Ich weiß

nicht, warum ich das sollte. Du hast mich hier den ganzen Nachmittag sitzenlassen und hast dich vergnügt, ohne einen Gedanken daran zu verschwenden, wie ich mich fühle. Und du sagst, daß du mich liebst.«

Er lachte leise. »Natürlich liebe ich dich«, entgegnete er und küßte mich auf die Lippen.

Ich machte mich los und sah zum Bett. »Mirabel?«

»Sie ist weit weg, bis ich sie aufwecke. Sie merkt nichts.«

»Ein Bann?«

»Wenn du es so nennen willst. Also, kommst du mit?«

»Wohin?« fragte ich überrascht.

»Hinaus. In die Welt.«

Skeptisch hob ich die Augenbrauen. »In die Welt der Männer?«

Er lächelte in der Finsternis. »Eine gute Idee. Zusammen sollten wir es schaffen.«

»Ich verstehe nicht.«

Er packte mich an der Hand und zog mich hinter sich her. »Komm mit in mein Zimmer.«

Ich folgte ihm nach nebenan, wo er sich über seinen Koffer beugte und das in Leder gebundene Buch herausnahm. »Leg dich hin«, sagte er. »Und zieh die Kleider aus.«

»Was willst du tun?«

»Wir werden zusammen etwas tun. Wir werden dich für einen Abend in einen Mann verwandeln.«

Ich hörte auf, mein Hemd aufzuschnüren. »In einen Mann verwandeln?«

»Ja, ja. Ist es nicht das, was du willst?«

»Ich … ich weiß nicht. Tut es weh?«

Er schob mich auf das Bett und half mir beim Ausziehen. »Natürlich nicht. Es ist nur eine Illusion, es ist nicht echt. Du wirst aussehen wie ein Mann, vielleicht sogar fühlen wie ein Mann, aber du bleibst meine wunderschöne Elizabeth. Vertrau mir.«

Ich schälte mich aus meinen Kleidern. Es war kalt, und ich zitterte leicht. Mit warmen Lippen küßte er sanft meine Brüste. »Schließ die Augen und denk daran, wie gerne du ein Mann wärst.«

Ich gehorchte und dachte an all die Dinge, die ich gerne tun würde. Ich stellte mir vor, wie ich mich in der Welt bewegte, in der Gesellschaft anderer interessanter Männer. Ich würde eine Universität besuchen, in den Fernen Osten segeln, mir eine Frau nehmen und eine Familie gründen. Während ich an all das dachte, stand Gilbert flüsternd neben mir. Es war seltsam. Ich verstand nicht, was er sagte, und doch wußte ich um die Bedeutung der Worte. Mein Körper schien auf einer anderen Ebene auf diese Worte zu reagieren, er summte und knisterte mit ihnen, erhob und senkte sich, so wie sie sich erhoben und senkten. Bald fiel ich in die gemurmelte Sprache mit ein, ohne sie ganz zu verstehen oder zu beherrschen. Meine Augen waren nach hinten gerollt, und mein Atmen hatte sich zu tiefen, bodenlosen Stößen verlangsamt, die aus dem Innersten meines Körpers kamen. Jedesmal, wenn ich ausatmete, strömten Sprachfetzen aus meinem Mund, das Echo auf Gilberts Worte, bis sie irgendwann eins wurden – meine Worte, Gilberts Worte, meine männlichen Phantasien – eine lange, tiefe, sich bewegende Welle der Sehnsucht, die von meinen Füßen langsam durch meinen Körper schwappte. Und ich spürte, wie Muskeln kräftiger, meine Gliedmaßen stärker wurden, ich verspürte ein Kribbeln in meinen Geschlechtsteilen und ein Gefühl der Härte in meinem Brustkorb. Plötzlich hörte ich Gilberts Lachen, von weit her, und das riß mich aus meiner tiefen Meditation heraus. Ich öffnete die Augen.

»Gilbert?« sagte ich benommen.

»Sieh dich nur an. Mein Gott, was für einen hübschen Burschen du abgibst.« Er half mir auf und deutete auf den Spiegel vor uns. Mir stockte der Atem. Aus dem Halbdunkel blickte mir ein etwa siebzehnjähriger Knabe entgegen, groß und geschmeidig, etwas feminin, aber unverkennbar männlich. Ich schloß die Augen, warf den Kopf nach hinten und mußte meine Angst im Zaume halten. Tief in meinem Inneren suchte ich nach dem Weiblichen und klammerte mich verzweifelt daran fest. Gilbert klopfte mir auf die Schulter. »Tu das nicht. Konzentriere dich auf das Maskuline, sonst löst du den Zauber.«

»Es tut mir leid. Ich hatte Angst.« Meine Stimme war tiefer, volltönender.

»Du meinst, du bist aufgeregt. Wir beide werden jetzt die Vergnügungen von London bei Nacht genießen. Hier sind Sachen zum Anziehen.«

Gilbert bekleidete mich mit einem etwas zu großen, aber hochmodischen Wams, Reithosen und einem Umhang in Königsblau, cremefarbenen Strümpfen und einem Hut mit Feder. Seine Schuhe paßten mir allerdings überhaupt nicht, so daß ich in mein Zimmer schlich und die schlichtesten Lederpumps holte, die ich mitgenommen hatte. Dann gab mir Gilbert einen kleinen Beutel mit Geld, den ich unter meinem Umhang verbarg, und wir traten auf die Straße hinaus.

Wir machten uns auf den Weg zu den Docks. Der Fluß roch nach kaltem Kupfer und floß träge dahin, bis er auf die London Bridge traf, wo er an den Brückenbögen vorbeitoste, als sei er über die Behinderung erbost. Gilbert bezahlte dem Fährmann einen Penny, und wir setzten über zur Surrey Bank.

Es war schon zu spät, um ein Theater zu besuchen oder den Bärenbändigern zuzusehen, aber Gilbert versicherte mir, daß in Southwark noch genug Vergnügungen auf uns warteten. Wir gingen eine breite, morastige Straße entlang. Am Nachmittag hatte es leicht geregnet, und die Abflußrinnen füllten sich mit schlammigem Wasser. Ich ging um die Pfützen herum und blieb die ganze Zeit so dicht wie möglich bei Gilbert. Die Dunkelheit der Stadt wurde von den Laternen erhellt, die vor den Häusern hingen; durch die Gitterfenster drang Licht. Hinter geschlossenen Türen hörte man Gelächter und Gebrüll. Wir bogen in eine schmale Seitenstraße ein, und Gilbert führte mich durch ein endloses und verwirrendes Labyrinth aus Abzweigungen und Biegungen, durch übelriechende, schlammige Straßen und dunkle, stille Gassen, bis wir vor einem schmucken zweistöckigen Haus stehenblieben. Drinnen funkelten Lichter.

Gilbert sah mich an. »Du heißt Edward. Kannst du dir das merken?«

»Edward«, wiederholte ich mit meiner ungewohnten Stimme.

Er deutete auf das Haus. »Dies ist eine Spielhölle. Die Besitzer verkaufen einen starken, selbstgebrauten Sherry, wenn man danach fragt, aber hauptsächlich machen sie ihr Geld mit gezinkten Würfeln und Karten. Junge Männer wie du kommen hierher, um sich zu vergnügen, und enden auf der Straße, ausgeplündert und ohne einen Penny.« Er lächelte. »Uns wird das natürlich nicht passieren. Heute abend werden die Betrüger ihre eigene Medizin schlukken.«

Ich sah ihn fragend an. »Wie meinst du das?«

»Du wirst schon sehen. Hast du noch den Geldbeutel, den ich dir gegeben habe?«

Ich griff an meinen Hosenbund. »Ja, er ist hier.«

»Gut. Bevor die Nacht vorbei ist, werden wir seinen Inhalt verdreifacht haben.«

Er klopfte dreimal laut gegen die Tür und stieß sie auf. Wir betraten einen kleinen Vorraum, aber Gilbert schien sich auszukennen und schob mich sogleich in ein anderes Zimmer, dessen Luft mit Tabakrauch und dem Geruch von Männern geschwängert war. Ein für das Zimmer viel zu großes Feuer prasselte in einem Eckkamin, so daß es stark überheizt war. Eine Gruppe von über einem Dutzend Spielern saß um einen Tisch herum, an dessen Ende ein Kerl mit ergrautem Haar und einer gewaltigen Nase hockte und Würfel in einem Becher aus Blech schüttelte. Kleine Schweißperlen glänzten auf seinem Gesicht. Seine Augen waren trübe und milchig. Als er die Würfel auf den Tisch geworfen hatte, verkündete ein junger Mann in einem schlichten grünen Überwurf die Zahlen. Einige Männer am Tisch stöhnten auf, andere jubelten.

Gilbert beugte sich zu mir. »Ich komme immer wieder mal her. Der alte Mann weiß nicht, wer ich bin, er ist blind. Aber er ist ein gerissener alter Halunke. Er hat drei verschiedene Würfelsätze und wechselt sie untereinander aus, ohne daß die Leute es merken. Ein Satz ist normal, der zweite so gezinkt, daß er nur kleine Zahlen ergibt, und an dem dritten kleben winzige, steife Haare, so daß manche Zahlen überhaupt nicht gewürfelt werden können. Zuerst lullt er die Spieler ein, so daß sie ihm vertrauen, und dann plündert er sie schamlos aus. Es ist wirklich ein Schauspiel.«

»Und was machen wir hier?«

»Vergiß nicht, Elizabeth – ich meine, Edward, wir haben etwas, das der alte Mann nicht hat. Komm, setz dich neben mich.« Er zog an meinem Ärmel, und wir quetschten uns dem Alten gegenüber zwischen die Spieler. Der Junge, der die Zahlen verkündete, sah uns erwartungsvoll an. Die Würfel klapperten im Becher.

»Der Geldbeutel«, sagte Gilbert leise. Ich griff hinein, holte eine Handvoll Münzen hervor und sah, daß der Junge uns genau beobachtete. Er flüsterte dem alten Mann etwas ins Ohr, der darauf lächelnd seine fauligen Zähne zeigte.

»Neu in der Stadt, mein junger Freund?« fragte er freundlich. »Möchtest dein Glück beim Würfeln versuchen?«

Ich sah Gilbert an, der mir einen Stoß mit dem Ellbogen gab, damit ich antwortete. »Ja, Sir«, sagte ich zu dem Blinden. »Ich komme aus der Gegend um Norfolk, vom Lande.«

»Ah.« Er nickte zufrieden. »Ein Bauernbursche. Habt ihr Tiere, mein Junge?«

»Schafe, Sir«, antwortete ich. »Wir sind Schafzüchter.«

Die Männer am Tisch lachten. Ein bärtiger Kerl mit einer Pelzkappe beugte sich zu mir. »Schafe!« brüllte er, als sei es das Lustigste, was er je gehört hatte.

»Bist du dabei?« fragte mich der Ansager.

»Ja, ich bin dabei.«

»Nun, dann wähle deine Nummer.« Er deutete auf ein schief gezeichnetes Rechteck auf dem Tisch, auf dem Zahlen standen, links und rechts jeweils hohe und niedrige.

Ich schaute zu Gilbert, der nur lächelte. »Du wählst«, sagte er.

Ich nahm einen kleinen Stapel Münzen, legte ihn auf die Dreizehn – und verlor.

»Mach dir nichts draus, Junge«, sagte der blinde Mann. »Wie wär's mit einem zweiten Versuch?«

Gilbert flüsterte mir ins Ohr: »Stimm dich ein, Elizabeth. Du weißt, welche Zahl als nächste gewürfelt wird. Denk daran, er spielt falsch, also warum nicht?«

Ich nickte. Sich einstimmen. Ich schwitzte unter meinem Hemd und dem Wams. Eine Frau mit verkniffenem Gesicht kam mit einer Flasche Sherry herein und füllte die Becher der Männer auf. Ich beobachtete den Blinden, beobachtete seine Hände, den Würfelbecher. Ein Summen durchlief mich, und plötzlich wußte ich, auf welche Zahl ich setzen mußte. Ich plazierte einen Stapel Münzen auf der Elf. Er würfelte zwei Fünfer und eine Eins. Ich strich mein Geld ein.

»Gut gemacht«, flüsterte Gilbert.

»Gut gemacht, mein Junge«, echote der Blinde, nachdem der Ansager ihn über meinen Gewinn unterrichtet hatte. »Noch mal?«

»Selbstverständlich«, antwortete ich, und als er den Becher schüttelte, sah ich erneut die richtige Zahl. Und wieder gewann ich.

Ich gewann fünfmal hintereinander, und jedesmal preßte der Blinde die Lippen etwas fester zusammen. Andere am Tisch verloren heftig; einige machten ihren Platz frei und sahen mir zu. Vielleicht hatten sie schon lange darauf gewartet, daß jemand den alten Mann mit seinen eigenen Waffen schlug.

Nachdem ich zum zwölftenmal gewonnen hatte, schlug der Alte mit der Faust auf den Tisch. »Wie machst du das, Bursche? Was geht hier vor? Carrick?«

Der Ansager beugte sich zu ihm. »Ja, Sir?«

»Schaff den Burschen raus. Das ist mir unheimlich. Raus mit ihm.«

Der Mann mit der Pelzkappe verteidigte mich. »Was ist los, kann du es nicht vertragen, einmal Verlierer zu sein? Du hattest doch nichts dagegen, uns den ganzen Abend auszunehmen. Wenn der Junge eine Glückssträhne hat, dann laß ihn.«

»Nein, das ist unheimlich. *Er* ist mir unheimlich. Und wer steht da neben ihm? Ich höre jemanden flüstern. Carrick, schaff sie raus. Ich will hier keine unheimlichen Gestalten, die einen armen blinden Mann betrügen.«

Gilbert zog mich hoch, und ich stopfte meinen Gewinn in den Geldbeutel. Die Stimmung war umgeschlagen, von fröhlicher Wärme zu giftiger Bedrohung. »Komm, verschwinden wir, bevor die Sache außer Kontrolle gerät.«

Carrick kam auf uns zu, doch der Mann mit der Pelzkappe baute sich vor ihm auf. »Was hast du denn mit ihnen vor, he? Willst du sie bestrafen, weil sie gewonnen haben?«

»Hinaus, hinaus«, zischte Gilbert und schob mich vor sich her.

Wir eilten aus dem Haus auf die Straße, wo es erfrischend kühl und dunkel war. Ich hörte laute Stimmen, dann Geräusche, als würde etwas zerbrechen. Gilbert führte mich die Straße hinunter, und wir traten unter die Markise eines geschlossenen Geschäfts. Als wir zum Haus schauten, strömten die Männer aus der Spielhölle auf die Straße, einige schrien und stießen sich gegenseitig.

»Haben wir das ausgelöst?« flüsterte ich.

Gilbert kicherte leise. Die Männer schlugen nun richtig aufeinander ein, und erstaunt beobachtete ich, wie brutal sie miteinander umgingen; sie prügelten sich mit den Fäusten, traten einander und versetzten sich Kopfstöße.

»Das reicht«, sagte Gilbert. »Gehen wir zu unserem nächsten Halt.«

Wir gingen die Straße hinunter, als ein Mann auf uns zukam. Er war klein und dürr und hinkte schwer. Gilbert schien ihn kaum zu bemerken. Als der Mann in den Lichtschein trat, der aus einem Fenster kam, erkannte ich ihn. Er war auch in der Spielhölle gewesen und gegangen, kurz nachdem meine Glückssträhne begonnen hatte. »Meinen Glückwunsch, junger Freund«, sagte er jovial. »Gut, daß es dem alten Jack mal jemand heimgezahlt hat.«

»Danke«, erwiderte ich lächelnd.

Gerade als er an mir vorbeigehen wollte, rutschte er aus

und stürzte zu Boden. Er landete hart auf dem Rücken und blieb stöhnend liegen.

»Edward …«, sagte Gilbert, aber ich kniete bereits neben dem Mann und versuchte, ihm aufzuhelfen.

»Vielen Dank, mein Junge«, sagte der Mann und legte eine Hand auf meine Schulter. Plötzlich griff er unter meinen Umhang, sprang auf und rannte behende davon. Es geschah alles so schnell, daß ich noch immer verblüfft auf dem Boden kniete.

»Was sollte das?« fragte ich Gilbert.

Er seufzte. »Greif unter deinen Umhang. Er hat dir den Geldbeutel gestohlen.«

»Was?« Ich sah nach. Er hatte recht. Der kleine Beutel war verschwunden. »Wie hat er das gemacht?«

»Ich fürchte, du bist auf den ältesten Trick der Stadt hereingefallen. Ich hätte dich warnen müssen.«

Ich sah ihm hinterher und kam mir ausgesprochen dumm vor. Gilbert reichte mir die Hand und half mir auf. »Mach dir nichts daraus. Vielleicht sorgen wir an diesem Abend noch für Gerechtigkeit. Überlassen wir das unseren Freunden.«

»Welchen Freunden?«

Er griff mir zwischen die Beine, tastete auf der Innenseite meines Oberschenkels nach dem Hexenmal und drückte es fest. »Du weißt, welche Freunde ich meine.« Er lachte. »Komm, es wird Zeit, die Vergnügungen des Fleisches zu kosten.«

14. Kapitel

Gilbert führte mich zum Ende einer schmutzigen, stinkenden Gasse, bis vor ein kleines Holzhaus, in dessen Eingang eine üppige Frau in einem grellen Taftkleid mit rotem Schal stand. Sie sah zu uns herüber. Gilbert schaute mich an.

»Du bist so schön«, sagte er.

»Auch jetzt? Auch als Mann?«

Um zu beweisen, was er meinte, gab er mir einen heißen, feuchten Kuß auf die Lippen. Ich schnappte nach Luft. Etwas regte sich zwischen meinen Beinen, aber es war anders als sonst. Es war weniger die Sehnsucht, sich anzupassen und aufzunehmen, als vielmehr der Wunsch, zu beherrschen und zu besitzen. Ich fühlte mich seltsam.

Seltsam und wunderbar.

Wir gingen zu der Frau hinüber, die uns erwartungsvoll ansah. »Möchtet Ihr euch hier vergnügen, meine Herren?« fragte sie.

»Ja, mein Neffe möchte gerne die verbotenen Genüsse der Stadt kennenlernen.«

Sie sah mich wohlwollend an. »Aber natürlich. Kommt herein. Wie heißt du, Bursche?«

»Edward«, antwortete ich, während Gilbert mich ins Haus schob.

»Nun, Edward, warum kommst du nicht gleich mit nach oben? Schauen wir, was wir für dich tun können.«

Jetzt erst wurde mir klar, was Gilbert mit mir vorhatte. Ich wandte mich ihm zu. »Ich weiß nicht, ob ich das will«, zischte ich. »Ich interessiere mich nicht für Frauen.«

Er machte nur eine wegwerfende Geste mit der Hand. Zwischen ihm und der üppigen Frau trottete ich eine düstere Treppe hinauf. An den Wänden hingen Porträts, die aus dem Dunkeln traten, wenn die Frau mit der Lampe daran vorbeiging. Oben auf der Treppe sah ich zwei weitere Türen, unter denen ein orangener Lichtschein hervorlugte. Hinter der einen hörte man Geräusche der Lust. Ich wollte Gilberts Hand ergreifen, aber er wehrte ab. Statt dessen gab er mir einen sanften Stoß in den Rücken. »Sei ein Mann«, flüsterte er. »Das wolltest du doch, oder?«

Die Frau brachte uns in ein kleines, warmes Zimmer am Ende des Flurs. In der Ecke knisterte ein Feuer. Sie entzündete ein paar Kerzen, und ein warmer Lichtschein erhellte den Raum. Gilbert machte es sich auf einem Stuhl neben dem Bett bequem, schlug die Beine übereinander und sah zu, wie die Frau mich zum Bett führte und ich mich darauf setzte.

Unbekümmert beugte sich Gilbert vor und streichelte meine Wange. »Er ist schön, nicht wahr?«

»Ja, Sir«, antwortete sie, nahm mir den Hut ab und strich mir übers Haar.

»Sag es ihm.«

»Edward, du bist sehr schön«, sagte sie zu mir.

»Er hat es noch nie getan«, sagte Gilbert, nahm eine Handvoll Münzen aus seinem Geldbeutel und legte sie auf den Tisch neben dem Bett. »Sorge dafür, daß er es nicht vergißt, ja?«

Sie riß die Augen auf, als sie sah, wieviel Gilbert ihr gegeben hatte. »Aber ja, aber ja.«

Sofort legte sie den Schal ab, und ich sah verlegen, wie tief ihr Kleid ausgeschnitten war. Ihre großen, weißen Brüste quollen aus dem Taft. Sie nahm meine Hände und legte sie auf ihren Busen. Ich erstarrte, wußte nicht, was ich tun sollte. Ein Teil von mir, der männliche Teil, wollte die weichen Rundungen kneten und drücken, bis sie stöhnte. Der weibliche Teil, wiewohl tief in mir vergraben, protestierte heftig, angeekelt von dieser gewöhnlichen Hure.

»Genieße den Augenblick«, sagte Gilbert.

Er schien sehr weit weg. Ich sah ihn an, dann wieder die Frau, die mich erwartungsvoll betrachtete, die Lippen lasziv geschürzt. Etwas, das sich auf beängstigende Weise nach Haß anfühlte, schoß als Sehnsucht getarnt durch mich hindurch. Mit aller Kraft – und das war mehr, als ich bislang gehabt hatte – stieß ich sie auf das Bett und riß ihr das Kleid auf. Ihre Brustwarzen waren dunkelrosa geschminkt. Ich rieb mit dem Daumen darüber und spürte, wie die Haut sich zusammenzog.

Sie schnappte nach Luft. »Bist du sicher, daß du es noch nie getan hast?«

Ich war ganz Mann, ein Mann, so wie er sein sollte. »Halt den Mund, dumme Hure«, sagte ich. »Und sprich erst, wenn ich es dir erlaube.« Wieder drückte und knetete ich ihre Brüste. Zwischen meinen Beinen wuchs etwas Großes, Hartes – ein gewaltiges, heißes, vielversprechendes Gefühl. Ich legte die Hand zwischen die Beine und rieb an meinem Glied. Was für eine Empfindung! Ich konnte es kaum erklären, aber es war, als besäße ich ein Instrument der Macht. Schnell zog ich ihr aus, was sie noch am Leibe trug. Sie wand sich unter mir auf dem Bett, weich, wohlgeformt und weiß. Mit meinen Händen untersuchte ich alle Falten und Öffnungen ihrer Haut und ihres Körpers, wußte aber kaum, was ich weiter tun sollte.

Schließlich schaute ich zu Gilbert hinüber, der uns unbeteiligt zusah, das Kinn in die Hand gestützt, von spinnenhaften Schatten umgeben. Ich drehte die Frau um und untersuchte sie weiter, schlug ihr auf den nackten Hintern und beobachtete, wie unter meiner Hand das Fleisch in Wellen erzitterte. Ich tat es noch einmal, und sie quiekte auf. Gilbert lachte.

»Schnell«, sagte ich, stieg aus dem Bett und stellte mich vor Gilbert. »Hilf mir aus diesen lächerlichen Kleidern.«

Geschwind zog er mich aus und strich mit den Fingern über meinen Oberkörper. Nackt ließ ich mich auf das Bett fallen. Sie legte sich auf mich und bedeckte meinen Körper mit kleinen Küssen. Ich packte sie bei den Haaren und dirigierte ihr Gesicht über meine Geschlechtsteile. Sie öffnete den Mund und nahm mein Glied auf. Ich beugte mich nach hinten, vor Lust und Verblüffung stöhnend. Gab es einen weicheren, feuchteren, vollkommeneren Ort als diesen auf der Erde? Sie lutschte und lutschte, bis ich glaubte, es vor Erregung nicht mehr aushalten zu können. Wieder faßte ich sie bei den Haaren und stieß sie auf den Rücken.

»Wie fühlt es sich an?« fragte Gilbert, als ich mich über sie beugte; ich würde ihre Weichheit mit meinem aufgestauten Haß zerfetzen.

»Ich fühle mich wie ein Gott«, sagte ich, drang in sie ein und schrie auf. Gilbert klatschte in die Hände.

»Du bist ein Gott«, sagte er. »Du bist ein Gott.«

Ich dachte, ›ich bin ein Gott‹, während ich mit meinem harten, männlichen Körper, der sich so passend anfühlte, immer tiefer in sie eindrang. Ich preßte ihr die Hand auf die Stirn und nagelte sie auf dem Bett fest. Sie wand sich, schnappte nach Luft und gab kleine, erstickte Laute von sich. Doch ich spürte nichts außer meiner eigenen Lust, beugte mich über sie und saugte mit roher Kraft an ihren Brustwarzen, spürte etwas im Mund und spuckte es aus. Ich packte sie mit meinen großen, starken Händen an den Oberarmen, hob sie leicht an und stieß sie wieder herunter, immer wieder, als sei sie eine Puppe aus Lumpen. Sie stieß Schreie aus, umklammerte mich mit den Beinen und preßte ihren Leib an mich. Etwas Heißes, Flüssiges stieg plötzlich in meinem Glied hoch, und ebenso plötzlich ergoß ich mich in sie hinein. Ich warf mich auf sie und lag nach Atem ringend mit dem Gesicht zwischen ihren Brüsten. Meine Haut war mit Schweiß überzogen. Den Kopf hebend, sah ich zu Gilbert hinüber, der uns immer noch beobachtete.

Die Frau strich mir übers Haar. »Jetzt bist du ein richtiger Mann«, sagte sie. »Vergiß mich nicht, vergiß nicht, daß es Amy war, die das für dich getan hat.«

Ich rollte mich zur Seite und lag nach Atem ringend auf dem Rücken. Dabei sah ich, daß Gilbert sich ausgezogen hatte und zu der Frau ins Bett stieg. Er vereinigte sich mit ihr, direkt neben mir. Die Laken waren staubig, und meine Nase juckte. Der Anblick von Gilberts Körper ließ mein Innerstes zerfließen. Ich wollte ihm über den Rücken streichen, zog meine Hand jedoch zurück, bedeckte mein Gesicht und schloß die Augen. Ich liebte ihn, ich liebte ihn so sehr. Mir war leicht übel, ich zitterte, fühlte mich schwach und verbraucht, deshalb ließ ich mich in mich selbst zurückfallen, wo es dunkel und geruhsam war. Erst durch den Schrei der Frau wurde ich wieder aus meiner Trance gerissen.

Aber es war kein Lustschrei, denn er hörte nicht auf. Und dann holte sie Atem und schrie weiter. Ich öffnete die Augen und sah, daß Gilbert versuchte, mit der Bettdecke meinen Körper zu verbergen. Die Frau würgte und zeigte auf mich, und Gilbert drehte sich um und schlug ihr heftig ins Gesicht. Sie hielt sich das Kinn, verstummte jedoch.

»Elizabeth«, sagte er zu mir. »Zieh dir etwas an. Dein wahres Ich hat unsere Amy erschreckt.«

Ich blickte auf meinen Körper, der genau das war – eben

mein Körper. Irgendwo in diesem Strom des Nichts, in dem ich versunken war, hatte sich der Zauber gelöst. Hastig sprang ich auf und ergriff meine Kleider. Sie paßten noch schlechter als vorher, aber zumindest konnte ich sie überstreifen. Die Haare steckte ich unter den Hut. Gilbert zog sich ebenfalls eilig an.

»Wer bist du?« Die Frau spuckte mich an. »Wer bist du?«

Ich versuchte, sie nicht zu beachten, aber sie sprang aus dem Bett, kam auf mich zu und stieß mit dem Finger nach mir. »Wer bist du? Bist du ein Teufel? Eine Hexe?«

Ich wandte mich ab, aber sie ließ nicht locker. »Was für eine Art von schwarzer Magie ist das? Wer bist du?« Ihre Stimme steigerte sich zu einem Kreischen. Ich holte aus und schlug ihr ins Gesicht. Sie begann zu weinen. Ich stieß sie aufs Bett und gab ihr weitere Ohrfeigen. Schläge. Während ich auf sie eindrosch, öffnete sie ihren Mund zu einem stummen Schrei. Der Ring an meiner linken Hand riß ihre Lippe auf, die zu bluten begann. Gilbert zog mich zurück.

»Komm, das reicht.«

»Du bist eine Hexe!« kreischte die Frau. »Ein Teufel! Hinaus, Teufel! Hinaus, Satan!«

In den anderen Zimmern des Hauses wurde es laut. Man hatte uns gehört und fragte sich wohl, was geschah. Gilbert nahm mich bei der Hand, und wir liefen aus dem Zimmer, durch den Flur und die glitschigen Stufen hinunter. Ich rutschte auf einer Matte am Fuß der Treppe aus, aber Gilbert stützte mich, und wir rissen die Haustür auf und stürzten auf die Straße hinaus. Er zog mich in eine Seitengasse, wo er mich an die Wand drückte und mich küßte. Ich spürte, wie der Puls in seiner Kehle schlug und schnappte nach Luft. Er ließ mich los und trat ein paar Schritte zurück.

»Heute abend machst du nichts als Ärger«, sagte er nekkend.

Ich mußte lachen. »Dann gehen wir jetzt lieber ins Gasthaus.« Ich sah an mir herab. »Diese Verkleidung ist nicht sehr effektiv, wenn man einen Busen hat.«

Er zog mich in seine Arme und hielt mich fest. Ich war überrascht, denn ich war es nicht gewohnt, einfach so gehalten zu werden. Ich schmiegte mich an ihn und lauschte an seiner Brust, wie sein Herzschlag sich verlangsamte und einen ruhigeren Rhythmus annahm. Seine Hände glitten über meinen Rücken, strichen durch mein Haar. Er küßte mich unter dem Hut auf die Stirn. »Ich liebe dich«, sagte er. »Du bist die vollkommene, vollkommene Frau. Wie schade, daß wir keine Kinder haben können, sie wären wundervoll geworden.«

Ich hielt ihn noch fester. Er war so hart, so männlich. »Ich liebe dich auch, Gilbert«, sagte ich. »Aber manchmal habe ich Angst vor dir.«

»Es gibt keinen Grund, vor mir Angst zu haben. Ich werde dir niemals weh tun, das schwöre ich.«

Ich legte meinen Kopf an seine Brust. Wir schienen einander eine Ewigkeit so zu halten, während uns die kalte, stinkende Nachtluft Londons umwaberte. Dann hörte ich seine Stimme an meinem Ohr. »Nun sieh dir das an.«

Ich machte mich von ihm los und blickte die Straße hinunter in die Richtung, in die er sich gewandt hatte. Ein Mann war gerade um die Ecke gebogen. Er hatte uns noch nicht gesehen.

»Wer ist das?«

»Es ist der Kerl, der deinen Geldbeutel gestohlen hat. Unsere Freunde haben ihn hierher gebracht.«

Er ging auf den Taschendieb zu. Ich verbarg mich in den Schatten. »Gilbert, was hast du vor?«

Er lächelte mir zu. »Hast du nicht Lust, ihn ein bißchen zu erschrecken? Hat es dir nicht Spaß gemacht, die Hure zu erschrecken?«

Ich stimmte ihm zu, das hatte es. Es hatte mir auch Spaß gemacht, sie zu schlagen, auch wenn es mir vorkam, als habe das jemand anderes getan. »Also gut, warte auf mich.«

Gilbert ging voran. Der Taschendieb sah ihn an, wandte seinen Blick ab und ging weiter. Gilbert eilte ihm nach und packte den Mann am Handgelenk. In diesem Augenblick, in dem Gilbert die wenigen Schritte zurückgelegt hatte, die ihn von dem Dieb trennten, wurde ich mir seiner schrecklichen Kraft und der Gefahr, die von ihm ausging, vollends bewußt. Es war, als beobachte ich ein hochintelligentes, wunderschönes wildes Tier, das seine Beute angreift. Der Taschendieb schrie auf, als Gilbert ihn beim Arm packte, wehrte sich kurz und vergeblich und ließ sich schließlich von Gilbert in die Schatten ziehen, aus denen ich heraustrat.

»Was ist denn los?« sagte der Taschendieb mit weinerlicher flehender Stimme. »Was habe ich euch denn getan? Worum geht es?«

»Hier, Elizabeth, halte ihn für mich.« Gilbert schob mir den Mann zu, und ich packte ihn an den Ellbogen, während er ihn durchsuchte. Der Mann versuchte sich loszumachen, war aber so schwächlich, daß ich ihn festhalten konnte.

Er reckte den Hals und sah mich an. »Wir kennen uns doch, oder? Haben wir uns schon mal getroffen?«

»Ja«, sagte ich. »Etwas früher am Abend.«

Er starrte auf meine Kleider und auf mein Gesicht. Offensichtlich war er stark angetrunken. Gilbert zeigte mir den Geldbeutel und den kleinen Dolch, mit dem der Dieb ihn abgeschnitten hatte. Der Mann beschwerte sich lautstark. »Das gehört mir, das kannst du mir nicht einfach wegnehmen!«

»Falsch«, sagte ich und nahm den Beutel. »Das ist meiner. Du hast ihn mir gestohlen. Erinnerst du dich nicht mehr?«

Gilbert packte ihn und hielt ihn mit eisernem Griff fest. Er reichte mir den Dolch. »Also, Elizabeth, räche dich. Ein süßes Gefühl.«

Der Taschendieb hielt den Kopf gesenkt und murmelte etwas davon, daß er einen Mann beraubt habe und keine Frau. Ich drückte ihm die Spitze der Klinge an den Hals, und er wandte sich mir zu und hob den Kopf. Seine Augen weiteten sich, als er spürte, wie kurz das Messer davor war, in sein Fleisch einzudringen.

»Es tut mir leid, ich wußte nicht, daß Sie eine Dame sind. Verzeihen Sie mir, Ma'am, eine Lady hätte ich niemals bestohlen.«

Ich sah über seinen Kopf hinweg zu Gilbert, der meinen Blick erwiderte. »Mach schon«, flüsterte er. »Los, tu ihm weh.«

Ich preßte die Lippen aufeinander. Wut zog in mir auf wie ein Sturm. Den Dolch zurückziehend, senkte ich ihn und führte ihn über seine Brust – ein Schnitt, nicht tief, aber tief genug, um seine Kleidung zu zerschneiden und Blut fließen zu lassen. Er stieß einen schrecklichen Schrei aus, der mir bis in die Knochen fuhr. Meine Hand zitterte, und ich hätte die Klinge beinahe fallen lassen. Ein Teil von mir wollte ihm die Hand auf die Schulter legen und sich entschuldigen, sagen, daß es nicht so schlimm sei. Aber erneut richtete Gilbert seinen Blick auf mich, und erneut stieg dieser unerträgliche Zorn in mir hoch und der Wunsch, etwas zu tun, um ihn zu befriedigen. Ich hob das Knie und trat dem Mann mit aller Kraft in den Bauch. Er wäre zusammengeklappt, wenn Gilbert ihn nicht gehalten hätte. Gilbert lachte, und ich zog blutige Linien über die Hände des Diebes. An manchen Stellen fuhr ich ganz sachte darüber, so daß man nur weiße Streifen sehen konnte. Er gab einen fast unerträglichen, wehklagenden Laut von sich, wie ein Tier.

»Sei still!« zischte ich, hielt ihm den Dolch vors Gesicht und zog Zickzacklinien über seine Wange. Er drehte den Kopf hin und her, und fast hätte ich ihm ein Auge ausgestochen. Er heulte auf, und ich konnte nur lächeln. Zu meiner Schande, gestehe ich.

»Gutes Mädchen«, sagte Gilbert.

Ich sah auf den blutenden, schluchzenden Taschendieb hinab, und etwas in mir löste sich. »Das reicht, Gilbert, nicht wahr?« sagte ich.

»Dir vielleicht. Gib mir den Dolch.«

Ich war froh, die Klinge loszuwerden, weil ich nicht wußte, zu was ich noch fähig gewesen wäre. Gilbert umfaßte mit einem Arm die Taille des Gauners. Mit der freien Hand strich er dem Mann über den Hals, zunächst mit den Fingern, dann mit der Schneide. Im geheimnisvollen Dunkel der Nacht hörte ich, wie Metall über unrasierte Haut schabte. Meine Sinne schienen geschärft. Ich sah, wie die Ader im Hals unseres Opfers pulsierte und wußte, was Gilbert tun würde, aber noch bevor ich protestierend aufschreien konnte, war alles vorbei, und das Blut strömte über die Brust des Mannes. Er würgte verzweifelt, und Gilbert ließ ihn los. Auf die Knie fallend, stürzte er zu Boden, wo er in einer immer größer werdenden Blutlache liegenblieb.

»Mein Gott, Gilbert! Was hast du getan!« rief ich und hockte mich neben den Dieb, ohne ihm helfen zu können. Ich sah das Muster, das ich in seine Hände geritzt hatte, und mir wurde speiübel.

Gilbert bückte sich und drehte den Mann auf den Rükken. »Wenn dir das nicht gefallen hat, dann sieh jetzt lieber weg.« Ohne ein weiteres Wort holte er mit dem Dolch aus und hackte auf das Gesicht des toten Mannes ein; er zerfleischte es. Ich stolperte davon und erbrach mich keuchend auf einer mit Disteln bewachsenen Stelle. Immer wieder sah ich vor mir, wie die Klinge durch das Fleisch glitt. Ich ließ den Kopf gesenkt und spuckte. Krämpfe durchzuckten meinen Körper, und ich schlang die Arme um den Bauch, um mich zu beruhigen. Dann hörte ich, daß Gilbert näherkam. Er streckte die Hand aus, um mir aufzuhelfen, doch ich wandte mich ab.

»Komm schon, Elizabeth, hab' dich nicht so.«

»Du hast ihn getötet, Gilbert.«

»Und? Wer war er denn? Was kümmert es dich?«

Ich wandte mich ihm zu und wich seinem Blick nicht aus. »Er war ein menschliches Wesen, deshalb kümmert es mich.«

»Er war ein menschliches Wesen, und genau deshalb sollte es dich nicht kümmern. Nur ein Tier mehr. Nur ein Blinzeln im Auge des dunklen Universums.«

»Sind wir denn nicht genauso? Sind wir nicht auch ein Nichts?«

»Nein, wir sind Götter. Wir bewegen das Universum.«

Ich sah auf den Boden und atmete tief durch. Er reichte mir seine blutbeschmierte Hand. »Er hat es verdient, Elizabeth.«

Ich schüttelte den Kopf. »Du versuchst nur, es vor mir zu rechtfertigen. Seien wir zumindest ehrlich. Er hat es nicht verdient. Er hat es nicht verdient, für einen Diebstahl zu sterben.«

»Aber verstümmelt zu werden, das hatte er verdient?«

»Ich habe ihn nicht ... verstümmelt.«

»Elizabeth, seien wir zumindest ehrlich.«

Ich haßte ihn, ich haßte ihn so sehr. Trotzdem griff ich nach seiner Hand, und er zog mich hoch. Überall an ihm war Blut. Ich warf dem toten Mann über die Schulter einen Blick zu, und sofort wurde mir wieder übel. »Was ist, wenn man uns festnimmt?«

Er schüttelte den Kopf. »Niemand wird uns festnehmen. Du unterschätzt mich.«

»Du bist voller Blut.«

»Bin ich das? Schau noch einmal hin.«

Plötzlich war er sauber. »Wie hast du das ...?« Ich sah genauer hin, und das Blut wurde wieder sichtbar.

»Niemand wird etwas sehen, wenn ich nicht will. Wenn wir es nicht wollen. Das ist unsere Gabe.«

Er zog mich an sich und wollte mich küssen, aber ich wandte mich ab. »Elizabeth, du mußt mir vertrauen.«

Ich antwortete nicht. Er küßte mich sanft auf die Wange. »Du verstehst es nicht. Bald wirst du verstehen, aber jetzt noch nicht.«

»Was gibt es da zu verstehen?«

»Ich will es dir zeigen. Sieh mich an.«

Ich tat es, und er drückte seinen Mund auf meine Lippen. Ich lehnte mich an ihn und schloß die Augen. In diesem Augenblick übermittelte er auf irgendeine Weise seine Gefühle in meinen Körper, so daß ich plötzlich vor dem Taschendieb stand, in den Sekunden seines Todes. Ich hielt ihn mit meinem Arm fest, und meine Hand führte die Klinge an seiner Kehle entlang. Es hatte leicht ausgesehen, so wie es dort entlanggeglitten war, aber ich spürte Widerstand, eine Gegenkraft und das ungeheuer beglückende Gefühl, etwas erreicht zu haben, nachdem ich ihm die Kehle aufgeschnitten hatte und das Blut aus ihm herausgespritzt war. Als er vor meine Füße fiel und das Leben ihn verließ, durchströmte mich ein reines Glücksgefühl, eine warme Seifenblase, die in meinem Kopf zerplatzte, zum Klang von Glocken, überstrahlt von Lichtern und begleitet von den Klängen des Triumphs. Wellen des Glücks breiteten sich in meinem Körper aus, und ich schwamm in himmlischer Glückseligkeit. Ich stieg auf, griff nach oben, nach dem Gesicht Gottes ...

Gilbert beendete den Kuß. »Den Rest heben wir uns für zu Hause auf.«

»Den Rest?««

»Wir müssen zurück.«

»Ich ... ich ...« Ich war sprachlos, aber vollkommen davon überzeugt, daß ich etwas unendlich Wichtiges zu sagen hatte, daß ich meiner Seele in einem alles zerberstenden Schrei der Ekstase Ausdruck verleihen mußte.

Gilbert umfaßte mit der blutigen Hand mein Gesicht. »Vergibst du mir, Elizabeth?«

»Ja, Gilbert, das tue ich.« Ich hatte keine Wahl.

15. Kapitel

Wissensdurst ist vielleicht die gefährlichste Sehnsucht von allen, doch für den, der ewiges Wissen sucht, gibt es keine schönere Beschäftigung. Meine Sehnsucht nach dem Absoluten löschte alle meine anderen, weltlicheren Bedürfnisse aus – den Wunsch nach Sicherheit, Trost und Seelenfrieden. Wenn ich nachts im Bett lag und das kitzelnde, ziehende Gefühl um die taube Stelle an meinem Oberschenkel verfluchte, wünschte ich mir doch keine Sekunde, wieder in mein altes, gewöhnliches Leben zurückzukehren. Ich hatte gehört, daß eine kleine Menge Wissen in den Händen von Narren gefährlich sein kann, aber für mich stellte eine kleine Menge Wissen in den Händen der Durstigen eine viel größere Bedrohung dar. Ich wußte nicht, zu was ich demnächst fähig sein würde. In Wahrheit hatte ich Angst davor. Und Gilbert war stets mit Freuden bereit, mir auf die nächste Stufe zu helfen.

Zwei Tage nach unserer Rückkehr nach Prestonville begann Gilbert ernsthaft mit dem – wie er es nannte – Unterricht.

Mirabel gefiel sich in der Rolle der zarten werdenden Mutter. Jeder, der das Pech hatte, ihre Pfade zu kreuzen, wurde von ihr mit Beschlag belegt. Sie hatte große Schmerzen und litt an Hitzewallungen und Schwindelanfällen, von denen die meisten meiner Meinung nach simuliert waren, um Mitleid zu erheischen.

Wir saßen am Tisch und aßen, und Mirabel mäkelte gerade wieder am Essen herum, als Gilbert laut zu mir sagte: »Elizabeth, *media nocte in tugurium magicum.*«

Ich sah ihn entsetzt an, aber sogleich fiel mir ein, daß wir die beiden einzigen waren, die Latein sprachen. Lächelnd winkte ich ihm über die Kerzen zu, die unser Mahl beleuchteten.

Mirabel beschwerte sich lautstark. »Was hast du zu ihr gesagt? Sprecht nicht in fremden Sprachen, das ist nicht fair. Was hast du gesagt?««

»Ich fragte Elizabeth, ob sie meine kleine Frau nicht ein wenig aufheitern könne. Du siehst in letzter Zeit so unglücklich aus, meine Liebe.«

Natürlich hatte er das nicht gesagt. Er hatte gesagt, ›um Mitternacht in der Zauberkate‹, und ich war gleichermaßen entzückt darüber, daß er in meiner Lieblingssprache zu mir gesprochen und unseren Arbeitsplatz die ›Zauberkate‹ getauft hatte.

»Aber sicher, Gilbert«, sagte ich.

Er lächelte. Im Kerzenlicht schimmerten seine Pupillen groß und dunkel.

»Nun, mich kann nichts aufmuntern«, sagte Mirabel und schob ihren Teller beiseite. »Ich fühle mich so elend.«

Onkel Tom beugte sich zu ihr und strich ihr übers Haar.

»Du mußt wirklich versuchen, munterer zu werden und brav zu essen. Es ist nicht gut für das Kind, wenn du dünn und schwermütig bist.«

»Was weißt denn du, Vater«, giftete sie ihn an und kniff den Mund zusammen. »Du bist ein Mann.«

Sie stand auf und eilte aus dem Zimmer. Onkel Tom starrte betrübt in seinen Suppenteller. Mirabel hatte ihn schwer getroffen, denn Onkel Tom hatte vier seiner Kinder verloren, und das letzte hatte ihn auch die Frau gekostet.

Mirabel hatte als einziges Kind überlebt. Ich nahm seine Hand, mit den Tränen kämpfend. Er tat mir so leid.

Kaum berührte ich ihn, als mich eine Vision überkam, die so realistisch und gestochen scharf war, daß es mir fast den Atem nahm. Meine Hände waren Onkel Toms Hände, und darin hielt ich die blutigen Überreste dessen, was einmal ein Kind geworden wäre, hätte es ein paar Monate länger im Mutterschoß verbracht. Der scharlachrote Fötus war noch immer durch die bläuliche Nabelschnur mit seiner Mutter verbunden, die mit bleicher Gänsehaut dalag und deren Brust sich mit den gehetzten Atemzügen der Todgeweihten hob und senkte. Das Kind war männlich, ein kleiner Junge. Ich spürte den schmerzhaften Stich der Hoffnungslosigkeit in mir.

»Elizabeth, geht es dir gut?« Onkel Tom hatte sich losgemacht, hielt nun meine Hand und rieb sie kräftig.

Die Wirklichkeit drängte sich wieder in meine Wahrnehmung. »Ja, ich fühle mich nur etwas schwindelig«, brachte ich gerade noch heraus.

»Es scheint, daß Schwindelanfälle auf Prestonvale die gängigste Krankheit sind«, meinte Gilbert ironisch. Ich zwang mich zu einem Lächeln.

»Es geht mir gut, Onkel Tom, es scheint auch schon wieder vorbei zu sein.«

»Trotzdem, leg dich hin und ruh dich aus. Man kann nicht vorsichtig genug sein. Ich … ich könnte es nicht ertragen, dich zu verlieren.«

Ich sah ihn an. »Aber ja, Onkel Tom, ich gehe sogleich nach oben, mach dir keine Sorgen.«

Ich wußte, daß ich atemlos am Rande eines schrecklichen Abgrunds taumelte. Die ganze Zeit schon hatte ich das Gefühl, langsam die Kontrolle zu verlieren. Das einzige, was mir noch mehr Schrecken einjagte, war der Gedanke daran, wieder in mein altes Leben häuslicher Monotonie zurückzukehren.

Oben legte ich mich in der Tat hin, wie Onkel Tom mir geraten hatte, und fiel sogleich in einen leichten Schlaf. Ich träumte unruhig, wie ich im Salon unseres Hauses saß, Mirabel zu meinen Füßen. Mein Mund schien zusammengeklebt, und meine Hände bewegten unablässig die Stricknadeln. All meine Jugend und Schönheit flossen aus mir heraus wie Wasser, das eine Lache zu meinen Füßen bildete. Meine Hände wurden zu denen einer Greisin mit faltiger, fleckiger Haut. *Ich will mehr,* wollte ich schreien. *Mehr!*

Als ich erwachte, atmete ich die wahre Welt hungrig in mich hinein. Nein, so würde ich nicht enden. Nie, nie, nie!

Gilbert hatte ein Feuer in der Kate entfacht, das uns den grausamen, eisigen Wind vergessen ließ, der um das Haus strich. Wir kuschelten uns unter einer dicken Flickendecke zusammen, und jeder trank aus dem Mund des anderen. Für mich war er das vollkommenste Wesen im Universum; in seinen Armen kam ich mir vor, als sei ich Teil eines prächtigen Wagens auf dem Weg der Erfahrung, den ich bislang nie befahren hatte.

»Elizabeth«, sagte er und rückte ein wenig von mir ab, meine Hüften durch mein Nachthemd streichelnd. »Verstehst du das Universum?«

»Nein, natürlich nicht. Es ist sicherlich viel zu komplex, als daß ich es verstehen könnte.«

Er nickte. »Dann verstehst du schon weitaus mehr als jemand, der das Gegenteil behauptet.«

Ich nahm meine Arme von seinen Schultern und fragte: »Und du? Verstehst du das Universum?«

»Nein. Niemand kann es verstehen. Aber man kann etwas darüber wissen.«

»Was weißt du?«

Er ballte vor mir eine Faust und öffnete sie langsam. Auf seiner Handfläche tanzte eine Flamme. Ich hielt einen Finger daran. Hitze. Sachte pustete ich sie aus.

»Ich weiß, daß ich so etwas kann«, sagte er.

Ich lachte leise. »Und ich weiß, daß du über ein ganzes Arsenal von Zauberkunststücken verfügst. Ich möchte wissen, wie es gemacht wird.«

Er nahm meine Hand, öffnete sie und streichelte sie sanft. Ich sah, wie seine Finger über meine Handfläche glitten. Er sagte etwas, mit dieser tiefen, betörenden Stimme. Ich lehnte mich an ihn, hörte, wie die Töne in seiner Brust hallten, und wandte den Blick nicht von meiner Hand.

»Verstehen kann nicht durch Worte gewonnen werden. Worte sind der Feind des Verstehens. Deine Energie arbeitet nur in einem Zustand des Chaos, in dem sich keine Worte formen lassen. Denk daran, wie du Mirabel in der Kutsche zum Schweigen gebracht hast. Und heute abend, als dich die Vision von Onkel Tom so schockierte. Das Gefühl kam zuerst, Zorn, Mitleid, und bevor du Worte finden konntest, befandest du dich für kurze Zeit im Zustand des Chaos – der Ebene zwischen dem unverfälschten Gefühl und der logischen Verwirklichung dieses Gefühls. Das ist der Zustand, in dem du zu arbeiten beginnst. Diese Phase mußt du einfangen und verlängern.« Er tippte mit dem Finger auf meine Handfläche. »Also, versuch es. Fühl das Feuer, und bevor du dem Gedanken erlaubst, sich zu etwas Zusammenhängendem zu formen, lenke ihn in deine Hand.«

Ich machte eine Faust, holte tief Atem. Und dachte an die Flamme. Gilbert unterbrach mich.

»Nein, du darfst an gar nichts denken.«

»Woher weißt du, woran ich denke?«

»Du befindest dich noch immer in einem von Gedanken beherrschten, strukturierten Zustand. Fühle, dann handle. Denke nicht.«

»Ich bin verwirrt.«

»Du hast es schon geschafft.«

»Aber nur, wenn ich mir nicht dessen bewußt war, was ich tat. Jetzt bin ich mir zu bewußt, wo ich doch unbewußt handeln sollte.«

Er schüttelte den Kopf. »Die vor-logische Ebene ist *vollkommenes* Bewußtsein. Wenn wir den Dingen Namen geben, sie mit Wörtern und Vorstellungen verbinden, dann sind sie begrenzt. Wir begrenzen sie, indem wir sie definieren. Bevor sie einen Namen tragen, sind sie unendlich. In seiner Unendlichkeit ist alles erkennbar. Das ist wahre Erkenntnis.«

Ungeduldig schaute ich auf meine Hand.

»Entspann dich, Elizabeth«, sagte er. »Je mehr du versuchst, es zu beherrschen, desto schwieriger wird es.«

»Das ergibt keinen Sinn.«

»Gut.«

Ich war endgültig verwirrt. »Gilbert, ich glaube, ich kann dir nicht mehr folgen.«

Er sprach langsam und geduldig. »Wenn du ins Bett gehst – ist dann der Übergang vom Wachsein zum Schlafen abrupt?«

»Nein, ich versinke langsam in den Schlaf.«

»Und wenn du versinkst, denkst du dann manchmal etwas, das keinen Sinn ergibt, oder was wichtig scheint, obwohl es gar nichts bedeutet?«

»Ja, es kommt mir vor wie träumen, aber nicht ganz.«

»Genau das ist es. Fast wie träumen. Das meine ich. Den Spalt zwischen dem bewußten Wachsein und dem Schritt danach.«

Ich machte noch einmal eine Faust. Fast wie träumen. Ich wehrte die Gedanken ab, aber sanft. Spürte etwas wie ein Flamme – das Gefühl, nicht das Wort. Nicht heiß, nicht leuchten, nicht flackern. Nur das Gefühl in seiner Unendlichkeit, das um mich herumtaumelte. Und bevor sich die Worte endgültig in meinem verstockten Hirn bildeten, das alles benennen mußte, löste ich eine kleine Bewegung in meiner Hand aus. Es kitzelte. Ich öffnete sie. Eine kleine Flamme brannte auf dem Handteller. Fast wäre ich an etwas erstickt, das ein unterdrücktes Lachen oder ein

Schluchzer sein konnte. Gilbert legte sachte seine Hand auf meine, und die Flamme erstarb.

Überwältigt saß ich da. Ich beherrschte die Elemente. Reine Ekstase durchflutete mich und drang als Lachen aus meinem Mund. Ich ließ mich auf den Rücken fallen, hob die Arme hoch und stieß einen Jubelschrei aus. Gilbert legte sich auf mich und wollte mich küssen, aber ich stieß ihn fort.

»Nein, ich will mehr.«

Er runzelte die Stirn, doch dann lächelte er. »Mein Gott, deshalb liebe ich dich. Du möchtest das Leben verschlingen. Ich kenne Menschen, die es einfach nur hinter sich bringen wollen, aber du, du willst immer mehr.«

»Nur, weil ich nie etwas hatte.«

Er strich mir übers Haar. »Selbst wenn du alles hättest, würdest du immer noch mehr haben wollen. Du sehnst dich danach, dich zu erweitern.«

»Ich bin also dazu verdammt, stets unzufrieden zu sein?«

»Oder gesegnet, jede Gelegenheit wahrzunehmen.«

»Erzähl mir mehr.«

»Was willst du wissen?«

»Wie hast du Mirabel geschwängert, ohne ihr die Jungfräulichkeit zu nehmen?«

Er sah mich entgeistert an. »Woher weißt du das?«

»Sie hat es mir erzählt.«

Er schüttelte den Kopf und lachte leise. »Das kann ich mir nur schwer vorstellen. Wenn wir zusammen im Bett liegen, spricht sie kein Wort mit mir und tut so, als wäre nichts geschehen. Sie hat es dir wirklich erzählt?«

»Ja, nachdem ich sie aus der Reserve gelockt hatte. Ich sagte ihr, daß sie schwanger sei, und sie verstand eigentlich nicht, wieso. Und?«

»Nur ein kleines Experiment. Ein kleiner Scherz. Wer wurde noch von einer Jungfrau geboren, Elizabeth?«

»Jesus.«

»Genau. Der Sohn Gottes. Es spricht meinen Sinn für das Profane an, diese Vorstellung, daß die Tochter Gilberts über den Erdball streift.« Er lachte und nahm mich in seine Arme.

Seine Antwort befriedigte mich nicht gänzlich, obwohl ich nicht genau wußte, warum.

»Außerdem«, fuhr er fort, »wie könnte ich mich überwinden, mit ihr zu schlafen? Sie gleicht einem kleinen Mädchen. Ich würde mir wie ein Perverser vorkommen.« Er liebkoste meinen Hals mit seinen Lippen.

»Du sagtest, du würdest mir mehr beibringen.«

»Nicht heute nacht. Übe, was du gelernt hast. Wir haben Zeit genug, Elizabeth. Alles gehört uns.«

Er zog mir die Kleider aus, und als ich seinen nackten Körper sah, tat der alte Zauber seine Wirkung. Wir gaben uns den Freuden der Fleischeslust hin, und wie immer war es unvorstellbar schön.

Ich wachte kurz vor der Morgendämmerung auf. Zu meiner Überraschung lag ich noch immer auf der Matratze vor dem Kamin, nackt, in Gilberts Armen. Wir hatten uns mit dem Quilt zugedeckt. Ich stützte mich auf dem Ellbogen ab und schob die Decke zurück, um einen Blick auf Gilberts erregend männlichen Oberkörper zu werfen. Vorsichtig ließ ich meine Finger darüber gleiten, und er bewegte sich, wachte jedoch nicht auf. Ich küßte ihn auf die Schulter, legte meine Wange auf seinen Arm. Seine Haut war warm und glatt. Ich erinnerte mich daran, was er mir in der Nacht gezeigt hatte, hielt die Hand vor mein Gesicht und machte eine Faust. Dann schloß ich die Augen … zing. Da, eine Flamme.
Ich rieb Daumen und Zeigefinger gegeneinander, und erneut flackerte eine kleine Flamme auf. Ich blies sie aus. Entzündete eine neue. Vier Flammen entfachte ich nacheinander auf diese Weise und pustete sie alle sanft aus.

Plötzlich nahm ich aus den Augenwinkeln eine Bewegung wahr. Jemand schaute durch das Fenster. Ich schreckte hoch, und der Zuschauer wich zurück. Hastig riß ich Gilbert die Decke weg, wickelte sie mir um und eilte zur Tür. Gilbert wachte auf und fragte, was los sei, aber ich riß nur die Tür auf und trat hinaus – gerade rechtzeitig, um Nancy auf das Haus zulaufen zu sehen.

Ich ging wieder hinein und zog mir das Nachthemd über.

»Was ist los?« fragte Gilbert, der sofort hellwach schien und sich anzog.

»Das war Nancy«, sagte ich. »Sie hat uns gesehen. Sie hat mich durch das Fenster beobachtet.«

»Sie hat uns beieinander liegen sehen?«

»Noch schlimmer. Sie hat gesehen, wie ich mit meinen Händen Flammen entfachte. Wir müssen sie abfangen, bevor sie zu Onkel Tom läuft. Wir müssen sie zum Schweigen bringen.«

Ich lief aus der Kate und über das taunasse Gras auf das Haus zu. Der Himmel war noch dunkelgrau, und die Vögel hatten noch nicht begonnen zu singen. Das Haus lag stumm da, nur die Geräusche des Schlafs plätscherten hinter den Mauern. Wo steckte sie?

Ich lief die Treppe zum oberen Stockwerk hinauf, zwei Stufen auf einmal nehmend. Auf dem Treppenabsatz sah ich mich in einem großen Spiegel. Ich sah aus wie eine Wahnsinnige, mit wirrem Haar und wilden Augen. An Onkel Toms Zimmer legte ich ein Ohr an die Tür, hörte jedoch nichts. Gilbert tauchte neben mir auf und sah mich fragend an.

»Ich glaube nicht, daß sie bei ihm ist«, flüsterte ich.

Gilbert schob die Tür einen Spalt weit auf und schaute hinein, bevor er sie wieder schloß. »Nein, er schläft noch.«

Das Herz schlug mir bis zum Hals, aber Gilbert wirkte gelassen.

»Mein Gott, was sollen wir tun?« sagte ich.

»Mach dir keine Sorgen. Wir finden sie. Komm, wir ziehen uns ordentlich an, bevor die anderen aufstehen. Dann treffen wir uns unten in der Küche.« Er klopfte mir kurz auf den Rücken und ging in sein Zimmer.

Ich eilte in die andere Richtung in meines, wo ich mich anzog und mir das Haar hochsteckte. Meine Hände zitterten, und meine Beine waren wie Pudding. Das war das

Ende. Onkel Tom würde herausfinden, was für ein Mensch ich in Wirklichkeit war und was ich getrieben hatte ... Hängte man Hexen eigentlich noch auf? Meine zerbrechliche Welt, so schien es, lag in den groben Händen dieser nichtswürdigen Frau. Der Magen drehte sich mir um. Sicherlich würde er ihre Aussage nicht ohne weiteres glauben. Sicherlich konnte ich mich aus dieser Sache herauswinden. Schließlich bedeutete ich ihm mehr als seine eigene Tochter.

Ich holte tief Atem und ging wieder hinaus auf den Flur, die Treppe hinunter. Auf dem Weg zur Küche sah ich, daß die Tür zu Master Gales Zimmer offen stand, und in diesem Augenblick kam Nancy heraus. Sie stand mit dem Rükken zu mir, während sie die Tür so leise wie möglich schloß. Wieder beschleunigte sich mein Herzschlag, und ich verbarg mich im Dunkeln und wartete auf sie.

Ich konnte ihre Schritte kaum hören, so laut rauschte das Blut in meinem Kopf, aber dann sah ich ihren Schatten und sprang aus meinem Versteck. Mit einer Hand packte ich sie beim Arm, mit der anderen erstickte ich ihren Schrei. Mit weit aufgerissenen Augen versuchte sie, von mir loszukommen, aber ich zog sie an mich heran, hielt sie fest und sah ihr in die Augen.

Ich schwöre, daß ich nicht wußte, was ich als nächstes tun wollte; ich wußte nur, daß ich sie zum Schweigen bringen mußte.

»Tace«, zischte ich und schüttelte sie. *»Tace, tace, tace.«* Jedesmal sprach ich das Wort schärfer aus, schüttelte sie heftiger. Meine Hand, die ihren Mund bedeckte, begann zu kitzeln, und das Wort verlor seine Bedeutung, die Laute wurden eins und klangen verschwommen. Ich wußte, daß sich meine Lippen noch bewegten, und ich spürte, wie meine Zunge gegen den Gaumen schlug, aber mir war nicht klar, was ich sagte. Immer wieder schüttelte ich sie. Das Kitzeln in meiner Handfläche hörte nicht auf, als sei das kleine Stück des Universums, das ich gefangen hielt, ebenfalls zu einem sinnlosen Chaos geworden.

Dann verstrich das Gefühl, die Wut schien aus meinem

Körper geflossen zu sein. Sie sah mich verängstigt an. Die Wörter kehrten zu mir zurück. »Wenn du mir versprichst zu schweigen, lasse ich dich gehen.«

Sie nickte. Ich nahm die Hand von ihrem Mund.

Als ich sah, was ich getan hatte, schrie ich auf.

Irgendwo hörte ich die Geräusche erwachender Menschen. Ich steckte mir fast die Faust in den Mund, um meinen Schrei zu ersticken, packte Nancy bei der Hand und zog sie in die Küche, wo Gilbert uns erwartete.

»O Gott, sieh nur, was ich getan habe!« keuchte ich. »Sieh, was ich ihr angetan habe!«

Er sah sie an, und selbst Gilbert, der gelassene Gilbert, schluckte mit geweiteten Augen. Denn es war schrecklich.

Nancy hatte keinen Mund mehr. Das Grübchen unter ihrer Nase ging in eine Fläche glatter Haut ohne Öffnung über. Als sie merkte, warum Gilbert und ich sie so anstarrten, entwich ihr ein schrecklicher, gedämpfter Laut, der tief aus ihrer Kehle kam, kaum hörbar. Sie legte die Finger auf die Stelle, wo einst ihr Mund gewesen war, und Schweiß trat ihr auf die Stirn. Ihre Augen platzten fast aus den Höhlen.

»Mein Gott, Elizabeth, wie hast du …?«

»Ich wollte sie für immer zum Schweigen bringen.«

»Du hättest sie töten sollen.«

»Ich könnte kein menschliches Wesen töten …«

»Was glaubst du, wie lange sie überleben wird, ohne zu essen und zu trinken?«

»Ich mache es wieder rückgängig, ich löse es auf.«

Er seufzte kopfschüttelnd. »Das kannst du nicht. Es ist getan.«

Nancy krümmte sich zusammen und tastete mit den Händen auf dem Boden umher, als sie suche sie einen Fleck, auf dem sie zusammenbrechen könnte. Leute kamen herunter.

»Reiß dich zusammen«, flüsterte er eindringlich. »Nancy ist erkrankt, wir wissen nicht, an was. Sie schrie und krümmte sich. Mehr mußt du nicht sagen.«

»Aber wenn sie sehen, wenn sie sehen …«

»Sie werden es nicht sehen. Das können sie nicht. Nur wir sehen es. Bleib ruhig.«

»Sie werden uns auf die Schliche kommen ... O Gott.«

»Sie können es nicht sehen«, zischte er. »Nancy kann es ihnen nicht sagen, und sie ist eine Närrin, die kein Wort schreiben kann. Bei Gott, Elizabeth, nimm dich zusammen.«

Onkel Tom stürmte in die Küche, und ich wandte mich ihm zu. »Elizabeth, hast du geschrien?« Sein Blick fiel auf Nancy, die sich auf dem Boden wand.

»Was ist mit Nancy?«

»Ich weiß es nicht«, sagte ich, überzeugt davon, daß mir die Schuld im Gesicht geschrieben stand. »Sie muß krank sein. Sie kam herein, schreiend, und brach auf dem Boden zusammen.«

Onkel Tom beugte sich über Nancy. »Nancy? Was ist? Bist du krank?«

Nancy gab einen grunzenden Laut von sich – mehr brachte sie nicht hervor.

»Ich habe auch nichts aus ihr herausbekommen«, sagte Gilbert kühl. »Sie scheint eine Art Anfall zu haben.«

Master Gale hatte das Zimmer betreten und stand schweigend an der Tür. Wenn Nancy ihm irgend etwas Belastendes erzählt hatte, so sah man es ihm nicht an. Er sah besorgt aus, blieb jedoch im Hintergrund.

»Master Gale, würdet Ihr Hugh holen?« bat Onkel Tom. »Vielleicht weiß er, was Nancy fehlt.«

Auch die anderen Diener waren in die Küche gekommen. Rosemary stieß einen Schrei aus, als sie die wie eine Verrückte auf dem Boden quiekende und grunzende Nancy erblickte. Jemand brachte einen Becher mit Wasser, den sie Nancy an den Mund hielten, aber das Wasser lief ihr am Kinn herunter.

»Sie will nicht trinken«, sagte Rosemary und sah mich flehend an. »Lady Elizabeth, könnt Ihr nicht etwas tun?«

Nancys Grunzen wurde lauter, und sie krabbelte rückwärts auf den Händen von mir fort.

»Nein, das kann ich nicht.«

Ich ging auf die Tür zu. Hugh eilte herein, noch im Nachthemd. »Nancy, Nancy, mein Gott, was ist geschehen? Was ist los mit ihr? Mein Schatz, was hast du?« Als er an mir vorbeiging, spürte ich seine Angst, als drehe jemand ein Messer in meinem Herzen um. Was hatte ich getan?

Master Gale stand in der Tür. Er ergriff meine Hand. »Ich möchte dich sprechen, Elizabeth«, sagte er, mehr nicht.

Ich sah ihn entsetzt an. Er lächelte freundlich. »Befürchte nichts. Komm einfach zu mir. Vielleicht heute?«

Ich sah über die Schulter zu Gilbert, der uns mißtrauisch beobachtete. »Ja, heute«, sagte ich leise zu Master Gale und eilte aus der Küche.

»Jesus bietet allen Erlösung, die darum bitten, Elizabeth, egal, was sie getan haben.«

Ich saß in der ersten Reihe unserer leeren Kapelle. Master Gale hockte vor mir und hielt meine Hand. Er war um die vierzig, hatte ernste Augen und einen sensiblen Mund.

»Ich habe nichts getan.«

Er sah zur Decke hinauf, als suche er nach den richtigen Worten. »Es ist nicht an mir zu sagen, ob du etwas ›getan‹ hast oder nicht. Ich möchte dich nur daran erinnern, daß der Herr ewige Geduld besitzt und jedem verzeiht.«

Ich gab mir Mühe, ruhig zu sprechen. »Was hat Nancy Euch heute morgen erzählt? Ich habe sie aus Eurem Zimmer kommen sehen. Darum geht es doch, nicht wahr? Ich möchte Euch nur daran erinnern, daß Nancy einen Groll gegen mich hegt, seit sie aus ihrer Kate ausziehen mußte.«

»Sie hat nur sehr wenig gesagt. Sie sagte, sie habe in der Kate etwas Teuflisches gesehen, über das sie mit mir sprechen wolle. Ich schlief noch halb, also bat ich sie, in der Kapelle auf mich zu warten. Wie Ihr wißt, hat sie es nicht bis dahin geschafft.«

»Ich glaube, sie hat den Verstand verloren. Warum sollte sie sonst so lächerliche Dinge behaupten? Und Ihr habt sie gesehen, grunzend und quiekend wie ein tollwütiges Schwein.« Ich zog langsam meine Hand aus seiner, versuchte, nicht an Nancy zu denken, versuchte, das Bild ihres entsetzlich entstellten Gesichts zu vergessen, zu vergessen, daß ich daran schuld war. Und ich versuchte, nicht darüber nachzudenken, was aus ihr werden sollte. »Ich weiß nicht, warum Ihr mich hierher gebeten habt, und ich weiß auch nicht, warum Ihr etwas von Erlösung schwafelt.«

»Weil Ihr, Elizabeth, gemeinsam mit Mr. Lewis die Kate benutzt. Wenn dort etwas Teuflisches vor sich ginge, wüßtet Ihr davon.« Er lächelte milde. »Und natürlich wissen wir alle, wie gut sich Lady Elizabeth auf Heilzauber und Liebestränke versteht.«

Ich rutschte auf der Bank hin und her. »Das ist nur ein Gerücht«, sagte ich.

»Eines von vielen Gerüchten über Euch, Elizabeth.«

»So? Was wird denn sonst noch gesagt?«

»Daß Ihr und Mr. Lewis zuviel Zeit miteinander verbringt. Daß Ihr einander anseht wie geile Tiere.« Ich wollte widersprechen, aber er schnitt mir das Wort ab. »Ich fälle kein Urteil, ich tadele niemanden. Aber dies sind die Dinge, die ich in meinem Amt höre. Dabei habe ich genauso wenig den Wunsch wie Ihr, Sir Thomas' Seelenfrieden zu stören.«

Was natürlich das Wichtigste war. »Ihr werdet also ihm gegenüber nichts von alldem erwähnen?«

»Kein Wort. Ich denke nicht im Traume daran. Besonders wenn es sich, wie Ihr sagt, um Gerüchte handelt.«

»Natürlich. Natürlich sind sie das.«

»Dann muß sich niemand von uns Sorgen machen.« Er zögerte und nickte langsam. »Ihr wißt, daß Ihr immer zu mir kommen könnt, wenn Ihr mich braucht.«

»Ich weiß.«

»Nein, das ist ernst gemeint. Wenn Ihr mich wirklich braucht, wenn Ihr Euch zu tief in etwas verstrickt, das ...«

»Warum fangt Ihr schon wieder damit an? Es gibt nichts dergleichen.«

»Wisset, daß Jesus jedem Erlösung bietet. Man muß nur fragen. Ihr braucht nur zu mir zu kommen und um Hilfe bitten.«

Ich betrachtete ihn und dachte daran, wie wenig das

Gesicht eines Menschen verriet. Wie konnte ich wissen, ob er mir gegenüber völlig ehrlich war? Wußte er mehr, hatte er einen begründeten Verdacht oder nur Vermutungen? Ich versuchte, in seinen Geist hineinzuschauen, versuchte, über das Unbewußte an die Wahrheit zu kommen – nichts. Zögernd nahm ich seine Hand. Dieses Mal spürte ich ein sehr starkes Gefühl des Widerstands. Erschrocken ließ ich ihn los; ich erkannte, daß er verstand, was ich versucht hatte.

»Es tut mir leid«, sagte ich.

»Was?« Er spielte den Ignoranten, so viel war klar.

Ich schüttelte den Kopf, und er berührte mein Kinn und drehte mein Gesicht zu sich. »Versprecht mir, Elizabeth, daß Ihr zu mir kommt, wenn Ihr mich braucht.«

»Also gut, ich verspreche es, wenn Ihr mir versprecht, Onkel Tom nicht zu beunruhigen.«

»Ich habe nichts davon, wenn ich mit Eurem Onkel spreche. Ich rette Seelen, ich quäle sie nicht.«

Das konnte ich von mir nicht sagen.

16. Kapitel

Mir fehlte etwas …

Wieso, zum Teufel, lag ich im Bett? Ich erinnerte mich nicht daran, aus der Rückführung zurückgekommen zu sein.

Ich erinnerte mich nicht, daß ich mich erhoben hatte, unter die Dusche gegangen – mein Haar war naß – und unter die Decke gekrochen war.

Aber so mußte es gewesen sein, denn schließlich lag ich hier, meine Hände ruhten auf der kühlen Baumwolldecke, und meine Finger ertasteten die feine Struktur. Aber denk nach, Lisa, denk nach; dir fällt etwas ein.

Der Taschendieb … was Gilbert mit dem Taschendieb gemacht hatte. Die Kehle durchgeschnitten, die Augen ausgehackt …

So wie der Killer im Wald.

Elizabeth war wiedergeboren worden. Hieß das nicht, daß auch Gilbert zurückkommen konnte? Wenn, dann mußten die Morde irgend etwas mit mir zu tun haben.

Aber ich war müde, immer wieder packte mich der Schlaf, bis ich schließlich nachgab. Eine Zeitlang trieb ich in der Dunkelheit – ich weiß nicht wie lange –, aber schließlich wurde der Schlaf leichter, löste sich auf, und meine Gedanken sickerten hindurch. Ich drehte mich um und sah auf die Digitaluhr. Es war kurz vor vier Uhr morgens, wahrscheinlich Sonntag. Ich starrte auf die Ziffern, bis sie in der Dunkelheit verschwammen. Meine Sinne flatterten dahin, meine Gedanken kreisten um die Fakten und wehrten sich verzweifelt, dorthin zu gehen, wohin meine Logik sie führte. Schließlich warf ich die Decke zurück, stand auf, stolperte zum Kleiderschrank und holte Shorts und ein T-Shirt heraus. Ich zog die Sachen an, dazu Trainingsschuhe, steckte Geld ein, schloß die Wohnungstür hinter mir ab und ging los.

Ich nahm den Fußweg, der am Fluß entlanglief. Die Morgenluft war kalt und feucht, das Wasser floß träge und leise dahin. Straßenlaternen entlang des Weges warfen Lichtpfützen auf den Boden. Ich setzte einen Fuß vor den anderen und stapfte voran. Ab und zu fuhr ein Wagen auf dem Coronation Drive vorbei, oder ein Frühaufsteher unter den Vögeln zwitscherte schläfrig in der Finsternis. Meine Finger juckten, weil die Ringe durch das träge Blut des Schlafes eng geworden waren. Ich atmete tief aus und ein. Die Dunkelheit zerrte an meinen Augenlidern, saugte mich auf. Es tat gut, fast so, als sei man nicht da. Was für eine Erleichterung es wäre, könnte man sich nach Belieben aus dem Leben ein- und ausklinken.

Doch jetzt mußte ich überlegen, prüfen, logisch denken.

Es schien zuviel des Zufalls, daß ich Erinnerungen an ein früheres Leben hatte, die einen Mann betrafen, der Menschen tötete und sie verstümmelte, während zwei unserer Fans auf gleiche Weise ermordet worden waren. Aber mußte ich annehmen, daß Gilbert – wie ich in anderer Gestalt – in meiner Welt herumlief und mit seiner Hexenkunst das gleiche Unheil anrichtete wie vor vierhundert Jahren?

Und wenn dem so war, handelte es sich um einen Zufall, oder wußte Gilbert von mir? Machte er sich bewußt über meine Fans her? Plötzlich hatte ich das Gefühl, als liefen mir Ameisen das Rückgrat hinunter. Wann würde er kommen und auch mich aufschlitzen? Ohne es zu merken, war ich immer schneller gegangen. An der Biegung des Flusses erhoben sich die Häuser der Stadt in den trüben Himmel.

Ich mußte nachdenken, aber gerade das trieb mich in den Wahnsinn. Denn mit meinen Überlegungen wurde auch Karins Verschwinden zu mehr als einem Zufall. Der Gedanke lähmte mich. Ich blieb stehen. Die Muskeln in meinen Oberschenkeln zuckten. Ich ging zwei Schritte auf die Mauer zu, die mich vom Fluß trennte, setzte mich auf einen großen, flachen Stein und legte den Kopf in die Hände. Die Verwirrung, dieser Überfluß an Informationen machte mich mürbe, brachte mich um. Bald konnte ich mich nicht mehr daran erinnern, wie es war, keinen Knoten der Angst im Magen zu spüren; ich konnte mich nicht mehr erinnern, wie es war, ohne die Furcht vor einer ständig nahenden Gefahr zu leben.

Der Stein war kalt. Ich fuhr mit der Hand darüber, und ein feiner Schleimfilm blieb auf meiner Haut kleben. Ich schloß die Augen und versuchte mir vorzustellen, wie Karin aussah, aber es kam wir vor, als hätte ich sie sehr lange nicht gesehen, und wenn man jemanden ewig kennt, nimmt man die physischen Eigenschaften gar nicht mehr wahr. Natürlich erinnerte ich mich an ihr feines, helles Haar. Aber ihr Kinn, war es etwas spitz ?Ja, helle Wimpern. Nicht viel mehr.

Ich öffnete die Augen. Der Fluß war sehr dunkel, er schien dickflüssig, fast sämig zu fließen, wie Öl. Ich hatte gehört, daß Ertrinken eine relativ sanfte Todesart wäre. Das Wasser schließt sich über deinem Kopf, dein Körper paßt sich an die Temperatur an, man kämpft kurz um Luft, dann wird man von einem herrlichen Gefühl des Dahinschwebens ergriffen. Aber ich war nicht annähernd so weit. Vielleicht hatte die Idee, alles hinzuwerfen, momentan etwas Verführerisches, doch meine Furcht, oder vielleicht mein Überlebensinstinkt, hielten mich ab.

»Bitte, lieber Gott …«, begann ich. Dann war es mir peinlich. Ich glaubte nicht an Gott. Ich hatte Leute, die sich der Religion zuwenden, wenn ihr Leben Schiffbruch erlitt, immer verachtet. Dicke Tränen drängten sich aus meinen Augen und tropften mir vom Kinn. Karin war vielleicht tot, und bald war ich es vielleicht auch. »Bitte, Gott, bitte …« Es hatte keinen Sinn.

Ich stemmte mich hoch und ging weiter. Unbändiger Hunger meldete sich, so stark, daß ich Bauchschmerzen bekam. Es war nicht mehr weit bis in die Stadt, bis ich mir in der Night Owl etwas kaufen konnte.

Als ich eine halbe Stunde später die Stufen der Night Owl hinaufstolperte, fühlten sich meine Beine wie Gelee an. Ich erstand eine Packung Orangensaft und ein paar verpackte Ei-Salat-Sandwiches. Es war fünf Uhr. In der Nähe der Flußmärkte parkten Wagen, aus denen die Leute die Waren für ihre Stände entluden. Ich mußte an Liam denken. Ein kleiner Trost in einer beängstigenden Welt. Mechanisch setzte ich mich auf eine Bank und aß mein Frühstück. Meine Gedanken lagen in Scherben um mich herum. Ich ließ sie eine Weile liegen, genoß die Freiheit, eine Zeitlang keine Lösungen finden zu müssen. Dann trank ich den letzten Rest Orangensaft und ging in eine Telefonzelle.

Es klingelte achtmal, bevor Liam abhob und verschlafen ›Hallo‹ sagte.

»Hi. Tut mir leid, daß ich dich aufgeweckt habe.«

»Lisa?«

»Ja, ich bin's. Hast du immer noch Lust, heute mit mir auf den Markt zu gehen?«

Es dauerte eine Weile, bevor er antwortete. Wahrscheinlich mußte er erst mal aufwachen. »Oh … ja, okay.«

»Ich bin schon da.«

Ein kurzes, schläfriges Lachen. »Du bist ja ganz wild drauf.«

»Ich habe einen Morgenspaziergang gemacht und bin hier gelandet. Ich muß mit dir sprechen.«

Er hatte den verzweifelten Klang meiner Stimme mitbekommen. »Ist was nicht in Ordnung?«

Alles war nicht in Ordnung. »Ich möchte, daß du bei mir bist.« Das war die Wahrheit, ich brauchte Trost, vielleicht sogar Schutz. Dabei versuchte ich, nicht daran zu denken, wie gefährlich meine Bekanntschaft zur Zeit sein konnte.

»Also gut. Ich dusche mich nur schnell, dann komme ich. Wo bist du?«

»Treffen wir uns vor dem McDonald's oberhalb der Märkte?«

»Okay, ich bin in einer halben Stunde da, vielleicht ein bißchen später.«

Ich ging in die Night Owl zurück, kaufte Deo und Zahnpasta und ging zum 24-Stunden-McDonald's. Die Toiletten waren gerade gereinigt worden, und der Geruch von Desinfektionsmitteln mit künstlichen Duftstoffen hing schwer in der Luft. Ich drückte Seife aus dem Spender, wusch mich notdürftig, sprühte mich großzügig mit Deo ein und putzte mir die Zähne mit dem Zeigefinger. Deo und Zahnpaste ließ ich für den nächsten Nachtschwärmer stehen und ging nach draußen, wo ich auf Liam wartete. Die aufgehende Sonne tat meinen Augen weh.

»Darf ich dich was fragen?«

Wir saßen an einem pastellblauen Tisch unter den nackten Deckenlampen des McDonald's. Liam trank Kaffee. Ein mit klebriger Erdbeermarmelade bedeckter Muffin lag halb gegessen vor ihm und wurde kalt.

»Was?« fragte ich.

»Warum bist du so früh spazierengegangen? Ich hatte nicht den Eindruck, daß du zu den Morgenmenschen gehörst.«

»Ich konnte nicht schlafen.«

Er senkte den Blick, dann sah er mich wieder an. »Irgendwas ist nicht in Ordnung, oder? Am Telefon klangst du ...«

»Verzweifelt?«

»Angespannt. Nervös.«

Ich seufzte und beugte mich vor. »Ich bin angespannt. Ich bin nervös.«

»Kann ich dir irgendwie helfen?«

»Gott, Liam, sollte ich es dir erzählen, würdest du ... ich weiß nicht. Du würdest mich für eine Spinnerin halten.«

»Bestimmt nicht, ich versprech's dir.«

»Na ja, das sagst du so.«

»Wenn du es mir erzählen willst, höre ich zu, okay?«

Ich nickte zögernd. »Gut.« Ich hatte nicht das Gefühl, als könne ich ihm überhaupt etwas erzählen, nicht jetzt. Selbst wenn er mir glaubte – hatte ich das Recht, sein Leben mit meinem Psychodrama zu belasten?

»Sollen wir jetzt über die Märkte gehen?« schlug er vor. »Vielleicht kommst du dann eine Weile auf andere Gedanken.«

Aber sicher. »Ich schätze, schaden kann es nicht.«

Liam räumte den Tisch leer und warf die Abfälle in den Mülleimer; ich hätte das nie getan. Kapitalisten durfte man nicht noch zur Hand gehen. Wir schlenderten zum Fluß hinunter und mischten uns unter die Frühaufsteher, die zwischen den Ständen umherliefen. Meine Beine taten weh, schon nach wenigen Schritten. Sicher hatte sich Liam vorgestellt, daß wir fröhlich umherwanderten, Hüte anprobieren, französische Pasteten essen und lachend den Sonnenschein genießen würden. Was folgte, glich eher einer traurigen Parodie. Ich hielt mich kaum auf den Beinen, während Liam verzweifelt versuchte, mein Interesse zu wecken.

Er nahm meine Hand und zog mich sanft hinter sich her zu einem Stand, der Bücher verkaufte, hauptsächlich New-Age-Schinken, deren Umschläge ausnahmslos pastellfarbene Regenbogen, Wasserfälle und Sterne zeigten. Dazu lief die typische New-Age-Musik. Ich nahm eines der Bücher und blätterte es durch. Auf der Rückseite des Umschlags lächelte mich eine Frau mit riesigen Ohrreifen an. »Sie können Ihr Schicksal bestimmen«, versprach sie in freundlichen blauen Buchstaben. Ich glaubte ihr nicht.

»Schau, Lisa, hier haben sie Second-hand-Bücher.«

Liam kniete neben dem Stand auf dem Boden und wühlte in Pappkartons voller muffig riechender alter Bücher herum. Ich kniete mich neben ihn. »Was Gutes dabei?«

»Hier ist ein ganzer Stapel Notenbücher.« Er zog die Bände heraus, setzte sich auf den Boden, legte sie in den Schoß und ging sie durch. »Tschaikowski. Händel. Bach und seine Zeit. Ah, Chopin.« Er zog das Buch heraus und gab es mir zum Festhalten. »Klavierübungen. Barocklieder. Was das hier ist, weiß ich nicht, es ist auf Französisch.«

Er zeigte mir einen dünnen Band, auf dessen Umschlag *La Method Pour Chanter* stand.

»Ein Gesangslehrbuch«, sagte ich, ohne zu überlegen.

»Oh, du kannst Französisch?«

Ein winziger Schauder durchlief mich. »Nein, kann ich nicht. Aber man kommt ja schnell dahinter …« Ich nahm das Buch und schlug die erste Seite auf.

›*Une personne qui a l'intention de chanter, doit exècuter une modèration dans l'usage des produits qui peuvent affecter sa voix.*‹ Ich atmete heftig aus, beinahe lachte ich.

»Was ist los?«

»Hier steht: ›*Jemand, der singen möchte, muß eine gewisse Zurückhaltung in bezug auf bestimmte Dinge an den Tag legen, die die Stimme beeinträchtigen könnten.*‹ Das ist unglaublich, ich erinnere mich daran.« Ich schlug andere Seiten auf. Und verstand alles. Langsam wurde es mir zuviel.

»Du hast es also mal gelernt?«

»Vor langer Zeit. Vor sehr langer Zeit.« Vor etwa vierhundert Jahren. Ich hatte offenbar so viel Zeit mit Elizabeth verbracht, daß ich ihr Französisch übernommen hatte. Ich konnte mich an jedes Wort erinnern. Das durfte doch nicht wahr sein. Trotz des Sonnenscheins und der vielen Menschen überkam mich ein düsteres, unheimliches Gefühl.

Er nahm meine Hand. »Du zitterst.«

»Ich drehe durch. Scheinbar wie immer, wenn ich mit dir zusammen bin.«

»Nur wegen des Buchs?«

Ich beugte mich vor und küßte ihn sanft auf den Mund.

»Ich weiß nicht, wo ich anfangen soll. Ich bin müde, verängstigt, verwirrt, und ich rieche schlecht. Kann ich nach Hause?«

»Natürlich.«

»Kommst du mit?«

»Natürlich komme ich mit.«

Meine unordentliche Wohnung war mir mehr als peinlich. Ich plazierte Liam auf dem Sofa, während ich ein paar Minuten hin und her lief und so gut es ging aufräumte.

»Willst du eine Tasse Tee?« rief ich aus der Küche und stopfte einen Stapel Zeitungen in den Abfalleimer.

»Nein. Komm her.«

Ich ging zu ihm, und er nahm meine Hand und zog mich sanft neben sich. »Entspann dich«, sagte er. »Du machst mich nervös.«

»Es tut mir leid.«

»Du brauchst dich nicht zu entschuldigen. Entspann dich nur. Komm, zieh die Schuhe aus und leg deine Füße auf meinen Schoß.«

Ich band die Schuhriemen auf und zog Schuhe und Strümpfe aus. Er nahm meine Füße und begann sie sachte zu reiben. »Hast du je eine gute Fußmassage bekommen?«

Ich schüttelte den Kopf, lehnte mich zurück und streckte die Beine aus. Er knetete meine Zehen, einen nach dem anderen. Ich seufzte. Je länger er massierte, desto mehr ließ meine Anspannung nach. Allein durch seine Anwesenheit fühlte ich mich sicherer, zumindest für den Augenblick. Und der Anblick seiner kräftigen Arme und seiner warmen Hände ließ auch die Sehnsucht wieder in mir erwachen. Ich zog meine Füße weg und stand auf.

»Ich brauche wirklich eine Dusche.«

»Okay. Soll ich gehen?«

Ich schüttelte den Kopf. »Ich möchte, daß du mitkommst.«

Er sah mich verblüfft an. Ich zog ihn vom Sofa hoch, nahm ihn in meine Arme und küßte ihn. Was für ein Gefühl, als ich mich an ihn lehnte. Er streichelte meinen Rükken und stöhnte leise.

»Komm«, sagte ich. »Es wird nett.«
»Nun ...«
Ich drückte mich enger an ihn. »Du willst. Ich will. Aus welchem Grund sollten wir es dann nicht tun?«
»Ich schätze, es gibt keinen.«
»Dann komm.«
Ich zog ihn ins Bad, schloß die Tür hinter uns und drehte die Dusche auf. Es ist immer etwas schwierig, sich das erste Mal jemandem nackt zu zeigen, und ich kam mir irgendwie unbeholfen vor, als ich mein T-Shirt und meine Shorts auszog. Aber Liam nahm mich in seine Arme, ich spürte seine warme, glatte Brust und vergaß alles, als er mich küßte. Etwas umständlich knöpfte ich seine Jeans auf und warf sie in die Ecke des Badezimmers. Wir traten unter das warme Wasser und setzten unsere Umarmung fort. Ich erkundete mit den Händen seinen Körper. Das Wasser lief über unsere Gesichter, während wir uns küßten. Es kam mir vor, als trinke ich ihn. Ich strich ihm das nasse Haar aus dem Gesicht und sah ihn genau an. Über die Stirn verstreut hatte er eine Ansammlung von kleinen, hellen Sommersprossen und eine kaum sichtbare Kummerfalte. Ich stellte mich auf die Zehenspitzen und küßte ihn auf die Augenbrauen.
»Du bist so schön«, sagte ich.
»Du auch.« Sein Mund glitt über meinen Hals und über meine Schulter, über meine Brüste. Seine Hände umschlangen meine Taille. Ich legte den Kopf nach hinten und gab mich ganz meiner Lust hin.
Wir machten uns noch eine Weile mit dem Körper des anderen vertraut, bevor wir mit wenig Erfolg versuchten, uns aufrecht stehend unter der Dusche zu lieben. Er war zu groß. Nachdem wir einige Versuche abgebrochen hatten und unser etwas befangenes Lachen von den glänzenden Fliesen hallte, beschloß ich, die Sache aufzugeben. Ich legte die Hände auf seine Hüften, krallte meine Finger in seine festen Pobacken und kniete mich vor ihm nieder. Er lehnte sich gegen die Ecke der Duschkabine, als ich ihn in den Mund nahm. Ich ließ die Hände über seine Beine glei-

ten, fühlte, wie sich die Muskeln in seinen Oberschenkeln anspannten. Das Muster der Fliesen drückte sich in meine Knie. Er stöhnte und ächzte und wand sich hin und her, bevor er mit einem langen, atemlosen Aufschrei kam. Sanft zog er mich hoch und umarmte mich. Er hielt mich fest, sehr fest, so als wolle er jeden überflüssigen Raum zwischen uns zunichte machen. Ich schlang die Arme um ihn und klammerte mich an ihn, wie an einen Felsen inmitten der stürmischen See.

Schließlich wurde das warme Wasser kalt, und wir tappten ins Wohnzimmer zurück, in Handtücher gehüllt. Vor der Badezimmertür lag ein Zettel, und ich bückte mich und hob ihn auf.

»Was ist das?« fragte Liam.

Ich faltete ihn auseinander. Brads Handschrift. »Ah ... das ist von Brad.«

»Brad?«

»Ja, er hat einen Schlüssel.« Ich las die Nachricht.

Lisa, ich bin vorbeigekommen, um dich zu fragen, ob du Lust hast, heute mit zu einer Grillparty bei Dick zu kommen, aber es hört sich an, als bekämst du schon genug Fleisch. Sei morgen um neun im Studio. Brad.

»Er hat einen Schlüssel zu deiner Wohnung? Du meinst, er war hier, als wir ...«

Ich faltete den Zettel zusammen. »Mach dir nichts draus.«

»Mir nichts draus machen? Wie peinlich. Wir waren nicht gerade leise.«

»Ich bin sicher, daß er nichts gehört hat, Liam.«

»Wieso hat er einen Schlüssel zu deiner Wohnung?«

Ich sah ihn an. »Er hat halt einen. Ich habe auch einen zu seiner Wohnung.«

»Wie haltet ihr es mit eurer Privatsphäre?«

Ich zuckte mit den Schultern. »Das ist fast nie ein Problem. Sei nicht sauer. Ich wußte nicht, daß er vorbeikommen würde.«

»Sicher. Tut mir leid, es ist mir einfach peinlich.«

Wir kuschelten uns im Bett aneinander, und eine Weile

lag ich mit geschlossenen Augen da und hörte ihn tief und langsam neben mir atmen, während er mich betrachtete. Er hatte so schöne Augen, sah so ernst aus.

Ich lächelte. »Mein Gott, wie schön du bist.«

»Hör auf, du bringst mich in Verlegenheit.«

»Was siehst du in mir? Warum sollte ein Junge wie du an einem Mädchen wie mir interessiert sein?«

»Findest du das komisch?«

»Schon. Los, sag's mir. Was fandest du attraktiv an mir?«

»Willst du Komplimente hören?«

»Aber ja.«

»Ich weiß nicht – ich sitze den ganzen Tag im Büro, und den ganzen Tag kommen Leute auf die Wache, und ich beobachte sie alle, weißt du. Ich interessiere mich für Menschen, deshalb bin ich Soziologe. Und als du reinkamst, da schienst du so ... Zunächst mal warst du ziemlich bunt. Ich glaube, du trugst eine blaue Bluse und einen scharlachroten Rock, und dein Haar ... Welche Farbe hat es eigentlich?«

»Die letzte Farbe, die ich aufgetragen habe, hieß Grenada Kirschrot.«

»Du sahst aus wie ein exotischer Vogel.« Er prustete. »Oh, ich mache alles falsch, ich klinge wie ein Schwachkopf.«

»Also, du bist ein Schwachkopf, und ich bin ein exotischer Vogel. Wir geben ein tolles Paar ab.«

»Du schienst irgendwie – und das tust du immer noch – mehr *da* zu sein als andere Leute. Als wärst du auf einem Foto ganz scharf und der Rest verschwommen.«

Ich merkte, daß ich einen Kloß im Hals hatte und den Tränen nahe war. »O Gott, das ist das Netteste, was jemand jemals zu mir gesagt hat.«

Er drehte mich auf den Rücken und küßte mich. Ich fuhr mit der Hand über seinen Bauch.

»Und ich dachte, du würdest mich als Fall für die Klapsmühle ansehen«, sagte ich. »Jedesmal, wenn ich dich sehe, habe ich einen hysterischen Anfall.«

Er sah mich ernst an. »Du wirkst sehr angespannt.«

»Normalerweise bin ich das nicht. Turnt dich das ab?«

»Es macht dich irgendwie interessant.«

»Und du glaubst, das ist mein Problem? Daß ich angespannt bin? Neurotisch? Hysterisch?«

Er preßte die Lippen zusammen, als suche er seine nächsten Worte sehr sorgfältig aus. »Am Freitag abend habe ich tatsächlich gedacht, du hättest Drogen genommen. Aber ich wußte ja von Brad, daß du keine nimmst.«

»Das stimmt, ich nehme keine.«

»Du hast im Wald von schlechten Trips gesprochen.«

»Wolltest du deshalb nicht bei mir übernachten? Hast du gedacht, ich sei auf Drogen?«

»Nein, wie gesagt, kaum hatte ich daran gedacht, fiel mir ein, daß du keine nimmst.«

»Wieso dann ... Oh, es tut mir leid, ich bedränge dich. Es will einfach nicht jeder beim ersten Rendezvous intim werden, stimmt's?«

»Genau.«

»Beim zweiten ist es aber okay, oder was?«

»Normalerweise nicht, aber du bist sehr überzeugend.«

»Beim dritten Mal?«

»Also ... ich weiß nicht ... ich ... ich meine ...«

»Bist du katholisch?«

Er lachte. »Die GG.«

»GG?«

»Die *Gemeinde Gottes.* Aber ich bin fehlgeleitet, sehr, sehr fehlgeleitet. Meine Eltern sind allerdings voll dabei. Mein Vater ist Pastor.«

»Du machst Witze. Ich habe also dem Pastorensohn einen geblasen?«

»Du hast einen schrägen Humor, Lisa.«

»Wie fehlgeleitet? Glaubst du noch an Gott?«

Er schüttelte den Kopf. »Ich weiß nicht. Manchmal. Sprechen wir nicht mehr darüber. Langsam komme ich mir vor wie ein verklemmtes Landei. Ich fände es besser, wenn du mich für einen geistreichen Stadtmenschen halten würdest.«

Ich kicherte und zog ihn für einen weiteren Kuß über mich. Zwanzig Minuten später, nach einem Orgasmus, bei dem mir die Ohren klingelten, gelang es mir, mich für geschlagene vierzig Sekunden zu überzeugen, daß es nur dessen bedurft hatte, um all meine Ängste wegzufegen. Ich lag wie eine Gummipuppe in Liams Armen, ein dümmliches Grinsen im Gesicht.

Kurz bevor ich einnickte, sagte er: »Und jetzt erzähl mir alles.«

Plötzlich war ich hellwach.

»Wir wär's, wenn ich dir einen Teil nach dem anderen erzähle? Ob ich dann weitermache, hängt von deiner Reaktion ab.«

»Von mir aus.«

»Okay.« Ich richtete mich auf und rieb die Hände aneinander. »Also ... das Wichtigste zuerst. Ich hatte früher etwas mit einem Mann zu tun, der Hexer war. Wie fühlst du dich soweit?«

»Was, er hielt sich für einen Hexer, so wie diese Okkultisten?«

»Nein, er war wirklich ein Hexer. Im Ernst. Ich habe seine Magie gesehen. Ich habe gesehen, daß er Tiere geopfert hat, um Macht zu bekommen. Ich habe sogar gesehen, daß er einen Mann getötet hat.«

»Mein Gott, Elizabeth, ist das dein Ernst? Hast du das der Polizei berichtet?«

»Okay, bleib cool. Es ist ungefähr vierhundert Jahre her, in einem vorigen Leben.« Ich biß mir auf die Lippen und wartete auf seine Reaktion.

»Vor vierhundert Jahren?«

»Ja. 1607, um genau zu sein.« Ich hatte meine Hausaufgaben gemacht. Elizabeth hatte geschrieben, daß die Königin vier Jahre vor dem Pakt zwischen ihr und Gilbert gestorben sei.

»Woher weißt du, daß es sich um ein vorheriges Leben handelt? Woher weißt du das alles?« fragte er langsam.

»Im Januar hatte ich diesen schrecklichen Traum, der immer wiederkehrte. Von einer Psycho-Site im Internet bekam ich Hilfe. Seitdem erlebe ich kontrollierte Rückführungen – drei bislang. Es ist unglaublich.«

»Und du siehst tatsächlich, was früher alles passierte?«

»Ich lebe es. Lisa Sheehan hört auf zu existieren. Ich weiß nur noch, daß ich Lady Elizabeth Moreton bin, Hexerlehrling.« Ich lachte, aber es war ein nervöses Lachen, und das hörte er. Er nahm meine Hand und hielt sie fest. »Kein Wunder, daß du verängstigt bist.«

»Da ist noch mehr. Viel, viel mehr. Bist du sicher, daß ich weitermachen soll?«

»Du mußt. Mit der Hälfte der Geschichte kannst du mich nicht sitzenlassen.«

Ich erzählte ihm alles. Wenn ich heute daran denke, kommt es mir vor, als sei der Hall meiner Stimme auf Ewigkeiten zwischen den Wänden des Schlafzimmers hin und her geschwungen. Liam hielt schweigend meine Hand, außer dem Ausdruck tiefster Besorgnis konnte ich seinem Gesicht nichts entnehmen. Meine Kehle schmerzte vom Schluchzen, und wir waren auf ewige Zeiten in diesem Augenblick gefangen. In Wirklichkeit dauerte es nur eine halbe Stunde, und als ich fertig war, warf ich mich in seine Arme, und er hielt mich schweigend mindestens genauso lang fest. Wahrscheinlich wägte er ab, was er von dem, was ich gesagt hatte, glauben sollte und welche Teile er meinem Wahn zuordnen mußte.

Irgendwann machte ich mich los und sah ihn an. »Also?«

»Laß mir noch etwas Zeit«, sagte er. »Du hast mir gerade das Unglaublichste erzählt, was ich in meinem ganzen Leben gehört habe.«

»Du glaubst mir?«

»Ich habe schon an seltsamere Dinge geglaubt. Aber nichts davon ist so nahe bei mir geschehen.«

»Würde eine Tasse Tee es einfacher machen?«

»Ich weiß es nicht. Versuch es.«

Ich zog meinen Morgenmantel über und ging in die Küche, um den Kessel aufzusetzen. Zumindest hatte er nicht sofort alles von sich gewiesen. Und immerhin war er nicht mit dem Satz ›Ich glaube, daß du glaubst, daß es geschehen ist‹ gekommen. Ich machte zwei Tassen Rosenblütentee und brachte sie ins Schlafzimmer. Er lehnte an einem Kissen und hatte sich die Decke züchtig bis zur Hüfte hochgezogen.

»Lisa, ich habe nachgedacht. Deine Halluzinationen ... glaubst du, daß es wirklich alles Halluzinationen sind?«

»Ich kann dir nicht folgen.«

»Als Gilbert den Mann getötet hat, sagtest du, er könne das Blut verbergen, die Leute so verzaubern, daß sie es nicht sähen.«

»Ja, deshalb findet die Polizei keine Spuren. Sie sehen sie nicht.«

»Aber du hast sie gesehen. Als wir im Wald waren, sagtest du, du sähest überall Blut. Ich glaube nicht, daß das eine Halluzination war.«

Ich nickte bedächtig. Er hatte recht. »Du glaubst, daß es mir irgendwie gelungen ist, durch den Zauber hindurchzusehen?«

»Vielleicht. Was bedeuten würde, daß du eine Art Schutz vor ihm hast.«

Eine kleine Welle der Hoffnung lief durch mich hindurch. »Ja, du hast recht. Das ist zumindest etwas, nicht wahr? Es bedeutet immerhin eine kleine Verteidigungsmöglichkeit.«

Er griff nach den Tassen und stellte sie vorsichtig neben dem Bett ab. Dann nahm er mich in die Arme. »Was immer auch geschieht«, sagte er, den Kopf an meinem Haar, »was immer geschieht, ich bin für dich da.«

Ich drückte mich an ihn. Eine kleine Verteidigungsmöglichkeit, immerhin.

Nachdem Liam am Nachmittag gegangen war, ließ ich mir ein Bad ein und blieb lange Zeit darin liegen, den Kopf nach hinten gelehnt, die Augen geschlossen. Draußen nieselte es leicht. Ich fragte mich, wie die Party bei Dick wohl lief. Brad war sicherlich total sauer darüber, daß ich mich mit Liam auf die Horizontale begeben hatte, aber mich beschäftigten andere Sorgen. Mein Französisch, zum Beispiel, oder mein Latein, das auch zurückgekommen war. Nicht schlecht für ein Mädchen, das die High School abgebrochen hatte.

Es war ein gutes Gefühl, daß Liam mich nicht im Stich ließ. Ich spielte höchst ungern die Rolle des hilflosen Weibchens, aber es hatte was für sich, ein Trauma mit jemanden zu teilen, der größer und stärker war.

Gerade sank ich in Schlummer, als das Telefon klingelte und mich unsanft weckte. Ich sprang aus der Wanne, schnappte mir ein Badetuch, damit ich nicht den ganzen Teppich volltropfte, und nahm den Hörer ab.

»Hallo?«

»Lisa?«

Zuerst kam mir die Stimme nicht bekannt vor, doch dann wußte ich, wer es war. Ich band das Handtuch fester.

»Was gibt's, David?«

»Ich wollte nur mit jemandem reden.«

Ich setzte mich auf den Stuhl neben dem Telefon und langte hinüber, um die Lampe an meinem Schreibtisch einzuschalten.

»Aber klar. Was ist passiert?«

»Ich habe die Briefe auf die Polizeiwache gebracht. Aber ich hatte nicht den Eindruck, daß sie sie besonders ernst nehmen.«

»Das tut mir leid. Wahrscheinlich haben sie sich ihr Urteil schon gebildet.«

»Ich weiß nicht, was ich sonst noch tun kann«, sagte er mit zitternder Stimme. Womöglich weinte er gleich. Das konnte ich nicht gebrauchen, nicht jetzt.

»Einen Moment mal ... entschuldige, ich muß Schluß machen. Ich bekomme gerade Besuch.«

»Oh, das tut mir leid, Lisa. Entschuldige, daß ich dich gestört habe.«

Das schlechte Gewissen legte seinen Mantel um mich. »Das macht gar nichts. Ruf mich demnächst wieder an, okay?«

»Gut. Auf Wiedersehen.«

Das Telefon klickte. Der Schein der Lampe fiel auf meine Beine. Ich hatte das Badewasser zu heiß gemacht, und die Haut sah fleckig aus. Außerdem mußte ich mir dringend die Beine rasieren. Ich konnte es kaum glauben, daß ich mich mit Waden wie Schmirgelpapier auf Liam gestürzt hatte.

Ich wickelte mir das Handtuch vom Körper und rieb mir die Haare trocken. Dabei bemerkte ich ein kleines dunkles Mal auf der Innenseite meines linken Oberschenkels.

»O mein Gott.« Ich straffte die Haut, um mir den Fleck genauer anzusehen, stellte mich direkt unter die Lampe. Nein, es sah nicht aus wie das Mal, das Elizabeth trug, es mußte etwas anderes sein. Ein Muttermal, das mir vorher nicht aufgefallen war. Trotzdem rieb ich mit dem Finger darüber. Es fühlte sich taub an. Ich kratzte mit dem Fingernagel daran. Nichts.

Es schien, als kämen nicht nur die Sprachen zu mir zurück.

17. Kapitel

»Du siehst scheiße aus, Lisa.«

Dick stand an der Tür zum Aufnahmeraum. Ich hatte eine Viertelstunde lang gewartet.

»Danke. Ist Brad da?«

Er bat mich herein. »Nein. Tut mir leid, daß es so lang gedauert hat, aber ich war hinten.« Er hatte sich die Haare schwarz gefärbt, was seine Haut noch teigiger aussehen ließ. Die Tür schlug zu und schloß das Sonnenlicht aus.

»Du hast gestern ein gute Grillparty verpaßt«, sagte Dick, während ich mich in den Sessel vor dem Mischpult setzte. »Wir haben ganz schön was runtergespült, und die Steaks waren herrlich.«

»Toll. Ich trinke kein Bier und esse kein Fleisch. Also hätte ich gut dazugepaßt.«

»Brad sagte, du hättest es mit einem Kerl unter der Dusche getrieben.«

Ich schaute auf. Er brühte gerade in der vollgestopften Kochnische Kaffee auf. »Das hat er allen erzählt?«

»Ja. Ich glaube, er war sauer, daß er nicht derjenige war. Hab' ich recht?«

»Ja, du hast recht.«

»Und warum siehst du so müde aus?«

Ich rieb mir die Augen und gähnte. »Ich hab' nicht viel geschlafen, aber nicht aus dem Grund, den du vermutest. Derjenige ist gegen fünf nach Hause gegangen. Ich konnte nur nicht gut einschlafen.«

Als ob jemand in meiner Lage gut schlafen könnte. Bevor ich ins Bett gegangen war – nur um mich die ganze Nacht herumzuwälzen –, hatte ich Whitewitch eine hysterische E-mail geschickt, in der ich ihr berichtete, daß ich durch die Rückführungen mehr fand als Erinnerungen. Wahrscheinlich wollte ich mir weismachen, daß all das normal wäre, aber daß ich auf einmal ein Hexenmal bekommen hatte, konnte man wohl nicht mehr als normal bezeichnen. Wie hatte Gilbert es genannt? Eine Brustwarze für die Geister. Nun, ich wußte genau, daß ich keine Geister zwischen meinen Beinen rumhängen haben wollte. Ich hatte schon genug damit zu tun, Brad fernzuhalten.

Dick kam mit einer Tasse Kaffee für sich und mit einem Becher Kamillentee. Ich war gerührt. »Danke, Mann, das ist nett.«

»Schon gut. Du hast das Zeug das letztemal dagelassen, und außer dir mag es keiner.« Er trank einen Schluck Kaffee. »Meine Mutter ist Krankenschwester in einer Nervenklinik. Sie sagt, wenn man nicht einschlafen kann, muß man sich eine große Schiefertafel in seinem Kopf vorstellen, die man mit den Worten ›Entspann dich‹ vollschreibt. Wenn die Tafel voll ist, wischt man sie ab und fängt wieder von vorne an. Es funktioniert.«

»Das muß ich ausprobieren.« Ich fragte mich, ob es auch bei Furcht vor Zerstückelung, Tod und ewiger Verdammnis wirkte. Der Summer ertönte, und Dick stand auf und öffnete die Tür. Brad kam herein. Die nächsten zehn Minuten unterhielt er sich mit Dick über Technik. Dick hatte ein neues Mischpult gemietet, das aussah wie ein kleines Hochhaus, dunkel, glatt, mit erwartungsvoll leuchtenden LED-Anzeigen. Sie ignorierten mich und taten so, als wäre ich sowieso nicht in der Lage, ihr Fachgespräch zu verstehen, was natürlich nicht stimmte. Es hatte sicher was mit den männlichen Hormonen zu tun, also ließ ich sie gewähren. Mir ging Wichtigeres im Kopf herum.

Irgendwann zog Brad den kaputten Drehstuhl näher und setzte sich neben mich, die Ellbogen auf das Mischpult gestützt. »Lisa, wie geht es dir?«

»Ich bin müde, erschöpft und am Rande eines hysterischen Anfalls.«

»So siehst du auch aus. Ich hätte gedacht, daß die Liebe eines Mannes das alles lösen würde, aber du siehst noch schlechter aus als vorher. Ist der Junge mit dem Taschentuch eine mittlere Enttäuschung?«

»Auf so was hab' ich jetzt keine Lust, Brad. Laß mich in Ruhe.«

Er sah mich überrascht an, machte dann aber einen Rückzieher. »Tut mir leid. Geht es dir gut?«

»Ich sagte schon, nein.«

»Kann ich irgendwas tun?«

»Ja, sei nett zu mir. Hör auf, den Leuten von meinem Sexleben zu erzählen. Behandle mich wie einen Menschen und nicht wie ein preisgekröntes Schwein, das auf die Weide eines anderen Bauern gelaufen ist.«

Er machte eine angemessen betretene Miene. »Dick, wir fangen jetzt besser an.«

Abmischen war ermüdende Arbeit. Wir EQ-ten die Kick Drum und flachten sie ab. Wir EQ-ten die Snare – keine schöne Aufgabe, wenn einem der Kopf weh tut –, dann EQ-ten wir Kick und Snare zusammen. Es schien endlos so weiterzugehen, während wir Stück für Stück ausbalancierten, Kompression hinzufügten und mit Effekten experimentierten. Gegen zwei Uhr nachmittags hatten wir einen Song fertig, und ich schwor, daß ich kotzen müßte, wenn ich ihn je wieder hören sollte.

»Wollt ihr weitermachen?« fragte Dick. »Wir könnten heute noch einen schaffen.«

Brad nickte. »Ja, klar. Lisa?«

»Habt ihr was dagegen, wenn ich mich aufs Sofa lege und versuche, etwas Schlaf nachzuholen?«

»Mach nur.«

Zwischen Lärm und Zigarettenqualm döste ich unruhig vor mich hin. Ich dachte an Liam, daran, was er jetzt wohl machte. Seinen Bericht schreiben, Kommentare in den Computer tippen, Telefonate führen. Es tat mir gut, an ihn zu denken, an die beruhigende Normalität seines Lebens. Er hatte mir geglaubt, auch wenn ich nicht wußte, warum. Ich hätte mir nicht geglaubt, ich hätte gelächelt und genickt und hätte mich so schnell wie möglich sitzenlassen. Aber er hatte mir geglaubt und mir ein Gefühl der Sicherheit gegeben. Schläfrig runzelte ich die Stirn. Warum war das so? Sicher, er war groß und stark, und er war ein Mann, aber welchen Schutz konnte er mir gegen Gilberts Macht bieten? Ich würde mich nicht sicher fühlen, bis ich wußte, wer Gilbert war, bis er gefaßt und aufgehalten wurde. Der Schlaf löste sich auf und zerrann zwischen meinen Fingern. Ich setzte mich auf und ging ans Mischpult zurück, wo die beiden am Snaretrack herummachten.

»Zu mittig«, sagte ich. »Mehr Top End.«

Brad drehte sich um. »Das war ein kurzer Schlummer.«

Ich zog einen Stuhl heran und stützte den Kopf mit den Händen ab. »Wer kann schon schlafen?«

»Hast du das mit der Tafel probiert?« fragte Dick.

»Machen wir einfach weiter.«

Dick hatte gegen sieben eine Speed-Pille eingeworfen und war überzeugt davon, daß wir noch bis Mitternacht durcharbeiten könnten. Brad sagte nein.

»Meine Ohren sind wie aus Baumwolle, Dick. Alles hört sich scheiße an. Ich glaube, wir brauchen eine Pause. Morgen kommen wir dann mit neuen Ohren wieder.«

»Okay, kein Problem«, sagte Dick.

Brad und ich gingen zum Parkplatz.

»Kannst du mich nach Hause fahren?« fragte ich.

»Klar.« Anstatt zuerst einzusteigen und die Beifahrertür von innen aufzumachen, wie er es sonst immer tat, machte er heute mir zuerst die Tür auf und wartete, bis ich eingestiegen war.

»Danke«, sagte ich und zog den Sicherheitsgurt über die Schulter. Ich biß mir auf die Zunge, um keinen sarkastischen Kommentar über seine Ritterlichkeit abzugeben. Er stieg auf seiner Seite ein und ließ den Motor an.

Eine Weile fuhren wir schweigend, dann fragte Brad: »Bist du noch sauer auf mich?«

»Nein.«

»Du bist so still.«

Ich berührte seinen Arm. »Es ist nicht wegen dir. Mir geht nur so vieles im Kopf herum.«

»Du denkst an Liam?«

Ich mußte lächeln. »Herzlichen Glückwunsch. Du hast zum erstenmal seinen richtigen Namen benutzt.«

»Sorry, ist mir so rausgerutscht, ich meine natürlich den Jungen mit dem Taschentuch.«

Ich lachte. »Du bist ein solches Arschloch, Brad.«

»Danke.«

»Nein, ich denke nicht an Liam. Ich denke an andere Dinge, Dinge, die mir angst machen.«

»Die Morde?«

»Ja. Und du? Denkst du je daran?«

»Sicher, ziemlich oft sogar.« Er ging vom Gas, als uns ein Motorradfahrer schnitt. »Zuerst habe ich gedacht, daß diese Typen nicht rausgegangen und getötet worden wären, wenn wir nicht an diesen Abenden gespielt hätten. Aber das ist Blödsinn. Wenn wir nicht gespielt hätten, wären sie zu einer anderen Band gegangen.«

»Du glaubst also, daß es nur Zufall war, daß sie Fans von uns waren?«

»Genau.«

»In einer Stadt mit anderthalb Millionen Einwohnern?«

»Nur wenn man die Vorstädte mitzählt. Die Innenstadt ist gar nicht so groß. Wie oft sieht man die gleichen Leute?

Wie dieser Schwarze in der grünen Jacke, der immer in der Queen Street Mall sitzt?«

»Ich glaube, er lebt dort. Er ist obdachlos.«

»Zufall ist immer etwas Seltsames. Deshalb fällt es uns auf. Deshalb nennen wir es so.«

Ich fand Brads Logik ziemlich unlogisch. Wir hielten vor meinem Haus.

»Danke, Brad.«

»Lisa, hast du ihm von uns erzählt?«

»Was denn? Da gibt es nichts zu erzählen, obwohl du ihn ja fast davon überzeugt hast, daß wir schon Sandkastenfreunde waren.«

»Du weißt schon – von unserer früheren intimen Beziehung.«

»Einmal ficken ist kaum eine intime Beziehung.« Jetzt war ich verlegen, wie immer, wenn es um dieses Thema ging.

»Hast du es ihm erzählt?«

»Nein, ich sehe auch keinen Grund dazu. Was mich betrifft, ist das eine Sache, die nur du ständig hervorkramst und von der ich nichts mehr hören will. Ich dachte, wir hätten uns in diesem Punkt verstanden.«

»Okay, wie auch immer, tut mir leid, daß ich es erwähnt habe. Bis morgen früh im Studio.«

»Kannst du mich abholen? Heute mußte ich den Bus nehmen, lauter Pendler, die nach Haarspray und Deo riechen.«

»Bist du allein?«

»Was meinst du?«

»Wenn ich dich abhole, bist du dann allein?«

»Ja, natürlich.«

»Also gut, ich bin kurz vor neun bei dir. Aber wenn er da ist, nehme ich dich nicht mit.« Schon wieder benahm er sich wie ein Arschloch.

»Warum nicht?« fragte ich.

»Ich möchte ihn nicht eifersüchtig machen.«

Ohne zu wissen, warum, wußte ich, daß etwas nicht in Ordnung war, während ich vor meiner Wohnungstür stand und im matten Schein der Sicherheitsbeleuchtung an der Treppe nach meinem Schlüssel suchte. Mein Herz schlug schneller und schien in der Kehle zu pochen, so daß ich kaum atmen konnte. Fast wäre ich nicht hineingegangen. Fast wäre ich zur Telefonzelle an der Ecke gelaufen und hätte Liam angerufen. Aber ich sagte mir, du spinnst, und Liam hat Besseres zu tun, als hinter seiner neurotischen Freundin herzulaufen. Also holte ich ein paarmal tief Luft und schloß die Tür auf.

In der Küche brannte das Licht. Ich wußte genau, daß ich es nicht angelassen hatte. Ich machte die Wohnungstür nicht zu. »Ist da jemand?« rief ich. Keine Antwort. Hastig schaltete ich das Wohnzimmerlicht an.

»Wenn da jemand ist, dann melden Sie sich!«

Nichts.

Ich ging durchs Wohnzimmer und schaute vorsichtig um die Ecke in die Küche. Mein Herz tat einen Satz. Dana saß am Küchentisch und blätterte in einer alten Ausgabe von *Time Off*, die sie von dem Stapel genommen haben mußte, der in der Ecke des Regals lag. Sie schaute wie beiläufig auf.

»Was, zum Teufel, machen Sie hier?« sagte ich und griff mir an die Brust. »Sie haben mir eine Heidenangst eingejagt.«

»So? Hat es dir nicht gefallen? Wie gefällt es dir, wenn jemand sich in deine Wohnung schleicht und du weißt nichts davon? Kein gutes Gefühl, nicht wahr?«

Ich setzte mich auf den Stuhl gegenüber von ihr und warf die Schlüssel auf den Tisch. »David hat es Ihnen erzählt.«

»Nein, ich bin von selbst draufgekommen. Ich bin schließlich nicht blöd.« Sie spuckte das Wort ›blöd‹ förmlich aus, als ginge es tatsächlich darum, was wir von ihrer Intelligenz hielten. »Dieser dicke kleine Mann von der Polizeiwache hat mich angerufen, und ich wurde wegen der Briefe verhört. Vielen Dank euch beiden.«

Ich wollte ihr sagen, daß sie es verdient habe, biß mir aber auf die Zunge. »Wie sind Sie hereingekommen?«

»Ich habe deiner Vermieterin erzählt, ich sei deine Mutter, daß ich dich längere Zeit nicht gesehen hätte und fürchtete, du seist in Schwierigkeiten ... oder sogar tot. Da hat sie mich reingelassen.«

Ich sah sie an. Es gefiel mir nicht, wie sie davon sprach, daß ich tot in meiner Wohnung liegen könnte. Angst kitzelte auf meiner Haut. Ich sagte mir, beruhige dich, das ist nur der Schock, sie hier sitzen zu sehen. Sie ist nur eine alte Ziege, die wütend auf mich ist, keine wahnsinnige Mörderin. Sie starrte mich mit glitzernden Augen an.

»Du weißt nichts von mir«, sagte sie schließlich. »Du weißt nichts über Karins Vater. Du hattest kein Recht, diese Dokumente an dich zu nehmen. Er war ein Trunkenbold und ein Spieler. Er hätte uns ausbluten lassen. Karin war ohne ihn besser dran.«

»Sind Sie deshalb hier? Um mir eine Standpauke zu halten?«

»Glaubst du etwa, diese Idioten auf der Polizeiwache würden mich verdächtigen, meine Tochter aus dem Weg geräumt zu haben? Nach dem Motto, wenn ich sie nicht selbst haben kann, dann soll sie auch kein anderer haben? Meine eigene Tochter! Aber du hältst mich dessen für fähig. Deshalb warst du in meinem Haus.«

»Ich nahm nicht an, daß Sie Karin getötet haben. Ich dachte nur ... Sie hätten irgendwas mit ihrem Verschwinden zu tun.«

»Hältst du mich für verrückt oder was?« fuhr sie mich an.

»Das habe ich schon immer getan, wie Sie wissen. Warum sollte ich auch anders denken?«

»Und warum sollte ich einer billigen, ungebildeten Herumtreiberin wie dir irgendwie entgegenkommen? Warum sollte ich nett zu der Person sein, die meiner Tochter immer nur Flausen in den Kopf gesetzt hat?«

»Karin war ihr eigener Herr. Ich habe ihr nie etwas in den Kopf gesetzt.« Entnervt fuhr ich mir mit der Hand durchs Haar. Wie immer wollte ich ihr mit einem stumpfen Gegenstand auf den Kopf hauen. »Abgesehen davon kann ich kaum glauben, daß wir dieses Gespräch führen. Verlassen Sie meine Wohnung, Sie haben Ihren Standpunkt verdeutlicht.«

»Ich bin noch nicht fertig mit dir. Was ist das da auf deinem Notizbrett?« Sie deutete auf die Pinnwand über dem Schreibtisch, an der die Zeitungsausschnitte über die beiden Mordopfer hingen.

Ich zuckte mit den Schultern. »Zwei Typen, die ermordet wurden.«

»Das weiß ich. Aber warum hängen sie an deinem Notizbrett? Woher das plötzliche Interesse? Willst du Miss Marple spielen?«

»Das geht Sie nichts an.«

»Sergeant Pyle hat es mir erzählt. Du kanntest sie beide.«

»Wann hat er Ihnen das erzählt?«

»Ich habe ihm von deiner Band berichtet, von dem, was du so treibst. Die Drogen und die anderen Dinge ...«

»Dana, ich nehme keine Drogen, und alles andere entspringt nur Ihrer Phantasie.«

»Ich habe gesagt: ›Sie sollten sich mal mit ihr unterhalten, sie ist die Kriminelle, nicht ich. In ihrer Band sitzen die Kriminellen‹, und er sagte: ›Es scheint tatsächlich nicht sicher bei ihren Auftritten zu sein, wenn man bedenkt, daß zwei Fans jetzt tot sind.‹ Ha! Das hat die Polizei zu mir gesagt! Und sie haben mir erzählt, daß sie dich beobachten, daß schon seit Wochen Beamte bei euren Shows anwesend sind. Es ist nur eine Frage der Zeit, bevor sie dir auf die Schliche kommen und dich ins Gefängnis sperren, wo du hingehörst. Dann lache *ich*.« Sie zeigte mit dem Finger auf mich und grinste mich giftig an.

»Oh, Sie sind wirklich nicht ganz dicht.«

Sie erhob sich und nahm ihre Autoschlüssel. »Sicher. Mach dich nur lustig über mich, aber warte ab, welche Asse ich noch im Ärmel habe. Ich kann deine dumme kleine Band zerstören, deine dummen kleinen Träume. Ich brauche den Leuten nur zu erzählen, was du wirklich treibst.«

»Ich weiß nicht, wovon Sie reden. Ich weiß eigentlich nie, wovon Sie reden.«

»Das wirst du bald. Auf Wiedersehen.« Sie ging zur Wohnungstür und schlug sie hinter sich zu. Ich lief sofort zum Telefon.

»Es tut mir leid, Sergeant Pyle ist momentan nicht im Dienst«, sagte jemand auf der Polizeiwache. »Kann ich eine Nachricht hinterlegen?«

»Wann ist er wieder da?«

»Morgen früh um sechs.«

»Dann rufe ich wieder an.« Ich knallte den Hörer auf.

Bevor ich ins Bett ging, duschte ich nicht mal. Ich war so erschöpft, daß ich mir einfach die Sachen auszog und unter die Decke schlüpfte. Das Telefon klingelte, aber ich überließ den Anruf dem Beantworter. Sofort glitt ich übergangslos in einen Schlaf ohne Träume.

Gegen zwei Uhr nachts wachte ich von irgendwas auf. Ich kämpfte gegen die steigende Flutwelle des Erwachens an, aber da war es schon wieder – das Jucken in den Handflächen. Ich grub die Fingernägel in meine Hände und kratzte, aber das schien es nur noch zu verstärken. Das Jukken wurde fast unerträglich. Ich legte meine Hände auf die Laken und rieb mit aller Kraft darüber, bis mir die Handflächen brannten. Schläfrig, nur halb wach, schaltete ich die Lampe neben dem Bett ein und betrachtete meine Hände. Auf jeder Handfläche zeigten sich drei parallele Striemen von grauer oder grünlicher Färbung. Ich fuhr mit dem Daumen darüber und fühlte deutlich eine Ausbuchtung. Ich drückte dagegen, und etwas schien sich unter meinem Finger zu bewegen, als wolle es sich dem Druck entziehen.

»Was zum …?« Ich warf die Laken zurück und stolperte ins Bad. Dort war das Licht heller, und ich betrachtete mich im Spiegel – blasse Haut und dunkle Ringe unter den Augen. Ich untersuchte meine Hände, betastete sie erneut. Die Striemen schienen sich etwas nach unten verschoben zu haben, auf meine Handgelenke zu. Ich starrte darauf. Wie müde ich war. Mir fielen die Augen zu, und fast hätte ich das Gleichgewicht verloren und wäre nach vorne gefallen, doch dann schreckte ich auf und stützte mich am Waschbecken ab.

Unter meiner Haut bewegte sich etwas, wand sich langsam voran. Ich dachte daran, wie ich gestern morgen auf dem Stein am Fluß gesessen hatte. Vielleicht hatte ich mir dort einen Virus eingefangen, vielleicht hatte irgendein Tier seine Eier unter meiner Haut abgelegt. Ich spürte den Schweiß auf meiner Stirn, drehte das Wasser an und ließ es über meine Hände laufen. Das Jucken hörte nicht auf. Die Striemen bewegten sich weiter. Es waren Lebewesen, Fadenwürmer oder so was, und sie bewegten sich nach unten. Sie wollten in meine Pulsadern kriechen, schoß es mir durch den Kopf. Panisch vor Angst drückte ich meinen Daumen auf die Haut vor ihnen, aber sie wanden sich darunter hindurch und wanderten weiter.

Erneut schlossen sich meine Augen, und ich schwankte. Erneut schreckte ich rechtzeitig hoch. Für die Notfallklinik war es zu spät – bis ich da war, würden sich die Würmer längst in meine Adern gefressen haben. Ich wankte zum Schreibtisch und zog eine Schublade auf, zu heftig, so daß sie herausrutschte und auf den Boden fiel. Voller Panik durchwühlte ich den Inhalt. Hier nicht. Nächste Schublade. Meine Hand schloß sich um den Griff eines kleinen Messers mit feiner Klinge. Ich ging damit zurück ins Badezimmer. Warum war es hier drin so hell? Ich drehte das warme Wasser auf und ließ es laufen. Nach fünf Minuten begann der Wasserhahn zu summen, und jetzt erst merkte ich wieder, wo ich war. Hatte ich gedöst? Egal. Ich hielt die Klinge mit der rechten Hand unter das heiße Wasser und starrte auf die Würmer, die sich unter der Haut meiner linken Hand schlängelten. Am besten, ich nahm zuerst die rechte Hand. Es würde weh tun, aber es mußte getan werden.

Ich drehte den Hahn zu, stützte mich auf dem Becken ab und betrachtete mich wieder im Spiegel. Meine Augen waren trübe. Mein Haar sah aus wie Messing. Es war zu hell hier drin. Ich ging in die Küche und setzte mich an den Tisch; legte meine Hand mit der Innenseite nach oben auf die *Time Off*, die Dana sich angesehen hatte, vor vielen Jahren. Wieder versuchte der Schlaf, mich zu übermannen, aber ich wehrte ihn ab. Konzentrieren, konzentrieren. Die Klinge schnitt durch die Haut. Blut sprudelte aus der Wunde. Nur ein kleiner Schnitt über dem Kopf des Wesens. Ich drückte, so wie man einen Pickel ausdrückt, erwischte den Kopf des Dings und zog daran. Bekam es nicht heraus. Noch ein bißchen mit dem Messer graben, und es würde sich schon lösen. Der Schmerz formte sich als großer Klumpen in meinem Kopf. Dreimal an der rechten Hand. Dann nahm ich mit der Rechten das Messer. Ich konnte es kaum halten; es blutete und blutete. Zischend preßte ich den Atem zwischen den Zähnen hindurch. Drei kleine Schnitte, ein wenig ziehen und ein wenig graben, und schon kamen sie heraus, drei lange Fäden. Sie kräuselten sich auf der *Time Off* zusammen. Erledigt.

Meine Hände brannten. Ich ging zurück ins Bad, holte eine Flasche Desinfektionsmittel und goß etwas davon auf meine Handteller. Es war, als stünden sie in Flammen. Ich griff nach einem Handtuch und umwickelte meine Hände damit. Wie müde ich war. Zeit, ins Bett zu gehen. In der Dunkelheit wankte ich ins Schlafzimmer.

Der Funkwecker klingelte um acht Uhr. Ich wollte eine Hand unter der Bettdecke hervorziehen, um die Snoozetaste zu drücken, aber die Hand hatte sich irgendwie in den Laken verfangen. Ich zog noch einmal und wurde von einem stechenden Schmerz begrüßt.

Erschrocken hob ich die Hände hoch. Sie waren in blutdurchtränkte Tücher gewickelt. Sachte entwirrte ich sie. Auf jeder Handfläche befanden sich drei parallele Wunden, noch leicht klaffend und frisch. Den Schmerz, der in ihnen pochte, spürte ich bis in den Magen. Ein Flackern der Erinnerung – das helle Licht im Bad, der Blick in den Spiegel, als kenne ich mich selbst nicht mehr. Ich schloß die Augen und konzentrierte mich. Was hatte ich getan?

Würmer – das war es gewesen, unter meiner Haut waren irgendwelche Würmer gekrabbelt. Aber an was ich mich erinnern konnte, ergab keinen Sinn. Es mußte ein Traum gewesen sein.

Aber das war es nicht. Ich hatte am Küchentisch gesessen und sie herausgeholt. Schnell stand ich auf und ging in die Küche, wobei ich fast über die herausgerissene Schublade am Boden gestolpert wäre. Das Magazin auf dem Tisch war mit Blut besudelt. Sechs zusammengerollte Stükke toter weißer Haut lagen neben dem Messer. Mein Magen drehte sich um. Ich hatte mir Stücke meiner eigenen Haut herausgeschnitten, in dem Glauben, es seien Wesen, die in meiner Hand lebten.

Entsetzt sank ich auf einen Stuhl und starrte meine Hände an. An den Wunden klebten weiße Fasern von den Handtüchern. Meine Hände waren rot und zitterten. Ich versuchte sie gerade zu halten, aber es war, als gehörten sie jemand anderem.

»Mein Gott, Lisa, du mußt dich zusammenreißen«, sagte ich laut und versuchte, all meine Kräfte zu sammeln. Ich mußte diese Wunden ordentlich säubern und verbinden, aber ich war nicht in der Lage, es selbst zu tun. Ich konnte warten, bis Brad kam, aber der würde wissen wollen, was passiert war, und es wäre zu schwierig, ihm alles zu erklären. Liam wußte bereits von meinen Halluzinationen, also war es besser, ihn anzurufen.

Ich ging zum Telefon, nahm den Hörer vorsichtig zwischen Daumen und Zeigefinger und tippte ebenso vorsichtig Liams Nummer ein.

»Hallo?«

»Hast du Zeit?«

»Lisa, hi. Ich hab' gestern abend versucht, dich anzurufen, aber nur den Beantworter erwischt.«

»Ich bin früh ins Bett gegangen. Kannst du herkommen?«

»Jetzt? Ich will gerade zur Arbeit.«

Meine Hände waren nicht der einzige Teil von mir, der zitterte. Mein ganzer Körper begann zu zucken. »Es ist dringend. Ich habe mich selbst verletzt.«

Die Sorge ließ seine Stimme tiefer klingen. »Du hast dich verletzt? Wie schlimm? Was ist passiert?«

»Ich hatte wieder eine Halluzination ... und habe mir die Hände aufgeschnitten ... ziemlich übel.« Ich schluchzte auf.

»Okay, setz dich ganz ruhig hin. Ich bin schon auf dem Weg.« Das Telefon klickte.

»Wie, zum Teufel, hast du das geschafft?«

Ich hatte geduscht, kurz und unter Schmerzen, und jetzt saß ich in meinem Morgenmantel auf einem Stuhl zwischen Liams Knien, während er meine Wunden mit warmem Wasser, Watte und Desinfektionsmittel auswusch. Die Wasserschüssel stand direkt neben meinem Computer, und jedesmal, wenn er die Watte befeuchtete, zuckte ich zusammen, aus Angst, Wasser könne in das Keyboard laufen.

»Aua«, sagte ich, als er den tiefsten Schnitt reinigte. »Ich bin mitten in der Nacht aufgewacht und dachte, unter meiner Haut krabbelten Würmer. Ich war noch im Halbschlaf, in einer Art Trance. Ich habe sie herausgeschnitten.«

»Womit?«

»Mit einem Messer, eines mit einer dieser feinen Klingen, mit denen man auch Bleistifte spitzen kann. Ich wußte nicht, was ich tat, konnte mich kaum daran erinnern, als ich aufwachte. Wenn es nicht die Spuren gäbe, wüßte ich es wahrscheinlich gar nicht mehr.«

Er preßte die Lippen zu einer dünnen Linie zusammen. Mir fiel auf, wie blaß er war.

»Geht es dir gut?« fragte ich.

»Gut? Ich bin entsetzt.« Er hatte seinen Erste-Hilfe-Kasten mitgebracht und suchte nach einer antiseptischen Salbe. »Bist du sicher, daß du nicht zu einem Arzt gehen willst, der sich das ansieht?« fragte er, während er die Salbe sachte über meine Wunden strich. Ich verzog das Gesicht.

»Absolut sicher. Was sollte ich ihm erzählen? Wie kann man erklären, daß man sich so etwas antut?«

Er zog einen Verband hervor und wickelte ihn um meine linke Hand. »Lisa, ich mache mir Sorgen um dich. Ich sehe die Möglichkeit eines bleibenden Schadens.«

»So tief sind die Wunden nicht, die heilen schnell.«

Er schüttelte den Kopf. »Ich spreche nicht von deinen Händen. Ich meine deine geistige Verfassung. Wenn es diese Rückführungen sind, die deine Halluzinationen auslösen, dann solltest du vielleicht mit den Reisen in die Vergangenheit aufhören.« Er wickelte den Verband ein zweites Mal um meine Hand, schnitt ihn ab und befestigte ihn mit Leukoplast, bevor er mit der anderen Hand weitermachte. »Ich weiß, ich kann dir nichts vorschreiben, aber so möchte ich dich nicht noch einmal vorfinden. Das hier ist nicht so gefährlich, aber wer weiß, zu was du noch fähig bist. Du hast schon genug Probleme. Ich glaube, du hast jetzt genug über dein früheres Leben in Erfahrung gebracht. Es wird Zeit, daß du dir klarmachst, was in *diesem* Leben passiert, und das kannst du nicht, wenn du verwirrt bist.«

Ich seufzte und lehnte mich zurück. »Du hast recht. Es macht mir wirklich angst, so die Kontrolle zu verlieren.« Ich sah zu, wie er sorgfältig meine Hand verband. Als er fertig war, beugte ich mich vor und küßte ihn auf die Wange. »Danke, Liam. Kommst du meinetwegen jetzt zu spät zur Arbeit?«

»Ich mache heute vormittag blau«, sagte er. »Wenn's dir recht ist, bleibe ich hier und kümmere mich um dich.«

»O Gott, da fällt mir ein, daß ich heute ins Studio soll und daß Brad mich gleich abholen kommt.«

Er nahm die Schüssel und das Desinfektionsmittel und brachte beides in die Küche, wo er das Wasser in die Spüle schüttete.

»Du solltest lieber absagen. Kannst du ihn nicht anrufen?«

In diesem Augenblick klopfte es kurz an der Tür, und ein Schlüssel drehte sich im Schloß.

»Zu spät«, sagte ich. »Er ist schon da.« Ich dachte daran, daß Brad gestern abend gesagt hatte, daß er mich nicht mitnehmen würde, falls Liam bei mir sein sollte. Da es noch relativ früh war, würde er sicher annehmen, daß Liam die Nacht bei mir verbracht hatte.

Brad öffnete die Tür, sah mich mit meinen Verbänden und eilte auf mich zu. »Ach du Scheiße, was hast du gemacht?« Dann entdeckte er Liam in der Küche. »Oh, hi«, sagte er kühl.

»Lisa hat sich verbrannt«, sagt Liam.

»Verbrannt?« wiederholte Brad und sah mich an.

»Ja, ich war mit meinen Gedanken woanders und habe eine Schüssel aus dem Ofen gezogen, ohne dran zu denken, wie heiß sie war.«

»Heute morgen?«

»Nein, gestern abend. Liam ist gerade vorbeigekommen, um mich zu verbinden.«

Eine ganze Palette von Gefühlen huschte über Brads Gesicht – Zorn, Sorge, Eifersucht. »Möchtest du den Tag freinehmen?«

»Wenn's geht.«

»Von mir aus. Traust du Dick und mir zu, daß wir auch allein zurechtkommen?«

Ich seufzte. »Ich habe wohl keine andere Wahl.«

Er sah zu Liam hinüber. »Bleibst du hier?«

»Eine Weile schon noch. Sie kann nicht viel mit den Händen machen, bevor die Wunden heilen.«

Er nickte. »Gut. Also, ich bin dann weg. Wenn du willst, schau ich auf dem Heimweg noch mal vorbei.«

»Gerne«, sagte ich. »Du mußt mir erzählen, wieviel ihr geschafft habt.«

Noch einmal wandte er sich an Liam. »Vielleicht solltest du sie doch zu einem Arzt bringen. Sie muß Donnerstag abend Gitarre spielen, bis dahin sollte es ihr besser gehen.«

»Wir überlegen es uns.«

»Schön.« Er sah aus, als wolle er noch etwas sagen, hielt sich jedoch zurück. »Also, bye.«

Ich brachte ihn zur Tür, trat sie hinter ihm mit dem Fuß zu und sah Liam an. »Du bist ein gewiefter Lügner. Das hätte ich von jemandem wie dir gar nicht erwartet.«

Er legte die Arme um meine Taille und küßte mich. »Du bist den ganzen Tag in meiner Gewalt, denn du kannst dich nicht wehren.« Dann trat er einen Schritt zurück und sah mich sehr ernst an. »Also Schluß mit diesem Vorleben-Kram?«

Ich hielt ihm meine Hände hin. »Natürlich«, sagte ich. »Ich bin doch nicht dumm.«

18. Kapitel

Fire Fire war früher ein unbenutzter Kellerraum des ziemlichen bodenständigen Royal Arms Hotel gewesen, bis Mikkey, der Sohn des Pächters, das trinkfähige Alter erreicht und beschlossen hatte, dort einen Underground-Club einzurichten; Underground schon deshalb, weil er sich zwölf Stufen unterhalb des Zugangs oben auf der Straße befand. Es war buchstäblich ein Abstieg in die Hölle, denn Mickey hatte das Ambiente dementsprechend gestaltet. Zwei idiotisch grinsende Schaufensterpuppen waren rot angestrichen und mit Hörnern, Schwanz und Dreizack ausgestattet worden. Sie flankierten den unterirdischen Eingang, an dem eine niemals lächelnde Frau mit dürren Armen den Eintritt kassierte. Sie war ein Junkie – ich hatte sie mal dabei erwischt, wie sie sich auf der Toilette einen Schuß gab. Der dunkle Raum mit der niedrigen Decke erinnerte mehr an ein Höhle, aber das wirklich Höllische war der Geruch der Toiletten, deren Abflüsse nicht funktionierten. Die Tische waren rot und gelb gestrichen. Auf die schwarzen Wände hatte man gelbe Flammen gemalt, und über der Bühne stand in flackernden Neonbuchstaben *Fire Fire.*

Als Brad und ich ankamen, waren schon etliche Leute da. Die Vorgruppe spielte noch, und wir hörten ihnen eine Weile zu. Sie intonierten nur zwei sich wiederholende Akkorde, über die der Sänger eine Art improvisierter Melodie murmelte.

»Ihr Baß ist verstimmt«, meinte Brad.

»Vielleicht Avantgarde«, sagte ich. »Wir kapieren es bloß nicht.«

»Lisa, Lisa, Lisa!« Jeff kam vom Mischpult her auf mich

zugelaufen. Vorsichtig drehte er meine Hände um und betrachtete ehrfürchtig die Verbände. »Mein Gott, hast du versucht, dich umzubringen?«

»Mach dich nicht lächerlich«, sagte ich. »Ich habe mich nur verbrannt.«

Ich sah, wie Brad Jeff einen skeptischen Blick zuwarf. Er hatte mir die Geschichte also nicht geglaubt.

»Kannst du spielen?« fragte Jeff.

»Ich stimme die Gitarre auf ein offenes E, dann kann ich ein paar Akkorde beisteuern. Die nächsten beiden Konzerte muß Brad die komplizierteren Sachen spielen.«

»Kompliziert, kompliziert«, wiederholte Jeff und kitzelte Brad unter dem Kinn.

»Jeff, hast du was eingeworfen?« fragte ich.

»Ja, warum?«

»Dann sei vorsichtig. Das CIB schickt Polizisten zu den meisten unserer Gigs.«

Brad sah mich entsetzt an. »Polizisten? Wieso? Woher weißt du das?«

»Nur weil die Mordopfer Fans von uns waren. Sie wollen nicht etwa Strafgelder wegen Drogenkonsum einsammeln, um ihren nächsten Polizeiball zu finanzieren. Gestern habe ich mit Sergeant Pyle gesprochen. Er leitet die Suche nach Karin.«

»Aber woher wissen sie, daß die beiden Typen Fans waren? Hast du ihnen das erzählt?«

Ich nickte. Brad sah mich an, als wolle er mich erwürgen. »Mann, Lisa, es ist nicht gut, wenn bei unseren Konzerten die Bullen rumschleichen.«

»Es muß ja niemand wissen. Und ich habe euch ja gewarnt, oder? Seid einfach vorsichtig. Mickey sollte man auch Bescheid sagen.«

»Machst du Witze? Er läßt uns nie mehr hier spielen. Je weniger Leuten wir davon erzählen, um so besser.« Etwas hatte Brads Aufmerksamkeit erregt. »He, sieht so aus, als sei es gerade in bei der Polizei, 747-Konzerte zu besuchen. Da kommt dein Freund.«

Ich drehte mich um. Liam stand am Eingang und wollte

gerade seine fünf Pfund Eintritt löhnen. Ich lief zu ihm und sagte zu dem Mädchen: »Ist schon okay, er gehört zu mir.« Sie winkte ihn durch.

»Danke, Lisa.«

»Ich wußte nicht, daß du heute abend kommen würdest.« Ich stellte mich auf die Zehenspitzen und gab ihm einen Kuß auf die Wange.

»Ich auch nicht. Aber ich war zu Hause, allein … und ich wollte dich sehen.«

»He, Lisa, ist das dein Freund?« Jeff war herübergekommen und stand unangenehm nah bei uns.

»Jeff, das ist Liam«, sagte ich und trat einen Schritt beiseite.

»Bist du Lisas Freund?« fragte Jeff und ignorierte Liams ausgestreckte Hand.

»Ich schätze schon.« Verlegen zog Liam die Hand zurück.

»Wow. Sie hat nicht oft Freunde, weißt du.«

»Das reicht, Jeff«, sagte ich.

»Und normalerweise sehen sie wie Verbrecher aus.«

Sanft schob ich Jeff weg. »Das Mädchen in dem purpurfarbenen Oberteil beobachtet dich die ganze Zeit, Jeff. Geh zu ihr und stell dich vor.«

»Mach ich.« Er schlenderte davon, doch kurz bevor er das Mädchen erreicht hatte, machte er eine scharfe Wendung nach rechts und gesellte sich zu Brad, der an der Bar Drinks bestellte.

»Draußen steht ein Wagen von *National Affairs*, und sie laden gerade ihre Kameras aus«, sagte Liam zu mir. »Weißt du was davon?«

»Nein. Bist du sicher, daß sie hier rein wollen?« Ich spürte einen kleinen Knoten im Magen. *National Affairs* war ein pseudo-dokumentarisches Magazin, das sich auf billige Sensationsnachrichten und persönliche Beleidigungen spezialisiert hatte.

»Ich weiß nicht, aber außer einem Hot-Dog-Stand gibt es auf dieser Straße nichts, was noch auf hat.«

Die andere Band war fertig und packte ihre Sachen zusammen. »Ich muß beim Aufbau helfen, willst du wieder bei Angie stehen?«

»Klar.«

Ich ließ ihn allein und kümmerte mich um mein Equipment. Zuerst stimmte ich meine Gitarre auf ein offenes E, so daß ich ein paar Akkorde mit einem Finger spielen konnte. Die Gitarre für ein paar Abende ganz beiseite zu lassen kam für mich nicht in Frage – ich wäre mir zu komisch vorgekommen.

Gerade bückte ich mich, um mein Wah-Wah einzustöpseln, als jemand zu mir sagte: »Entschuldigung, sind Sie Lisa Sheenan?«

Ich schaute auf und blickte in eine Videokamera. Ein Mann mit einem Clipboard stand daneben. Mein erster Gedanke war, daß ich nicht ins Fernsehen kommen wollte. Wenn ich viel fluchte, würden sie es nicht senden können.

»Ach du Scheiße, wer seid ihr denn?« fragte ich.

»Ich bin Trevor Blake von *National Affairs*. Wir gehen Anschuldigungen nach, die besagen, daß Ihre Band einen Kult von Satanisten anführt.«

»Und damit kommt man schon in *National Affairs*?« fragte ich. Das also war Danas Rache. Sie hatte Ernst gemacht, und zumindest dafür zollte ich ihr, wenn auch grollend, Respekt.

»Können Sie die Frage beantworten, Miss Sheehan? Hat die Band etwas mit einem Satanskult zu tun?«

»Nein, absolut nicht. Hatten wir nie und werden wir auch nie haben.« Das konnten sie unmöglich falsch zitieren oder in einen anderen Kontext stellen.

»Stimmt es, daß Fans von ihnen auf satanische Weise ermordet wurden?«

»Dazu sollten Sie die Polizei befragen. Aber ich habe zu tun, also verpissen Sie sich jetzt. Und wenn Ihnen Ihre teure Kamera etwas wert ist, dann verschwinden Sie lieber vom Bühnenrand.« Ich beugte mich wieder hinunter und machte weiter. Als ich aufblickte, gingen sie im Publikum herum und filmten die Leute.

Brad kam zu mir. »Was ist hier los?«

»Sie sind von *National Affairs.* Ich glaube, sie wollen uns fertigmachen – sie haben gefragt, ob wir Satansjünger sind.«

Brad grinste. »Ach ja? Publicity, umsonst. Im ganzen Land. Was hast du ihnen erzählt?«

»Ich habe ihnen gesagt, daß es nicht stimmt, und genau das wirst du auch sagen.«

»Okay, okay. Aber die Leute kommen gerne ins Fernsehen – schau nur.« Er deutete auf ein Mädchen, das gerade gefilmt wurde. Sie schien ziemlich high, machte Grimassen und setzte die Finger an den Kopf, als seien es Hörner.

»Toll«, sagte ich.

»Lisa, bleib cool. Sie können uns nicht schaden, höchstens nützen.«

»Ich bin schuld, daß sie hier sind. Ich glaube, Dana hat sie angespitzt.«

»Karins Mutter?«

»Ja, sie kann mich auf den Tod nicht leiden. Sie hat herausgefunden, daß die beiden Mordopfer Fans von uns waren, und darauf werden sie ihre Story aufbauen.«

»Mach dir keine Sorgen.« Er wollte seinen Arm um mich legen, aber dann schien ihm einzufallen, daß Liam im Publikum stand, und er klopfte mir nur auf die Schulter. »Laß es laufen. Du kannst sowieso nichts dran ändern.«

Ich setzte mich auf das Schlagzeugpodest. Jeff stellte seine Snare ein, und das Geräusch zischte in meinen Ohren. Ich war überzeugt, daß der Streß, mit dem ich lebte, jeden anderen umgebracht hätte. Jeden Tag passierte etwas, das alles noch einen Tick schlimmer machte. Die Zuschauer strömten nach vorne und drängten sich vor der Bühne. Ein paar von ihnen riefen bereits nach ihren Lieblingssongs. Einer schrie: »Lisa ist wunderschön!« und ich lächelte gequält.

Brad kam zu mir und hockte sich vor mir nieder. »Bist du fertig?«

Ich nickte. »Alles klar.«

»Also dann, nimm deine Gitarre.«

Wir hämmerten uns gut durch den ersten Song. Mir kam

es unter den Scheinwerfern sehr heiß vor. Die Fans, die vorne standen, drehten durch und tanzten völlig losgelöst. Ein Typ lehnte bewegungslos mit der Stirn an einem Lautsprecherturm. Wahrscheinlich wurde sein Gehirn gerade zu Rührei zermatscht.

Während des zweiten Songs suchte ich in der Menge nach Liam. Er stand in dem schwach erleuchteten Sektor neben Angie. Die Kamera-Crew filmte die Band von der Seite, wo die Toiletten waren. Ich sah, wie sich am Eingang etwas bewegte. Ein großer Mann hatte den Club betreten. Noch war er nichts weiter als eine Silhouette, doch ich spürte ein feines Klingeln in den Ohren, so als sei die Musik, die wir spielten, plötzlich etwas entfernt von mir. Ich schloß die Augen, um das Gefühl zu verdrängen, weil ich wußte, daß eine Halluzination im Anmarsch war.

Als ich die Augen wieder öffnete, stand der Mann etwa drei Meter hinter dem Mischpult, noch immer nicht mehr als ein dunkler Schatten. Ich wunderte mich, weil ich ihn noch immer nicht richtig erkennen konnte. Irgend etwas stimmte nicht, etwas Übles ging hier vor. Meine Knie zitterten. Die Luft schien zu dick, zu heiß. Ich spürte, wie der Schweiß in die Wunden in meinen Händen lief. Es brannte. Ich schüttelte den Kopf, versuchte ihn klarzubekommen.

Wieder beobachtete ich den dunklen Mann und konzentrierte mich jetzt auf sein Gesicht. Ich glaubte, ein Lächeln zu erkennen, ein dünnes, bitteres Lächeln. Während meine Hände wie automatisch die Akkorde spielten, starrte ich ihn an. Sein Gesicht trat langsam aus der Dunkelheit hervor. Ich hatte das Gefühl, würgen zu müssen. Plötzlich kam mir seine Erscheinung trotz der Dunkelheit schrecklich vertraut vor.

Heilige Scheiße, es war der Satan.

Nicht wie eine der Schaufensterpuppen am Eingang. Nein, ein Mann mit rötlicher Haut, gelblichen Hörnern auf dem Kopf, ein nackter Oberkörper, der in tierähnliche Beine überging. Ich wäre schon in diesem Augenblick fast durchgedreht und schreiend von der Bühne gerannt, aber ich riß mich zusammen, schloß die Augen und sagte mir, daß es sich nur um eine Halluzination handeln könne; ausgelöst von der blöden Fernsehcrew, die von Satansverehrung gefaselt hatte, das war alles. Sie würde verschwinden – wie immer. Ich durfte nicht glauben, daß es wirklich war, ich mußte so tun, als sei alles okay. Ich sah zu Brad hinüber. Er sang, und die Adern an seinem Hals standen hervor. Das Haar hing ihm ins Gesicht, ein paar Strähnen klebten am Mund.

Ich schaute wieder in die Menge. Der Teufel stand neben Liam, der ihn gar nicht zu bemerken schien. Er sah ihn kurz an und warf mir einen Blick wie Pfeile zu. Dabei blies er ekelhafte theatralische Küsse in die Luft, grinste anzüglich und faßte sich zwischen die Beine. Schaudernd fragte ich mich, ob die Kameraleute ihn sehen konnten. Er würde einen guten Interviewpartner abgeben. Ihr wollte wissen, ob wir uns mit Satan zusammengetan haben? Nun, darf ich vorstellen, ich habe ihn für euch heraufbeschworen.

Langsam verlor ich die Nerven. Jedesmal wenn ich die Augen schloß und sie wieder öffnete, war er ein Stück näher gekommen, schob sich an den Tischen vorbei, meine Ohren rauschten. All dies konnte nicht sein. Aber wenn er nicht wirklich war, wieso bewegten sich die Leute um ihn herum, als habe er eine physische Existenz, und warum schauten diejenigen, die er anstieß, für einen Augenblick so verstört, als habe sie etwas an die eigene Sterblichkeit erinnert? Aber niemand sah ihn an, sie schauten in alle möglichen Richtungen, nur nicht in seine. Nur ich sah ihn. Meine Instinkte befahlen mir, ich solle davonlaufen – raus hier! Ich kämpfte dagegen an, sagte mir immer wieder, daß er nicht wirklich sein konnte.

Der Teufel kam bis dicht vor die Bühne. Ich sah zu ihm hinab und zwang mich, ruhig und überlegt zu bleiben. *Dies ist nichts, es ist eine Halluzination,* wiederholte ich stumm. Ich kannte das Gefühl, wußte, daß es wieder verschwinden würde, und ich hatte nicht vor, hier auszuflippen, während *National Affairs* drehte. Er hob die Hand – gelbliche, klauenartige Fingernägel, dichtes schwarzes Haar an den Knöcheln – und packte mich am Oberschenkel.

»Elizabeth, du bist mein.« Er flüsterte, aber irgendwie hörte ich ihn trotz der Musik.

Ich öffnete den Mund, um zu sagen, daß ich nicht Elizabeth wäre. Er packte fester zu, krallte sich in mein Fleisch. Ich starb fast vor Angst. Einen Augenblick lang glaubte ich, Gilberts Gesicht durch das Gesicht des Teufels zu sehen, aber die Vision verschwand, bevor sie deutlich Gestalt angenommen hatte. Das Wesen grub seine Fingernägel in die Stelle, an der mein Hexenmal war. Der Schmerz schien meine Nerven in Brand zu setzen, so intensiv durchfuhr er mich. Ich schrie.

»Ich besitze dich«, sagte er.

Meine Beine gaben nach, und ich sackte nach vorne, landete auf den Knien, bedeckte mein Gesicht mit den Händen und schrie. Sofort spürte ich, wie mir Ailsas warme, weiche Hände unter die Achseln griffen. Sie half mir auf die Beine, während Jeff und Brad weiterspielten: Dann zog sie mir die Hände vom Gesicht, und ich sah erleichtert, daß der Teufel verschwunden war. Die meisten Leute hatten überhaupt nicht mitbekommen, daß ich durchgedreht war.

»Bist du okay?« rief Ailsa mir über die Musik zu.

»Ich glaube schon.«

»Kannst du weitermachen?«

»Ja. Ja, ich mache weiter«, antwortete ich mit zitternder Stimme. Ich hörte, wie Ailsas Baß sich wieder in die Musik einklinkte, aber ich tat nur so, als spielte ich, bis der Song zu Ende war. Die Menge jubelte. Brad kam zu mir.

»Was war los, verdammt noch mal?«

»Nichts, ich bin gestolpert.«

»Du solltest aufhören, mich anzulügen, Lisa.«

»Komm, ich will noch mal nachstimmen. Gib mir die Töne.«

Er spielte nacheinander seine Saiten an, und ich wechselte in die richtige Tonart. Als ich einen Akkord spielte, ließ der Schmerz in meiner Hand mich zusammenzucken, aber dadurch drängte sich die Wirklichkeit um so mehr in den Vordergrund.

Wir begannen das nächste Stück, bei dem ich singen

mußte. Nervös suchte ich die Menge ab, aber den Teufel sah ich nicht mehr, auch nicht die dunkle Gestalt, aus der er sich geformt hatte. Mein Puls raste, und dort, wo er mich gepackt hatte, schmerzte mein Bein. Eine große, dunkle Wolke der Verzweiflung ballte sich in mir zusammen. Am Ende des Songs, als ich den letzten Refrain singen sollte, konnte ich es nicht mehr ertragen, dort zu stehen und so zu tun, als sei alles in Ordnung. Ich streifte meine Gitarre ab und stellte mich an den Bühnenrand. Alle Händen reckten sich hoch – sie wußten, daß ich diven würde. Ich hielt die Arme hoch und drehte mich mit dem Rücken zum Publikum. Ein Jubelschrei ertönte. Ich sah meine bandagierten, zitternden Hände an, ging leicht in die Knie, als Vorbereitung, und warf mich rückwärts in die Menge.

Dabei gab es immer diesen Bruchteil einer Sekunde, in dem ich mich fragte, ob die Leute dieses Mal nicht einfach beiseitetreten würden, so daß ich auf den Boden fiel und mir das Genick brach. Aber sie fingen mich auf, so wie sie es immer taten. Ich versteifte mich, während sie mich weiterreichten. Der Verband an meiner linken Hand löste sich. Ich schrie, als ihre Hände an meinem Körper entlangglitten, ein Urschrei der Furcht und des Schmerzes. Blut lief aus meinen Wunden, kleine rote Punkte erblühten auf den Verbänden. Es war mir egal. Ich wollte mich nur kopfüber ins Nichts stürzen.

Man hievte mich auf die Bühne zurück, doch ich tauchte sofort wieder hinein in die Menge. Ein paar Kids nahmen sich an mir ein Beispiel und kletterten auf die Bühne, von wo aus sie in die ersten Reihen hechteten. Langsam wurden die Leute, die genug davon hatten, von Betrunkenen angerempelt zu werden, aggressiv. Als mich die Leute das zweitemal auf die Bühne hoben, blieb ich dort. Brad sah mich bewundernd an; er stand auf Tollkühnheit – bei anderen. Ich reagierte so körperlich auf seinen Blick – der große, sinnliche Brad mit den Haaren im Gesicht und den sexy Augen –, daß es mich erschreckte. In diesem Augenblick hätte ich ihn hinter die Bühne zerren und es mit ihm auf einem der leeren Fässer treiben können, die wir als Stühle benutzten. Verdammt, er hatte recht, ich hatte nie aufgehört, ihn zu wollen.

Vor der Bühne brach eine Schlägerei aus. Ein paar Typen zerrten aneinander und rissen sich die T-Shirts kaputt. Ein Türsteher mit Armen wie Schinken pflügte durch die Menge und zog zwei der Kämpfer heraus. Ich sah, daß die Kameraleute näher herangekommen waren, um die Action zu filmen, und dabei von den Fans angemacht wurden. Jemand nutzte die Gelegenheit, dem Kameramann in den Bauch zu schlagen, und er krümmte sich wie ein nasser Sack, hielt jedoch seine Kamera fest.

»Es gerät außer Kontrolle!« schrie ich Brad ins Ohr. »Wir sollten aufhören zu spielen.«

»Nein, auf keinen Fall. Mach weiter. Für diese Scheiße lebe ich.« Wir stürzten uns in den nächsten Song. Eine Art Euphorie hatte uns ergriffen. Wenn ich spielte, konnte ich meine Dämonen austreiben, ich konnte alles andere vergessen.

Als wir schließlich unseren Set beendeten und der letzte Akkord im Jubel der Menge unterging, trat ich ans Mikrofon und sagte: »Bitte, Leute, seid vorsichtig auf dem Nachhauseweg.« Einige riefen Titel unserer Songs, andere jubelten wie verrückt; wahrscheinlich bekam es kaum einer mit.

»Was sollte das?« fragte Brad. »Willst du den Journalisten beeindrucken, indem du öffentliche Verkehrsansagen machst?«

»Ich habe so ein ungutes Gefühl, Brad.«

»Bist du deshalb vorhin zusammengebrochen?«

»Vielleicht.«

»Du hast mir nicht alles erzählt. Du kennst mich seit neun Jahren. Ihn kennst du seit zwanzig Sekunden.« Er deutete auf Liam, der mit Angie redete. »Hast du ihm alles anvertraut?«

Mein Blick wanderte von Liam zu Brad. Brad hatte während des ganzen Konzerts Bier in sich hineingekippt und sah ziemlich breit aus. »Ja, ich habe ihm alles erzählt.« Natürlich hatte er recht. Ich hatte Liam meine Geheimnisse anvertraut, aber nur, weil Brad mir niemals geglaubt hätte.

Er schüttelte den Kopf. »Ich kapier's nicht. Ich dachte, wir wären Freunde. Irgendwas geht hier vor, und es macht dich völlig fertig, und du kannst nicht mal mit mir darüber sprechen?«

»Vielleicht erzähle ich es dir eines Tages. Aber nicht jetzt.«

»O nein«, sagte Brad und deutete über meine Schulter. »Schau mal, wer da für fünfzehn Minuten berühmt wird.«

Ich drehte mich um und sah Jeff, der sich angeregt mit der Fernsehcrew unterhielt. »Schnapp' ihn dir, Brad. Er ist voll bis obenhin.«

Brad sprang von der Bühne, eilte durch die Menge, legte den Arm um Jeffs Schulter und sagte etwas zu dem Reporter. Jeff nahm das als Stichwort, Brads Kopf zwischen seine langen Finger zu nehmen und ihm einen dramatischen Kuß zu geben. Ich mußte lachen. Das würde *National Affairs* gefallen – Homosexualität *und* Satanismus in einem Beitrag. Was für ein Quotenhit. Noch vor Ende der Woche würden Fundamentalisten im ganzen Land um unser Seelenheil beten.

Plötzlich stand Liam vor der Bühne.

»Hi«, sagte ich. »Hat es dir gefallen?«

Er half mir herunter und schloß mich in die Arme. Meine Knie zitterten, und ich lehnte mich an ihn.

»Was ist passiert?« fragte er. »Hast du irgendwas gesehen, das dich so erschreckt hat?« Einen Augenblick lang störte mich etwas an der Art, wie er mich umarmte, als versuche er nicht nur, mich zu trösten, sondern auch zu vereinnahmen.

»Nur den Fürst der Finsternis persönlich«, sagte ich.

Da ich so dicht an ihm lehnte, hörte ich, wie sein Herz etwas schneller schlug und wie er fast erstarrte.

Ich trat einen Schritt zurück und sah ihn an. »Macht dir das angst?«

»Satan? Du hast …?«

»Es war eine Halluzination, Liam. Es war furchtbar, aber es war nicht wirklich.«

»Tut mir leid. Prägung seit frühester Jugend, du erinnerst dich.«

Brad gesellte sich mit einem Bierkrug in jeder Hand zu uns. »Liam, wie geht's dir?«

Liam schien nicht unfroh über die Unterbrechung. »Danke, gut. War eine prima Show.«

»Hier.« Brad reichte Liam ein Bier. »Setz dich und trink einen mit mir.«

Liam sah mich zögernd an. Dann zuckte er mit den Schultern. »Ähm ... ja, warum nicht«, sagte er schließlich.

Wir fanden einen leeren Tisch, und Brad holte seine Zigaretten aus der Tasche. Er bot Liam eine an, der jedoch ablehnte. Es gefiel mir gar nicht, daß Brad so jovial tat, weil ich wußte, daß er es nicht ehrlich meinte, aber er hatte viel getankt und glaubte wohl, irgendein männliches Freundschaftsritual durchziehen zu müssen.

Ailsa und Jeff setzten sich zu uns, und wir blieben bis drei Uhr hocken, quatschten und lachten und wehrten dann und wann Fans ab, die uns ihren Bourbon-Atem ins Gesicht hauchten und uns als Ausdruck ihrer Bewunderung auf die Schultern klopften. Brad trank und trank. Dabei blieb er die ganze Zeit über höflich und erzählte Liam nur ein paar leicht peinliche Stories über blöde Sachen, die mir in der Vergangenheit passiert waren, ungefähr so wie ein Vater, der einem neuen Bekannten Babyfotos seiner erwachsenen Tochter zeigt, wenn sie dabei ist. Es machte mir nichts aus. Ich ließ mich von Gesprächsfetzen und Zigarettenrauch einhüllen, während Liam unter dem Tisch meine Hand streichelte. Dabei versuchte ich, die gräßlichen Klauen zu vergessen, die mich gepackt hatten, als sei ich ihr Eigentum.

Als schließlich die Lichter angingen und der Club sich bereit machte, seine Pforten zu schließen, erhob sich Brad schwankend und holte die Autoschlüssel aus seiner Hosentasche. »Also, Lisa, ich schätze, ich brauche dich heute nicht mitzunehmen. Bis dann.«

Liam erhob sich und legte die Hand auf Brads Schulter. Brad bedachte ihn mit einem plötzlich sehr feindseligen Blick, hielt sich jedoch zurück.

»Du bist zu betrunken, um noch zu fahren, Brad. Ich bringe dich nach Hause«, sagte Liam.

»Aber mein Wagen …«

»Den kannst du morgen abholen. Du bist echt voll.«

»Er hat recht, Brad«, sagte Ailsa. »Du bist blau. Und überall sind die Bullen.«

»Ja, dank Lisa«, meinte Brad, nur halb im Scherz.

»Komm schon, Brad, komm mit uns«, sagte Liam.

Brad überlegte kurz, bevor er die Autoschlüssel wieder einsteckte. »Na schön.«

Wir verließen den Club, und ich half Brad in Liams Auto. Er machte es sich auf dem Rücksitz bequem. »Mann, ist das ein hübscher Wagen«, sagte er mit einem hämischen Unterton.

»Kotz ihn ja nicht voll«, sagte ich und schnallte mich an.

Liam stieg ein und ließ den Motor an. »Wo geht's lang?« fragte er.

Brad antwortete nicht. Ich drehte mich um. Er war eingeschlafen.

»Er ist weggetreten. Ich zeige es dir.«

Wir suchten uns den Weg durch die Straßen, bis wir vor Brads Haus hielten. Der Motor lief, und ich drehte mich um und schüttelte ihn wach. »Brad, du bist zu Hause.«

Mühsam öffnete er die Augen. »Lisa?« In seiner Stimme klang so viel Zärtlichkeit mit, daß es mich überraschte. Er nahm meine Hand und streichelte sie, wobei er jedoch wieder einnickte.

»Du bist daheim, Brad«, sagte Liam.

Brad schreckte hoch. »Ach, du bist's.« Wieder diese unverhüllte Feindseligkeit.

»Komm schon, steig aus«, sagte ich. »Ich bin müde, ich will nach Hause.«

»Ja, das glaube ich«, sagte er, beugte sich vor und boxte Liam spielerisch gegen die Schulter. »Hast du gehört? Sie will nach Hause.«

Liam ignorierte ihn und starrte durch die Windschutzscheibe. Brad stieß die Tür auf und schob sich hinaus, aber dann kam er wieder herein und beugte sich vor, so daß er genau in Liams Ohr sprach.

»Hat sie dir von mir erzählt?«

Ich legte die Hand auf seine Schulter. »Brad ...«

Er schüttelte meine Hand ab, fast brutal. »In einem schmutzigen Hotelzimmer über einem Nachtclub in Cairns, wo wir gespielt haben. Ich war ihr erster.«

Liam blickte noch immer geradeaus, als habe er nichts gehört. Sein Gesicht blieb stumm. Nur seine Finger trommelten leise auf dem Lenkrad.

»Mach jetzt, daß du aus dem Wagen kommst, Bradley Harper«, zischte ich.

»Ich war ihr erster«, wiederholte er, stieg aus dem Wagen und torkelte über den Bürgersteig. Ich griff nach hinten und schloß die Tür. Kaum hatte ich das getan, als Liam aufs Gaspedal trat. Der Wagen schoß davon. Als ich über die Schulter nach hinten blickte, sah ich Brad, der mit dem Kopf zwischen den Händen in seiner Einfahrt hockte.

Liam fuhr auf eine Ampel zu, verringerte kurz die Geschwindigkeit und bretterte weiter.

»He, krieg deine Hormone unter Kontrolle«, sagte ich. »Wenn du wütend bist, dann sag's mir und sorge nicht dafür, daß man mich um einen Strommast gewickelt findet.«

»Ich bin nicht wütend auf dich.« Sehr überzeugend klang das nicht.

»Es tut mir leid, daß ich es dir nicht erzählt habe.«

»Warum ist er so ein Arschloch?«

Es war das erstemal, daß ich Liam hatte fluchen hören. Ich war verblüfft. »Er ist eifersüchtig.«

»Er ist nicht der einzige, aber ich führe mich nicht so auf.«

Ich sah ihn neugierig an. »Weswegen bist du eifersüchtig?«

»Wegen ihm natürlich. Ihr verbringt so viel Zeit zusammen und seid einander so nah. Und was er gerade gesagt hat ... nun, das hat gerade noch gefehlt. Warum hast du es mir verschwiegen?«

»Weil ich niemandem von meinen sexuellen Erlebnissen erzählen muß.«

»Das hier ist was anderes. Du siehst ihn dauernd. Bist du sicher, daß du dich nicht so für ihn interessierst wie er sich für dich?«

»Allerdings. Hör zu, es tut mir leid, daß du es auf diese Weise erfahren hast. Ich war jung und furchtbar verknallt in ihn. Mit neunzehn war er unglaublich, er konnte jedes Mädchen haben, das er wollte. Eigentlich hatte er gar kein Interesse an mir; ich glaube, er hat es mir nur zum Gefallen getan.«

Liam schwieg eine Weile, dann legte er die Hand auf mein Knie. »Sorry. Eifersucht bekommt mir nicht.«

»Schon gut. Es gefällt mir, daß du dir Gedanken machst.«

»Du ahnst nicht, wieviele.«

Zum erstenmal seit unserem ersten Kuß fühlte ich mich etwas unbehaglich in seiner Nähe. Ich spürte, daß eine Liebeserklärung drohte, und das machte mir angst. Zwar fühlte ich selbst etwas so Starkes und Allumfassendes für ihn, daß ich es unter anderen Umständen Liebe genannt hätte. Aber meine Gedanken waren so durcheinander, daß die Möglichkeit bestand, daß ich lediglich ein Ventil für meine Gefühle brauchte.

Er mußte gespürt haben, wie unwohl ich mich fühlte, denn er drückte mein Knie. »Schon gut, wir können ein andermal darüber sprechen.«

Es war halb vier. Ich kuschelte mich in den Sitz. Liam hatte den Gastauftritt des Antichristen beim Konzert nicht mehr erwähnt, vielleicht weil es ihm mehr angst machte als mir. Aber auch ich wollte nicht darüber nachdenken. Die Nacht, durch die wir fuhren, schien sehr ruhig und sehr friedlich.

Trotzdem geschah irgendwo etwas Teuflisches.

19. Kapitel

Das schrille Klingeln des Telefons drang durch die warme Watte des Schlafes. Dösig rappelte ich mich hoch. Es war acht Uhr. Liam lag neben mir. Ich stieg aus dem Bett und eilte zum Telefon, wo ich ein verschlafenes ›Hallo‹ in den Hörer murmelte.

»Miss Lisa Sheenan?«

»Ja, wer ist da?«

»Inspektor Honeywell von der City CIB. Könnten Sie die anderen Mitglieder Ihrer Band zusammentrommeln und um elf hier zu einer Befragung erscheinen?«

»Befragung? Entschuldigen Sie, ich bin gerade aufgewacht – ich fürchte, ich kann Ihnen nicht ganz folgen. Worum geht es?«

»Wir haben seit heute morgen zwei weitere Mordfälle, Miss Sheehan, und hoffen, daß Sie uns bei unseren Ermittlungen weiterhelfen können.«

»Sie waren ...«

»Ja, auf dem Heimweg nach dem 747-Konzert im Royal Arms Hotel. Ein junger Mann, der im Wald zeltete, fand sie heute morgen um sieben. Ein junges Paar, ein Mann und eine Frau.«

»Ich versuche, die anderen wachzukriegen. Um elf?«

»Ja, im fünften Stock.« Es klickte. Viel hätte nicht gefehlt, und ich wäre vor dem Telefon zusammengebrochen.

Als wir mehr oder weniger frisch in Inspektor Honeywells karg möbliertem Büro saßen, fiel mir auf, daß wir wie eine Gruppe unartiger Schulkinder aussahen. Jeff trug ein zerknittertes Purpurhemd. Die ersten drei Knöpfe saßen ordentlich, die unteren drei jedoch je ein Loch zu hoch. Sein Gesicht war bleich, sein Haar strähnig. Brad sah verkatert und krank aus, und Ailsa hatte ihr Haar zu einem strengen Knoten nach hinten gebunden, so daß man die Pickel auf ihrer Stirn sehen konnte. Ich selbst sah wahrscheinlich auch schrecklich aus, aber dann fiel ich wenigstens nicht auf.

Inspektor Honeywell führte noch ein Telefongespräch.

Er hatte einen breiten Schnurrbart und schwarzgraues Haar. Als er uns in sein Büro bat, war er betont unfreundlich gewesen, und daß er jetzt endlos telefonierte, während wir warteten, ging mir auf die Nerven. Ich schaute auf meine Uhr und gähnte demonstrativ. Als Reaktion darauf drehte er sich in seinem Sessel so, daß er uns nicht mehr sah. Sogleich griff Jeff nach dem billigen Kugelschreiber auf seinem Tisch und steckte ihn ein. Ich mußte grinsen.

Irgendwann sagte Inspektor Honeywell: »Alles klar, Dennis ... ja, ich melde mich bei dir, sobald ich etwas weiß. Danke.« Er drehte sich wieder herum, legte den Hörer auf und sah uns von unten bis oben an. Wir rutschten hin und her, als hätten wir etwas angestellt.

»747«, sagte er. »So sehen also Rockstars bei Tageslicht aus. Kein schöner Anblick.« Er bleckte die Zähne, was man als eine Art Lächeln hätte deuten können. Niemand erwiderte es.

Dann fing er an, nach etwas auf seinem Tisch zu suchen, und Jeff beugte sich vor und reichte ihm den Stift. »Hier, nehmen Sie meinen«, sagte er.

»Danke«, antwortete er, nahm den Kugelschreiber und zog ein dickes Notizbuch hervor. »Wenn Sie mir jetzt mitteilen würden, wo sich jeder einzelne von Ihnen zwischen halb zwei und halb vier heute morgen aufgehalten hat?«

Ich beugte mich vor: »Verdächtigt man uns?«

»Routine, meine Süße. Nur die Frage beantworten.«

Daß er mich ›Süße‹ nannte, verschlug mir glatt die Sprache. Brad schaltete sich ein. »Wir waren alle zusammen im Club. Lisa und ich sind kurz nach drei gegangen, ihr Freund setzte mich gegen Viertel nach drei vor meiner Wohnung ab.«

»Jeff und ich sind noch bis vier geblieben und haben mit dem Personal noch einen getrunken. Dafür gibt es Zeugen ... Sir.«

Inspektor Honeywell überhörte den sarkastischen Ton. »Schön, schön. Weiter. Kann sich irgend jemand erinnern, ob es bei dem Konzert Zuhörer gab, die sich seltsam verhielten?«

Wir sahen einander an. Brad grinste.

»Die meisten verhalten sich seltsam«, sagte ich. »Sie müßten schon genauer werden.«

»Wir haben den Verdacht, daß es jemanden gibt, einen Fan vielleicht, der zu Ihren Konzerten kommt, sich mit Drogen und Alkohol aufputscht, seinem Opfer nach Hause folgt, es entführt und es dann in den Wald bringt, um es dort zu töten. Solch eine Person kann Ihnen auf verschiedene Weisen aufgefallen sein – vielleicht benimmt er sich irgendwie verdächtig, vielleicht hat er mit Ihnen über die Morde gesprochen und dabei Witze gemacht, vielleicht ist es jemand, der andere besonders intensiv anstarrt. Ist so etwas vorgekommen?«

Wir taten so, als dächten wir gründlich nach. Jeff zuckte mit den Schultern.

»Nein, in dieser Richtung ist uns niemand aufgefallen«, sagte Brad schließlich.

»Kommt schon, da muß es doch etwas gegeben haben«, meinte der Inspektor verzweifelt. »Also gut, versuchen wir es aus einer anderen Richtung. Könnt ihr euch irgendeinen Grund vorstellen, warum jemand eure Fans tötet?«

Ich biß mir auf die Zunge. Eine Uhr tickte laut durch das Schweigen. Honeywells Gesicht wurde immer dunkler.

»Kommt, Leute, denkt nach«, sagte er drohend. Er wartete. Schließlich meinte er: »Ich muß sagen, daß ich selten einen so unkooperativen Haufen wie euch kennengelernt habe.«

»Wenn es nichts zu erzählen gibt, können wir Ihnen nichts erzählen«, sagte ich. »Sollen wir etwas erfinden? Sollen wir Ihnen erzählen, daß jemand unseren Fans nachstellt, weil wir in unseren vorigen Leben böse waren?«

Jeff lachte laut auf, um sofort betreten in seinen Schoß zu blicken.

»Es muß doch etwas geben«, sagte der Inspektor. Wieder keine Antwort. Er senkte den Kopf. »Also gut, geht nach Hause.« Wir erhoben uns. »Wenn euch irgendwas einfällt – irgend etwas –, das uns weiterhelfen könnte, bitte ruft mich an. Und um Himmels willen, seid vorsichtig. Ihr habt nicht gesehen, was ich heute morgen gesehen habe. Er hat sie so an Bäume gebunden, daß sie sich in die Augen sahen. Soweit wir wissen, mußte der eine dabei zusehen, wie dem anderen die Organe aus dem Körper gerissen wurden.«

Brad sah aus, als müsse er gleich kotzen. Ich legte den Arm um ihn und führte ihn hinaus. Auf dem Flur trennten wir uns von Jeff und Ailsa. Brad eilte auf die Herrentoilette, weil er sich übergeben mußte. Ich wartete draußen. Inspektor Honeywell ging an mir vorbei zum Getränkeautomaten. Seine Schritte hallten durch den kargen Korridor. Er zog sich eine Coke und kam dann zu mir.

»Was haben Sie mit Ihren Händen gemacht?« fragte er.

Ich hielt sie hoch. Liam hatte sie gestern nacht neu gepflegt und verbunden. »Ich habe mich verbrannt.«

»Sie verschweigen mir etwas«, sagte er beiläufig. »Das merke ich.«

Ich zuckte mit den Schultern. »Wie Sie meinen.«

Brad kam bleich und zitternd aus der Toilette.

Inspektor Honeywell sah uns nach, als wir zum Lift gingen. Als die Tür sich öffnete, beobachtete er uns noch immer.

»Chauvi und Klugscheißer in einem«, sagte ich, während wir nach unten fuhren. Brad nickte bloß und hielt sich den Magen.

Auf dem Weg nach draußen kamen wir an Liams Büro vorbei. Er schaute auf und lächelte mich an.

»Für jemanden, der nur vier Stunden geschlafen hat, siehst du großartig aus.«

Er ignorierte Brad gezielt. »Danke, aber ich glaube, heute nachmittag mache ich früher Schluß.«

»Komm vorbei, wenn du Lust hast.«

»Mach ich wahrscheinlich.«

»Bis dann.«

Als wir vor der Wache standen, sagte Brad: »Du haßt mich bestimmt.«

»Nein, natürlich nicht. Ich kenne dich doch.«

»*Er* haßt mich«, sagte Brad und deutete auf die Wache.

»Er schon. Aber du hast eine ganze Woche gebraucht. Das ist ein Rekord, was meine Freunde betrifft.«

»Ich hole jetzt meinen Wagen ab. Soll ich dich nach Hause fahren?«

»Nein danke, ich nehme den Bus.«

Mein Anrufbeantworter blinkte, als ich nach Hause kam. Ich spielte die Botschaft ab, und überrascht lauschte ich der Stimme meiner Mutter: »Lisa, hier ist Mum. Wir haben gerade eine Vorschau auf *National Affairs* gesehen. Was hast du jetzt wieder angestellt?« Sie nannte eine Telefonnummer, unter der ich sie zurückrufen sollte, aber ich löschte sie zusammen mit dem Anruf. Heute abend lief die Story. Bald waren die Mitglieder der Band 747 Stars.

»Schockiert werden viele von Ihnen heute abend gehört haben, daß dem Serienkiller zwei weitere Menschen zum Opfer gefallen sind. Wegen seiner schrecklichen Neigung, den Opfern die Augen und innere Organe herauszuschneiden, trägt er den Spitznamen ›der Augenarzt‹.«

»O Gott, wie kommen die bloß auf solches Zeug?«

»Psst, Lisa, ich höre zu.«

Es war Freitag abend, und Liam und die Band saßen in meiner Wohnung vor dem Fernseher, auf dem Sofa oder auf dem Boden. Jeff hatte eine Tüte Popcorn mitgebracht und verstreute die Krümel auf dem Boden.

»Bis jetzt ist die Polizei mit ihren Ermittlungen noch nicht weit gekommen, und die Morde gehen weiter. *National Affairs* hat jedoch eine interessante Spur entdeckt: alle Opfer waren Fans der Heavy Metal Band 747.«

»Wir machen keinen Heavy Metal«, protestierte Brad. »Wer zum Teufel recherchiert bloß für die?«

»Trevor Blake mit einem Bericht über den erschreckenden Kult um 747.«

»Ach, das ist ja lächerlich«, sagte ich. »Diesen Mist glaubt doch niemand.«

Auf dem Fernsehschirm tauchten Bilder aus dem Club auf. Sie hatten die schrillsten Fans gefilmt, die sie finden konnten, und sie veranlaßt, die verschiedensten bizarren

Posen einzunehmen. Der Reporter plapperte etwas davon, daß die Underground-Musikszene ›ein Nährboden für Okkultismus‹ sei. Plötzlich erschien Jeffs Gesicht auf dem Schirm. Er jubelte und warf Popcorn in die Luft.

»Ja, Mann«, sagte er zu dem Reporter. »Wir haben einen Pakt mit dem Teufel, deshalb sind wir so reich und berühmt.«

»O Jeff, mußtest du das sagen?« fragte ich.

»Ich dachte, es sei klar, daß ich nur Spaß mache.«

Dann sah man kurz, wie er Brad küßte. Ailsa fiel vor Lachen fast vom Sofa. »Du bist weg vom Fenster, Brad! Mit Mädchen aufreißen ist jetzt Schluß.«

Wir machten uns über Brad lustig, bis er Jeff einen spielerischen Klaps auf den Kopf gab.

»O Gott, da ist Dana«, stöhnte ich, als Karins Mutter auf dem Schirm erschien. Ich war unglaublich wütend auf sie. Ihre Tochter war verschwunden; sie hätte besser einen Aufruf für sie übers Fernsehen gemacht.

»Ich kenne Lisa Sheehan seit vielen Jahren, und für mich besteht kein Zweifel daran, daß sie mit teuflischen Praktiken zu tun hat.«

»Was für teuflische Praktiken, Mrs. Anders?«

»Drogen. Tieropfer. Schwarze Magie. Man muß sie nur ansehen, dann weiß man, daß sie spinnt.« Ich fragte mich, ob sie das wirklich glaubte oder ob ihr das nur spontan eingefallen war.

Dann Bilder von mir, wie ich auf der Bühne kniete, die Hände vorm Gesicht, mein Mund zu einem Schrei geöffnet, den man wegen der lauten Musik nicht hören konnte. Wie ich über die Menge gereicht werde, während sich die Verbände an meinen Händen langsam lösten. Wie ich zu dem Reporter sagte, er solle sich verpissen, mit Piepzeichen zensiert. Liam legte den Arm um mich und zog mich an sich. Ich spürte, wie unangenehm es ihm war, mich so auf dem Bildschirm dargestellt zu sehen.

Aber dann geschah etwas Unerwartetes. Anstatt mich über den Bericht zu ärgern, stellte ich fest – nicht ohne schlechtes Gewissen –, daß ich es aufregend fand, eine Art

Berühmtheit zu sein, mich als schwarze Prinzessin des Rock porträtiert zu sehen, mit wildem Haar und Tätowierung.

»Sieht aus, als seist du die Obersatanistin«, sagte Brad, und in seiner Stimme klang so etwas wie Respekt an. Wir waren alle aus dem Häuschen – wir genossen es.

»Wir sind so cool!« rief Jeff und spuckte Popcorn in alle Richtungen.

»Aber jetzt wird doch niemand mehr eure Konzerte besuchen, jetzt, wo jeder weiß, daß man auf dem Helmweg vielleicht vom ›Augenarzt‹ behandelt wird«, sagte Liam. Wir sahen ihn nur an. Er hatte nichts kapiert.

»Das wird nicht passieren«, sagte ich. »Du kennst unsere Fans nicht.«

Und ich hatte recht. Abends war das Universal überfüllt; sie mußten zweihundert Leute abweisen.

Dana hatte uns in die Umlaufbahn befördert.

Am Montag morgen riefen Numb Records bei Brad an und teilten ihm mit, daß die Veröffentlichung unserer CD um fast einen Monat vorgezogen werden sollte. Am nächsten Tag flogen sie einen Tontechniker für das Mastering ein, und Brad und ich durften zwei weitere Tage im Studio verbringen. In den folgenden Wochen hatten wir Fototermine, gaben Interviews, führten Gespräche über das Design des Covers und spielten eine endlose Folge ausverkaufter Konzerte. So war es also, so fühlte es sich an, wenn man kurz vor dem großen Durchbruch stand, und ich muß sagen, abgesehen davon, daß der Rest meiner Welt am Rande eines Zusammenbruchs balancierte, war es ein verdammt gutes Gefühl.

Zwei Tage nach der Veröffentlichung der CD erhielten wir einen Anruf von Musique Noir, dem größten alternativen Plattenladen in der Stadt. Sie verkauften nichts so gut wie unsere Scheibe und kamen mit den Bestellungen kaum nach. Ob wir Lust hätten, einen Nachmittag im Laden zu verbringen und CDs für Fans zu signieren? Natürlich hatten wir Lust. Wir waren in uns selbst verliebt.

Also fanden wir uns eine Woche nach den Werbespots im örtlichen Alternativ-Sender und in den Stadtmagazinen im hinteren Teil eines Plattenladens mit Klimaanlage wieder, nur durch eine Art Tapetentisch von dem ständigen Strom der Fans getrennt, die uns sehen wollten. Manchmal bildete sich sogar eine Schlange. Als sich der Nachmittag dem Ende zuneigte, teilte sich Brad mit Ailsa und Jeff einen Flachmann Scotch.

»Nun, ich weiß nicht, wie es mit euch steht, Leute«, sagte Brad und sah dem Hintern eines besonders gut gebauten weiblichen Fans hinterher, »aber ich werde mir heute abend keinen mehr runterholen. Meine rechte Hand ist vom Autogrammschreiben ganz verkrampft.«

»Mach's mit links«, schlug Jeff vor.

Ailsa ließ ihren Stift auf den Tisch fallen und lehnte sich zurück. »Wir sind Stars«, sagte sie, nur halb im Scherz.

»Du greifst voraus«, sagte ich, aber ich hatte den schleichenden Verdacht, daß sie richtig lag.

»He, Lisa, ist das nicht Karins Mann?« Brad zupfte mich am Ärmel.

Ich schaute auf. David hatte gerade den Laden betreten und kam auf den Tisch zu. Mein Herz machte ein paar kleine Sprünge – hoffentlich gute Neuigkeiten. Ich stand auf und ging auf ihn zu, um ihn zu begrüßen.

»David, hast du etwas gehört?«

»Nein, nichts.« Er sah auf den Boden. »Tut mir leid, ich wollte keine falschen Hoffnungen wecken. Ich wollte nur eure CD kaufen und sie mir signieren lassen.«

»Aber sicher. Aber du brauchst sie nicht zu kaufen, du kriegst eine geschenkt.« Ich führte ihn zum Tisch und gab der Band eine CD zum Signieren. »Ich hätte nicht gedacht, daß dies deine Art Musik ist.«

»Das ist es auch nicht. Aber Karin hätte sicher gerne eine, wenn sie … falls sie zurückkommt.«

Ich drückte seine Hand.

»He, David, kennst du mich noch?« sagte Jeff fröhlich.

»Aber natürlich.« David versuchte ein Lächeln, das ihm jedoch mißlang. Der Gedanke an das letzte Treffen mit Jeff hatte ihn zweifellos an bessere Zeiten erinnert. Die Band gab mir die CD zurück; ich kritzelte hastig meine Unterschrift auf das Cover und reichte sie David.

»Da. Bewahre sie an einem sicheren Ort auf.«

Er drehte die CD in den Händen. »Hast du heute morgen die Zeitung gelesen?«

Ich schüttelte den Kopf.

»Man hat das Skelett eines Mädchens gefunden, das vor zwölf Jahren verschwunden ist. Vor zwölf Jahren.«

»Nein, davon habe ich nichts gehört.«

»Ihre Eltern haben zwölf Jahre darauf gewartet, daß sie nach Hause kommen würde. Jetzt müssen sie sie begraben. Jetzt trauern sie. Lisa, ich kann den Gedanken nicht ertragen, daß ich vielleicht auch zwölf Jahre warten muß, bevor ich die Wahrheit erfahre. Oder nie. Was, wenn es nie herauskommt? Wenn ich sterbe und mein ganzes Leben so verbracht habe?« Seine Stimme zitterte. Brad, Jeff und Ailsa sahen ihn verlegen an. Er erzeugte ganz schlechte Schwingungen. Ich nahm ihn beim Arm und führte ihn aus dem Laden hinaus auf die Straße. Wir setzten uns an einer Bushaltestelle auf die Bank, und ich hielt seine Hand.

»Es ist okay, David, mir geht es genauso. Ich möchte auch endlich Bescheid wissen, so oder so. Ich muß es einfach wissen.«

»Ich vermisse sie so sehr. Sie war so wunderschön, so einmalig, so kostbar.«

»Ich weiß, ich vermisse sie auch.« Der Bus der City Circle Linie fuhr los und hüllte uns in giftige Auspuffdämpfe.

»Sie hat immer von dir geredet. Sie hat dich vergöttert. Deshalb kann ich auch nicht verstehen, warum sie keinen Kontakt zu dir aufgenommen hat, deshalb ...« Er begann zu schluchzen, nahm sich aber sogleich wieder zusammen. »Sie hätte Kontakt mit dir aufgenommen. Bestimmt.«

Er tat mir leid, sehr leid. Aber gleichzeitig war ich zornig auf ihn. Ich versuchte, in meinem Leben weiterzukommen, trotz allem. Ich schwamm ganz obenauf. Mit mir und Liam lief es gut, mit der Band lief es gut. Ich hatte seit über einem Monat nicht mehr halluziniert, niemand war mehr getötet worden. Und er kam an und zerrte meine Furcht, die ich an einem dunklen Ort versteckt hatte, ans Tageslicht, wo ich wieder mit ihr konfrontiert wurde.

»Es tut mir leid, David, ich kann dir nicht helfen.«

»Ich weiß, ich weiß. Aber du hast Freunde.« Er deutete auf den Plattenladen. »Ich habe niemanden.«

Ich wußte nicht, was ich sagen sollte, und legte den Arm um ihn. Er lehnte sich an mich und umschlang meine Taille. Ich sah, wie Leute in den Laden gingen und dachte, daß ich jetzt dort sein müßte. Plötzlich spürte ich, daß David mir über den Rücken strich, daß er mich durch den Stoff streichelte. Wahrscheinlich merkte er es gar nicht. Doch dann schob sich seine Hand weiter und strich zärtlich über meine Seite. Seine Fingerspitzen berührten leicht meine Brust. Noch bestürzender als diese Tat war meine Reaktion – fast hätte ich es nicht geschafft, mich loszumachen.

»David, bitte.«

»Entschuldige.« Wie ein unartiger Schuljunge sah er auf den Boden. Ich ging auf Distanz.

»Also, ich muß jetzt wieder rein.« Meine Stimme zitterte.

»Ich verstehe.«

»Ruf mich jederzeit an.« Telefongespräche waren erheblich unpersönlicher.

Er nickte, und ich flüchtete in den Laden.

»Mein Gott, wie morbide, der Mann«, sagte Ailsa, als ich mich setzte.

»Er hat auch allen Grund dazu, meinst du nicht auch?« sagte Brad. Er wollte mich an sich drücken, aber ich wich zurück. »Wie geht's dir?«

»Beschissen. Er hat mich an Dinge erinnert, an die ich nicht denken möchte.«

»Karin?«

»Ja, und alles, was damit zusammenhängt. Inklusive der Tatsache, daß wir berühmt werden, weil ein paar Leute von einem Psychopathen aufgeschlitzt wurden.«

Ein Typ mit kurzem blondem Haar trat an den Tisch, und wir lächelten und signierten seine CD. Kaum war er gegangen, fuhr Ailsa mich an: »Du bist ein solcher Trauerkloß. Bloß weil du dich scheiße fühlst, soll es den anderen genauso gehen.«

»Willst du mir erzählen, daß du nie darüber nachgedacht hast? Du hast nie darüber nachgedacht, daß diese vier Leute abgeschlachtet wurden und daß wir davon profitieren?«

»Nein, warum sollte ich? Wir haben endlich eine Chance. Was ist falsch daran, seine Chance zu nutzen?«

»Chance? Diese Leute sind tot, Ailsa, sie ruhen sich nicht nur vor der nächsten Zugabe ein bißchen aus.«

»Sachte, sachte«, zischte Brad. Ich hatte nicht bemerkt, wie laut meine Stimme geworden war.

»Du bist eine Heuchlerin, Lisa«, sagte Jeff. »Du stehst genauso darauf, die Königin der Verdammten zu sein wie wir alle.«

Zorn kochte ihn mir hoch, und vor allem Zorn auf mich. Ich warf einen Stift nach Jeff und stieß meinen Stuhl um. »Halt bloß die Fresse«, zischte ich und beugte mich über ihn. Er kauerte sich zusammen. Brad, der zwischen uns saß, packte mich bei der Hand, aber ich entwand mich seinem Griff. »Du bist halb besoffen und voller Scheiße. Ich schäme mich, hier mitzumachen.«

»Bitte, Lisa«, sagte Brad, der versuchte, vernünftig zu bleiben.

Aber ich stürmte aus dem Laden, hinaus auf die Straße. Fast hätte ich einen jungen Mann umgerannt, der gerade hinein wollte.

»He, bist du nicht bei 747?« fragte er.

»Nein«, entgegnete ich. »Ich hasse 747.« Und mich.

Neben Liam aufzuwachen war wunderbar. Er blieb immer öfter bei mir, auch an Werktagen. Am Dienstag morgen pustete uns der Radiowecker um sieben Uhr einen Powderfinger-Song in die Ohren. Er drehte sich um, küßte mich und liebkoste meinen Hals. Ich legte meine Arme um ihn. Wie warm seine Haut war.

»Geh heute nicht arbeiten«, sagte ich, wie jeden Morgen. »Bleib hier bei mir.«

»Zuviel zu tun.«

Er stieg aus dem Bett und zog seine Jeans an. »Wirst du dich heute abend wieder mit der Band vertragen?«

Ich stöhnte auf. »Gestern habe ich mich wie ein echtes Biest benommen. Ich traue mich gar nicht, ihnen unter die Augen zu treten.«

»Glaubst du nicht, daß sie selbst schuld sind?«

»Nicht wirklich. Sie hatten recht. Es macht mir Spaß, berühmt zu sein, selbst wenn ich nur eine kleine Berühmtheit bin.«

»So klein auch nicht. Auf der Polizeiwache fragen mich alle dauernd nach dir.«

»Das tut mir leid. Ist es dir sehr unangenehm?«

Er beugte sich herab und küßte mich auf die Stirn. »Nein. Ich muß nur ständig erklären, daß du keine gebratenen Säuglingsinnereien zum Frühstück ißt.«

Ich lachte. »Normalerweise nicht. Nur wenn ich Eisenmangel habe.«

Er ging unter die Dusche. Als er zurückkam, roch er frisch und sauber und knöpfte sein Hemd zu.

»Du bist atemberaubend«, sagte ich.

»Hör auf. Du machst mich verlegen.«

»Kommst du heute abend?«

Er antwortete nicht gleich. Nachdem er mit dem Hemd fertig war, setzte er sich zu mir aufs Bett. »Ich muß heute das Haus aufräumen. Nächste Woche kommen meine Eltern zu Besuch.«

»Deine Eltern? Cool. Werde ich sie kennenlernen?«

»Vielleicht. Wenn nicht, macht es auch nichts.«

»Ich würde sie gerne kennenlernen.«

»Nun, wie ich schon sagte, vielleicht. Jedenfalls muß ich heute abend nach Hause. Ich war seit Ewigkeiten nicht mehr da. Wahrscheinlich riecht es schon muffig.«

»Na schön. Danach wird das Wiedersehen um so schöner.«

»Schöner als jetzt kann es gar nicht sein«, sagte er und schenkte mir dieses Lächeln, bei dem ich jedesmal dahinschmolz.

Er küßte mich auf die Stirn und ging. Ich hörte, wie die Tür zuklappte. Seufzend schloß ich die Augen und döste eine Weile vor mich hin. Ich dachte daran, wie gerne ich ihn hatte, und versuchte, mir darüber klarzuwerden, ob ich in ihn verliebt war. Wahrscheinlich.

Gegen neun Uhr stand ich auf und checkte meine E-mail. Von Whitewitch hatte ich nichts mehr gehört. Ich nahm an, daß sie mich leid war oder eine Klage fürchtete. Wahrscheinlich war es am besten so, denn ich hatte Angst davor, daß sie mich zu einer weiteren Rückführung überreden könnte. Meine Gedanken wanderten oft zu Elizabeth und Gilbert zurück. Ich wollte wissen, wie es ihnen ergangen war, fürchtete mich jedoch vor den Halluzinationen, die einige Tage später folgen würden.

Schließlich schaltete ich den Fernseher ein und setzte mich in meiner gewohnten morgendlichen Abgestumpftheit davor, zappte mich durch Kochsendungen und internationale Nachrichten. Zwischendurch nickte ich immer wieder ein, wahrscheinlich weil ich dauernd an Elizabeth dachte. In einem Traumfetzen ging ich auf Prestonvale eine Treppe hinauf. Meine Hand glitt über das Geländer. Ich schreckte auf und konzentrierte mich wieder auf das Fernsehen. Es schien sehr weit fort. Ich beugte mich vor, um den Ton lauter zu schalten. Meine Hand hielt wenige Zentimeter vor dem Regler inne; und ich ließ mich aufs Sofa fallen. Irgendwo in all der Behaglichkeit spürte ich einen stechenden Schmerz. Ich war auf dem Weg in eine Rückführung – das Gefühl kannte ich inzwischen gut genug –, aber es geschah spontan. Ich hatte keine Kontrolle darüber.

Mit einer enormen Anstrengung stemmte ich mich hoch und lief im Zimmer auf und ab. Einen Fuß vor den anderen. Ich spürte den Boden unter mir, schüttelte das Gefühl ab, ich sei in Watte gepackt, und ging ich in die Küche. Harte, flache Oberflächen umgaben mich hier und machten mich sicherer, stabiler. Ich öffnete die Kühlschranktür, ließ mich von der kalten Luft beleben. Es würde klappen. Ich würde im 20. Jahrhundert bleiben.

»Elizabeth, wohin gehst du?« Eine vertraute Stimme hin-

ter mir. Ich wirbelte herum. Die Küche wirbelte um mich herum. Ich hatte kaum Zeit, einen Schrei auszustoßen, bevor der Boden unter mir wegbrach und ich in der Zeit verschwand.

20. Kapitel

»Elizabeth, wohin gehst du?«

Gilbert hielt mich an der Hand fest, als ich die Treppe hinaufging. »Du willst wieder nach Nancy sehen, nicht wahr? Dich erneut quälen.«

Ich machte mich von ihm los. »Ich möchte einfach nur schauen, ob ich ihr irgendwie helfen kann.«

Er nahm meine Hand, führte sie an den Mund und küßte sie voller Zärtlichkeit und Sehnsucht. »Dieser Frau kann man nur noch auf eine Weise helfen, aber dazu fehlt dir der Mut.«

Ich sah ihn an. »Ich bin keine Mörderin.«

»Sie hat seit zwei Tage nichts mehr getrunken. Was glaubst du, wie lange sie das aushält?«

Ich lehnte mich an ihn, legte den Kopf auf seine Schulter. »Gilbert, ich habe solche Angst.«

»Wovor? Niemand wird etwas herausfinden.«

»Nein, nicht davor. Ich habe Angst vor mir selbst. Angst davor, was ich als nächstes tun könnte.«

»Es gibt nichts, wovor du dich fürchten mußt. Du hast alles unter Kontrolle.«

Ich schüttelte den Kopf. »Nein, nur du hast das.« Ich hegte den Verdacht, daß Gilbert mich daran hinderte, den Bann, den ich über Nancy gelegt hatte, zu lösen. Er hatte zwar gesagt, daß ich das, was ich getan hatte, nicht mehr rückgängig machen könne, aber es war ihm nicht gelungen, mir eine vernünftige Erklärung dafür zu geben. Der Zauber, der mich in einen Mann verwandelt hatte, war schließlich auch gelöst worden. Ich war in Nancys Kammer geschlichen, während sie schlief, und hatte versucht, sie gesund zu machen, war jedoch einem enormen Widerstand begegnet, den zu überwinden mir nicht gelang. Gilbert erklärte, daß Nancy, die von meinen Absichten nichts wußte, diesen Widerstand aufbaute, aber das bezweifelte ich. Gilbert hatte eindeutig seine eigenen Gründe, warum er Nancy ausgeschaltet wissen wollte, von denen einer sicherlich die Gewißheit ihres Schweigens war.

Wir gingen auf Distanz, weil sich Schritte näherten. Rosemary kam auf uns zu, ein Tablett in den Händen.

»Guten Morgen, Ma'am«, sagte sie, als sie an uns vorbeiging.

»Bringst du das Nancy?« fragte ich.

Sie wandte sich um. »Nein, Ma'am, das ist für Hugh. Er weicht nicht von ihrer Seite. Es Nancy zu bringen, hätte keinen Sinn. Sie nimmt nichts zu sich.« Mit einem kurzen, vorwurfsvollen Blick ging sie weiter.

Gilbert hob die Augenbrauen. »Was sollte das?«

»Sie versteht nicht, warum ich Nancy nicht heile. Sie hält mich für grausam.«

»Das tue ich auch.«

Tränen stiegen mir in die Augen. »Ich kann es nicht, Gilbert, ich kann es nicht.«

»Der Tod ist leicht, Elizabeth. Komm heute abend in die Kate. Wir werden darüber sprechen.«

Mit einem Nicken ging ich davon.

Der Herbst war bereits weit vorangeschritten, und bald würde es zu kalt sein, um zu mitternächtlicher Stunde aufzustehen und Gilbert in der Zauberkate zu treffen. Als ich durch den Garten lief, fiel leichter Regen auf mich nieder, der mich frösteln ließ. Gilbert erwartete mich nicht, wie er es fast immer tat, und so kniete ich mich vor den Kamin und stocherte mit dem Schürhaken in den Kohlen herum. Schließlich setzte ich mich auf das Federbett und rieb die Hände aneinander. Ich konzentrierte mich auf meine Handteller und hielt sie vor den Feuerrost. Eine blaue Flamme flackerte auf und brannte verhalten auf den kalten Kohlen. Ich bewegte meine Hände vor dem Kamin hin und her, und die Flammen brannten immer heller und kräftiger, bis ein prasselndes Feuer den Raum erwärmte. Nachdem ich eine Lampe angezündet hatte, wartete ich auf Gilbert. Der Regen war stärker geworden, schwere Tropfen trommelten auf das Dach. Eine träge Schläfrigkeit erfüllte mich, und ich glaube, ich war eingenickt, als Gilbert die Tür öffnete und eintrat. Er war naß, seine Stiefel schmutzig, und in der rechten Hand hielt er einen Jagdbeutel, in dem sich etwas wand. Er warf ihn auf den Boden und zog die Stiefel aus, bevor er zu mir kam.

»Elizabeth, mein wunderschönes Mädchen«, murmelte er und begrub sein Gesicht in meinem Haar.

»Reden wir über den Tod, Gilbert«, sagte ich.

»Den Tod, Elizabeth? Nicht über Liebe, über Sehnsucht?«

Ich schüttelte den Kopf. »Heute geht es um den Tod. Ich muß dauernd an Nancy denken. Bist du sicher, daß ich nichts tun kann? Oder könntest du den Zauber rückgängig machen?«

»Selbst wenn ich es könnte, die Stimme würde ich ihr sicherlich nicht zurückgeben – und dann hätten wir das gleiche Problem. Wir würden uns stets von ihr bedroht fühlen.«

»Und warum hat niemand mitbekommen, was ich getan habe?«

»Der kleinmütige Geist ist leicht getäuscht. Er denkt in geraden Bahnen. Die eingeschränkten Sinne sehen nur das, was sie immer gesehen haben.« Gilbert streichelte meinen Nacken. »Elizabeth, wir sterben alle. Es ist nicht schwer. In der Gewißheit des Todes zu leben, das ist die Herausforderung.«

»Was wird mit ihr geschehen, wenn sie stirbt? Weißt du das?«

Er zog meinen Kopf in seinen Schoß. Ich starrte ins Feuer, während Gilbert mit meinem Haar spielte. Ich spürte die Wärme und die Kraft seiner Hände, seines Körpers.

»Nun, was mit den Nancys dieser Welt geschieht, wenn sie sterben, hängt von einer Menge Dinge ab; wie sie ihr

Leben gelebt haben, wie sie dem Universum gedient haben. Vielleicht liegt sie in ihrem Grab und bleibt für immer dort, vielleicht wird sie viele Jahre später wiedergeboren und lebt ein neues Leben. Wie wir alle vielleicht.«

»Du und ich, wir können noch einmal leben?«

»Wir beiden werden auf jeden Fall wieder leben.«

»Und haben wir schon zuvor gelebt?«

»Vielleicht. Ich weiß es von mir. Was dich betrifft, bin ich mir nicht sicher. Hast du manchmal Erinnerungen an andere Zeiten?«

»Nein.«

»Dann vielleicht nicht.«

Schweigend lag ich eine Weile da. Die Hitze der Flammen trieben mir die Tränen in die Augen; ich schloß sie und kuschelte mich in Gilberts Schoß. »Wie dient man dem Universum? Wie stellt man sicher, daß man wiedergeboren wird?«

»Indem man mit der Energie des Universums arbeitet. Menschen, die ihr Leben in den Dienst des Profanen stellen, haben keine Chance. Sie verschwenden ihre Kraft beim Kochen von Eintöpfen, bei der Kindererziehung und beim Miteinander-Tratschen. Wir dagegen sind durch unsere Sehnsüchte und Sünden verbunden mit der Erde. Und weil wir gezeichnet sind, können wir als Kanäle für diese Energie dienen. Sie fließt durch uns hindurch, sie strömt aus unseren Händen, unseren Augen, unserem Mund. Und wir werden wiedergeboren. Immer wieder. Wir sehen die Kulturen kommen und gehen, und unsere Seelen erfahren mehr Liebe und Lust als alle anderen Menschen seit des Beginns der Zeit.«

Ich richtete mich auf. »Betreibst du deshalb Magie? Um Energie für deine Wiedergeburt zu sammeln?«

»Das ist ein Grund. Wie du begann ich aus Neugier. Ich tue es um der Lust willen, der weltlichen Belohnungen, des Machtrausches, der Freiheit, das zu tun, was ich will, ohne Furcht. Aber ich töte auch für die Energie. Immer wieder.« Er stand auf und ging auf den zappelnden Sack zu. »Ich werde es dir zeigen. Komm her.«

Ich folgte ihm ins hintere Zimmer, das die Wärme des Feuers nicht erreichte. Zitternd stand ich in der Dunkelheit. Gilbert zündete eine Kerze an, deren flackernder Schein düstere Schatten warf. Ich drängte mich dicht an ihn. Er nahm die Kupferschüssel aus dem Regal und stellte sie vor uns ab. Seine Hände ruhten auf dem Rand des Gefäßes. »Blut«, sagte er, »ist Energie. Das Herz ist die Seele, die Augen sind der Geist, die Erinnerungen. Fürchte dich nicht vor diesen Dingen.« Er reichte mir einen Dolch mit böse funkelnder Klinge und perlenbesetztem Griff. Als meine Hand sich um den Griff schloß, versuchte ich nicht daran zu denken, was das letztemal geschehen war, als ich in Gilberts Beisein eine solche Klinge benutzt hatte.

Er nahm den Sack, band ihn auf und zog ein zuckendes Wiesel hervor. Dann packte er es beim Kopf und den Hinterbeinen und hielt es mit dem Bauch nach oben über die Schüssel.

»Tu es«, sagte er. »Nimm die Energie und widme sie unserem Herrn.«

»Gilbert, das kann ich nicht.«

»Doch, du kannst. Nenn es ein Experiment. Finde heraus, wie man sich dabei fühlt.«

Ich setzte das Messer an, doch als ich sah, wie sehr sich das Tier gegen Gilberts Griff wehrte, zögerte ich.

»Gilbert, es will nicht sterben.«

»Irgendwann muß es das sowieso.«

»Es hat schreckliche Angst.«

»Um so mehr Grund, sein Leiden schnell zu beenden.«

Ich stand wie angewurzelt und starrte das Wesen an.

»Dein Mitleid tyrannisiert deinen Verstand, Elizabeth.«

»Wie stelle ich es an?«

»Ein langer Schnitt die Kehle entlang.« Er zog den Kopf des Tieres nach hinten, legte die Kehle frei.

»Gut, ich tue es.«

»Mach es schnell. Und laß die Energie durch dich hindurchfließen, habe keine Angst. Das Universum erwartet dein Geschenk mit angehaltenem Atem.«

Eine rasche Bewegung, und das Wiesel kämpfte nicht

mehr. Das Blut sprudelte aus ihm und sammelte sich in der Schüssel. Warmes Kribbeln flatterte in meinem Bauch. Ich schnappte nach Luft und mußte nach der Bank greifen, um mich abzustützen, aber so schnell es gekommen war, war das Gefühl auch wieder vorbei. Wahrscheinlich nur eine Ahnung dessen, was Gilbert gespürt hatte, als er den Mann in London tötete.

Er legte das Tier in die Schüssel. Das Fell sog sich mit Blut voll. Sanft ergriff er meine Hand, die noch das Messer hielt, und führte sie an den Kopf des Wiesels. Ich erkannte jedes Detail, sah die kaum erkennbaren Farbnuancen des Fells, die in Rot getauchten Schnurrbarthaare. Gilberts Hände halfen mir, die Augen des Tieres zu entfernen. Er schälte sie mit der Spitze der Klinge heraus und legte sie auf meine Hand.

»Schließ die Augen, Elizabeth.«

Ich schloß die Augen. Plötzlich war ich nur noch dreißig Zentimeter groß, mein länglicher, muskulöser Körper schlängelte sich hinter mir. Ich lief durch Gras, zwischen riesig aufragenden Bäumen hindurch und über Zweige, die mich am Bauch kratzten. In die Erde hinein, die Erde, dann wieder hinauf, so irrte ich durch die Nacht. Ein Mann jagte mich, riesige Hände kamen auf mich zu … Ich öffnete die Augen und ließ die beiden winzigen Organe in die Schüssel fallen. Ein blutiger Streifen blieb auf meiner Hand zurück.

»Ich war Zeuge seiner letzten Erinnerungen«, sagte ich.

»Du hättest all seiner Erinnerungen teilhaftig werden können. Aber sie wären nicht sehr interessant gewesen. Wiesel führen in jeder Hinsicht ein sehr eintöniges Leben.« Gilbert nahm einen der Behälter aus dem Regal, öffnete ihn und tat die Augen hinein. Dann nahm er mir den Dolch aus der Hand und schnitt dem Tier das Herz heraus, nachdem er mit starken Daumen den Brustkorb auseinandergedrückt hatte. »Bei Menschen ist es schwieriger«, meinte er beiläufig. »Man braucht eine Axt oder ähnliches, um die Knochen zu durchtrennen.«

»Ich werde so etwas bei Menschen nicht tun, Gilbert.«

»Jedem das seine.« Er riß das Herz heraus und legte es in ein anderes Gefäß.

»Komm«, sagte er, »gehen wir hinaus in den Regen und waschen uns diesen Schlammassel vom Leib.«

Er nahm mich am Arm und zog mich hinaus. Ich hielt meine Handflächen zum Himmel hinauf und ließ das Wasser das Blut von den Händen spülen. Daß der Regen meine Kleider durchnäßte, nahm ich kaum wahr, so tief war ich in Gedanken versunken. Vielleicht hatte Gilbert recht. Vielleicht war der Tod gar nicht so schwer.

»Guten Morgen, Hugh. Hat sich ihr Zustand gebessert?«

Hugh, der neben Nancys Bett gedöst hatte, blickte auf. Nancy gab einen grunzenden Laut von sich, als sie mich sah, doch ich ignorierte sie und setzte mich auf die Lehne von Hughs Sessel. Er schüttelte traurig den Kopf. »Nein, kein bißchen. Ich fürchte, sie wird …« Er hustete schluchzend.

Ich nahm seine Hand. »Wie lange seid ihr verheiratet, Hugh?«

»Vierundzwanzig Jahre.«

»Es tut mir sehr, sehr leid«, sagte ich. Und das tat es auch.

»Danke, Lady Elizabeth, danke für alles.«

»Du solltest dich jetzt ausruhen, Hugh.« Ich spürte, wie ein kleiner Energiestoß den Weg von meiner Hand in seine fand. Sofort fiel sein Kopf nach vorne, und er atmete den tiefen, langsamen Atem eines Schlafenden.

Meine Röcke raschelten, als ich mich auf Nancys Bett setzte. Sie schlug mit den Armen nach mir, aber ich schob sie weg und beugte mich über sie. Sie stank nach Schweiß. Ihr Haar war strähnig, ihre Haut hatte die Struktur getrockneter Apfelschalen. Dort wo ihr Mund hätte sein sollen, war die Haut aufgerauht und von roten Striemen bedeckt. Wahrscheinlich hatte sie versucht, eine Öffnung zu schaffen. Aus ihrer Kehle drang ein Laut, der wie ein Flehen nach Mitleid klang. Nun, was ich tat, tat ich aus Mitleid.

Ich ließ einen ihrer Arme los, um nach dem Kissen unter

ihr zu greifen. Sie schlug mir mit der Hand auf den Hinterkopf, aber ich richtete mich nur etwas auf und flüsterte: »Es tut mir leid«, bevor ich ihr das Kissen aufs Gesicht drückte und festhielt.

Sie wehrte sich kurz, aber ich glaube, daß sie selbst sterben wollte. Als ihr Leben sie verließ, spürte ich, wie mich ein Stich der Leidenschaft durchzuckte, etwas wie Schmerz und Lust, mit Liebe und Haß vermischt. Ich weinte und sagte: »Nancy, ich übergebe dich dem Universum.« Sicherlich besser als im Grab zu verwesen. Besser als zu verwesen, vergessen zu werden und für immer in der Erde zu liegen.

Als der Schauder aus meinem Körper wich, nahm ich das Kissen von ihrem Gesicht und legte es wieder unter ihren Kopf. Ich strich ihr Haar glatt und ging mit zitternden Beinen zur Tür. Dort drehte ich mich noch einmal zu Hugh um. »Erwache in einer Stunde«, sagte ich, dann ging ich und schloß die Tür hinter mir.

Am Tag von Nancys Begräbnis regnete es; kalte Schauer fegten schräg über das Land, während wir fröstelnd am Rand des Familienfriedhofs standen. Mirabel trat ungeduldig von einem Fuß auf den anderen. Gilbert schützte sie mit einem schweren Mantel. Master Gale hielt eine kurze Predigt, Hugh schluchzte unaufhörlich. Sein Schmerz schien in meinen Körper zu strömen und sich wie eine harte Nuß in meinem Herzen zu verdichten. Ich konnte ihn nicht ansehen. Statt dessen starrte ich auf Nancys in ein Leichentuch gewickelten toten Körper. Der Regen schwemmte Erdbrocken auf den Stoff.

Als die Zeremonie vorbei war, verließen wir erleichtert die Grabstätte, bis auf Hugh, der beim Zuschaufeln half und murmelte, daß er seine liebe Frau nun zur ewigen Ruhe bette. Gilbert sah gelangweilt aus. Ich wußte, daß er kein Gewissen hatte, aber fehlte es ihm auch gänzlich an Mitleid? Sicherlich nicht. Er liebte mich, und ich glaubte, daß er die Geburt seiner Tochter fieberhaft erwartete. Dies waren Zeichen dafür, daß auch er Gefühle im Herzen trug.

Onkel Tom kümmerte sich um Mirabel und achtete darauf, daß sie trockenen Fußes ins Haus kaum, so daß Gilbert sich zu mir gesellen konnte. »Du hättest sie erstechen sollen.«

»Das wäre weitaus schwerer zu verbergen gewesen.«

»Man kann alles verbergen. Du hättest mich nur um Hilfe zu bitten brauchen.«

Ich schaute mich um, damit ich sicher sein konnte, daß uns niemand zuhörte. Mirabel trug Onkel Tom ihre üblichen Klagen vor. Der Regen hatte etwas nachgelassen. »Ich habe sie aus Mitleid getötet, Gilbert. Es hatte nichts mit Hexerei zu, auch wenn alles damit anfing.«

»Trotzdem eine Schande, ein solche Gelegenheit verstreichen zu lassen, meinst du nicht auch? Es war sicherlich kein berauschendes Gefühl.«

»Ich habe es nicht wegen eines Lustgewinns getan.«

Master Gale näherte sich und fiel in unseren Schritt ein. »Guten Morgen, Lady Elizabeth, Mr. Lewis.«

Ich begrüßte ihn. Gilbert tat weder das, noch sah er ihn an.

»Es scheint, als trauere der Himmel mit uns«, sagte Master Gale.

»Hugh tut mir leid. Er möchte wohl den ganzen Tag an ihrem Grab verbringen«, erwiderte ich.

»Wahrscheinlich wird er das sogar. Ich hoffe nur, daß er sich kein Fieber holt. Noch ein Todesfall auf Prestonvale wäre eine Tragödie. Ich schätze, wir werden nie erfahren, was mit Nancy geschehen ist, warum es diese Wendung mit ihr nahm.«

Nun sagte Gilbert doch etwas: »Ein Gehirnschlag. Ich habe so etwas schon gesehen, bei Menschen in der Blüte ihres Lebens. Sie wurden zu Idioten, das Gesicht zur Schreckensmaske erstarrt. Vielleicht ist sie auf den Kopf gefallen, als sie in der Küche stürzte.«

»Als sie an jenem Morgen zu mir kam, schien irgend etwas sie äußerst erregt zu haben«, sagte Master Gale.

Ich sah, daß ein Lächeln über Gilberts Gesicht huschte. »Wirklich?«

»Ja, Und ich wüßte zu gerne, was so Dringendes sie mir mitteilen wollte.«

»Sie werden es nie erfahren. Die Toten sind sehr schweigsam.«

Master Gale nickte und ging zu Onkel Tom hinüber.

»Warum lächelst du, Gilbert?« fragte ich.

»Weil er versucht hat, mich einzuschüchtern. Ein dummer Mann. Aber bei dir hat er Erfolg gehabt – du bist ganz bleich geworden.«

»Er weiß es, Gilbert. Er muß es wissen. Ich habe versucht, in der Kapelle in seinen Geist zu schauen, aber er hat mich abgeblockt. Ich habe es deutlich gespürt.«

»Hab keine Angst vor ihm.«

»Er spricht mit Gott.«

Zorn drängte sich in seine Stimme. »Dann spricht er mit niemandem. Und wer mit niemandem spricht, ist ein Verrückter, nicht wahr?« Er bekam seine Gefühle unter Kontrolle und sah mich mit diesem fast animalischen Lächeln an. »Elizabeth, mach dir keine Sorgen. Alles geschieht in unserem Sinne, von jetzt an bis in alle Ewigkeit.«

Schweigend stapften wir zum Haus zurück.

Am Abend saß ich zu Onkel Toms Füßen vor dem Kamin, in dem ein Feuer loderte. Auf meinen Knien lag ein aufgeschlagenes Buch, und er strich mir abwesend übers Haar. Mit trüben Augen starrte er in die Flammen. Nancys Tod hatte ihn erschüttert, und wie ich ihn kannte, fragte er sich, ob der Rauswurf aus der Kate zu ihrer Krankheit beigetragen hatte. Ich legte das Buch beiseite, in dem ich sowieso nicht gelesen hatte – ich dachte immerzu an Hugh, wie er klagend an Nancys Grab gestanden hatte –, und tätschelte Onkel Toms Knie.

»Sei doch nicht so traurig.«

Er überwand seine Nachdenklichkeit. »Es ist schwierig, nicht traurig zu sein, Elizabeth.«

»Ich weiß, aber das Leben muß weitergehen.«

Er nickte und betrachtete mich eine Weile. »Dienstag hast du Geburtstag.«

»Ja.«

»Du wirst achtundzwanzig. Hast du noch mal darüber nachgedacht, wieder zu heiraten?«

Ich schüttelte den Kopf. »Ich möchte nicht.«

»Du kannst heiraten, wen du willst, Elizabeth, es macht mir auch nichts aus, wenn er keinen Titel hat. Gilbert hat keinen Titel, und ich habe mich für Mirabel gefreut.«

»Weil er über Geld und Verbindungen verfügt.«

»Mir ist es egal, wenn du jemanden heiratest, der weder Titel, noch Geld, noch Verbindungen hat. Ich möchte, daß du glücklich bist.«

»Ich bin glücklich.«

Er seufzte und fuhr sich mit der Hand durchs Haar, das ihm danach wirr vom Kopf stand. »Überleg es dir, Elizabeth. Dein Ehemann könnte hier mit uns leben. Du bräuchtest nicht fortzuziehen.«

»Onkel Tom, woher das plötzliche Interesse, mich zu verheiraten?«

»Ich denke, es würde dir guttun.«

»Du irrst dich.« Ich sah ihn prüfend an. »Dir macht doch etwas Sorgen, nicht wahr?«

Er schwieg eine Weile. »Wie geht es mit deinen Malstunden voran?« fragte er schließlich.

»Recht gut«, antwortete ich. »Allerdings gibt es noch nichts, was ich dir stolz präsentieren könnte.«

»Du und Gilbert – ihr steht euch sehr nahe.«

»Ja, ich bin gerne mit ihm zusammen und er mit mir.«

»Ich weiß nicht, ob sich das ziemt.«

Ich nickte bedächtig. »Darum geht es also. Du hast den Dorfklatsch gehört.« Ich hoffte, äußerlich ruhig zu wirken, denn im Inneren erbebte ich.

»Nein, Mirabel hat mit mir gesprochen.« Er sah einigermaßen unglücklich drein. »Es ist nicht so, daß ich dir nicht vertraue, Elizabeth ...«

»Onkel Tom, bitte. Mirabel ist Gilbert intellektuell nicht gewachsen, er ist ein sehr belesener Mann. Ich habe mich immer nach solcher Gesellschaft gesehnt. Wenn Gilbert und ich einander nicht hätten, würden wir wahrscheinlich beide verrückt werden. Ich weiß, daß er Mirabel liebt. Du mußt mir, mußt uns vertrauen. Wir wissen, was uns der Anstand gebietet.« Was für eine beschämende Tat, ihn so zu belügen.

»Es tut mir leid, es tut mir leid.« Er streckte mir lächelnd seine Hände entgegen, und ich ergriff sie. »Ich liebe dich, Elizabeth.«

»Und ich liebe dich.«

»Aber mir ist nicht entgangen, wie ihr einander anseht.«

»Gilbert und ich?«

»O ja. Beim Essen, und heute bei der Beerdigung. Ich werde alt, aber ich habe noch nicht vergessen, wie es war, jung zu sein und heißes Blut in den Adern zu haben.«

Beschämt senkte ich den Blick.

»Habt ihr euch gehenlassen?« fragte er.

»Ich weiß nicht, wovon du redest. Gilbert und ich sind Freunde. Wenn zwischen uns eine Verbindung besteht, dann ist es eine auf der Ebene des Intellekts, das ist alles.«

»Wenn dies dein letztes Wort in dieser Sache ist, glaube ich dir.«

»Ja, das ist mein letztes Wort.«

»Ich werde Mirabel sagen, daß sie sich keine Sorgen zu machen braucht.«

»Tu das, bitte.«

»Ich denke nur an das Kind. Ich möchte nicht, daß Mirabel sich in etwas hineinsteigert und das Baby verliert. Er ist meine letzte Hoffnung.«

Ich lächelte. »Er?«

»Ja, es muß ein Junge werden. Soviel Pech kann ich doch nicht haben. Gilbert kommt aus einer Familie mit sieben Brüdern, das wird sich wohl auswirken.«

Ich hatte mir Gilbert bis jetzt nie als Mitglied einer Familie vorgestellt. Es schien seltsam, daß solch eine Frucht von einem gewöhnlichen Baum stammte. »Verlaß dich nicht allzu sehr darauf, daß es ein Junge wird, Onkel Tom.«

»Es muß so sein, Elizabeth. Wegen des Erbes. Ich kann Prestonvale Mirabel und Gilbert vermachen, aber ich würde ihnen lieber eine Leibrente geben und das Anwesen einem männlichen Erben hinterlassen.«

»Mach dir keine Sorgen, Onkel Tom. Wenn es ein Mädchen wird, kommt danach bestimmt ein geeigneter Erbe.«

Ich wandte mich wieder meinem Buch zu und tat, als blättere ich darin. Dabei fragte ich mich, was die Zukunft für Onkel Tom wohl bereithielt. Gilbert hatte mir erzählt, daß ein Teil der Zukunft in der Gegenwart erschaffen werde und daß man sie daher teilweise kennen könne. Im allgemeinen hielt er das Voraussagen der Zukunft für eine Domäne verrückter alter Weiber und falscher Propheten, die er verachtete. Ich schloß die Augen und lehnte mich an Onkel Toms Knie. Er strich mir wieder übers Haar, und das Feuer badete mich in seiner Wärme. Was würde geschehen?

Plötzlich hatte ich eine Vision, ein kurzes Aufblitzen nur – Onkel Tom, älter, grauer, die Arme um ein junges Mädchen von neun oder zehn Jahren gelegt. Sie hatte blondes Haar wie Mirabel, aber ihre Züge waren schärfer, prägnanter als die Mirabels. Onkel Tom half ihr dabei, ein Kleid anzuziehen. Er lächelte, aber ich spürte Verzweiflung und Leere in ihm. Und Angst, irgendwie hatte er Angst vor dem kleinen Mädchen. Die Vision verschwand so schnell, wie sie gekommen war. Ich öffnete die Augen, fand mich in dem warmen Wohnzimmer wieder und sah zu Onkel Tom hinauf.

»Alles wird gut werden«, sagte ich. »Mach dir keine Sorgen.«

21. Kapitel

Das schlechte Wetter hielt sich bis zu dem Tag vor meinem Geburtstag, und als die Sonne wieder zum Vorschein kam, war es nicht die gleiche wie vor dem Regen. Es war die erste Wintersonne, weit von der Erde entfernt, und sie schien eher am bleichen Himmel zu glimmen als zu scheinen. Eine rauhe Brise hatte begonnen, die Bäume von ihren Blättern zu entkleiden, und die Zweige, die wie nackte, dünne Knochen aussahen, waren der Kälte des frühen Morgens ausgesetzt.

Ich brach früh auf, um am Fluß spazierenzugehen; allein, was ich seit Ewigkeiten nicht mehr getan hatte. Ich brauchte Zeit und Raum, um darüber nachzudenken, was ich getan hatte und was ich tun würde. Seit der Nacht, in der wir das Wiesel getötet hatten, waren Gilbert und ich nicht mehr in der Kate zusammengekommen, auch weil das Wetter es nicht zuließ.

Ich gab mich ganz den Geräuschen und dem Geruch der nassen Erde unter meinen Füßen hin, dem verhaltenen Zwitschern der Vögel, dem Fluß, der seine Geheimnisse dem Ufer zuflüsterte. Eine Woche Regen hatte ihn anschwellen lassen, und er schlängelte sich schnell auf seinem Weg zu einem kalten Ozean dahin, den ich niemals sehen würde. Oder vielleicht doch. Vielleicht steckte ich als Frau nicht mehr in der Falle des Lebens, vielleicht warteten noch aufregende Dinge auf mich.

Plötzlich hörte ich ein Geräusch hinter mir, drehte mich um und sah Gilbert. In meinem Herzen zog sich etwas zusammen, und ich spürte, daß ich allein sein wollte, niemanden bei mir haben wollte, auch ihn nicht. Ich brauchte das Gefühl, daß mein Leben mir gehörte und daß ich es nicht nur von einem Mann mit einem stärkeren Willen als ich geborgt hatte. Abrupt wandte ich mich ab und ging weiter, als hätte ich ihn nicht gehört. Er rief nach mir, doch ich ignorierte ihn. Nach ein paar Sekunden hatte er mich eingeholt. Er ergriff meine Hand und zog mich an sich.

»Elizabeth?« Seine Stimme verriet Überraschung und mehr als nur ein wenig Verärgerung.

»Ich wollte nur eine Weile allein sein, das ist alles«, sagte ich und machte mich von ihm los.

»Allein, Elizabeth?«

»Ich muß nachdenken.«

Er lächelte, ein wollüstiges Lächeln, das seine eigentlichen Sehnsüchte verriet. »Du brauchst nicht zu denken, du brauchst Liebe.« Er versuchte, mich in seine Arme zu ziehen, und ich wehrte mich schwach.

»Ist das deine Antwort auf alles, Gilbert?«

»Komm, ich zeige dir wieder, wie man Sorgen vergißt. Ich bringe dich an den Strand.« Er küßte mich, und die Wärme der Tropensonne erfüllte meine Glieder. Ich gab ihm nach, doch dann erkannte ich, daß er mich wieder besiegt hatte, und strengte mich an, seine Magie von meinem Geist fernzuhalten. Die Wärme verging, der kalte Wald zitterte am Rande meiner Wahrnehmung und nahm wieder Gestalt an. Er preßte seine Lippen noch härter auf meinen Mund, dann trat er zurück und sagte: »Du blockst mich ab.«

Erneut versuchte er, seine Gedanken in mich hineinzuzwingen, aber ich widerstand ihm. Er packte mich und hielt mich auf Armeslänge von sich. Es schien, als müsse er sich sehr beherrschen, mich nicht durchzuschütteln.

»Block mich nicht ab«, zischte er, und Wut strömte in furchterregenden Wellen von ihm zu mir.

»Warum nicht? Hast du Angst, ich gehorche dir nicht mehr?« Er machte *mir* angst, aber das würde ich ihn nicht merken lassen.

»Du weißt, daß ich etwas anderes von dir will.« Er lächelte besänftigend. »Laß mich dich küssen, Elizabeth.«

Ich beruhigte mich, als ich sah, daß sein Zorn verraucht schien. »Du darfst mich küssen, aber dringe nicht in meinen Kopf ein.«

»Offensichtlich kann ich das gar nicht mehr.« Es klang, als habe er sich damit abgefunden, und doch war da eine Spur Verärgerung.

»Du hast mir vieles beigebracht, Gilbert. Gib dir die Schuld, wenn ich zu gelehrig war.« Ich ließ mich von ihm in die Arme nehmen, und er preßte sich an mich.

Sein Mund glitt über meinen Hals, sein Bart kratzte über meine zarte Haut.

»Komm heute nacht in die Zauberkate, Elizabeth«, flüsterte er, während er meine Ohrläppchen mit Küssen bedeckte. »Ich habe ein Geburtstagsgeschenk für dich.«

»Ein Geschenk? Was ist es?«

»Etwas Nützliches.«

»Wird es mir gefallen?«

Er antwortete nicht, weil er zu sehr damit beschäftigt war, meine Unterröcke hochzuheben und mich so zu drehen, daß ich vor einem Baum stand. Ich stützte mich an der rauhen Rinde ab, legte mein Gesicht dagegen. Sie war feucht und hatte den Geruch des Regens angenommen. Er fuhr mit den Händen über meine Pobacken, zwischen meine Beine. Ich sah zum Himmel hinauf, der durch das Geflecht der Äste schimmerte. Noch immer wollte ich allein sein.

Gilbert drückte das Gesicht an meine Schulter und drang von hinten in mich ein. »Du wirst meiner müde«, sagte er zwischen den Stößen. Zu meiner Überraschung hatte seine Stimme einen Klang von Traurigkeit.

»Nie«, widersprach ich. »Ich werde dich immer lieben, ich verspreche es dir.«

»Sei vorsichtig mit deinen Versprechen.« Er preßte sich fest gegen mich und stieß immer heftiger in mich hinein. Keine Ekstase dieses Mal, keine wilden Zuckungen, nur zwei Menschen im Schlamm, die sich wie Tiere paarten.

Ich hockte mich vor das Feuer in der Kate, die Knie an die Brust gezogen, und hielt meine kalten Hände so nahe an den Gitterrost, wie ich es aushalten konnte. Ich wartete auf Gilbert, eine Stunde, zwei. Das Warten ging weiter, ich zog die Matratze näher an den Kamin und las in einem Buch. Als ich überzeugt war, daß er nicht mehr kommen würde und mich gerade auf den Weg in mein eigenes behagliches Bett machen wollte, hörte ich ihn an der Tür. Er trat ein, von den Füßen bis zu den Händen und den Ellbogen mit feuchter Erde bedeckt. Selbst in seinem Haar klebten Erdklumpen, und sein Gesicht war schlammbespritzt.

»Was hast du gemacht?« fragte ich.

»Ich war ein fleißiger Junge. Streck die Hand aus und schließ die Augen, ich habe dein Geschenk mitgebracht.« Er hatte eine Hand unter seinem Umhang verborgen.

Ich sah ihn mißtrauisch an. »Warst du wieder auf Wieseljagd?«

»Nein, nein. Komm, streck deine Hand aus.«

Ich hielt ihm die Hand hin, und er kniete sich neben mich, wobei er die Matratze beschmutzte. »Die Augen zu.«

Ich schloß die Augen und hörte, wie sein Umhang raschelte. Dann fühlte ich etwas Nasses und Kaltes auf meiner Hand, und eine Sekunde lang glaubte ich, er habe mir lediglich einen Klumpen Erde hineingelegt, aber dann öffnete ich die Augen und schrie auf. Er hatte zwei Augäpfel in meinen Handteller getan. Noch bevor ich sie wegwerfen konnte, hatte er meine Hand darüber geschlossen. »Es sind Nancys«, sagte er. »Sie gehören dir.«

»Gilbert, nein, laß mich los. Mir wird übel, wenn ich nur daran denke ...«

»Nach all der Mühe, die ich mir gemacht habe!«

In meinem Kopf drehte sich alles, als ich versuchte, mir vorzustellen, wie es sich abgespielt hatte. Er hatte sie ausgegraben, das Leichentuch zerrissen, ihren Körper geschändet. Glaubte er wirklich, daß ich eine solche Geste schätzen würde? Ich sah ihn an – und er betrachtete mich. Handelte es sich um einen grausamen Scherz? Wollte er mir heimzahlen, daß ich mich am Nachmittag im Wald so gleichgültig gezeigt hatte? Er hielt meine Hand wie in einem Schraubstock und ließ sie nicht los.

»Laß mich.«

»Nein. Möchtest du nicht an ihren Erinnerungen teilhaben?«

Ich schaute auf unsere miteinander verschlungenen Hände herab. Er wußte, wie er mich versuchen konnte. Er hatte meine Neugier geweckt.

»Interessiert, Elizabeth?«

»Nein, laß mich los.«

»Denke daran, nicht zu denken.«

Ein Kitzeln in meiner Hand. »Nein, Gilbert, ich will nicht.«

»Doch, du willst.«

In einem neuen, bäuerlichen Kleid. Sitze im Sonnenschein auf einer Türschwelle und esse eine Birne. Etwa vier oder fünf Jahre alt.

»Ich will nicht. Laß mich.«

Ein junger, prächtiger Hugh auf mir, stöhnend, voller Leidenschaft; jungvermählt.

»Elizabeth, du tust es bereits.«

Eine dunkelhaarige Frau, blasse Haut, wunderschöne große Augen ... Lady Elizabeth, fürchte dich vor Lady Elizabeth. Wie furchtbar zu erkennen, wie schön ich war, und im gleichen Augenblick zu wissen, wie böse ich war.

»Gefällt es dir, Elizabeth?«

Ich will schreien, aber ich habe keinen Mund. Welch teuflisches Spiel ist dies? Sie wird mich töten, aber ich will nicht sterben. Ich habe Angst vor dem Sterben.

Ich wand meine Hand aus seinem Griff und warf die Augen ins Feuer. »Genug!«

»Was ist los, Elizabeth?«

»Genug! Schluß damit! Ich werde mich nicht mehr mit dir hier treffen, Gilbert. Ich will nichts mehr von deinen üblen Zaubereien wissen. Ich will in keine Morde mehr hineingezogen werden. Ich will nicht mehr!« Ich stand auf.

»Sei nicht närrisch ...«

»Halt den Mund!« rief ich. »Ich weiß, was ich will. Ich bin keine Idiotin. Du hast mir nichts als Taschenspielertricks beigebracht, und du hast mich nicht vor den Gefahren meiner Macht gewarnt. Ich habe einen grauenhaften Fehler gemacht, der einen Menschen unter die Erde gebracht hat. Wie lange wird es dauern, bis ich wieder einen mache? Wo bleibt die eigentliche Magie? Du hast mir nicht gezeigt, wie man Stürme entfacht, und mich keine Bann- oder Heilssprüche gelehrt. Halb bin ich verdammt, halb unwissend. Aber jetzt mache ich Schluß damit.« Ich drehte mich um und ging zur Tür. Doch kaum hatte ich sie einen Spalt weit geöffnet, als eine unsichtbare Kraft meine Hand von der Klinke zwang und sie vor mir zuschlug. Ich sah Gilbert an. Er saß da, ein Schatten war auf sein Gesicht gefallen.

»Mach die Tür auf«, zischte ich.

Das Feuer im Kamin knisterte und knackte unheimlich, leise Geräusche, als platze etwas.

»Mach die Tür auf und laß mich gehen.«

Schlagartig schwang die Tür nach innen und prallte gegen mich. Ich taumelte ein paar Schritte zurück. Gilbert hatte sich von mir abgewandt und starrte in das Feuer, das auf seine alte Größe geschrumpft war. Ich eilte so schnell ich konnte davon.

Es erwies sich für Gilbert und mich schwieriger, unseren Haß zu verbergen als unsere Liebe. Wenn wir uns zwangen, in Gesellschaft höflich zueinander zu sein, schien es mir, als würden wir uns einen bunt glänzenden Ball über eine düstere Schlucht zuwerfen. Jedes Wort, daß wir in geheuchelt freundlichem Ton miteinander sprachen, steckte voll tieferer Bedeutungen. Zweimal hintereinander verließ ich den Essenstisch, Müdigkeit vorschützend, und eilte auf mein Zimmer, wo ich mich aufs Bett warf. Ich starrte auf das Muster der Tapete, löste die bunten Fäden in meinem Kopf auf und versuchte zu vergessen, daß ich diesen Mann liebte. Schließlich glitt ich in einen leichten Nachmittagsschlaf, aus dem ich erst erwachte, als die Schatten der Dämmerung ihre knochigen Finger in den Raum steckten. Gelangweilt verbrachte ich den Abend im Wechsel zwischen Arbeits- und Wohnzimmer, bis es Nacht wurde und ich wieder in meinem Bett gefangen lag, um meine eigenen Gedanken kreisend.

Zwei Wochen nach unserem Streit weckte mich gegen Mitternacht ein klirrendes Geräusch. Ich richtete mich auf und lauschte. Da war es wieder, ein lautes Klirren am Fenster. Ich zog die Vorhänge beiseite, jemand warf Kieselsteine gegen das Glas. Mit klammen Fingern zündete ich eine Kerze an und ging zum Fenster, um hinunterzusehen.

»Elizabeth!« rief Gilbert von unten. Ich öffnete das Fenster und beugte mich hinaus.

»Elizabeth, komm herunter.«

»Psst«, machte ich besorgt. Ich konnte ihn in der Dunkelheit kaum erkennen.

»Keine Bange, sie schlafen alle. Ich habe sie mit einem Zauber belegt, bis auf diesen Narren, Master Gale, der nicht nachgeben wollte. Dafür habe ich ihn in seinem Zimmer eingesperrt. Mit etwas Glück merkt er es gar nicht.«

»Wovon redest du? Was hast du getan?«

»Ich möchte, daß du herunterkommst. Ich habe eine Überraschung für dich.«

»Wenn es so eine ist wie die letzte Überraschung …«

»Nein, nein, es soll meine Entschuldigung sein. Ich liebe dich, Elizabeth, ich liebe dich.«

Ich blickte in die Finsternis, in der sein bleiches Gesicht leuchtete. »Nein, ich komme nicht hinunter, ich traue dir nicht mehr, Gilbert.«

»Bitte, Elizabeth.«

»Nein.«

Er schwieg, und ich wollte gerade das Fenster schließen, als er rief: »Warte! Geh nicht. Bleib da. Ich werde dich auch so überraschen, du brauchst nicht herunterzukommen.«

»Gilbert …«

»Oh, warte. Bleib, wo du bist. Es dauert nicht lange.«

Ich wartete, hörte aber keine Geräusche, und Gilbert blieb nichts als ein dunkler Fleck unter meinem Fenster. Ich glaubte zu sehen, wie er die Arme hob, doch konnte ich mich auch getäuscht haben. Dann hörte ich, daß er leise, klagende Laute von sich gab, wie ein betender Märtyrer. Ich beugte mich weiter aus dem Fenster.

»Gilbert, was tust du?«

Er antwortete nicht, gab weiter diese Laute von sich. Ein starker Wind kam auf, der die Bäume schüttelte und meine Kerze ausblies. Ich blickte zum Himmel hinauf, als könnte ich dort sehen, woher er kam. Der Wind wurde stärker und fegte in brausenden Böen durch die Luft. Er wehte mir das Haar ins Gesicht, und ich strich mir die langen Strähnen hinter die Ohren. In der Ferne ein Grollen. Donner.

»Gilbert, bist du das? Machst du all das?«

Plötzlich heulte der Wind in der Gasse zwischen dem Haus und der Kapelle auf, und in der Ferne klapperte ein Scheunentor. Ich blickte zum Himmel hinauf und sah, daß die Sterne von einer sich rasch vorwärts bewegenden Sturmfront verdeckt wurden. Erneut rollte der Donner, dieses Mal jedoch näher. Gilbert stieß einen tiefen, kehligen Laut aus. Ich glaubte ihn auf die Knie fallen zu sehen. Sofort rannte ich nach unten, durch die Küche, riß die Tür auf und trat in den Sturm hinaus. Eisige Regentropfen klatschten gegen mein Nachtgewand. Gilbert kniete unter meinem Fenster und stützte sich mit den Händen ab. Ich ging zu ihm. Er sah aus wie ein Tier in einer Falle.

»Bleib weg!« schrie er. Ich trat ein paar Schritte zurück, und er erhob sich, langsam und geschmeidig, als wachse er aus dem Boden. Entsetzt und fasziniert beobachtete ich ihn. Er stieß einen Schrei aus und hob die Arme. Ein Blitz zuckte vom Himmel, und Donner krachte. Unwillkürlich schrie ich auf. Das blendende Licht erhellte seine Gestalt für eine Sekunde, dann sank er wieder auf die Knie.

»Gilbert, bist du verletzt?«

»Nein.« Wieder stand er auf. Dieses Mal rannte ich zu ihm und umarmte ihn. Als er erneut seine Arme hob und den Blitz herabbefahl, fühlte ich, wie die Energie durch seinen Körper zuckte und mich mit ihm verschmelzen ließ. Ich schrie mit ihm.

Der Blitz verebbte, und er küßte mich. »Knie dich hin mit mir«, sagte er, keuchend vor Erschöpfung.

Wir knieten uns gemeinsam nieder, ich berührte die Erde, wie er es tat, murmelte die gleichen wirren Laute, die er murmelte, richtete mich mit ihm auf und schrie das magische Un-Wort. Bis ein Blitz vom Himmel herabzuckte wie die Stimme Gottes.

Gilbert drückte mich an sich. »Ich liebe dich, und ich liebe dich, und ich liebe dich«, sagte er immer wieder. Trotz des eisigen Regens glühten unserer Körper. Wir rissen uns die Kleider vom Leib und sanken ineinander verschlungen zu Boden. Über uns tobte der Sturm. Wir waren wieder vereint.

Es war Mitte Dezember, Hugh war tot, und ich war zur ›großen Gelehrten der Schwarzen Magie‹ geworden, wie

Morgan le Fey in Malorys Romanze. Ein Fieber, das er sich an Nancys Grab geholt hatte, ließ den alten Mann erbleichen und verwelken. Nachts hustete Hugh so laut, daß niemand schlafen konnte, aber er wollte keine Hilfe annehmen. Er starb an einem Nachmittag, und wir begruben ihn am nächsten Morgen in der taufeuchten Erde. Auch an seinem Tod war ich schuld.

Aber es fiel mir schwer, Schuld oder Trauer zu empfinden, da ich mich fast jede Nacht mit Gilbert in der Zauberkate einsperrte, wo er mir zeigte, wie man Regen macht, Gedanken las, Gegenstände veränderte, sie verschwinden ließ oder nur durch Gedankenkraft fortbewegte. Gilbert und ich tanzten manchmal durch das Zimmer; zur Melodie von Gläsern und Schüsseln, die klappernd und klirrend auf der Bank hüpften, perfekt den Takt haltend. An einem Abend erweckte ich die verzierten Füße der Kupferschüssel zum Leben, und als das Ding durch den Raum sauste, jagten wir es wie ein widerspenstiges Kätzchen.

Ich war eine aufmerksame Schülerin und wurde gefährlich schnell immer besser. Bald spürte ich, daß sich in Gilberts Stolz auf meine Erfolge ein gewisses Unbehagen mischte, vor allem, da ich gelernt hatte, seine Gedanken abzublocken. Ich brauchte nur eine imaginäre Mauer aus Licht um meinen Geist herum aufzubauen. Es frustrierte ihn erheblich, weil es ein Beweis dafür war, daß er die Kontrolle über mich verlor, doch er unterrichtete mich weiter, vielleicht weil er einen erneuten Bruch in unserer Beziehung fürchtete.

Das Wichtigste, was ich lernte, war allerdings, meine Grenzen zu erfahren. Ich bezog einen großen Teil meiner Kraft von Gilbert, ohne ihn waren meine Künste schwach und fehlerhaft. Schließlich wurde mir auch klar, warum Gilbert so vom Tod besessen war – der Tod anderer verschaffte ihm erst die Energie, die er unaufhörlich für seine Magie brauchte. Das Universum, soviel begriff ich langsam, war chaotisch und amoralisch und belohnte ihn für diese Vergehen. Und je brutaler das Verbrechen, desto heftiger tanzten die Geister um ihn herum und warteten atemlos auf seine Befehle. Tiere, so sagte er, waren nicht viel wert, alte Leute nur wenig mehr. Die Weisen, die Jungen, die Gläubigen und die Mächtigen – deren Tod fiel ins Gewicht. Ich traute mich nicht zu fragen, wie viele ihm zum Opfer gefallen waren. Es gab keinen Hinweis darauf, daß er seit unserer Beziehung außer dem Taschendieb noch jemanden ermordet hatte. Aber ich wollte es auch gar nicht wirklich wissen, denn die Wahrheit hätte nur meine Schuldgefühle verstärkt und den Drang erstickt, der mich nach immer mehr Wissen streben ließ.

Aber obwohl ich Gilbert noch immer liebte und seine Fähigkeiten bewunderte, hatte unsere körperliche Beziehung seit dem Streit an Intensität verloren. Vielleicht deshalb, weil er nicht mehr mit verführerischen Bildern in meinen Geist eindringen konnte. Vielleicht hatte ich mich an seinen Körper gewöhnt, und der Reiz des Neuen war verflogen. Es war angenehm, wenn wir uns liebten, aber ich verzehrte mich nicht mehr nach ihm. Ich wußte nicht, ob Gilbert das gleiche fühlte. Wir sprachen nicht darüber.

Im Dezember wurde es zu kalt, um sich in der Kate aufzuhalten, und so vereinbarten wir eine Pause. Oft saßen wir zu viert im Winterzimmer, um ein loderndes Kaminfeuer versammelt, und genossen so etwas wie häusliche Behaglichkeit. Onkel Tom blickte versonnen ins Feuer.

Mirabel, deren weites Kleid mit jedem Tag enger wurde, versuchte sich stümperhaft an Stickereiarbeiten; Gilbert und ich lasen, diskutierten, stritten. Manchmal gesellte Onkel Tom sich dazu, und es überraschte mich, wie durchdacht und analytisch seine Meinungen waren. Mirabel erhob ihre piepsige Stimme nur, um uns mitzuteilen, wie schrecklich langweilig wir seien, und Gilbert gab ihr einen Kuß und sagte, sie sei wunderschön.

An einem verschneiten Nachmittag vor Weihnachten kam Rosemary hereingelaufen, ganz außer sich vor Aufregung. Sie brachte Neuigkeiten. Ich las gerade Tassos *Gerusalemme Liberata* – mein Italienisch wurde immer besser –, aber es wurde dunkel, und meine Augen hatten Mühe, die Buchstaben zu erkennen.

Die Unterbrechung kam mir also recht.

»Draußen sind Leute, Sir Thomas!« platzte Rosemary heraus. »Zwei junge Männer. Sie haben sich verirrt, und der Schnee macht ihnen den Rückweg unmöglich.« Sie wandte sich zu mir und sagte atemlos: »Es sind Musiker.«

»Musiker?« Ich sprang auf. »Onkel Tom, dürfen sie bleiben? Es ist so lange her, seit wir Musik gehört haben. Mirabel hat nie auf dem Spinett geübt, und nun verstaubt es oben.«

Mirabel widersprach, aber ich ignorierte sie.

»Herein mit ihnen!« sagte Onkel Tom zu Rosemary. »Jemand soll das alte Zimmer von Hugh und Nancy für sie herrichten. Und du mach uns allen etwas zu essen.«

Sie verbeugte sich und ging rückwärts aus dem Zimmer; wir hörten, wie sie in die Küche eilte. Onkel Tom bedeutete mir, mich wieder hinzusetzen, und entzündete eine Lampe, damit wir besser sehen konnten. Kurz darauf kehrte Rosemary zurück, gefolgt von zwei Männern.

»Sir«, sagte sie. »Dies sind Mister Ben Archer und Mister Will Finn.« Damit eilte sie hinaus und ließ die beiden vor uns allein. Ben war klein und dünn, mit hervorstehenden Augen und einem struppigen Bart. Sein Begleiter war jedoch etwas ganz Besonderes. Er war jung, seine Züge weich. Er war dunkel, hatte lockiges Haar, sinnliche Lippen und wunderschöne haselnußbraune Augen. Als sich unsere Blicke kreuzten, schaute er sogleich auf den Boden, als habe er Angst vor der Sehnsucht, die er in meinen Augen gelesen hatte. Onkel Tom stellte uns vor, und als er sich zu mir wandte und sagte: »Und das ist meine Nichte, Lady Elizabeth Moreton«, sank Will galant auf ein Knie und küßte meine Hand.

»Lady Elizabeth«, sagte er, »was für ein Vergnügen, Sie kennenzulernen.« Sein heißer Atem auf meiner Hand erregte mich. Ich wußte schon in diesem Augenblick, wie es weitergehen würde, aber nichts hätte mich darauf vorbereiten können, wie es enden sollte.

Ben spielte Laute, Will sang die Altstimme. Nach dem Essen waren wir ins Herrenzimmer zurückgekehrt, wo uns die beiden zum Dank für Onkel Toms Gastfreundschaft mit ihren Liedern unterhielten. Die Musik war herrlich, Wills Stimme so erfreulich wie sein Anblick. Gilbert nahm ich an diesem Abend fast gar nicht wahr, nur einmal, als er sich beim Essen zu mir gebeugt und gesagt hatte: »Er ist gefällig, er sieht gut aus, aber er ist dumm. Laß dich nicht von deinen Trieben leiten.« Ich hatte nur gelächelt und ihn ignoriert, weil ich annahm, daß er mich nur necken wollte. Gilbert hatte einmal gesagt, er habe kein Interesse an meiner Treue, und mir war es vorgekommen, als meinte er das ernst.

Sie spielten Weihnachtslieder und Volksballaden, und die Geschichten unglücklicher Liebe rührten mich zu Tränen. Bei den unanständigen Liedern, die Mirabel erröten ließen, lachte ich lauthals. Nach jedem Stück klatschte ich, bis meine Hände brannten. Musik verfügt über einen eigenen Zauber, der nichts mit Mord und dem Rufen böser Geister zu tun hat. Und doch hob sie mich empor.

Kurz vor Mitternacht, als Mirabel in ihrem Sessel eingeschlafen war und Onkel Tom immer öfter gähnte, beendeten sie zu meiner Enttäuschung ihr Konzert.

»Oh, nur noch ein Lied«, bettelte ich.

»Elizabeth, unsere Gäste sind müde«, sagte Gilbert. »Sei nachsichtig mit ihnen.«

»Morgen abend, Lady Elizabeth«, sagte Ben. »Falls wir über die Weihnachtstage hierbleiben dürfen, werden wir morgen abend wieder für Euch spielen.«

Fragend sah ich Onkel Tom an. Er nickte. »Natürlich könnt ihr bleiben. Ich wäre wohl kein guter Christ, wenn ich euch an Weihnachten fortschicken würde.«

Einer nach dem anderen standen wir auf, streckten uns und machten uns bereit, nach oben schlafen zu gehen. Ich hätte gerne noch mit Will gesprochen, aber das war unmöglich, solange die anderen dabei waren. Er schien meinen Wunsch zu spüren, und so trödelten wir beide herum, während die anderen gute Nacht sagten und den Raum verließen. Nur Gilbert ging nicht. Er lehnte am Kamin und beobachtete uns.

»Deine Frau wartet auf dich«, sagte ich.

»Ich hoffe, du schläfst gut, Elizabeth. Für die Witwen in ihren Betten wird es eine kalte Nacht«, entgegnete er und wandte sich an Will. »Ich werde Sie zu Ihrem Zimmer führen. Es scheint, als sei Ihr Begleiter schon vorausgegangen.«

»Ich finde schon hin, danke«, erwiderte Will höflich.

»Ich bestehe aber darauf«, sagte Gilbert.

Will sah mich hilflos an. »Natürlich, Sir. Ich danke Euch.«

Sie gingen zusammen, und ich sank schmollend in einen Sessel.

Am nächsten Tag folgte ich einem wunderbaren Geruch in die Küche. Es duftete nach einem herrlichen Kuchen. Als ich den Raum betrat, saßen Ben und Will vor dem großen Holzofen und ließen sich von Rosemary den neuesten Klatsch erzählen. Als sie mich sah, sprang sie auf und tat so, als sei sie beschäftigt.

»Guten Morgen, Ma'am«, sagte sie und gab sich alle Mühe, mit irgendwelchen Töpfen und Pfannen zu hantieren.

»Guten Morgen. Wieder ein bißchen getratscht, Rosemary?«

»Oh, wirklich nur ein bißchen, Ma'am. Nur übers Dorf«, antwortete sie. Daß sie dabei errötete, ließ mich vermuten, daß vielleicht ich die Hauptperson ihrer Geschichten gewesen war.

Ich stand am Tisch und sah auf Ben und Will herunter. »Ich hoffe, ihr hattet eine angenehme Nacht?«

»Ja, Mylady«, antwortete Ben. »Seit langer Zeit haben wir nicht mehr so gut geschlafen.« Er begann eine umständliche Erzählung über die Art der Unterkünfte, die sie in den zwei Wochen ihrer Wanderung kennengelernt hatten, aber ich hörte nicht zu. Ich überlegte, wie ich mit Will allein sein konnte. Er warf mir ab und zu einen Blick oder ein verhaltenes Lächeln zu. Ben erzählte seine Geschichten; Rosemary hing an seinen Lippen. Schließlich sagte ich mir, daß ich die Herrin des Hauses war und tun und lassen konnte, was ich wollte. Ich zog mir den Stuhl neben Will heran und achtete nicht auf Ben.

»Mr. Finn?«

»Ja, Mylady?«

»Lesen Sie Bücher, Sir?«

Ben unterbrach uns. »Ich lese, Ma'am. Man muß mich nur vor ein Bücherregal setzen, und ich kann mich stundenlang unterhalten.«

Will sandte mir einen seiner schüchternen Blicke zu. »Ja, Mylady. Ein wenig.«

»Ist Ihnen Spensers fabelhaftes Werk *Faerie Queene* bekannt?«

»Nein, Mylady, ich fürchte nicht.«

Ben plauderte weiter. Ich beugte mich vor und sagte zu ihm: »Vielleicht haben Sie Lust, Rosemary heute morgen in der Küche etwas zur Hand zu gehen? Ihr habt doch so viel gemeinsam.«

Rosemary kicherte einfältig. Ich spürte ein Kitzeln in meiner Hand. Ben sah Rosemary an.

»Ja, wäre nicht schlecht, den Vormittag so zu verbringen.«

»Mr. Finn«, wandte ich mich an Will. »Begleiten Sie mich bitte nach oben. Ich liebe dieses Buch so sehr, daß ich meine Freude darüber gerne mit jedem teilen möchte.«

»Selbstverständlich, Mylady«, antwortete er, erhob sich und half mir aus meinem Stuhl.

»Rosemary, wenn Sir Thomas nach mir sucht, bin ich im Spinnzimmer. Wenn Mr. Lewis nach mir fragt, weißt du nicht, wo ich bin.«

»Ja, Ma'am.« Sie machte einen Knicks.

Ich hatte mich entschieden, mit Will in das Spinnzimmer zu gehen, weil ich nicht wollte, daß wir Gilbert begegneten, und in diesen Raum würde er nicht zufällig kommen. Es hieß das Spinnzimmer, weil dort eine Spindel und ein kleiner Webstuhl standen, die jedoch nie jemand benutzt hatte. Im Laufe der Jahre war es zu einer Rumpelkammer für mancherlei Trödel geworden.

Auf dem Weg nach oben sprang ich rasch in meine Kammer, holte meine Ausgabe der *Faerie Queene*, nahm Will bei der Hand und führte ihn in das Zimmer. Es lag auf der warmen Seite des Hauses; ein schwacher Sonnenstrahl mühte sich an den schmutzigen Fenstern ab. Ich sah mich um. Es gab keinen Platz zum Sitzen, jede Oberfläche war mit Gerümpel bedeckt. Schließlich deutete ich auf einen zusammengerollten indischen Teppich in der Ecke. »Will, würden Sie den vor den Kamin schaffen?«

Er nickte und holte den Teppich. Als er sich umdrehte, entfachte ich schnell ein Feuer mit den Händen und schaffte davor etwas Platz. Wir rollten den Teppich aus und setzten uns darauf. Zunächst schien sich Will etwas unbehaglich zu fühlen, aber ich plauderte ungezwungen, und er wurde lockerer. Nachdem er das Buch durchgeblättert hatte, reichte er es mir.

»Nun, Lady Elizabeth«, sagte er, »ist es an Euch, mich zu unterhalten.«

Ich fing an zu lesen und begann mit Buch Drei, das ich am liebsten mochte. Der Vormittag verging wie im Fluge. Jedesmal, wenn ich aufschaute, fand ich seine Augen – was für dunkle Wimpern – auf mein Gesicht gerichtet. Als es Zeit zum Essen wurde, klappte ich das Buch zu und legte es in meinen Schoß.

»Morgen um die gleiche Zeit, Will?« sagte ich und strich leicht mit den Fingern über sein Kinn. Er nahm meine Finger und küßte sie einzeln. Schmetterlinge flatterten in meinem Bauch.

»Selbstverständlich, Mylady.«

Oh, ich begehrte ihn. Er versprach eine solche Süße und einen solchen Duft wie die ersten Kirschen der Saison. Ich beugte mich vor, um ihn zu küssen, aber in diesem Augenblick klopfte es, und ich trat rasch zurück. Mirabel kam herein, sah uns auf dem Teppich und starrte uns mit großen Augen an. Schließlich sagte sie: »Rosemary meinte, ihr wäret hier oben. Kommt ihr zum Essen? Wir warten.«

Will schaute in seinen Schoß, eine verlegene Röte im Gesicht.

»Wir kommen sofort.« Ich winkte ihr zu. »Geh nur.«

Als sie weg war, sah Will mich an. »Ich möchte Euch nicht in Schwierigkeiten bringen.«

»Keine Bange. Sie ist ein dummes Ding. Wenn sie die letzte Stufe der Treppe erreicht hat, hat sie uns schon vergessen.«

Er nickte. Ich berührte sein Haar. »Morgen?« fragte ich.

»Ja, morgen.«

Am Abend sangen sie für uns, und am nächsten Morgen traf ich mich wieder mit Will im Spinnzimmer. Seine schmachtenden Blicke, seine schüchterne Bewunderung und die heißen Küsse, mit denen er meine Hände bedeckte, betörten mich. Mit feuchten Augen las ich ihm vor, während sein Kopf in meinem Schoß lag und ich mit seinen Haaren spielte. Er legte die Hand – die Finger waren lang und blaß – auf mein Knie und nahm sie ganzen Vormittag nicht weg. Ich vergaß, daß es Gilbert gab. Neben meinem süßen Jüngling kam er mir wie ein sauertöpfischer, alter Mann vor.

Als Ben und Will am Abend wieder für uns spielten, saß Gilbert neben mir und strich sich durch den Bart. Immer wieder wanderte mein Blick von seinem Profil – dunkel, dramatisch, herrisch – zum Wills engelhaften Zügen. Ich hatte das Gefühl, als erwache ich aus einem sehr langen Schlaf.

Während einem der Weihnachtslieder beugte sich Onkel Tom zu mir und sagte: »Dieser junge Bursche – er ist Kit sehr ähnlich, findest du nicht auch?«

Die Frage bot mir die Gelegenheit, das geliebte Gesicht ganz offen zu betrachten. Ja, er ähnelte meinem ersten Mann sehr, mit dem bedeutenden Unterschied, daß Will mich anhimmelte, während Christopher kälter als Eis zu mir gewesen war.

Ich sah Onkel Tom an, der mich mit einem wissenden Lächeln bedachte.

»Was ist?« fragte ich.

»Er gefällt dir, nicht wahr?«

Ich lächelte ebenfalls. »Onkel Tom, das ist eine sehr direkte Frage.«

»Seit er hier ist, bist du bester Laune. Und du verbringst viel Zeit mit ihm dort oben und liest ihm Gedichte vor. Wie ich meine Elizabeth kenne, verliert sie gerade ihr Herz.«

»Sei nicht albern.« Er kannte seine Elizabeth nicht; er würde auf der Stelle tot umfallen, wenn er mehr über seine Elizabeth wüßte. Freundlich ergriff er meine Hand und lauschte schweigend der Musik.

Am nächsten Morgen war ich zu sehr mit den Weihnachtsvorbereitungen beschäftigt, um mich mit Will zu treffen. Daß ich nicht mit ihm zusammensein konnte, tat mir weh. Beim Essen saßen wir einander gegenüber und tauschten verstohlene Blicke. Gilbert versuchte ständig, mich in eine Diskussion zu ziehen, aber ich gab ihm immer nur recht. Meine intellektuellen Fähigkeiten wurden ganz von der Aufgabe in Anspruch genommen, den perfekten Plan zur Verführung Wills auszuhecken. Ich wollte nicht länger warten. Beim Essen legte ich mir zurecht, wie ich es anstellen würde, und als die anderen den Raum verlassen hatten, nahm ich ihn bei der Hand und zog ihn in die Küche.

»Geh hinaus«, befahl ich Rosemary, die mich mit offenem Mund anstarrte, bevor sie alles fallen ließ und hinauseilte.

Ich beugte mich dicht zu Will. »Heute nacht«, sagte ich.

»Heute nacht«, wiederholte er nickend.

»Meine Tür ist die dritte auf der rechten Seite, wenn du die Stufen heraufkommst. Warte eine Stunde, bis alle eingeschlafen sind. Klopfe nicht an. Ich lasse die Tür offen.«

»Ja, Lady Elizabeth.« Er nahm meine Hand und drückte einen glühenden Kuß darauf. In meinem Kopf drehte sich vor Sehnsucht alles.

Nach einem langen Nachmittag, einem späten Abendessen und Weihnachtsmusik ging ich in die Dunkelheit meines Zimmers. Jeder Nerv in meinem Körper kitzelte vor

Aufregung. Die Stunde verging langsam, quälend und doch voll süßen Verlangens. Endlich hörte ich leise Schritte, und dann schloß sich die Tür hinter Will, der mein Zimmer betrat.

»Lady Elizabeth?« flüsterte er in die Dunkelheit.

»Hier.« Ich ging zu ihm, und er umarmte mich, legte die Hände um mein Gesicht und gab mir einen innigen Kuß. Mir schwanden fast die Sinne. Mein Körper sehnte sich nach ihm – keine Faser, die ihm widerstanden hätte.

»Ah, Ihr seid so wunderschön, Mylady«, murmelte er.

»Komm ins Bett«, sagte ich, als ich die Sprache wiedergefunden hatte, und führte ihn in die Wärme unter dem Baldachin.

Unser heftiger werdender Atem vermischte sich mit dem Rascheln der Kleider, die wir abstreiften. Als er mich gegen seine warme, nackte Brust drückte, verschmolz mein Körper mit ihm.

»Lady Elizabeth, ich habe nichts, ich bin nicht gut genug für Euch.«

»Du hast alles, was ich in diesem Bett brauche«, erwiderte ich.

Er bedeckte mich mit Küssen. »Selbst wenn ich die ganze Welt besäße, wäre es nicht genug, um Euch zu zeigen, wie sehr ich Euch liebe.«

»Du liebst mich?«

»Ja, Mylady. Ja, ich liebe Euch.« Er legte mich auf den Rücken und verlor sich in meinem Körper, fuhr mit dem Mund über meine Haut, süße, geheimnisvolle Worte murmelnd. Er war völlig anders als Gilbert – sanft und rücksichtsvoll. Als wir uns liebten, stöhnte und weinte er vor Freude. Schließlich schickte ich ihn in sein Zimmer zurück. Erschöpft und schläfrig lag ich in meinem Bett und blickte in die Dunkelheit.

Er liebte mich. Sein einziger Fehler.

22. Kapitel

Die Düfte des Heiligabends erinnerten mich an meine Kindheit. Das süße, rauchige Aroma gerösteter Nüsse, der Geruch eines mit Bändern geschmückten Kiefernzweigs im Herrenzimmer und die sich vermengenden Düfte nach gebratenem Kalb und Lamm, nach Gewürzen und Süßigkeiten, die aus der Küche wehten. Feuer loderte in jedem Kamin.

Die Diener öffneten und lüfteten den großen Speisesaal, der nur bei besonderen Anlässen genutzt wurde, und schmückten ihn für das einzige Essen im Jahr, das wir mit ihnen zusammen einnahmen. Vom Geist der Weihnacht beseelt, erwachte ich und begrüßte jeden Diener in der Küche mit einem ›Gott sei mit dir‹ oder ›Frohes Fest‹, während ich auf alle Herde schaute, um zu sehen, was dort brutzelte. Ich stibitzte ein warmes Nußküchlein, das mit anderen auf einem Tablett abkühlte, und ging zu meinem Arbeitszimmer, wobei ich den Kuchen von einer Hand in die andere wechselte, weil er noch so heiß war. Vorsichtig steckte ich ihn in den Mund und öffnete die Tür – nur um ihn fallenzulassen, weil Gilbert sich von hinten angeschlichen hatte und unvermittelt meine Taille umschlang.

»Elizabeth, du bist sehr guter Laune heute morgen. Ich hörte, du hast bei den Dienern die großherzige Herrin gespielt.«

»Ja, nun, es ist Weihnachten.«

»Zeit, um ein bißchen guten Willen zu zeigen. Oder sollte ich sagen, den guten Will zu beeindrucken?«

Dieser untypische Anflug von Eifersucht verärgerte mich. Ich löste mich aus seiner Umarmung und wandte mich ihm zu.

»Danke«, sagte ich. »Er hat letzte Nacht ebenfalls guten Willen gezeigt.«

»Du bist mannstoll.«

»Und deshalb liebst du mich«, entgegnete ich beiläufig.

»Meinst du?«

»Ja, du hast es selbst gesagt.«

»Und hat dich unser Freund bestiegen wie ein dummer Bulle einen Torpfosten besteigt? Oder glich er mehr einem pickligen Jüngling – drei schnelle Stöße und ein Klaps auf den nackten Hintern?«

»Gilbert, ich glaube, du bist eifersüchtig.«

»Und du bist eine Hure außer Rand und Band.«

»Weil du mir nicht mehr deinen Willen aufzwingen kannst?«

Er schwieg.

»Gilbert, du hast mich zu diesen Vergnügungen ermutigt.«

»Aber nur, wenn ich dabei bin. Du kannst es mit beiden treiben – auch dem Glubschäugigen –, verdammt, von mir aus kann dich jeder Mann im Dorf mit harten Schenkeln besteigen, solange ich dabei bin.«

»Das ist mehr als nur ein wenig pervers, meinst du nicht auch?«

Ein Diener kam mit einem Besen vorbei, und unser Gespräch verstummte. Als wir wieder allein waren, sagte ich: »Gilbert, es ist mein Leben. Bitte gestatte mir diesen Freiraum.« Dann wurde mir klar, daß ich ihn um Erlaubnis gefragt hatte, Wut kochte in mir hoch, und ich berichtigte mich. »Nein, ich *verlange* diesen Freiraum. Es ist mein Recht, und gerade du solltest mich dabei unterstützen.«

Er drückte meine Hand – nicht zart, sondern sehr grob – und ging davon. Ich hob den Kuchen vom Boden auf, begutachtete ihn und entschied mich, ihn an die Hunde zu verfüttern.

Kit hatte immer gesagt, daß die Gottlosen um so härter bestraft werden, wenn sie ihre Sünden zur Weihnachtszeit begehen. Wenn dem so war, dann war es für mich schon zu spät, diese Warnung zu beherzigen. Ich konnte es kaum erwarten, daß Ben und Will mit ihrer Musik aufhörten und sich zurückzogen. Je eher sie das taten, desto schneller würde mein junger Liebhaber bei mir sein. Ich wies Will an, in einer Stunde in mein Zimmer zu kommen – es wäre dann

Mitternacht, eine sehr heilige Stunde für unheilige Taten –, und er durfte meine Händen mit den Lippen küssen, die ich so gut kannte.

Wieder saß ich in meinem Zimmer und wartete. Eine Stunde verstrich, und das Herz schlug mir in der Kehle. Aber er kam nicht. Ich wartete eine weitere Stunde, wurde müde und legte mich ins Bett. Vielleicht war Will von seinem Begleiter aufgehalten worden? Als ich die Augen öffnete, hörte ich das morgendliche Zwitschern der Vögel. Will war nicht gekommen. Ich fragte mich, wie begehrenswert ich war, schüttelte diesen Gedanken jedoch schnell ab und ging hinunter, um den Weihnachtstag zu begrüßen.

Mirabel stand am Fenster des Wintergartens, die Hände über dem größer werdenden Bauch gekreuzt, und schaute in den Schnee hinaus, der im schwachen Morgenlicht schimmerte.

»Fröhliche Weihnachten«, sagte ich, ging zu ihr und gab ihr einen Kuß. Sie lächelte überrascht, war sie solche Freundlichkeiten von mir doch kaum gewohnt. Ich strich ihr sanft über den Bauch. »Wie geht es unserem kleinen Mädchen?«

»Dem hier drin? Sie hätte gerne noch einen von den Kuchen, die Rosemary gestern gebacken hat, aber es sind keine mehr da. Hast du gehört, daß die Musiker abgereist sind?«

»Was?«

»Ja, sie sind heute morgen davon, ohne jemandem etwas zu sagen, ohne einen Laut und ohne ein Wort des Dankes. Ich wußte, daß es ein Fehler war, diese Vagabunden aufzunehmen. Würde mich nicht wundern, wenn sie etwas gestohlen hätten.«

Ich stand wie vom Schlag gerührt, war enttäuscht, aber auch beunruhigt. Sich auf diese Art bei dem schlechten Wetter davonzumachen, kam mir seltsam vor. Besonders, da Ben davon gesprochen hatte, daß sie bis ins neue Jahr bleiben wollten. Besonders, da Will mir vor zwei Nächten seine Liebe gestanden hatte.

»Bist du traurig, Elizabeth?« fragte Mirabel. »Ich glaube, Will hatte es auf dich abgesehen. Er konnte ja kaum den Blick von dir abwenden. Ohne ihn bist du sicherer im Haus. Die Leute denken die komischsten Sachen von Witwen.«

In meinen Ohren klingelte es leise, und ich hatte das deutliche Gefühl, daß etwas Schreckliches passiert war. »Nein, ich bin nicht traurig. Du hast wahrscheinlich recht.« Meine Stimme schien aus weiter Ferne zu kommen.

»Die Musik war aber schön, nicht wahr, Elizabeth?«

Meine Brust war wie eingeschnürt. Ich mußte an die frische Luft. »Entschuldige mich, Mirabel«, sagte ich. »Ich habe ein Buch in der Kate liegenlassen.«

»Du hast doch so viele Bücher.«

Onkel Tom kam und wollte mich umarmen, doch ich schlüpfte an ihm vorbei. »Es tut mir leid, Onkel Tom, ich bin gleich zurück.«

»Elizabeth ...?«

Als ich den Raum verließ, hörte ich, wie Mirabel zu ihm sagte: »Sie ärgert sich wegen der Musiker. Ich glaube, sie mochte Will.«

Ich ging in die Küche, ignorierte Rosemarys weihnachtlichen Gruß, riß die Tür auf und trat in den eiskalten Tag hinaus. Auf dem halben Weg zur Kate sah ich dunkle Flekken im Schnee. Ich ging darauf zu.

»Lady Elizabeth, Ihr werdet Euch den Tod holen!« rief Rosemary mir nach. »Zieht etwas Warmes an ... Ihr ruiniert Euch die Schuhe.«

Ich beachtete sie nicht. Der dunkle Fleck wurde immer größer. Dann stand ich davor. Blut im Schnee. Man hätte den starken Kontrast der Farben schön finden können, wäre es nicht ein solch eindeutiges Zeichen des Teuflischen gewesen. Rosemary rief immer noch hinter mir her. Dann hörte ich, wie sie sagte: »Mr. Lewis, Sie gehen ihr besser nach. Sie ist ganz außer sich.«

Ich sah, wie Gilbert vom Haus her auf mich zukam. Er drehte sich kurz um, deutete mit dem Finger auf die Küchentür, die sofort zuschlug, und setzte seinen Weg fort. Heute war er gänzlich in Schwarz gekleidet, selbst seine

Augen schienen schwarz. Ich hatte entsetzliche Angst. Meine Beine waren zu Wasser geworden, ich wunderte mich, daß ich noch aufrecht stehen konnte.

»Gilbert …«

»Ja, Elizabeth?«

»Hier ist Blut im Schnee.«

»Ich sehe kein Blut.«

»Spar dir das, Gilbert. Ich sehe es.«

»Die anderen nicht.«

Mein Herz krampfte sich zusammen. Ich brachte die Worte kaum hervor. »Du hast sie ermordet. Du hast ihn ermordet.«

Er sagte nichts, stand nur ganz nahe bei mir.

»Wie konntest du nur? Wie konntest du …? Wirst du mich eines Tages auch töten?«

»Nein.«

»Wie kann ich dir trauen?«

»Ich verspreche, daß ich dir nie weh tun werde. Ich liebe dich.«

»Ich mag deine Liebe nicht. Sie macht mir angst.« Ich kämpfte gegen die Tränen an, konnte den Anblick Gilberts in Schwarz und der gräßlichen roten Lachen im Schnee kaum ertragen.

»Elizabeth, ich mußte es tun.«

»Nein, das mußtest du nicht. Du hast es aus purer Eifersucht getan. O mein Gott.« Ich stellte mir vor, wie er die beiden, wie er Will ermordet hatte. Langsam wurde mir das Ausmaß der Tat bewußt. »Um Himmels willen, Gilbert. Was hast du getan?«

»Sie waren niemand.«

»Will war jemand. O Gott, mir wird übel.«

»Komm ins Haus zurück.« Er wollte meine Hand nehmen, aber ich zog sie schreiend weg.

»Nein! O Gott! Niemals! Faß mich nie wieder an. Ich hätte dich nie in mein Leben zurückholen dürfen.«

»Elizabeth, beruhige dich.«

»Nein. Du bist schlecht.«

»Dann bist du es auch.«

»Nicht mehr. Ich hasse dich. Ich verachte dich. Ich will nichts mehr mit dir zu tun haben.«

»Und wieder zu dem Leben zurückkehren, das du geführt hast, bevor ich kam? Das kann ich mir kaum vorstellen, Elizabeth.«

»Laß mich in Frieden.« Ich ging zum Haus zurück.

»Bald willst du mich wiederhaben.«

»Niemals, das schwöre ich.«

»Schwöre nicht, das ist gefährlich.«

»Ich schwöre, daß ich dich nie mehr wiederhaben will. Du ekelst mich an.« Mein Gesicht verzerrte sich, während ich mich bemühte, mein Entsetzen im Zaum zu halten. Ein Gefühl von Leere und Tragik ergriff mich, jetzt, da ich wußte, daß es vorbei war, aber trotzdem war ich verängstigt, wütend und angeekelt. Ich wollte nichts mehr mit ihm zu tun haben.

»Ich bin fertig mit deiner teuflischen Magie.«

»Du bist noch immer gezeichnet.«

»Ich werde die Geister, die sich dort nähren, verhungern lassen.«

»Das kannst du nicht. Der Pakt gilt für die Ewigkeit.«

»Ich glaube dir kein Wort mehr, du lügst zuviel.«

»Und du belügst dich selbst. Du weißt doch mittlerweile, was du bist, nicht wahr? Du bist eine Hexe. Für immer eine Hexe.«

Ich beachtete ihn nicht und ging zum Haus zurück. Meine Füße waren eiskalt, und ich setzte mich in der Küche ans Feuer, um sie zu wärmen. Rosemary schwirrte um mich herum, um es mir angenehm zu machen. Gilbert kam herein und durchquerte wortlos den Raum. Rosemary wich deutlich sichtbar vor ihm zurück, machte zwei Schritt auf den Tisch zu. Als er verschwunden war, sagte sie zu mir: »Mr. Lewis hat etwas Unnatürliches an sich, Lady Elizabeth. Er macht mir angst.«

Ich betrachtete die Töpfe, die an der Kette hingen, die Messer in ihrem Block. Dann zog ich ein Messer mit kurzer Klinge heraus und hielt es ins Feuer, bis die Klinge schwarz wurde. »Hast du ein sauberes Tuch, Rosemary?«

Sie lachte nervös. »Schaut nicht so ernst, Lady Elizabeth, sonst muß ich noch glauben, daß Ihr Mr. Lewis die Kehle durchschneiden wollt. Ihr hattet einen Streit mit ihm?«

»Heilige Maria, Frau, sei nicht so dumm. Natürlich werde ich ihm nicht die Kehle durchschneiden.« Obwohl es bei meiner geistigen Verfassung eine Wohltat gewesen wäre.

Rosemary brachte mir ein Tuch. Ich tauchte es in einen Topf mit kochendem Wasser, der auf dem Ofen stand. »Ich fühle mich nicht wohl«, sagte ich. »Deshalb gehe ich jetzt auf mein Zimmer und möchte nicht gestört werden. Sag das Onkel Tom.«

»Ja, Ma'am.«

Ich nahm das Messer und das Tuch, schlich nach oben in mein Zimmer und verriegelte die Tür.

Ohne zu zögern schob ich einen Stuhl vor den Kamin, zog mein Kleid und die Unterwäsche aus und setzte mich nackt ans Feuer. Ich wischte die Klinge sauber und straffte die Haut an meinem Oberschenkel, so daß das Hexenmal deutlich hervortrat. Ich drückte die Spitze des Messers dagegen – nichts. Dann zog ich die Klinge über die Haut darum – sie kitzelte vor Leben. Ich biß die Zähne zusammen und durchstieß die weiche Schicht. Der Schmerz schoß mir wie ein glühendes Eisen in den Kopf. Blut, scharlachfarben, hell, tropfte heraus und sammelte sich zwischen meinen Beinen. Ich brachte meine Hand kaum dazu, das Hexenmal herauszuschneiden. Zunächst zog ich einen blutigen Kreis rund um das Mal herum und hatte dabei das Gefühl, als hämmere jemand von unten gegen die Haut. Zu meinem Entsetzen sah ich, wie sich ein groteskes Gesicht aus der Wunde wand und sich mit einem Stöhnen auflöste. Daneben tauchte ein zweites auf. Ich keuchte und stöhnte, zwang mich jedoch, nicht zu schreien. Die Gesichter rannen über mein ganzes Bein, völlig verzerrt, öffneten den Mund zu einem schmerzvollen Stöhnen und lösten sich auf. Ein letzter Schnitt, und ich hielt ein kleines Stück Haut mit dem Hexenmal in meiner Hand. Ich warf es ins Feuer. Mein Oberschenkel blutete, als wolle er nie mehr aufhören. Ich preßte das Tuch auf die Wunde. Trotz des prasselnden Feuers stach die kalte Luft in meine nackte Haut, und ich wickelte mir das Tuch ums Bein und schleppte mich ins Bett. Später weigerte ich mich, herauszukommen und allen fröhliche Weihnachten zu wünschen.

Silvester war die Haut vollkommen verheilt. Doch das Hexenmal hatte sich neu gebildet. Ich war wahrhaftig verdammt.

Aus diesem Grund beschloß ich, mich an Master Gale zu wenden. Ich wollte meinem Pakt mit Gilbert, und mit wem auch immer ich mich närrischerweise eingelassen hatte, entkommen. Eines Morgens klopfte ich leise an Master Gales Tür. Kurz darauf öffnete er sie einen Spalt. Ich sah, daß er noch sein Nachthemd trug.

»Master Gale, ich muß mit Euch sprechen.«

Er streckte seine vom Bett noch warme Hand durch die Tür und reichte sie mir. »Ich bin froh, daß du zu mir gekommen bist«, sagte er lächelnd.

Zu meiner Überraschung fing ich an zu weinen. »Ich habe große Sorgen.«

»Ich weiß, Elizabeth. Aber jetzt, da du bereuen willst, wird alles gut werden. Laß mir Zeit, mich anzuziehen. Wir treffen uns dann zum Gebet in der Kapelle.«

»Ja, natürlich.«

»In einer Stunde. Bleib bei deinem Entschluß. Im Gebet liegt ebensoviel Kraft wie in der Magie.«

»Wirklich? Ich habe Dinge gesehen …«

»Gott verbannte Satan aus dem Himmel. Glaubst du nicht, daß Gott stärker ist als Satan?«

»Ich weiß nicht einmal, ob es Gott oder den Satan überhaupt gibt. Ich fürchte, sie entspringen nur unserem Wunschdenken.«

»Glaube mir, Elizabeth, es gibt sie. Komm in einer Stunde.« Er drückte meine Hand.

Ich nickte und trat auf den Flur hinaus. Nachdem er die Tür geschlossen hatte, ging ich in den Wintergarten und setzte mich mit gefalteten Händen vor den Kamin. Mir war flau, und mein Atem ging stoßweise. Welch Leben erwartete mich, wenn ich von meinen Sünden absolutiert würde? Gilbert würde noch immer hier sein. Also mußte ich fortgehen. Vielleicht konnte ich Onkel Tom bitten, mir einen Ehemann zu suchen, einen alten, schwachen, der es nicht lange machen würde? Der Zorn über die Benachteiligung meines Geschlechts brannte mir unter der Haut. Ein Geräusch an der Tür schreckte mich auf. Gilbert lehnte in seinem Hausmantel im Eingang.

»Elizabeth?«

Ich wandte mich ab. Er kam auf mich zu.

»Du siehst angespannt aus. Was hast du vor?«

»Laß mich allein, bitte.«

Er stellte sich hinter mich, legte mir die großen Hände auf die Schultern und begann sie zu massieren.

»Faß mich nicht an.«

Seine Hände umkreisten meinen Hals. »Du traust mir nicht?«

»Nein.«

»Deine Gedanken liegen überall herum. Du mußt vorsichtiger sein.«

Ich schob seine Hände weg und wandte mich ihm zu. »Geh.«

»Ich habe dich aus Master Gales Zimmer kommen sehen – er kann dir nicht helfen, Elizabeth. Ich wundere mich, daß du auf die älteste und dümmste Lüge der Welt hereinfällst.«

»Laß mich meinen Frieden suchen.«

»Du wirst ihn nicht finden, Elizabeth. Du wirst nur Frieden finden, wenn du akzeptierst, was du bist.«

Ich wandte mich schweigend ab. Mirabel rief von oben nach ihm, und er verließ wortlos den Raum. Ohne ihn atmete ich etwas leichter.

Die Stunde ging vorbei. Ich zog mir einen Umhang über und lief zur Kapelle. Der Januarwind fegte durch meine Kleider, während ich zitternd vor der Tür des Gotteshauses stand und mich fragte, ob ich das Richtige tat. Ich drückte dagegen und stellte verblüfft fest, wie warm das

Holz war. Sie ging nach innen auf. Master Gale stand in einer Soutane und einem schweren Umhang am anderen Ende des Raums. Er blickte auf, als ich in der Tür erschien. Fast wäre ich davongerannt, doch er streckte die Hände aus und sagte: »Elizabeth, ich kenne dich schon seit vielen, vielen Jahren. Mr. Lewis kennst du erst seit einigen Monaten. Du mußt mir vertrauen.«

Ich tat einen Schritt nach vorne, und wieder spürte ich, daß der Holzboden unter meinen Füßen sehr warm war. Ich blickte hinunter und sah dünne Rauchschwaden aufsteigen.

»Komm zu mir, Elizabeth. Der Teufel kennt viele Listen.«

Noch ein Schritt, und Flammen schossen unter meinen Füßen empor. Jeder Schritt hinterließ eine geschwärzte Spur. »Aber Master Gale, ich ...«

»Ich fürchte mich nicht, Elizabeth. Gott wird uns schützen. Komm zum Altar und bete mit mir.«

Ich blieb wie angewurzelt stehen. Flammen reckten sich an meinen Beinen empor und breiteten sich auf dem Boden aus. Rauch umhüllte mich.

»Ich bin verdammt!« schrie ich.

»Nein, verliere nie den Glauben an die Erlösung.«

Ich blickte auf. Er streckte noch immer die Hände aus. Ich wollte mich an einer Bank abstützen, doch kaum hatte ich sie berührt, fing das Holz Feuer. Ich schrie auf, sprang zur Seite, verlor das Gleichgewicht und fiel zu Boden. Die Dielen unter mir glühten. Todesangst bohrte sich in mein Hirn. Master Gale betete fieberhaft, mit leiser Stimme. Ich rappelte mich auf, rannte zu ihm und ergriff seine ausgestreckte Hand. Er stieß einen Schmerzensschrei aus, und ich sah, daß seine Hand mit meiner verschmolzen war. Ich wollte loslassen, aber unsere Hände ließen sich nicht lösen. Flammen leckten an seinem Arm.

»Das bin nicht ich, ich schwöre, ich tue es nicht. Er ist es.«

»Bete, Elizabeth.« Es war nicht die Stimme Master Gales, sondern die Gilberts, hinter mir. Der Kaplan wurde von

Flammen eingehüllt, die meine Haut nicht antasteten. Ich versuchte, ihn abzuschütteln, aber die geschwärzten Knochen seiner Hand waren noch immer mit meiner verknüpft. Ich wandte den Kopf.

»Gilbert, laß ihn gehen!«

»Er ist schon tot.«

Die Kapelle stand in Flammen, und Master Gale kreischte vor Schmerzen. Ich wandte mich ab, damit ich nicht sah, wie die Flammen seinen Umhang und seine Soutane verschlangen, wie seine Haut sich ausbeulte und schälte, wie sich sein verzerrter Mund öffnete. Das Feuer kroch die Wände hinauf und hatte die Dachbalken erreicht. Ich spürte, wie Master Gale meine Hand losließ, und als ich mich umdrehte, stürzte er tot zu Boden, verkohlt und glühend. Ich heulte auf und fiel auf die Knie.

»Komm, Elizabeth, bald stürzt das Dach ein«, sagte Gilbert.

»Ich will sterben, ich will sterben.« Mein Körper wurde von Schluchzen erschüttert.

»Nein, das willst du nicht.« Er legte die Hände unter meine Arme und zog mich hoch. Ich lehnte an ihm, haltlos weinend. Ein Wort des Hasses kroch mir die Kehle hoch, konnte sich aber den Weg aus meinem Mund nicht bahnen. Er nahm mich und trug mich aus der Kapelle. Ich hörte, wie hinter uns ein Teil des Daches einstürzte, dann wurde alles schwarz.

Als ich erwachte, lag ich in meinem Bett. Die Vorhänge waren zurückgezogen, und Onkel Tom saß dösend neben mir, den Kopf auf der Brust.

»Onkel Tom?«

Er schreckte auf. »Elizabeth! Dank dem Herrn, es scheint dir gutzugehen.«

»Vielleicht solltest du jemand anderem danken«, murmelte ich. Ich wußte, wer auf meiner Seite stand.

»Ja, natürlich, ich danke auch Gilbert. Er hat dir das Leben gerettet und durch sein beherztes Handeln auch dieses Haus. Wenn er nicht so rasch die Diener alarmiert hätte, um das Feuer in der Kapelle zu löschen, hätten die Flammen das Haus erfaßt. Danken wir Gott für Gilbert. Er hat uns stets so viel geholfen.«

»Und Master Gale?« Vielleicht war es nur ein Alptraum gewesen, vielleicht lebte er noch …

Onkel Tom schüttelte den Kopf. »Gilbert wollte noch einmal hinein – aber es war zu gefährlich. Er mußte umkehren.«

»Er ist tapfer.«

»Ja, sehr tapfer.«

Ich starrte auf den Baldachin über mir. Mein Herz war leer.

»Ich sollte dir noch etwas über Master Gale erzählen«, sagte Onkel Tom.

»Was?«

»Heute morgen, kurz vor dem Feuer, kam er zu mir und bat mich um die Erlaubnis, um deine Hand anhalten zu dürfen.«

»Um meine …«

»Ja.«

Tränen stachen mir in den Augen. »Er wollte mich heiraten?«

»Er hatte schon immer eine Schwäche für dich. Hättest du ja gesagt?«

Ich schüttelte den Kopf. »Ich weiß nicht. Aber es hätte vielleicht viele Probleme gelöst.«

»Ich dachte, du solltest es auf alle Fälle erfahren. Wahrscheinlich wollte er dich in der Kapelle fragen. Er sagte, du hättest dich mit ihm dort verabredet, weil du einen Rat brauchtest.«

»Ja, das stimmt.« Wo mein Herz geschlagen hatte, spürte ich nur noch etwas Hohles, wie eine Seifenblase.

»War es etwas, wobei ich dir helfen könnte?«

Ich sah ihn an. »Nein, belaste dich nicht mit meinen kleinen Problemen.«

»Möchtest du deinen Retter sehen?«

»Meinen Retter?«

»Gilbert.«

»Oh. Nein, Gilbert möchte ich jetzt nicht sehen. Wir hatten einen Streit.«

Sein Gesicht umwölkte sich. »Das darf nicht sein. Laß mich ihn holen, damit ihr euch wieder vertragen könnt.«

»Nein, noch nicht. Ich werde ihm schon rechtzeitig danken.«

Er streichelte mir über den Kopf. »Also gut, ich will dich nicht drängen. Du brauchst Ruhe.« Er stand auf und ging, die Tür leise hinter sich schließend.

Ich konnte nicht hierbleiben, nicht hier, wo Gilbert an jeder Ecke lauerte. Hier warteten nur noch Öde oder der Tod auf mich. Ich wollte noch ein wenig abwarten, bis zur Geburt von Mirabels Tochter, dann würde ich verschwinden. Mich als Mann verkleiden. Mit dem bißchen Geld, das ich hatte, in den Orient reisen. Vielleicht auch mit Hilfe der Magie. Ich würde irgend etwas tun. Für eine Frau wie mich mußte es irgendwo auf der Welt eine Aufgabe geben.

Für eine Hexe wie mich.

23. Kapitel

»Lisa, um Himmels willen, Lisa?«

»Was ist mit ihr?«

»Sie muß gestürzt sein oder so etwas. Lisa, kannst du mich hören?«

Ich schwamm durch die Schichten nach oben.

»Ailsa, ruf einen Krankenwagen.«

Ich hob die Hand und berührte Brads Arm. »Keinen Krankenwagen. Ich bin okay.«

Meine Küche tauchte vor mir auf. Ich lag in einer Wasserlache auf dem Boden.

»Es gibt bessere Methoden, um den Eisschrank abzutauen«, sagte Ailsa und zog mich in Sitzlage.

»Was ist passiert?« fragte Brad. Er hockte vor mir und strich mir die Haare aus dem Gesicht. Von dem Aufprall auf den Boden schmerzte mein ganzer Körper.

»Ich bin kurz ohnmächtig geworden.«

»Kurz? Deine Eiskrem ist geschmolzen. So kurz kann es nicht gewesen sein«, sagte Ailsa.

Ich war noch immer dabei, mich an meine neue Umgebung zu gewöhnen. Das zwanzigste Jahrhundert war so viel greller und vielfältiger. Ich bewegte die Schultern. Sie taten weh. Brad half mir beim Aufstehen. Mit Knien aus Gummi humpelte ich zum Küchentisch und sank auf die Bank. Brad setzte sich neben mich. Ailsa schloß die Kühlschranktür und holte einen Mop, um das Wasser vom Boden zu wischen.

»Lisa, was, zum Teufel, geht hier vor?« fragte Brad leise.

»Ich bin ohnmächtig geworden, ich weiß nicht, warum.«

»Wir müssen zu einem Arzt. Mann, womöglich hast du einen Gehirntumor oder sowas.«

Ich sah ihn an. Seine Augenbrauen zogen sich zusammen, und die Linien um den Mund schienen sich vertieft zu haben. Ich strich mit dem Finger darüber, spürte das Kribbeln, nahm seine Hand und schaute in seinen Kopf.

Es klappte. Er hatte Angst – furchtbare Angst – davor, daß mir etwas zustoßen könne. Er fürchtete, mich zu verlieren. Ich ließ seine Hand los. »Du bist süß.«

»Süß? Scheiße, wovon redest du?«

Ailsa setzte sich zu uns. »Ist sie okay? Wir sollten ihr erzählen, warum wir vorbeigekommen sind.«

»Ich weiß nicht ... Lisa, bist du okay? Wir haben aufregende Neuigkeiten.«

Ich hörte gar nicht zu. Es hatte geklappt. Ich konnte in die Köpfe anderer Menschen sehen, so wie Elizabeth. Unvermittelt spürte ich einen verwirrenden Machtrausch.

»Lisa, hallo ...« Brad wedelte mit der Hand vor meinem Gesicht.

»Was? Tut mir leid, worum geht's?«

»Numb schicken uns auf Tour, bis runter an die Küste nach Melbourne. Zwei Gigs in der Woche, sechs Wochen lang«, sagte Brad.

»Sie bezahlen alle Unkosten und geben uns einen Vorschuß«, fügte Ailsa hinzu.

»Und wenn wir zurückkommen«, fuhr Brad fort, »Livid.«

»Das Livid Festival, Lisa. Ich kann's kaum erwarten. Es wird großartig.«

»Das ist echt cool, wir haben seit Jahren nicht mehr getourt«, sagte Brad.

Langsam begriff ich. »Eine Tournee? Sechs Wochen?«

Sechs Wochen ohne Liam – bei dem Gedanken tat mir das Herz weh.

Brad und Ailsa sahen einander an.

»Es entgeht mir nicht, daß du keineswegs begeistert wirkst«, sagte Brad argwöhnisch.

»Laß ihr Zeit, Brad, vielleicht ist sie noch nicht ganz da.«

»Nein, nein, ich kriege alles mit«, sagte ich. »Es ist nur ... Sechs Wochen sind ziemlich lang.«

Brad zögerte ganz kurz, bevor er die Stimme hob. »Verdammter Mist, was ist mit dir los? Vor sechs Monaten hättest du gejubelt. Er hat dich verzaubert. Du kannst es nicht mal ertragen, ihn für sechs lausige Wochen zu verlassen. Nun, den Rest der Band wirst du jedenfalls nicht im Stich lassen.«

»Schrei nicht so.«

»Er hat dich blöd gemacht. Und schlaff.«

Ailsa legte den Arm um Brad. »He, nur die Ruhe, Mann.«

»Ich werde den Rest der Band nicht im Stich lassen.« Zumindest wollte ich das nicht. Es war nicht nur die Trennung von Liam. Es war das Verlassen der Heimat, der Sicherheit, jetzt, da es den Anschein hatte, als könne ich die Rückführungen nicht mehr kontrollieren. Aber ich konnte unmöglich absagen. Schließlich hatte ich immer auf so etwas gewartet. Und das Livid Festival – ein wahr gewordener Traum.

»Wann soll es losgehen?« fragte ich.

»Freitag in zwei Wochen.«

»Ziemlich bald.« Ich spürte, wie mich Verzweiflung überkam.

»Je früher wir fahren, desto früher sind wir zurück«, sagte Ailsa.

»Ja, sicher.« Ich legte den Kopf in die Hände. Emotionaler Overload. Mein Gehirn arbeitete nicht mehr geordnet.

»Wir sollten gehen, Brad«, sagte Ailsa.

»Kommst du klar?« fragte Brad.

Plötzlich hatte ich furchtbare Angst davor, allein zu sein. Was, wenn ich wieder eine spontane Rückführung erlebte? »Geht nicht«, sagte ich und hob den Kopf. »Wie spät ist es? Ich mache euch was zu essen oder so. Ich will nicht allein sein.«

Ailsa zuckte mit den Schultern. »Ich muß weg. Mein Mitbewohner hat heute Geburtstag, und ich habe versprochen, für alle zu kochen.«

»Wo ist der Junge mit dem Taschentuch?« fragte Brad.

»Er richtet seine Wohnung her, für seine Alten. Es ist doch noch Dienstag, oder?«

»Mein Gott, Lisa, ja, es ist immer noch Dienstag. Was glaubst du, wie lange du weggetreten warst?«

»Brad, du könntest mich doch nach Hause fahren und wieder zurückkommen«, sagte Ailsa.

Er suchte nach den Autoschlüsseln. »Okay, ich bin in einer halben Stunde wieder da. Aber nur, wenn du mir versprichst, morgen zum Arzt zu gehen und deinen Kopf untersuchen zu lassen.«

»Versprochen«, sagte ich.

»Also gut, bis gleich.«

Sie wollten gerade gehen, als ich sie noch einmal aufhielt. »Wartet. Habt ihr mir eigentlich verziehen, daß ich mich gestern in dem Plattenladen so zickig benommen habe? Es tut mir wirklich leid.« War es wirklich erst gestern gewesen? Es kam mir vor, als seien seitdem Monate vergangen.

Ailsa lächelte spöttisch. »Bei allem Respekt, Lisa, aber wir sind es gewohnt, daß du dich zickig benimmst.«

Ich steckte es weg. Wahrscheinlich hatte sie recht. Sie gingen, und ich ließ mich auf das Sofa fallen und bedeckte das Gesicht mit dem Arm. Es wurde zuviel. Ich hatte das

Gefühl, als hätte ich endgültig die Bruchstelle erreicht, als gäbe es kein Vorwärts mehr. Wenn ich nicht mehr in der Lage war, die Rückführungen zu kontrollieren, steckte ich tief in der Scheiße. Ich suchte unter den Kissen nach der Fernbedienung für den Fernseher, konnte sie aber nicht finden. Meine Finger kitzelten. Vielleicht brauchte ich gar keine.

Ich setzte mich auf, konzentrierte mich auf den Apparat. Die Nerven in meinem Magen zuckten. Ich fühlte mich verängstigt, voller Schuld, hielt aber trotzdem die Hand hoch und deutete mit einem Finger auf den Bildschirm, ließ meinen Geist in jenen Zustand der Unlogik gleiten. Zap. *Die Simpsons.*

»Ach du Scheiße.«

Vielleicht bildete ich es mir nur ein. Vielleicht halluzinierte ich. Ich konzentrierte mich wieder darauf, mich nicht zu konzentrieren, und schaltete aus. Plötzlich konnte ich es nicht ertragen, ruhig dazusitzen.

»Was für eine Scheiße.« Ich rutschte hin und her, sprang auf, schaute den Fernseher an. Was ging hier vor? Ich versuchte es mit einer Lampe, schaltete sie ein und aus, ohne den Schalter anzufassen. Im Magen lag mir ein Klumpen. Ich war zugleich erregt und entsetzt. Als ich ein leichtes Kitzeln am Oberschenkel spürte, legte ich die Hand auf die Stelle, an der das Hexenmal sein mußte.

»O Gott, nein. Nicht das.«

Liam. Ich mußte Liam anrufen. Ich saß an meinem Schreibtisch – meine Beine trugen mich kaum noch – und wählte seine Nummer. Es klingelte viermal, dann meldete sich der Anrufbeantworter. Wo, zum Teufel, steckte er? Er hatte gesagt, er würde heute abend zu Hause bleiben. Ich hörte mir die Nachricht an, als könne allein seine Stimme mich schon trösten. Beim Piepston legte ich auf.

Unruhig lief ich hin und her. Wann kam Brad endlich wieder? Meine Nerven summten.

»Okay, Lisa, beruhige dich, beruhige dich.« Ich holte tief Atem. Vielleicht sollte ich die Möglichkeiten meiner neuen Gabe testen? Ich ging in die Küche und setzte mich an den

Tisch. Also, die Wasserhähne. Ich konnte sie nicht bewegen. Gut. Vielleicht hatte ich es mir doch nur eingebildet. Die Schranktüren? Bei den ersten beiden Versuchen gingen sie auf und ließen sich ziemlich leicht schließen, doch danach reagierten sie nicht mehr. Ich blickte auf meine Handfläche, dachte an Elizabeths Trick mit dem Feuer und machte eine Faust. Meine Hand zitterte. Als ich sie öffnete, tanzte dort eine bläßliche Flamme. Ich blies sie aus und ließ den Kopf auf den Tisch sinken.

»O Mann, jetzt bin ich auch in diesem Leben verdammt.«

Wenn einem verrückte Sachen passieren, kann man sich eine Zeitlang an die Realität klammern. Aber nicht ewig. Nach einer Weile muß man sich eingestehen, daß die Wirklichkeit nur ein fragiles Netz von Vermutungen ist, das durch gemeinsame Erfahrungen zusammengehalten wird, die man Wahrheiten nennt. Aber es gibt keine ›Wahrheit‹ an sich. Es gibt keine ›Wirklichkeit‹. Es gibt nichts, woran man sich halten kann. Es gibt nichts, das einen vor dem Fall ins Nirgendwo bewahrt. Mir wurde schwindlig. Ich sah, daß alles um mich herum stabil und strukturiert war, aber mein Geist tauchte in einer Unendlichkeit von Unendlichkeiten unter, drehte sich und verschwand. Die Zeit schien stehenzubleiben. Als ich hörte, wie Brad die Tür öffnete, wurde mir klar, daß ich volle zwanzig Minuten auf die Tischplatte gestarrt hatte. Das ekelhafte Gefühl von Ewigkeit lastete auf meinen Schultern.

»Lisa?« Er kam um die Ecke in die Küche. »Wie geht's?«

Ich blinzelte und versuchte, mich zusammenzureißen. Der Rest der Welt brauchte nicht zu wissen, daß ich meinen Verstand nicht mehr unter Kontrolle hatte. »Ich habe Angst.«

»Angst? Wovor?«

Ich zuckte mit den Schultern.

Er zog einen Stuhl heran und setzte sich. »Du bist blaß, du zitterst. Was ist los?«

»Ich habe an die Ewigkeit gedacht.«

»Ewigkeit?«

»Ja. Irgendwie kann ich den Gedanken nicht ertragen,

daß etwas unendlich ist. Geht es dir nicht manchmal auch so?«

Er nickte. »Ja, manchmal. Daran denkt jeder mal. Mach dir keinen Streß.«

»Ich muß immer daran denken. Wie kann sich jemand wünschen, für immer leben zu wollen?«

»Ich weiß es nicht. Hör auf, daran zu denken.«

»Wie?«

»Hör einfach auf.«

Die bestimmte Art, mit der er das sagte, gab mir etwas, auf das ich mich stützen konnte. Ich wurde ruhiger. »Okay, ich höre einfach auf.«

Schweigend saßen wir einen Augenblick da, dann sagte ich: »Glaubst du an etwas?«

»Was zum Beispiel?«

»An etwas wie Religion oder Paranormales.«

»Ist doch das gleiche, oder?«

»Und, tust du?«

Er zog die Augenbrauen zusammen und überlegte. Dann schüttelte er den Kopf. »Nein.«

»Was würdest du als Gegenbeweis akzeptieren?«

»Ich weiß nicht. Hat das was mit dir zu tun? Ist dir etwas Ähnliches passiert?«

»In etwa.«

Er nahm meine Hand. Ich mußte mich beherrschen, mich nicht in seine Gedanken einzuschalten. »Lisa, du mußt zum Arzt. Ich fürchte, mit deinem Verstand ist was nicht in Ordnung.«

»Danke. Du verstehst es, einem Mädchen Komplimente zu machen.«

»Nein, im Ernst. Die Blackouts, die Halluzinationen und deine Ängste, die ganze Zeit. Das ist nicht normal. Vielleicht hattest du dieses Jahr zuviel Streß. Ich glaube, du brauchst professionelle Hilfe.«

»Sei nicht so schrecklich herablassend.«

»Ich bin nicht herablassend. Ich versuche, dir zu helfen, Lisa. Ich mache mir Sorgen um dich. Ist das gestattet? Oder zählen neun Jahre Freundschaft nichts?«

Ich senkte den Kopf. Ein Schluchzer steckte mir in der Kehle, und ich bekam die Worte kaum heraus. »Ja, natürlich zählt das.«

»He, nicht weinen. Ich wollte dich nicht zum Weinen bringen.«

»Es ist nicht wegen dir. Mein Leben ist so kaputt, und ich weiß nicht, was ich machen soll.«

Er zog den Stuhl näher heran und legte den Arm um mich. Ich ließ den Kopf auf seine Schulter sinken. Er roch so wunderbar – nach Shampoo, ein kleines bißchen nach Tabak, dazu der Duft der männlichen Haut. Als ich meine Wange an seinem Hemd rieb, spürte ich das überwältigende Gefühl, das er für mich empfand, und stoppte sofort den Weg zu seinen Gedanken, der sich mir geöffnet hatte. Ich durfte nichts von Dingen erfahren, von denen er mir nichts verraten wollte.

»Du warst immer so gut zu mir«, sagte ich.

»Ich war ein Arschloch, und das weißt du.«

»Okay, du warst ein Arschloch. Magst du heute nacht auf meinem Sofa schlafen? Ich habe Angst davor, allein zu sein.«

Ich wußte, daß er es vorgezogen hätte, das Bett mit mir zu teilen, aber diese Frage stellte ich nicht.

»Ja, gut. Wenn du dich dann besser fühlst.«

»Ja, das würde ich. Viel besser.«

Ich schlief wie eine Tote. Zunächst hatte ich mich davor gefürchtet einzuschlafen, denn jedesmal, wenn ich davontrieb, bekam ich panische Angst, in eine Rückführung zu gleiten. Schließlich gab mein Hirn auf, und ich glitt übergangslos in die Dunkelheit. Als ich erwachte, war es hell, und ich hörte Männerstimmen vor meiner Schlafzimmertür. Schlaftrunken richtete ich mich auf.

»Brad? Bist du da?«

Die Tür ging einen Spalt weit auf, und Liam spähte herein. »Hi. Wie geht es dir?«

»Liam, was machst du denn hier?« Ich fühlte mich schuldig, ohne zu wissen, warum.

Er kam herein und setzte sich zu mir aufs Bett. »Ich habe eine Überraschung für dich. Aber erst will ich wissen, wie es dir geht. Brad sagt, er habe dich gestern auf dem Küchenboden gefunden, bewußtlos.«

»Ja, ich hab' gestern abend versucht, dich anzurufen, aber du warst nicht zu Hause.«

»Ich hatte was zu erledigen. Erklär' ich dir gleich.«

»Wie spät ist es?«

»Es ist ein Uhr. Ich hab' mir den Nachmittag freigenommen.«

Brad klopfte an die Tür. »Ich gehe jetzt, Lisa.«

Ich sah ihn an. Sein Gesicht verriet nichts. »Danke, Brad, es war sehr nett von dir, bei mir zu bleiben.«

»Ja, danke, Brad«, sagte Liam. Brad zuckte sichtbar zusammen. Liam konnte sehr herablassend klingen.

»Ich ruf dich an«, sagte Brad und verzog sich. Ich hörte, wie er die Tür schloß, und wandte mich wieder Liam zu.

»Und? Meine Überraschung?«

»Du hast die Frage noch nicht beantwortet. Wie geht es dir?« Er zog die Schuhe aus und schlüpfte zu mir ins Bett.

»Ziemlich schlecht. Ich hatte eine Rückführung, ohne daß ich es wollte, konnte mich nicht mehr kontrollieren, ging einfach darin unter.«

Er nahm meine Hand und drückte sie besorgt. »Mein Gott, Lisa. Und wie geht es dir jetzt? Glaubst du, es könnte wieder passieren?«

»Ich weiß nicht, aber ich fürchte mich davor. Aber das ist nicht alles. Ich glaube, dieses Mal habe ich noch ein paar Extras mitbekommen. Paß auf.« Ich deutete auf die Tür und wollte sie schließen. Nichts geschah.

»Was soll das?«

Ich versuchte es noch einmal. Nichts. Zu meiner Überraschung ärgerte ich mich. »Darüber habe ich also auch keine Kontrolle.«

Liam sah mich an. »Worüber?«

»Als ich gestern zu mir kam, verfügte ich über einige von Elizabeths magischen Fähigkeiten. Mist, sie sind fort.«

»Ich halte das eher für einen Segen.«

Ich zuckte mit den Schultern. »Ich will nicht mehr darüber nachdenken. Wo ist meine Überraschung?«

Er suchte in seiner Tasche und holte etwas heraus. »Streck die Hand aus.«

»Okay.« Ich tat es.

»Schließ die Augen.«

»Okay.« Ich schloß sie. »Aber gib mir bitte keine Augen.«

»Augen? Wovon redest du da?« Er streifte mir einen Ring über den Finger. Ich öffnete die Augen, das Schlimmste befürchtend. Wenn es ein Verlobungsring war, steckte ich in Schwierigkeiten.

Es war keiner. Es war ein schlichter Silberring, auf den etwas in verzierten Buchstaben eingraviert war.

»Ich war gestern abend nicht da, weil ich dir etwas besorgen wollte, das dir zeigt, wie sehr ich dich liebe. Das habe ich gefunden.« Er beugte sich vor und küßte mich. Ich schob ihn weg.

»Nicht«, sagte ich. »Morgenatem.«

Ich hob die Hand und betrachtete den Ring. Mein Herz pochte. Er hatte mir gerade seine Liebe bewiesen, und ich hatte das Gefühl, als sei die Reihe nun an mir. Auf dem Ring stand *In aeternum.*

»Auf ewig«, sagte ich.

»Hat mir der Juwelier gesagt, aber ich wußte, daß du es verstehst.«

Ich sah ihn an. »Die Ewigkeit dauert sehr lange, Liam.«

»Ich habe noch nie jemanden wie dich kennengelernt«, sagte er. »Ich bin noch nie so verliebt gewesen. Keine Angst, du brauchst nicht zu sagen, daß du mich auch liebst. Darauf bin ich vorbereitet.«

»Es ist nicht so, daß ich dich nicht liebe, aber in meinem Leben läuft alles so konfus, daß ich nicht mehr weiß, was ich überhaupt für Gefühle habe.«

»Ich weiß, und ich möchte deine Verwirrung nicht noch vergrößern. Nimm das Geschenk einfach an und trage es, und … laß es mich irgendwann wissen, du weißt schon.«

Sein Verständnis rührte mich, und ich legte die Arme um ihn. »Du bist wunderbar. Du hilfst mir so sehr, ich wüßte nicht, was ich ohne dich machen würde.«

Er drückte meine Hand, ließ sie aber plötzlich los. »Oh, das hätte ich fast vergessen. Das lag unter der Tür.« Er zog einen gefalteten Umschlag aus seiner Hosentasche und reichte ihn mir.

»Unter der Wohnungstür?« fragte ich.

»Ja.«

Auf dem Umschlag stand nichts. Ich öffnete ihn. Er enthielt ein festes Blatt Papier, auf dem in Handschrift der Satz stand: »Du mußt aufhören.« Meine Brauen zogen sich zusammen.

»Was, zum Teufel ...«

»Was steht da?« fragte Liam.

Ich zeigte ihm die Nachricht.

»Aufhören? Womit?«

Ich bekam eine Gänsehaut. »Das kommt von ihm.«

»Du verwirrst mich, Lisa.«

»O Gott, das ist Gilbert. Er hat das geschrieben. Er weiß, was ich getan habe. Er muß es gewußt haben. O Gott, was weiß er noch alles? Wie lange schaltet er sich schon in meine Gedanken ein?«

»Du redest wirres Zeug. Beruhige dich erst mal.«

Ich nickte in Richtung Badezimmertür. Sie schlug zu. »Das habe ich gestern gemacht. Aber ich kann es nicht kontrollieren. Manchmal klappt es, manchmal nicht.«

Liams entsetzter Blick wanderte von der Tür zu mir. »Das hast du getan?«

Ich öffnete sie wieder, schloß sie noch einmal. »Ja, das habe ich getan. Und das habe ich auch gestern getan – experimentiert. Er muß es mitbekommen haben. Ich habe wohl ziemlichen Lärm dabei gemacht, im psychischen Sinn.«

Liam starrte mit offenem Mund auf die Tür. »Wie machst du das?«

»Ich hatte dir doch erzählt, daß sich einiges von Elizabeth auf mich überträgt.«

Er reagierte nicht. Ich packte ihn bei den Schultern und drehte ihn zu mir. »Du weißt, daß ich etwas von ihrer Magie übernommen habe. Du weißt schon, Dinge zu ›sehen‹, die Sprachen, das Hexenmal.«

»Ich … ich dachte nicht …«

»Du dachtest nicht, daß ich die Wahrheit sage? Willst du damit sagen, daß du mir die ganze Zeit nicht geglaubt hast?«

»Nein!« erwiderte er hastig. »Natürlich habe ich dir geglaubt.«

Ich ergriff sein Handgelenk und klinkte mich, ohne zu überlegen, in seine Gedanken ein. Er schob meine Hand weg und wich zurück.

»Ich kann es fühlen, Lisa. Tu es nicht.«

»Du spürst es?«

»Ja.«

Spürte es jeder? Oder nur Liam, weil er Elizabeths Geschichte kannte? »Sorry«, sagte ich.

»Bitte, Lisa, ich habe dir geglaubt. Ich dachte nur, einiges davon sei vielleicht … übertrieben.«

Ich explodierte vor Wut. »Scheiße! Wofür hältst du mich? Für irgendeinen Teenager, der sich eine ›interessante‹ Geschichte ausdenkt? Mein Gott, wie kannst du mich lieben, wenn du mir nicht mal vertraust?«

»Es tut mir leid, Lisa. Bei meiner Mutter klingt auch alles immer schlimmer, als es ist. Irgendwie erwarte ich das auch bei anderen.«

Ich sah mir noch einmal den Brief an. Meine Hände zitterten. Gilbert war hier gewesen. Er hatte vor meiner Tür gestanden, während Brad und ich schliefen. Was, wenn Brad etwas zugestoßen wäre? Wie hätte ich das verkraftet? Panik ergriff mich. Mein Streit mit Liam schien plötzlich unwichtig.

»Ich bin in Gefahr, Liam. Er weiß, wo ich wohne. Und wohin ich auch gehe, er wird mich finden. Er hat einen eingebauten Radarsender.«

»Kannst du ihn nicht abblocken?«

Vielleicht. Elizabeth hatte es gekonnt. »Ich werde es versuchen.« Ich kletterte aus dem Bett und zog einen verstaubten Koffer aus meinem Kleiderschrank.

»Was hast du vor?«

»Ich packe. Ich muß hier verschwinden. Kann ich zu dir kommen?«

»Du hast recht, hier kannst du nicht bleiben. Wir suchen dir ein Hotel.« Er stand auf und half mir.

»Ein Hotel? Wieso kann ich nicht bei dir bleiben?«

Er wand sich verlegen. »Meine Eltern kommen doch am Wochenende, und das wäre keine gute Konstellation. Vergiß nicht, mein Vater ist Pastor.«

»Na schön, dann gehe ich zu eben zu Brad.«

»Nein, tu das nicht. Ich bezahle das Hotel.«

»Aber ich kann bei Brad wohnen, das ist billiger.«

Er öffnete den Mund und schloß ihn wieder. Schließlich holte er tief Luft und sagte: »Bitte, laß mich für dich ein Hotel in der Stadtmitte buchen. Das wäre viel praktischer. Du weißt, ich traue Brad nicht.«

»Na schön, es ist dein Geld.«

»Heute nacht kannst du bei mir bleiben, und irgendwann vor dem Wochenende besorge ich dir ein Zimmer im Hilton.«

»Wie du meinst.«

»Lisa.« Er zog mich an sich. »Bist du sauer auf mich?«

Ich sah in seine ehrlichen Augen und rang mir ein Lächeln ab. »Ich bin sauer auf das Leben, Liam. Nimm's nicht persönlich.«

Auf dem Weg zu Liams Haus hielten wir an der Polizeiwache und gaben den Brief bei Inspektor Honeywell ab, der den Eindruck machte, als drehe er bald durch. Zweifellos stand er unter enormem Druck, den Fall zu lösen, und Gilbert machte es ihm sehr schwer. Mißtrauisch nahm er das Blatt entgegen.

»Eine Frage, Miss Sheehan«, sagte er. »Was bedeutet ›Du mußt aufhören‹?«

Ich zuckte mit den Schultern. »Vielleicht ein verrückter Fundamentalist, der uns davon abhalten will, diese wunderschöne Welt mit unserem schrecklichen Krach zu verschmutzen, ein Racheengel, der die Stadt von ihrer Underground-Musikszene säubern will.« Ich hätte alles gesagt, um ihn so schnell wie möglich auf die Fährte zu bringen und Gilbert zu finden, bevor er jemandem, den ich liebte, etwas Schreckliches antat.

»Danke, daß Sie gekommen sind, ich melde mich.« Damit war ich entlassen.

Als wir weiterfuhren, sprachen Liam und ich über den Brief.

»Lisa, wenn es Gilbert ist, der den Brief geschrieben hat, und wenn er will, daß du aufhörst, dann mußt du ihn beunruhigt haben. Vielleicht hast du zuviel gelernt.«

»Aber woher kommt diese Kraft, Liam?« fragte ich. »Was ist mit den Rückführungen, warum passieren die? Besonders die letzte, ohne daß ich es wollte.«

»Ich weiß es nicht.« Er schüttelte den Kopf. »Das ist alles ein bißchen viel für mich.«

Ich fragte mich, wieviel er mir von meiner Geschichte geglaubt hatte, bis ich ihm einen Beweis liefern konnte. Hatte er die ganze Zeit nur so getan als ob? Aber warum? Ich starrte aus dem Fenster.

»Das Universum will mir etwas mitteilen«, sagte ich leise.

»Was?«

»Das Universum, eine höhere Macht. Wenn mir von Gilbert Gefahr droht, ist es möglich, daß mir eine höhere Macht die Informationen gibt, die ich brauche.«

»Gott?« Er schien sich beruhigt zu haben.

»Nun, da bin ich mir nicht so sicher. Nach dem, was Gilbert Elizabeth über das Universum erzählt hat, kennt es keine Moral. Es belohnt die, die ihm dienen. Ist es möglich, daß es auf irgendeine Weise an mich ran will, für etwas, das ich in der Vergangenheit getan habe?«

Liam preßte die Lippen aufeinander. Wir fuhren in seine Einfahrt.

»Liam?«

»Ich bin sehr verwirrt, Lisa, ich muß eine Weile nachdenken. Aber jetzt komm rein und fühl dich wie zu Hause.«

Das Normale, das Alltägliche von Liams Haus verführte mich stets aufs neue, was mich wie immer erschreckte. Ich war mir sehr bewußt, daß ich ›eingezogen‹ war, wenn auch nur bis zum Wochenende. Ich legte meine Schuhe im Flur neben Liams Schuhe, meine Zahnbürste neben seine, stellte mein ohne Tierversuche produziertes Shampoo in seine Dusche. Und dann stand ich unter der Dusche und ließ das heiße Wasser über mich strömen, während ich mich ganz darauf konzentrierte, Gilbert aus meinem Kopf herauszuhalten. Elizabeth hatte es getan, indem sie sich eine Wand aus Licht, aus glühenden Steinen vorgestellt hatte, die sie immer höher türmte. Ich tat das gleiche und ignorierte dabei das Kitzeln in meinem Schenkel – ich tat es aus Selbsterhaltung, und wenn dazu die Geister herbeigerufen werden mußten, dann hatte ich keine Wahl.

Elizabeth hatte auch ein Wort gesagt, aber ich konnte mich nicht daran erinnern. Ich lehnte den Kopf an die Fliesen, dachte an das Nicht-Denken. Ein elektrischer Strom fuhr von meinen Füßen durch meinen Körper und kam in Form eines Wortes aus meinem Mund, um sofort aus meinem Gedächtnis zu verschwinden. Ich beobachtete, wie die Zauberwand vor meinem geistigen Auge in strahlendem Glanz erglühte und aus meiner Wahrnehmung schwand, bis ich nur noch die Innenseite meiner Augenlider sah.

»Beschützt«, sagte ich laut.

Zwanzig Minuten später kam ich ins Wohnzimmer. Meine Haut war rot und faltig, weil ich zu lange unter dem heißen Wasser gestanden hatte.

»Ich dachte, du wärst ertrunken«, sagte Liam, als er auf dem Weg ins Bad an mir vorbeiging.

»Es tut mir leid, ich hoffe, es ist noch genug warmes Wasser da«, sagte ich und ging zum Fernseher.

Er duschte, während ich von Sender zu Sender schaltete, auf der Suche nach einem halbwegs annehmbaren Programm, um mich von meinen Problemen abzulenken. Alles, was ich fand, waren Game Shows, und ich löste ein paar der Rätsel an der *Glücksrad*-Wand, noch bevor jemand Buchstaben erraten hatte. Offenbar auch eine meiner neuen Fähigkeiten. Wenn ich in die Show käme, könnte ich abräumen. Ich hörte, wie die Rohre ächzten, als Liam die Hähne im Bad abdrehte. Im gleichen Augenblick klingelte das Telefon.

»Liam!« rief ich.

»Kannst du rangehen? Ich komme gleich.«

Ich rollte mich auf dem Sofa rüber und nahm den Hörer ab. »Hallo?«

Ein kurzes Schweigen. »Hallo? Wer ist da?« Die Stimme einer Frau. Scharf, aber vorsichtig.

»Ähm ... hier ist Lisa.«

»Entschuldigung, ich habe mich verwählt, ich wollte Liam Baker sprechen.«

»Ja, ich bin bei ihm. Er duscht gerade. Kann ich ihm was ausrichten?«

Liam kam gerade in einen dicken Bademantel gehüllt ins Wohnzimmer. Sein Haar war feucht.

»Hier spricht seine Mutter.«

»Oh, hallo, Mrs. Baker.« Auf Liams Gesicht machte sich kaum verhüllte Panik breit, und er griff nach dem Telefon, aber Liams Mutter wollte sich noch mit mir unterhalten.

»Sie sagten, Ihr Name sei Lisa?«

»Ja, ich bin eine Freundin von ihm.«

»Doch nicht *seine* Freundin?«

Ich unterdrückte ein Lachen. »Nun, na ja, ich denke, so könnte man es auch nennen.«

»Ich fürchte, Liam hat Ihren Namen noch nie erwähnt.«

»Wir sind noch nicht sehr lange zusammen.« Liam führte fast eine Art Tanz auf, während er mir bedeutete, mein Gespräch mit seiner Mutter so schnell wie möglich zu beenden.

»Nun, wir müssen uns unbedingt kennenlernen. Hat Liam Ihnen erzählt, daß wir für eine Weile zu Besuch kommen?« fragte sie.

»Ja, das hat er.«

»Besuchen Sie uns doch mal zum Essen.«

»Gerne.«

»Schön, besprechen Sie es mit Liam. Wir bleiben ein paar Wochen, also haben wir genügend Zeit.«

»Ist gut. Dann gebe ich Ihnen jetzt Liam, einen Augenblick.« Ich reichte Liam den Hörer, der ihn offensichtlich erleichtert entgegennahm. Dann rutschte ich zur Seite, damit er sich neben mich auf das Sofa setzen konnte.

»Hi, Mum«, sagte er ängstlich. An seinem Gesicht konnte man erkennen, daß sie ihm sofort eine Standpauke hielt, weil er ihr nichts von seiner neuen Freundin erzählt hatte. Das amüsierte mich. Ich ließ meine Hand an seinem Bein entlanggleiten, fuhr unter seinen Bademantel und über die Innenseite seines Oberschenkels. Er zog meine Hand weg, die Stirn runzelnd. Ein kleine Flamme des Zorns flackerte in mir auf. Mein Gott, seine Mutter konnte nicht sehen, was passierte, wo lag das Problem?

Er erklärte ihr ruhig, warum er mich noch nicht erwähnt hatte; ich kniete mich vor ihm auf den Boden und schob seinen Bademantel auseinander. Ich gebe zu, daß ich es darauf anlegte, ihn zu ärgern, aber auf seine Reaktion war ich wirklich nicht gefaßt. Ich hätte erwartet, daß er seinen Bademantel zuhalten und mich warnend ansehen würde, aber statt dessen packte er mich mit der freien Hand an der Schulter und versetzte mir einen heftigen Stoß. Ich fiel nach hinten und prallte mit dem Rücken gegen den Couchtisch. Mit großen Augen sah ich ihn an, aber er nestelte nur an seinem Mantel und wandte sich ab. Ich sprang auf und trat voller Wut den Couchtisch um. Er sah gar nicht hin. Ich stürmte in sein Schlafzimmer und schlug die Tür hinter mir zu. Dann lag ich im Licht der Dämmerung auf seinem Bett. Jeder Nerv meines Körpers glühte vor Zorn. Was, zum Teufel, war mit ihm los? Ich hatte nur Spaß gemacht. Ich hörte seine Stimme aus dem Wohnzimmer, konnte aber nicht verstehen, was er sagte. Schließlich legte er auf, und seine Schritte näherten sich. Als die Tür aufging und das Licht vom Flur hereinfiel, tat ich so, als schluchze ich.

»Lisa? Es tut mir so leid, habe ich dir weh getan?«

»Ja, ich habe mir den Rücken am Couchtisch gestoßen.«

»Du hast geweint.« Er setzte sich zu mir aufs Bett. Vor schlechtem Gewissen schien ihm fast übel zu sein. »Ich wollte dir nicht weh tun. Aber du hast mich so wütend gemacht.« Ich schniefte noch etwas vor mich hin, bis mir klar wurde, daß ich mich wie ein kleines Mädchen benahm. Ich richtete mich auf. »Tu das nie wieder.«

»Bestimmt nicht. Es ist nur ..., wenn ich mit meinen Eltern zu tun habe, bin ich immer total angespannt. Kannst du das verstehen? Sie sind echte Hardcore-Christen. Sie glauben, daß ich noch – nun unberührt bin, und von dir erwarten sie auch, daß du Jungfrau bist. Wenn sie wüßten ... Gott, Lisa, sie würden mir das Leben zur Hölle machen.«

Ich bemühte mich, sein Gesicht in der Dunkelheit zu erkennen. »Du hast Schuldgefühle wegen uns, nicht wahr?«

»Nein.« Es war klar, daß er log.

»Bevor sie anrief, hattest du keine Schuldgefühle.«

Er seufzte. »Und in einer halben Stunde werde ich auch keine mehr haben. Aber wenn ich mit ihnen rede, kommen mir immer ganz komische Gedanken, wie weit ich vom rechten Weg abgekommen bin und so.«

»Mein armes verirrtes Schaf.« Ich zerzauste ihm das Haar. »Es tut mir leid, daß ich dir angeboten habe, deinen Schwanz zu lutschen.«

Er lachte verhalten. »Ich verzeihe dir. Aber mach's nicht noch mal. Soll ich mir deinen Rücken ansehen?«

»Nein, ist alles in Ordnung.«

Einen Augenblick saßen wir schweigend da. Dann sagte er: »Bin ich jetzt einer von denen, die ihre Frauen verprügeln?« Seine Stimme klang belegt. Offenbar fürchtete er, einen nicht wiedergutzumachenden Schaden angerichtet zu haben.

»Nein, dazu hat es nicht weh genug getan. Aber ich muß sagen, so unbeherrscht kenne ich dich nicht. Irgendwie war es aufregend.« Ich streichelte sein Bein, aber er reagierte nicht.

»Lisa, ich glaube, daß ich für die meisten Männer spreche, wenn ich sage, daß eine Unterhaltung mit der Mutter einen für Wochen vom Sex abtörnen kann.«

»Wie schade. Was wollte sie eigentlich?«

Er streckte sich mit einem tiefen, erleichterten Seufzer neben mir aus. »Sie kommen früher. Morgen nachmittag.«

»Ah, dann werde ich also ausgewiesen?«

»Ich fürchte ja. Es liegt an dir, ob du heute noch bleiben willst oder morgen vormittag gehst.«

»Morgen ist cool. Ich helfe dir beim Putzen.«

»Du bist ein echter Kumpel.« Er sagte lange nichts mehr. Ein leichter Wind bewegte die Vorhänge. »Ich liebe dich, Lisa.«

»Und genau in diesem Augenblick liebe ich dich auch. Aber morgen bin ich mir vielleicht nicht mehr so sicher, also nagle mich nicht darauf fest.«

»Wenn meine Eltern weg sind, kannst du wieder zurückkommen. Du kannst richtig einziehen, wenn du willst. Keine Miete mehr – du könntest den Job im Casino schmeißen.«

Das war ein solch verlockender Vorschlag, daß ich eine Sekunde sprachlos war. »Vielleicht. Aber es ist komplizierter als du glaubst. Wenn deine Eltern fort sind, bin ich erst mal auf Tournee.«

»Du gehst auf Tournee?«

»Ja, in zweieinhalb Wochen soll es losgehen.«

»Für wie lange?«

Ich holte tief Atem. »Sechs Wochen.«

»Sechs.« Wieder Schweigen. »Das ist lang, Lisa.«

»Sie werden schnell vorbeigehen. Es wird mir wahrscheinlich sehr gut tun.«

»Ich werde dich schrecklich vermissen.«

»Ich dich auch. Und ich habe eigentlich gar keine Lust, aber ich kann die anderen nicht im Stich lassen. Und außerdem habe ich ja mein ganzes Leben darauf gewartet. Jetzt geschieht es. Ich wünschte nur, das Timing wäre besser.«

Er strich mir über die Schulter. »Stell dir vor, du kommst zurück, und alles ist normal.«

»O Gott, das hoffe ich. Ich würde Inspektor Honeywell den fetten Arsch küssen, wenn er den neuen Gilbert fände und ihn an einen Ort brächte, wo er keinen Schaden mehr anrichten kann. Zwei Meter unter der Erde wäre wahrscheinlich der beste Platz.«

Liam richtete sich auf. »Lisa, glaubst du, du könntest herausfinden, wo Gilbert steckt?«

Ich dachte über die Idee nach. »Ich könnte es versuchen. Seit ich gestern auf dem Küchenboden aufgewacht bin, kann ich alle möglichen seltsamen Dinge.«

»Dann tu's. Versuch es.«

Ich entspannte die Muskeln in Schulter und Hals und schloß die Augen. Mein Geist driftete in den vor-bewußten Zustand, ich dachte nicht an Gilbert, sondern an den Raum, der ihn umgab. Schon glaubte ich, ihn erreicht zu haben, als ein Schmerz wie ein Messerstich durch mein Hirn zuckte. Ich schrie auf und fiel nach hinten, die Hände um den Kopf geschlungen.

»Lisa?« Bestürzt beugte sich Liam über mich.

»Er hat sich geschützt, Liam. Ich glaube, ich bin gerade in seinen Elektrozaun gelaufen.«

»Du hast ihn gefunden?«

»Nicht ganz.« Der Stich ließ nach, übrig blieb ein dumpfer, migräneartiger Schmerz. Meine Sinne waren ein bißchen durcheinander. »Gott, das hat weh getan, du glaubst es nicht. Auf diese Weise komme ich nicht an ihn heran, aber mit ein bißchen Glück stößt er bei mir auf denselben Schutz, also wären wir gleich stark.«

Er half mir hoch. »Kann ich was für dich tun?«

»Ein Eisbeutel wäre schön.«

»Okay, warte.« Er ging in den hellen Flur hinaus und schloß sachte die Tür. Die Dunkelheit umhüllte mich. Ich fühlte mich seltsam, so wie ich mich seit dem Auftauchen aus der letzten Rückführung ständig fühlte, aber erst jetzt wurde mir langsam klar, was sich geändert hatte. Es kam mir vor, als seien meine Sinne lebendiger. Das Wattegefühl war verschwunden, ich hatte nicht mehr den Eindruck, als könne ich jederzeit eine neue Halluzination erleben. Ich spürte eine Kraft, so als sei mein Rückgrat durch ein Band aus biegbarem Stahl ersetzt worden. Gilbert mochte mich in letzter Sekunde abgeblockt haben, aber beinahe hätte ich ihn gefunden. Ich fragte mich, ob er Angst hatte, denn wie Elizabeth lernte auch ich schnell und leicht.

»Ich hoffe, du *hast* Angst, du Wichser«, sagte ich laut. »Denn wenn ich dich finde, bevor du mich findest ...« Ich brach den Satz ab, weil ich mir albern vorkam. Ich wußte nicht einmal, wer er war, und offensichtlich war er mir klar überlegen. Wie konnte ich ernsthaft glauben, ihm weh tun zu können?

Und doch hatte ich das bestimmte Gefühl, daß es mir schon einmal gelungen war.

24. Kapitel

»Mann, ich liebe Hotelzimmer.« Kaum hatte ich die Tür geöffnet, als Jeff auf das Bett zurannte und sich mit einem Hechtsprung darauf warf. Es krachte laut.

»Hör auf, Jeff, du zerwühlst ja alles. Ich muß heute nacht darauf schlafen.«

»Wow, Lisa«, sagte Ailsa und sah sich um. »Wie fühlt man sich als ausgehaltene Frau?« Sie nahm eine kleine Flasche Bourbon aus der Mini-Bar. »Wird er hier auftauchen für den Sex?«

»Ich weiß nicht. Seine Eltern haben ihn auf einen massiven Schuldtrip geschickt. So viel weiß ich.«

Brad beugte sich vor. »Muttersöhnchen«, flüsterte er.

Ich stieß ihm spielerisch den Ellbogen in den Bauch. »Du bist nur eifersüchtig.«

»Allerdings. Das Hilton, immerhin. Ich hätte gedacht, daß er dich oben im Royal Arms einquartiert, in einem dieser Zimmer, wo man sich das Bad mit einem Rudel stinkender alter Männer teilen muß.«

»Nein, hier gibt es keine stinkenden alten Männer. Sieh dir das Bad an, groß genug für einen Proberaum, und die Akustik ist toll.«

Jeff stand laut singend im Badezimmer, seine Stimme hallte melodisch von den Fliesen.

Ich setzte mich aufs Bett, Brad ließ sich neben mich fallen. »Er hat also Geld, dieser Typ«, sagte er.

»Liam, er heißt Liam.«

»Wie auch immer.«

»Ich weiß nicht, ob er Geld hat. Ich glaube, ich bin hier, weil es ihm peinlich war, daß er mich raussetzen mußte, aber seit ich diese Nachricht unter meiner Tür gefunden habe, fühle ich mich zu Hause nicht mehr sicher.« Ich fühlte mich nicht einmal sicher bei dem Gedanken, das Hotel zu verlassen und aufzutreten, aber ich war gewarnt und ging davon aus, daß er mir inmitten von Hunderten von Fans nicht viel anhaben konnte. Außerdem wollte ich den Rest der Band nicht hängenlassen.

Brad streckte sich und legte die Hände hinter den Kopf. »Du hättest auch bei mir wohnen können.«

»Liam wollte das nicht. Aus offensichtlichen Gründen.«

Er lächelte mich auf seine sexy Art an, und ich spürte das vertraute Kribbeln im Bauch. Jeff drängte sich zwischen uns. »Darf ich bei dir bleiben, Lisa?«

»Nein.«

Ailsa setzte sich auch zu uns. »Was ist mit mir? Platz hast du. Und wer soll sonst diese Mini-Bar leertrinken?«

Ich nahm ihr den Bourbon ab, aber sie hatte die Flasche bereits geöffnet, und ich gab sie ihr wieder zurück. »Nimm dir bitte nichts mehr aus der Bar. Liam muß es bezahlen.«

»Füll es einfach mit kaltem Tee auf«, meinte Ailsa und trank einen Schluck. »Keiner merkt den Unterschied.«

»Polly von der Heilsarmee allein mit einer Mini-Bar«, sagte Jeff, nahm Ailsa die Flasche und nuckelte daran. »Was für eine Verschwendung. Ich könnte weinen.« Er reichte sie wieder Ailsa.

»Kommt, Leute, es ist drei Uhr nachts, ihr habt das Zimmer gesehen und könnt nach Hause gehen.« Ich stand auf. »Außerdem riecht ihr alle schlecht.«

»Du auch«, sagte Ailsa und trank den Rest Bourbon aus. Sie warf die Flasche in den Abfalleimer, wo sie mit lautem Klappern landete. »Aber ich bin zu höflich, um es zu sagen.«

Jeff rappelte sich hoch. »Ja, auf mich wartet eine Lady auf dem Parkplatz. Ich werde sie mit nach Hause nehmen und sie dazu bringen, böse Dinge mit mir zu tun.«

»Du hast sie auf dem Parkplatz warten lassen?« fragte ich entsetzt.

»He, du hast gesagt, ich solle sie nicht mit raufbringen«, rechtfertigte er sich.

»Mein Gott, Jeff, denkst du nie nach?« Ich versetzte ihm einen leichten Schlag aufs Ohr. »Vier Fans sind ermordet worden. Geh jetzt schleunigst zu ihr.«

Er zuckte mit den Schultern und schlich langsam hinaus. Ailsa folgte ihm. Brad lag noch immer neben mir auf dem Bett.

»Und?«

»Ich habe gerade an etwas gedacht.«

Ailsa riß die Tür auf und steckte ihren Kopf ins Zimmer. »Und nicht ficken, ihr zwei!« brüllte sie und knallte die Tür wieder zu. Ich hörte, wie sie kichernd den Flur entlangging, und sah Brad an.

»An was?«

»Wäre es nicht cool, wenn wir jetzt hier in diesem Bett, für das Liam bezahlt hat, Sex hätten?«

»Wenn ich von der Tour zurückkomme, ziehe ich bei ihm ein.« Ich weiß nicht, warum ich das sagte. Ich wußte nicht einmal, ob es so kommen würde.

Er hob die Augenbrauen. »Wirklich? So ernst ist es?«

Ich zog Liams Ring vom Finger und zeigte ihn ihm. »Auf ewig«, sagte ich, als er versuchte, die Gravur zu entziffern.

»Wann hat er dir den gegeben?«

»Gestern.«

Brad nickte. Er hatte sich ein paar Tage nicht rasiert, und das Licht über dem Bett glitzerte auf den rotblonden Stoppeln. Es juckte mich in den Fingern, ihn zu berühren.

»Sagst du damit, daß es zu Ende ist, Lisa?«

»Was?«

»Das zwischen uns.«

»Da war nie was ›zwischen uns‹. Du solltest das begreifen, Brad – Liam und ich sind ein Paar. Auf Dauer.« Ich ignorierte das eiserne Band, das sich um mein Herz legte, als ich das sagte, und schob den Ring wieder auf meinen Finger.

»Nun, wenn du dir so sicher bist …«

»Ja, ich bin mir sicher. Aber du bleibst mein Freund.« Ich kam mir ziemlich schlecht dabei vor, weil ich ihn eben noch wegen des Arztes angelogen hatte. Er war froh gewesen zu hören, daß ich nächste Woche einen Termin bei einem erfundenen Spezialisten hatte. »Mein bester Freund«, fügte ich hinzu.

Er zog die Nase hoch. »Großartig. Das freut mich ungemein.« Seine Stimme triefte vor Ironie. Er stand auf und streckte sich. »Gute Nacht, Polly.«

»Gute Nacht.«

Leise ging er zur Tür. Ich schloß sie hinter ihm ab, lief ins Badezimmer und drehte die Dusche auf. Während ich darauf wartete, daß das Wasser heiß wurde, zog ich mir die Sachen aus. Über dem Spiegel brannte ein grelles Neonlicht. Mein Haut sah fleckig aus, mein Haar wie Kupfer. Ich beugte mich vor und machte das Licht aus. Jetzt drang nur noch ein Streifen Licht durch die halb offene Tür. Während ich unter den heißen Wasserstrahl trat, schloß ich die Augen und lehnte den Kopf an die Fliesen. Ich hörte, wie in der Ferne eine Tür zuschlug. Vor meinem Fenster zwitscherten Vögel.

Ich riß den Kopf hoch. Es war drei Uhr nachts, mitten in der Stadt. Vor meinem Fenster konnten keine Vögel zwitschern. Das Geräusch verhallte in einem dunklen Flur in meinem Kopf. Bitte, keine Rückführung. Ich lauschte angestrengt, aber alles, was ich hörte, war das Wasser, das auf mich einprasselte, und mein eigener Pulsschlag. Hastig drehte ich die Dusche ab und wickelte mich in ein Handtuch. Das Hotelzimmer wirkte sehr leer und einsam. Ich wünschte mir, ich wäre nicht allein.

Als ich aufwachte, wußte ich überhaupt nicht, wo ich war. Das gedämpfte Licht, das durch die Vorhänge schien, kam aus der falschen Richtung – mein Fenster war auf der anderen Seite. Dann fiel mir das Hotel ein, und ich setzte mich schläfrig auf. Die Uhr neben dem Bett zeigte auf genau zwölf Uhr mittags. Ich rollte auf die Seite und griff zum Telefon, um Frühstück zu bestellen. Danach stand ich auf und zog die Vorhänge zurück. Ich hatte einen freien Blick über die schmutzigen Dächer der Stadt, bis zum Fluß und den botanischen Gärten, und fühlte mich sehr weit entfernt von allem. Eine Weile sah ich dem Verkehr zu, der sich unten durch die Straßen wühlte. Es schien, als hätten alle anderen ein Ziel, eine Aufgabe, ein ganz normales Leben. Morde, das Verschwinden der besten Freundin und ewige Verdammnis zählten nicht zu ihren Problemen. Irgendwie schien es nicht fair, daß mir dieses Schicksal zugefallen war. Ein Klopfen an der Tür riß mich aus meinen Überlegungen.

»Zimmerservice.«

Ich legte mich mit meinem Frühstück wieder ins Bett, nahm das Telefon und wählte die Codenummer zur Abfrage meines Anrufbeantworters. Die üblichen Aufhänger, eine Mahnung von den Stadtwerken, weil ich mit meinen Zahlungen im Rückstand wäre, und dann eine lange Stille, bevor Davids Stimme ertönte.

»Lisa ... bitte geh ran, wenn du da bist. Ich muß mit dir sprechen, Lisa. Hier ist David. Wo bist du?« Wieder Stille. »Ruf mich bitte an. Ich muß mit dir sprechen.«

Zwei lange Piepser sagten mir, daß ich alle Nachrichten abgehört hatte. Ich rief bei ihm an. Mein Herz schlug schneller. Warum wollte David mich so dringend sprechen? Es klingelte drei- oder viermal, bevor er den Hörer abnahm.

»David French«, sagte er mit geschäftsmäßiger Stimme.

»David, hier ist Lisa.«

»Lisa, wo bist du? Ich habe gestern den ganzen Tag versucht, dich zu erreichen.«

»Ich bin für eine Weile ausgezogen. Was ist los?«

»Warum bist du ausgezogen? Wo bist du?«

Meine Haut kitzelte leicht. »In meiner Wohnung gibt es ein Problem mit den Leitungen. Ich wohne in einem Hotel in der Stadt.«

»In welchem?«
Ich zögerte einen Augenblick, bevor ich weitersprach.
»David, was willst du?«
»Ich muß dich treffen. Ich will mit dir sprechen.«
»Über Karin?« Ich wollte ihn nicht sehen, wollte nicht, daß er mich wieder anfaßte.
»Ja, aber nicht nur deswegen ...«
»Hast du etwas gehört?«
»Nein, ich möchte nur mit jemandem sprechen. Ohne sie drehe ich durch, Lisa, und du bist die einzige, die mich versteht.«
Ich biß mir unschlüssig auf die Lippen. »David, es ist wahrscheinlich besser, wenn wir uns nicht sehen. Seien wir ehrlich, beim letztenmal hast du mich auf eine Weise berührt, die keineswegs angemessen war.«
»Das wollte ich nicht. Sei nicht böse deswegen.« Ein Zögern. »Außerdem hat es dir gefallen.«
Ich traute meinen Ohren nicht. »David, ich bin die beste Freundin deiner Frau. Deiner vermißten Frau. Wenn du glaubst, du ...«
»Ich will nur mit dir reden, das schwöre ich. Sag mir, wo du bist, und ich komme in die Stadt und treffe mich mit dir.«
»Ich muß Schluß machen«, sagte ich hastig. »Auf Wiedersehen.«
»Lisa, warte ...«
Ich legte auf. Dann setzte ich mich aufs Bett, die Arme um den Körper geschlungen. Sicher tat er mir leid, aber er war mir irgendwie unheimlich geworden. Ein Instinkt ließ mich erneut zum Telefon greifen und auf Wiederwahl drücken. Er nahm schon beim ersten Läuten ab.
»Lisa?«
»Wenn du irgendwas von Karin hörst, hinterlasse bitte eine Nachricht auf meinem Beantworter. Ich hör ihn regelmäßig ab.«
»Lisa, ich bitte dich. Wo bist du? Treffen wir uns in der Stadt. Ich möchte wirklich nur mit dir sprechen.«
»Ich muß los«, sagte ich und legte ein zweitesmal auf.

»Hast du geweint?«

Ich ließ Brad herein und schloß die Tür. »Nein.« Gerade hatte ich mit Liam telefoniert, der mich wieder einmal abgewimmelt hatte, weil seine Eltern bei Tisch auf ihn warteten. Seit ich ins Hotel gezogen war, hatte ich kaum zwei Worte mit ihm gewechselt, und so allein drehte ich langsam durch. Er hatte meinen tränenreichen Ausbruch demonstrativ ignoriert, mir aber versprochen, mich morgen vor der Arbeit zu besuchen.

Brad schüttelte den Kopf. »Mädchen, du lügst wie gedruckt. Wo hast du das gelernt? Hat der Junge mit dem Taschentuch dir das beigebracht? Früher warst du ehrlicher.«

»Glaub, was du willst. Gehen wir zur Arbeit.« Ich wollte in die Welt, Kontakt mit anderen Menschen haben. In diesem Hotel bekam ich Platzangst, und nur die schrecklichsten Gedanken leisteten mir Gesellschaft.

Wir mühten uns durch unseren Set im Casino und fuhren dann zum Universal. Mittlerweile betraten wir die Clubs nur noch durch die Hintertür, weil die Konzerte so voll waren und alle Leute uns anquatschten, wenn wir uns zur Bühne drängten. Freitag abend hatten Jeff und Ailsa schon auf uns gewartet, aber heute saß nur Ailsa rauchend backstage.

»Wo ist Jeff?« fragte Brad und warf seine Tasche in die Ecke.

»Keine Ahnung, hab' ihn nirgends gesehen.«

»Er ist gestern mit diesem Mädchen nach Hause gefahren«, sagte ich. »Vielleicht hält sie ihn auf. Es ist eine Weile her für ihn, glaube ich.«

»Bauen wir erst mal auf.«

Aber auch danach war Jeff noch nicht aufgetaucht. Brad entdeckte das Mädchen, das Jeff mitgenommen hatte, in der Menge und winkte sie heran.

»He, hast du Jeff gesehen?« fragte er.

»Nein, ich hab' seine Wohnung gegen Mittag verlassen.« Sie war stoned, stoned, stoned.

Ich sah Brad an, dann das Mädchen. »Du hast ihm doch nicht irgendwas Fieses verabreicht, oder?«

Sie schwankte auf wackligen Beinen hin und her. »Nichts, was er nicht schon kannte. Wieso?«

Ich zog Brad zu mir. »Wir sollten bei ihm anrufen.«

Er nickte und folgte mir auf die windige Straße hinaus. Wir fanden eine Telefonzelle, und Brad wählte Jeffs Nummer. Ich wartete draußen, stand in dem gelben Lichtschein, den die Zelle auf den kalten Asphalt warf. Niemand antwortete. Brad hängte krachend den Hörer ein.

»Sicher ist er unterwegs.«

»Hoffentlich.«

»Wir geben ihm zwanzig Minuten.«

Eine halbe Stunde später, als die Menge unruhig wurde und der Manager nach hinten kam und fragte, was, zum Teufel, los sei, borgte sich Brad Angies Handy und rief noch einmal bei Jeff an. Immer noch keine Antwort.

»Wir müssen zu ihm«, sagte Brad.

»Sollten wir nicht die Polizei rufen?«

»Wenn er eine Überdosis genommen hat, wäre es besser, erst ein paar Sachen zu verstecken, bevor die kommt.«

»Brad …«

»Kommst du mit?«

Ich zitterte, trotz meines Mantels. »Okay, ich komme mit.«

Wir eilten zu Brads Wagen und fuhren zu Jeffs Wohnung. Brad schien sehr besorgt. Wir überfuhren jede gelbe Ampel, und wenn es rot war, trommelte er unruhig mit den Fingern auf dem Lenkrad.

»Ganz ruhig, Brad«, sagte ich. »Wahrscheinlich hat er es einfach vergessen oder so. Oder er hatte ein Panne. Beruhige dich.«

»Dieses Mädchen sah so abgefuckt aus. Was, wenn sie ihm irgendeine Scheiße gegeben hat, Heroin oder sowas?«

»All seine Freundinnen sehen abgefuckt aus, und ich fürchte, Heroin ist für Jeff auch kein Fremdwort.«

Wir überfuhren noch eine gelbe Ampel und bogen in die

Straße ein, in der Jeff wohnte, im Zimmer einer Pension, in der ansonsten nur Trinker im Rentenalter zu hausen schienen. Jeff machte es offensichtlich nichts aus, sich Bad und Küche mit einer Bande zahnloser alter Pisser zu teilen, die sich die Hosen vollschissen. Ich fand es ekelhaft und deprimierend. Wir parkten in der kreisförmigen Einfahrt, in der überall Unkraut wucherte und wo niemand das Gras gemäht hatte, betraten das Haus und stiegen hinauf zu Jeffs Zimmer. Die Dielen im Flur ächzten. Eine schmierige Lampe leuchtete uns den Weg. Jeffs Zimmer lag am Ende des Gangs, der dort kaum noch erhellt wurde.

»Ich kann kein Licht unter der Tür sehen«, sagte Brad, als wir uns näherten. Es stank. Wir blieben vor Jeffs Zimmer stehen, und Brad klopfte laut gegen die Tür.

»Jeff, hier ist Brad. Bist du okay, Mann?« Er drückte die Klinke, aber die Tür war verschlossen. Von drinnen hörten wir ein leises, ächzendes, wiederkehrendes mechanisches Geräusch. Wir warteten. Meine Augen gewöhnten sich an die Dunkelheit. Ich sah den Flur hinunter. Ein alter Kerl mit einem grindigen Kopf lugte hinter seiner Tür hervor. Ich wandte mich Brad zu. Meine Füße schienen am Boden zu kleben.

»Heilige Scheiße!« Ich stolperte nach hinten und starrte in der Dunkelheit auf den Boden. Unter Jeffs Tür breitete sich eine nasse, klebrige Lache aus.

»Was ist?« fragte Brad erschrocken.

»Mein Gott, Brad, es ist Blut. Hier ist überall Blut.«

Brad starrte ein paar Sekunden schweigend auf den Boden, dann hämmerte er gegen Jeffs Tür. »Jeff, Jeff!«

»Aufbrechen«, sagte ich.

Brad rammte seine Schulter gegen die Tür. Sie ächzte. Ich trat unter die Klinke, und wir hörten etwas splittern. Gemeinsam traten und rammten wir gegen die Tür, bis Holz brach und sie aufging. Brad stieß sie ganz auf und griff nach dem Lichtschalter.

Das Zimmer erhellte sich. Ich erstarrte, schwindelig vor Entsetzen. »Brad, o Gott, o Gott …«

Brad nahm seine Hand vom Schalter. Seine Finger waren blutbeschmiert. Er wandte sich mir zu und schloß die Augen. »Sag mir, daß ich das nicht sehe, Lisa.«

»Du kannst es sehen?« fragte ich verwundert. Sonst verbarg Gilbert seine Spuren.

»Natürlich kann ich es sehen, es ist überall.«

Jeff, oder das, was von ihm übrig geblieben war, hing mit dem Kopf nach unten in der Mitte des Zimmers, an den Deckenventilator gebunden. Er war nur noch ein Klumpen Fleisch, seine Eingeweide hingen heraus, sein Gesicht war mit dem Blut verklebt, das aus der klaffenden Wunde in seinem Hals gesprudelt war. Seine Hände, diese absurd langen, knochigen Finger, waren grau und verschrumpelt. Der Ventilator drehte sich langsam und zitternd unter seiner schweren Last. Gips bröckelte von der Decke, Elektrodrähte brachen durch die Risse. Alles schien voller Blut, lange Bahnen an den Wänden, Spritzer auf der Decke, Flekken auf dem verschlissenen, von Zigaretten verbrannten Teppich. Bittere Galle stieg mir die Kehle hoch. Brad krümmte sich und hielt sich den Magen.

»Ich werde nie mehr etwas anderes sehen«, keuchte er. »Dieses Bild ... das bleibt mir ewig vor Augen.«

»Ruf die Polizei«, sagte ich. »Ruf Inspektor Honeywell an.«

Er richtete sich auf und griff zum Telefon neben der Tür. »Wer ist Elizabeth?« fragte er leise.

»Was?« Entsetzt fuhr ich herum. Es stand über der Tür, an der Wand, jemand hatte es mit blutigen Fingern geschrieben: *Für dich, Elizabeth.*

»Wer ist Elizabeth?« wiederholte er.

»Das bin ich«, antwortete ich. »Ich bin Elizabeth.«

25. Kapitel

In der Leichenhalle war es eiskalt. Ein grausamer Westwind fegte durch die Türen. Die Leute saßen dichtgedrängt und hüllten sich fest in ihre Wollmäntel. Aus allen Ecken hörte man Niesen und Schniefen, teils weil man trauerte, teils weil einem an diesem Morgen die Nase lief. Ich saß in der ersten Reihe, hielt Liams Hand und starrte auf den Sarg, der in einer Nische vor mir stand. Er schien viel zu klein für Jeff. Jeffs Mutter und seine Schwester saßen auf der anderen Seite. Ich sah immer wieder verstohlen zu ihnen hinüber, versuchte ihre Gefühle zu erraten. Doch sie saßen mit steinernen Gesichtern da; ihre und Jeffs Wege hatten sich schon vor langer Zeit getrennt. Viele Fans waren gekommen. Brad hatte die Presseleute rausgeschmissen, damit mehr Trauergäste Platz fanden, und nun warteten zwei Kameracrews und ein halbes Dutzend Reporter wie Geier draußen in der Kälte.

Eine Frau rezitierte mit nasaler Stimme eine unpersönliche Totenklage. Über ihr in der Ecke hing ein schweres Kruzifix. Gedämpfte Strahler warfen Licht über die Rundungen des Sargs und die Blumenarrangements. Unsägliche Trauer erfüllte mich. Ich hatte erst erkannt, wie sehr ich Jeff mochte, nachdem mir klargeworden war, daß ich ihn nie mehr sehen, nie mehr seine Stimme hören würde. Liam strich mit dem Daumen über meine Hand. Ich war bis in mein Innerstes betäubt.

Die Rednerin endete, und wir alle beugten unsere Köpfe zum Gebet, auch wenn es mich überrascht hätte, mehr als eine Handvoll Gläubige unter den Trauergästen zu finden. Als ich aufblickte, brachten vier Träger Jeffs Sarg zum hinteren Eingang hinaus in den Leichenwagen, der ihn zum Friedhof fuhr. Es gab keine Zeremonie am Grab. Danke und auf Wiedersehen.

Ich wandte mich Brad zu. Es war das erstemal seit Jeffs Tod, daß ich ihn nüchtern sah. Seine Augen waren gerötet, und er verströmte den seltsamen Geruch der Alkoholiker, die versuchen, ihre Sucht zu verbergen – ein intensiver Duft nach Seife auf einer Haut, die mit jeder einzelnen Pore Whiskydämpfe verströmte. Aisla, die neben ihm saß, beugte sich zu mir. »Ich verschwinde hier«, sagte sie.

»Wohin?« fragte ich.

»Nach Hause zu meinen Eltern. Ich bleibe nicht hier, um

zu enden wie Jeff.« Ailsa kam aus einer kleinen Stadt nahe der Grenze.

»Ist das dein Ernst?« fragte Brad. »Was ist mit der Band?«

»Wer tot ist, hat auch keine Band«, gab sie zurück. »Ich bleibe nicht hier.«

Brad sah mich verzweifelt an. Ich zuckte mit den Schultern. Was konnten wir tun? Ailsa hatte wahrscheinlich recht. Selbst Brad war wieder in das Haus seiner Eltern gezogen, weil er sich dort sicherer fühlte. Sie waren für ein paar Monate in Übersee.

»War es das?« Brad richtete die Frage an mich. »Ist alles vorbei?«

»Brad, wir müssen die Frage nicht hier und jetzt beantworten«, sagte ich.

»Wir würden sowieso niemanden für Jeff finden«, sagte Ailsa. »Er war unersetzlich.«

Eine kleine Menge hatte sich um uns versammelt. Ein Mädchen beugte sich vor und berührte mein Knie. »Lisa?«

Ich sah auf. »Ja?«

»Kannst du die für mich signieren?« fragte sie und hielt mir eine CD unter die Nase.

Ich war außer mir. Liam bewahrte mich davor, ihr den Kopf abzureißen, indem er sich vorbeugte und sagte: »Nicht jetzt. Bitte, es ist für uns alle sehr verstörend.«

Irgendwie hatte er den richtigen Ton getroffen, denn die Fans wandten sich ab und schlurften hinaus. Ich starrte auf die Stelle, wo sie gestanden hatten. Ich konnte mir nicht vorstellen, jemals wieder glücklich zu sein.

»Kommt«, sagte Brad.

Wir standen auf und traten hinaus in den eisigen Wind. Mein Atem bildete kleine Dampfwolken. Sofort bestürmte uns eine Horde Journalisten, die ihre Fragen bellten. »Was wird nun aus der Band?« – »Haben Sie irgendeine Vermutung über den Täter?« – »Wer ist Elizabeth?« – »Stimmt es, daß die meisten eurer Fans Satanisten sind?«

Liam schob sich mit dem Rücken zwischen mich und die neugierigen Kameras. Er war nervös wie ein neurotischer

Bombenexperte, weil seine Eltern in der Stadt waren. Was würden sie denken, wenn sie die neue Freundin ihres Sohnes im Fernsehen sahen, Journalisten mit Obszönitäten bombardierend? Es war schon schwer genug, sie über meine Rolle im letzten Fall im dunkeln zu lassen. Mittwoch sollte ich mit ihnen zu Abend essen – wir hatten es vor Jeffs Tod abgemacht –, und Liam versuchte verzweifelt, ihnen gegenüber so zu tun, als sei alles völlig normal. Der Zeitpunkt meines neuesten Dramas machte ihm schwer zu schaffen. Obwohl er regelrecht aufzublühen schien, wenn ich haltlos schluchzte, konnte er doch nur wenig Zeit mit mir verbringen, weil er sich von seiner Mutter tyrannisieren ließ. Ich hatte natürlich Verständnis. Vielleicht fühlte ich mich auch so leer und schwach, daß es mir egal war.

Wir gingen unter den Torbögen am Eingang der Leichenhalle hindurch zum Parkplatz. Schwere graue Wolken hingen am Himmel. Liam schloß die Wagentür für mich auf. Bevor ich einsteigen konnte, hielt Brad mich fest.

»Was wird jetzt aus der Band?« fragte er.

»Ich sagte doch, daß wir das nicht jetzt entscheiden sollten.«

Liam kam zu uns. »Brad, Lisa hat im Moment andere Sorgen.«

Ich warf ihm einen warnenden Blick zu. Brad starrte ihn voller Haß an. Ich strich ihm über die Schulter. »Ruf mich an«, sagte ich.

»Komm, Lisa.« Liam hielt mir die Beifahrertür auf. Dann wandte er sich noch einmal an Brad. Winzige Tropfen Eisregen fielen auf uns herab. »Es tut mir leid, Brad. Ich weiß, wie sehr Jeffs Tod dich mitgenommen hat. Lisa hat mir gesagt, daß ihr sehr gute Freunde wart.«

Ich bewunderte Brad dafür, daß er Liam nicht mit der Flut von Beschimpfungen überschüttete, die dieser zweifellos verdient hatte. Stumm schluckte er die beleidigenden Worte herunter und sagte lediglich mit zusammengebissenen Zähnen: »Du hast nicht die geringste Ahnung, was ich verloren habe.« Er nickte kurz und machte sich auf den Weg zu seinem Wagen.

Liam sah ihm nach und stieg ein. Er ließ den Motor an, und die Scheibenwischer begannen sich träge zu bewegen. Ich sah, wie Brad in seinen zerbeulten alten Wagen stieg. Mir wurde bewußt, daß der von Liam neu und glänzend war und daß Brad wohl nie einen neuen, glänzenden Wagen bekommen würde, weil die Band am Ende war. Er war bereits dabei, das alles zu erkennen – keine Tournee, kein Livid-Festival, keine neue CD. Ich konnte kaum den Blick von ihm abwenden, als wir den Parkplatz verließen und uns in den Verkehr einordneten.

Liam brachte mich in mein Hotelzimmer zurück und fuhr dann zur Arbeit, nicht ohne weitschweifige Erklärungen und mit schuldbewußtem Gesicht. Der Regen war heftiger geworden, und ich beobachtete die Rinnsale, die sich über die Fenster schlängelten. Der Verkehr unter mir floß stumm und in weiter Ferne dahin. Seit der schrecklichen Entdeckung, die Brad und ich gemacht hatten, war es das erstemal, daß ich mich ausruhen konnte. Ich mußte nicht mehr auf der Polizeiwache aussagen, ich mußte nicht mehr die Beerdigung organisieren oder Jeffs Mutter davon überzeugen, daß sie einen Teil ihrer mageren Ersparnisse dafür aufbringen sollte.

Die Heizung war zu hoch aufgedreht, und meine Haut fühlte sich trocken an und juckte, aber der Weg zu dem Thermostat an der Tür war mir zu weit. Ich schloß die Augen und versuchte, Ordnung in meinem Kopf zu schaffen. Der Fetzen einer Vision blitzte in der Dunkelheit auf. Ich saß am Eichenschreibtisch in Prestonvale, Bücher vor mir ausgebreitet, und der muffige, beklemmende Geruch senkte sich auf mich herab, begleitet von einem Gefühl, als würde ich fallen. Ich öffnete die Augen und schreckte hoch. Diese Fetzen tauchten immer häufiger auf; Augenblicke, in denen die Rückführung mich hinabzog und mich nur die reine Willenskraft zurückholte und im Zwanzigsten Jahrhundert hielt. Ich konzentrierte mich auf den Thermostat und beobachtete, wie der Zeiger langsam auf den blauen Abschnitt zuwanderte. Die trockene Hitze verebbte. Jetzt zitterte ich.

Ich lehnte meinen Kopf gegen die Fensterscheibe. Mein Atem zeichnete nebelhafte Schatten auf das Glas. Ich sah mein Spiegelbild – ein zerzaustes Mädchen mit Rändern unter den Augen, dem die Welt viel zuviel geworden war. Elf Uhr vormittags. Der Tag lag endlos und leer vor mir.

Liam hatte sich verändert, und auch wenn ich davon ausging, daß es nur für kurze Zeit war, so war ich doch enttäuscht. Auf der einen Seite hatte er sich großartig verhalten – er hatte das Zimmer und alle Mahlzeiten bezahlt, er hatte mir meine Sachen aus der Wohnung gebracht, er kam mit Büchern und Zeitschriften an –, aber kaum einmal blieb er länger als zwanzig Minuten. Dabei brauchte ich Gesellschaft, keine Konsumartikel.

Seit seine Eltern eingetroffen waren, hatten wir nicht einmal miteinander geschlafen, und obwohl ich mich selbst nicht besonders geil fühlte, machte es mir Sorgen, daß er sich so unterdrücken ließ. Er war achtundzwanzig, verdammt noch mal. Konnte er nicht er selbst sein, damit seine Eltern mitbekamen, wer ihr Sohn war? Dazu kam, daß ich mir Sorgen um Brad machte, Liam aber mehr und mehr darauf drängte, daß ich ihn nicht mehr sah. »Ich traue ihm nicht«, war seine Standarderklärung. Ich rief Brad jeden Tag an – morgens, bevor er anfing zu trinken –, um zu hören, wie es ihm ging. Er rief jeden Tag bei Numb Records an und versuchte sie davon zu überzeugen, daß sie uns Zeit lassen müßten, alles wieder auf die Reihe zu kriegen, aber sie schienen nicht mehr interessiert. Sie hielten die Sache offenbar für gegessen, und es sah nicht danach aus, als wollten sie uns einen neuen Vertrag geben. So schnell können Träume enden.

Ich selbst mußte immerzu an den Tod denken, an unterirdische Kammern und die Verwesung, der wir alle anheimfallen. Der Gedanke hüllte mich ein wie eine schmutzige Decke, ergriff von mir Besitz, weckte mich morgens um vier, versetzte mich in Panik, hielt mich davon ab, wieder einzuschlafen. Es kam mir vor, als verbrächte ich mein Leben damit, in dem Zimmer meines Luxushotels auf und ab zu gehen und an den modrigen, kalten Hauch des Grabes zu denken. Aber als Liam am Mittwoch auftauchte, um mich an das abendliche Essen mit seinen Eltern zu erinnern, wurde mir bewußt, daß ich so tun sollte, als sei alles in Ordnung.

»Hi«, sagte er, als er die Tür öffnete. Er umarmte mich, und ich klammerte mich förmlich an ihn, so sehr hungerte ich nach Gesellschaft und menschlicher Wärme. Er drückte mich einmal und ließ mich los.

»Ich habe keine Lust mehr, allein herumzuhocken, Liam«, sagte ich. »Wann fahren deine Eltern wieder nach Hause?«

»In einer Woche, hoffe ich«, entgegnete er und setzte sich aufs Bett. »Es tut mir leid, daß du so oft allein bist. Ich dachte, du wärst es gewohnt. Du hast doch immer allein gelebt.«

»Ich brauche jemanden, der mich ablenkt. Ich mache mir selber Angst.« Ich legte mich neben ihn aufs Bett und zog ihn zu mir, auf einen innigen Kuß hoffend. Nach ein paar Sekunden machte er sich frei und kauerte trübsinnig auf der Bettkante. Ich ließ meine Finger am Innensaum seiner Hose entlanggleiten. Er nahm meine Hand, küßte sie und legte sie sachte auf die Bettdecke.

»Hoffst du, daß deine Unberührtheit zurückkehrt, wenn du deine sexuellen Wünsche unterdrückst?« fragte ich. Ungeduld schlich sich in meine Stimme.

»Es tut mir leid, Lisa. Du machst dir keine Vorstellung, wie es bei uns zugeht. Ich muß vor jedem Essen mit meinen Eltern beten, sie haben mir eine lange und peinliche Vorlesung über außerehelichen Sex gehalten, und ihre Ablehnung ...« Er ließ die Schultern hängen. »Das macht mich ganz fertig.«

»Nun, ich möchte deine Probleme nicht noch vergrößern.«

»Und ich deine nicht. Halt noch die nächste Woche durch, und dann kannst du wieder bei mir einziehen. Du wirst bestimmt nicht mehr einsam sein.«

Ich nickte, spürte aber wieder dieses einschnürende Gefühl in der Brust, das mich bei der Aussicht auf diese Entscheidung überkam.

»Hat Inspektor Honeywell dich angerufen?« fragte er, wohl auch, um das Thema zu wechseln.

»Nein, er gibt sich etwas verschlossen. Aber das macht nichts. Ich habe gar nicht die Energie, mich um diese Dinge zu kümmern.«

»Fühlst du dich sicher?«

Ich zuckte mit den Schultern. »Ich denke schon. Gilbert weiß nicht, wo ich bin.«

»Weißt du, wo er ist?«

»Ich habe es nicht wieder versucht. Es hat sehr weh getan, das letztemal. Bitte, Liam, alles zu vergessen hat mir sehr gut getan. Nimm mir das nicht weg.«

Er klopfte mir auf den Schenkel. »Tut mir leid, aber ich muß jetzt zur Arbeit. Wenn Mum und Dad abgereist sind, kann ich mir freinehmen, hoffe ich, und dann fahren wir übers Wochenende weg. Jetzt hast du ja keine Verpflichtungen mit der Band mehr, die dich daran hindern.«

Seine Worte führten mich zu der Leere in mir. »Ja, vielleicht«, sagte ich. Ich fühlte nichts mehr.

Er stand auf und ging zur Tür, wo er sich noch einmal umdrehte. »Lisa, hast du was Warmes zum Anziehen für heute abend? Irgendwie wird es in der Wohnung nicht richtig warm.«

»Klar, kein Problem.«

Er blieb einen Augenblick stehen, und es sah aus, als wolle er etwas sagen.

»Was ist?« fragte ich.

»Nichts.«

»Nichts? Du willst doch was sagen. Du siehst aus wie ein Achtjähriger, der ein Geheimnis hat.«

»Es ist nur … du triffst meine Eltern ja zum erstenmal, und ich möchte, daß du einen guten Eindruck machst.«

Ich konnte nicht mehr. »Liam, mach dir keine Sorgen, ich habe ein paar halbwegs konservative Sachen. Ich werde dich schon nicht blamieren.« Der letzte Satz hatte mehr als nur ein wenig sarkastisch geklungen, und ich versuchte, das mit einem Lächeln zu verbergen. »Mach dir keine Sorgen.«

»Danke. Bis sieben dann. Es macht dir nichts aus, ein Taxi zu nehmen?«

»Überhaupt nicht.«

»Ich bezahle.«

»Nicht nötig.«

Er nickte. »Also bis heute abend. Und denk dran, dich warm einzupacken.«

Warm einpacken? Verwandelte Liam sich in meine Großmutter? Ich ließ mich aufs Bett fallen und bereitete mich auf einen weiteren Tag des An-die-Decke-Starrens vor.

Gegen halb sieben holte ich meine einzigen halbwegs normalen Sachen aus dem Kleiderschrank. Als ich mal kurz mit dem Gedanken gespielt hatte, mir einen richtigen Job zu suchen, hatte ich mir ein marineblaues Ensemble zugelegt, das ich nie getragen hatte. Es bestand aus einer eleganten Hose, einer weißen Chiffonbluse, einer marineblauen Weste und einer passenden Jacke. Ich kämmte mir die Haare, schminkte mir die Lippen und zog mich an, den Verdacht bekämpfend, daß ich lächerlich aussah. Die Jacke war mir zuviel; ich ließ sie weg. Schulterpolster konnte ich sowieso nicht leiden, darin sah man aus wie ein Footballspieler. Ich streifte meinen Mantel über, der ein bißchen abgedreht wirkte, aber den konnte ich ja ausziehen, bevor Liams Eltern mich in Augenschein nahmen. Ich hoffte, daß ich nicht so kaputt und ausgebrannt aussah, wie ich mich fühlte. Ich machte dieses Treffen nur Liam zuliebe mit, aber für ihn schien es einer der wichtigsten Abende seines Lebens zu sein. Tatsächlich kam ich mir vor wie kleines Mädchen, das sich die Kleider der Mutter angezogen hat, als ich die Tür meines Hotelzimmers abschloß und ins Foyer ging, um ein Taxi zu bestellen.

Es nieselte, so wie beim erstenmal, als ich Liam besucht hatte. Der Taxifahrer bog in die nette Vorortstraße ein, und ich hatte ein sehr beunruhigendes Déjà-vu-Gefühl. Dieses Mal kam mir die Vorstellung vom trauten Heim jedoch weniger anziehend vor. Ich bezahlte den Fahrer und ging auf das Haus zu, wo Liam mich bereits vor der Eingangstür erwartete. Er umarmte mich kurz und sagte im Flüsterton: »Sie sind in ihrem Zimmer. Ich wollte vorher mit dir reden.«

»Was ist los?« Wir gingen hinein und blieben im Flur stehen.

»Heute habe ich gehört, wie Inspektor Honeywell mit einem der Beamten gesprochen hat. Sie haben am Tatort nicht die geringste Spur gefunden, die dazu führen könnte, Jeffs Mörder zu identifizieren.«

»Nichts? Er hat den Namen Elizabeth mit Blut an die Wand gemalt, verdammte Scheiße. Du meinst, sie konnten nichts damit anfangen?«

Er blickte nervös über die Schulter.

»Es tut mir leid, Lisa. Ich weiß, du hast gehofft, daß alles bald vorbei sein würde ...«

»O Gott, was ist, wenn sie ihn nie finden? Was ist, wenn er mich zuerst findet?« Meine Stimme überschlug sich, und ich mußte tief Luft holen. Wie sollte ich jetzt die traurige Charade der netten Freundin spielen?

Er strich mir übers Haar, und in seinen dunkelbraunen Augen sah ich das Mitleid. Es war so schön, wenn er mich bemitleidete. Ich schob seine Hand weg, und er half mir aus dem Mantel. »Ich werde später darüber nachdenken. Jetzt kommt es darauf an, einen guten Eindruck auf deine Eltern zu machen«, sagte ich voller Zorn darüber, daß ich das tun mußte.

»Es tut mir leid wegen des Zeitpunkts, Lisa.«

»Es ist nicht deine Schuld.« Er hielt noch immer meinen Mantel, und ich merkte, daß er auf meinen linken Arm starrte.

»Kannst du den Mantel nicht anbehalten?«

»Was? Warum?«

»Man kann durch deine Bluse sehen.«

»Ich trage eine Weste darüber. Sie können meine Titten nicht sehen. Mach halblang, Liam.«

Er wedelte nervös mit der Hand und sagte leise: »Deine Tätowierung. Man erkennt sie durch den Stoff.«

Mein beschissenes Tattoo. Das also bedeutete, ›zieh dir was Warmes an‹. »Mein Gott, ich kann nicht glauben, daß du mir das antust.«

Er versuchte, mir den Mantel wieder anzuziehen. »Das macht es einfach leichter. Bitte.«

»Scheiße. Willst du ein leichtes Leben oder ein ehrliches Leben?«

»Bitte, nicht so laut.«

Ich machte mich los. »Nein, so laut rede ich nun mal, und ich werde meinen Arm auch nicht bedecken. Sie werden es nicht bemerken.«

»Doch, das werden sie. Mutter bestimmt. Sie bemerkt alles. Sie wird dich beobachten wie ein Habicht.«

»Liam …« Ich fuhr mir mit der Hand durchs Haar, nur damit Liam es sofort wieder glattstrich. Ein zorniger Schluchzer steckte in meiner Kehle fest. »Liam, bitte, das hier wird die Hölle für mich.«

»Dann zieh einfach den Mantel an.«

Mein Blut begann langsam zu kochen. »Nein, das werde ich nicht.«

Eine weibliche Stimme erklang aus dem Haus. »Liam, wo bist du? Ist sie schon da?«

»Das ist Mutter«, zischte er.

»Gut, aber sie soll mich so kennenlernen, wie ich bin.«

»Warum tust du mir das an?«

»Weil Brad recht hat. Du bist ein beschissenes Muttersöhnchen. Warum wirst du nicht erwachsen und stellst dich ihnen?« Ich hatte nicht bemerkt, wie laut ich sprach. Liams Mutter kam ins Wohnzimmer und spähte mißbilligend in den Flur.

»Ist das Lisa? Ist sie das?«

Liam drehte sich um. »Mum, ich …«

»Nein, ich bin bei der falschen Adresse«, sagte ich mit einem Knicks. »Ich bin eine Nutte, bin aber fürs Haus nebenan gebucht, nicht hier.«

Liams Blick ähnelte dem Zentrum eines Wirbelsturms. Ich nahm meinen Mantel. »Einen schönen Abend, Junge mit dem Taschentuch«, sagte ich. Mein Herz schlug mir bis zum Hals. Ich hätte erwartet, daß er mir nachkommen würde und ging die Hausstufen hinab. Den Weg entlang. Auf die Straße. Als ich mich umdrehte, hatte er die Tür geschlossen. Ich war allein. Wieder einmal.

Verdrossen schlenderte ich die Hauptstraße hinunter, wo ich an der nächsten Haltestelle einen Bus in die Stadt nehmen wollte. Der Geruch von nassem Asphalt lag schwer in der Luft, und in den flachen Pfützen auf der Straße spiegelte sich das Licht der Straßenlaternen. Ich setzte mich in ein Wartehäuschen der Buslinie 67, die mich bis nahe zu meinem Hotel bringen würde. Gegen die Rückwand des Häuschens gelehnt, zog ich mir den Mantel fest um die Schultern. Die Lichter der Stadt färbten die Wolken rosa. Ab und zu fuhr ein Wagen vorbei. Wasser spritzte hoch.

»Elizabeth!«

Ich fuhr hoch und sah mich um. Es war eine Frauenstimme gewesen, ein Schmerzensschrei. Ich sah niemanden, und es dauerte wohl fünf Sekunden, bis mir einfiel, daß ich nicht Elizabeth, sondern Lisa war. Ich sprang auf und lief hin und her. Ich wollte nicht untergehen. Halt dich fest, halt dich fest. Einen Fuß vor den anderen setzen …

»Elisabeth! Es tut weh, es tut weh!«

Die Stimme kam gleichzeitig von überall und nirgendwo her. Ich legte die Hände auf die Ohren. »Hört auf!« schrie ich ins Nichts. Ein Windstoß schüttelte die Zweige eines Baumes neben mir und duschte mich mit kalten Tropfen. Als ein Taxi vorbeifuhr, sprang ich auf und winkte, bis ich sah, daß schon ein Fahrgast auf dem Rücksitz saß, warm und trocken.

»Ich kann nicht, Elizabeth, ich kann nicht.« Die Stimme wurde leiser. Ich biß die Zähne zusammen, als könne die physische Anstrengung Elizabeth irgendwie aus meinem Kopf vertreiben. Mein Herz schlug langsamer. Die Dinge normalisierten sich. Die Dunkelheit der Vorstädte hatte mich wieder. In der Ferne tauchte knatternd ein Bus auf. Ich trat an den Bordstein und winkte.

Meine Fahrkarte paßte nicht in den Automaten, weil sie

zu zerknittert war, und so fischte ich zwei Dollar aus meiner Tasche und bezahlte beim Fahrer. Mit einem Ruck fuhr der Bus an, und ich ging nach hinten durch. Ein unrasierter Mann in einem Overall ignorierte mich, eine Frau mittleren Alters mit einem grünen Häkelhut sah mich ungeniert an, bevor sie sich wieder ihrem Magazin widmete. Wir waren die einzigen Fahrgäste. Der Bus roch nach Diesel, Schmutz und altem Essen. Dunkle Wasserstreifen, die von den Regenschirmen getropft waren, liefen in Zickzacklinien über den Boden. Ich setzte mich auf das verschlissene Polster der vorletzten Bank und lehnte den Kopf ans Fenster.

Der Busfahrer hatte das Radio angestellt, einen Sender, der Hits der Sixties und Seventies spielte, und die Byrds gingen in The Mamas And The Papas über. Der Empfang war jedoch schlecht, dauernd schwankte die Lautstärke, oder die Musik verstummt für kurze Zeit. Ich ließ die Vorstädte an mir vorbeigleiten.

»O Gott, Elizabeth! Vater! Elizabeth, hol Vater, ich sterbe!«

Ich umklammerte die glatte Eisenstange neben mir. Es war Mirabels Stimme, die aus der Dunkelheit kam. Im Radio lief ›Stairway to Heaven‹, mit Rauschen durchsetzt. Eine dösige Trägheit machte sich in mir breit. Ich kam nicht dagegen an. Ich hatte das Gefühl, ich solle nachgeben. Etwas Warmes, Schweres drückte mich nach unten, unwiderstehlich.

Mühsam zwang ich mich, aufzustehen. Sofort glitt ich auf dem nassen Boden aus und fiel mit Schwung auf den Hintern. »Haben Sie sich weh getan?« rief der Busfahrer nach hinten.

Ich rappelte mich auf. Der Schmerz hatte mich wieder in die Wirklichkeit gebracht. »Nein, alles in Ordnung. Ich bin nur ausgerutscht.«

Ich setzte mich wieder und sah aus dem Fenster. Wir kamen in die Innenstadt, fuhren unter einer Freeway-Überführung hindurch. Hohe Gebäude ragten glitzernd in die Dunkelheit empor. Die Leute, die in die Restaurants und Kneipen eilten, schützten sich mit ihren Regenschirmen vor dem Niederschlag. Es schien, als treibe die ganze Welt voran, nur ohne mich. Ich sehnte mich so sehr nach Gesellschaft, daß es mir weh tat. Die Busbeleuchtung kam mir besonders grell und grausam vor.

Kurz entschlossen griff ich nach oben und drückte den Halteknopf. Es waren noch ein paar Haltestellen bis zum Hotel, aber ich hatte eine Taxihaltestelle mit fünf wartenden Wagen gesehen. Ich konnte den Gedanken nicht ertragen, jetzt allein auf meinem Zimmer zu hocken. Der Busfahrer hielt an und ließ mich raus. Schmerzen. Ich hatte mir beim Hinfallen doch ziemlich weh getan. Keine Stimmen, aber ich wollte sie durch mein Alleinsein auch nicht einladen. Schnell stieg ich in das warme Taxi und nannte dem Fahrer die Adresse von Brads Eltern. Ich hoffte nur, daß er zu Hause war.

Es war so lange her, seit ich dort gewesen war, daß ich dem Fahrer die falsche Hausnummer nannte und er mich vor Nummer vierundzwanzig absetzte und nicht vor vierunddreißig. Ich bemerkte meinen Fehler und tappte die Straße entlang. Mittlerweile regnete es in Strömen, und ich zog den Mantelkragen so hoch es ging. Vor dem Haus parkten Autos, drinnen war es hell, und Musik dröhnte. Zumindest war er zu Hause, aber offensichtlich hatte er Besuch.

Einige Augenblicke stand ich auf dem Bürgersteig und sammelte meine Gedanken. Ich wußte nicht, was ich tat. Ich suchte einfach nur Nähe, physischen Trost, um die Stimmen aus meinem Kopf zu verbannen. In meinem Inneren schien alles zu taumeln, und ich fühlte mich einsam und von der Welt ausgeschlossen, als sei ich ein Teil der Nacht, Teil eines dunklen Miasmas – das von den Lichtern und der lauten Musik vielleicht vertrieben werden konnte. Aber welches Recht hatte ich, meine Dunkelheit mit auf Brads Party zu bringen?

Doch hier auf der Straße wurde ich nur naß, also hatte ich keine Wahl. Ich ging zur Haustür und stieß sie auf. Der betäubende Duft von Haschisch schlug mir entgegen. Ich zog meinen Mantel aus und hing ihn über einen Kleiderhaken. Das Haus war voll von Fans. Einige von ihnen begrüßten mich lautstark. Brad saß auf dem Sofa und starrte auf den Fernseher, der mit abgedrehtem Ton lief. Die Party fand ohne ihn statt. Neben ihm saß ein Mädchen mit schwarzem, zerlaufenem Augen-Make-up. Sie hatte eine Hand zwischen seine Oberschenkel gesteckt. Ich stellte mich vor den Fernseher.

»Lisa?« murmelte Brad überrascht, schob das Mädchen zur Seite und zog mich zu sich auf das Sofa. Sie stand auf und schwankte unsicher in die Küche.

»Was machst du hier?« fragte er mich.

»Feierst du?«

Er deutete mit einer fast nonchalanten Geste um sich. »So ist es hier fast jeden Abend. Ich will nicht allein sein, aber langsam kotzt es mich an. Hübsches Outfit.«

Ich beugte mich vor und schnupperte. Keine Spur von Alkohol oder Hasch. »Du bist nüchtern«, sagte ich.

»Ja, das hat mich auch angekotzt. Jemand holt mir gerade eine Flasche Bourbon, aber ich weiß nicht, wieviel Alkohol ich noch in mich reinschütten kann, ohne ein wichtiges inneres Organ endgültig zu ruinieren.«

»Jedenfalls bin ich jetzt hier. Du bist nicht mehr allein.«

Er sah mich lange an. Das flackernde Fernsehlicht spiegelte sich in seinen Augen wider. »Wo ist der Junge mit dem Taschentuch heute abend?«

»Er speist im Club Jesu.«

Brad verkniff sich ein Lächeln. »Hört sich an, als seien die Flitterwochen vorbei.«

Ich spürte, wie mein Kiefer zitterte. »Liam fährt auf meine Hilflosigkeit ab. Wenn ich ein bißchen Mut zeige, wird er nervös. Das ist mir unheimlich.«

Er nickte bedächtig, ohne den Blick von mir abzuwenden. Ohne Vorwarnung beugte er sich vor und küßte mich heftig auf den Mund. Ich wurde zuerst steif wie ein Brett, dann schmolz ich dahin.

»Das gefällt mir«, flüsterte er in mein Ohr, während er meinen Hals mit zarten Küssen bedeckte. »Ergib dich.«

»Brad ...« Das war das einzige, was meinen Lippen entschlüpfte, bevor er sie wieder mit einem Kuß versiegelte. Ich fuhr mit den Fingern durch sein Haar. Ein hilfloses Stöhnen drang aus jeder Pore meines Körpers. Er schlang seinen Arm um mich und schob mich nach hinten. Die Musik hörte auf, und jemand legte eine neue CD ein. Die Smashing Pumpkins explodierten aus den Lautsprechern, während Brad mich noch immer küßte und ich ihn nicht aufhielt. Sein Mund hatte das leichte Tang-Aroma von Tabak. Mir wurde von der Hüfte abwärts warm, alles schien sich wirbelnd aufzulösen, meine Haut vor allem. Plötzlich wurde mir klar, daß wir ein Publikum hatten, und ich stieß Brad von mir. Das Mädchen, mit dem er zusammengesessen hatte, starrte uns ärgerlich an.

»Brad?« sagte sie.

»Geh weg.« Er stand auf und zog mich hoch. »Geht alle weg.« Er hatte die Hand um meine Taille gelegt, und seine Hand strich über die Seite meines Busens. Ich schmiegte mich an ihn. Was, zum Teufel, war mit mir los?

Er nahm meine Hand und führte mich zur Treppe. »Kommst du nach oben?« fragte er. Es war wohl der unromantischste Antrag, den man mir je gemacht hatte, aber auch der unwiderstehlichste. Die Musik dröhnte noch immer, als er mit mir zu einem der oberen Zimmer ging. Er schloß die Tür hinter uns, drückte mich dagegen und knöpfte meine Weste auf, während er mich küßte. Dann zog er mir die Bluse aus der Hose, griff darunter und legte mir die Hände auf die Brüste. Ich fühlte mich wie eine Marionette. Er trat einen Schritt zurück und sah mich an. »Das wird gut werden«, sagte er.

Er brachte mich zum Bett, und wir setzten uns. Meine Augen gewöhnten sich an das Dämmerlicht. »Das hier war mein Kinderzimmer, als ich ein kleiner Knirps war«, sagte er im Plauderton, während er seine Schuhe abstreifte und seine Jeans auszog. »Siehst du, *Krieg-der-Sterne*-Tapeten.«

Ich starrte angestrengt auf die Wand und konnte ein paar Lichtschwerter und Tie-Fighter ausmachen, während ich mich herabbeugte, um meine Schuhe aufzubinden und sie unters Bett zu schieben. Brad als kleiner Junge? Das konnte ich mir kaum vorstellen. Jetzt war er für mich nur Mann.

»Hattest du schon jemals Sex in diesem Zimmer?« fragte ich lächelnd.

»Nein, aber ich habe viel daran gedacht; ich habe sehr viel daran gedacht in diesem Zimmer.« Er zog das Hemd aus und löste sein Haar. Die Art, wie es sanft auf seinen Rücken fiel, ließ einen Schauder der Erwartung durch mich rieseln. Er wandte sich mir zu. »Weißt du, was du tust?« fragte er und strich mir die Haare aus dem Gesicht.

»Ja, ich weiß, was ich tue.«

»Was ist mit Liam?«

»Erwähne bitte nicht einmal seinen Namen. Laß mich einfach eine Weile so tun, als existiere er nicht. Das macht es mir viel leichter, ihn zu betrügen.«

»Nun, wir wollen, daß es leicht wird, nicht wahr?« Er zog mir die Bluse über den Kopf, hakte meinen BH auf und vergrub sein Gesicht zwischen meinen Brüsten.

»Soll ich das Licht anmachen?« fragte ich leise und strich ihm übers Haar.

»Nein. Ich glaube, verglichen mit dem letztenmal, als wir es getan haben, sehen wir ein bißchen mitgenommener aus.«

»Ich kann mich an das erstemal eigentlich gar nicht erinnern. Du?«

»Ich erinnere mich sowieso nur an wenig. Es ist lange her.« Er schob mich auf das Bett und begann, meine Hose aufzuknöpfen. Die Bettdecke roch alt und muffig. Als ich mich aus meinen restlichen Sachen schälte, lief ein Zittern durch meinen Körper.

»Kalt?« fragte er.

»Nein. Nervös, ich bin nervös.«

»Ich erinnere mich an deine Haut«, sagte er und zog mit dem Finger feine Bögen über meinen Bauch. »Ganz blaß und weich. Ich habe nie mehr ein Mädchen mit einer solchen Haut gesehen.«

»Du hast mir einen Gefallen getan. Ich versuchte verzweifelt, meine Unschuld loszuwerden.«

Er küßte mich noch einmal, dann stand er auf, zog sich ganz aus und legte sich neben mich. Seine Haut war glatt und warm. Ich fuhr mit den Lippen über seinen Nacken und seine Schultern, den rechten Arm hinab, auf der Suche nach dem Gegenstück meiner Tätowierung. Langsam leckte ich darüber. Eine seiner Hände glitt zwischen meine Beine. Ich schnappte nach Luft.

»Ich weiß nicht, warum ich dir das erlaube«, sagte ich.

»Ich auch nicht.« Er rollte herum und lag halb auf mir, saugte an einer meiner Brustwarzen. Ich glaubte, vor Erregung zu explodieren. Mein Innerstes sehnte sich nach ihm. Langsam brachte er mich dem Höhepunkt immer näher, bevor er sich im letzten Augenblick zurückzog und mich atemlos liegenließ.

»Ein letztes Mal«, sagte er. »Bist du dir sicher?«

»Ich bin mir sicher.«

»Dann sag es.«

»Das habe ich gerade getan. Ich bin mir sicher.«

Er schüttelte im Dunkeln den Kopf. Seine Haare kitzelten mein Gesicht. »Nein. Sag ›Fick mich, Brad‹.«

Ich kicherte. »Ich wußte doch, daß irgendwo ein Haken ist.«

»Mach schon, sag es.«

»Fick mich, Brad«, sagte ich mit tiefer Stimme.

»Im Ernst?«

Ich zog ihn auf mich und stöhnte mit meiner besten Porno-Stimme: »Fick mich, Brad, fick mich.« Wir brachen in unbändiges Gelächter aus. Schließlich hörte er auf zu lachen, lag nur da und sah mich an. Er legte eine Hand auf meine Wange.

»Ich liebe dich, Lisa.«

Ich seufzte. »Nein, das tust du nicht, du glaubst nur, daß du es tust.«

»Ich weiß, daß ich es tue.« Er schob meine Beine auseinander, und ich schlang sie um seinen Rücken und half ihm zu mir. Er gab einen Laut von sich, ein Seufzen, als würde er sterben.

»Ich habe so lange gewartet«, sagte er.

Ich antwortete nicht, sondern verbarg mein Gesicht an seiner Schulter und wartete darauf, daß der Zauber einsetzte.

»Elizabeth!«

Ich erstarrte. Nicht jetzt, nicht jetzt.

»Was ist los?« fragte Brad.

»Ich …«

»Elizabeth!« Der Name echote in meinem Kopf, ein helles Summen bohrte sich in meine Ohren.

»Nein!« rief ich.

Brad wich zurück. »Was hast du? Lisa?«

»Brad …« Ich streckte die Hand nach ihm aus, aber er schien Kilometer entfernt.

»Elizabeth, es tut weh, ich kann es nicht, Elizabeth!«

»Lisa?«

Das Zimmer drehte sich um mich. Zeit, erneut hinabzusteigen.

26. Kapitel

Draußen Frühling, drinnen Hölle. Mirabel hatte sich entschlossen, eine der längsten und schwierigsten Geburten der Welt zu haben. Seit dem Morgengrauen hatte ich in ihrer Kammer gesessen und ihre Schmerzensschreie mitangehört. Draußen hatte sich die Sonne über dem ersten warmen und klaren Apriltag erhoben, und ich sehnte mich danach, am Fluß entlangzugehen – zu beobachten, wie das Licht auf den Wellen glitzerte und funkelte, und zu spüren, wie warm und frisch die Luft war. Aber ich mußte bei ihr bleiben, ich war gefangen. Ein Hebamme war aus dem Dorf gekommen, um uns zu helfen. Sie hieß Caroline und war ein schweigsames Weib mit einem groben Gesicht, gekleidet wie eine Puritanerin. Immer wieder mahnte sie Mirabel, daß die Geburtswehen eine direkte Folge der Erbsünde Evas im Garten Eden wären und daß Frauen nur durch schmerzhafte Sühne vermeiden konnten, in der Hölle zu schmoren. Mirabel fürchtete Schmerzen, und die Vorstellung, daß es nur einen Weg gab, auf dem das Kind auf die Welt kommen konnte, versetzte sie in Panik. Jetzt kam noch die Angst vor ewiger Verdammnis hinzu, da sie wußte, daß sie auf unnatürliche Weise empfangen hatte. Mir war all dies klar, da ich den ganzen Vormittag ihre kleine, schweißnasse Hand gehalten hatte. Aus Langeweile hatte ich mich in ihre Gedanken eingeschaltet. Jetzt wußte ich mit Sicherheit, daß Mirabel ein Mädchen von simplen Geistesgaben war, aber in mancherlei Hinsicht beneidete ich sie um ihren Mangel an Tiefe.

Mirabel sah Caroline nie an, sondern sprach immer nur mit mir. Manchmal, wenn die Wehen besonders heftig wurden, glaubte sie sterben zu müssen und verlangte nach ihrem Vater, aber dann gingen die Schmerzen vorbei, und sie sank auf ihre Kissen zurück, die Stirn schweißüberströmt, die Augen schreckhaft weit aufgerissen. Wie auch sonst versuchte sie so viel Mitleid zu erheischen, wie es ihr möglich war, und jammerte in einem fort darüber, wie sehr sie leiden müsse. Sie hielt sich wahrscheinlich für die einzige Frau, der je etwas Derartiges widerfahren war, auch wenn die Bevölkerungszahl unseres Landes etwas anderes aussagte.

Die Sonne ging unter, und die Schatten wurden lang und dünn, als das Kind sich endlich zeigte. Ich entzündete gerade eine Lampe, als Mirabel einen entsetzlichen Schrei ausstieß und Caroline mich herbeirief. Ich eilte zum Bett und ergriff Mirabels Hand. Caroline hatte Mirabels Hemd hochgezogen und frische Leinentücher unter ihr ausgebreitet. Eine gelbliche, von Blutfäden durchzogene Flüssigkeit spritzte zwischen Mirabels Beinen hervor. Sie heulte vor Schmerzen und versuchte, ihre Beine breiter zu machen, doch die Hüftgelenke hinderten sie daran. Sie sah selbst aus wie ein Kind, dünn und blaß, mit spärlichem, weichem Schamhaar. Ständig kreischte sie unverständliches Zeug, während Caroline sich über sie beugte und mit sachlicher Stimme sagte: »Wir können den Kopf sehen.« Offensichtlich hatte für sie das Wunder der Geburt schon lange seine Faszination eingebüßt.

Es schien ewig zu dauern, den Kopf des Babys herauszuziehen, bis Mirabel mir ins Ohr keuchte: »Kannst du mich nicht mit einem deiner Zauber gegen Schmerz belegen?«

Caroline sah mich mit einer Mischung aus Furcht und Abscheu an.

»Sie redet wirr«, sagte ich ruhig zu ihr.

Caroline murmelte ein Gebet und wandte sich wieder dem Kind zu. Blut sickerte in das Leinen, und ich wußte, daß Mirabels weiches Fleisch gedehnt und zerrissen wurde. Meine eigene Haut brannte vor Mitleid. Mit einer wilden Zuckung und einem Schauder des Schmerzes preßte Mirabel das Kind in die Welt, und Amelia Mary Lewis war geboren.

Meine Aufregung und die Stärke meiner Gefühle überraschten mich selbst. Ich war den Tränen nahe, als ich auf den Flur lief und nach Onkel Tom rief. Er kam mir auf der Treppe entgegen.

»Was ist? Ist alles in Ordnung?« Meine Rufe hatten ihn erschreckt.

»Ja. Ja.« Ich brach in Tränen aus und faßte ihn um die Taille. »Es ist ein kleines Mädchen, ein wunderschönes kleines Mädchen. Onkel Tom, du hast eine Enkelin.«

Er drückte mich, aber ich sah ihm an, daß er enttäuscht war. Es schien, als würde es immer schwieriger für ihn, einen männlichen Erben zu bekommen.

»Das nächstemal«, sagte ich sanft.

Er küßte mich auf den Kopf. »Sicherlich. Ich freue mich auch über eine Enkelin. Besonders wenn sie ihrer Cousine Elizabeth auch nur ein wenig ähnelt.«

»Komm«, sagte ich und nahm ihn bei der Hand. »Sehen wir nach, ob sie schon Besucher empfängt.«

Wir stiegen die Stufen hinauf. Ich öffnete die Tür einen Spaltbreit und sah, daß Caroline die Decken über Mirabels erschöpftem kleinem Körper zurechtzog. Sie hatte ihr das Baby schon in die Arme gelegt, es war gewaschen und in frisches Leinen gehüllt. Ich schob die Tür ganz auf und winkte Onkel Tom. Wir näherten uns dem Bett, und Mirabel schaute entkräftet zu uns hinauf.

»Vater«, sagte sie.

Er beugte sich über sie und küßte sie auf die Wange. »Mein liebes Mädchen. Wie fühlst du dich?«

»Wund und müde«, sagte sie mit dem üblichen Schmollton. »Wo ist mein Mann? Warum ist er nicht hier? Hol ihn, Elizabeth, hol ihn sofort her.«

Onkel Tom sah mich an. »Würde es dir etwas ausmachen, Elizabeth?« In den Monaten seit Master Gales Tod war deutlich geworden, daß Gilbert und ich nicht mehr miteinander auskamen. Wir versuchten, uns aus dem Weg zu gehen. Onkel Tom war sehr geduldig gewesen und hatte kaum Fragen gestellt.

»Natürlich hole ich ihn«, sagte ich großzügig, beugte mich über das kleine Kind und gab ihm einen Kuß auf die Nase. Es hustete und fing an zu schreien. Ich ging nach unten und suchte Gilbert.

Nachdem ich in einigen der unteren Räume nachgesehen hatte, lief ich mit Unbehagen zur Zauberkate, mit der ich nichts mehr zu tun haben wollte. Gilbert verbrachte noch immer einen Großteil seiner Zeit dort, hauptsächlich um Mirabel und ihrem ständigen Maulen zu entfliehen, das proportional zu ihrem Bauch zugenommen hatte.

Zögernd stieß ich die Tür auf und rief seinen Namen.

»Ich bin hier.«

Er saß im Hinterzimmer, wo er mit blauer Tinte Symbole in sein Lederbuch zeichnete. Ich stand hinter ihm und wartete, beobachtete, wie sicher er die verschlungenen Kreise und Bögen zog. Schließlich sagte er, ohne mich anzusehen: »Du bist sicherlich gekommen, um mir zu sagen, daß ich Vater geworden bin.«

»Ja«, antwortete ich. »Ein wunderschönes Mädchen. Mirabel hat es Amelia getauft.«

Er ließ seinen Stift fallen und drehte sich zu mir um. »Mirabel hat es getauft? Habe ich als Vater keine Rechte? Ist es nicht an mir, einen Namen zu wählen?«

»Sie sagt, du hättest ihr mitgeteilt, dich nicht mit dem Kind abgeben zu wollen.«

»Vielleicht möchte ich das Mädchen Beelzebub oder

Astaroth oder Belial nennen.« Ein Lächeln kräuselte seine Lippen. »Was hältst du davon, Elizabeth?«

»Ich halte dich für ekelhaft und böse.«

Er erhob sich und stand gleich darauf dicht vor mir, mich überragend. »Hast du keine Angst, hier allein mit mir zu sein?«

»Nein, warum?«

»Weil du mehr als jeder andere weißt, wozu ich fähig bin.«

Er versuchte offenbar, mich zu verunsichern. Ich ignorierte seine Bemerkung. »Kommst du jetzt ins Haus, zu deiner Frau?«

Er schnaubte empört. »Meine Frau? Sie ist praktisch eine Fremde für mich.«

»Du mußt kommen. Tu es für Onkel Tom.«

»Natürlich, für Onkel Tom.« Er umfaßte meine Taille, und fast wäre ich in seine Arme gesunken. Noch immer übte er etwas von seiner magnetischen Anziehungskraft aus, und, Gott steh mir bei, ich hatte nie aufgehört, ihn zu lieben.

»Nimm die Hände weg, Gilbert«, sagte ich nicht ohne Anstrengung.

»Soll ich wirklich?«

»Ja. Du bist häßlich und böse. Ich verachte dich.«

Eine Zorneswolke zog über sein Gesicht. Er griff in eine Schüssel mit getrockneten Pflanzen, die hinter ihm stand, und warf eine Handvoll davon gegen meinen Bauch, wobei er tiefe, kehlige Laute murmelte. Erschrocken wich ich zurück, und er eilte an mir vorbei zum Haus. Ich wischte mir das trockene Zeug vom Kleid und folgte ihm.

Auf der Hälfte der Treppe schoß Schmerz wie ein Blitz durch meinen Magen. Ich krümmte mich und stützte mich auf den Stufen ab. Ein weiterer Blitz durchzuckte mich. Ich preßte die Hand auf den Bauch. Er hatte mich mit irgendeinem Zauber belegt, aber meine Schmerzen wurden noch von meinem Zorn übertroffen. Da er in Mirabels Zimmer verschwunden war, blieb mir nichts übrig, als mich aufzurappeln, in mein Zimmer zu schleppen und hinzulegen. Der Schmerz ließ nicht mehr nach, und ich mußte mir auf die Zunge beißen, um nicht laut aufzuschreien. Im Haus herrschte so große Aufregung über die Ankunft des Babys, daß niemandem meine Abwesenheit auffiel. Zwei Stunden lag ich auf dem Bett, während mir der Schweiß aus allen Poren strömte. Ich versuchte, meinen Atem und die Angst zu kontrollieren. Sicherlich würde er mich nicht auf diese Weise töten wollen … Der Schmerz schien zu wandern, in die unteren Regionen meines Körpers. Ich hätte niemals allein zu ihm gehen dürfen. Er war gefährlich. Und obwohl er stets über die verrückten alten Jungfern und ihre billigen Kunststücke gespottet hatte, schien er diese elitären Ideale im Augenblick der Wut vergessen zu haben.

Nach Stunden des Schmerzes mußte ich auf den Abort, wo ich unter Qualen eine Handvoll kratzender Zweige, stacheliger Blätter und puderigen Drecks ausschied. Damit verschwand auch der Schmerz und hinterließ nichts als bitteren Zorn und einen kindischen Rachedurst. Wie immer hatte Gilbert es geschafft, die primitivsten Gefühle in mir zu wecken. Ich schlich mich in die Küche und spähte an der Hintertür zur Kate hinaus. Ein schwacher Schein erhellte das Seitenfenster; offenbar war er dort. Schnell suchte ich nach dem Sack mit Reis und nahm eine Handvoll heraus. Dann lief ich über das taufeuchte Gras und stieß sachte die Tür der Kate auf.

So leise wie möglich ging ich hinein, stieg über die Matratze hinweg, die noch immer vor dem Kamin lag, und schlich vorbei an den Malutensilien, die wir nie benutzt hatten, in das Hinterzimmer.

Er war nicht da. Eine Lampe brannte, aber von ihm keine Spur. Sein *Liber Omnis Scientiae* lag aufgeschlagen auf der Bank.

Ich betrachtete die Reiskörner in meiner Hand, dann wieder das Buch. Das nicht für die Augen anderer bestimmt war. Und warum das? Wenn er alles über mich und meine Hexerei wußte, warum hatte ich dann noch immer keinen Beweis dafür, daß er die gleichen Opfer gebracht hatte wie ich? Ich beugte mich über das Buch. Die aufgeschlagenen Seiten waren mit Zahlen bedeckt. Ich blätterte um, als ein schrecklicher Schrei in meinen Ohren erklang. Ich schrak zurück.

Um mich schauend versuchte ich herauszufinden, woher der Schrei gekommen war, sah aber nichts. Dann ein plötzlicher Windhauch, fast so, als würden unsichtbare Flügel schlagen, und ich glaubte, winzige Klauen in meinen Haaren zu spüren. Etwas griff mich an. Erneut ertönte der Schrei, und ich hielt mir die Ohren zu, um ihn abzublocken. Ich stolperte rückwärts aus dem Zimmer, und sofort endete die Attacke. Als ich noch einen Blick auf das Buch warf, schloß es sich mit einem dumpfen Schlag. Gilbert hatte Maßnahmen ergriffen, damit niemand sah, was er schrieb.

Gerade als ich die Kate verlassen wollte, trat Gilbert zur Vordertür herein.

»Was machst du hier?« fragte er. Vielleicht hatte er eine Warnung erhalten, daß sich jemand in seine Angelegenheiten einmischte.

Ich hielt den Reis in der Faust, die ich an die Brust preßte, und spürte, wie mein Herz schneller schlug. Meine Nerven stählend, murmelte ich eine Beschwörung, breitete die Hand aus und blies den Reis auf Gilbert. Wie auf einem Luftkissen segelten die Körner durch die Luft und trafen ihn. Einen Augenblick lang schien er völlig verwirrt, und ich nutzte die Gelegenheit, mich an ihm vorbeizuducken und zum Haus zu laufen.

»Elizabeth!« brüllte er. Ich sah mich nicht um.

Am nächsten Morgen besuchte ich Mirabel. Caroline war nach Hause gegangen, so daß ich etwas ungezwungener und ohne daß die frömmlerische Hebamme jedem meiner Worte mißtrauisch lauschte, mit meiner Cousine sprechen konnte. Mirabel schien guter Dinge, auch wenn sie noch immer über Müdigkeit klagte. Ich schaukelte Amelia in meinem Schoß.

»Du mußt ihr eine gute Erziehung zukommen lassen,

Mirabel«, sagte ich. »Wenn du willst, daß sie eine Chance im Leben hat, braucht sie eine sorgfältige Ausbildung.«

»Natürlich«, entgegnete Mirabel. »Ich möchte, daß sie klug wird, wie du, und nicht eine dumme Närrin, wie ich.«

»Mirabel, du bist keine dumme Närrin«, sagte ich. Es überraschte mich, daß sie es wußte.

»O doch, das bin ich, und das wissen wir beide. Ich wäre glücklich, wenn du ihre Erziehung übernehmen würdest, Elizabeth. Das heißt, wenn du nicht einen Ehemann findest und uns verläßt.«

Ich antwortete nicht. Sie hatte mich an Dinge erinnert, die ich bislang verdrängt hatte. Würde ich bleiben? Ich liebte Onkel Tom, ich liebte Amelia, und auch die Gesellschaft Mirabels konnte ganz angenehm sein, aber wegen ihnen wäre ich nicht geblieben. Ich wäre nur wegen Gilbert geblieben, der allerdings auch der Grund dafür war, daß ich weggehen wollte. Er war ein furchteinflößender Mann, unberechenbar und durch keinen Moralkodex gebunden. Ich liebte und haßte ihn in ein und demselben Atemzug. Seit wir nicht mehr miteinander sprachen, war mein Leben wieder zu einem Karussell der Langeweile geworden. Selbst die Dinge, die mir vor seinem Auftauchen Vergnügen bereitet hatten, schienen jetzt lächerlich und bedeutungslos. Die Zeit glitt mir aus den Händen, zog mich näher zum Tod hin, und kaum etwas hatte noch Bedeutung für mich. Ich hatte versprochen, bis zur Geburt des Kindes zu bleiben, und jetzt wurde es Zeit, sich zu entscheiden.

Onkel Tom klopfte sachte an die Tür und kam herein. Er nahm mir Amelia ab und wiegte sie in den Armen. Mirabel und ich lächelten einander an. Seine Zärtlichkeit amüsierte uns. Er brabbelte ein paar Worte in der Säuglingssprache und reichte sie wieder mir. Dann setzte er sich auf die Bettkante und legte Mirabel die Hand auf die Stirn.

»Geht es dir besser?« fragte er.

»Ich bin immer noch so müde«, antwortete sie.

Ich sah sie an, und mir fiel auf, was für eine ungesunde Gesichtsfarbe sie angenommen hatte. Ein ungutes Gefühl beschlich mich, aber ich sagte mir, daß sie wahrscheinlich wirklich nur erschöpft war.

»Deinem Mann geht es heute auch nicht gut«, sagte Onkel Tom. Als Mirabels Schwangerschaft vorangeschritten war, hatte Gilbert es sich angewöhnt, in Master Gales alter Kammer zu schlafen, was ich mehr als nur ein wenig pervers fand.

»Es geht ihm nicht gut? Was hat er?« fragte ich, meine Neugier kaum bezähmend.

Er schüttelte den Kopf. »Ich weiß nicht, was der Grund ist, aber als er heute morgen erwachte, war er am ganzen Körper von kleinen weißen Blasen bedeckt. Sie platzen, wenn man sie berührt.«

Mirabel rümpfte angewidert die Nase. »Nun, in Amelias Nähe kommt er vorerst jedenfalls nicht.«

»Hat er Schmerzen?«

»O ja, recht starke wohl. Er wollte jedoch nichts davon hören, daß der Arzt aus dem Dorf geholt wird. Er liegt in seiner Kammer und kann sich kaum bewegen.«

Gut. Jetzt waren wir vielleicht quitt und würden einander keine Altweiberstreiche mehr spielen. Mein Zauber beinhaltete, daß die Pusteln um die Mittagszeit verschwunden sein würden. Und Gilbert würde wissen, daß er nicht der einzige war, der Spaß an billigen Racheakten hatte.

»Ich werde mich um ihn kümmern, falls er etwas braucht«, fuhr Onkel Tom fort. Er zwinkerte mir zu. »Ich soll dir von ihm sagen, daß er dir etwas schuldig ist.«

Mein Herz schlug schneller. »Was soll das sein?«

»Er wollte es nicht sagen, aber ich glaube, es könnte die lang erwartete Entschuldigung sein. Vielleicht hat der Anblick seiner neugeborenen Tochter sein Herz erweicht, und er ist bereit, Frieden mit dir zu schließen. Ihr habt seit Weihnachten kaum zwei Worte miteinander gesprochen.«

Ich wußte, daß Gilbert nicht glaubte, mir Bitten um Vergebung schuldig zu sein, und fürchtete mich davor, welche Art von Vergeltung er für mich vorgesehen hatte. Manchmal schien er der primitivsten menschlichen Reaktionen fähig. Dessen eingedenk fragte ich mich, wieviel ich von dem, was er mich gelehrt hatte, glauben konnte. Am meisten beschäftigte mich sein Konzept von Gut und Böse. Wenn die höhere Macht, der wir dienten, wie er sagte, amoralisch war, warum mußte er dann Taten begehen, die ausschließlich diabolischer Natur schienen? Und derweil er von mir die allergrößte Hingabe verlangt hatte – das Mal seines dunklen Herrn –, hatte ich den Beweis, daß er das gleiche auf sich genommen hatte, noch nicht an ihm gesehen. Seit unserem letzten Zwist wuchs in mir der Verdacht, daß er mich als Versuchsobjekt mißbrauchte, daß ich vielleicht trotz allem, was er sagte, verdammt war. Vielleicht war es an der Zeit, sich ihm zu stellen und eine Art von Vereinbarung auszuhandeln, so daß wir zumindest so lange unter einem Dach leben konnten, bis ich eine Entscheidung getroffen hatte.

Den ganzen Tag überlegte ich, ob ich mit Gilbert sprechen sollte oder nicht. Ich war nervös. Er hatte recht, ich fürchtete mich davor, mit ihm allein zu sein, besonders jetzt, da ich seinen Zorn geweckt hatte. Schließlich machte ich mir keine Illusionen darüber, wer von uns über die größeren Kräfte verfügte. Nachdem ich Mirabel ihr Essen gebracht hatte – ich versuchte zu verdrängen, wie bleich sie aussah –, ging ich nach unten und betrat ohne anzuklopfen Gilberts Kammer. Ich konnte ihn nicht sehen. Die Vorhänge über dem Bett waren zugezogen. Leise ging ich darauf zu, und gerade als ich sie vorsichtig auseinanderziehen wollte, schoß seine Hand hervor. Er umklammerte meinen Arm und zog mich auf sein Bett. Die Vorhänge schlossen sich hinter mir; ich fand mich in vollkommener Dunkelheit wieder.

»Gilbert?« sagte ich furchtsam.

»Elizabeth, wie nett von dir, einen Krankenbesuch zu machen. Aber wie du fühlen kannst, sind die Pusteln verschwunden.« Er führte meine Hand über seinen Körper; er war nackt. Ich erschauderte vor Lust.

»Es tut mir leid. Ich war wütend, weil du mir sehr weh getan hast.«

»Ich weiß besser als du, was Wut ist, Elizabeth.«

»Gilbert, hast du mich belogen?«

»In welcher Hinsicht?«

»Hinsichtlich des Pakts, den ich geschlossen habe, hinsichtlich des Hexenmals. Du behauptest, die gleiche Verpflichtung eingegangen zu sein, aber ich habe noch nicht ...«

Er lachte leise. Meine Augen gewöhnten sich an die Dunkelheit, und ich erkannte die Umrisse seines Gesichts. »Ist dir aufgefallen, wie schnell sich die Leute an Gott wenden, wenn sie wissen, daß ihr Tod naht?« fragte er. »Wie schnell sie ihre Überzeugungen wechseln, um Seelenfrieden zu finden? Gilt das auch für dich, Elizabeth? Sorgst du dich um deine ewige Seele und die Aufnahme in den Himmel, jetzt, da du mit mir fertig bist?«

»Nein, das nicht. Aber ich habe dir zu sehr vertraut.«

Er setzte sich auf, zog die Vorhänge zurück, griff nach der Kerze auf dem Nachttisch und entzündete sie mit der Hand. Der Vorhang fiel, und wir waren wieder eingeschlossen. Er hielt mir die Kerze hin.

»Untersuche mich, Elizabeth.«

Ich nahm die Kerze. »Untersuchen?«

Er legte sich auf den Bauch. »Du wirst das Mal finden. Wenn es Verdammnis bedeutet, sind wir beide verdammt. Wir können die Ewigkeit in der Hölle gemeinsam verbringen. Ist das nicht schön?«

Ich fuhr mit dem Finger über seine Waden, seine muskulösen Oberschenkel; die Kerze leuchtete mir den Weg. Dicht unter seiner linken Pobacke entdeckte ich es – ein Mal, fast identisch mit meinem. Ich berührte es – und berührte noch mehr die glatten Flächen und warmen Höhlungen.

»Bist du jetzt überzeugt, Elizabeth?«

»Ja. Aber das war nicht der einzige Grund, aus dem ich gekommen bin. Ich möchte Waffenstillstand mit dir schließen. – Laß uns wieder Freunde sein, um des heimischen Friedens willen.«

»Was du da gerade tust, ist selbst für Freunde etwas intim.«

Ich nahm meine Hand von seinem Körper und richtete mich auf.

Er drehte sich um und setzte sich, nahm mir die Kerze ab, blies sie aus und stellte sie neben das Bett. Unvermittelt stürzte er sich auf mich, preßte mich auf die Matratze, schob mein Hemd hoch und drang sofort in mich ein. Der Schmerz ließ mich nach Luft schnappen. Er legte die Hand auf mein Gesicht, als wolle er mich nicht sehen. Ich fühlte mich verletzt, beleidigt. Er stöhnte und tat, als existiere ich gar nicht. Kaum war er gekommen, rollte er von mir herunter und fragte atemlos: »Warum sollte ich Frieden mit dir schließen?«

»Weil du mich liebst?« Ich hatte es nicht als Frage aussprechen wollen.

»Nun, das tue ich nicht. Ich dachte, das wäre offensichtlich.«

Ich hatte nicht gewußt, wie weh etwas tun kann, ohne körperliche Schmerzen zu bereiten. Um Haltung bemüht, sagte ich: »Dann weil du mich geliebt hast.«

»Ich habe dich nie geliebt.«

»Du lügst. Du hast mich geliebt, du hast es mir oft genug gesagt.«

»Ich habe gelogen. Du warst mir nützlich, das ist alles. Ich brauchte einen Lehrling, um meine Fertigkeiten zu verfeinern, und welch bessere Kandidatin konnte ich finden als eine gelangweilte Witwe, die sich nach Liebe sehnte und närrisch genug war, alles zu glauben, was ich ihr erzählte.«

Ich strich mein Hemd glatt und lag stumm neben ihm. Fast glaubte ich, mein Herz würde brechen. Aber vielleicht sagte er all das nur, um mir weh zu tun? Ich biß mir auf die Lippen, um nicht zu schluchzen.

»Ich habe dich ausgewählt«, fuhr er fort. »Auf dem Markt. Du weißt nicht einmal, wie es zustande kam, nicht wahr? Mein Vater hatte sich mit Sir Thomas verabredet. Wir trafen uns am Münzenstand, während du dir mit Mirabel ein Marionettenspiel ansahst. Sir Thomas zeigte uns seine Tochter. Dann sah ich dich. Du warst für meine Absichten bestens geeignet. Deine Langeweile, deine Bereitschaft, es mit jedem Kerl zu treiben, der dir einen Blick zuwarf – das war offensichtlich. Aber es war noch etwas an dir. Du rochst nach Sünde. Ich habe erst heute herausgefunden, welche Sünde es war.«

Als ich sprach, zitterte meine Stimme. »Gilbert, sag diese Dinge nicht, wenn sie nicht wahr sind. Sei zumindest ehrlich mit mir.«

»Also schlug ich die Heirat mit Mirabel vor, natürlich auf meine Weise. Mein Vater und Sir Thomas sind zwei der dümmsten Greise im ganzen Land, und es war nicht schwer, meine Wünsche in ihre Gedanken einzupflanzen. Nach einer Woche war alles arrangiert, und ich hatte meine jungfräuliche Gattin und einen hübschen Lehrling.«

»Das meinst du nicht ernst.«

»Ein Lehrling, Elizabeth, du warst für mich nicht mehr als ein Lehrling. Und ein warmes, enges Gefäß, in das ich meinen Samen spritzen konnte.«

Meine Haut glühte. Ich konnte nur stumm in der Dunkelheit den Kopf schütteln, die Welle der Verzweiflung zurückhalten, bevor sie mich hinwegspülte.

»Bist du nicht neugierig?«

»Neugierig?«

»Willst du nicht wissen, welche Sünde ich riechen konnte, als ich dich sah?«

»Ich weiß nicht, wovon du redest.«

Er drehte sich, machte es sich unter der Decke gemütlicher. »Sir Thomas hat mich heute besucht. Er ist enttäuscht, weil es ein Mädchen ist.«

»Ich weiß.«

»Er verriet ein bißchen zu viel. Er senkte den Kopf und sagte, er sei mit Mädchen gestraft, wegen dem, was er getan habe.«

Es tat mir in der Seele weh. Der arme Onkel Tom. Es sah ihm ähnlich, die Schuld bei sich zu suchen. Welche angebliche Missetat quälte ihn? »Der arme alte Mann«, sagte ich. »Er war so gut zu mir, daß ihm sicherlich jede Jugendsünde vergeben wird.«

»Ah, es gibt einen Grund, warum er so gut zu dir war.«

»Weil er mich liebt, Gilbert. Nur weil du nicht dazu fähig bist, heißt das nicht, daß es keine Menschen gibt, die aus Liebe handeln.«

»Nein, ich sage nicht, daß er dich nicht liebt. Er vergöttert dich geradezu, aber da ist mehr dahinter. Ich wurde neugierig. Wie du konnte auch ich mir nicht vorstellen, welche Last er mit sich tragen sollte. Also nahm ich seine Hand und suchte nach der Antwort.«

»Und?« Zweifellos handelte es sich um etwas, das Onkel Tom geheimhalten wollte, aber Gilbert würde es mir sowieso verraten.

»Ich werde es dir zeigen.« Ich spürte seine Nähe. Er legte mir die Finger auf die Schläfe, ich schloß die Augen, und er zeigte mir die Bilder.

Ich befand mich in einem Zimmer auf Prestonvale. Es war mein Zimmer, sah aber anders aus. Ein anderer Gobelin über dem Bett, der Schreibtisch war nicht da, genauso wenig wie meine Bücher. Die Bettvorhänge waren zurückgezogen und mit einer Kordel zusammengebunden. Auf dem Bett lag eine Frau, die mir ähnlich sah, aber fülliger und jünger war.

»Mutter«, rief ich.

»Psst«, machte Gilbert.

Meine Mutter döste vor sich hin, ein Buch auf der Brust. Es war früher Nachmittag, und der Wind bewegte die Zweige vor dem Fenster so, daß das Sonnenlicht flakkernde Muster auf den Boden und über das Gesicht meiner Mutter warf. Die Tür ächzte, und sie öffnete die Augen, lächelte ihrem Besucher zu. Ihre Stimme – sie klang genau so, wie ich sie in Erinnerung hatte, erfüllte meinen Kopf.

»Thomas«, sagte sie, »da bist du ja.«

»Ja. Ich habe dich vermißt, Eleanor.« Er kam ans Bett und küßte sie auf die Wange. Es war Onkel Tom, jünger und strahlender. Sein Bart war noch von sattem Braun, nicht von grauen Strähnen durchzogen. Er setzte sich zu ihr aufs Bett.

»Ist in London alles gut gelaufen?«

Er streckte sich. »Ja, sehr gut. Wir konnten früher fahren, deshalb bin ich schon heute zurück.«

»Ich bin froh«, sagte sie. »Ich muß über etwas Wichtiges mit dir sprechen.«

Er nickte und sah sie an. Ein nachsichtiges Lächeln umspielte seine Lippen – das Lächeln, das ich so gut kannte.

»James Williams hat um meine Hand angehalten, und da Vater nicht mehr bei uns ist, liegt es an dir, die Erlaubnis zu geben.«

Er schwieg. Meine Mutter sah ihn eindringlich an. Oder furchtsam?

»Du willst mich verlassen, Eleanor?«

Sie lachte nervös. »Du weißt, wenn ich nicht müßte, würde ich es nicht tun. Aber irgendwann muß ich heiraten. Und James ist ein guter Mann – du magst ihn, nicht wahr?«

»Ich will aber nicht allein sein«, sagte er. Ich kannte diesen Tonfall nur allzu gut, in dem dieses Bedürfnis nach Liebe mitschwang, das Onkel Tom im Gesicht geschrieben stand.

»Thomas.« Sie strich ihm über den Bart. Er nahm ihre Hand und küßte sie. Sie schloß seufzend die Augen. Ich war verwirrt, wollte aufhören, aber Gilbert hielt mich fest.

»Eleanor, du liebst ihn nicht, du liebst mich«, sagte Onkel Tom.

»Ja, aber du bist mein lieber, lieber *Bruder*«, entgegnete sie seltsam betont. Er hörte nicht auf, ihre Hand mit Küssen zu bedecken, drehte sie, küßte die Handfläche, ihren Unterarm und stöhnte schuldbewußt.

»Ich kann nicht zulassen, daß er dich heiratet«, sagte er plötzlich bestimmt. »Ich brauche dich hier bei mir. Ohne deine Hilfe komme ich nicht zurecht.« Er ließ ihre Hand los und senkte den Blick.

Sie sah ihn entschlossen an, als habe sie nichts anderes erwartet. »Wenn du nein sagst, gehe ich auch so. Er hat Geld, wir brauchen meine Mitgift nicht.« Sie machte eine effektvolle Pause. »Und er liebt mich.«

»*Ich* liebe dich«, entgegnete Onkel Tom.

Sie seufzte. »Ja, wie es ein Bruder tun sollte.«

»Ich kann mehr sein als ein Bruder.«

»Thomas, fang nicht wieder …«

Er beugte sich vor und brachte sie mit einem Kuß zum Schweigen. Ein Wurm des Entsetzens wand sich durch meinen Körper. Sie wartete eine Weile, bevor sie ihn wegstieß.

»Nein, Thomas, es ist wichtig, daß wir voneinander getrennt leben.«

Onkel Tom schluchzte auf, zornige Tränen quollen aus seinen Augen. »Du darfst nicht gehen.«

»Ich werde gehen. Ich muß.«

Er nahm ihre Hände, legte den Kopf hinein. Leise und dringlich flüsterte er: »Du bleibst. Ich werde etwas tun, das dich für jeden anderen Mann unakzeptierbar macht.«

»Thomas, achte darauf, was du sagst.«

Sie versuchte sich loszumachen, aber er hielt sie, bis seine Knöchel weiß wurden. Mit einem heftigen Stoß brachte er ihre Arme nach hinten und hielt sie mit einer Hand fest. Mit der anderen rieb er über das Oberteil ihres Kleides. Ich konnte es nicht mehr mitansehen, hörte mein Wimmern, das aus weiter Entfernung kam.

Meine Mutter wehrte sich gegen ihn, in den Augen Angst – aber keine Überraschung.

»Thomas, das darfst du nicht.«

»Du hast darum gebettelt, mit deinen Augen, mit deinen Händen, mit deinem Körper«, sagte er, mehr zu sich selbst als zu ihr – er brauchte eine Rechtfertigung. Er zitterte vor Leidenschaft, schob ihre Unterröcke hoch und legte seine Hand zwischen ihre Beine. Sie kreischte, schüttelte den Kopf … Dann sah ich, wie sie die Beine breit machte, freiwillig. Es spielte keine Rolle, daß sie schrie, sich gegen ihn wehrte. Ich hatte es gesehen.

Ich kämpfte gegen Gilbert und machte mich frei. Die Dunkelheit des Baldachins umfing meine Sinne, und die Vision meiner Mutter und meines Onkels verschwand. Ich schnappte nach Luft, mein Kinn zitterte.

»Wer war dein Vater, Elizabeth?« fragte Gilbert.

»James Williams, ein Gewürzhändler. Er starb vor meiner Geburt auf See.«

Er schüttelte den Kopf. »Nein, er starb, bevor er deine Mutter heiraten konnte. Bevor er wußte, daß sie bereits mit dem Kind ihres Bruders schwanger war. Dein Vater ist Sir Thomas. Er hat deine Mutter vergewaltigt. Obwohl sie nicht allzuviel dagegen zu haben schien, findest du nicht auch?«

»Gilbert, hör auf!« schrie ich verzweifelt.

»Du siehst, mir kannst du kaum die Schuld an deinem Los geben. Du bist aus dem Bösen entstanden, ich habe dich nur dorthin zurückgeführt.«

Ich fühlte mich beschmutzt. Gilberts bitterer Samen klebte an meinen Schenkeln. Ich mußte mich waschen.

»Ich hatte Angst«, sagte ich. »Als ich hierher kam, hatte ich Angst, daß du mir weh tun würdest. Und das hast du getan. Kein körperlicher Schmerz hätte so weh tun können wie ...« Der Satz endete in Tränen.

»Geh fort, Elizabeth«, sagte Gilbert. »Ich bin deiner müde.«

Ich richtete mich auf. Meine Welt zerfiel in Trümmer, aber ich war zu stolz, ihn das sehen zu lassen. Tief Luft holen und zitternd sagte ich ihm: »Du bist ein grausamer und herzloser Mann.«

»Geh fort und sei allein mit deinen Gedanken«, entgegnete er.

»Das werde ich.«

Er wartete, bis ich fast aus dem Zimmer war, bevor er hinzufügte: »Mögen sie dich für immer quälen.«

27. Kapitel

Am nächsten Morgen sah ich es deutlich – Mirabel würde nicht mehr lange leben. Ihre Haut hatte eine graue Färbung angenommen, und ihre ›Müdigkeit‹ hatte sich in lange Phasen tiefsten Schlafs gewandelt, aus denen sie nur kurz erwachte, um das Baby zu füttern, das sie wirklich liebte. Ich saß früh am Morgen bei ihr, während sie schlief, und legte die Hand auf ihren Bauch, um die Ursache ihres Leidens zu finden. Etwas vergiftete sie von innen heraus, ein blutiger Klumpen an der Gebärmutterwand, der sich entzündet hatte. Der Tod warf bereits einen so schweren Schatten über sie, daß ich nicht hoffen konnte, ihr mit Magie zu helfen: selbst Gilbert hatte noch nicht gelernt, den grimmen Schnitter zu überlisten. Dennoch versuchte ich es mit einer Beschwörung, versuchte ihr so gut es ging zu helfen. Manchmal wachte sie auf und plauderte mit mir, als sei gar nichts, spielte ein wenig mit den winzigen Händchen und Füßchen Amelias und fütterte sie, um dann wieder in einen Schlaf zu sinken, der mehr einer Ohnmacht glich. Ich fühlte mich sehr einsam, wenn ich dann neben ihr saß. Das Kinn auf die Hand gestützt, beobachtet ich sie und wartete auf ihren Tod.

Selbst auf Onkel Toms Gesicht – wenn ich es ertragen konnte, ihn anzusehen – war abzulesen, daß er kaum Hoffnung für Mirabel hatte. Jedesmal, wenn er ins Zimmer kam, um nach ihr zu schauen und ihre Hand zu halten, ging ich unter einem Vorwand hinaus. Der liebende Onkel war durch den inzestbeladenen, vergewaltigenden, lügenden Vater ersetzt worden. Und da ich meiner Mutter so ähnlich sah, wurde ich den Gedanken nicht mehr los, daß er auch für mich eine derartige Faszination empfand. Immer wieder ließ ich mein Leben Revue passieren, auf der Suche nach Augenblicken, in denen er mich auf ungehörige Weise berührt hatte, aber ich fand nichts. Doch die schändliche Tat nährte jeden peinlichen Verdacht. Ich konnte ihn nicht mehr lieben, hatte auch von mir selbst ein anderes Bild als zuvor. Meine Unfruchtbarkeit, die ich bislang als schicksalhaften Zufall und gar als Segen betrachtet hatte, sah ich nun als Folge einer unnatürlichen Zeugung und als Fluch. Die Ähnlichkeit mit meiner Mutter war nicht durch die schwachen Züge eines unbekannten Vaters bedingt, sondern das Resultat unvermischter Erbmasse. Onkel Toms eifriges Bemühen, mich glücklich zu machen – das war keine Liebe, sondern die Pflicht, eine Schuld zu tilgen. Ich haßte mein Leben inständig. Aber noch mehr haßte ich Gilbert.

Am Nachmittag betrat Onkel Tom leise das Zimmer und stand eine Weile hinter mir, ohne daß ich es bemerkte. Als ich plötzlich seine warme Hand auf meinem Kopf spürte, konnte ich nicht anders – ich sprang auf und starrte ihn mit kalten Augen an.

»Was ist, Elizabeth?«

Ich eilte zur Tür. »Entschuldige, ich habe etwas zu erledigen.«

»Elizabeth, bitte. Was ist denn? Habe ich dir etwas getan?«

Fast hätte mich sein flehender Blick erweicht, doch ich gab mir einen Ruck. Was für ein schrecklicher Mann. Ich drehte mich um und verließ den Raum.

Auf dem Flur wartete Gilbert.

»Deine Frau wird sterben«, sagte ich.

»Ich weiß«, antwortete er unbeteiligt.

»Bist du nicht traurig?«

»Nein. Du?«

»Ich werde sie schmerzlich vermissen.«

Er zuckte mit den Schultern. »Hast du deinen Frieden mit ihr gemacht?«

»Meinen Frieden?«

»Ja. Du hast ihren Ehemann verführt.«

Ich schüttelte den Kopf. »Ich glaube, du bist derjenige, der seinen Frieden mit ihr machen sollte. Trotz allem habe ich sie geliebt. Du warst kälter zu ihr als Eis.«

»Du hast sie geliebt? Das macht es noch schlimmer. Ich habe nie so getan, als liebte ich sie. Sie wird mit dem Wissen sterben, daß ich zumindest ehrlich war. Aber wenn ich ihr von dir und mir erzähle …«

»Wage es nicht, das zu tun«, zischte ich.

»Nun gut, dann vielleicht nicht. Wenn du es für eine schlechte Idee hältst.« Er lächelte. »Sir Thomas macht sich Sorgen um dich. Er hat heute morgen mit mir gesprochen.

Seit gestern scheinst du ihm aus dem Weg zu gehen. Was ist passiert?«

Ich ballte die Hände an meinen Seiten zu Fäusten. »Das weißt du.«

»Er bat mich, herauszufinden, was los ist. Was soll ich ihm sagen? Daß du Angst hast, er könne seinen verschrumpelten alten Schwanz in dich stecken? Angst, du könntest dann vielleicht nicht widerstehen, wie deine Mutter, die Hure?«

Zitternd wandte ich mich von ihm ab. Er legte die Hand auf meine Schulter, doch ich schüttelte mich heftig. »Faß mich nicht an!« kreischte ich. Es war mir egal, ob mich jemand hörte. »Wage es ja nicht, je wieder Hand an mich zu legen. Du bist wahnsinnig! Und böse!«

Onkel Tom kam aus Mirabels Zimmer und sah uns verunsichert an.

»Elizabeth! Was hast du?«

Ich ließ ihn stehen, rannte in mein Zimmer, verriegelte die Tür, warf mich aufs Bett und weinte.

In den frühen Morgenstunden weckte mich ein leises Klopfen. Zunächst hielt ich es für einen Traum, es schien aus so weiter Ferne zu kommen, aber dann klopfte es erneut. Eine schwache Stimme: »Elizabeth?«

Es war Mirabel. Was um alles in der Welt machte sie auf dem Flur? Ich sprang auf und öffnete die Tür. Sie brach fast in meinen Armen zusammen. Ich konnte den Tod riechen, der aus ihren Poren kroch, ihr Atem ging flach, in ihrem Körper brannte das Fieber.

»Was ist?« fragte ich, führte sie zum Bett und setzte sie hin.

»Gilbert ... Er hat mir Amelia weggenommen.«

Mein schlaftrunkener Verstand erfaßte nicht sogleich, was sie gesagt hatte. »Was?«

»Gerade eben. Er dachte, ich schliefe, und er hat sie in die Kate gebracht. Ich habe Angst. Er macht mir angst.«

Ich erstarrte vor Entsetzen. Gilbert und Amelia in der Zauberkate. Meine Welt stürzte zusammen. Es gab nur einen Grund, warum er sein neugeborenes Kind dorthin gebracht hatte, und die schreckliche Erkenntnis lähmte mich für Sekunden.

»Elizabeth, was hat er mit ihr vor? Ich weiß nicht, was er dort mit ihr macht, ich habe nur vom Fenster aus gesehen, daß er mit ihr dorthin gegangen ist.«

Ich nahm ihre Hand. Sie war eiskalt, und ich legte ihr meinen Morgenmantel um. »Du mußt dich warm halten. Bleib hier, ich schaue nach, was er im Schilde führt.«

»Elizabeth, du klingst, als hättest du Angst.«

Ich nahm Rock und Bluse, die über einem Stuhl hingen und zog sie eilig an. »Sei ein braves Mädchen und warte hier«, sagte ich lächelnd zu Mirabel.

Dann zog ich Schuhe an und eilte aus dem Zimmer, die Stufen hinab, auf die Kate zu. Ich hörte Amelia weinen, was ein gutes Zeichen war. Vielleicht tat ich Gilbert unrecht, vielleicht hatte er ein anderes, edleres Motiv. Hastig stieß ich die Tür auf und betrat den Raum. Gilbert blickte auf. Amelia lag nackt in der Kupferschüssel. Sie weinte, weil sie fror.

Ich eilte auf sie zu, wollte sie an mich nehmen, doch er stellte sich mir in den Weg. »Versuch nicht, mich aufzuhalten, Elizabeth.«

»Es ist ein winziges, hilfloses Baby.«

»Sie ist eine Jungfrau, jungfräulich gezeugt. Sie wird mich zu einem Gott machen.«

»Das kann nicht dein Ernst sein. Was, glaubst du, wird Onkel Tom tun?«

»Das kümmert mich nicht. Ich bin dann längst fort. Wenn ich hier fertig bin, brauche ich weder dich noch ihn, noch das Haus. Hast du irgendeine Vorstellung davon, wie stark mich das machen wird? Ich werde so mächtig sein, daß ich jeden nach meinem Willen beherrschen kann. Und jetzt laß mich in Ruhe.«

Ich kämpfte mit ihm, aber er war viel stärker als ich. Brutal drehte er mir die Arme auf den Rücken, so daß ich aufschrie.

»Elizabeth? Gilbert?« Eine schwache Stimme an der Tür.

Mirabel stand mit offenem Mund vor uns, dunkle Ringe unter den Augen. Sie sah aus wie ein Gespenst, und einen Augenblick lang glaubte ich, sie sei bereits gestorben und erschiene uns nun als Geist. Aber als sie Amelia erblickte und mit ausgestreckten Armen auf sie zuwankte, ging sie wie eine sterbende Frau, nicht wie eine Tote.

»Mein kleines Mädchen«, sagte sie. »Warum hast du sie hierher gebracht? Sie friert.«

Voller Entsetzen sah ich, wie Gilbert auf Mirabel zutrat und sie niederschlug. Mit verblüfftem Gesicht sank sie auf den Boden. Gilbert wandte sich mir zu, kam dicht an mich heran. »Wenn ein krankes Kind die einzige Hilfe ist, auf die du bauen kannst, steht es schlecht um dich. Es scheint, als soll sich die kleine Amelia lieber in ihr Schicksal fügen.«

»Töte sie nicht, Gilbert, ich flehe dich an.« Dicke Tränen perlten aus meinen Augen. »Töte mich statt dessen. Ich kann dir sicherlich auch von Nutzen sein.«

»Du? Bastard eines Inzests, großartige Hure? Die den Mann ihrer Cousine – nein, ihrer Schwester – in ihrem eigenen Haus bestiegen hat? Du bist wertlos.« Plötzlich verzerrte sich sein Gesicht zu einer Grimasse, und mit einem Schmerzensschrei stolperte er rückwärts. Mir war entgangen, daß Mirabel sich aufgerafft hatte. Mit dem Opferdolch, den sie neben der Kupferschüssel entdeckt haben mußte, war sie hinter Gilbert getreten und hatte ihn ihm in den Rücken gestoßen. Der Griff ragte zwischen seinen Schulterblättern hervor. Bei dem Versuch, den Dolch zu fassen führte er einen ruckartigen Tanz auf, aber die Wunde behinderte ihn. Eine Blutspur färbte sein Hemd.

Mirabel heulte wie ein Kind. »Wovon redest du? Was willst du Amelia antun? Du kannst sie nicht töten, das darfst du nicht.« Wut und Angst entstellten ihr Gesicht. Ich packte sie, damit Gilbert sie nicht in die Finger bekam. Die Wunde war nicht tief genug, um ihn zu töten, aber tief genug, um tödlichen Zorn zu entfachen.

»Elizabeth«, keuchte er. »Hilf mir, um Himmels willen, zieh mir dieses Ding aus dem Rücken und bring mich ins Haus.«

Ich sah ihn entsetzt an. Glaubte er wirklich, das würde ich tun?

»Dir helfen? Bist du verrückt?«

»Ich werde dem Baby nichts antun. Bring mich ins Haus. Laß mich nicht verbluten.«

Mein Herz pochte. Ich sah Mirabel, Amelia, Gilbert an. Alle liebte und haßte ich – und war an sie gebunden. Dann ging ich auf Gilbert zu, drehte ihn um und umfaßte den Dolchgriff mit der rechten Hand.

»Halt still«, sagte ich atemlos.

»Danke, Elizabeth, danke.«

»Mirabel!« rief ich. »Nimm Amelia.« Doch Mirabel war auf dem Boden zusammengebrochen und atmete keuchend. Ich legte den linken Arm um Gilbert, damit ich Halt hatte, und zog den Dolch aus seinem Rücken. Blut quoll aus der Wunde.

Es hatte nicht gereicht, um ihn zu töten. Das würde ich übernehmen müssen.

»Danke. Ich liebe dich, Elizabeth«, sagte er.

»Ich liebe dich auch«, sagte ich. Den blutigen Dolch in der rechten Hand haltend, führte ich ihn an seinen Hals und schnitt ihm mit einer zügigen Bewegung die Kehle durch.

Er stieß einen schrecklichen Laut aus. Ein gurgelndes Geräusch, Überraschung, Angst, Wut. Ich sah, daß mich Mirabel mit weit aufgerissenen Augen anstarrte. Er sank aus meinen Armen auf den Boden, umklammerte seine Kehle. Mirabel kroch auf ihn zu und legte die Hände auf ihn. »Gilbert, Gilbert«, schluchzte sie. Das Blut sprudelte aus seinem Hals und färbte ihre Hände rot.

Ich spürte, wie ein Zittern durch meine Beine lief. Zuerst dachte ich, daß meine Nerven nun endgültig rissen, aber dann erkannte ich voll Schrecken, was es wirklich war. Ich hatte ihn getötet, das Leben verließ seinen Körper, und seine Kraft ging auf mich über.

Ich warf den Dolch beiseite und stützte mich auf der Bank ab. Ein silberner Wirbel lief durch mich hindurch, zuckte betäubend durch meinen Kopf. Das gesamte Universum drehte sich um mich, mein Innerstes löste sich auf, und ich explodierte in einem Regen aus Millionen Tropfen flüssigen Goldes. Als sie sich wieder vereinigten, fand ich mich stehend wieder. Ich stützte die Hände auf die Knie und blickte auf Gilberts Leiche hinab. Dann streckte ich mich, und es war, als würde die Lava der Götter durch mein Rückgrat fließen. Ich hob die Arme empor und stieß einen Schrei aus, ein Wort, das ich nicht kannte und sofort wieder vergaß. Ein heulender Wind wehte aus meinen Fingern, wirbelte Gilberts Bücher umher und ließ die Gefäße auf den Regalen klappern. Die Wände der Kate schienen sich für eine Sekunde nach außen zu beulen. Mirabel schrie. Amelia weinte. Es schien Ewigkeiten zu dauern, bis die Kraft des Windes wieder in meine Finger und meinen Körper zurückfuhr. Mit einem Schlag breitete sich eine tödliche Stille über dem Raum aus. Mirabel sah mich stumm und ehrfürchtig an; Amelia hatte einen leisen Schluckauf.

Ich besaß seine Macht. Ich besaß seine Magie. Ihn besaß ich nicht mehr.

Weinend sank ich neben seine Leiche auf die Knie und versuchte vergeblich, Leben in die Finger zu hauchen, den Blutstrom mit meinen Händen aufzuhalten. »Was habe ich getan? Was habe ich getan?« fragte ich immer wieder. Es kam keine Antwort. Die Toten sind sehr schweigsam.

Nach einer Weile drehte ich mich zu Mirabel um. Ihre Hände und der Mantel waren blutverschmiert. Sie starrte mich fassungslos an.

»Wir müssen ihn begraben«, sagte ich.

Sie nickte.

»Du kannst hier warten.«

»Nein, ich komme mit. Er war mein Mann.«

Ich sah ihr an, daß sie sehr bald den letzten Atemzug tun würde.

»Und Amelia?« fragte sie und sah zur Bank, wo das Baby in der alten Kupferschüssel strampelte.

»Ich werde mich um sie kümmern.« Ich stand auf, nahm den Säugling in meine blutigen Hände, brachte ihn in den vorderen Raum und hüllte ihn in eine Decke ein, auf der Matratze, auf der Gilbert und ich so oft gelegen hatten. Mit einem Blinzeln entfachte ich ein Feuer. So einfach wie atmen. Meine Hände zitterten. Alles, was ich gewollt hatte, kitzelte in meinen Handflächen, und jetzt wollte ich es nur noch loswerden, wollte Hände haben wie jeder normale Mensch. Ein Leben wie jeder normale Mensch.

Wie in Trance ging ich zu Mirabel zurück und half ihr auf. Sie lehnte sich an den Türrahmen. Ich zog Gilberts *Liber Omnis Scientiae* aus dem Regal und reichte es ihr. »Halte das.« Sie preßte das Buch gegen ihre Brust, als könne es sie stützen. Ich packte Gilberts schlaffen Arm und zog ihn durch die Kate zur Tür. Er hinterließ eine blutige Schleifspur. Meine Arme schmerzten vor Anstrengung.

»Warte hier«, sagte ich zu Mirabel und ging hinter die Kate, wo Hughs alte Gartengeräte lagerten. Dort fand ich einen Spaten und befreite den Gartenkarren von dem Unkraut, das sich um seine Achse gewickelt hatte. Dann schob ich den Karren um die Kate herum zur Tür.

»Kannst du mir helfen, ihn hochzuheben?« fragte ich Mirabel.

Sie schüttelte den Kopf. »Ich bin so müde, Elizabeth.«

Ich gab ihr den Spaten und wuchtete Gilbert hoch, wobei ich mich mit seinem Blut beschmierte. Als ich seinen Oberkörper in die Karre gelegt hatte, begann sie zu kippen, und ich mußte sie mit dem Oberschenkel stützen, bis ich Gilberts Beine hineinbekommen hatte. Nach Atem ringend stand ich da.

»Dafür werden wir hängen, Elizabeth«, sagte Mirabel.

»Das werden wir nicht.«

»Doch, bestimmt. Wir haben ihn ermordet.«

»Wir werden nicht hängen. Wir werden Steine in unsere Röcke knoten, und wir werden ins Wasser gehen.«

Sie brach in Tränen aus. »Ich will nicht sterben«, schluchzte sie. »Ich will nicht sterben.«

Sie wußte nicht, wie nahe sie dem Tod schon war.

»Was sollen wir tun?« fragte ich. »Zulassen, daß man uns hängt? Willst du deinem Vater das antun? Zwei Mörderinnen in der Familie. So wird niemand jemals erfahren, was geschehen ist.« Mir war nicht ganz klar, warum ich so viel Gedanken an Onkel Toms Wohlergehen verschwendete, jetzt, da ich ihn in einem anderen Licht sah.

Ich packte die Griffe der Karre und schob sie in den frühen Morgen hinaus. Am Horizont ging die Sonne auf, und der Himmel leuchtete in einem unirdischen Graublau. Mirabel stolperte neben mir her, Gilberts Buch an die Brust gepreßt, den Spaten hinter sich herziehend. Ihr Weinen ebbte nicht ab. Wir gingen um die Kate herum und hinein in den Wald.

Der Tod. Dort, wo Gilbert nun residierte. Etwas Schwarzes, oder auch nur ein Abgrund. Unser buntes Leben lief allzusehr am Rande entlang, und ein kleiner Fehltritt konnte es uns nehmen. Ich hatte Todesangst. Mirabel hörte nicht auf zu weinen. Der Geruch von Gilberts Blut hing an mir. Ich atmete ihn bewußt ein, um mich zu quälen. Meine Arme schmerzten. Mit meinen neuen Kräften hätte ich die Karre zum Fluß fahren können, ohne sie auch nur zu berühren, aber diese Kräfte ekelten mich an, so wie das unnatürliche Kitzeln unter meiner Haut. Warteten um mich herum die Geister, die darauf hofften, daß ich ihnen befehlen würde, den Karren für mich zu schieben? Weil sie dafür dann an meinem Schenkel saugen durften? Ich würde es ihnen nicht erlauben, würde sie an der Quelle verhungern lassen. Ihre gierigen Mäuler durften mich nicht mehr liebkosen.

Wir gingen weiter. Mirabel weinte, zwischendurch schrie sie immer wieder, daß sie nicht sterben wolle. Die Räder des Wagens knarrten unter Gilberts Gewicht. Auch ich begann zu weinen, lautlos, wollte ein Wort sagen, das aus meinem Leben verschwunden war und nie mehr wiederkehren würde. Ein Wort, das ich in dem Augenblick verloren hatte, als ich Gilbert das Leben nahm. Der Wald umhüllte uns und flüsterte uns in der taufeuchten Dämmerung seine ewigen Geheimnisse zu. Die Bäume zeigten uns gewundene Wege, ihre Zweige streckten liebevoll die Arme aus, zerkratzten uns das Gesicht, zerzausten unser

Haar. Schließlich erreichten wir den Fluß. Mirabel brach neben einem Baum zusammen, und ich sah, daß der rote Fleck auf dem unteren Teil ihres Mantels sich ausgebreitet hatte und feucht glitzerte. Offensichtlich war das nicht Gilberts Blut, sondern ihr eigenes. Ich nahm ihr den Spaten ab und begann, neben einem Baum ein Loch zu graben.

Immer wieder stieß ich den Spaten in die Erde, dicke Klumpen ausstechend. Ich weiß nicht, woher ich die Kraft nahm, aber sie kam ganz aus mir selbst heraus, nicht von diesen übernatürlichen Wesen. Manchmal sah ich Mirabel an. Sie lehnte halb bewußtlos an dem Baum.

Es war ein flaches Grab, aber mehr hatte ich nicht geschafft. Ich nahm Mirabel des Buch Gilberts ab und warf es hinein. Dann kippte ich den Karren mit seiner Leiche um und sah, wie der Körper in die Grube rutschte und seltsam ungelenk in der Erde lag. Mit dem Fuß richtete ich seine Glieder aus und begann, ihn zu begraben. Zitternd und schluchzend warf ich den ersten Spaten Erde auf sein Gesicht. Als ich endlich fertig war, ging ich zum Fluß und sammelte große Steine, mit denen ich sein Grab bedeckte. Die Sonne war bereits aufgegangen, als ich mich mit einem Arm voll Steine Mirabel näherte.

»Mirabel?«

Sie rührte sich nicht. Ich hielt meine Hand vor ihren Mund. Sie atmete noch. Ich verknotete die Steine im Saum ihres Kleides, dann ging ich zum Fluß und wusch mir die Hände. Schlamm und Blut wurden abgespült und trübten das Wasser. Der Morgen, eine Zeit der Versprechen, hielt eine schwere Last für mich bereit.

Ich liebte ihn, und ich hatte ihn getötet. Für mich blieb nichts mehr.

Langsam ging ich zu Mirabel zurück. Sie war bei Bewußtsein und schaute kraftlos zu mir auf. »Elizabeth, was ist mit Amelia? Was geschieht mit ihr? Wer wird sie erziehen? Wer sorgt dafür, daß sie ein schönes Leben erwartet?«

Ich schüttelte den Kopf. »Ich weiß es nicht.«

Erneut begann sie zu schluchzen. »Mein kleines Mädchen, Elizabeth! Ich werde sie nie mehr in die Arme nehmen dürfen.« Sie hielt den Saum ihres Kleides hoch, in den die Steine eingebunden waren. Offenbar hatte sie sich mit ihrem Tod abgefunden.

Auch ich trauerte um mein vertanes Leben. Zweifellos würde Onkel Tom bald nach uns suchen und würde nur eine weinende Amelia in der Zauberkate finden. Ich fühlte mit ihm. Alle waren gegangen. Er, der stets solche Angst vor dem Alleinsein gehabt hatte, saß plötzlich ganz allein mit einem neugeborenen Kind da. Und was würde aus diesem Kind, Gilberts Kind, werden?

»Warte hier«, sagte ich.

»Geh nicht, Elizabeth. Laß mich nicht allein.«

»Ich bin bald wieder da. Warte hier und ruhe dich aus. Ich möchte sicherstellen, daß für Amelia gesorgt wird.«

»Du willst mich hier zurücklassen! Ich habe Angst.«

»Psst. Ich bin gleich wieder da. Fürchte dich nicht. Ich verspreche dir, ich schwöre, daß ich wiederkomme.«

Sie nickte und sagte leise: »Stimmt es, was Gilbert gesagt hast? Warst du bei ihm?«

»Ja«, antwortete ich. »Es tut mir leid.«

»Wie kann ich dir dann vertrauen?«

»Ich komme wieder, ich verspreche es.«

Sie schloß die Augen und lehnte den Kopf an den Baum. Ich rannte durch den Wald, den Weg zurück, den wir gekommen waren – die Blutspuren wiesen ihn mir –, zur Zauberkate. Prestonvale lag noch in tiefem Schlaf. Das Kind war ein Mädchen – welche Zukunft hatte es jetzt, da ich es nicht erziehen konnte? In fünfzehn Jahren würde Onkel Tom tot sein, und man würde Amalia zu irgendwelchen entfernten Verwandten abschieben, die sie so schnell wie möglich verheiraten würden, nur um sie los zu sein. Das konnte ich nicht zulassen.

Amelia lag ruhig vor dem Feuer. Sie sah mich an, als ich mich über sie beugte und den Mund an ihr winziges rosa Ohr legte. Wissen war ein Schutz. Zu was es sonst noch dienen konnte, mußte Amelia ganz allein entscheiden. Ich hoffte nur, daß sie nicht verführt und in den Ruin getrieben würde so wie ich. Die Augen schließend und mich konzentrierend fühlte ich, wie etwas Warmes in mir hochstieg. Ich öffnete den Mund, und ein langgezogenes Flüstern strömte heraus, als ich ihr all mein Wissen einblies. Es hallte knisternd und Funken schlagend von den Wänden. Sie lag ganz still da, überhaupt nicht beunruhigt von dem unnatürlichen Klang jener Worte, die keine Worte waren. Amelia Mary Lewis; ich versuchte ihr etwas fürs Leben mitzugeben, von dem ich hoffte, daß es sie zu großen Taten führen könne.

Ausgelaugt und wund rappelte ich mich hoch. Ich spürte meine eigene Sterblichkeit wie einen bitteren Geschmack auf der Zunge. Ein zweitesmal lief ich in den Wald.

Mirabel war nicht mehr dort, wo ich sie zurückgelassen hatte. Ich fand ihre Leiche nach drei Vierteln des Weges, mit dem Gesicht auf dem feuchten Boden. Sie hatte die Erde um sich mit den Händen aufgekratzt, wohl in dem verzweifelten Versuch, sich wieder aufzurichten, sich ans Leben klammern. Sie hatte Angst gehabt, allein zu sterben, und hatte mich gesucht, aber nicht mehr gefunden. Doch ich konnte nicht einmal mehr weinen; meine Seele war vor Schmerz und Mitleid wie taub. Ich hob ihren leichten Körper hoch, trug sie zum Fluß, übergab sie dem Wasser und sah, wie sie darin versank.

Und nun? Was war mit mir? Auslandsreisen, Studium, ein eigener Beruf, ein Anwesen, eine Familie, eine neue Liebe oder viele Liebhaber, alles nur noch die Asche von Träumen.

Ich sammelte Steine vom Ufer, knotete sie in den Rocksaum und ging immer weiter am Fluß entlang. Die Steine in den Händen haltend, genoß ich ihre Glätte auf meiner Haut. Es kam mir vor, als beobachte ich das Leben aus weiter Ferne.

Mein Geschenk an das Universum – meine Existenz.

Als ich sicher war, daß meine Leiche nicht wieder an die Oberfläche treiben konnte, um Onkel Tom zu verfolgen, stieg ich in den Fluß. Nach einigen Schritten ging mir das

Wasser bis zur Kehle, dann bis zur Nasenspitze, dann bis zur Stirn. Noch weiter hinein, ich wollte so viel Wasser wie möglich zwischen mich und die Welt bringen.

Noch weiter. Meine Lungen schienen zu bersten. Mein Körper wollte atmen, aber ich blieb unter Wasser, ich schwamm nicht an die Oberfläche, um die letzte Luft dieses herrlichen, klaren Morgens zu atmen, der ohne mich vergehen würde, wie der Nachmittag, die Nacht – ob ich existierte oder nicht. Weit über mir sah ich noch einmal das flackernde Grün und Blau der Welt, wie durch eine verschwommene Scheibe. Sterne und schwarze Flecken füllten meinen Kopf. Die Sterne wurden kleiner, die schwarzen Flecken größer, Muster formend. Dunkelheit hüllte mich ein, aber ich fürchtete mich nicht. Der Tod kroch in meine Zehen, meine Beine hinauf wie ein zukkender schwarzer Wurm, nahm meine Finger, meine Brust und zischte schließlich mit einem schrecklichen, heulenden Schrei an meinen Ohren vorbei.

Es blieb sehr lange dunkel.

28. Kapitel

Es gibt eine absolute Dunkelheit, die mit uns atmet. Sie zählt unsere Atemzüge rückwärts. Wenn uns der Atem ausgeht, nimmt sie uns auf. Wir alle fürchten uns davor. Aber es ist ein vertrautes Gefühl, und es ist angenehm, denn das Nichts stellt keine Ansprüche. Noch einmal Kindheit, Pubertät und das Dasein des Erwachsenen zu durchleben ist dagegen sehr anstrengend.

Ich blieb nur kurz in diesem Nichts, aber ich war vollkommen glücklich dort, denn ich hatte kein Bewußtsein mehr, keine Ahnung von Elizabeth Moreton oder Lisa Sheehan oder sonst jemandem davor oder dazwischen. Ich kannte weder Brad, noch Liam, noch Karin, ich hatte keine Freunde und keine Gefährten, die ermordet werden konnten, ich wußte nicht, wie die Sonne aussah oder wie die Luft an einem frühen Sommernachmittag nach Jasmin oder Barbecue duftete.

Aber es ging vorbei wie ein Blitz, und wenn ich heute daran denke, dann ist es nur ein kleiner schwarzer Punkt in dem bunten Flickenteppich meines Lebens. Ein Fleck, für den ich keine Erklärung habe und der mich ängstigt, wenn ich zu sehr darüber nachdenke. Denn ich weiß jetzt, wie es ist, tot zu sein. Ich erinnere mich. Und obwohl der Tod friedvoll ist, so ist er doch nicht das Leben. Das Leben ist ein herrliches Meer aus Farben; Tod ist die Abwesenheit von allem. Und der Tod kommt vor dem Leben, nicht anders herum. Das Leben ist nur eine helle, kurze Parenthese. Alles andere ist schwarz.

Das erste, was ich mitbekam, war, daß jemand atmete. Tiefe, langsame Atemzüge. Ich lauschte ihnen eine Weile, bevor ich merkte, daß es meine eigenen waren. Dann ein Geruch, als läge etwas Steriles über etwas Entzündetem. Ich war in einem Krankenhaus. Geräusche – Klappern auf Fliesen in der Ferne. Summende Fahrstühle, Schritte auf den Fluren. Dann der Atem eines anderen, nahe. Ich öffnete die Augen. Es war Brad. Er saß neben mir auf einem Plastikstuhl und las.

»Wie bin ich hierhergekommen?« wollte ich fragen, aber ich konnte die Worte nicht formen. Statt dessen entwich nur ein schwaches, seltsames Krächzen meinem Mund. Brad sah mich überrascht an. Ich legte die Hand an den Hals, und er sprang auf und goß mir aus der Karaffe, die auf dem Tisch neben dem Bett stand, ein Glas Wasser ein. Ich sah mich um. Ich hing an einem Tropf, der an meinem linken Arm befestigt war. Zwei andere Betten im Zimmer waren leer, in einem dritten lag eine Frau mit faltigem Gesicht und gelbblondem Haar. Sie trug ein rosa Nachthemd und blätterte in einem Magazin. ›Mein Gott, jetzt könnte ich eine rauchen‹, dachte sie. Ich wußte nicht, wieso ich das wußte.

Brad hielt mir das Glas an die Lippen, und das Wasser rann kühl meine Kehle hinunter. »Danke«, sagte ich.

»Ich hole besser den Arzt.«

»Kein Arzt, mit mir ist alles in Ordnung. Wie bin ich hierhergekommen?«

»Alles in Ordnung mit dir? Du warst drei Tage lang ohnmächtig!«

Drei Tage. »Ich war tot«, sagte ich.

Brad sah mich mißtrauisch an. »Du warst bewußtlos. Die Ärzte konnten nichts finden. Es war, als würdest du schlafen und niemand könne dich aufwecken.«

»Ich war tot. Ich bin gestorben«, sagte ich. »Es tut mir leid, ich hätte dir sofort alles erzählen sollen.«

»Zu spät. Liam hat mir alles erzählt.«

»Du hast mit Liam gesprochen?« Schuld über Schuld.

»Natürlich habe ich das. Ich mußte ihn schließlich wissen lassen, was passiert war. Aber von ... du weißt schon ... habe ich ihm nichts erzählt.«

»Danke«, murmelte ich. Ich hatte keine Energie für Schuldgefühle und Selbstgeißelung übrig. »Also, wo bin ich und wie bin ich hierhergekommen?«

»Du bist im Royal Brisbane Hospital. Ich bin völlig ausgeflippt und habe den Krankenwagen gerufen, weil ich nicht wußte, was du hattest. Nackt bin ich nach unten gerannt und habe die Ambulanz angerufen, habe alle rausgeschmissen und bin dann wieder nach oben, um dich anzuziehen. Du warst wie ein Puppe, schlaff und biegsam. Absolut durchgedreht war ich, habe dich angeschrien und geschüttelt, damit du aufwachst, aber du warst weg.«

»Ja, weit weg. Etwa vierhundert Jahre.«

»Ich bin sicher, daß es dir so vorgekommen sein muß. Aber du hattest recht, mir nichts zu erzählen. Ich hätte dir nie geglaubt.« Er machte eine bedeutsame Pause. Wahrscheinlich glaubte er mir noch immer nicht. »Jedenfalls bin ich mit ins Krankenhaus gefahren und habe die ganze Nacht in diesem blöden Aufenthaltsraum verbracht, habe die Wände angestarrt und darauf gewartet zu erfahren, was dir fehlt. Ich hatte noch deinen Geruch an den Fingern, und ich wollte mir die Hände nicht waschen, falls ... ich weiß nicht, falls das alles bleiben würde, was ich von dir hätte.« Er senkte den Blick. »Liam habe ich erst um Mitternacht angerufen. Er ist völlig außer sich.«

»Wo ist er jetzt?«

»In der Arbeit. Im Gegensatz zu mir geht er einer verdienstvollen Beschäftigung nach, die ihn ablenkt.«

»Ich bin vollkommen in Ordnung.«

»Ich sollte jetzt den Arzt rufen.«

Ich winkte ihm zu. »Dann tu's.«

Er beugte sich über mich und gab mir einen keuschen Kuß auf die Stirn. Ich rutschte unter die steifen weißen Dekken, als er das Zimmer verließ.

Elizabeth hatte also Gilbert getötet und sich anschließend ertränkt. Mir blieb das schlechte Karma. Zu wissen, was geschehen war, machte es mir nicht leichter, es machte alles noch schlimmer, denn jetzt wußte ich, daß Gilberts Ziel die Rache war. Irgendwann würde er mein Leben einfordern. Ich wollte mich unter den Krankenhausdecken verstecken und erst hervorkommen, wenn jemand das Problem für mich gelöst hatte. Was natürlich nicht geschehen würde. Es war eindeutig mein Problem.

Brad kehrte mit einer ernst dreinschauenden Ärztin zurück. Sie maß meine Temperatur, schaute mir in die Augen, stellte mir Fragen und machte Haken und Kreuze auf dem Bogen auf ihrem Clipboard.

Schließlich meinte sie: »Ich sage Dr. Lindsay Bescheid, er kommt morgen früh zu Ihnen. Vielleicht möchte er noch weitere Tests durchführen. Bis dahin ruhen Sie sich aus.«

»Können Sie das rausnehmen?« fragte ich und deutete auf den Tropf. »Und kann ich duschen?«

Sie betrachtete mich eingehend. »Gut. Ich schicke eine Schwester, die Ihnen hilft.«

»Es geht schon.«

»Miss Sheehan, Sie waren aus unerklärlichen Gründen drei Tage lang ohne Bewußtsein. Verstehen Sie also bitte meine Vorsicht.«

Ich nickte, und sie ging hinaus.

»Ich habe Liam angerufen«, sagte Brad. »Er ist unterwegs.«

»Ich habe Angst, ihn zu sehen.«

Er zuckte mit den Schultern. »Wenn es ein Trost für dich ist – wir haben angefangen zu bumsen, aber wir konnten es nicht zu Ende bringen. Vielleicht kannst du dich so rausreden.«

Ich lachte kraftlos.

Als Liam kam, hatte man mich vom Tropf befreit, ich hatte heiß geduscht und mir die Haare gewaschen. Zwar war ich noch etwas wackelig auf den Beinen, aber geistig war ich völlig klar. Ich trug Baumwollpyjamas, die Liam mir gekauft und auf den Tisch neben meinem Bett gelegt hatte. Sie waren zu klein, und der Jackenknopf über meinen Titten sprang dauernd auf. Brad suchte nach einer Sicherheitsnadel, als Liam hereingestürmt kam und seine Jakke und die Autoschlüssel achtlos irgendwo hinwarf.

»Lisa!« Es klang gehetzt. Aus seiner Umarmung gab es kein Entkommen. In tiefen Zügen atmete ich seinen Duft ein, eigentlich nicht mehr als eine Mischung aus Seife und Shampoo. Sein Haar war durcheinander, und er sah auch sonst ein bißchen mitgenommen aus.

»Hat der Wind dich zerzaust, Baby?« fragte ich lächelnd.

»Na ja, der Parkplatz unten war besetzt, und ich mußte zum Parkdeck auf dem Dach, und es ist echt windig draußen, und meine Haut ist ausgetrocknet wie die eines Reptils …« Er merkte, daß er nur plapperte und riß sich zusammen. »Tut mir leid«, sagte er. »Tut mir leid, daß ich solchen Unsinn rede.« Er ließ mich los und lehnte sich zurück, um mich anzusehen.

»Ist schon gut«, sagte ich.

»Und es tut mir leid …« Er hustete, und ich sah, daß er den Tränen nahe war. Brad schaute höflich weg. »Es tut mir leid, daß ich dich so behandelt habe, an jenem Abend. Ich … ich werde nie …«

Ich berührte sein Gesicht. »Schon gut, wirklich, du brauchst dich nicht so zu quälen.« Nicht so, wie ich mich quälte.

Er küßte meine Hand und preßte sie an seine Wange. »Gott, Lisa, wenn dir irgend etwas zugestoßen wäre …«

»Das ist es. Ich bin gestorben. Ich habe mich ertränkt. Ich habe Gilbert getötet und mich anschließend ertränkt. Ich konnte es nicht ertragen, ohne ihn zu leben. Das war es, worum sich alles drehte.«

Er nickte bedächtig. »Vergiß diese Geschichte erst einmal«, sagte er. »Das Wichtigste ist, daß du dich erholst.« Vielleicht hatte ihn Brads skeptische Haltung beeinflußt, als er ihm meine Geschichte erzählt hatte. Es schien, als sähe er mich jetzt mit ganz anderen Augen.

»Es geht mir gut«, sagte ich mit einem Anflug von Zorn. »Liam, es gibt nur einen Weg, wie Gilbert das beenden könnte – er wird mich töten wollen. Alles andere ist nur ein Spiel der Rache, um meine Welt zur Hölle zu machen. Aber letzten Endes geht es um mich – ich soll mit meinem Leben bezahlen.«

Er sah mich besorgt an, versuchte aber noch immer abzuwiegeln. »Hier drinnen kann dir nichts geschehen«, sagte er. »Hier sind überall Leute.«

»Es waren auch überall Leute, als er an diesem Abend in der Gestalt Satans ins Fire Fire kam. Niemand außer mir hat ihn gesehen.« Sofort wurde mir klar, wie wirr das alles klang. Ich sah zu der faltigen gelben Frau in dem anderen Bett hinüber. Sie gab sich alle Mühe, mich nicht zu offensichtlich anzustarren und tat so, als interessiere sie sich für die Decke über meinem Bett. Ich sagte nichts mehr. »Ja, vielleicht brauche ich nur etwas Ruhe«, murmelte ich.

Brad stand auf und streckte sich. »Ich gehe dann mal.« Er beugte sich zu mir und gab mir einen Kuß auf die Wange. Ich drehte den Kopf weg. Das Herz schlug mir bis zum Hals, und meine Schuld muß mir ins Gesicht geschrieben gewesen sein, aber Liam schien nichts zu bemerken. Er und Brad warfen sich einen flüchtigen Blick zu. Es war klar, daß sie einander nicht leiden konnten, um meinetwillen aber höflich blieben.

»Bye, Lisa«, sagte Brad. Als er gegangen war, sah ich Liam an: »Glaubst du mir nicht mehr?«

»Lisa, ich möchte nur, daß du dich ausruhst und erholst.

Du warst drei Tage weg. Laß dir einfach etwas Zeit, bevor du wieder über diese Geschichte nachgrübelst.«

Ich nickte. »Sind deine Eltern nach Hause gefahren?«

»Ja, kurz nach ... nach unserem Streit. Ich habe ihnen alles erzählt.« Er lachte unsicher. »Jetzt bin ich nicht mehr der gute Sohn, um es milde auszudrücken.«

»Wie fühlt man sich dabei?« Ich strich ihm über die Wange. Er hatte sich am Morgen rasiert, und die Kälte hatte seine Haut ausgetrocknet.

»Man muß sich daran gewöhnen. Sie reden davon, daß ich mir eine eigene Wohnung suchen soll – nach dem Motto ›keine Unzucht in dem Haus, das deine Mutter und ich bezahlen‹.«

»Unzucht? Ein tolles Wort, es klingt so dreckig.«

Er lächelte.

»Also habe ich dir nichts als Ärger gemacht«, sagte ich.

»Nun ... vielleicht. Aber das war es wert.«

Ich glaubte ihm nicht eine Sekunde, es sei denn, mein Verdacht erwies sich als wahr, und er war süchtig nach Psychodramen. Davon hatte ich ihm eine Menge geboten.

»Übrigens, Karins Mann hat angerufen«, sagte er.

»David? Er hat dich zu Hause angerufen?«

»Ja, er hat gehört, daß du im Krankenhaus liegst, und ich sollte ihn anrufen, wenn du wieder aufgewacht bist – er möchte dich besuchen. Noch immer keine Neuigkeiten von Karin, aber ich glaube, er findet sich langsam mit dem Gedanken ab, daß sie weggelaufen ist.«

»Von wem sollte er gehört haben, daß ich im ...« Plötzlich blieben mir die Worte im Halse stecken. »O mein Gott, Liam ...«

»Was ist denn?« Schon wieder dieser komische, herablassende Tonfall.

»Nichts, nichts.«

Er drückte meine Hand. »Entspann dich, Lisa, denk ein oder zwei Tage nicht daran.«

Ich schwieg, drehte mich auf den Rücken und schloß die Augen. Ich weiß nicht, wie die Prozesse im Hirn ablaufen, die es einem ermöglichen, plötzlich Dinge klar zu sehen, die vor einem Herzschlag noch vollkommen undurchschaubar schienen. Meinem verwirrten Verstand war es jedenfalls gerade gelungen, einige Tatsachen zusammenzubringen, die bislang scheinbar nichts miteinander zu tun gehabt hatten. Ich war zu Tode erschrocken. *David,* David, der immer wissen wollte, wo ich war. David und meine beste Freundin, die verschwunden war. Und das wichtigste – David und das Mal an seinem Hintern, an genau der gleichen Stelle wie Gilberts Hexenmal. Es gab keinen besseren Ort für Gilbert, sich zu verbergen als direkt vor meiner Nase, in der Maske des normalsten Menschen der Welt.

Und da war noch mehr … natürlich. Karin war schwanger. Sie hatte sich über den Sex zwischen David und ihr nur schwammig geäußert. Und was war mit der Vision, die ich von ihr auf dem Dachboden in Danas Haus gehabt hatte, die Hände blutverschmiert, genau wie Mirabel? Sie steckte auch mit drin. Sie war Mirabel, so wie ich Elizabeth war und David Gilbert. Und Gilbert – David – er tat alles noch einmal: Karin diente ihm als Brüterin für ein weiteres jungfräuliches Kind aus einer jungfräulichen Geburt. Meine Muskeln erstarrten, und ich biß mir auf die Lippen, um nicht in Tränen auszubrechen. Das letzte, was ich jetzt brauchen konnte, waren Ärzte, die mir nicht glaubten und mich hierbehielten und mit Beruhigungsmitteln fütterten. Ich mußte hier raus, und ich mußte Karin finden. Jedesmal, wenn ich aus einer Rückführung aufgewacht war, besaß ich mehr von Elizabeths Fähigkeiten. Vielleicht konnte ich mich jetzt auf Karin oder David konzentrieren, vielleicht konnte ich seinen Schutzwall überwinden.

»Bist du müde, Lisa?« fragte Liam.

»Ja, sehr«, antwortete ich und schaffte es irgendwie, meine Stimme ruhig klingen zu lassen.

»Ich bin hier, wenn du mich brauchst.«

Karin, Karin, wo bist du? Ich hatte ein unbestimmtes Gefühl, als sei sie irgendwo gegenwärtig; dann schoß mir ein Schmerz durch den Kopf, der mich nach Luft schnappen ließ.

»Lisa?« Liam war aufgesprungen und beugte sich über mich.

»Kopfschmerzen«, murmelte ich. In meinem Kopf pochte und pulsierte es unablässig.

»Soll ich eine Schwester holen?«

»Nein, nein, es geht schon.« Das Gefühl war mir vertraut vorgekommen, bis hin zu den Schmerzen. Ich hatte Karin schon einmal so gespürt, als summten die Nerven im meinem Körper mit ihrer Energie. Aber wo war das gewesen? Ich konzentrierte mich, erinnerte mich an den Geruch frischer Luft, an das Gefühl von Wärme und Holz unter meinen Füßen. Denk nach, Lisa, denk nach.

Natürlich. In der Sägemühle. Inmitten meiner Halluzinationen, als ich es nur für einen weiteren Streich gehalten hatte, den mein Verstand mir spielte. War sie dort? Natürlich, sie mußte dort sein. Meine neu entdeckte Intuition war stark und verläßlich.

»Liam.« Ich richtete mich auf.

»Ja?« Ich wünschte mir, ich könnte es ihm erzählen, ihn wieder an meiner Seite haben. Aber offenbar würde er mir nicht mehr glauben, bis sechs Ärzte, vier Spezialisten und eine Regierungskommission mich für gesund erklärt hatten. Es tat mir weh und machte mich unendlich traurig, als habe sich ein Abgrund zwischen uns aufgetan.

»Ich hätte schrecklich gerne eine Tasse Tee.«

»Tee?«

»Ja, Kamille oder Zitrone. Ich glaube nicht, daß sie hier sowas haben, aber unten in der Cafeteria wirst du sicher welchen bekommen.«

Er lächelte froh. »Wenn es das ist, was dein Herz begehrt, dann besorge ich ihn dir.«

»Danke, Liebling.« Ich warf einen verstohlenen Blick auf seine Autoschlüssel, die er achtlos auf den Tisch neben meinem Bett geworfen hatte.

»In fünf Minuten bin ich wieder da«, sagte er, griff nach seiner Brieftasche und ging.

Kaum war er verschwunden, als ich die Decke zurückwarf und aus dem Bett stieg. Ich durchsuchte den Kleiderschrank und fand die Sachen, die ich in Brads Haus getragen hatte. Sie lagen ordentlich gefaltet in der untersten Schublade und rochen schwach nach altem Zigarettenrauch. Ich zog die Pyjamahose aus und stieg in die blaue Hose. Die Frau in dem anderen Bett beobachtete mich neugierig.

»Sie sagen kein Wort«, befahl ich ihr und spürte, wie Energie aus meinem Körper strömte. Sie nickte gehorsam.

Ich knöpfte die Jacke auf und zog die weiße Chiffonbluse an, ohne sie in die Hose zu stecken. Die Weste konnte ich nicht finden, deshalb nahm ich Liams Kordjacke vom Stuhl, schlüpfte hinein und zog den Reißverschluß zu. Meine Schuhe waren auch nicht da. Wahrscheinlich standen sie noch immer in Brads Kinderzimmer unter dem Bett. Ich steckte Liams Schlüssel ein und spähte barfuß auf den Flur hinaus. Überall liefen Schwestern und Ärzte herum. Ein alter Mann in lächerlichen Plüschhausschuhen schlurfte mit seinem Tropf vorbei.

»Niemand wird mich sehen«, flüsterte ich, und ich weiß nicht, ob ich wegen dieses kleinen Zauberspruchs unbemerkt zu den Aufzügen kam oder nur aus reinem Zufall. Von einem Essenswagen, der einsam in der Halle stand, nahm ich ein Steakmesser, an dem noch Reste von Kürbispüree klebten. Der Lift kam mit einem Klingeln, ich stieg ein, stieg im ersten Stock wieder aus, lief über die Fußgängerbrücke zum Parkplatz und fuhr mit dem Fahrstuhl zum Dach hinauf. Liams Wagen stand etwas schräg zwischen den Parkstreifen, als habe er sehr hastig eingeparkt. Hatte er sicher auch. Er hatte weitaus mehr darauf gebrannt, mich zu sehen als ich ihn. Aber darüber konnte ich jetzt nicht mehr nachdenken. Ich mußte zur Sägemühle, meine beste Freundin finden.

Ich hoffte, ich würde nicht noch mehr finden.

29. Kapitel

Da ich nur selten Auto fuhr, war ich froh, daß Liams Wagen eine Automatik hatte. Ich reihte mich in den Verkehr ein, nahm die Straße in Richtung Highway, drehte das Radio an und schaltete die Heizung ein. Meine Füße waren eiskalt, und einem Moment überlegte ich mir, ob ich nach Hause fahren und mir Schuhe holen sollte, aber das kostete mich Zeit. Außerdem würde ich dort vielleicht Liam in die Arme laufen. Die Uhr im Auto zeigte zehn nach vier. Die Sonne stand tief. Ein Westwind wirbelte die Blätter in den Rinnsteinen auf, die Bäume warfen unruhige Schatten. Ich summte einen Cousin-Em-Song im Radio mit.

In meinem Kopf drehten sich unfertige Gedanken und Vorstellungen, die keinen Sinn ergaben, ähnlich den Gedanken, die man kurz vor dem Einschlafen hat. Aber ich war hellwach. Meine Nerven sprühten, angeregt von einer hohen, feinen Energie. Ich merkte, wie die Muskeln in meinem linken Bein zitterten. Ich merkte, daß ich einen Bärenhunger hatte. Dann sah ich nur noch die Straße vor mir, die weißen Begrenzungslinien, die an mir vorbeiflogen. Ich sang Lieder mit, die ich nicht erkannte, erfand neue Texte dazu. Kurz nachdem ich auf den Highway aufgefahren war, spuckte das Radio einen 747-Song aus. Ich nahm es kaum wahr.

Ich weiß, daß es nicht das Glück oder ein gutes Gedächtnis war, das mich direkt zu der Parzelle führte, die Liam und ich an jenem Abend abgegangen waren. Ich weiß, es war etwas anderes – etwas, das man Schicksal oder Instinkt nennt. Die Kälte der Erde unter meinen Füßen versetzte mir einen Schock. Nach zwei Schritten in den Wald drehte ich um und ging zum Wagen zurück, um Liams Taschenlampe und das Steakmesser zu holen; beides verstaute ich in seiner Jacke. Ich fühlte mich seltsam desorientiert und drückte die Fingernägel in meine Handteller. Bleib hier, Lisa, bleib hier.

Die niedrig stehende Sonne warf wunderschönen Glanz durch die Bäume. Lange Schatten liefen neben mir entlang,

Lichtpunkte flackerten über meinem Kopf. Ich war klein, so klein. Wenn man sieht, wie die Sonne untergeht, sieht man auch, wie die Erde sich dreht. Ich spürte, wie sie sich drehte, unter mir wegrollte und mußte mich an einen Baum lehnen. Als ich auf meine Füße herabschaute, sah ich, daß ich mir irgendwo einen Zeh angestoßen hatte. Eine Blutkruste, Schmutz. Und sie waren kalt, meine Füße. Ich zog mir Liams Jacke fester um die Schultern und ging weiter.

»Vielleicht bin ich krank«, sagte ich laut. Niemand antwortete. »Vielleicht hätte ich im Krankenhaus bleiben sollen.«

Meine Füße tappten rhythmisch auf den Boden. Ich sagte ein Gedicht auf, das ich in der Schule gelernt hatte. *Tiger Tiger, Brand entfacht, in der Wälder tiefer Nacht, welch unsterblich Aug und Hand, hat dich in dein Maß gebannt?* An mehr erinnerte ich mich nicht. Ich wiederholte die Zeilen immer wieder. »Es reimt sich«, sagte ich zu den Bäumen.

Fast kam es mir vor, als hätte ich eine Antwort gehört. Etwas Größeres als ich hockte schwer auf meinen Schultern, amorph und unsichtbar. »Was soll ich machen?« sagte ich laut. Dann schrie ich es hinaus: »Was soll ich machen?«

Ich sah nach vorn. Die Lichtung, der Schuppen der alten Sägemühle.

Karin.

Erschöpft setzte ich mich auf den Boden, murmelte ›ich bin sehr, sehr verwirrt‹ Und grub die Hände in die Erde; Schmutz drang unter meine Fingernägel. Ich legte mich auf den Rücken, sah, wie sich der Himmel über mir drehte, wie die hohen Bäume schwankten. Mich überkam ein unerträgliches Gefühl der Hilflosigkeit. Die Wolken zogen über mir dahin. Ich setzte mich auf, legte den Kopf in die Hände und schluchzte. Die Luft wirkte dünn, fast fein; mir kam es vor, als würden meine Tränen sie an manchen Stellen zerreißen.

Doch ich mußte klarbleiben, meine Gedanken zusammenhalten. Und ich wußte, was zu tun war, auch wenn es mir eine Gänsehaut verursachte.

Ich schloß die Augen und atmete tief durch. »Nachdem ich das endgültige Opfer gebracht habe …«, sagte ich, aber die Worte kamen nur als ein einziger, zischender Laut aus meinem Mund. Einen Schluchzer zurückhaltend, sah ich zum Himmel hinauf. Das furchtbare Zauberwort löste sich von meiner Zunge, und sofort kamen die winzigen, unsichtbaren Hände herbei, um mir zu helfen. Ich sah nichts, außer dem einen oder anderen durchsichtigen Flecken, der wie Wasser in der Luft um mich herum zitterte. An meinem Schenkel drängten sich warme, gierige Münder. Ich ging auf den alten Schuppen zu, während die mich begleitenden Geister mit knochigen, unsichtbaren Fingern mein Haar zerzausten und Unverständliches in den Wind flüsterten.

Ich stieß die Tür auf. Der Schuppen war leer.

»Wo dann? Wo dann, wenn nicht hier?« Ich ging hinein und berührte ein klebriges Spinnennetz. Zögernd setzte ich mich auf den Rand einer der hölzernen Balustraden, auf denen ich in jener Nacht mit Liam gesessen hatte. Durch die Ritzen im Holz drangen Lichtpfeile. Ich legte die Hand auf die Bretter. Sie fühlten sich warm an, wie beim letztenmal. Mich vorbeugend kroch ich auf Händen und Füßen die Balustrade entlang. Ich holte Liams Taschenlampe heraus und leuchtete über die Dielen. Nichts, nichts, doch dann … am Ende der Balustrade eine Falltür, wie im Kriminalroman.

»Dem ungeübten Auge verborgen«, sagte ich mit meiner besten B-Movie-Stimme. Ich kroch auf die Tür zu und versuchte sie zu öffnen, indem ich an den Kanten zog. Aber ich brauchte mich ja gar nicht selbst anzustrengen. Ein unausgesprochener, unartikulierter Befehl, und die Tür ging auf. Wieder das Saugen am Hexenmal. Ich leuchtete mit der Taschenlampe in das Loch. Das Licht fiel auf Spinnweben und Stahlträger.

Schau genau hin.

Also gut, dachte ich, ich schaue genau hin. Und dann sah ich es, eine deutliche Spur zwischen den Spinnweben hindurch, die zu einer Tür führte. Die Balustrade lag etwa einen Meter über dem Zementboden des Schuppens. Der Raum, zu dem die Falltür Zugang bot, lag etwa zweieinhalb Meter tiefer, was bedeutete, daß die Tür in einen weiteren unterirdischen Raum führte. Es bedeutete auch, daß ich mich bei einem Sprung böse verletzen konnte. Ich schob mich durch die Luke. Meine Beine baumelten in der Luft. Ich ließ los, aber anstatt irgendwo hart aufzuschlagen, fingen mich willige, kleine Hände auf, fast unhörbar leise miteinander plappernd.

»Danke«, sagte ich laut und bahnte mir den Weg zur Tür, duckte mich unter Stahlträgern hindurch. Die Taschenlampe unter den Arm geklemmt, riß ich mit beiden Händen die Tür auf.

Der Raum, den ich betrat, kam mir seltsam vertraut vor. Regale säumten die Wände, Gläser, Kupfergefäße, Bücher. Ich leuchtete mit der Lampe alles ab. Es sah genauso aus wie in der Zauberkate. Der Lichtstrahl fiel auf den Rücken eines sehr alten Buches. Ich betrachtete es ungläubig. Es war das *Liber Omnis Scientiae,* das Buch, das Gilbert geschrieben hatte. Die Seiten schienen verschlissen und verblaßt, waren aber noch lesbar. Zweifellos hatte Gilbert es mit einem düsteren Spruch vor dem Zerfall geschützt.

Plötzlich wurde mir klar, daß er sich selbst ausgegraben haben mußte, um das Buch zu bekommen. Wann hatte er das getan? Entsetzt stellte ich mir vor, wie es gewesen sein mußte – braune, moosige Knochen, Stücke seines eigenen Schädels aus einer früheren Reinkarnation.

Aber ich mußte mich konzentrieren. Karin, wo war Karin? Ich stellte das Buch wieder ins Regal und leuchtete mit der Lampe an den Wänden entlang. Das Licht erhellte verschiedene menschliche Organe, die in den Gläsern konserviert waren. Mir wurde übel. Von einem Haken in der Ecke hing traurig und schlaff etwas herab, das wie eine vollständige menschliche Haut aussah. Der Lichtschein erfaßte eine weitere Tür. Ich sah mich um. Von der Falltür bis hierher drang noch der letzte Rest von Tageslicht, aber je weiter ich ging, desto dunkler wurde es. Tief Atem holend, öffnete ich die Tür.

Ich stand in einem langen Gang, der in den Boden gegraben worden war. Nackte Erde, stellte ich fest, als ich mit der Hand die Wände entlangfuhr. Zweifellos hatte David die Geister mit dieser Aufgabe eine Zeitlang beschäftigt. Es roch feucht, aber nicht unangenehm. Ich ging weiter. Meine Füße fühlte ich kaum noch. Der Gang bog scharf nach links ab, bevor eine Treppe erneut in die Tiefe führte. Ich hatte Todesangst, aber jetzt gab es kein Zurück mehr.

»David, bist du das?« Eine Stimme. Karins Stimme.

Ich eilte die Stufen hinab, in einen winzigen dunklen Raum. Der Schein der Taschenlampe fiel auf etwas Helles, Karins blonde Haare. Sie lag auf einer Matratze in der Ecke und hielt die Hand schützend vor die Augen. Ihr Bauch war grotesk angeschwollen, was mir seltsam erschien, da sie weniger als fünf Monate schwanger war. Aus der Ecke drang ein übler Geruch nach menschlichen Exkrementen. Fast wäre ich über einen Teller mit Essensresten gestolpert, der an der Tür stand.

»Karin?«

»Wer ist da?« Sie hatte Angst.

»Ich bin es, Lisa.« Ich machte zwei schnelle Schritte auf sie zu und setzte mich neben sie auf die Matratze.

»Lisa?«

Im gleichen Augenblick wußte ich, daß David mich gerade gefunden hatte. Sie hatte laut meinen Namen gesagt, und wo immer er sich aufhielt, er hörte mit. Fast sah ich, wie er überrascht aufschaute. Jetzt konnte ich nur offen, daß er so weit entfernt war, daß uns die Möglichkeit zur Flucht blieb.

Karin klammerte sich an mich. »Träume ich? Träume ich?«

Ich strich ihr übers Haar. »Komm, wir müssen hier weg.«

»Er ist ein Monster, Lisa ... ein Teufel.«

Sie sprach stockend und schien verwirrt, aber welches Mädchen hätte fünf Monate in einer unterirdischen Kammer besser überstanden?

»Komm, sei ganz still und laß uns gehen.«

»Ich habe Angst. Er erfährt es, und dann wird er mir weh tun.«

»Er ist nicht hier. Aber wir müssen verschwinden, bevor er kommt. Ich werde dich hier nicht sterben lassen. Allein.« Wie damals bei Mirabel.

Sie nahm sich zusammen, und ich half ihr auf die Beine. Wir mühten uns die Treppe hinauf, durch den Flur. Als wir vor dem Zauberraum standen, schlug uns plötzlich die Tür vor der Nase zu. Karin schrie auf.

»Verdammt!« rief ich.

»Er wird uns töten, er wird uns töten!« kreischte sie hysterisch.

»Bleib ruhig, ganz ruhig.« Ich rief die Geister herbei – es summte in meinem Kopf, und die Tür ging wieder auf. Wir betraten den Zauberraum. Auch hier war die Tür zugeschlagen. Wieder rief ich meine Gehilfen, aber dieses Mal schien es ein Problem zu geben. David wußte, was ich tat. Die Tür bewegte sich nicht. Ich setzte Karin auf den Boden und kniete mich vor sie hin, betrachtete sie eingehend.

»Hat er dir weh getan?« fragte ich.

Sie schüttelte den Kopf und zeigte auf ihren Bauch. »Sieh, was er getan hat.«

»Wie hat er das gemacht.«

»Eine Salbe ... sie riecht furchtbar. Einmal am Tag reibt er sie ein. Heute war er noch nicht da, aber er kommt, er kommt, so wie jeden Tag. Ich dachte, er wollte uns umbringen – mich und das Baby –, aber diese Salbe läßt es schneller wachsen. Sieh nur.« Unvermittelt hob sie den Rock über ihren angeschwollenen Bauch und zeigte mir die Haut. Glänzende rote Striemen zogen sich dort entlang, wo sich die Haut zu schnell gedehnt hatte. Sie legte die Hand auf ihren nackten Bauch und schluchzte.

»Karin, bitte, reiß dich zusammen. Es ist wichtig. Sag mir eines – hattest du mit David jemals ganz normalen Sex?«

Sie sah mich an. »Er kommt bald. Er wird uns beide töten.«

»Karin? David und du, habt ihr je richtig miteinander geschlafen?«

Sie sah mich wieder an. Ihre Augen waren verängstigt und leer. Dann schüttelte sie den Kopf. »Nein. Ich habe es nie erzählt, wollte nicht, daß irgend jemand erfuhr, daß ich einen Fehler gemacht hatte.«

Es war also, wie ich gedacht hatte. Er versuchte es wieder. Aber wenn er plötzlich begonnen hatte, das Wachstum des Babys zu beschleunigen, hatte er offenbar Angst davor, daß ich ihn finden könnte, bevor das Kind auf die Welt kam. Er hatte Angst vor mir.

»Er erzählte mir seltsame Dinge – ich sah seltsame Dinge«, sagte Karin. »Ich war jemand anderes ... ich weiß nicht mehr, was ich glauben soll.«

»Glaube alles.«

Sie begann leise vor sich hinzusummen, völlig abwesend, wankte und zitterte dabei am ganzen Körper. Ich zog Liams Jacke aus und hüllte sie darin ein. Dafür fror ich jetzt noch mehr. Ich stand auf und ging zu den Regalen, fand eine Kerze und entzündete sie mit den Händen, so wie es Elizabeth getan hatte. Ein schwaches Licht erhellte die Finsternis. Ich schaltete die Taschenlampe aus, gab sie Karin und stellte mich dann vor die Tür. Mit den Händen versuchte ich sie aufzureißen, aber sie gab nicht nach. Ich probierte es noch einmal mit Magie, aber nichts rührte sich. Er mußte in der Nähe sein. Ich suchte in den Regalen nach irgend etwas, das mir nützlich sein konnte, und fand ein scharfes Messer, sicherlich seine Opferklinge.

Als ich den Griff umfaßte, mußte ich Erinnerungen an grausame Morde abwehren. Bilder von Schrecken und Schmerz, schreiende Gesichter. Das von Jeff war auch darunter. O Gott, armer Jeff. Wie er gekämpft hatte, wie er sich an das Leben geklammert hatte, dem er zuvor mit solchem Leichtsinn begegnet war. Der Schmerz bohrte sich bis in meine Seele, wo sich mein Haß auf David in großen, flammenden Buchstaben einbrannte. Ich verdrängte die Gedanken, ging wieder zur Tür und schob das Messer in den Spalt, um es als Hebel einzusetzen. Sinnlos. Ich schob das Messer in die Hose.

Karin beobachtete mich, sah mich mißtrauisch an. »Bist

du auf seiner Seite? Bist du auf seiner Seite?« fragte sie immer wieder. Zuerst verstand ich nicht, was sie meinte, aber dann wurde es mir klar. Ich kniete mich vor sie hin.

»Was ist los? Was sagst du da?« Ich wollte ihr übers Haar streichen, aber sie wich zurück.

»Bist du auf seiner Seite? Hat er dich geschickt?«

»Nein, nein, Karin, ich bin hier, um dir zu helfen. Ich bin deine beste Freundin. Ich liebe dich.«

»Du hast mich im Wald sterben lassen, allein. Du bist zurückgegangen und hast mein Baby geholt. O Gott, mein Baby, o Gott.« Sie weinte haltlos, und Tränen liefen über ihre Wangen.

»Nein, du täuschst dich, Karin. Ich bin nicht Elizabeth, ich bin Lisa.«

Sie sah mich mit ihren schrecklich verängstigten Augen an, den Mund weit aufgerissen und schluchzend wie ein Säugling. Flüssigkeit tropfte aus ihrer Nase und sammelte sich auf der Oberlippe.

»Ich bin Lisa«, wiederholte ich.

»Lisa?«

»Und ich bringe uns hier raus. Versuche nur, ganz ruhig zu bleiben.«

Sie nickte, schien etwas klarer. »Okay, okay, ruhig bleiben.« Dann schwieg sie.

Ich wandte mich wieder den Regalen zu, durchsuchte sie noch einmal nach Dingen, die mir nützlich sein konnten. Meine Hand berührte den Rücken des magischen Buches, und ich spürte ein leichtes Kitzeln. Er hatte Elizabeth erzählt, es sei nicht für fremde Augen bestimmt. Ich zog es aus dem Regal und legte es auf den Tisch.

»Was machst du? Wie kommen wir hier raus?« hauchte Karin.

»Ich suche nach etwas, mit dem ich den Zauber lösen kann.« Das war nicht die ganze Wahrheit. Ich befriedigte auch meine Neugier. Was stand eigentlich in diesem Buch? Ich öffnete es vorsichtig.

Die ersten Seiten zeigten uralte Symbole, allesamt durch irgendeine dunkle Magie bestens erhalten. Ich erinnerte mich an Gilbert so deutlich als sei er Brad oder Liam und verspürte ein schmerzhaft trauriges Verlangen danach, sein Gesicht zu berühren, seine Lippen zu küssen. Mit einem Kopfschütteln vertrieb ich die plötzliche Sehnsucht.

Auch die weiteren Seiten waren größtenteil mit Symbolen und Eintragungen in einer Schrift bedeckt, die ich kaum entziffern konnte. Einiges in Latein, aber auch vieles, das aussah wie eine altertümliche Schrift des Ostens; nur wenig davon in Englisch. Ich blätterte weiter, zu den neuesten Seiten. Noch mehr Diagramme, seltsame Kreise, von denen lange Dornen ausgingen, auf den Kopf gestellte Zahlen, spiegelverkehrte, an manchen Stellen mit einer rotbraunen Tinte geschrieben, die aussah wie Blut.

Aber zwischen den Zaubersprüchen und Beschwörungen fanden sich am Rand gut lesbare Bemerkungen, und kurze Tagebucheinträge unterbrachen die vielen unlösbaren Geheimnisse. Ich sah über die Schulter zu Karin, die auf den Boden starrte und wieder angefangen hatte zu summen. Die kindlichen Laute wärmten auf unheimliche Weise die kühle Feuchte des unterirdischen Raums. Ich spürte, daß meine Geister noch immer versuchten, die Tür zu öffnen. Dann und wann kitzelten meine Nerven, als habe soeben ein Strahl der Freiheit die Finsternis durchbrochen, aber ebenso schnell ging das Gefühl vorbei. David hielt dagegen, er wollte uns hier einsperren, bis er da war. Ich widmete mich wieder dem Buch, begann, die oft nicht beendeten Tagebuchnotizen zu lesen.

Der Bursche jammerte nicht viel. So als habe er es erwartet. Schlechte Familie – nicht so unschuldig wie ich dachte. Nur mäßige Energie – vielleicht seine Schwester.

Manchmal läßt sich das Blut schwer abwaschen. Der Geruch bleibt.

Armes hysterisches Mädchen. Körper wie eine überreife Birne. Sie hat wohl kaum angenommen, daß sie mich sexuell reizte.

Ich überflog die Einträge, die offensichtlich vor längerer Zeit geschrieben worden waren. Irgendwo zwischen den geheimnisvollen Notizen mußte auch ich auftauchen.

Ich habe Elizabeth gefunden. Süß. In einem Monat werde ich dort sein.

Ein paar Seiten weiter.

Sie spielt in einer Band. Ich habe sie zweimal gesehen, es ist mir gelungen, sie zu fixieren, sie vor meinem geistigen Auge zu sehen. Sie heißt Lisa. Die Möglichkeiten sind unbeschreiblich.

Fast zu vollkommen. Sie hat eine Freundin – wieder ein kleines, dummes Mädchen. Diese Eroberung wird einfach sein.

»Lisa, beeil dich«, wimmerte Karin aus ihrer Ecke. »Ich will nicht sterben, ich will nicht sterben.«

»Ich suche noch.«

Die Kammer ist fast fertig. Ich bin erschöpft. Ich muß sehr bald wieder töten.

Dann das schreckliche Diagramm eines menschlichen Körpers, auf dem Einschnittstellen eingetragen waren. Ein blutiger Daumenabdruck, der die Tinte verwischte.

Hab sie im Internet gefunden und ihr eine Beschwörung geschickt, die sie etwas verwirren wird. Sie hat Träume von Elizabeth. Ich will, daß sie sich erinnert, ich will, daß sie ein Gefühl für ihre Verdammnis bekommt, will, daß sie vor Angst den Verstand verliert, wenn ich sie schließlich aufschlitze. Es wird herrlich sein.

Mein Blut gefror. *Er* war Whitewitch – sie war keine gütige ältere Fee, wie ich närrischerweise angenommen hatte. *Er* hatte mir die Beschwörung geschickt, die ich willig benutzt und die schreckliche Halluzinationen und die Rückführungen bewirkt hatte. Aber warum hatte er das getan, wenn er wußte, daß ich meine Kräfte wiedergewinnen würde? Ich blätterte weiter, übersah beinahe einen Eintrag und schlug einige Seiten zurück.

Das dumme Mädchen erinnert sich ebenfalls. Ich weiß nicht, woher das kommt. Ich schaffe sie beiseite, bevor die beiden zusammenkommen und es herausfinden.

Und eine kleine Notiz am Rand: *Manchmal weiß ich nicht, wer die Oberhand hat.*

»Hast du was gefunden?«

Das dumme Mädchen weint in einem fort. Ich bin sie leid. Manchmal unsicher, was ich tun soll.

Ich antwortete nicht, sondern las weiter. Es folgten drei grauenhafte Seiten mit der detaillierten Beschreibung des Mordes an dem jungen Pärchen. Es lief mir kalt den Rükken hinunter.

Nicht gut – Elizabeth lernt wieder. Warum, warum, warum? Das darf nicht sein.

Es ging also nicht alles nach seinem Willen. Das tröstete mich. Offenbar war es so, wie ich angenommen hatte – irgend jemand paßte auf mich auf.

»Lisa!« schrie Karin. Sie hatte sich aufgerappelt und wankte auf die Tür zu. »Wir müssen hier raus – ich drehe durch, ich drehe durch!«

Ich hielt sie fest und führte sie wieder in ihre Ecke. »Schon gut, schon gut. Ich tue, was ich kann.«

»Aber was kannst du tun? Kann man überhaupt etwas tun?«

Ja, was konnte ich tun? Ich zog das Messer heraus und stellte mich vor das aufgeschlagene Buch. Als Elizabeth hineinschauen wollte, hatte sie feststellen müssen, daß es von Geistern bewacht wurde; Geister, die im Augenblick offensichtlich an anderer Stelle engagiert waren – wahrscheinlich um die Tür zu schützen. Ich stieß das Messer in den Einband. Ein unirdischer Schrei ertönte. Ich schlug die erste Seite auf und zerschnitt sie mit dem Messer, darauf die zweite. Eine schmierige, rötliche Flüssigkeit quoll wie Blut aus den Schnitten. Plötzlich wurde ich von einer schmerzhaft starken Kraft zurückgeworfen, und im gleichen Augenblick öffnete sich die Tür. Ich ließ das Buch fallen und sah gerade noch, wie die Seiten begannen, sich wieder zusammenzufügen. Hastig packte ich Karin und führte sie, halb schiebend, halb ziehend zur Tür. Kaum hatten Gilberts Gesellen erkannt, daß sie durch üble Machenschaften von ihrer Aufgabe abgelenkt worden waren, schloß sich die Tür wieder, aber es gelang mir noch, zuerst Karin und dann mich hindurchzuzwängen. Ein Stück meiner Bluse blieb hängen und zerriß. Ich steckte das Messer wieder ein und schob Karin vor mir her zur Falltür. Dort verschränkte ich meine Hände und bat sie, hinaufzusteigen, aber sie hatte Angst.

»Mach schon, Karin. Er ist bald hier.«

»Du gehst zuerst hoch und ziehst mich rauf.« Sie drehte sich mit dem Rücken zu mir und beugte sich nach vorne, damit ich auf sie klettern konnte. Ich zögerte kurz – es war sicherlich nicht gut für eine Schwangere –, aber ich hatte keine Wahl. Vorsichtig stieg ich auf ihren Rücken und hatte gerade die Hände auf die Kante gelegt, als die Falltür plötzlich zuknallte und mir die Finger der linken Hand zermalmte.

Ich schrie auf, und Karin und ich fielen zu Boden.

»Es ist alles okay«, sagte ich, als Karin zu kreischen begann. Meine Hand pochte. Ich war sicher, daß mindestens zwei Finger gebrochen waren. Nachdem ich mir einen Weg durch Jahrzehnte alte Spinnweben gebahnt hatte, drückte ich gegen die Wand der Balustrade. Oben gab sie etwas nach, aber unten war sie fest einzementiert. Mit nur einer brauchbaren Hand würde ich wenig ausrichten können. Ich zog mich an den Stahlträgern hoch, die mich umgaben, und trat gegen die Wand. Etwas splitterte. Als ich herabstieg, stieß ich mit den kaputten Fingern an einen Träger. Ein Schmerz wie Feuer durchfuhr mich. Ich konzentrierte all meine Energie auf die Bretter, aber so sehr ich auch drückte, David drückte dagegen. Er wollte mich hier festhalten. Wenn mir Zeit zum Nachdenken geblieben wäre, hätte ich das Zauberbuch mitgenommen. Ich wußte nicht mehr, was ich tun sollte, und nun packte auch mich eine schreckliche Angst.

Ich ging zu Karin, die mit ausgestreckten Beinen auf dem Boden saß, wimmernd wie ein Kind. »Du mußt ruhig bleiben«, sagte ich, aber sie war außer sich, völlig verängstigt. Nach allem, was sie durchgemacht hatte, war sie wohl nicht mehr ganz bei Sinnen.

Ich suchte nach etwas, mit dem ich gegen die Wand schlagen konnte, fand jedoch nichts und kniete mich neben Karin. Mit der rechten Hand hielt ich die linke.

»Was machen wir jetzt?« fragte sie mit leiser Stimme.

»Ich weiß es nicht. Ich muß mich eine Minute ausruhen, dann versuche ich es noch einmal.« Ein scharfes, anhaltendes Pochen wanderte von meiner Hand in den Arm. Ich hätte mir gerne meine Finger angesehen, um festzustellen, wie schwer sie verletzt waren, hatte aber Angst, daß mir beim Anblick seltsam verdrehter Gelenke schlecht würde. Mühsam versammelte ich meine Geister um mich; ich brauchte etwas Ruhe und mußte nachdenken.

»Er kommt«, sagte Karin.

»Ich weiß.«

»Ich habe Angst ... ich habe Dinge gesehen ... gehört ...«

»Weißt du, was er hier getan hat?«

»Ja. Ich hörte sie um Hilfe schreien. Er ist ein Monster, Lisa. Warum habe ich das nicht vorher erkannt? Warum habe ich ihn geheiratet?«

Ich wußte nicht, was ich ihr darauf antworten sollte, ging statt dessen wieder zur Wand und wuchtete ein paarmal die Schulter dagegen. Sie gab jedoch nicht nach. Dafür pochte der Schmerz in der linken Hand in meinem ganzen Körper. Panik stieg in mir auf, und ich verlor die Konzentration. In diesem Augenblick bemerkte ich den Geruch.

Rauch, beißend und ganz nahe.

Karin sah mich entsetzt an. »O nein«, flüsterte sie. »Er will uns bei lebendigem Leib verbrennen.«

»Er wird uns nicht verbrennen. Er braucht dich – du trägst das Baby.«

»Er wird uns töten.« Sie hörte mir nicht mehr zu. Ich wußte, daß David sie nicht töten würde, aber vielleicht wollte er mich töten. Vielleicht hatte er keinen Spaß mehr an mir und fand, daß es Zeit für mich wurde, meine Schuld zu begleichen. Meine Glieder wurden schwach, die Finger pochten. Ich bekam nicht mehr genug Luft in die Lungen. Das hatte ich schon einmal miterlebt. Die Flammen würden mich verschlingen, während Karin unversehrt blieb. Ich würde verbrennen wie Master Gale. Schon glaubte ich zu fühlen, wie das Feuer sich in mein weiches Fleisch fraß. Ich wehrte mich gegen die aufsteigende Hysterie. Ich wollte nicht sterben, nicht so, überhaupt nicht ...

Plötzlich öffnete sich die Falltür. Vorsichtig schaute ich

hinauf. Der Geruch nach Rauch hing in der Luft, aber ansonsten lag der Schuppen leer im letzten Rest des Tageslichts.

»Also gut, hilf mir rauf«, sagte ich zu Karin. Noch einmal bückte sie sich; ich erreichte die Luke und kletterte hinaus. Dann legte ich mich auf den Bauch und reichte ihr meine gesunde Hand, um sie heraufzuziehen. Mir selbst fehlte dazu die Kraft, aber meine Helfer kamen zurück, und gemeinsam zogen wir sie mühelos hoch. Rauchschwaden trieben durch den Schuppen, aber es war nicht das Gebäude, das brannte.

Wir liefen in die Dämmerung hinaus. Und blieben stehen.

Der Wald stand in Flammen und formte einen brennenden Ring um uns. Vor uns gab es eine kleine freie Fläche. Und auf dieser Fläche stand David. Er sah aus wie der Teufel persönlich.

30. Kapitel

Verschwunden war das weiche Alltagsgesicht. Wie hatte ich jemals finden können, daß er langweilig aussah? Hinter den runden Brillengläsern glitzerten intensive, haßerfüllte Augen, die mich in ihren Bann zogen. Mir wurde klar, daß ich in meine Verdammnis schaute.

Die Entfernung zwischen uns betrug, so schätzte ich, etwa zwanzig Meter. Wenn ich versuchte, davonzulaufen, würde er mich einholen. Flüchtete ich zurück in den Schuppen, würde er mich dort fangen – das Ergebnis war das gleiche. Ich wollte aufgeben, weinend zusammenbrechen ... Sollte er mich doch holen, in seine Arme nehmen und mich von dieser Welt trennen, mich wieder in den Abgrund werfen. Ich war alles so leid. Mitten in diese düsteren Gedanken schoß ein Blitz der Klarheit – *er ist in deinem Kopf!* Ich riß mich von seinem Blick los, und sofort verschwand das Verlangen, aufzugeben. Ich konzentrierte mich, und weil mir nichts anderes einfiel, schrie ich: »Ich bin nicht Elizabeth! Das ist nicht gerecht!«

Er zuckte mit den Schultern. »Das Leben ist nicht gerecht!« rief er.

Karin atmete mit heftigen, kurzen Stößen. »Setz dich und ruh dich aus«, sagte ich zu ihr. »Er wird dir nichts tun, du hast das Baby.«

Sie sah mich mit weit aufgerissenen, verstörten Augen an. »Das Baby? Was will er mit dem Baby?«

Ich antwortete nicht. Statt dessen wandte ich meine Aufmerksamkeit wieder ihm zu, ohne mich von seinem Blick in den Bann ziehen zu lassen. Aus den Augenwinkeln sah ich, wie sich Karin schwerfällig auf dem Boden niederließ.

»Jetzt wäre es doch an der Zeit, mir mitzuteilen, was du mit mir vorhast«, sagte ich zu David. Meine Stimme war ruhig, ein Versuch, die Angst, die in mir brodelte, zu zähmen.

»Du bist ein Spielverderber, Lisa. Ich hatte noch viel mehr mit dir vor. Als nächstes wollte ich diese beiden tumben, aber hübschen Typen abschlachten, mit denen du dich herumtreibst. Du hast dich schon immer viel zu schnell von gutaussehendem männlichem Fleisch verführen lassen. Und das Baby – ich wollte dir seine kleinen Hände in einem Päckchen schicken.«

Karin schrie auf und bedeckte hilflos ihr Gesicht. Mein Herz zuckte. David kam ein paar Schritte näher.

»Ich suche dich seit Jahrhunderten«, sagte er.

»David, bitte, töte mich nicht … Ich …« Meine Stimme erstarb, und ich mußte tief Atem holen. »Das ist absurd. Ich hab' doch gar nichts getan. Ich bin nicht verantwortlich.«

Auf der Erde zwischen Karin und mir lag ein schwerer Ast. Ich stellte den Fuß darauf.

»Mach dir nichts vor, Lisa. Du bist verantwortlich. Nach außen scheinen wir alle unschuldig, aber die Seele ist nun mal ein finsterer Ort. In ihr speichern sich all deine Vorurteile, deine Eifersucht – aus jedem Leben. Kein Lichtstrahl fällt hinein, Lisa, sie gleicht einem dunklen Krebsgeschwür.«

Ich mußte meine Beine zusammenpressen, damit sie nicht zitterten. »Wie hast du von uns erfahren?« fragte ich, auch um Zeit zu gewinnen. »Ich wußte von nichts.«

»Ich habe es mir zur Gewohnheit gemacht, mich zu erinnern – etwas, das Gilbert seiner Elizabeth nicht beigebracht hat. So entsann ich mich, wie ich als Zehnjähriger mit meiner Mutter auf den Jahrmarkt ging. Sie nahm mich zu einer dieser Zigeunerinnen mit, einer Wahrsagerin. Die Frau warf einen Blick auf mich und brach in Schweiß aus. Sie sagte meiner Mutter, ich sei ein Kind des Bösen. Das löste die Erinnerungen aus. Meine Mutter – sie hatte plötzlich Angst vor mir, die abergläubische alte Hure – schickte mich auf ein Internat. Es war das Beste, was sie für mich tun konnte. Die ganze Zeit allein, um mich herum willige Opfer. Bald hoffte ich darauf, dich zu finden. Daß sie deine Freundin ist«, er deutete auf Karin, »war ein zusätzliches Geschenk. Eine Gelegenheit, ein weiteres unerledigtes Geschäft zu Ende zu führen.«

Eisige Stimmen flüsterten an meinem Ohr, aber ich dachte nur daran, wie ich an den Ast unter meinem Fuß kommen konnte. Er schien sehr weit entfernt. Ich war erstarrt, wußte nicht, was ich tun sollte.

»Ich habe dir nichts getan.«

»Du hast mich betrogen.«

»Nein, Elizabeth hat Gilbert betrogen, dann ertränkte sie sich, weil sie dich – weil sie ihn liebte. Wenn ich Elizabeth ...«

»Du bist es!« schrie er und kam einige Schritte näher. »Du bist es, ihr seid ein und dieselbe Person. Du sagst, sie hat sich ertränkt?«

»Das wußtest du nicht?«

Er schüttelte den Kopf. »Ich nahm an, sie ...« Er beendete den Satz nicht, schüttelte wieder den Kopf. »Deshalb wird auf dich ... auf sie ...«

»Was?«

»Deshalb wird auf dich so gut aufgepaßt. Du hast dein Leben unserem Herrn geschenkt, du hast dem Universum etwas gegeben, was ich nicht getan habe.« Er sah mich böse an. »Aber glaube nicht, daß du deswegen die Oberhand behältst. Ich bin noch immer mächtiger, als du jemals sein wirst.«

»Das weiß ich, das weiß ich. Bitte, laß Karin und mich gehen. Bei all der Macht, über die du verfügst ... solltest du doch nicht an kleinliche Rache denken.«

»Kleinlich? Du unterschätzt die Tiefe meines Hasses. Heute, Lisa, wirst du den Schlund der Hölle küssen. Vielleicht kannst du in ein paar hundert Jahren sagen, wie es geschmeckt hat.«

Er sprang auf mich zu, und ich bückte mich nach dem Ast. Weil ich die linke Hand nicht gebrauchen konnte, mußte ich mit der rechten danach greifen und hätte dabei fast das Gleichgewicht verloren. David sah, was ich vorhatte, und versetzte mir einen Tritt, der mich umwarf. Ich landete hart auf dem Rücken, aber ich hielt den Ast fest, holte mit aller Kraft aus und schlug ihm damit zwischen die Beine. Er schrie und krümmte sich. Ich sprang auf, umfaßte das borkige Holz mit beiden Händen, wobei ich versuchte, die gebrochenen Finger zu schonen, und schmetterte ihm den Ast wuchtig ins Gesicht. Er stürzte zu Boden, und seine Brillengläser splitterten. Vergeblich versuchte er, auf die Beine zu kommen, aber es gelang ihm nicht. Blut floß über sein Gesicht, und in einem seiner Augen steckte eine Scherbe. Mir wurde fast übel.

Ich half Karin auf die Beine, und wir rannten auf die Lücke im Feuer zu, aber als wir näherkamen, breiteten sich die Flammen aus. Das Feuer nahm an Stärke zu, fraß sich tiefer in den Wald hinein. David hinter uns raste vor Wut. Zurückblickend sah ich, daß er sich aufgerichtet hatte und mit zitternder Hand die Scherbe aus dem Auge zog. Taumelnd kam er auf uns zu. Zwischen den Bäumen gab es noch eine etwa einen Meter breite Lücke. Ich rief die Geister herbei und preßte Karin an mich. Sie wehrte sich und kreischte, als ich auf das Feuer zurannte.

»Bleib ruhig! Dir wird nichts passieren. Ich bin es, die er haben will.«

Wir schlängelten uns an den Bäumen vorbei. Karin

wand sich schreiend in meinen Armen. Die Flammen waren nahe genug, um mich zu küssen, aber meine Geister taten ihr bestes zu meinem Schutz. David war dicht hinter uns. Ich roch mein angesengtes Haar, und ein paarmal spürte ich prickelnde Schmerzen an Armen und Schultern. Der Wald lichtete sich, aber David setzte den Weg vor uns in Flammen. Ich wußte nicht, wie lange meine Geister mir noch helfen konnten.

»Du bist auf seiner Seite!« schrie Karin. »Laß mich los, ich will nicht sterben.«

»Karin, halt aus. Vertraue mir. Er will nicht dir weh tun, sondern mir.«

In diesem Augenblick trat ich mit dem nackten Fuß auf einen brennenden Laubklumpen und schrie vor Schmerz auf. Ich ließ Karin los und rief ihr zu, daß sie loslaufen solle.

Sie zögerte, aber ich trieb sie an.

»Er wird dir nichts tun. Er will das Kind. Verschwinde! Lauf!«

Sie nickte und machte ein paar Schritte rückwärts, dann drehte sie sich um und lief durch die Bäume davon. Ich stolperte vorwärts, den Blick auf den Boden geheftet, und verfluchte mich, weil ich keine Schuhe trug. Ich spürte, daß David dicht hinter mir war, wagte es aber nicht, mich umzusehen. Seine Hand berührte meine Schulter, und ich schrie und flehte verzweifelt um neue Energie. Aber der unebene Boden war mein Feind, David holte mich ein, gebot dem Feuer, einen kleinen Kreis freizuhalten, und zerrte mich zu Boden.

Er blutete aus dem linken Auge und aus der Nase, und sein Atem ging stoßweise. Trotzdem packte er mich und preßte mich mit dem Rücken gegen seine Brust, so daß es kein Entkommen mehr für mich gab. Ich spürte, wie er mich abtastete, und erkannte, daß er nach dem Messer suchte. Mit einem Seufzer der Befriedigung umfaßte er den Griff, und ich wußte nun mit absoluter Gewißheit, daß ich sterben würde. Ich konnte kaum atmen, und vor meinen Augen funkelten goldene Sterne.

»Bitte«, keuchte ich, »bitte ...«

»Verschone mich? So wie du mich verschont hast?« Er hatte sein Kinn auf meine Schulter gelegt. Blut tropfte auf meine Bluse.

»David, bitte.« Ich beobachtete die Hand, mit der er sich an mich preßte. Seine Finger glitten über meinen Bauch, rieben sanft über den dünnen Stoff. Meine Sinne waren geschärft. Seine Hand war heiß, und die Sehnsucht brannte in ihr. Ich begann zu weinen. Ein lautes Schluchzen drang aus meiner Brust. Es schien sehr laut. Die anderen Geräusche erstarben langsam, und ich sah, daß er nicht die Kraft besaß, das Feuer noch weiter brennen zu lassen. So saßen wir da zwischen geschwärzten, rauchenden Baumstümpfen. Der Himmel schien sehr weit entfernt.

Er küßte meinen Nacken, bedeckte meine Haut mit blutigen Küssen. Ich konnte mich nicht bewegen. »Wie gefällt dir das, Elizabeth?« fragte er.

Ich schwieg.

»Gefällt es dir?« Er schob die Hand unter meine Bluse und umfaßte meine Brust. Ich stöhnte auf; vielleicht vor Lust. Sein Daumen strich über meine Brustwarze. Mir war, als würden Funken von ihm überspringen.

»Wie gefällt dir das?« fragte er noch einmal, mit den Lippen und der Zunge über meine Schulter fahrend. »Willst du mich noch? Liebst du mich noch?«

Mein Körper brannte, aber meine Nerven waren so überreizt, daß ich nicht mehr wußte, ob vor Angst oder Lust.

»Nein! Bitte, laß mich gehen.«

Seine Finger bohrten sich immer fester in meine Haut, die sanften Küsse wurden zu wilden Bissen. »Doch, du liebst mich noch immer.«

Ich versteifte mich und sagte so kalt, wie ich konnte: »David, ich hasse dich.«

Dann spürte ich das Messer, dessen Schneide kühl und scharf an meinem Hals lag. »Egal, ob du mich liebst oder haßt, solange du nur mit deinem ganzen Wesen etwas spürst.«

»Ich werde sterben, nicht wahr?« sagte ich. Meine Stimme kam aus weiter Ferne.

»Deine Haut ist so weich. Es wird sein, als schneide ich durch Butter. Und dann ...« Er seufzte tief und erschauderte. »Göttlichkeit, Elizabeth. Meine Mörderin zu ermorden, meine Geliebte zu ermorden, die Frau zu ermorden, die ihre Magie dem Universum gewidmet hatte. Du, Elizabeth, wirst mir Göttlichkeit verleihen.«

Ich konnte nur noch auf mein Schicksal warten, seinen warmen Atem auf der Wange. Einen letzten Blick warf ich zum Himmel hinauf, und es kam mir tragisch vor, daß ich den nächsten Sonnenaufgang nicht mehr sehen würde, die nächste Dämmerung, den Abend und die Sterne, daß ich Brad und Liam nie wiedersehen würde. Mein Herz zersprang, und ein großer Klumpen Trauer blieb in meiner Kehle stecken, dort, wo der eiskalte Stahl seines Messers mich berührte.

»Hast du Angst?« fragte er und bog meinen Kopf so, daß er den Schnitt gut ausführen konnte. Er beugte sich über mich.

Tränen liefen mir aus den Augen. Meine Angst war überwältigend, wurde zu einem alles überragenden, Übelkeit erregenden Druck. Ich wartete auf die letzten Sekunden meines Lebens, auf das heiße Blut und die Finsternis, die folgen würde.

Als er schrie, wurde ich fast taub, und als sein Griff sich lockerte, war ich verblüfft. Ich stieß mich von ihm ab und wandte mich um. Karin stand über ihm, das Messer, das ich im Krankenhaus gestohlen hatte, in der rechten Hand. Sie mußte es in Liams Jacke, die ich ihr gegeben hatte, gespürt haben. David drehte sich um, und ich sah die blutende Wunde auf seinem Rücken. Er griff nach ihr, doch sie stach ihm in die Hand und stieß ihm schließlich das Messer in die Brust. Die Klinge drang nicht allzu tief ein, bevor sie abbrach und er zu Boden stürzte. Sie machte zwei schnelle Schritte rückwärts.

Er wandte sich wieder mir zu, und ich sah in seinem Gesicht den Schrecken der Schande. Warum nur hatte er zugelassen, daß es noch einmal geschah! Er kroch auf mich zu, kam jedoch nicht sehr weit, bevor er sich stöhnend auf dem Boden zusammenkrümmte. Seine Hände gruben sich in die Erde.

Ich sah Karin an. »Wir müssen ihm helfen«, sagte ich.

Sie schüttelte den Kopf. »Nein, er soll sterben.«

»Glaube mir, du würdest es die nächsten Jahrhunderte mit dir herumschleppen. Nimm das Messer.«

Sie zog sich wieder in sich selbst zurück, setzte sich schwerfällig auf den Boden und verbarg das Gesicht in den Händen. Ich nahm Davids Opfermesser vom Boden auf, dort, wo er es hatte fallen lassen, und schnitt einen Streifen vom unteren Teil meiner Bluse ab. Dann zog ich David die Hände hinter den Rücken – er schnappte vor Schmerz nach Luft – und band sie fest zusammen. Das Messer steckte ich mir in den Hosenbund.

»Kannst du gehen?« fragte ich, dicht zu ihm gebeugt.

Er schüttelte den Kopf.

»Und wenn ich dir helfe?«

Keine Antwort. Ich zog ihn hoch, auch wenn er schwer war. Karin sah mir voller Entsetzen zu.

»Karin, er wird verbluten, wenn wir keine Hilfe holen.«

»Warum hilfst du ihm?« fragte sie. »Warum, zum Teufel, tust du das? Laß das Monster sterben.«

Warum, zum Teufel, tat ich es? Um eine erneute Wiederholung in vierhundert Jahren zu verhindern? Oder aus einem anderen Grund? Was bedeutete dieses überwältigende Gefühl, das drohte, mich aus der Fassung zu bringen? Handelte ich aufgrund von Empfindungen, die ich seit Hunderten von Jahren nicht mehr verspürt hatte? Sicherlich nicht, sicherlich äußert sich Mitleid in vielen Formen. Mit einem raschen Griff zog ich die abgebrochene Klinge aus seiner Brust. Blut floß.

Meine Geister kamen mir zur Hilfe. David stolperte vorwärts. Ich hielt ihn, preßte die Hand auf die Wunde in seinem Rücken, aus der das Blut zwischen meinen Fingern hindurchfloß, jetzt etwas langsamer. So schnell es ging, schleppte ich ihn durch den Wald. Seine Beine gaben nach, er konnte jederzeit zusammenbrechen. Seine Haut war bleich wie Alabaster.

»Bitte, stirb nicht«, sagte ich. Er reagierte nicht.

Karin stolperte hinter mir her, flehte mich an, ihn liegen zu lassen, und fragte mich immer wieder, warum ich das tat. Ich ignorierte sie und konzentrierte mich auf den Weg vor mir.

Plötzlich blieb sie stehen. »Hörst du das?« fragte sie.

»Was?«

»Jemand ruft dich.«

Ich schüttelte den Kopf, lauschte. Vielleicht hörte Karin meine Geister, ihr seltsames Zischen und geheimnisvolles Flüstern. Doch dann hörte ich es auch, in der Ferne. »Lisa!« rief eine Stimme.

»Es ist Brad«, sagte ich entgeistert. David stolperte und wäre fast gefallen. Ich hielt ihn fest. Mein Herz schlug schneller.

Erneut: »Lisa, wenn du hier bist, melde dich!«

Das war Liam. Ich versuchte zu orten, aus welcher Richtung die Rufe kamen. »Hier!« schrie ich.

Eine Zeitlang hörte ich nichts, dann wieder ihre Stimmen, näher. »Lisa? Lisa!«

»Hier!« rief ich zurück und schleppte mich mit meiner Last in die Richtung, aus der die Stimmen kamen. Ich spürte, wie mit jeder Sekunde, die verging, Davids Leben verebbte. »Halte durch«, flüsterte ich ihm zu. »Bitte, halte durch.«

Ich hörte Brad und Liam immer deutlicher, ihre Schritte im Unterholz, ihre hastigen Rufe. Der Rauch, Feuer? Dann sah ich sie, hundert Meter vor uns kreuzten sie unseren Weg. Beide blieben fassungslos stehen, als sie sahen, daß ich Davids blutigen Körper stützte.

»Helft mir, ihn in den Wagen zu bringen«, sagte ich.

»Was ist passiert?«

»Helft ihm – er stirbt sonst. Laßt ihn nicht noch einmal sterben.« Ich merkte, wie hysterisch meine Stimme klang. Brad nahm Davids Füße, Liam packte ihn unter den Armen. Ich ging neben ihnen. David öffnete sein gesundes Auge kaum, aber wenn, sah er mich an, manchmal haßerfüllt, manchmal mit hilfloser Furcht.

»Was geht hier vor?« keuchte Liam. David war schwer.
»Er ist es, Liam – David ist Gilbert.«
Liam riß die Augen auf und ging schneller, drängte Brad voran. Wir kamen an die Straße, und ich nahm Karin die Jacke Liams ab und suchte nach den Autoschlüsseln. Brads Wagen parkte ebenfalls dort. Ich drückte Liam die Schlüssel in die Hand.
»Schnell zum Krankenhaus«, sagte ich. »Schnell.«
Liam schloß den Wagen auf, und Brad und ich schoben David vorsichtig auf den Rücksitz. Ich setzte mich neben ihn und winkte Karin zu mir.
»Nein«, sagte sie mit zitternden Lippen. »Nein, nicht mit ihm zusammen.«
»Bitte, Karin, bitte. Wir müssen uns beeilen. Ich werde dir alles erklären.«
Brad schob Karin auf den Beifahrersitz und quetschte sich neben mich. Liam ließ den Motor an, und wenig später reihten wir uns in den Verkehr ein. Ein beklemmender Druck pulsierte unter meiner Haut. Ich hatte meinen Arm um David gelegt, und sein Kopf lag an meiner Schulter.
»Wie ist das geschehen?« fragte Liam.
»Er wollte sie umbringen«, sagte Karin. »Ich habe ihn aufgehalten, aber jetzt will sie, daß er überlebt. Er wollte uns alle töten. Er hätte uns alle getötet.« Ich konnte sie kaum hören, während sie immer weiter jammerte. Brad neben mir nahm ich kaum wahr. Sein Blick wanderte immer wieder von der Straße zurück zu mir und David. Er verstand nicht, was hier vor sich ging. Ich beugte mich zu David. Unsere Gesichter berührten sich fast.
»Elizabeth?« flüsterte er.
»Vergibst du mir?« fragte ich.
»Nein. Niemals.«
»Vergib mir. Wir können dies alles nicht noch einmal durchmachen. Vergib mir, laß mich los.«
»Nein. Du hast mich betrogen. Du verdienst keine Vergebung.«
»Vergib mir, du Scheißkerl!« schrie ich.
»Lisa!« rief Brad. »Was soll das?«

Liam sah in den Rückspiegel und konzentrierte sich wieder auf die Straße. »Was geht da hinten vor, Brad?« fragte er nervös.

»Ich weiß es nicht. Sie hört mir nicht zu.«

»Vergib mir, vergib mir, es tut mir leid.« Ich weinte an Davids Schulter. »Laß mich los, ich kann es nicht noch einmal durchmachen, ich kann nicht.« Die Monate der Anspannung, die Jahre bis zu meinem unvermeidlichen Tod, die Jahrhunderte zwischen heute und dem letztenmal, heute und dem nächstenmal, lasteten auf mir wie der Ozean. Ich war starr, diesem unerträglichen Druck ausgeliefert.

»Nein«, zischte er durch zusammengebissene Zähne. »Ich werde dies alles zu einem Ende bringen.«

Gut. Ich zog sein Messer aus dem Hosenbund, nahm es in die linke Hand und wechselte es mit schmerzenden Fingern hinter seinem Kopf in meine rechte. Er würde sowieso sterben, das war ganz klar. Ich würde nicht so dumm sein wie Elizabeth und mein Leben seinetwegen wegwerfen.

»Nein!« schrie Brad, als das Messer durch Davids Kehle glitt. Und es war, als schnitte ich durch Butter. Ich hörte Schreie um mich herum – manche davon sicher meine eigenen, und dann wirbelte das Universum um mich, und ich befand mich mitten in seinem Zentrum.

Ich trank sein Blut auf einen Zug.

Epilog

Ich sehe gern zu, wenn die Welt erwacht.

Wenn ich nicht schlafen kann, stehe ich auf und beobachte, wie der Himmel hinter meiner Wohnung heller wird, ich zähle die Lichter, die in den Hochhäusern angehen, stelle mir vor, in der wohlgeordneten Gemütlichkeit der normalen Menschen zu leben. Manchmal ist es kalt auf dem Balkon, und ich wärme meine klammen Finger an der Teetasse, hauche Drachenatem in die Morgenluft. Es ist schön, Gewohnheiten zu haben, es ist schön, dem Leben eine Struktur zu geben. So kann ich das Chaos besser ertragen, in dem ich existiere und das in mir existiert.

Mein Leben ist nicht normal. Manchmal tue ich so, aber ich finde mich selbst nicht überzeugend. Ich scheine einen Schritt von allen anderen entfernt zu sein, als gäbe es dort, wo früher meine Aura war, nur stumme Leere. Und mit einem Blinzeln kann ich Wunder vollbringen, mit einem Summen mich in die Gedanken anderer einklinken, außer in die von Liam, denn der spürt es. An ihm ist mehr dran, als es scheint, seine Intuition wird gespeist von einer höheren Ebene. Deshalb hatte er mich im Wald gefunden. Wahrscheinlich war dies auch der Grund, warum er sich überhaupt von mir angezogen gefühlt hat. Ich glaube nicht, daß er es selbst weiß. Wenn, wäre er wohl entsetzt. Gestern habe ich ihm erzählt, daß Brad und ich miteinander geschlafen haben. Es kam nicht gut an.

Ich kenne jeden, aber ich traue niemandem. Liam, Karin und Brad, sie alle waren Zeugen, wie ich David getötet habe, aber sie haben mich gedeckt. Notwehr, sagten sie. Vergessen wir mal, daß seine Hände hinter dem Rücken gefesselt waren und daß er verblutete. Sie standen für mich ein. Aber jetzt haben sie Angst vor mir. Brad schaut mir nicht mehr sehnsüchtig in die Augen – er fürchtet sich vor dem, was er dort sehen könnte. Seine Gitarre hat er seit

Wochen nicht mehr angerührt und trinkt, als gäbe es keine Zukunft. Nun, für ihn vielleicht wirklich nicht.

Karins Kind ist vor einer Woche auf die Welt gekommen. Sie lebt wieder bei Dana, und ich besuche sie, so oft ich kann. Sie ist immer noch nicht ganz bei Sinnen, und ich frage mich, ob sie es je wieder sein wird. Ihre Augen sind so leer und ihre Hände eiskalt. Das Kind ist ein kleines Mädchen. Karin hat es Amelia getauft.

Liam und ich ... nun, es gibt eine Menge Dinge, mit denen er klarkommen muß. Er rief eine Woche lang nicht an, und als er es dann tat, kam er mit Ausflüchten. »Laß mir Zeit, Lisa«, sagte er ständig.

Gestern abend ist er schließlich vorbeigekommen. Wir saßen in der Küche, und er sagte zu mir, daß er unserer Beziehung eine Chance geben wolle, daß er sich aber auch vor mir fürchte.

»Fürchten? Wovor? Ich bin die gleiche geblieben, nur mit ein paar Extras ausgestattet.«

»Lisa, ich bin in einer gottesfürchtigen Familie aufgewachsen. Was du mir erzählt hast, das klingt nach dem Satan.«

»Glaubst du, ich paktiere mit dem Bösen? Ist es das?«

Sein Schweigen und sein gesenkter Blick bestätigten meinen Verdacht. Wie konnte ich es ihm erklären? Wie konnte ich ihm erklären, daß es den Glauben an das Gute nur in Verbindung mit dem Glauben an das Böse gibt. Die Strecke dazwischen heißt Hoffnung. Vor dem Bösen braucht man sich nicht zu fürchten.

Denn wo es kein Böses gibt, gibt es auch kein Gutes. Es gibt nur unendliche viele willkürliche Variablen, eine chaotische Energie, die gleichzeitig in alle Richtungen strömt, ein Universum, das weit über die Grenzen der eigenen Vorstellungskraft hinausgeht. Auf seiner endlosen Suche nach einer Grenze kriecht dieses Universum durch Zonen des Eises. Ich besitze eine gewisse Kenntnis dieser Zonen, mehr nicht. Die Antworten liegen so weit entfernt wie immer. Trotz allem, was Gilbert seiner Elizabeth zugeflüstert hat, habe ich keinen Beweis dafür, daß diejenigen, die über die

Geister befehlen und Macht besitzen, im großen Gefüge mehr wert sind als andere.

In der allgemeinen Verwirrung nach Davids Tod gelang es mir, sein magisches Buch aus der unterirdischen Kammer zu bergen. Einige der Beschwörungen und Schriften bestätigen, daß er zu dem gleichem Schluß gekommen ist. Durch meinen Tod hoffte er, die Grenze zu finden und zu durchbrechen, um etwas Neues dahinter zu entdecken. An etwas zu glauben – das heißt, Hoffnung zu haben.

Für Liam muß es sehr tröstlich sein, an das Böse an sich zu glauben, und diesen Glauben will ich ihm nicht nehmen. Als er ging, sah ich ihm nach und weinte nicht. Ich habe kaum noch Tränen übrig.

Heute gehe ich zum Fluß.

Ich werde diesen dummen Ring vom Finger ziehen. *In aeternum.* Ich werde ihn zwischen Daumen und Zeigefinger hin und her rollen, und dann werde ich ihn ins Wasser werfen

An je weniger Leute ich auf ewig gebunden bin, desto besser.

Wenn Sie sich mit Kim Wilkins in Verbindung
setzen wollen, ihre E-mail-Adresse ist:
kimwilkins@mailbox.uq.edu.au
Weitere Informationen über Kim und ihre Arbeit
sind auf ihrer Website zu finden:
http.//student.uq.edu.au/-s333289/infernal.htm